Marliese Arold

DAS ISIS-TOR

Roman

Piper München Zürich

FSC
Mix
Produktgruppe aus vorbildlich bewirtschafteten Wäldern und anderen kontrollierten Herkünften
Zert.-Nr. GFA-COC-001262
www.fsc.org

ISBN 978-3-492-70168-6

Satz: Satz für Satz. Barbara Reischmann
Druck und Bindung: Pustet, Regensburg
Printed in Germany

Personenverzeichnis

Sonja Morhardt, 35, Archäologin aus Hamburg
Claus Bronnbach, ihr Lebensgefährte, Ägyptologe am Archäologischen Institut in Hamburg
Ulrich Störcke, Sonjas Freund und ehemaliger Studienkollege, arbeitet für die Generaldirektion Archäologie in Speyer
Amelie, Sonjas Freundin
Naoko, Archäologiestudentin aus Japan

In Kairo:
Dr. Hazim Mohy el-Din, Generalsekretär des *Supreme Council of Antiquities*, der ägyptische Altertümerverwaltung in Kairo
Ahmed Ghassab, sein Mitarbeiter
Marik Habib, Fahrer des *Supreme Council of Antiquities*

In Tell el-Amarna:
Paul Lehmann, verschwundener Grabungsleiter
Hans Peters, Ausgrabungsingenieur
Carola Wilke, Grabungszeichnerin
Hassan Mahmud, Schnittleiter
Victoria Moor, Grabungshelferin
Jonas Steffens, 34, Tourist und Physiker, der am Max-Planck-Institut in München arbeitet

In Achetaton:
Nofretete*, die Große Königliche Gemahlin
Echnaton*, Pharao
Kija*, seine Nebenfrau
Meritaton*, älteste Tochter von Noftretete und Echnaton
Maketaton* zweitälteste Tochter von Nofretete und Echnaton
Anchesenpaaton*, drittälteste Tochter des Königspaares

Tutenchaton*, Sohn von Echnaton und Kija
Nachtpaaten*, Wesir
Pentju*, Leibarzt des Pharaos
Karem, 15, Gehilfe des Leibarztes
Mahu*, Polizeichef
Huya*, Aufseher des Harems

Inet, eine junge Ägypterin
Inarus, ihr Gatte, arbeitet in der Bildhauerwerkstatt von Thutmosis*
Mayati, beider Tochter
Bakt, beider Sohn
Djedi, beider Sohn

Die Sieben Skorpione
Setep, 18, ehemaliger Priester des Iun-Mutef
Ankhu, alter Osiris-Priester
Haremsat
Nebamun, Amun-Priester aus Waset
Paser, Anführer der Verschwörer
Bata
Rahotep

Die mit * bezeichneten Personen sind historisch belegt.

Prolog

Der Falke beobachtete ihn seit Tagen. Jeden Morgen saß er auf seinem Stammplatz, dem Zeltpfosten, und schien auf Lehmann zu warten. Der Wüstenwind zauste sein rostrotes Nackengefieder, ruckartig bewegte er den Kopf, und die schwarzen Augen folgten dem Mann, wenn dieser aus seinem Zelt schlüpfte und zum Container ging, um zu duschen. Wenn Lehmann zurückkam, war der Vogel verschwunden, und er sah ihn den ganzen Tag nicht mehr.

Lehmann hatte recherchiert und herausgefunden, dass es sich um einen Rothalsfalken handelte, eine Falkenart, die in der Dämmerung zu jagen pflegte. Hatte der Vogel schon im Morgengrauen seinen Hunger gestillt und saß jetzt satt auf seinem Pfosten, um die Beute zu verdauen? Oder wartete er aus einem anderen Grund jeden Morgen an dieser Stelle auf Lehmann?

Lehmann fing an, ihn als Freund zu betrachten. Wenn er an ihm vorüberging, pfiff er ihm zu oder begrüßte ihn mit einem kurzen Ruf. Vor einer Woche hatte er ihm einen Namen gegeben – Horus.

Der Falke antwortete nie. Aber er flog auch nicht weg. Mit stoischer Ruhe saß er auf seinem Pfosten, so als sei es seine Pflicht zu warten, bis der Ausgrabungsleiter an ihm vorbeigegangen war.

Lehmann fragte sich, ob es sich vielleicht um einen zahmen Vogel handelte, der irgendwo entflogen war. Oder war es ein wilder Falke, der hoffte, dass hier im Camp etwas für ihn abfiel? Ein paar Mal versuchte er, ihn mit einem Fleischstück anzulocken. Doch der Vogel blieb auf seinem Pfosten sitzen und blinzelte in die Sonne.

Horus, dachte Lehmann am letzten Morgen. Der Sohn von Isis und Osiris. Immer wieder stieß er auf den Namen Isis. Es war fast wie ein Fluch. Er wollte nichts mehr von diesem alten Götterglauben wissen. Es ärgerte ihn, dass er schon so viel Zeit damit verbracht hatte, anstatt sich auf seine eigentliche Aufgabe zu konzentrieren – auf die Suche nach dem Grab der Nofretete, die zusammen mit ihrem Gatten Echnaton die alten Götter Ägyptens gestürzt hatte.

Hatte sich Isis vielleicht gar nicht stürzen lassen?

Wenn er nachts auf seinem Feldbett lag, raunten die Zeltbahnen ihren Namen. Der Wüstenwind flüsterte ihn leise und beständig.

Isis ... Isis ...

Er glaubte nicht an die Gerüchte. Aber je mehr er sie verdrängte, desto hartnäckiger erschienen sie in seinen Träumen.

Jeden Morgen wachte er schweißgebadet auf.

Er würde erst Ruhe finden, wenn er das Tor entdeckt und sich überzeugt hätte, dass an der Sache nichts dran war.

An diesem Tag verhielt sich der Falke anders als sonst. Als Lehmann an ihm vorbeiging, stieß sich der Vogel von seinem Pfosten ab und flatterte kreischend über seinem Kopf. Dann flog er weiter, nach Osten, der Sonne entgegen, bis er nur noch als winziger Punkt am Himmel zu sehen war.

Nach Osten. Dort sollte es sein, das Isis-Tor.

Lehmann sah dem Falken nach und war entschlossen, sich endlich auf den Weg zu machen.

ERSTER TEIL

1

Sonja spürte sofort, dass es diesmal die richtige Wohnung war, hell, freundlich und großzügig geschnitten.

»Erstbezug nach Renovierung«, erklärte die Maklerin, die Sonja durch die Räume führte. »Echtholzparkett, kein Laminat. Ahorn.«

Der Balkon war ein Traum. Ebenso der Blick. Man sah bis zur Elbe. Fast wie im Urlaub.

Sie würde die Wohnung nehmen. Claus hatte gemeint, sie solle sofort zusagen; er verlasse sich völlig auf ihr Urteil.

Sie wusste, dass er allmählich ungeduldig wurde. Sie suchten jetzt schon ein Vierteljahr nach einer größeren Wohnung.

Sonja lächelte und sah in Gedanken, wie ein Baby über den Fußboden krabbelte. Louis. Oder Marielle. Die Namen standen bereits fest.

»Gefällt Ihnen die Wohnung?«, fragte die Maklerin.

»Sie ist wunderbar«, antwortete Sonja. In diesem Moment klingelte ihr Handy. »Entschuldigung.« Sie holte es aus ihrer Handtasche.

»Kein Problem.«

Sonja trat auf den Balkon, um zu telefonieren. Auf dem Display sah sie, dass Uli anrief. Sie kannte Ulrich Störcke seit dem ersten Semester. Er war ihr bester Freund und arbeitete mittlerweile für die Generaldirektion Archäologie in Speyer. Sonja bedauerte, dass sie sich so selten sahen, aber sie telefonierten oft und schickten sich Mails.

»Hallo, Uli! Du, es ist jetzt leider ziemlich ungünstig.«

»Ich wollte dich auch nicht stören.« Seine Stimme klang munter wie immer. »Aber ich finde, du solltest es unbedingt wissen. Lehmann ist verschwunden, keiner weiß, wo er steckt.«

»Paul Lehmann?«, fragte Sonja verdutzt.

»Genau der.«

Paul Lehmann hatte mit ihnen studiert, einen glänzenden Abschluss gemacht und war nach dem Studium ziemlich rasch die Karriereleiter hinaufgestiegen. Er hatte einige bedeutende Ausgrabungen erst in Deutschland, dann in verschiedenen europäischen Ländern geleitet und war zuletzt bei internationalen Projekten in Syrien und China tätig gewesen. Im Frühjahr hatte unter seiner Leitung eine neue Ausgrabung in Ägypten begonnen. Der Presse gegenüber hatte Lehmann behauptet, es bestünden gute Aussichten, noch in diesem Jahr das Grab der Nofretete zu finden. Sonja wusste es aus der *Antiken Welt*, die sie noch immer abonniert hatte, obwohl in ihrer Wohnung allmählich kein Platz mehr für alle diese archäologischen Zeitschriften war.

»Jedenfalls ist er seit vierzehn Tagen spurlos verschwunden, und es ist sehr wahrscheinlich, dass er einen Unfall hatte«, fuhr Ulrich fort. »Jetzt suchen die Leute von der Ägyptischen Altertümerverwaltung in Kairo händeringend nach einem Ersatz. Die Sekretärin hat bei mir angerufen, und ich habe ihr deine Festnetznummer gegeben. Ich schätze, sie wird sich heute noch bei dir melden. Nofretete – das ist doch dein Spezialgebiet.«

»Aber …« Sonja fühlte einen kleinen Stich in der Brust. Aber ich bin doch völlig raus, wollte sie sagen. Vor fünf Jahren hätte sie eine Grabung in der Felsenstadt Perperikon in Bulgarien leiten sollen, doch dann war unerwartet ihre Mutter gestorben. Sonja hatte sich um die Beerdigung und den Nachlass kümmern müssen und hatte die Stelle nicht antreten können. Seither hatte sie kein einziges Angebot mehr bekommen. Sie hatte sich eine Zeit lang mit Taxifahren über Wasser gehalten. Seit zwei Jahren jobbte sie als Aufsicht im *Museum für Kunst und Gewerbe* und hielt neugierige Besucher davon ab, die Exponate anzufassen.

»Aber was?«, hakte Ulrich nach. »Du hast doch über Nofretete promoviert. Sag nicht, dass dich die Sache nicht interessiert. Ich habe dich wärmstens empfohlen.«

Ich traue es mir nicht zu. Doch sie biss sich auf die Unterlippe. Damit konnte sie Uli nicht kommen. Aber ihr Selbstbewusstsein war nicht mehr so groß wie zu ihrer Studienzeit, sie war inzwischen eine arbeitslose Akademikerin, schwer vermittelbar. Das hatte man ihr bei der Arbeitsagentur oft genug klargemacht.

»Mann, Sonja!«, sagte Uli, weil sie schwieg. »Das schaffst du. Bestimmt. Überleg mal – Nofretete! Und lass dir die Sache bloß nicht von Claus ausreden.«

»Nein«, sagte sie. Ihr Mund war trocken. Wie gut er sie kannte. »Danke. Du bist wirklich ein Schatz. Ich halte dich auf dem Laufenden. Ich sage dir Bescheid, wenn es geklappt hat.«

»Es klappt, Sonja. Du bist die Richtige dafür.«

Uli war schon immer ein Optimist gewesen. Es tat ihr gut.

»Danke«, flüsterte sie. »Ciao, bis später.« Sie drückte auf den roten Knopf, wie benommen von der Nachricht, von den Möglichkeiten, die sich auf einmal eröffneten. Jetzt erst wurde ihr bewusst, wie sehr sie ihre Träume verdrängt hatte. Unter sengender Sonne auf einen sensationellen Fund stoßen ... Etwas entdecken, das der Forschung neue Impulse gäbe. Warum war Nofretete so plötzlich aus der Geschichte verschwunden? Warum hatten ihre Nachfahren versucht, ihren Namen auszulöschen? Was war mit ihr passiert, und wo hatte man sie begraben?

Nachdenklich kehrte Sonja in die Wohnung zurück, wo die Maklerin auf sie wartete und geschäftsmäßig lächelte.

»Und was meinen Sie?«

»Die Wohnung ist sehr schön«, sagte Sonja, aber sie spürte, dass sich an der Atmosphäre etwas verändert hatte. Die Räume waren noch immer licht und geräumig, doch sie kam sich plötzlich wie gefangen darin vor.

Claus und sie wollten eine größere Wohnung, damit sie ein Kind bekommen und eine Familie gründen konnten. Claus Bronnbach arbeitete als Ägyptologe am Archäologischen Institut und verdiente gut. Er wünschte sich ein Kind, und auch Sonja wollte mit einer Schwangerschaft nicht noch ewig warten; schließlich war sie bereits fünfunddreißig. Ihr war klar, dass ein kleines Kind sie – zumindest in den ersten Jahren – ziemlich einschränken würde und dass Expeditionen in dieser Zeit undenkbar wären. Sie war bereit gewesen, sich darauf einzulassen. Doch jetzt hatten sich die Vorzeichen geändert. Ihr Herz pochte schneller. Sie war entschlossen, diese Chance unbedingt zu nutzen. Alle anderen Pläne mussten eben um ein halbes Jahr oder ein Jahr verschoben werden.

»Ich muss erst mit meinem Lebensgefährten reden«, sagte Sonja, weil die Maklerin sie erwartungsvoll ansah. Wenn sie tatsächlich nach Ägypten ging, dann brauchten sie noch nicht umzuziehen.

»Ich kann Ihnen die Wohnung höchstens für vierundzwanzig Stunden reservieren«, sagte die Maklerin. »Es gibt noch andere Interessenten.«

Sonja sah statt der weißen Wände den gelben Wüstensand vor sich, die flatternden Leinwände der Zelte. Als sie sich zum Balkon umwandte, wurde die Elbe zum Nil, auf dem Feluken segelten.

»Wunderbare Aussicht«, meinte die Maklerin.

»Wunderbar«, bestätigte Sonja und spürte den Impuls, dieser Frau von der plötzlichen Wende in ihrem Leben zu erzählen, von dem Wiederaufleben alter Träume, die jetzt vielleicht Wirklichkeit würden. Doch sie schwieg. Die Maklerin interessierte sich wahrscheinlich nicht für Ägypten, sondern nur dafür, die Wohnung zu vermieten und ihre Provision zu kassieren. Und es war gar nicht sicher, dass Sonja den Job tatsächlich bekommen würde.

»Rufen Sie mich an, wenn Sie mit Ihrem Freund gesprochen haben. Meine Nummer haben Sie ja.«

Sonja nickte. »Ich gebe Ihnen so bald wie möglich Bescheid.«

Wenig später wartete Sonja in der kühlen Hamburger Septembersonne auf den Bus. Sie war voller Unruhe, dass sie den wichtigen Anruf vielleicht schon verpasst haben könnte. Hoffentlich hinterließ man wenigstens eine Nachricht auf ihrem Anrufbeantworter.

Vor Nervosität hatte sie feuchte Hände bekommen. In die erste Euphorie mischten sich inzwischen Zweifel. Wie würde Claus die Sache sehen? Sie war sich nicht sicher, ob er sich für sie freuen würde. In der Vergangenheit hatte sie oft mit ihrem Schicksal gehadert. Er hatte sie getröstet und ihr immer wieder versichert, dass sie durch ihn über alles, was sich in der Szene abspielte, auf dem Laufenden bliebe. Und es sei ja nicht so schlimm, wenn sie keine Ausgrabung leiten könne, dann müsse sie auch keine Verantwortung tragen, und es werde sowieso immer schwieriger, das Budget werde knapper und die Bürokratie größer. Schließlich hatte sie ihm geglaubt.

Der Bus kam. Zischend öffneten sich die Türen. Sonja sah zu, wie sich der Einstieg absenkte, damit eine Frau mit Kinderwagen aussteigen konnte. Sonja setzte sich auf einen Fensterplatz. Die Wohnung lag wirklich günstig, ruhig mit viel Grün ringsum, und trotzdem war man per Bus schnell in der Innenstadt. Es war falsch, dass sie nicht gleich zugesagt hatte. Die Wohnung entsprach in jeder Hinsicht ihren Wünschen.

Sonja starrte aus dem Fenster, ohne etwas wahrzunehmen. Sie musste immer wieder an das Gespräch mit Uli denken und grübelte darüber nach, was wohl mit Lehmann geschehen war. Er war alles andere als ein Abenteurertyp. Im Studium hatte er die Angewohnheit gehabt, geradezu pedantisch den Dingen auf den Grund zu gehen. Ein richtiger Korinthenkacker. Sonderlich beliebt war er bei seinen Kommilitonen nicht gewesen; sie fanden, dass er sich bei den Professoren allzu sehr einschleimte. Paul war fleißig, zielstrebig, ein Einzelgänger, der abends selten auf ein Glas Bier in die Studentenkneipe mitkam. Bereits mit Mitte zwanzig hatte er eine Stirnglatze entwickelt, und Sonja konnte sich nicht erinnern, ihn je mit einer Freundin gesehen zu haben. Ein paar Studenten hatten gemunkelt, Paul Lehmann sei schwul, aber auch dafür gab es keinen Beweis. Sonja hatte ihn eher für einen Stubenhocker gehalten, angetrieben von unersättlicher wissenschaftlicher Neugier; er war jemand, der sich lieber mit Büchern umgab anstatt mit Menschen. Inzwischen musste er wohl Führungsqualitäten entwickelt haben, sonst hätte er nicht so viele Ausgrabungen geleitet. Sonja konnte sich Lehmann auf dem Ausgrabungsgelände gut als kleinen Diktator vorstellen, der exakte Anweisungen gab und darüber wachte, dass sie minutiös erfüllt wurden. Wahrscheinlich duldete er weder Fehler noch

Schlampereien, er würde die Betroffenen zur Verantwortung ziehen. Vermutlich hatte er jetzt noch weniger Freunde als im Studium.

Das waren nicht gerade freundliche Gedanken, und Sonja fragte sich, ob in ihrer Einschätzung nicht unterschwellig Neid mitschwang. Schließlich hatte Lehmann das erreicht, was ihr verwehrt geblieben war. Allerdings war er ihr nie sympathisch gewesen. Vielleicht hatte er Feinde, die für sein Verschwinden gesorgt hatten, oder er hatte Ungereimtheiten aufgedeckt und war deswegen aus dem Weg geschafft worden …

Stopp!, ermahnte sich Sonja. Jetzt ging die Phantasie eindeutig mit ihr durch. Es gab immer wieder Fälle, dass Menschen verschwanden und Suchaktionen erfolglos blieben, ohne dass gleich ein Verbrechen dahinterstecken musste. Lehmann konnte in eine Felsspalte gerutscht sein, oder ein Stollen war über ihm zusammengebrochen und hatte ihn verschüttet. Vielleicht hatte er auch einen Ausflug in die Wüste gemacht und war dabei von einem Skorpion gebissen worden; diese Viecher gab es in Ägypten überall.

Der Bus hielt am Rathausmarkt, Sonja stieg aus, überquerte den Platz und erwischte gerade noch die U-Bahn. Als sie sich hingesetzt hatte, ertönte aus ihrer Handtasche das SMS-Signal. Sonja fischte ihr Handy heraus. Die Nachricht war von Claus und sehr kurz.

Wohnung o.k.?

Sonja betrachtete das Display. Eigentlich hätte sie zurückschreiben müssen: *Optimal, aber ich will nicht mehr umziehen.* Das ging nicht. Die Erklärung, warum sie ihre Meinung geändert hatte, wäre zu lang für eine SMS. Anrufen wollte sie Claus auch nicht. Sie wollte erst sicher sein, dass man ihr das Jobangebot auch tatsächlich machte.

Sie entschied sich, die SMS einfach zu ignorieren. Mit einem Anflug von schlechtem Gewissen steckte sie das Handy in die Handtasche zurück.

Die U-Bahn war nur halb besetzt. Schräg gegenüber saß ein glatzköpfiger Mann mit wattierter blauer Weste und hatte einen schwarzen Hund an der Leine. Der Hund lag auf dem Boden, die Ohren aufmerksam gespitzt, und seine Haltung erinnerte Sonja an die Statue des Totengottes Anubis, die man im Grab des Tutenchamun gefunden hatte.

Sie spürte ein nervöses Kribbeln im Bauch und schloss die Augen. Es war verrückt, sie konnte an nichts anderes mehr denken als an den Anruf. Das war die Chance ihres Lebens. Sie musste die Leute von der Altertümerverwaltung überzeugen, dass sie die Richtige für den Job war. Schließlich hatte sie sich jahrelang mit Nofretete beschäftigt. Keine andere Persönlichkeit aus der Vergangenheit hatte sie so fasziniert wie diese ägyptische Königin.

Vor ein paar Jahren hatte die britische Forscherin Joann Fletcher geglaubt, die Mumie der Nofretete im Tal der Könige entdeckt zu haben. Die Nachricht von dem sensationellen Fund war durch alle Zeitungen gegangen, und der *Discovery Channel* hatte eine Dokumentation darüber ausgestrahlt. Doch bald hatte sich das Ganze als Irrtum erwiesen. Man hatte die Tote untersucht und herausgefunden, dass sie mit etwa fünfundzwanzig Jahren gestorben war. Nofretete, die immerhin sechs Töchter zur Welt gebracht hatte, hätte älter sein müssen. In späteren Untersuchungen wurde außerdem behauptet, die Mumie sei männlich …

Das deutsch-ägyptische Ausgrabungsteam unter der Leitung von Paul Lehmann grub jetzt dagegen in Tell el-Amarna, in jenem Gebiet, in dem Echnaton die Stadt Achetaton hatte bauen lassen. Es galt als wahrscheinlicher, Nofretetes Mumie dort zu finden, obwohl die Pharaonen oft mehrere Gräber hatten und ihre Mumien – aus Angst vor Grabplünderungen – von ihren Anhängern manchmal mehrfach »umgebettet« worden waren.

Sonja war so in Gedanken versunken, dass sie zusammenzuckte, als ihre Haltestelle angesagt wurde. Schnell stand sie auf und ging zur Tür. Der Mann mit dem schwarzen Hund stieg ebenfalls aus. Sonja sah den beiden kurz nach, dann spurtete sie im Eilschritt zur Rolltreppe und fuhr nach oben. Bis zu ihrer Wohnung brauchte sie sonst zu Fuß gut fünf Minuten. Diesmal schaffte sie es in vier. Die Wohnung lag im zweiten Stock. Atemlos steckte Sonja den Schlüssel ins Schloss. Sie hörte, wie drinnen das

Telefon läutete. Als sie aufgeschlossen hatte und zum Telefon stürzte, hörte das Läuten auf. Sonja fluchte. Das rote Lämpchen ihres Anrufbeantworters blinkte. Hastig drückte sie auf den Wiedergabeknopf.

»Sie haben keine neuen Nachrichten.«

»Mist«, zischte Sonja. Sie löschte die vier alten Nachrichten, die noch auf dem Gerät gewesen waren, und griff zum Telefon, um festzustellen, wer zuletzt angerufen hatte. Es war Claus gewesen. Sonja stöhnte, zog dann langsam ihren Mantel aus, streifte die Schuhe ab und ging ins Bad. Sie ließ sich kühles Wasser über die Hände laufen, und allmählich beruhigte sich ihr Herzschlag.

Lange betrachtete sie sich im Spiegel. Ihre Wangen waren gerötet, was ihr jedoch gut stand – sie war meistens sehr blass. Ihr Haar hatte ein schönes Naturblond und war noch genauso hell wie in ihrer Kindheit. Sonjas Freundin Amelie hatte ihr prophezeit, nach einer Schwangerschaft werde das Haar garantiert dunkler werden. Aber jetzt leuchtete es noch wie Gold. *Kleine Schwedin* hatte ihre Mutter sie als Kind oft liebevoll genannt, auch wegen ihrer dunkelblauen Augen.

Die Augen waren jetzt etwas blasser, aber noch immer sehr auffallend, vor allem wenn Sonja sie mit blauem Kajalstift und blauer Wimperntusche betonte – wie heute.

Sonja war mit ihrem Spiegelbild zufrieden. Sie sah sehr gut aus. Die meisten Leute schätzten sie höchstens auf Ende zwanzig.

Das Telefon läutete erneut. Sonja zögerte. Es war sicher wieder Claus, der wissen wollte, wie es mit der Wohnung gelaufen war. Als sie zum Apparat ging, setzte ihr Herz einen Schlag lang aus. Auf dem Display stand eine lange ausländische Nummer.

»Sonja Morhardt.«

Der Anruf kam aus Kairo. Es war das *Supreme Council of Antiquities*, die ägyptische Altertümerverwaltung. Eine weibliche Stimme teilte Sonja auf Englisch mit, dass sie gleich mit dem Generalsekretär Dr. Hazim Mohy el-Din verbunden werden würde.

Sonja merkte, wie ihre Knie weich wurden. Damit hatte sie nicht gerechnet. Sie hatte schon oft von ihm gelesen oder ihn im

Fernsehen gesehen. Zum Glück war ihr Englisch sicher; fremde Sprachen zu lernen hatte ihr immer Spaß gemacht und war ihr leichtgefallen.

Es knackte in der Leitung, dann war Dr. Mohy el-Din am Apparat. Zu Sonjas Verwunderung sprach er ein gut verständliches Deutsch. Er erkundigte sich nur kurz nach ihrer Ausbildung und fragte, ob sie interessiert sei, Paul Lehmann zu vertreten. Sonja hatte das Gefühl, dass ihm bereits Informationen über sie vorlagen. Er wollte auch gar keine Einzelheiten über sie wissen, sondern fragte nur, ob sie sofort anfangen könne.

Sonja überlegte blitzschnell. Den Job beim Museum konnte sie problemlos kündigen. Ihr stand ohnehin noch Urlaub zu.

»Ja, das geht«, sagte sie.

»Sehr schön«, erwiderte Dr. Mohy el-Din. »Dann mailen Sie mir bitte Ihre Bewerbungsunterlagen und auch ein möglichst aktuelles Foto.« Er nannte die Adresse, die Sonja notierte.

»Ich werde noch zwei, drei andere Leute fragen«, teilte Dr. Mohy el-Din ihr dann mit. »Aber ich gebe Ihnen so bald wie möglich Bescheid. Sie hören auf alle Fälle noch in dieser Woche von mir.«

Er verabschiedete sich. Als Sonja aufgelegt hatte, war sie wie betäubt. Das Gespräch hatte kaum länger als fünf Minuten gedauert.

Sie setzte sich sofort an den Computer und stellte die Dateien zusammen. Noch zwei oder drei andere Bewerber. Sie schnitt eine Grimasse. Zwar hatte sie einen hervorragenden Abschluss, aber ihr fehlte eben die Praxis. Seit ihrem Studium hatte sie an keiner Ausgrabung mehr teilgenommen. In Ägypten war sie ein paar Mal gewesen, hauptsächlich privat, die letzten drei Reisen hatte sie mit Claus gemacht.

Sie ergänzte ihren Lebenslauf und starrte auf die Tabelle. Ziemlich mager. Zum Glück war Nofretete ihr Spezialgebiet. Vielleicht würde das den Ausschlag geben … Immerhin hatte Dr. Mohy el-Din am Telefon durchaus interessiert geklungen. Sie verfasste ein kurzes Anschreiben, suchte ein hübsches Foto heraus und schickte die Mail dann mit den Dateianhängen nach Kairo.

Jetzt konnte sie nur noch warten. Wie schön wäre es, dachte sie, wenn dieser Traum in Erfüllung ginge und ich den Job bekäme …

Wieder läutete das Telefon. Sonja sah sich um und konnte das Gerät zuerst nicht entdecken. Sie hatte es zuvor in der Aufregung einfach irgendwo abgelegt. Nach dem vierten Klingeln fand sie es auf dem Bücherregal.

»Hallo, Claus«, meldete sie sich.

»Du bist ja doch da«, sagte Claus. »Gerade wollte ich wieder auflegen. Ich hab dir eine SMS geschickt. Wie war die Wohnung?«

»Es gibt eine Riesenneuigkeit«, sprudelte Sonja heraus und berichtete von Dr. Mohy el-Dins Anruf. »Stell dir vor, ich könnte wirklich diese Ausgrabung leiten! Das wäre der Wahnsinn, eine einmalige Chance für mich. Und wenn ich dann das Grab der Nofretete tatsächlich entdecken würde …« Es kribbelte in ihr vor Freude und Erwartung.

Claus schwieg zunächst, offenbar völlig überrumpelt von der Nachricht.

»Sag doch was!«, drängte Sonja. »Ist das nicht toll?«

»Mich interessiert in erster Linie, was mit diesem Lehmann passiert ist. Möglicherweise steckt ein Verbrechen dahinter. Man hört ja immer wieder von Anschlägen in Ägypten.« Claus machte eine kurze Pause. »Und außerdem diese vielen Grabräuber. Die Geschichte ist voll damit. Der illegale Handel mit Antiquitäten. Möglicherweise war Lehmann ja in so was verwickelt.«

»Das kann ich mir bei ihm nicht vorstellen.« Sonja schüttelte den Kopf. »Lehmann gilt als überaus korrekt. Er war schon im Studium ungeheuer penibel.«

»Du weißt nicht, was inzwischen geschehen ist. Menschen verändern sich.«

Sie glaubte trotzdem nicht daran, dass Lehmann irgendwelche Funde an Kunstliebhaber verscherbelt hatte. »Vielleicht hat er sich in der Wüste verlaufen«, überlegte sie laut. »Oder er ist irgendwo abgestürzt …«

»Solange man ihn nicht gefunden hat, kann man gar nichts sagen«, meinte Claus.

»Du scheinst dich ja überhaupt nicht darüber zu freuen, dass ich so ein Angebot bekommen habe«, stellte Sonja enttäuscht fest.

»Ich möchte nur nicht, dass du dir falsche Hoffnungen machst, Sonja. Klar, ich verstehe schon, dass du im Moment völlig aus dem Häuschen bist. Aber du musst es realistisch sehen. Du bist nur eine von vier Experten, die Mohy el-Din fragt. Und deine Mitbewerber sind höchstwahrscheinlich höher qualifiziert, mach dir da nichts vor.«

»Aber vielleicht haben sie keine Zeit«, murmelte Sonja und hoffte, dass ihre unbekannten Konkurrenten gerade mit superwichtigen Projekten beschäftigt waren.

»Ach, Sonja …« Sie hörte, dass er lächelte. »Wann will er sich denn wieder melden?«

»Noch diese Woche.«

»Dann musst du wenigstens nicht so lange warten.« Damit schien das Thema für Claus vorerst erledigt zu sein. »Und was ist nun mit der Wohnung?«

Sonja spielte mit einem Bleistift, während sie ihm die Räume beschrieb. Sie spürte seine Begeisterung.

»Und?«, fragte er dann. »Hast du zugesagt?«

»Noch nicht …«

»Ich bitte dich! Was hält dich davon ab? Die Wohnung ist ideal. Ruf die Maklerin sofort an, bevor uns jemand das Objekt vor der Nase wegschnappt!«

»Aber wenn ich den Job doch bekommen sollte?«, fragte Sonja. »Dann will ich vorläufig nicht schwanger werden … und wir müssten auch nicht sofort in eine größere Wohnung ziehen.«

»Wenn, wenn, wenn«, wiederholte Claus ungeduldig. »Die Wohnung hätten wir dann wenigstens. Wer weiß, wann sich wieder eine solche Chance bietet.«

Sonja presste die Lippen zusammen. »Falls ich weg bin, müsstest du dich allein um den Umzug kümmern«, sagte sie. »Von Ägypten aus kann ich das nicht regeln.«

»Ach, Schatz, das kriege ich notfalls auch hin, oder traust du mir das nicht zu?« Er lachte. »Ruf die Maklerin an, dass wir die

Wohnung nehmen! Und ich bestelle gleich einen Tisch im Restaurant für heute Abend. Ich glaube, wir haben etwas zu feiern.«

»Die Wohnung«, sagte Sonja und schluckte. Dann fügte sie trotzig hinzu: »Und vielleicht meinen Job.«

»Richtig«, meinte Claus. »Vielleicht. Ciao, bis später, mein Liebling.«

In den nächsten Tagen kam kein Anruf vom *Supreme Council of Antiquities*, und gegen Ende der Woche war Sonja überzeugt, dass sie die Sache abhaken konnte. Ihre Enttäuschung war groß, aber sie ließ sich nichts anmerken, wenn sie mit Claus zusammen war. Sie versuchte, sich auf die neue Wohnung zu konzentrieren. Gemeinsam machten sie anhand des Grundrisses Pläne, wie sie am besten einzurichten war.

Wenn Sonja allein war, wurde sie manchmal wütend. Warum hatte sie nicht ein einziges Mal Glück und bekam einen so verantwortungsvollen Posten? Und warum meldete sich Dr. Mohy el-Din nicht, um ihr abzusagen? Wenigstens eine Mail hätte er schicken können!

Um sich abzulenken, begann Sonja auszumisten. Das war keine Arbeit, die sie sonderlich liebte, aber früher oder später musste sie damit anfangen, wenn sie nicht mit dem ganzen Krempel umziehen wollte. Schweren Herzens packte sie ihre Sammlung von alten Archäologie-Zeitschriften und trug sie zum Altpapier-Container. Als sie den Stapel hineinstopfte, hatte sie das Gefühl, dass das Kapitel Archäologie für sie beendet war. Aber sie spürte keine Erleichterung, eher eine große Leere. Claus dagegen meinte, dass der Job sie ohnehin überfordert hätte. Das tröstete sie kaum.

Nach wie vor zuckte sie zusammen, wenn das Telefon klingelte. Aber entweder war es ihre Freundin Amelie oder die Maklerin, die anrief, um noch ein paar Einzelheiten zu klären, oder ein Vermögensberater, der einen Termin vereinbaren wollte.

Uli hatte ihr eine Mail geschrieben und sich nach dem Stand der Dinge erkundigt. Sie hatte ihm kurz geantwortet, dass Dr. Mohy el-Din sie zwar angerufen, aber sich dann nicht mehr gemeldet hatte.

Sei nicht traurig!, mailte ihr Uli zurück. *Du bist trotzdem einzigartig!*

Als sie seine Antwort las, bekam sie feuchte Augen. Sie überlegte, woran es lag, dass sie und Uli immer nur gute Freunde gewesen waren. Im Studium hatte jeder von ihnen in einer Beziehung gesteckt. Uli war zuerst wieder Single gewesen. Sonja hatte es mit ihrem damaligen Freund etwas länger ausgehalten. Und als es zwischen ihnen dann zu Ende gewesen war, hatte sie sich bereits in ihren Professor Claus Bronnbach verliebt. Zuerst war es kaum mehr als Schwärmerei gewesen, sie hatte sich nur zaghaft getraut, mit ihm zu flirten. Er war zu jenem Zeitpunkt verheiratet gewesen, und sie hatte damals den Grundsatz gehabt, nicht in fremden Revieren zu wildern, obwohl etliche ihrer Kommilitoninnen in dieser Hinsicht keine Skrupel gehabt hatten. Amelie hatte ihr geraten, ihre Doktorarbeit bei Claus zu schreiben, aber Sonja hatte sich dagegen entschieden. Als es sich herumgesprochen hatte, dass Claus frisch getrennt war, hatte Sonja die Gelegenheit beim Schopf ergriffen. Auf einer Exkursion waren sie sich nähergekommen, und seitdem waren sie zusammen, erst heimlich, dann nach Sonjas Abschluss offiziell. Uli hatte das Auf und Ab ihrer Gefühle immer verfolgt, sie getröstet, wenn sie traurig war, und bei Krisen ihr Selbstbewusstsein wieder aufgebaut.

Sie lächelte. Uli war für sie so etwas wie ein Bruder, den sie leider nie gehabt hatte. Sie überlegte, ob er Pate für ihr Kind werden sollte, strich sich über den Bauch und spürte wieder ein dumpfes Gefühl der Enttäuschung. Der Lockruf Ägyptens war noch so stark …

Ärgerlich über sich selbst, trat sie an das Regal, fuhr an den Bildbänden und an den Büchern über Nofretete entlang und überlegte, ob sie die Bücher nicht doch in ein Antiquariat bringen sollte. Es wurde Zeit, endlich ihren Traum zu begraben; sie würde sonst nie zufrieden werden.

Sie zog die Bücher aus dem Regal und stapelte sie in einen Karton, den sie dann unentschlossen in einen Abstellraum schob. Nein, sie schaffte es nicht, diese Bände wegzugeben. Noch nicht.

Am Freitagnachmittag machte sie sich fertig, um noch für ein paar Stunden ins *Museum für Kunst und Gewerbe* zu gehen. Ironischerweise hatte in dieser Woche gerade eine Ausstellung über ägyptische Mumien begonnen. Sonja war schon an der Tür, aber weil sie noch etwas Zeit hatte, folgte sie einem inneren Impuls und schaltete ihren Computer ein, um nachzuschauen, ob sie neue Mails bekommen hatte. Das akustische Signal ertönte. Es waren vier ungelesene Nachrichten. Sonjas Herz schlug schneller, als sie als Absender einer Mail das *Supreme Council of Antiquities* erkannte.

»Die Absage«, murmelte sie und öffnete zögernd die Mail, die den Betreff *Tell el-Amarna* hatte.

Das Schreiben stammte von Dr. Hazim Mohy el-Din.

Liebe Frau Dr. Morhardt,
sind Sie bereit? Ich erwarte Sie in zehn Tagen. Teilen Sie mir Ihre Ankunft mit, einer meiner Mitarbeiter wird Sie vom Flughafen abholen.
Mit besten Grüßen
Dr. Hazim Mohy el-Din

2

Die Hitze in Kairo erschlug sie fast. Sie war dankbar, dass der junge Mann, den Dr. Mohy el-Din geschickt hatte, ihr die Koffer abnahm. Ihr Flug hatte über drei Stunden Verspätung gehabt. Jetzt konnte sie Dr. Mohy el-Din nicht mehr im Büro aufsuchen.

»Es tut mir leid, dass Sie so lange warten mussten«, sagte Sonja zu dem jungen Ägypter, der sich mit dem Namen Ahmed Ghassab vorgestellt hatte. Sie hatte nicht mehr damit gerechnet, dass er noch auf dem Flughafen wäre, und schon überlegt, ob sie sich ein Taxi zum Hotel nehmen sollte. Doch dann hatte sie das Schild mit ihrem Namen entdeckt.

Ahmed versicherte ihr auf Englisch, dass es ihm nichts ausgemacht habe, so lange zu warten.

»Soll ich Sie gleich ins Hotel bringen?«, fragte er.

Sonja nickte. »Ja, bitte. Ich bin ziemlich erschöpft.«

Als sie zum Auto gingen, teilte Ahmed ihr mit, dass Dr. Mohy el-Din am nächsten Morgen ins Hotel kommen und den Mann mitbringen werde, der Sonja nach Mittelägypten fahren solle.

»Ich habe mit meinem Chef telefoniert und ihm gesagt, dass Ihr Flieger leider Verspätung hat«, sagte er. »Er möchte Sie dann morgen früh persönlich kennenlernen. Es sei denn, Sie wollen jetzt noch mit ihm zu Abend essen.« Ahmed sah Sonja fragend an. »Dann rufe ich ihn auf dem Handy an.«

Sonja überlegte kurz. Die letzten Tage waren äußerst hektisch gewesen, sie hatte sehr viel organisieren müssen. Dazu kam noch der Stress mit Claus, dem es nicht passte, dass sie die Stelle als Ausgrabungsleiterin antreten wollte. Wahrscheinlich hatte er nie ernsthaft damit gerechnet, dass Sonja den Job tatsächlich bekäme. Es hatte endlose Diskussionen und zuletzt einen Riesenkrach gegeben. Vor dem Abflug hatten sie sich wieder halbwegs versöhnt, aber trotzdem war ein schales Gefühl zurückgeblieben.

Eigentlich wollte sie wirklich ihre Ruhe, die Beine hochlegen und abschalten. Andererseits reizte es sie, den Mann kennenzulernen, der es ihr ermöglicht hatte, ihren Traum zu verwirklichen.

Sie lächelte Ahmed an. »Wenn sich Dr. Mohy el-Din heute noch mit mir treffen möchte – gern.«

»Oh, das ist wunderbar, er wird sich freuen.« Ahmed zückte sogleich sein Handy, wählte und sprach ein so schnelles Arabisch, dass Sonja kaum mitkam. Dann reichte er ihr das Handy und sagte: »Er will mit Ihnen reden.«

Sonja war aufgeregt. »Guten Abend, Dr. Mohy el-Din.«

»Hallo, Frau Morhardt.« Seine Stimme klang genauso munter wie vor einigen Tagen. »Ich hoffe, Sie hatten einen guten Flug – bis auf die ärgerliche Verspätung.« Er redete mit ihr, als würden sie sich schon jahrelang kennen, höflich und gleichzeitig kollegial. Sie verabredeten sich um zwanzig Uhr im Restaurant des Hotels. So blieb Sonja noch genügend Zeit, um sich frisch zu machen.

Ahmed lud ihr Gepäck in den Kofferraum seines Wagens, ließ Sonja einsteigen und fuhr los in Richtung Innenstadt, wo sich das Hotel befand, das Dr. Mohy el-Din für sie gebucht hatte. Der Flughafen war vom Zentrum gut zwanzig Kilometer entfernt.

Sonja war schon öfter in Kairo gewesen, aber das Verkehrschaos kam ihr jedes Mal schlimmer vor. Ahmed ließ sich jedoch nicht aus der Ruhe bringen. Er steuerte das Auto geschickt zwischen Bussen und Lastwagen hindurch, unbeeindruckt von dem Gehupe ringsum. Sonja sah aus dem Fenster, zunehmend fasziniert von der Atmosphäre Kairos und den Gegensätzen, die hier herrschten: Moderne und Tradition, Glanz und Schmutz, orientalisches Flair und die Zugeständnisse an den Tourismus. Der Wüstensand verlieh der Stadt den typischen Gelbstich. Hinter hässlichen grauen Gebäuden ragten Minarette auf, am Straßenrand schimmerte das leuchtende Grün der Dattelpalmen. Je näher sie der Innenstadt kamen, desto dichter wurde der Verkehr. Fußgänger überquerten seelenruhig die Fahrbahn. Zwei Frauen mit langen Röcken balancierten Obstkörbe auf dem Kopf. Ein Eselskarren zuckelte vor ihnen auf der Fahrbahn, auf dem Karren saß ein alter Mann, der eine blaue Galabija trug. Das traditionelle Gewand, das man hier so häufig sah, erinnerte Sonja immer an ein Nachthemd.

Endlich erreichten sie die Innenstadt. Beim Anblick des Nils, der breit dahinströmte und noch immer die Lebensader Ägypten war, ging Sonja das Herz auf. Sie hatte das Gefühl, als komme sie nach Hause.

Ahmed hielt in zweiter Reihe vor dem Hotel und half ihr, das Gepäck in die Eingangshalle zu tragen. Das Hotel war luxuriös, helle Lichter säumten Decke und Wände, orientalische Muster rankten sich um Türen und Torbogen, und Sonja hatte den Eindruck, die Welt von *Tausendundeine Nacht* zu betreten. Die Müdigkeit fiel von ihr ab, sie spürte eine kribbelnde Aufgeregtheit und wusste plötzlich, dass es richtig gewesen war, hierherzukommen – egal, ob es Claus passte oder nicht.

Sie verabschiedete sich von Ahmed, der ihr einen schönen Abend wünschte, und trat an die Rezeption, wo eine junge Frau sie begrüßte. Die Hotelangestellte sah im Computer nach, bestätigte die Anmeldung, und nachdem Sonja ihren Pass vorgelegt hatte, bekam sie den Zimmerschlüssel. Ihr Zimmer befand sich im ersten Stock, ein Page trug ihr das Gepäck nach oben, während Sonja fast im weichen Teppich versank, mit dem die breite Treppe belegt war.

Das Zimmer war ein Traum, bunt und geräumig: Holzmöbel im orientalischen Stil mit Schnitzereien, das Doppelbett mit gewebter Decke und vielen seidenen Kissen. Im Bad standen mehrere Flakons mit Badesalz und Shampoo bereit, die Handtücher waren kuschelig weich. Es fehlte an nichts. Sonja gab dem Pagen ein Trinkgeld, schloss hinter ihm die Tür und atmete tief durch.

Sie beschloss, zuerst ein Bad zu nehmen, ließ Wasser in die Wanne laufen und roch an verschiedenen Flakons, bevor sie sich für den Sandelholzduft entschied. Sie lag fast eine halbe Stunde lang in der Wanne und fühlte sich danach wie neu geboren. Das Badetuch um den Körper gewickelt, setzte sie sich aufs Bett, zog das Telefon zu sich heran, rief die Rezeption an und ließ sich mit Claus verbinden. Wenig später hörte sie seine Stimme.

»Sonja, endlich. Warum rufst du erst jetzt an? Ich habe mir schon Sorgen gemacht, dass etwas passiert ist.«

»Der Flieger hatte drei Stunden Verspätung. Es ist alles in Ordnung. Ich bin im Hotel. Mein Zimmer ist übrigens sehr schön.«

»Ich vermisse dich jetzt schon«, sagte Claus mit samtiger Stimme. »Wie soll ich es nur so lange ohne dich aushalten?«

Sie lachte leise, ohne zu antworten. Wenn er auf Exkursionen fuhr, war er auch oft wochenlang von ihr getrennt gewesen – und da hatte er niemals diese Frage gestellt.

»Hast du diesen Kerl schon getroffen?«, fragte Claus.

»Welchen Kerl?«

»Na, den Generalsekretär – du weißt schon. Der dich eingestellt hat.«

»Nein, es war zu spät, um ihn im Büro aufzusuchen. Aber wir sind nachher zum Essen verabredet.«

»Wo?«

»Hier im Hotel. Du musst dir keine Sorgen machen, dass ich mich nachts in Kairo verlaufe.«

»Ich mache mir aber Sorgen. Lass dich von dem Typen nicht flachlegen!«

»O Claus!« Sie stöhnte. »Glaubst du, ich bin nach Ägypten gereist, um bei erster Gelegenheit fremdzugehen?«

»Vielleicht erwartet er eine Gegenleistung dafür, dass er dich genommen hat.«

Wut stieg in ihr auf, dass er ein Gespräch auf solchem Niveau führte. Zählten ihre Qualifikationen überhaupt nicht? Sie hatte ihr Studium immerhin mit der Note 1,2 abgeschlossen.

»Du denkst also, er hat mich hauptsächlich deswegen ausgesucht, weil ihm mein Foto gefallen hat?«, fragte sie provozierend. »Mach dich nicht lächerlich, Claus!«

»Ich will nur nicht, dass du da in irgendwas reinrutschst.«

»Ich bin fünfunddreißig und keine siebzehn mehr!«

»Aber du bist manchmal zu gutgläubig ... und ich möchte einfach nicht, dass dir was passiert.«

Sie atmete tief durch, um ihn nicht anzuschreien. Er benahm sich total albern. Nur weil es mal nicht nach seinen Vorstellungen ging.

»Okay«, sagte sie, während ihre Stimme vor unterdrücktem Zorn bebte. »Ich werde auf mich aufpassen.« Dann verabschiedete sie sich und versprach, sich wieder zu melden, sobald sich die Gelegenheit dazu ergäbe.

»Du hast ja meine Handynummer. Allerdings weiß ich nicht, wie gut die Verbindung in Tell el-Amarna ist. Möglicherweise gibt es dort kein Funknetz.«

Nachdem sie aufgelegt hatte, stieß sie die Luft aus. Claus war extrem anstrengend! Sie war doch nicht sein Besitz!

Trotzig beschloss sie, sich an diesem Abend besonders schön zu machen. Zwanzig Minuten später war sie angezogen, geschminkt und sehr zufrieden mit dem Resultat. Sie blickte auf die

Uhr und entschied, schon einmal in die Halle zu gehen und in der Lobby auf Dr. Mohy el-Din zu warten.

Als sie über den roten Teppich die Treppe hinunterstieg, sah sie ihn in die Halle kommen und auf die Rezeption zusteuern. Sie erkannte ihn sofort. Er sah genauso aus wie auf den Fotos und in den Fernsehsendungen – ein hochgewachsener Mann, etwa Mitte fünfzig, mit vollem grauem Haar, dunklem Teint und zielstrebigen Bewegungen. Statt der üblichen Jeans trug er einen dunkelbraunen Anzug.

Lächelnd trat Sonja auf ihn zu. »Dr. Mohy el-Din?«

Sein Kopf fuhr herum. »Frau Morhardt?« Er strahlte übers ganze Gesicht. Seine Augen waren hellblau, ungewöhnlich für einen Ägypter. »Freut mich sehr.«

Sein Händedruck war kräftig. Er hielt ihre Hand eine Spur länger fest, als es üblich war. »Schön, dass Sie sich trotz des anstrengenden Flugs Zeit für mich nehmen. Ich hoffe, Sie sind zufrieden mit dem Hotel, das ich für Sie ausgesucht habe.«

»Es ist alles ganz wunderbar«, versicherte Sonja ihm.

»Die Küche ist auch hervorragend«, sagte er. »Sehr zu empfehlen.«

Sonja nickte. »Gut, ich habe nämlich einen Riesenhunger.«

Sie gingen zusammen über weiche Teppiche den Flur entlang, der in das Restaurant führte.

»Ich mag dieses Land«, gestand Sonja. »Manchmal habe ich das Gefühl, dass Ägypten meine zweite Heimat ist.« Das war nicht übertrieben.

»Vielleicht haben Sie früher schon einmal hier gelebt, in einem anderen Leben.« Er sah sie von der Seite an. »Glauben Sie an die Wiedergeburt?«

Sie hob die Schultern. »Offen gestanden weiß ich nicht so recht, was ich davon halten soll.«

»Sie könnten eine Rückführung machen lassen, dann würden Sie Genaueres erfahren. Es gibt sicher auch in Deutschland Therapeuten, die Rückführungen in frühere Leben anbieten.«

»Ich glaube nicht, dass ich so etwas wirklich will. Es könnte ja etwas herauskommen, das mir überhaupt nicht gefällt.«

»Da haben Sie auch wieder recht.«

Sie betraten das Restaurant. Sonja registrierte den spiegelnden Marmorboden und die stilvoll gedeckten Tische. Von der Decke hingen kleine Lampions, die ein mildes Licht verbreiteten.

»Sollen wir uns ans Fenster setzen?«, fragte Dr. Mohy el-Din.

»Gern.«

Ein Kellner führte sie an einen freien Tisch mit Blick auf den Innenhof des Hotels. Der menschenleere Pool war beleuchtet. Auch draußen standen Tische, an denen Gäste saßen, in Jacken und Schals gehüllt, denn abends wurde es kühl.

Dr. Mohy el-Din wechselte mit dem Kellner einige Sätze auf Ägyptisch. Der Kellner wollte sie unbedingt zu einem besonderen Fischgericht überreden.

»Wir möchten trotzdem die Karte«, sagte Dr. Mohy el-Din.

Der Kellner verbeugte sich und brachte kurz darauf zwei in Leder gebundene Speisekarten. Der Text war zweisprachig, arabisch und englisch. Sonja bestellte als vegetarische Vorspeise Auberginenpüree. Als Hauptgang wählte sie geschmortes Lammfleisch mit Okraschoten, während Dr. Mohy el-Din sich gefüllte Eier und Hähnchen mit Nussreis aussuchte. Sie mussten gar nicht lange warten, bis der Kellner die Vorspeisen und dazu das obligatorische Fladenbrot brachte. Als Sonja sich ein Brotstück abriss, spürte sie, wie sie allmählich zur Ruhe kam. Sie war angekommen, vor ihr lag ein angenehmer Abend, und in der nächsten Zeit würde eine verantwortungsvolle Aufgabe auf sie warten. Sie war rundum zufrieden, als sie einen Klecks Auberginenpüree auf ihr Brotstück häufte.

»Sie sind also eine Frau, die gern im Hier und Jetzt lebt.« Dr. Mohy el-Dins Worte waren keine Frage, sondern eine Feststellung.

Sonja dachte kurz nach und nickte. »So kann man es sagen. Natürlich denke ich ab und zu über die Zukunft nach, aber ich plane mein Leben nicht Jahre voraus.« Wie Claus, hätte sie am liebsten hinzugefügt.

»Und Sie machen sich erst recht keine Gedanken über den Tod«, sagte Dr. Mohy el-Din, während er eine Gabel Reis in den Mund schob.

Sie wurde rot. »Doch«, gestand sie. »Ab und zu schon.« Sie hob die Schultern. »Aber ich kann mir ein Weiterleben nach dem Tod nicht recht vorstellen. Ich bin ein paar Jahre lang in eine Klosterschule gegangen. Wir waren nur Mädchen, Nonnen haben uns unterrichtet, alles war ritualisiert, wir mussten jeden Morgen vor dem Unterricht beten. Es war ein Albtraum. Mit sechzehn bin ich endlich auf eine normale Schule gegangen, und sobald ich das Abi hatte, bin ich aus der Kirche ausgetreten. Meine Mutter war entsetzt. Vielleicht können Sie verstehen, dass ich zur Religion ein ziemlich zwiespältiges Verhältnis habe.«

»Bei den alten Ägyptern war das Leben sehr auf den Tod ausgerichtet«, sagte Dr. Mohy el-Din. »Wenn man alle diese Bauwerke betrachtet, scheint der Tod für sie sogar wichtiger gewesen zu sein als das Leben. Sie haben schon zu Lebzeiten alle Einzelheiten für das Leben nach dem Tod organisiert – zumindest jene, die es sich leisten konnten.«

Sonja nickte. »Während bei uns in den westlichen Ländern Sterben und Tod immer noch verdrängt werden.« Sie versuchte, sich in die Lebenswelt der alten Ägypter einzufühlen, und fragte sich, wie sich deren Denkweise wohl auf das moderne Leben auswirken würde. Die Straßen wären dann vielleicht mit Engelsstatuen geschmückt, sodass man sich immer und überall begleitet fühlte. Und gleichzeitig überwacht. Man würde in der Gewissheit aufwachsen, dass nach dem Tod keine große schwarze Leere käme, sondern ein neues buntes Leben mit Abwechslungen, aber auch Verpflichtungen …

Sie schüttelte den Kopf. Die Vorstellung war zu schwierig. Sie war sich nicht sicher, ob sie die alten Ägypter um ihren tiefen Glauben beneiden sollte. Aber zumindest hatte dieser Glaube eine einzigartige Kultur hervorgebracht.

»Und dann kam Echnaton, der alle alten Götter stürzte und den Sonnengott zum alleinigen Gott erhob«, erklärte Dr. Mohy el-Din, als hätte er ihre Gedanken gelesen. »Und sich selbst hat er zu seinem Vertreter gemacht.«

»Eine unvorstellbare Revolution«, bestätigte sie. »Bestimmt ging der Wandel nicht ohne größeres Blutvergießen vonstatten.

Der Pharao zog sich doch sicher den Hass der Priester zu, die den alten Göttern dienten. Schließlich waren die meisten plötzlich arbeitslos, als er die Tempel schließen ließ.«

»Aber das Volk folgte Echnaton«, sagte Dr. Mohy el-Din. »Er muss eine unglaublich charismatische Persönlichkeit gewesen sein.«

»Ja, seine Ausstrahlung war wohl geradezu magisch«, stimmte sie zu. »Genau wie die seiner Gemahlin Nofretete.«

»Womit wir beim Thema wären.« Er lächelte sie über den Tisch hinweg an. »Es wäre sensationell, wenn wir ihre Mumie fänden. Die ganze Welt würde aufhorchen.«

Sie wurde ernst. »Haben Sie inzwischen etwas von Paul Lehmann gehört?«

»Nein, nichts. Leider.«

»Was ist Ihrer Meinung nach mit ihm passiert?«

»Ich habe nicht die geringste Ahnung. Lehmann galt als sehr zuverlässig. Ich glaube nicht, dass er einfach seine Arbeit im Stich gelassen hat.«

Sonja spielte mit der Serviette und schwieg.

»Haben Sie Angst vor Ihrer Aufgabe?«, fragte Dr. Mohy el-Din.

»Eigentlich nicht«, antwortete Sonja. »Es ist für mich eine großartige Chance. Ich werde mir wirklich Mühe geben.«

Er lächelte. »Davon bin ich überzeugt.« Er tupfte sich den Mund ab. »Wer weiß, in welche Geschäfte er sich hat verwickeln lassen.«

»Glauben Sie, Paul Lehmann war bestechlich?«

»In der Regel ist alles nur eine Frage des Preises.«

»Ich habe mit ihm studiert«, erzählte Sonja. »Er war mir nie sonderlich sympathisch, aber er war sehr pflichtbewusst. Beinahe schon überkorrekt.«

»Also ein Beamtentyp, kein Abenteurer.«

»Genau. Sehr ehrgeizig. Er wollte immer der Beste sein.«

»Vielleicht ist ihm genau dieser Wunsch zum Verhängnis geworden. Aber jetzt wollen wir lieber über Sie reden statt über Lehmann.« Er sah sie an. In seinen Augen lag ein eigentümlicher

Ausdruck, und Sonja überlegte, ob er mit ihr flirtete. Doch dann lehnte sich Dr. Mohy el-Din zurück und wurde sachlich.

»Morgen früh gegen neun holt mein Fahrer Sie mit dem Wagen ab. Es ist eine weite Fahrt bis nach Tell al-Amarna, aber mit etwas Glück können Sie es bis gegen Abend schaffen. Ansonsten müssten Sie unterwegs übernachten, aber keine Sorge, mein Fahrer kennt entsprechende Adressen.«

»Ich bin wirklich sehr gespannt«, gestand Sonja. »Ich kann es kaum erwarten, mit der Arbeit anzufangen.«

»Genießen Sie die Nacht in diesem Hotel und Ihr weiches Bett«, sagte er. »Im Camp wird es nicht ganz so komfortabel sein. Wir haben uns zwar nach Kräften bemüht, für alles Notwendige zu sorgen, aber ein Zelt ist nun mal kein Fünfsternehotel.«

»Das ist mir schon klar«, murmelte Sonja. »Es ist schließlich nicht die erste Ausgrabung, an der ich teilnehme.«

»Das war auch nicht so gemeint.« Er rückte wieder näher an den Tisch heran. »Ägypten hat viele Gesichter. Auf der einen Seite gibt es unendlichen Luxus, auf der anderen Seite bittere Armut. Aber das war auch schon so in der Zeit der Pharaonen. An Ihrer Stelle würde ich heute noch den Luxus auskosten. Möchten Sie einen Nachtisch?«

Zwei Stunden später lag Sonja im Bett und wälzte sich ruhelos von einer Seite auf die andere. Obwohl sie todmüde war, konnte sie nicht einschlafen. Zu viel ging ihr im Kopf herum. Das leise Surren der Klimaanlage, die ungewohnten Geräusche, der volle Magen – alles störte sie.

Sie hätte doch nicht als Nachtisch Om Ali essen sollen, das war eindeutig zu viel gewesen. Es stieß ihr klebrig nach den Nüssen und dem Strudelteig auf, und ihr war ein wenig schlecht.

Trotzdem war es ein netter Abend gewesen. Sie fand Dr. Mohy el-Din sehr sympathisch, und das Gefühl schien auf Gegenseitigkeit zu beruhen. Sie würden sicher gut miteinander auskommen. Bestimmt würde sie noch oft mit ihm zu tun haben.

Trotz der leichten Übelkeit spürte sie wieder ein erwartungsvolles Kribbeln im Bauch. Sie dachte an ihr Zelt, an ihr Feldbett, an die Arbeit, die sicher schon in aller Frühe beginnen würde, denn man musste die Tage ausnutzen, weil für die Grabung nicht unbegrenzt viel Zeit zur Verfügung stand.

Ob sie wirklich das Grab der Nofretete oder ihre Mumie finden würde? Die Königin war irgendwann spurlos aus der Geschichte verschwunden. Man hatte sie geliebt, gehasst, bewundert und irgendwann so verachtet, dass man ihren Namen in den Kartuschen gelöscht hatte, um die Erinnerung an sie zu tilgen.

Aber die schöne Porträtbüste, die heute im *Neuen Museum* in Berlin stand, hatte das Gedächtnis an Nofretete für immer bewahrt.

Mit diesem Gedanken fiel Sonja endlich in einen tiefen und traumlosen Schlaf.

Achetaton,
im 12. Regierungsjahr des Pharaos

Nofretete stand vor dem großen Bronzespiegel, musterte sich mit kritischem Blick und strich sich mit den Händen über die Hüften. Ihr Körper war noch immer schlank und fest, obwohl sie sechs Kinder geboren hatte – sechs Töchter, die ihre Schönheit geerbt hatten.

Die letzte Geburt war schwierig gewesen, sie wäre dabei fast verblutet und hatte schon die Schatten von Osiris' Reich gesehen. Aber Aton hatte ihren Tod nicht zugelassen und sie ins Licht zurückgeführt.

Man hatte ihr vorhergesagt, dass sie keine weiteren Kinder bekommen werde. Und es stimmte. Bisher hatte sich ihr Leib mit derselben Regelmäßigkeit gerundet, wie der Nil über seine Ufer trat. Doch im letzten und auch in diesem Jahr blieb ihr Bauch flach, sie trug keine Frucht mehr unter ihrem Herzen und würde Echnaton keinen Thronfolger schenken, den er sich so sehnlich wünschte.

Sie presste die Lippen aufeinander. Es war nur natürlich, dass Echnaton sich der schönen Kija zugewandt und diese zur Nebenfrau gemacht hatte, damit sie ihm einen Sohn gebar. Aber dass er

Nofretetes Lager gar nicht mehr aufsuchte, um sie mit seinen Zärtlichkeiten zu beglücken, das verletzte sie tief. War sie nicht mehr anziehend für ihn?

Sie betrachtete ihre Beine. Auf den Oberschenkeln und auch auf dem Bauch waren feine weiße Narben zu sehen, die die Schwangerschaften hinterlassen hatten. Auch ihre Brüste waren nicht mehr so fest wie früher. Aber ihr Gesicht war straff und faltenlos. Mit stolzem Blick betrachtete sie sich im Spiegel. Ihre Schönheit war legendär. Wenn sie gewollt hätte, hätte sie jeden Mann haben können. Die Männer verehrten sie – sie, die Sonnenkönigin, die Unerreichbare.

Warum hatte sie Echnatons Liebe verloren? Er war wie vernarrt in Kija. Natürlich war sie, Nofretete, noch immer die göttliche Gemahlin, mit ihr ließ er sich in der Öffentlichkeit sehen, und gemeinsam vollzogen sie die Zeremonien. Doch die Nächte gehörten der anderen.

Nofretete runzelte die Stirn. Das musste ein Ende haben. Sie wollte Echnatons Aufmerksamkeit zurückerobern – er sollte wieder mit ihr schlafen, seinen Samen in sie ergießen. Sie hatte die Hoffnung noch nicht aufgegeben, dass sie doch noch einen Thronfolger zur Welt bringen würde – gleichgültig, was die Ärzte sagten.

Vielleicht hatte Kija Echnaton verhext. Nofretete schloss bei diesem Gedanken die Augen. Ja, so musste es sein. Es hieß, sie sei schwanger und ihr Leib bereits rund wie der Mond. Trotzdem wohnte Echnaton ihr offenbar noch immer Nacht für Nacht bei. Bestimmt war sie nicht mehr sehr beweglich und alles andere als eine leidenschaftliche Gespielin. Gewöhnlich hätte Echnaton sich längst zurückgezogen und sich eine andere Frau genommen, auch um das ungeborene Kind nicht zu gefährden. Dass er es nicht tat, konnte nur einen Grund haben: Zauberei.

So konnte es nicht weitergehen. Wenn Kija tatsächlich einen Sohn zur Welt brachte, würde ihr Ansehen noch weiter steigen – und vielleicht machte Echnaton sie dann zu seiner Hauptfrau. Das durfte nicht geschehen, auf keinen Fall!

Nofretete krallte die Finger so heftig ineinander, dass sich die

Nägel ins Fleisch bohrten. Sie war entschlossen, Echnatons Liebe zurückzugewinnen. Wenn sie es nicht mit ihrer Schönheit schaffte, dann musste sie eben zu dem Mittel greifen, das auch Kija benutzte. Und je eher, desto besser.

Nofretete streifte das Gewand über und verhüllte Gesicht und Schultern mit einem breiten Schal. Sie wusste, wohin sie sich wenden musste. Sie würde den Schutz der Dunkelheit nutzen. Niemand würde sie unterwegs erkennen. Und die Zauberin, die sie aufsuchte, würde über das nächtliche Gespräch Stillschweigen bewahren. Andernfalls würde Nofretete dafür sorgen, dass ihr Körper tot im Nil trieb.

3

Am nächsten Tag fühlte sich Sonja wie gerädert. Ihr fehlte der Schlaf. Sie litt an Bauchkrämpfen und hatte sich in den frühen Morgenstunden zweimal übergeben. Als sie aus dem Bett taumelte, wusste sie nicht, wie sie den Tag überstehen sollte. Ein Blick in den Spiegel überzeugte sie, dass sie genauso elend aussah, wie sie sich fühlte. Sie musste sich am Waschbecken festhalten, so weich und zittrig waren ihre Knie.

»So ein Mist!«

Wahrscheinlich hatte sie das Essen am Abend zuvor nicht vertragen, obwohl sie kein ungewaschenes Obst gegessen und kein Leitungswasser getrunken hatte.

Beim Gedanken an ein Frühstück rebellierte ihr Magen, und sie musste wieder würgen. Aber es kam nichts mehr außer einer Handvoll Schleim. Danach stand ihr der kalte Schweiß auf der Stirn. Am liebsten wäre sie ins Bett zurückgekrochen und hätte den Tag verschlafen. Aber das war nicht möglich. Dr. Mohy el-Dins

Fahrer würde sie in anderthalb Stunden abholen. Sie musste sich zusammenreißen. Leicht schwankend kehrte sie in ihr Zimmer zurück und suchte im Koffer nach dem Mittel gegen Reiseübelkeit. Sie fand das Fläschchen, träufelte ein paar Tropfen auf einen Löffel und hoffte auf rasche Wirkung. Für einige Minuten blieb sie auf der Bettkante sitzen. Allmählich ging es ihr besser.

Sie duschte sich, machte sich fertig und ging in den Frühstücksraum hinunter. Den Köstlichkeiten auf dem Büfett schenkte sie keinen Blick. Stattdessen verlangte sie nach schwarzem Tee und weißem Toastbrot.

Rechtzeitig vor neun Uhr hatte sie ihre Sachen gepackt und an der Rezeption ausgecheckt. Nun wartete sie in der Lobby auf den angekündigten Fahrer.

Es war schon nach halb zehn, als sich die gläserne Eingangstür öffnete und ein untersetzter Mann das Hotel betrat. Er sah sich suchend um. Sonja erhob sich aus dem roten Plüschsessel und trat auf den Mann zu.

»Hello, are you looking for me? I'm Sonja Morhardt.«

Ein Blick aus schwarzen Augen traf sie. Blitzschnell fühlte sie sich von oben bis unten gemustert. Sie spürte sofort eine Welle von Antipathie, die in ihr aufstieg. Der Mann machte einen ungepflegten Eindruck und roch nach Schweiß. Er sah eher wie ein Wegelagerer aus und nicht wie ein Chauffeur, der vom Generalsekretär des *Supreme Council of Antiquities* zu ihr geschickt worden war.

Er antwortete ihr in gebrochenem Englisch, stellte sich als Marik Habib vor und sagte, dass er den Auftrag habe, sie nach Tell el-Amarna zu bringen. Dann musterte er ihr Gepäck.

»Ist das alles?«

Sonja nickte. Er griff nach ihrem Koffer und überließ ihr die beiden schweren Reisetaschen. Schon war er auf dem Weg nach draußen. Sie hatte Mühe, ihm zu folgen, und spürte, wie sich ein neuer Schweißausbruch ankündigte. Als sie das Hotel verließ, war Marik verschwunden, und einen Augenblick lang befürchtete sie, dass er mit ihrem Koffer das Weite gesucht hatte. Der Verkehrslärm war um diese Zeit bereits gewaltig; das laute Gehupe und die knatternden Auspuffe machten Sonja fast verrückt. Dann entdeckte sie zu ihrer Erleichterung Marik. Das grüne Auto, mit dem er gekommen war, parkte ein Stück vom Hotel entfernt in zweiter Reihe, und Marik wartete vor dem geöffneten Kofferraum, eine Zigarette im Mundwinkel. Sie schleppte sich zu dem Wagen, wo Marik ihr wortlos die beiden Taschen abnahm und verstaute. Mit einer Handbewegung bedeutete er ihr, sie solle einsteigen.

Das Auto sah nicht gerade vertrauenerweckend aus, ein altes Vehikel, das schon bessere Zeiten erlebt hatte. Sonja musste ziemlich viel Kraft aufwenden, bis es ihr gelang, die Tür zu öffnen. Der Sitz war durchgesessen, der Sicherheitsgurt ließ sich nicht richtig anlegen, und nach mehreren Versuchen gab sie es auf.

Marik war mittlerweile ebenfalls eingestiegen, steckte den Zündschlüssel ins Schloss, startete den Motor und fädelte sich in den Verkehr ein. Sie fuhren nach Süden, und zur Rechten sah Sonja die riesigen Pyramiden von Gizeh, Monumente einer längst vergangenen Zeit. Es war ein erhabener Anblick, der sie an den Grund ihres Hierseins erinnerte. Sie versuchte sich zu entspannen und streckte die Beine so weit wie möglich nach vorn aus.

Außerhalb Kairos schien Marik etwas gesprächiger zu werden. Er fragte sie, ob sie zum ersten Mal in Ägypten sei.

»Nein, ich bin schon oft hier gewesen«, antwortete Sonja. »Aber ich habe bisher noch nie eine Ausgrabung geleitet.«

Dieser Punkt schien ihn nicht sonderlich zu interessieren. Er wollte wissen, ob sie verheiratet sei und Kinder habe.

»Weder noch«, sagte Sonja. »Und Sie?«

Sie erfuhr, dass Marik drei Söhne hatte, sieben, fünf und drei Jahre alt. Er zog einige abgegriffene Fotos aus der Brusttasche und reichte sie ihr. Die drei dunkelhaarigen Jungen sahen einander sehr ähnlich. Sonja lächelte. Marik erzählte ihr voller Stolz, dass seine Frau wieder schwanger sei, das Kind werde im Januar zur Welt kommen.

»Eine große Familie«, sagte Sonja anerkennend.

Damit war das Eis endgültig gebrochen. Marik redete wie ein Wasserfall. Als Fahrer war er oft tagelang unterwegs und froh, dass seine Schwester und sein Schwager in der Nähe wohnten, sich um seine Frau und seine Kinder kümmerten und notfalls auch einmal aushalfen. Ab und zu ließ Sonja eine höfliche Bemerkung fallen, aber irgendwann versiegte sein Redestrom. Im Wagen wurde es immer heißer. Sonja klappte die Blende über der Frontscheibe herunter und setzte ihre Sonnenbrille auf. Die Fahrt ermüdete sie zunehmend. Sie konzentrierte sich auf die Landschaft, auf das breite Band des Nils, die Lebensader Ägyptens. Das fruchtbare Land an seinen Ufern leuchtete in sattem Grün. Es war relativ schmal, verglichen mit der Gesamtfläche, und schon wenige Hundert Meter dahinter begannen Wüste oder Gebirge. Sie erblickte Menschen, die den Boden seit Jahrtausenden nach denselben Methoden bearbeiteten; die genügsamen Leute nötigten ihr Respekt ab, sie fanden in dem einfachen Dasein ihre Zufriedenheit. Die kleinen Kinder, die sie unterwegs sah, wirkten glücklich und unkompliziert; manche winkten dem Wagen fröhlich zu.

Sonja rieb sich die Schläfen, die Hitze machte sie träge, und Kopfschmerzen kündigten sich an. Sie musste an das Gespräch mit Dr. Mohy el-Din denken und an seinen Vorschlag, einen Rückführungstherapeuten aufzusuchen. Während sie durch das offene Wagenfenster nach draußen starrte, überlegte sie, ob sie wohl schon einmal gelebt hatte. Vielleicht in diesem Land, mit dem sie sich so verbunden fühlte … Sie konnte es sich nicht vorstellen, obwohl sie sich für die ägyptische Vergangenheit brennend interessierte und gern gewusst hätte, wie es damals wirklich gewesen war. In Achetaton beispielsweise, jener blühenden Stadt, die Echnaton gegründet hatte und in der nach Schätzung der Wissenschaftler bis zu fünfzigtausend Einwohner gelebt hatten. Also gigantisch für damalige Verhältnisse. Inzwischen waren nur noch ein paar Steine übrig, eine Fundgrube hauptsächlich für Archäologen, nichts Spektakuläres … Tell el-Amarna zählte nicht gerade zu den Sehenswürdigkeiten, die scharenweise von Touristen aufgesucht wurden. In Luxor oder in Karnak gab es für Reisende viel mehr zu sehen: der beeindruckende Tempel mit den hohen Säulen, die Allee der Sphingen oder das Tal der Könige. Tell el-Amarna war eher ein Geheimtipp für eingefleischte Ägyptenfreaks. Echnaton hatte sich bestimmt eine andere Zukunft für seine Stadt gewünscht. Sonja seufzte.

Marik warf ihr einen Seitenblick zu. »Eine lange Fahrt.«

»Ich weiß«, antwortete Sonja.

»Aber ich bin sicher, dass wir es bis heute Abend schaffen«, murmelte Marik.

Falls wir keine Panne haben und der Wagen unterwegs liegen bleibt, dachte Sonja unwillkürlich. Seit ein paar Kilometern kam es ihr so vor, als sei der Motor noch lauter geworden, und das merkwürdige Klingelgeräusch war sicher alles andere als normal. Marik jedoch wirkte keineswegs beunruhigt und pfiff leise vor sich hin. Dann wühlte er plötzlich im Handschuhfach herum, schob eine Kassette in den Recorder, und kurz darauf tönte arabische Musik aus den Lautsprechern. Sonja dröhnte allmählich der Kopf, aber der Schmerz war auszuhalten und versetzte sie, zusammen mit der Hitze und der Musik, in einen tranceähnlichen Zustand, aus dem sie erst erwachte, als der Wagen plötzlich zum Stehen kam. Marik stieg aus.

Sonja rieb sich die Augen und stellte fest, dass sie an einer Tankstelle angehalten hatten. Sie öffnete ebenfalls die Tür, um sich nach dem langen Sitzen die Beine zu vertreten.

Es war heiß, und die Luft roch nach Benzin. Sonja fühlte sich noch immer schwach, aber sie stellte fest, dass sie allmählich wieder ohne Ekelgefühle an Essen denken konnte. Inzwischen war es Mittag geworden, die Sonne stand hoch am Himmel.

»Wo sind wir?«, fragte sie Marik.

Sie erfuhr, dass sie sich unmittelbar vor der Stadt Biba befanden und ungefähr die Hälfte der Strecke geschafft hatten. Sonja reckte den Hals und entdeckte eine koptische Kirche. Hätte sie sich besser gefühlt, hätte sie die Gelegenheit genutzt, um sich unterwegs einige Sehenswürdigkeiten anzusehen, aber in ihrem momentanen Zustand wollte sie jede zusätzliche Anstrengung lieber vermeiden.

Marik fragte, ob sie in Biba unterbrechen oder weiterfahren sollten. Sonja hatte mittlerweile großen Hunger und nichts gegen eine Essenspause einzuwenden.

Marik meinte, für die weitere Strecke müssten sie etwas mehr Zeit einplanen. Vor allem in El-Minija würden sie nicht so schnell vorankommen, denn die Stadt sei immer sehr voll, wenn die Straßen auch nicht ganz so verstopft seien wie in Kairo.

Sonja nickte nur. Sie fuhren in die Stadtmitte hinein, und Marik suchte einen geeigneten Platz, um den Wagen abzustellen. Sie stiegen aus und schlenderten durch die Straßen auf der Suche nach etwas Essbarem. Endlich wurden sie fündig – am Straßenrand wurden heiße Süßkartoffeln angeboten. Dazu tranken sie gekühlten roten Hibiskustee. Sonja staunte, wie erfrischend und belebend das Getränk war. Als sie zum Wagen zurückkehrten, fühlte sie sich gestärkt.

Die weitere Fahrt war anstrengend, denn der Zustand der Straßen wurde schlechter. Gelegentlich gab es Staus, weil ein Fahrzeug mitten auf der Straße liegen geblieben war und den Verkehr behinderte.

Stunden später erreichten sie El-Minija. Auf Sonja wirkte die Stadt viel sauberer und gepflegter als Kairo, trotzdem dauerte es, wie Marik vorausgesagt hatte, ziemlich lange, bis sie das Ortsende erreichten. Jetzt waren es nur noch gut fünfzig Kilometer bis Tell el-Amarna, das jedoch auf der anderen Seite des Nils lag. Sie würden die Fähre nehmen müssen.

Unterwegs wunderte sich Sonja über die starke Polizeipräsenz. Marik erklärte ihr, dass die Touristen auf ihren Besichtigungstouren von bewaffneten Eskorten begleitet wurden, weil man terroristische Anschläge befürchtete. Sonja zog die Schultern hoch. Inzwischen konnte sie kaum noch sitzen und sehnte sich danach, endlich ans Ziel zu kommen.

Wenige Kilometer vor der Fähre sah es so aus, als würde der Motor streiken. Marik fuhr an den Straßenrand und hielt an. Er stieg aus und öffnete die Motorhaube. Sonja verließ ebenfalls den Wagen. Sie hatte nicht viel Hoffnung, dass Marik das Auto wieder in Gang bringen würde. Die Sonne brannte herab, Sonjas Haut spannte. Sie fühlte sich staubig und überlegte, was wohl geschehen würde, wenn sie tatsächlich nicht mehr weiterkämen. Müssten sie dann in El-Minija übernachten und morgen mit dem Taxi weiterfahren? Sie war nervös und schimpfte insgeheim auf Dr. Mohy el-Din, der ihnen keinen besseren Wagen als diese Schrottkarre zur Verfügung gestellt hatte, die nicht einmal dreihundert Kilometer durchhielt.

Wider Erwarten brachte Marik den Motor nach zehn Minuten tatsächlich wieder zum Laufen. Seine Hände waren ölverschmiert, als er sich ans Steuer setzte. Sonja reichte ihm einige ihrer Erfrischungstücher, damit er sich notdürftig säubern konnte.

»Das haben Sie wirklich toll gemacht«, lobte sie ihn.

Das Lob prallte an Marik ab. »Mal sehen, wie lange er jetzt läuft«, meinte er nur gleichmütig.

Doch sie erreichten die Fähre ohne weiteren Zwischenfall. Es kribbelte Sonja im Bauch. Dort drüben, am anderen Ufer, lag Tell el-Amarna, ihr Ziel. Sie war gespannt, was sie im Ausgrabungscamp erwartete.

Marik schien ihre Anspannung zu bemerken, er lächelte ihr zu. »Aufgeregt?«

»Ein bisschen.«

Vor der Fähre hatte sich eine Menschen- und Autoschlange gebildet, und Sonja befürchtete, dass der Wagen vielleicht nicht mehr mitkäme. Doch sie hatten Glück. Als sie endlich auf die Plattform rollten, entspannte sie sich. Kurz darauf legte die Fähre ab und steuerte gemächlich auf das andere Nilufer zu. Das Wasser glitzerte.

Trotz des Lärms und des Gelächters der Menschen ringsum war Sonja ganz feierlich zumute. Sie näherte sich Achetaton, jener Stadt, die Echnaton zu Ehren des Sonnengottes hatte bauen lassen. Hier hatte der Pharao mit seiner Familie gelebt, hier war er mit seiner Gemahlin Nofretete durch die Straßen gezogen. Einen Moment lang blitzten farbige Bilder in ihrem Kopf auf, und sie schien zu hören, wie die Bevölkerung dem Herrscherpaar zujubelte …

Verwirrt blinzelte sie. Sicher waren die Hitze und die anstrengende Fahrt schuld daran, dass die Phantasie ihr diesen kleinen Streich gespielt hatte.

Mit einem Ruck legte die Fähre am Ostufer an. Der Steuermann trat aus dem grün gestrichenen Führerhaus und winkte die Passagiere freundlich von Bord. Marik ließ den Motor an. Er stotterte ein paar Mal, aber dann rollte der Wagen von der Fähre.

Jetzt war es nicht mehr weit nach Tell el-Amarna. Marik zog einen Zettel aus der Hemdtasche. Auf dem Papier war die grobe Lage des Archäologencamps eingezeichnet. Die ehemalige Stadt Echnatons erstreckte sich über etliche Kilometer, meistens Sand und Felsen, und ohne Karte hätten sie wahrscheinlich elend lange herumfahren müssen, bis sie das Camp gefunden hätten.

Sonja merkte, wie sich ihre Atmung unwillkürlich beschleunigte. Sie waren nun bald am Ziel …

Überrascht wandte sie den Kopf, als Marik ihr plötzlich die Hand auf den Arm legte. »Sie werden sehen, alles wird gut.«

Er grinste sie aufmunternd an.

Achetaton,
im 12. Regierungsjahr des Pharaos

»Willst du etwa schon gehen?«, fragte Kija befremdet. »Du bist doch eben erst gekommen.« Ihr Bauch wölbte sich inzwischen sehr, es würde nicht mehr lange dauern bis zur Niederkunft. Eine Seherin hatte ihr prophezeit, dass sie einen Jungen gebären würde – Echnatons Thronfolger. Zärtlich strich sie sich über den Nabel, der nach außen gestülpt war und aussah wie ein Skarabäus.

Echnaton hatte sich zur Seite gedreht und wandte ihr seinen muskulösen Rücken zu. »Ich bin müde. Heute war ein anstrengender Tag.«

Genau dieselben Worte hatte er gestern auch schon gebraucht und früher als gewohnt ihr Schlafgemach verlassen. Kija war enttäuscht zurückgeblieben. Mühsam stützte sie sich mit dem Ellbogen auf. Wenn er ihr wegen ihres aufgedunsenen Leibes auch nicht mehr auf die gewohnte Weise beiwohnte, so hatte er es in den vergangenen Wochen doch immer sehr genossen, sich von ihr mit den Fingern oder den Lippen verwöhnen zu lassen.

»Ich wüsste schon einen Weg, dich ein wenig aufzumuntern …«

Sie rückte ihm näher und beugte sich über ihn. Als sie sah, dass sein Penis zusammengeschrumpft zwischen den Schenkeln lag, war sie überrascht. Hieß das, dass er sie nicht mehr begehrte? Oder war er tatsächlich nur müde?

Sie lächelte. Als sie die Hand nach seinem Glied ausstreckte, schien es noch kleiner zu werden. Es zog sich förmlich vor ihr zurück.

»Dein kleiner Gott hat Angst vor mir«, entfuhr es ihr.

Echnaton runzelte die Stirn. Sie zuckte innerlich zusammen. Hoffentlich hatte sie sich nicht den Mund verbrannt. Ihr entschlüpften oft unüberlegte Worte, die sie hinterher bereute. Sie musste lernen, ihre Zunge im Zaum zu halten. Zwar hatte sie den Eindruck, dass Echnaton ihre Direktheit schätzte und sich oft darüber amüsierte, aber heute schien er schlechter Laune zu sein. Sie erinnerte sich an ein Spiel, das ihm neulich gefallen hatte. Vielleicht würde ihn das aufheitern.

»Ich bin eine demütige Priesterin und diene nur dem einzigen Gott«, murmelte sie mit Kleinmädchenstimme, während sie zärtlich seinen Penis streichelte. »Du bist die lebende Sonne. Alles gedeiht bei deinem Aufgang … Du bist strahlend, wunderschön und mächtig. Alle Herzen jubeln bei deinem Anblick.«

Es waren Worte aus dem *Sonnengesang*, den Echnaton zu Ehren Atons gedichtet hatte. Er verehrte ihn als alleinigen Gott und hatte für ihn sogar eine Stadt erbauen lassen, in der sie jetzt lebten: Achetaton. Sich selbst bezeichnete Echnaton als Atons Sohn, und die Bevölkerung huldigte dem Pharao als Stellvertreter Gottes.

Kija war überzeugt, dass sein Glied in ihrer Hand wachsen und sich aufrichten werde. Doch ihre Versuche blieben erfolglos. Sie lächelte noch immer, wenn auch inzwischen bemühter.

Echnaton fasste ihr Handgelenk und schob es weg. »Lass! Es hat keinen Sinn.«

Kija machte einen Schmollmund. »Mein dicker Bauch stört dich. Du findest mich nicht mehr schön.«

»Du bist schöner denn je, Liebste«, sagte er und berührte zärtlich ihren Nabel. »Und du trägst unseren Sohn, der die Krone Ober- und Unterägyptens erben wird.«

Sie hielt seine Hand fest und führte sie zwischen ihre Schenkel, zu der heißen und feuchten Öffnung. Als Echnaton seine Finger spielen ließ, stöhnte sie auf. Gewöhnlich erregte ihn ihre Leidenschaft, darauf baute sie auch jetzt. Sie überließ sich seinen Zärtlichkeiten und gab sich der Lust hin, obwohl ihr praller Bauch sich dabei zusammenzog und hart wie ein Stein wurde. Die Ärzte hatten sie gewarnt, dass Wollust in ihrem Zustand möglicherweise vorzeitig Wehen auslösen könne. Sie hatten ihr eingeredet, nichts zu riskieren, was der Leibesfrucht schaden konnte. Doch jetzt vergaß Kija das Versprechen, das sie den Ärzten gegeben hatte. Sie hatte den Eindruck, dass die Lust umso intensiver wurde, je schwerer ihr Bauch war. Als sie genug hatte und Echnaton seine Finger zurückzog, griff sie ihm, noch immer atemlos und mit geschlossenen Augen, zwischen die Beine und erwartete ein hartes, pulsierendes Glied. Doch es hatte sich nichts geändert. Enttäuscht öffnete sie die Augen.

»Ich muss gehen«, murmelte er und rollte sich zur Seite. »Es liegt nicht an dir.«

Sie stützte sich auf und sah zu, wie er sich anzog.

»Liebst du mich?«

»Ich habe noch nie eine Frau so begehrt wie dich«, antwortete er und küsste sie auf die Stirn. »Das weißt du.«

Als er ihr Gemach verlassen hatte, drehte sie sich um und schluchzte in ihr Kissen. Einerlei, was er behauptete – tief im Innern spürte sie, dass er ihr verloren ging.

4

Marik parkte den Wagen neben den anderen, die im Schatten eines Felsens auf der Sandpiste standen. Als Sonja aus dem Wagen stieg, sah sie, wie einer der Männer vom Camp auf sie zukam. Sie schob die Sonnenbrille auf die Stirn, während Marik den Kofferraum öffnete und Sonjas Gepäck auslud.

»Hallo«, sagte der hochgewachsene Mann und reichte Sonja die Hand. »Sie müssen die neue Chefin sein.«

»Richtig«, erwiderte Sonja und stellte sich vor.

»Ich bin Hans Peters und Ausgrabungsingenieur. Ich vertrete Lehmann, seit er verschwunden ist.« Peters zerquetschte ihr fast die Finger. »Ich habe Sie mir allerdings viel älter vorgestellt. Haben Sie Ihr Studium denn schon abgeschlossen?«

Sonja sah ihm unverwandt ins Gesicht. Sein Mund lächelte, aber seine grauen Augen blieben unverändert. Über der linken Braue hatte er eine kleine Narbe. Peters war gut aussehend und sich dessen auch bewusst.

»Danke für das Kompliment«, erwiderte Sonja kühl. »Ich bin fünfunddreißig.«

»Oh, Verzeihung! Sie wirken zehn Jahre jünger.«

Sonja hatte keine Lust auf lange Diskussionen. Nach der langen Fahrt war sie müde und wünschte sich nichts sehnlicher als eine Dusche.

»Wollen Sie sich das Lager ansehen?«, fragte Peters.

»Gern.« Sonja blickte sich nach Marik und ihrem Gepäck um.

Peters begrüßte Marik, dann trugen die beiden Männer den Koffer und die beiden Reisetaschen zu einem verwaist wirkenden Zelt, das etwas abseits von den anderen stand. Sonja folgte ihnen.

»Hier ist Ihr Quartier. Es war Lehmanns Unterkunft.« Peters stellte den Koffer vor das Zelt. Auch Marik setzte die Taschen ab.

»Sie schlafen in seinem Zelt«, sagte Peters zu Sonja. »Unsere Ausrüstung ist leider begrenzt. Sind Sie abergläubisch?«

Sonja überging die Frage. »Gibt es Neuigkeiten, was Lehmann betrifft?«

»Nein, leider nicht. Er ist noch immer wie vom Erdboden verschluckt.« Peters schob seinen breitkrempigen Hut zurecht.

Indiana Jones, schoss es Sonja durch den Kopf.

»Wobei das nichts heißt«, fuhr er fort. »Die Wüste ist groß, da können ganze Karawanen verschwinden. Ohne Wasser verdurstet man in wenigen Tagen. Und Lehmann ist seit vier Wochen weg.«

»Aber man müsste doch wenigstens etwas finden …«

Der Ingenieur schüttelte den Kopf. »Die Wüste macht mit Toten oder Verletzten kurzen Prozess. Schakale. Geier. Sand. Reiner Zufall, wenn man auf Überreste stößt.«

»Darf ich mir das Zelt kurz ansehen?«, fragte Sonja.

Peters grinste. »Sie brauchen nicht zu fragen, Sie sind die Chefin.«

Sonja hob die Augenbrauen, dann bückte sie sich, zog den Reißverschluss auf und betrat Lehmanns Zelt. Im Innern herrschte stickige Hitze. Das Feldbett und die wenigen Möbelstücke waren mit einer feinen Sandschicht überzogen. In einer Ecke stapelten sich Kisten und Kartons, die mit einer Plastikfolie bedeckt waren – Lehmanns persönliche Habe. Sonja fand die Unterkunft akzeptabel. Sie holte ihren Koffer und die Reisetaschen und stellte sie neben das Feldbett. Auspacken würde sie später.

Als sie das Zelt verließ, stand nur noch Peters vor dem Eingang. Marik war schon auf dem Weg zum Küchenzelt.

»Wollen Sie sich nicht erst frisch machen?«, fragte Peters und musterte sie. »Sie sehen erschöpft aus. Wir können den Rundgang durchs Camp auf später verschieben.«

»Ich fühle mich topfit«, behauptete sie. Sie war neugierig und wollte alles sehen.

»Okay.« Peters zeigte ihr zuerst den Container mit den Büros. Ein winziger Raum, der Lehmann vorbehalten gewesen war, fiele nun Sonja zu. Daneben befand sich Hans Peters' Büro. Den dritten Raum, der nur unwesentlich größer war, teilten sich der Schnittleiter und die Grabungszeichnerin. Es war fast unmöglich, zu zweit darin zu arbeiten, ohne sich gegenseitig auf die Füße zu treten. Im Moment war nur die Zeichnerin anwesend, die sich als Carola Wilke vorstellte. Sie übertrug gerade die Umrisse einiger Tonscherben auf Millimeterpapier.

»Herzlich willkommen.« Sie stand auf und schüttelte Sonja die Hand. Ihre Stimme war rau und tief.

Sonja wechselte ein paar Worte mit der Frau und erfuhr, dass sie aus Hildesheim stammte, in Münster Archäologie studierte und gerade ein Praxissemester machte. Carola hatte karottenrotes Haar, unzählige Sommersprossen, und an den Armen schälte sich die Haut. Offensichtlich reagierte sie höchst empfindlich auf die Sonne. Sonja fragte sich, warum Carola sich für ihr Praktikum ausgerechnet Ägypten ausgesucht hatte, aber wahrscheinlich konnte sie sich der Faszination dieses Landes genauso wenig entziehen wie sie selbst.

An die Büros grenzte der Container mit den Duschen. Sie waren mit Plastikvorhängen voneinander getrennt, es gab jeweils zwei Duschen für Frauen und zwei für Männer.

»Wir müssen sparsam mit dem Wasser umgehen«, sagte Peters zu Sonja. »Also duschen Sie bitte nur einmal am Tag. Und beim Shampoonieren immer das Wasser abstellen.«

Sonja runzelte die Stirn und verkniff sich eine Bemerkung. Neben den Containern stand ein baufälliger Toilettenwagen, der keinen einladenden Eindruck machte. Sonja erwartete, dass Peters ihr ans Herz legen werde, tagsüber einfach in den Wüstensand zu pinkeln, aber es kam nichts dergleichen.

Er führte sie zum Mannschaftszelt. »Hier finden die Besprechungen statt«, sagte er. »Und hier wird auch gegessen.«

Im Kochzelt nebenan saß Marik, aß und unterhielt sich angeregt mit dem ägyptischen Koch. Zwei verschleierte Frauen, offenbar Küchenhilfen, warfen Sonja verstohlene Blicke zu, als sie mit Peters näher kam.

Sonja bemerkte, dass ihr der Magen knurrte. Peters schien es auch zu hören, denn er sah sie amüsiert an.

»In zwei Stunden essen wir alle gemeinsam«, sagte er. »Halten Sie noch so lange durch? Es wäre schön, wenn Sie dabei wären, denn dann könnte ich Sie gleich dem ganzen Team vorstellen.«

»Kein Problem«, murmelte Sonja.

Peters zeigte ihr nun die Zelte. »Das sind die Quartiere.« Er deutete auf ein Zelt aus verblichenem Stoff, das am Ende der Reihe stand. »Dort wohne ich. Falls Sie außerhalb der Arbeitszeit mal eine dringende Frage haben.« Er grinste.

Eingebildeter Affe, dachte Sonja. Sie nickte nur. »Gut.«

»Die anderen sind bei der Grabung«, fuhr Peters fort. »Wollen Sie sich das Gelände gleich ansehen, oder brauchen Sie erst eine Pause?«

»Mir geht es gut«, behauptete Sonja, obwohl sie lieber auf ihrem Feldbett die Beine hochgelegt hätte. Aber sie wollte sich vor Peters keine Blöße geben.

»Dann kommen Sie mit!«

Sonja wollte Peters folgen, als sie sah, dass Marik auf sie zukam.

»Ich will mich verabschieden«, sagte er.

»Wollen Sie schon fahren?«, fragte Sonja überrascht. Sie hatte angenommen, dass Marik entweder im Camp oder in einem der umliegenden Dörfer übernachten werde. Aber offenbar wollte er nach Kairo zurückfahren.

»Ich will so bald wie möglich wieder bei meiner Familie sein«, erklärte er.

»Kann ich verstehen.« Sonja zog ihren Geldbeutel hervor und entnahm ihm zwei Scheine, die sie Marik in die Hand drückte. »Vielen Dank, dass Sie mich hergebracht haben.«

Erst lehnte Marik das Geld ab. »O nein, ich werde doch schon bezahlt, das ist mein Job.«

Aber Sonja blieb beharrlich, und schließlich nahm Marik die Scheine doch an. Im Gegenzug überreichte er ihr eine abgegriffene Visitenkarte, auf der seine Adresse in Englisch und Arabisch stand. Die Handynummer war mit Kugelschreiber notiert. »Für alle Fälle – falls Sie irgendwann Hilfe brauchen.«

»Danke.« Sonja steckte die Karte ein. »Hoffentlich haben Sie eine gute Fahrt.«

Sie sah ihm nach, wie er zum Wagen ging. Marik startete den Wagen, fuhr davon und hinterließ eine dichte Staubwolke.

Sonja drehte sich nach Peters um, der sich in der Zwischenzeit eine Zigarette angesteckt hatte.

»Können wir?«, fragte er.

»Ja.«

Er ging voraus. Es war ein ungefähr dreihundert Meter langer Fußmarsch. Die Ausgrabungsstelle lag zwischen den Felsen. Sie war größer, als Sonja erwartet hatte. Man grub an verschiedenen Stellen gleichzeitig. Auf Außenstehende wirkte das Ganze ein bisschen planlos, aber Lehmann hatte sich sicher etwas dabei gedacht.

Unvermittelt wandte sich Peters um. »Haben wir Ihrer Meinung nach wirklich berechtigte Hoffnungen, Nofretetes Grab oder ihre Mumie zu finden?«

Sonja zog die Augenbrauen hoch. »Natürlich. Sie etwa nicht?«

»Ich halte es für eine aussichtslose Suche«, erwiderte Peters. »Hier in Tell el-Amarna befindet sich zwar Echnatons Grab, aber seine Mumie ist verschwunden – geraubt von seinen Feinden, seinen Anhängern oder einfach von Grabplünderern. Warum sollten wir bei Nofretete mehr Glück haben? Weshalb sollte ihr Grab unberührt sein? Außerdem wissen wir ja gar nicht, ob sie tatsächlich in Tell el-Amarna begraben wurde. Vielleicht war das überhaupt nicht vorgesehen …«

»Am Ende der Grabungssaison werden wir schlauer sein«, meinte Sonja leichthin.

»Lehmann war entschlossen, notfalls einen Verlängerungsantrag zu stellen«, erklärte Peters. »Ich glaube allerdings nicht, dass er damit durchgekommen wäre. Schließlich will man Ergebnisse sehen.« Er ging weiter.

Die werden wir auch vorweisen können, dachte Sonja grimmig, während sie stumm hinter dem Ingenieur herstapfte.

Natürlich hatte Peters teilweise recht. Niemand wusste, was nach Echnatons Tod aus Nofretete geworden war. War sie überhaupt königlich bestattet worden?

Fest stand, dass die alten Götter, die Echnaton entmachtet hatte, schon wenige Jahre nach seinem Tod wieder eingesetzt worden waren, und auch die alte Priesterschaft hatte erneut großen Einfluss gewonnen. Die Epoche des Ketzerkönigs war nur ein kurzes Zwischenspiel in der ägyptischen Geschichte gewesen. Echnaton hatte zwar die herrliche Stadt Achetaton erbauen lassen, die ganz seinem Gott Aton geweiht gewesen war. Aber er hatte seinem Volk die neue Religion aufgezwungen, und sicher hatten viele weiterhin heimlich die alten Götter verehrt. Der Pharao hatte sich als Stellvertreter Gottes huldigen lassen, und seine Gemahlin hatte immer an seiner Seite gestanden. Hatte sich Nofretete dadurch den Hass der Bevölkerung zugezogen? Was war mit ihr geschehen, nachdem Echnaton gestorben war und sie nicht mehr hatte beschützen können?

All das waren Argumente, die eher dagegen sprachen, dass Nofretete ein aufwendiges und ehrenvolles Begräbnis erhalten hatte. Andererseits war sie sicher auch geliebt und bewundert worden …

Sonja glaubte fest daran, dass das Grab der Königin irgendwo zu finden war. Ohne Hoffnung hätten alle Archäologen aufgeben müssen. Man musste davon überzeugt sein, eines Tages einen bedeutenden Fund zu machen, sonst war alles nur eine sinnlose Buddelei im Wüstensand, die eine Menge Geld verschlang.

Natürlich war es möglich, das Grab zu finden und dann in einer leeren Kammer zu stehen. Oder auf einen zertrümmerten Sarkophag mit einem zerstörten Leichnam zu stoßen. Aber daran mochte Sonja nicht denken. In ihren Träumen fand sie eine intakte Grabkammer mit einer unversehrten Mumie, die eindeutig als Nofretete zu identifizieren war.

Das Ausgrabungsgelände war mit einem Band abgesperrt, und etwa zwei Dutzend einheimische Arbeiter waren damit beschäftigt, Mauern freizulegen und den Sand in Körben davonzutragen. Sie machten einen fröhlichen und gelassenen Eindruck und befanden sich zweifellos schon in Feierabendstimmung. Manche beschleunigten ihr Tempo und taten besonders geschäftig, als sie Peters und Sonja kommen sahen.

»Die Arbeiter stammen aus den umliegenden Dörfern«, berichtete Peters. »Sie erhalten jeden Abend ihren Lohn. Manche erscheinen am nächsten Tag nicht wieder, sondern schicken ihren Sohn oder ihren Neffen. Aber bisher konnten wir uns nicht beklagen. Wir kommen gut voran, vor allem wenn man bedenkt, dass Lehmann seinen Plan öfter geändert hat.«

Sonja blieb an der Absperrung stehen und blickte über das Gelände. Ein Gefühl der Enttäuschung stieg in ihr hoch. Wenn sie ehrlich war, dann musste sie zugeben, dass sie sich alles sensationeller vorgestellt hatte. Nicht nur diese paar Löcher mit einigen Mauerresten und verfallenen Treppenstufen …

Peters umging die Absperrung und stieg in eine Grube zu zwei Männern hinunter, die sich unterhielten. Sonja balancierte vorsichtig hinterher. Auf den zerbrochenen Stufen geriet man allzu leicht ins Stolpern, und sie war nicht scharf darauf, sich den Knöchel zu verstauchen.

Unten in der Grube stand ein dunkelhaariger Ägypter, der gerade zwei Arbeitern Anweisungen gab. Als er Peters und Sonja entdeckte, wandte er sich um und kam ihnen entgegen. Er sprach fehlerfreies Englisch und stellte sich vor. Er hieß Hassan Mahmud und war der Schnittleiter. Als Sonja ihm die Hand gab, blickte sie in zwei lebhafte braune Augen, die sie einen Moment lang verwirrten. Der junge Ägypter war äußerst attraktiv, schlank und geschmeidig, aber er machte auf Sonja einen leicht arroganten Eindruck. Er schien sich seiner Wirkung auf Frauen sehr bewusst zu sein.

»Ich bin Sonja Morhardt und vertrete ab sofort Paul Lehmann«, stellte sich Sonja vor.

Hassan lächelte sie an, während er ihr erklärte, dass Lehmann an dieser Stelle den Zugang zu einem Grab vermutet habe. Er deutete auf eine gemauerte Wand.

»Leider sind hier nur ein paar Steine zu finden, vielleicht so etwas wie eine Aussichtsplattform. Aber ganz sicher kein verborgenes Grab.«

Er sagte es in so ironischem Tonfall, dass Sonja die Stirn runzelte. Peters bemerkte ihren fragenden Blick und grinste.

»Lehmann hatte zum Teil höchst fragwürdige Methoden, wie ich finde. Angeblich hatte ihm ein Einheimischer einen Hinweis gegeben. Der hatte behauptet, Angehöriger einer jahrhundertealten Grabräuberfamilie zu sein und zu wissen, dass sich hier das unberührte Grab der Nofretete befinde, völlig intakt, noch mit all seinen Schätzen.«

Die Geschichte kam Sonja bekannt vor. »So war es doch bei Howard Carter und dem Grab von Tutenchamun. Damals – im Tal der Könige. Auch Carter bekam von einem Einheimischen den Tipp, wo er graben sollte.«

»Eben.« Peters nickte. »Ich gehe davon aus, dass sich der Mann nur wichtig machen wollte. An Lehmanns Stelle wäre ich sehr misstrauisch gewesen, anstatt so viel Arbeit und Geld buchstäblich in den Sand zu setzen.«

»Ich glaube sowieso nicht, dass Nofretete hier begraben liegt«, erklärte Hassan und griff in seine Brusttasche, um sich eine Zigarette anzuzünden.

Sonja spürte, wie er sie aus den Augenwinkeln beobachtete.

»Ich sag's ja immer: Lehmann hat vielleicht ein bisschen zu viel Sonne abbekommen«, spottete Peters.

Sonne!

Unwillkürlich hob Sonja den Kopf und blickte zu den Felsen hinauf, die im Schein der Nachmittagssonne glühten. Echnaton hatte seine Stadt ganz der Verehrung des Sonnengottes geweiht. Die Nordgräber waren so ausgerichtet, dass die Strahlen der Sonne in die Gewölbe eindringen konnten – und die Toten selbst im Jenseits weiterhin mit dem Sonnengott verbunden waren.

»Nichts spricht dafür, dass Nofretetes Grab sich hier befindet«, erklärte Peters.

»Doch, es gibt einen Hinweis«, widersprach Sonja und räusperte sich. »Die Grenzstelen. Echnaton ließ auf eine dieser Grenzstelen schreiben, dass man nicht nur ihn an diesem Ort begraben solle, sondern auch seine Gemahlin und seine Tochter. Auch wenn sie woanders sterben sollten.«

Sie erinnerte sich jetzt sogar an die genauen Worte, die sie während ihrer Doktorarbeit schwer beeindruckt hatten, und zitierte.

»Wenn die Große Königliche Gemahlin Nofretete, sie lebe,
in Millionen Jahren stirbt an irgendeinem Ort,
sei er nördlich, sei er südlich, sei er westlich
oder wo die Sonne aufgeht,
dann soll man sie holen,
damit ihr Begräbnis in Achetaton gemacht werden kann.«

»Respekt.« Hassan grinste.

Sonja spürte, wie ihr die Röte ins Gesicht schoss. Er verspottete sie. Dabei hatte sie mit ihrem Wissen gar nicht protzen wollen. Das Zitat war ihr wie von selbst über die Lippen gekommen.

»Nach seinem Tod hatte Echnaton leider keinen Einfluss mehr darauf, ob man seine Befehle befolgte«, bemerkte Peters.

»Aber Nofretete muss doch Anhänger gehabt haben«, gab Sonja zu bedenken. »Sie war eine schöne und einflussreiche Frau. Wenn sie tatsächlich ihrer Büste ähnelte, dann hat sie sicher viele Menschen beeindruckt. Sie kann nicht einfach vergessen worden sein.«

Peters und Hassan Mahmud wechselten einen einvernehmlichen Blick. Sonja fühlte sich ausgeschlossen und wurde wütend.

»Ich habe mich lange mit Nofretete beschäftigt«, sagte sie kühl. »Ich weiß also, worüber ich rede. Und jetzt möchte ich die Unterlagen über die bisherige Grabung sehen. Ich will wissen, wo man bereits gegraben hat und was dabei zum Vorschein gekommen ist.«

»Sie finden alles in Lehmanns Büro«, erwiderte Peters. »Verzeihung, in Ihrem Büro. Die Grabung wurde vorschriftsmäßig dokumentiert. Lehmann war da sehr genau.«

Hassan nickte. »Er war meistens der Erste bei der Arbeit und der Letzte, der ging.«

Sonja strich sich über die Stirn, auf der sich Schweißperlen sammelten.

»Das ist ganz in meinem Sinne«, sagte sie streng. »Wir sind schließlich nicht zum Spaß hier.«

»Ich glaube nicht, dass es noch viel bringt, an dieser Stelle weiterzugraben«, wandte Hassan ein. »Ich habe eigentlich von Anfang an vorausgesagt, dass hier vermutlich nichts zu finden ist.«

»Sie machen morgen trotzdem weiter wie bisher«, entschied Sonja. »Ich werde die Unterlagen durcharbeiten, und danach werde ich mir überlegen, was weiter geschehen soll.«

»Ganz, wie Sie meinen, Mrs Morhardt«, erwiderte Hassan leicht ironisch und tauschte wieder einen Blick mit Peters.

Einen Moment lang meinte Sonja vor Empörung keine Luft mehr zu bekommen. Hassan war ihr gegenüber offenbar auf Konfrontation eingestellt. Er schien ein Problem zu haben, eine Frau als Vorgesetzte zu akzeptieren. Sie warf ihm einen eisigen Blick zu.

»Gut, dann sehen wir uns nachher beim Abendessen«, sagte sie kühl und wandte sich so würdevoll wie möglich um, damit ihr Abgang einen guten Eindruck hinterließ. Energisch stieg sie die Treppe wieder hinauf. Auf der zweiten Stufe stolperte sie und wäre um ein Haar gestürzt. Im letzten Moment spürte sie einen starken Arm, der sie festhielt.

»Hier müssen Sie aufpassen«, sagte Peters hinter ihr. »Sie sollten sich außerdem andere Schuhe anziehen, Ihre Sandalen sind für dieses Gelände nicht geeignet.«

»Danke für den Hinweis«, erwiderte Sonja sarkastisch und schüttelte den Arm ab. »Ich hatte noch keine Gelegenheit, nach der Fahrt die Schuhe zu wechseln.«

Wahrscheinlich war ihr Gesicht jetzt glühend rot. Sie hatte nur noch den Wunsch, sich in ihr Zelt zurückzuziehen und diese Männer eine Zeit lang nicht mehr sehen zu müssen.

Doch oben angekommen, konnte sich Sonja der Faszination nicht entziehen, die der Anblick über die Ebene bot. Ihre Wut verflog. Sie blickte über das weite Gelände, auf dem sich vor mehr als dreitausend Jahren die Stadt Achetaton erhoben hatte. Was nicht von Menschenhand zerstört worden war, hatte der Wüstensand zugeweht.

Einen Moment lang stellte sie sich vor, wie es damals wohl ausgesehen hatte: Gebäude, so weit das Auge reichte. Der prächtige Palastbezirk, geteilt durch die Königsstraße, die sich von Norden nach Süden erstreckte. In der Ferne das grüne Band des Nils …

Für den Bruchteil einer Sekunde lag die Stadt vor ihr. Sie

glaubte die Häuser zu sehen und den Lärm wahrzunehmen, den ihr der Wind zutrug. Für einen winzigen Augenblick war alles völlig real.

»Ist Ihnen nicht gut?«, fragte Peters neben ihr.

Sonja blinzelte. Die Häuser waren verschwunden. Vor ihr lag eine verwaiste Ebene, bedeckt mit gelbem Sand, der in der Abendsonne einen rötlichen Schimmer annahm.

»Alles in Ordnung«, antwortete Sonja. »Ich habe mir nur die Stadt Achetaton vorgestellt.«

»Schade, dass fast nichts mehr davon übrig ist«, sagte Peters. »Andererseits würden dann jeden Tag genauso viele Touristen wie im Tal der Könige oder in Karnak hier herumwimmeln. Und Echnaton wollte bestimmt nicht, dass seine heilige Stadt so entweiht wird.«

Sonja sah Peters von der Seite an. Machte er sich schon wieder lustig über sie? Doch er wirkte völlig ernst.

»Ich finde, wenn man genau hinschaut, dann spürt man noch etwas von dem einstigen Zauber«, sagte sie vorsichtig.

»Dazu gehört allerdings ziemlich viel Phantasie«, entgegnete Peters. »Für mich sieht die Wüste hier genauso aus wie anderswo.«

Damit war das Gespräch beendet. Schweigend kehrten sie zum Camp zurück. Sonja war froh, als sie in Lehmanns Zelt kroch. Bis zum Abendessen dauerte es noch eine halbe Stunde, und sie hoffte, dass sie sich bis dahin frisch machen konnte. Aus ihrer Reisetasche suchte sie den Kulturbeutel und frische Wäsche heraus. Doch als sie zu dem Container ging, stellte sie fest, dass alle Duschen belegt waren.

»Mist!« Sie beschloss zu warten und lehnte sich von außen gegen die Blechwand. Der Himmel hatte eine dunklere Farbe angenommen. Am Horizont hatten sich Wolken gebildet, die rötlich leuchteten. Bald würde es dunkel sein, denn die Dämmerung dauerte in diesen Breiten nicht lange.

Ich bin wirklich hier, dachte Sonja und schloss die Augen. Dieser Ort wird in den nächsten Monaten meine Heimat sein.

Sie war glücklich. Ihr Traum war in Erfüllung gegangen, selbst wenn die Ankunft nicht gerade berauschend gewesen war. Sie fühlte sich mit dem Land tief verbunden. Endlich konnte sie das tun, was sie schon immer hatte tun wollen. Und vielleicht gelang es ihr, sich so in die Kultur einzufühlen, dass ihr ihre Intuition einen Hinweis darauf gab, wo das Grab der Nofretete zu finden war …

»Oh, Sie hier? Entschuldigung!« Carola Wilke war aus dem Container gekommen, ein großes Handtuch um den Körper, die Haare noch tropfnass. »Wenn ich gewusst hätte, dass Sie duschen wollen, hätte ich gewartet. Ich fürchte, es ist kein warmes Wasser mehr da.«

»Macht nichts.« Sonja lächelte Carola an und schlüpfte an ihr vorbei in den Container. Als sie die Dusche betrat, erhaschte sie einen flüchtigen Blick auf die junge Frau, die in der Nebenkabine stand. Der Plastikvorhang war ein Stück zur Seite gerutscht. Sonja kannte sie nicht; man hatte sie ihr noch nicht vorgestellt. Sie war extrem dünn und knochig. Vielleicht war sie magersüchtig.

»Hallo«, sagte Sonja auf Englisch. »Bitte nicht erschrecken. Ich bin Sonja Morhardt und komme aus Deutschland. Ab sofort leite ich die Ausgrabung.«

Der Vorhang wurde noch weiter beiseitegezogen. Sonja zuckte fast vor dem hässlichen Gesicht zurück, das dabei erschien. Die Nase stach spitz hervor, und die Augen lagen in tiefen Höhlen. Das Lächeln wirkte wie eine Grimasse.

»Ich bin Victoria Moor«, stellte sich die Fremde vor, »Grabungshelferin, außerdem Mädchen für alles. Ich studiere in England Geologie.« Sie reichte Sonja die nasse Hand, während sie ihre Blöße mit dem Plastikvorhang zu bedecken versuchte.

Es war eine seltsame Begrüßung unter der Dusche.

»Freut mich«, sagte Sonja höflich.

Victoria deutete nach oben. »Sie müssen sich beeilen, es ist bald kein Wasser mehr da. Und dann können Sie erst wieder duschen, wenn der Tank nachgefüllt ist.«

Sie ließ den Vorhang fallen und drehte erneut die Brause auf.

»Danke für den Hinweis«, sagte Sonja. Sie betätigte den Duschknopf. Carola hatte recht, es kam nur noch kaltes Wasser, und der

Druck war eher schwach. Sonja seifte sich ein und spülte sich den Staub und den Schweiß ab. Als sie die Haare shampooniert hatte, tröpfelte das Wasser nur noch auf sie herab. Sie schaffte es gerade noch, sich das Shampoo aus den Haaren zu waschen, ehe es ganz versiegte. Nebenan bei den Männern fluchte jemand.

Sonja trocknete sich ab, schlüpfte in eine bequeme lange Hose, zog sich ein Sweatshirt über und wand ein Handtuch um die nassen Haare. Dann verließ sie den Container. Victoria war schon gegangen.

Sie sah sie beim Abendessen wieder, als sich die Mitarbeiter des Ausgrabungsteams um den großen Holztisch versammelten, der im Mannschaftszelt stand. Es gab Gemüseeintopf, und alle, die Schweinefleisch aßen, erhielten noch ein Würstchen dazu. Das Essen schmeckte sehr europäisch und stammte aus Konserven, vermutete Sonja.

Während der Mahlzeit versuchte sie sich ein Bild von ihren zukünftigen Mitarbeitern zu machen. Die meisten begegneten ihr freundlich und stellten ihr interessierte Fragen. Einige sagten nichts und beäugten sie stumm. Insgesamt herrschte bei Tisch eine entspannte Stimmung. Lehmanns Verschwinden schien die wenigsten zu belasten. Sonja fragte sich insgeheim, ob er als Chef wohl beliebt gewesen war.

Nach dem Abendessen ging sie mit Peters in ihr Büro. Dort überreichte er ihr einen Stapel Aktenordner. »Die Berichte über die bisherigen Grabungen«, erklärte er. »Die wollten Sie doch haben.«

»Danke«, erwiderte Sonja, lud sich die Ordner auf die Arme, hielt sie mit dem Kinn fest und balancierte sie zu ihrem Zelt, denn sie wollte die Unterlagen nicht im Büro sichten. Im Zelt entzündete sie eine Petroleumlampe, stellte sie neben das Feldbett auf einen Hocker und blätterte in den Ordnern. Nachdem sie zwei davon durchgesehen hatte, merkte sie, dass ihr allmählich die Augen zufielen. Sie musste immer häufiger gähnen. Schließlich konnte sie sich nicht mehr konzentrieren.

Sie legte die Ordner zur Seite und prüfte die Beschaffenheit des Feldbetts. Es war leidlich bequem. Hoffentlich konnte sie einigermaßen gut schlafen. Sie stellte den Wecker auf sechs Uhr, löschte das Licht und streckte sich auf dem Bett aus, die Taschenlampe griffbereit neben sich auf dem Boden. Während sie in die Dunkelheit starrte, lauschte sie auf die Geräusche der Nacht. Von ferne hörte sie leises Gemurmel. Zwei Männer lachten. Sie seufzte tief. Dann zog sie die Decke bis zum Kinn hoch und schlief ein.

5

Die Arbeiter hatten gerade einen neuen Grabungsabschnitt abgesperrt. Sonja schlüpfte unter dem Band durch und griff nach der Schaufel, die im Sand lag. Sie wusste genau, wo sie graben musste. Sie versuchte, sich nicht von Peters und Hassan Mahmud irritieren zu lassen. Die beiden Männer standen hinter der Absperrung und beobachteten jede ihrer Bewegungen.

»Sie finden das Grab nie!«, rief Hassan ihr spöttisch zu. »Geben Sie auf!«

»Nein!« Sonja schüttelte den Kopf und stieß die Schaufel in die Erde. Sie strich sich das Haar zurück. Am liebsten hätte sie die Männer weggeschickt. Sie hasste es, wenn man ihr auf die Finger sah.

Peters zündete sich eine Zigarette an und warf Hassan einen amüsierten Blick zu.

Sonja grub. Es war anstrengend, und bald schmerzten ihr die Handgelenke. Sie traute sich jedoch nicht, eine Pause zu machen. Plötzlich spürte sie einen Widerstand unter der Schaufel. Das Hindernis war kein Stein, das hätte sich anders angefühlt. Weil sie den Fund nicht beschädigen wollte, warf sie die Schaufel zur Seite, ließ sich auf die Knie nieder und grub mit den Händen weiter. Kurz darauf ertasteten ihre Finger etwas Weiches. Sie stellte fest, dass es sich um einen menschlichen Arm handelte. Hektisch befreite sie ihn vom Sand und zerrte daran. Sie konnte ihn nicht aus der Erde ziehen und musste weitergraben. Wenig später stieß sie auf den Oberkörper. Das Khakihemd war schmutzig und zerrissen. Unter dem Sand zeichnete sich die Form eines Kopfes ab. Als ein dunkles Haarbüschel auftauchte, fing Sonja an zu zittern. In höchster Angst wischte sie die Erde weg.

Paul Lehmann starrte sie mit toten Augen an.

Sonja saß kerzengrade aufgerichtet auf dem Feldbett, aufgeweckt von ihrem eigenen Schrei. Das Herz klopfte ihr bis zum Hals. Zum Glück war alles nur ein Traum gewesen. Trotzdem … Sie war schweißnass, und die leeren Augen schienen sie noch immer zu verfolgen. Plötzlich hatte sie das Gefühl, dass sie nicht allein im Zelt war. Gepackt von wilder Panik, tastete sie nach der Taschenlampe und leuchtete hastig im Zelt umher.

Sie konnte nichts entdecken. Trotzdem hatte sie noch immer den Eindruck, beobachtet zu werden. Fast körperlich vermeinte sie die Gegenwart eines Fremden wahrzunehmen. War es Lehmanns Geist?

Sie schluckte heftig. Vielleicht war Lehmann inzwischen tatsächlich tot. Sicherlich wäre er ganz und gar nicht begeistert darüber gewesen, dass sie in sein Zelt eingezogen war.

Unsinn! Was für wirre Gedanken! Daran war nur der blöde Traum schuld!

Sie legte sich wieder hin und zwang sich, ruhig zu atmen. Die Taschenlampe ließ sie vorsichtshalber an. Sonja überlegte, ob sie morgen um ein anderes Zelt bitten sollte. Sicher würde jemand mit ihr tauschen. Gleich darauf verwarf sie den Gedanken daran. Damit würde sie sich nur lächerlich machen.

Sie zuckte zusammen, als es neben ihr knackte, und leuchtete mit der Taschenlampe in die Richtung, aus der das Geräusch gekommen war. War ein Skorpion ins Zelt gekrochen? Sie konnte nichts erkennen. Wahrscheinlich hatte nur das Zeltgestänge geknarrt; jetzt in der Nacht war es wesentlich kühler als am Tag.

Ihr war zum Heulen zumute. Sie kam sich einsam und hilflos vor und hatte auf einmal heftige Sehnsucht nach Claus. Am liebsten hätte sie ihn angerufen, um ein paar tröstende Worte zu hören.

Sie blickte auf den Wecker. Es war kurz nach zwei. Der Zeitunterschied betrug eine Stunde, also war es in Deutschland erst ein Uhr nachts. Claus war um diese Zeit oft noch wach. Sonja suchte in ihrer Handtasche nach dem Handy. Doch das Display zeigte kein Funknetz an. Dabei war sie sicher, am Abend im Camp noch Empfang gehabt zu haben, zum Beispiel als sie beim Container gewesen war. Mist! Alles schien sich gegen sie verschworen zu haben. Vielleicht stand Lehmanns Zelt ja in einem Funkloch …

Sie brauchte nur aufzustehen und die wenigen Schritte zum Container zurückzulegen. Dann konnte sie möglicherweise mit Claus sprechen. Doch sie schaffte es nicht, das Feldbett zu verlassen und das finstere Camp zu durchqueren. Der Gedanke war einfach zu unbehaglich.

Die unsichtbaren Augen schienen sie noch immer zu beobachten. Sonja schauderte. Sie musste sich zusammennehmen. Es war doch nur ein dummer Albtraum!

Entschlossen knipste sie die Lampe aus und verschränkte die Arme hinter dem Kopf. Sie lauschte auf das Klopfen ihres Herzens.

Es war niemand im Zelt. Ganz sicher nicht.

Vielleicht war es nicht richtig, in Tell el-Amarna zu graben. Die alten Ägypter hatten größten Wert auf ihren Totenkult gelegt. Und dann kamen moderne Archäologen und öffneten im Namen der Wissenschaft die Gräber. Mumien wurden in Museen ausgestellt und von Touristen begafft. Sie wurden fotografiert, manche sogar per Computertomografie untersucht – wie man es vor einiger Zeit mit Tutenchamuns Mumie getan hatte. Von Totenruhe keine Rede mehr.

War es vielleicht Frevel, dass sie hier gruben? Rächten sich die alten Götter?

Sonja stöhnte. Was für Gedanken! Sie war Archäologin und

hatte endlich eine wichtige Aufgabe. Und die würde sie zu Ende führen.

»Falls du mich hörst, Paul Lehmann«, murmelte sie in die Finsternis hinein, »ich werde deine Suche fortsetzen. Und ich werde Nofretete finden.«

Als Sonja am nächsten Morgen erwachte, schmerzten ihre Glieder vom verkrampften Liegen, und ihr Körper war ganz steif. Mühsam setzte sie sich auf und rieb sich den Schlaf aus den Augen. Die Erinnerung an den Albtraum lag wie ein dunkler Schatten auf ihrem Gemüt, doch sie war entschlossen, sich nicht unterkriegen zu lassen. Sie stand auf und öffnete den Reißverschluss des Zeltes. Sonnenlicht flutete herein. Es war Viertel vor sechs und der Morgen noch kühl. Sonja holte tief Luft. Sie fühlte, wie ihr mit jedem Atemzug neue Energie zuströmte.

Die Sonne stieg über den Felsen auf.

Aton, der Sonnengott ...

Sonja blinzelte ins Licht und spürte, wie die Sonne die Schrecken der Nacht vertrieb. Ein neuer Tag lag vor ihr.

Im Camp war es noch ruhig. Sonja fiel der große Vogel auf, der auf dem Container saß, völlig reglos. Nur ab und zu ruckte er mit dem Kopf. Ein Falke?

Sonja mochte Vögel und betrachtete es als gutes Omen, dass er dort hockte und das Camp beobachtete. Sie beschloss, in ihm einen Glücksbringer zu sehen.

Sie nahm ihre Waschsachen und ging durch den Sand in Richtung Container. Dabei bewegte sie sich vorsichtig, um den Vogel nicht zu verscheuchen. Als sie nur noch wenige Meter entfernt war, piepste das Handy, das in ihrer Brusttasche steckte. Der Falke stieß sich mit einem Schrei von dem Container ab und flog zu den Felsen hinüber. Sonja sah ihm nach, bis er verschwunden war.

Dann erst fasste sie in ihre Brusttasche, ärgerlich, dass das Handysignal den Vogel vertrieben hatte. Eine SMS war angekommen. Von Claus. Sonja runzelte die Stirn, als sie die Nachricht las.

Bin am Flughafen. Fliege nach London zu einer Ausstellung. Bleibe bis Samstag. Alles Liebe, C.

Sonja konnte sich nicht erinnern, dass Claus die Ausstellung erwähnt hatte. Aber vielleicht hatte sich das spontan ergeben. Sie fand, dass die Mitteilung ziemlich kühl klang, doch Claus war ohnehin kein Meister großer Worte. Sie steckte das Handy zurück. Dann betrat sie den Container und wusch sich an einem der Waschbecken – ganz nach Peters' Anweisungen, sparsam mit dem Wasser umzugehen. Als sie sich das Gesicht abtrocknete, fiel ihr ein, dass der Tank gestern leer gewesen war. War er über Nacht aufgefüllt worden? Sie hatte keinen Lastwagen kommen hören. Vielleicht wurde dieser Wasserhahn von einem anderen Tank gespeist. Am Waschbecken gab es wie gestern unter der Dusche nur kaltes Wasser.

Sonja schminkte sich sorgfältig und fand, dass sie recht passabel aussah. Zufrieden verließ sie den Container. Vor der Tür traf sie Carola.

»Hallo, auch schon wach?«, begrüßte diese sie munter.

»Ja, obwohl es eigentlich nicht meine Zeit ist«, antwortete Sonja.

»Ich bin Frühaufsteherin«, erklärte Carola. »Am Morgen ist es hier am schönsten. Alles wirkt so unberührt. Dann kommt es mir vor, als hätte ich das ganze Gelände für mich.«

»Ich habe gesehen, wie die Sonne über den Felsen aufgegangen ist.«

»Ja, das ist wunderbar, nicht wahr? Ich stelle mir dann immer vor, dass ich in Achetaton lebe.« Carola lächelte.

Sonja hatte plötzlich das Gefühl, in der Grabungszeichnerin vielleicht eine Freundin zu finden, und lächelte zurück.

»Ich habe von Paul Lehmann geträumt«, gestand sie. »Es war ein grässlicher Traum. Ich habe seine Leiche aus dem Sand ausgegraben.«

»Oje, das klingt schrecklich!«, rief Carola mitfühlend. »Vielleicht ist er tatsächlich tot«, murmelte sie dann und zog die Schultern hoch.

»Ich fürchte, damit muss man rechnen. Er ist schon so lange verschwunden.«

Carola blickte sich um. Niemand war in der Nähe. Trotzdem

dämpfte sie die Stimme. »In letzter Zeit war er schon ein bisschen seltsam.«

»Wie meinen Sie das?«, fragte Sonja nach.

»Nun, er veränderte sich in auffälliger Weise. Anfangs, als ich ihn kennenlernte, war er schrecklich korrekt. Geradezu pingelig. Ein richtiger Paragrafenreiter. Aber in den letzten Wochen hatte ich das Gefühl, dass ihm alles eher egal war. Und er machte immer so merkwürdige Andeutungen.«

»Welche Andeutungen?«

»Ich weiß nicht recht … Es klang ziemlich verrückt. Einmal behauptete er mir gegenüber, dass Nofretete vielleicht noch lebe und Achetaton Gegenwart sei.«

Das hörte sich allerdings sehr schräg an. Sonja hob die Augenbrauen.

»Ich machte mir schon Gedanken, ob er irgendwelche Drogen nahm«, vertraute Carola ihr an. »Oder ob er trank. Aber man hat nie etwas gerochen.«

»Wodka riecht man nicht«, erwiderte Sonja.

»Ich weiß nicht«, sagte Carola. »Beweisen kann ich nichts. Ich will ihn auch nicht schlechtmachen, er war eigentlich ein guter Chef. Aber zuletzt echt merkwürdig. Im Grunde hat es mich gar nicht so überrascht, als er eines Tages verschwunden war. Ich hatte es fast erwartet.«

»Hatte er Feinde?«, fragte Sonja.

»Nicht direkt. Aber auch keine dicken Freunde. Ich glaube, ich war die Einzige, mit der er ab und zu etwas ausführlicher geredet hat.« Carola schnitt eine Grimasse. »Er hat mich nämlich ganz gern gesehen – wenn Sie verstehen, was ich meine.«

Sonja nickte. »Und Sie?«

»Irgendwie mochte ich ihn auch. Ich meine, es gibt schlimmere Chefs. Aber wir hatten nichts miteinander.«

»Das habe ich auch nicht angenommen«, erwiderte Sonja.

»Oh, er hätte wahrscheinlich nichts dagegen gehabt«, sagte Carola unverblümt. »Aber optisch war er ja nicht gerade der große Hit. Jedenfalls war er nicht mein Typ.«

Sonja nickte wieder und fragte sich insgeheim, wie wohl Carolas Beuteschema aussah. Wie Peters? Oder eher wie Hassan, dem wohl die wenigsten Frauen widerstehen konnten? Wahrscheinlich würde sie es im Lauf der Zeit herausfinden.

»Sind Sie verheiratet?«, fragte Carola nun.

Sonja schüttelte den Kopf. »Aber liiert. Seit sieben Jahren.«

»Lange Zeit.«

»Wir kennen uns eigentlich noch viel länger. Er war mein Professor.«

»Aha.« Carola lächelte wieder. »Sieht er gut aus?«

»Ich finde schon. Bei Gelegenheit zeige ich Ihnen mal ein Foto.«

»Gern.«

Als Carola im Container verschwunden war, fragte sich Sonja, ob sie vielleicht zu viel von sich erzählt hatte und ob sie als Chefin nicht zurückhaltender sein sollte. Aber Carola machte einen so netten Eindruck ... Sonja zuckte die Achseln und ging zu ihrem Zelt zurück.

Vor dem Frühstück sah sie sich noch einmal die Unterlagen an und versuchte, ein Gesamtbild von der ehemaligen Stadt Achetaton zu bekommen. Echnatons Grabstätte befand sich bei den Felsengräbern im Norden. Da lag der Gedanke nahe, dass sich Nofretetes Grab irgendwo in der Nähe befand. Vielleicht zu naheliegend? Grabräuber waren schon im Altertum ein Problem gewesen, und die Vorstellung, dass ihre Gräber ausgeraubt und die Mumien geschändet würden, war für die alten Ägypter der Albtraum schlechthin. Die Ideallösung war ein Grab, das gut versteckt war und außerdem noch allerbeste Schutzmechanismen gegen Grabräuber aufwies.

Der Fluch der Pharaonen ...

Sonja seufzte. Lehmann hatte an verschiedenen Stellen im Norden graben lassen, an denen auch Sonja das Grab vermutet hätte. Doch der Bereich war groß. Wenn man Pech hatte, grub man fünfzig Meter neben dem verborgenen Grab, ohne etwas zu finden. Sonja nahm sich vor, das Gelände nach und nach abzuschreiten. Vielleicht erhielt sie dabei einen Hinweis oder eine Inspiration, beispielsweise durch den Schatten eines Felsens oder durch den Sonneneinfall. Sie musste an die alten Abenteuerbücher aus ihrer Kindheit denken, in denen die Helden einen Schatz gefunden hatten, indem sie bestimmten Hinweisen nachgegangen waren. *Grabe dort, wo der Schatten der Eiche zur Mittagszeit aufhört …* Sonja lächelte unwillkürlich bei der Erinnerung und stützte den Kopf in die Hände.

Da wurde die Plane des Zeltes zurückgeschlagen, und Peters' Kopf erschien.

»Guten Morgen. Frühstück ist gleich fertig. Haben Sie gut geschlafen?«

»Geht so«, antwortete Sonja, klappte den Ordner zu, in dem sie gerade geblättert hatte, und stand von ihrem Feldbett auf.

Peters trat zur Seite, als sie das Zelt verließ. »Was man in der ersten Nacht im Camp träumt, geht in Erfüllung«, meinte er belustigt.

»Hoffentlich nicht«, sagte Sonja. »Ich habe nämlich heute Nacht Lehmanns Leiche ausgegraben.«

»Na, dann müssen Sie vorsichtig sein, wenn Sie im Sand buddeln.« Er blickte sie an. »Haben Sie keinen Strohhut oder wenigstens ein Tuch? Bald wird es ziemlich heiß, und es heißt ja, dass Blondinen besonders empfindlich sind.«

Sonja beschloss, den zweiten Teil des Satzes besser zu überhören. Sie holte eine Kappe aus dem Zelt und schlenderte mit Peters zum Mannschaftszelt.

»Heute Morgen habe ich einen Falken gesehen«, berichtete sie.

»Der ist öfter da. Wahrscheinlich hofft er, dass für ihn etwas abfällt. Kann sein, dass der Koch ihn heimlich füttert.«

»Auf mich hat er eher einen scheuen Eindruck gemacht.«

»Klar, er kennt Sie ja noch nicht«, spöttelte Peters. »Aber vielleicht frisst er Ihnen bald aus der Hand.«

»Hm … ich weiß nicht, ob ich das überhaupt will.« Sonja grinste.

Sie erreichten das Zelt. Am Tisch saßen schon Carola und Victoria, allerdings an verschiedenen Enden. Offenbar waren sie keine engen Freundinnen. Victoria trug eine leichte Strickjacke, obwohl es warm war. Vermutlich wollte sie damit ihre dürren Arme verbergen. Auch Hassan war schon da. Er saß mit zwei Männern an der Längsseite des Tisches und blätterte in einer Zeitung.

Auf einem zweiten Tisch war ein Büfett angerichtet worden, an dem sich jeder bediente. Sonja war mit der Auswahl zufrieden, sogar positiv überrascht. Es gab Toast, Müsli, verschiedene Käsesorten, Marmeladendöschen, abgepackte haltbare Wurst und sogar Kuchen. Nur die umherschwirrenden Fliegen störten.

»Tee oder Kaffee?«, fragte Peters und hielt zwei Kannen hoch, während Sonja ihren Teller zum Tisch balancierte.

»Kaffee, bitte.«

Er setzte sich neben sie und schenkte ihr ein.

»Danke.« Sie lächelte ihn höflich an. »Das Frühstück ist ja richtig luxuriös. Fast wie im Hotel.«

»Ja, uns geht es nicht schlecht«, antwortete er und legte eine Scheibe Käse auf seinen Toast. »Schon irgendwelche Pläne für heute?«

»Ich möchte mir zuerst in Ruhe das Gelände um die Nordgräber ansehen und mir einen Überblick verschaffen.« Sie nahm einen Schluck aus ihrer Tasse. Der Kaffee war stark und gut.

»Zu Fuß?«

»Wie sonst?«

»Hätten Sie mir früher Bescheid gesagt, hätte ich Ihnen einen Esel besorgt.«

Machte er sich wieder lustig? Sie sah ihn schräg von der Seite an.

»Meinen Sie das im Ernst?«

Er nickte.

Sie schüttelte den Kopf. »Bitte keinen Esel. Ich gehe lieber.«

»Es ist aber weit.«

»Macht nichts, ich bin gut zu Fuß.«

Peters rückte mit seinem Stuhl zurück und blickte unter den Tisch.

»Ist Ihnen etwas runtergefallen?«, erkundigte sich Sonja.

»Nein, ich schaue nur nach, welche Schuhe Sie tragen.« Er runzelte die Stirn. »Ah, sehr vernünftig!«

Sonja hatte ihre festen Wanderschuhe angezogen, die ihr für das Gelände besonders geeignet erschienen.

»Freut mich, dass Sie heute mit mir zufrieden sind«, sagte sie ironisch.

In diesem Moment trat Hassan zu Peters.

»Ich geh schon mal vor. Oder gibt's inzwischen andere Anweisungen?«

Peters schüttelte den Kopf. »Ich begleite nachher Frau Morhardt. Sie möchte sich das Gelände ansehen.«

Hassan nickte und verschwand.

Nach dem Frühstück brachen Sonja und Peters auf.

Im Schatten der Felsen hing noch die Morgenkühle. Sie folgten einem sandigen Pfad, an dessen Seiten Steine und Geröll aufgeworfen waren. Unterwegs unterhielten sie sich über die Gräber, die bisher gefunden worden waren.

»In der Nordnekropole gibt es sechs Gräber«, berichtete Peters. »Diese waren den Priestern und engsten Ratgebern des Pharaos vorbehalten. Interessant, dass alle Zugänge nach Süden zeigen.«

»Und was ist mit den südlichen Gräbern?«, fragte Sonja. Sie war ein bisschen außer Atem, denn es ging ständig leicht bergauf.

»Die Südnekropole war den hohen Beamten vorbehalten.« Peters blieb stehen und wartete, bis Sonja nachgekommen war. »Bisher wurden dort neunzehn Gräber freigelegt.«

»Und Echnatons Grab liegt weit abseits im Wadi Abu Hasan el-Bahri«, ergänzte Sonja. »Es stellt sich die Frage, ob Nofretetes Grab eher bei den Nordgräbern zu suchen ist oder weiter draußen im Wadi, in der Nähe von Echnatons Grab.«

»Das war übrigens als Familiengrab vorgesehen«, erwiderte Peters. »Es ist erst vor ein paar Jahren für Touristen erschlossen worden. Aber man hat offenbar das Grab für Echnaton nicht benutzt. Nur seine Tochter Maketaton ist nachweislich dort bestattet worden.«

»Vielleicht hat der Pharao seine Pläne geändert«, überlegte Sonja laut. »Und es ist auch nicht gesagt, dass Nofretete mit ins

Familiengrab wollte. Sie scheint ihren eigenen Kopf gehabt zu haben.«

»Wie kommen Sie darauf?«

»Nun ja, sonderlich begeistert über den Umzug nach Achetaton war sie wohl nicht.«

Peters zog erstaunt die Augenbrauen hoch und sah Sonja fragend an.

»Echnaton ließ auf eine Grenzstele schreiben, die königliche Gemahlin solle nicht zu ihm sagen, es gebe einen schöneren Platz für Achetaton als diesen.« Sonja lachte. »Und er schrieb auch, dass er Achetaton niemals an einem anderen Ort errichten werde. Das Königspaar scheint sich also nicht immer einig gewesen zu sein.«

»Wenn Sie die Inschrift so interpretieren wollen ...« In Peters' Stimme schwangen Zweifel.

»Warum nicht?«

»Auf den Abbildungen ist Nofretete immer an Echnatons Seite zu sehen«, erklärte er. »Zumindest nach außen hin haben die beiden Geschlossenheit und Harmonie ausgestrahlt.«

»Das kann hinter den Kulissen ganz anders ausgesehen haben«, meinte Sonja. »Denken Sie nur an Prinz Charles und Lady Diana. Die sind auch noch gemeinsam bei öffentlichen Anlässen aufgetreten, nachdem sie sich längst auseinandergelebt hatten.«

»Ich lese keine Klatschblätter«, war Peters' knappe Antwort.

Sonja verdrehte die Augen. Sie interessierte sich auch nicht für die Skandale der Königshäuser, aber das eine oder andere bekam doch jeder unweigerlich mit. Schweigend ging sie neben Peters her. Die kahlen Felsen ohne jegliches Grün waren beeindruckend, wirkten in ihrer Gleichförmigkeit aber allmählich deprimierend. Kaum vorstellbar, dass es in dieser Gegend einmal eine blühende Stadt gegeben hatte! In jedem dieser Felsen konnte ein Grab versteckt sein. Sie hätte Röntgenaugen haben sollen ...

»Wurde hier schon einmal ein Georadargerät eingesetzt?«, fragte sie.

Peters sah sie erstaunt von der Seite an. »Haben Sie eine Ahnung, was so ein Ding kostet?«

Sonja hob die Schultern. »Wenn Sie so fragen, ist es vermutlich ziemlich teuer.«

»Um die dreißigtausend Euro«, erwiderte Peters. »Eine solche Summe bekommen wir niemals genehmigt. Vergessen Sie's. Außerdem braucht man glatte Flächen und kann nur messen, was sich im Erdreich darunter befindet. Bei diesen Felsen bringt ein Georadar vermutlich nicht viel.«

»Aber bei den Pyramiden konnte man doch auch feststellen, dass es im Innern Hohlräume gibt«, wandte Sonja ein.

»Die Pyramiden sind vergleichsweise überschaubar«, gab Peters zurück. »Ich an Ihrer Stelle würde lieber nicht laut sagen, dass ich ein Gebirge wie dieses auf Hohlräume untersuchen will.«

Der Pfad, den sie jetzt entlanggingen, war ziemlich schmal. Nach einer Weile mündete er auf einen breiteren, bequemeren Weg. Peters blieb so unvermittelt stehen, dass Sonja fast in ihn hineinlief.

»Touristen«, sagte er, und seine Stimme klang, als spräche er von Ungeziefer. »Wie spät ist es?«

Sonja blickte auf ihre Armbanduhr. »Halb zehn.«

»Natürlich. Da kommen die ersten Busse. Wir hätten uns früher auf den Weg machen sollen.«

Konnte ich doch nicht ahnen, dachte Sonja. Außerdem störten sie die paar Leute nicht, die den Berg heraufkamen.

Es war ein Trupp von ungefähr fünfzehn Männern und Frauen, angeführt von einem Einheimischen, der eine weiße Galabija und einen hellen Turban trug. Einige hatten sichtlich Probleme, die Steigung zu bewältigen. Männer wie Frauen trugen kurze Hosen und Sandalen, einige Männer mit Socken an den Füßen. Sonja sah eine Reihe bunter Hemden und Strohhüte. Fotoapparate baumelten an den Handgelenken.

»Wie ich diese Billigurlauber mit ihren Bierbäuchen hasse«, murmelte Peters. »Sie schwitzen bei der kleinsten Anstrengung gleich wie die Schweine und tragen jede Menge Feuchtigkeit in die Gräber. Dadurch wird nach und nach die Substanz zerstört – unwiderruflich. Aber das interessiert diese Typen einen Dreck.

Hauptsache, sie können zu Hause erzählen, dass sie hier gewesen sind.«

»Tell el-Amarna gehört nicht zum Pauschalangebot«, widersprach Sonja. »Diese Leute haben bestimmt echtes Interesse an ägyptischer Geschichte.«

»Wenn Sie erst mal länger hier sind, so wie ich, dann werden Sie die Touristen auch verabscheuen«, knurrte Peters sarkastisch.

Ein Mann, der sich aus der Gruppe gelöst hatte, fiel Sonja besonders auf: Er war etwa so groß wie sie, hatte dunkle Haare, eine relativ große Nase und einen Dreitagebart. Er trug lange Jeans, ein grünes T-Shirt und eine Sonnenbrille, die er nach oben schob, als er auf Sonja und Peters zutrat.

»Hallo, Nofretete!«

Er lachte Sonja an. Sie war zu perplex, um zu antworten. Aber er redete schon weiter.

»Auch wenn Sie nicht wirklich Nofretete sind, passt der Name zu Ihnen: *Die Schöne ist gekommen.*«

Sonja hörte, wie Peters neben ihr abfällig die Luft einsog.

»Woher wissen Sie, dass ich Deutsche bin?«, fragte sie.

Er musterte sie von oben bis unten. Das, was er sah, schien ihm zu gefallen.

»Ich habe einfach geraten. Ich komme aus München. Und Sie?«

»Aus Hamburg«, antwortete sie.

»Machen Sie auch Urlaub?«, fragte er weiter.

»Wir arbeiten«, mischte sich Peters ein. »Hier findet eine Ausgrabung statt.«

»Aha, spannend«, sagte der Fremde. »Und schon was Interessantes gefunden?«

Peters gab keine Antwort.

»Ich bin Physiker und arbeite am Max-Planck-Institut«, wandte sich der Mann an Sonja. »Aber jetzt habe ich mir erst mal eine Auszeit genommen. Wenn Sie hier arbeiten, dann kennen Sie sich bestimmt gut aus. Ich hätte da nämlich ein paar Fragen …«

»Wir sind Wissenschaftler, keine Touristeninformation«, schnitt Peters dem Mann das Wort ab. »Wenn Sie Fragen haben, dann wenden Sie sich an Ihren Reiseführer.«

»Oh, Entschuldigung«, sagte der Mann und setzte eine unschuldige Miene auf. »Ich wollte Sie nicht in Verlegenheit bringen.«

Peters errötete vor Zorn, und Sonja verbiss sich das Lachen.

»Jonas, kommst du?«, rief eine dicke Frau aus der Gruppe und drehte sich nach ihm um.

»Ich muss los«, sagte der Physiker zu Sonja. »Aber ich denke, man sieht sich.« Er setzte die Sonnenbrille wieder auf und schlenderte hinter den anderen her.

»Aufgeblasener Schnösel«, knirschte Peters. »Bildet sich ein, dass ihm ganz Ägypten gehört, und nutzt jede Gelegenheit zum Anbaggern.«

»Vielleicht hatte er wirklich nur ein paar harmlose Fragen«, warf Sonja ein. »Sie hätten nicht gleich so grob zu ihm sein müssen.«

»Ach, Sie finden, ich war grob?«

»Ja, schon.«

Peters zuckte die Schultern. Sonja sah der Gruppe nach.

»Wohin gehen die?«

»Zum Grab von Meryra dem Ersten«, antwortete Peters. »Er war der Astronom des Sonnengottes im Tempel des Aton. Sein Grab wäre das größte in Tell el-Amarna geworden, wenn es je fertiggestellt worden wäre. Sie sollten es sich bei Gelegenheit einmal ansehen, es lohnt sich.«

Sie gingen weiter. Nach zwei Stunden fühlte sich Sonja völlig erschöpft und war froh, als Peters den Rundgang beendete. Als sie den letzten Schluck aus ihrer Wasserflasche nahm, bemerkte sie den Sonnenbrand auf ihren Armen.

»Sie haben keinen Sonnenschutz verwendet«, stellte Peters fest.

»Stimmt«, gab Sonja zu. »Das habe ich heute Morgen leider völlig vergessen. Es ist alles noch etwas ungewohnt für mich.«

»Ruhen Sie sich doch aus«, schlug Peters vor. »Es reicht, wenn Sie nach dem Mittagessen an der Grabungsstelle erscheinen.«

»Gut.« Nur zu gern nahm Sonja das Angebot an. »Dann sehe ich mir in der Zwischenzeit noch einmal die Unterlagen an.«

Im Zelt war es zwar schattig, aber kaum kühler. Sie nahm die

Kappe ab – das Haar darunter war nass. Dann setzte sie sich auf das Feldbett, zog Wanderschuhe und Socken aus und bewegte die Zehen. Als sie in ihre Sandalen schlüpfte, seufzte sie vor Erleichterung auf. Zuvor vergewisserte sie sich allerdings, dass kein Skorpion darin saß.

Als sie eine frische Bluse aus dem Plastikhängeschrank nehmen wollte, hielt sie inne. Ging sie etwa zu verschwenderisch mit ihrer Kleidung um? So bald wie möglich wollte sie Carola fragen, wo sie ihre Wäsche waschen konnte.

Die beiden Jacken, die Lehmann gehörten und noch im Schrank hingen, kamen ihr wie Fremdkörper vor. Sie entschied sich, sie herauszunehmen und zu seinen übrigen Sachen zu legen. Einem Impuls folgend, kontrollierte sie die Taschen. Sie waren leer, offenbar hatte Lehmann sie vor seinem Verschwinden gründlich ausgeräumt. Sonja wollte die zweite Jacke schon zusammenfalten, als sie im Innenfutter etwas Hartes spürte. Aus einer unauffälligen Innentasche zog sie eine Papierhülle, in der sich eine CD-ROM befand. Beides war unbeschriftet. Sonja runzelte die Stirn. Warum hatte Lehmann die silberne Scheibe mit sich herumgetragen? Waren darauf wichtige Daten gespeichert, die auf keinen Fall verloren gehen sollten? Sie musste an Claus denken, der seine Unterlagen immer auf einem USB-Stick sicherte und das Ding überallhin mitschleppte – für den Fall, dass in seiner Abwesenheit sein Computer kaputtging oder gestohlen wurde. Es war schon eine richtige Manie gewesen, und Sonja hatte ihn manchmal damit geneckt.

Sie drehte die Scheibe in den Händen. Es interessierte sie brennend, welche Daten darauf gespeichert waren. Am liebsten wäre sie sofort in ihr Büro gelaufen und hätte die CD-ROM in den Computer geschoben. Vielleicht fand sie ja einen Hinweis darauf, warum Lehmann verschwunden war.

Sie hatte ein schlechtes Gewissen, als sie die Scheibe in das Seitenfach ihrer Reisetasche schob. Schließlich war sie nicht ihr Eigentum. Sie fragte sich, warum die Polizei Lehmanns Sachen nicht beschlagnahmt hatte. Würden die Beamten das erst tun, wenn dessen Leiche gefunden worden war?

Sonja musste wieder an ihren grässlichen Traum denken. Trotz der Schwüle im Zelt überlief sie eine Gänsehaut.

Achetaton,
im 13. Regierungsjahr des Pharaos

Maketaton lag im Sterben, daran gab es keinen Zweifel mehr.

Ihre Augen waren tief in die Höhlen gesunken, und die Nase stand spitz hervor. Der Atem des Mädchens ging flach. Zwischen Mund und Nasenflügel zeigte sich schon das weiße Dreieck des Todes.

Nofretete stand neben dem Bett ihrer zweitältesten Tochter und fühlte sich wie erstarrt. Zwei Atonpriester am Kopfende murmelten unaufhörlich leise Gebete.

Echnaton saß auf der anderen Seite des Betts und hielt Maketatons Hand, die klein und schwach in der seinen lag. Auf seinem Gesicht zeichnete sich noch immer Hoffnung ab. Zum ersten Mal erkannte Nofretete den Fanatismus in den Augen ihres Gatten. Sein Glaube an Aton war so groß, dass er nicht sah, wie seine Tochter starb. Er war wie blind und nahm nicht wahr, wie mit jedem Lidschlag das Leben aus ihr wich und ihr Herz immer schwächer wurde.

Er hatte Nofretete untersagt, eine Heilerin aufzusuchen. Er hatte ihr nicht einmal erlaubt, die kleine Isis-Statue hervorzuholen und als Schutz neben Maketatons Bett aufzustellen. Dabei war Isis eine mächtige Göttin. Sie konnte den Tod besiegen und hatte ihren Gatten Osiris ins Leben zurückgeholt. Wenn jemand Maketaton retten konnte, dann sie. Doch es war zu spät.

Nofretetes Schmerz, die geliebte Tochter zu verlieren, war unbeschreiblich. Maketaton war kaum zehn Jahre alt – ein quirliges, lebensfrohes Kind und ein nicht zu bändigender Wirbelwind. Es passte gar nicht zu ihr, so ruhig dazuliegen. Sie war die temperamentvollste der sechs königlichen Schwestern und oft die Anführerin gewesen, wenn es darum ging, Streiche auszuhecken oder sich Spiele auszudenken. Selbst Meritaton, die Älteste, ein stilles und besonnenes Mädchen, hatte sich Maketatons Willen gefügt.

Doch nun wäre Maketatons fröhliches Lachen nie mehr zu hören, weder im Palast noch außerhalb davon. Nie mehr würde die winzige Zornesfalte auf ihrer Stirn erscheinen, wenn etwas nicht nach ihrem Kopf ging. Nie mehr würden ihre dunklen Augen vor Begeisterung funkeln …

Echnaton räusperte sich, ließ Maketatons Hand los und stand auf. Er blickte Nofretete an.

»Komm. Wir können ihr nicht helfen. Wir haben seit Stunden nichts mehr gegessen und getrunken.«

Er hatte recht. Nofretete konnte sich kaum noch auf den Beinen halten. Trotzdem war sie nicht bereit, Maketaton zu verlassen. Zumal ihre Tochter nicht mehr lange leben würde.

»Komm!«, wiederholte Echnaton mit Nachdruck.

»Und wenn sie in der Zwischenzeit stirbt?«, fragte Nofretete leise.

»Sie wird nicht sterben«, erklärte Echnaton. »Vertrau auf Aton! Er wird sie gesund machen.«

Sie sah den unerschütterlichen Glauben in seinen Augen.

»Nein«, antwortete sie tonlos. »Ich bleibe. Ich lasse Maketaton nicht allein.«

»Dann sollen die Dienerinnen dir etwas zu essen bringen.« Echnaton verließ den Raum. Die Priester blickten ihm nach, ohne ihre Gebete zu unterbrechen.

Nofretete setzte sich an das Bett ihrer Tochter. Der Anblick der Kranken zerriss ihr das Herz. Maketatons Haut war durch das Gelbe Fieber stark verfärbt. Sie sah fremd aus, und Nofretete wusste, dass sie bereits zu einer anderen Welt gehörte.

Ihre Hände krampften sich ineinander. Hätte sie nur nicht nachgegeben! Hätte sie sich Echnatons Willen doch widersetzt und eine Heilerin kommen lassen! Notfalls heimlich. Genauso heimlich, wie sie vor Monaten zu einer Zauberin gegangen war, um Echnatons Liebe zurückzugewinnen. Die Zauberin hatte ein Stück von Echnatons Fingernagel verlangt, einen Schal von Kija und ein Schamhaar von Nofretete selbst. Letzteres war am schwierigsten zu beschaffen gewesen, da sich Nofretete regelmäßig am ganzen Körper enthaarte. Doch nach einigen Tagen hatte sie der Zauberin alle gewünschten Dinge bringen können.

Nofretete war bei dem Ritual nicht dabei gewesen, aber die Zauberin hatte ihr ein Amulett mitgegeben: ein Udjat-Auge – das Auge des Horus, das über sie wachen und vor dem bösen Blick ihrer Rivalin beschützen sollte.

Schon nach wenigen Tagen hatte der Zauber Wirkung gezeigt: Echnaton verbrachte die Nächte nicht länger bei Kija, sondern kehrte zu Nofretete zurück. Sie empfing ihn mit großer Liebe, hieß ihn in ihrem Bett willkommen, und es gelang ihr, in ihm dieselbe stürmische Leidenschaft zu entfachen, mit der er ihr in den ersten Jahren ihrer Ehe beigewohnt hatte.

Am nächsten Vormittag hatte Nofretete die Zauberin wieder aufgesucht und sie für ihre Dienste mit einem goldenen Halsschmuck belohnt.

»Wie hat mein Zauber gewirkt?«, hatte die Frau gefragt.

»Ich weiß nicht, wie Kija sich ihm gegenüber verhalten hat – aber er war wie ausgehungert«, hatte Nofretete geantwortet. »Ich kann dir nicht genug danken.«

»Ihr dürft ihm niemals erzählen, dass Ihr zu mir gekommen seid.«

»Natürlich nicht.«

Während Nofretete am Bett der sterbenden Tochter saß, kam ihr der Gedanke, ob Aton sie dafür bestrafte, dass sie die Zauberin aufgesucht hatte. Hatte er ihr Echnaton zurückgegeben, um ihr dafür die geliebte Tochter zu nehmen?

In diesem Augenblick stöhnte Maketaton leise auf. Nofretete strich ihr über die Stirn, die nass war von kaltem Schweiß.

»Mein Liebling«, murmelte sie. »Keine Angst, ich bin bei dir.«

Das Mädchen schlug die Augen auf und blickte die Mutter an. Diese ergriff die kleine Hand und drückte sie. Maketatons Lippen bewegten sich lautlos, aber sie war zu schwach, um etwas zu sagen.

»Keine Angst«, wiederholte Nofretete und lächelte. »Alles wird gut.«

Sie spürte einen leichten Gegendruck in der Handfläche. Dann erschlafften die Finger. Ein Zittern durchlief den kleinen Körper. Noch einmal versuchte sie zu flüstern, und diesmal verstand Nofretete ihre Worte: »Mutter … ich fühle mich so … leicht …«

Tränen stiegen Nofretete in die Augen. Sie versuchte, sie zu unterdrücken, doch es gelang ihr nicht. Maketaton sah sie noch immer an. Sie wollte den Kopf heben, doch sie hatte nicht mehr genug Kraft dazu. Der Körper zuckte wie in einem Krampf, dann streckte sich Maketaton, und ihr Blick brach.

Sie war tot.

Weinend warf sich Nofretete über ihre Tochter, während die Aton-Priester verstummten und sich ratlos ansahen.

6

Am Nachmittag war Sonja bei der Grabung anwesend. Hassan Mahmud, der Schnittleiter, erklärte ihr anhand des gefundenen Materials die feinen Unterschiede der verschiedenen Regierungsjahre Echnatons.

»Es ist nicht ganz einfach, denn Achetaton hat nur ungefähr dreißig Jahre existiert und wurde dann dem Verfall preisgegeben«, sagte er. »Es handelt sich also um eine relativ kurze Zeitspanne, und da sind die Unterschiede nicht sehr gravierend.«

Sonja hörte aufmerksam zu.

»Hier.« Hassan zeigte auf ein Stück dunkel gefärbten Boden. »Das sind eindeutig Brandspuren. Hier ist etwas in Flammen aufgegangen oder wurde absichtlich angezündet.«

»Bestimmt hat es Konflikte gegeben«, sagte Sonja.

Hassan nickte. »Selbst wenn Echnaton während seiner Regierungszeit geglaubt hat, alles unter Kontrolle zu haben, muss es im Volk und unter der Priesterschaft gegärt haben. So schnell kann man nicht mit allen Traditionen brechen. Nach dem Tod des Pharaos sind ja recht schnell die alten Verhältnisse wiederhergestellt worden.«

Sonja überlegte, welche Rolle Nofretete wohl dabei gespielt hatte. Warum wusste man nichts über ihr weiteres Schicksal? Hatte sie fliehen müssen oder hatte sie tatsächlich einen anderen Namen angenommen, wie manche behaupteten, und dann als Pharao regiert?

»Die alten Götter sind eben nicht so einfach totzukriegen«, meinte Hassan.

Der Satz hallte noch lange in Sonjas Kopf nach. Sie musste an die Religionskriege in der Geschichte und in der Gegenwart denken. Im Namen Gottes und des Glaubens wurden die blutigsten Auseinandersetzungen geführt. Warum sollte es zu Echnatons Zeiten anders gewesen sein?

Während Sonja noch darüber nachgrübelte, kam es bei der Grabung zu einem unerwarteten Zwischenfall. Ein ägyptischer Arbeiter bekam plötzlich Krämpfe und wand sich unter Schmerzen am Boden. Zwei seiner Kollegen leisteten ihm Beistand, und Peters fuhr den Kranken und seine Begleiter ins Dorf zurück.

Der Vorfall brachte alles durcheinander. Die übrigen einheimischen Arbeiter waren unruhig geworden. Sonja ordnete an, früher Feierabend zu machen, und erntete dafür Hassans erstaunten Blick.

»Hat ja keinen Sinn mehr, die Leute sind völlig konfus«, rechtfertigte sie sich.

Hassan zündete sich eine Zigarette an. »Wenn das mal keine falsche Entscheidung war«, sagte er und musterte sie unverwandt.

Der dunkle Blick irritierte sie. »Wie meinen Sie das?«

»Man könnte Ihre Weichherzigkeit in Zukunft ausnutzen.«

Sonja biss sich auf die Unterlippe. »Das ist ja nicht gesagt«, widersprach sie schnell.

Hassan zuckte nur die Achseln.

Nachdem sich die Arbeiter entfernt hatten, kehrte Sonja ins Camp zurück. Sie holte die Unterlagen aus dem Zelt, schob Lehmanns CD-ROM dazwischen und ging zu ihrem Büro. Dort setzte sie sich an den Schreibtisch und schaltete den Computer ein. Nachdem das Gerät hochgefahren war, erschien die Benutzeroberfläche, die Sonja von ihrem Computer zu Hause kannte. Erleichtert atmete sie auf. Auch die meisten Programme waren ihr vertraut. Irritierend war nur das laute Brummen des Ventilators. Sonja klickte sich durch die Dateien. Sie entdeckte Lehmanns Grabungstagebuch. Die Aufzeichnungen waren sachlich und berichteten über den Fortgang und Funde eines jeden Tages. Die Notizen brachen vor dem Tag ab, an dem Lehmann verschwunden war.

Sonja blickte auf den Flachbildschirm und fragte sich zum wiederholten Mal, was wohl passiert war. Vermutlich musste sie ab sofort das Grabungstagebuch an Lehmanns statt weiterführen. Von Zeit zu Zeit wurden von ihr Berichte über die Arbeitsfortschritte verlangt; da war das Tagebuch sicher eine hilfreiche Gedächtnisstütze.

Sie vergewisserte sich, dass niemand in der Nähe war, holte die CD-ROM zwischen den Seiten hervor und legte sie in das Laufwerk ein. Es fing an zu schnurren. Auf dem Bildschirm erschien ein Fenster.

Bitte Passwort eingeben!

»Mist!« Sonja hätte sich denken können, dass Lehmann seine Aufzeichnungen geschützt hatte.

Sie probierte auf gut Glück verschiedene Wörter: *Lehmann. Paul. Nofretete. Echnaton. Achetaton.* Jedes Mal Fehlanzeige, natürlich. Ihr fiel nichts mehr ein. Sie nagte an den Fingernägeln und starrte auf das Feld, als könne sie es durch ihren Blick dazu bringen, sein Geheimnis preiszugeben.

Nach einer Weile wagte sie einen zweiten Anlauf.

Amarna. Ketzerkönig. Pharao. Grab. Fluch. Verflucht! Geheim.

Nichts.

Ihre Neugier wuchs. Sie wollte wissen, was sich auf der CD-ROM befand. Für einen Hacker wäre das Ganze kein Problem gewesen. Leider kannte sie sich selbst nicht sonderlich gut mit Computern aus. Nur so viel wusste sie: dass ein Absturz oder eine neue Programmversion nicht gleich einen Nervenzusammenbruch zur Folge haben mussten. Ihr Freund Uli war ziemlich clever, was Computer anging, aber das nutzte ihr hier wenig. Er war weit weg. Frustriert drückte sie auf den Knopf am Laufwerk und nahm die CD-ROM heraus. Sie hatte sie gerade verschwinden lassen, als Peters ohne anzuklopfen ihr Büro betrat.

»Sie haben schon Feierabend machen lassen?«

Sie wandte sich halb um. »Ja, es erschien mir das Beste. Die Leute waren völlig verstört. Wie geht es dem Mann?«

»Er hat eine Magenblutung und wird ins Krankenhaus nach El-Minija gebracht.«

»Wird er durchkommen?«

»Das kann man noch nicht sagen.« Peters nahm den Hut ab und wischte sich über die verschwitzte Stirn. »Blöd, dass so etwas quasi an Ihrem ersten Arbeitstag passiert ist.«

»Halten Sie das für ein schlechtes Omen?«, fragte Sonja mit hochgezogenen Augenbrauen.

»Ich dachte eher, dass es ziemlich unangenehm für *Sie* werden könnte.« Peters lächelte. »Durchaus möglich, dass Sie ab heute für die Arbeiter der personifizierte Fluch der Pharaonen sind. Manche Leute sind sehr abergläubisch.«

»Na toll«, sagte Sonja und schnitt eine Grimasse. »Sie machen mir wirklich Mut.«

Peters grinste und setzte sich auf die Kante ihres Schreibtisches. In diesem Moment wirkte er richtig nett, und Sonja geriet in Versuchung, ihm von der CD-ROM zu erzählen. Vielleicht konnten sie gemeinsam Lehmanns Passwort herausfinden. Doch dann stürmte Carola herein und hielt eine Hand hoch. Blut tropfte ihr vom Daumen.

»Wo ist der Erste-Hilfe-Kasten?«, schrie sie.

»Lauter Kranke und Verletzte heute«, murmelte Peters, rutschte vom Schreibtisch und öffnete einen Schrank. Er holte Verbandszeug heraus und versorgte Carolas Verletzung.

»Hoffentlich bist du gegen Tetanus geimpft.«

»Ja.« Carola biss die Zähne zusammen. Sie sah ziemlich blass aus.

»Was ist passiert?«

»Ich wollte eine Dose öffnen und habe mich am Deckel geschnitten.«

»Die Wunde ist ziemlich tief«, stellte Peters fest. »Eigentlich müsste sie genäht werden, aber dazu braucht man einen Arzt, und den haben wir nicht.« Er umwickelte Carolas Daumen mit etlichen Lagen einer Mullbinde. »Du musst die Wunde unbedingt sauber halten und täglich den Verband wechseln. Und falls sie sich entzündet, sag sofort Bescheid.« Er war fertig.

Carola bewegte vorsichtig die versehrte Hand. »Damit kann ich in den nächsten Tagen wohl kaum zeichnen.«

»Ein Schlangenbiss wäre schlimmer gewesen«, sagte Peters. »Ich weiß nämlich nicht, ob wir Gegengift dahaben.«

»Du Spaßvogel«, murmelte Carola, aber sie lachte schon wieder.

»Komm, ich bringe dich zu deinem Zelt, sonst kippst du unterwegs noch um – bei dem vielen Blut, das du verloren hast.«

Die beiden verließen den Raum. Sonja seufzte entnervt und blickte auf den Boden. Er war voller Blut. Neben dem Drucker stand eine Schachtel mit Papiertüchern. Sonja zog einige heraus und wischte die Blutspuren auf dem Fußboden weg. Dazu musste sie sich mit aller Kraft überwinden. Carola hatte wirklich eine Menge Blut verloren. Hinterher war Sonja fast schlecht. Sie warf die vollgesogenen Tücher in den Papierkorb und schob ihn schnell außer Sichtweite unter den Schreibtisch. Dann fiel ihr ein, dass es hier wahrscheinlich nicht einmal eine Putzfrau gab und sie sich vermutlich selbst um die Leerung des Korbes würde kümmern müssen.

Morgen, dachte Sonja.

Für diesen Tag reichte es ihr.

Beim Abendessen blätterte Sonja in einer zwei Tage alten Zeitung, die einer der Männer liegen gelassen hatte. Sie stieß auf einen Artikel über eine Ausstellung in London über ägyptische Kunst und Alltagsgegenstände. Das musste die Ausstellung sein, von der Claus ihr geschrieben hatte. Angeblich seien täuschend echte Fälschungen aufgetaucht, und man habe deswegen einige Spezialisten zu Rate gezogen. Die Fälschungen seien ungewöhnlich gut gemacht, selbst Fachleute seien nicht misstrauisch geworden. Erst die Untersuchung des Materials habe ergeben, dass die Gegenstände höchstens zwei Jahre alt seien.

Sie überflog den Bericht und nahm sich vor, Claus zu fragen, ob es schon eine Spur gab und ob man wusste, woher die Gegenstände stammten. Fälschungen gab es immer wieder; sie waren ein lukratives Geschäft. Und ägyptische Kunst war bei Sammlern sehr beliebt. Claus selbst besaß eine echte Ibis-Mumie in einem Tonkrug. Er hatte sie einmal bei einer halb legalen Auktion ersteigert. Sonja zog ihn manchmal damit auf und drohte ihm, er werde wegen dieser ergaunerten Antiquität noch seinen Job verlieren.

Nach dem Essen saß Sonja noch mit Peters zusammen. Der breitete eine Zeichnung auf dem Tisch aus und markierte mit Bleistift eine bestimmte Stelle.

»Was halten Sie davon, einmal hier zu graben?«

Sonja stützte das Kinn auf die Hand. »Und warum?«

»Meine Theorie lautet, dass dieses Gebäude völlig symmetrisch angelegt war.« Er tippte mit dem Stift auf die Zeichnung. »Die Mauern müssten ungefähr bis hierher reichen. Dahinter lag wahrscheinlich eine Gasse, die im Lauf der Zeit mit Schutt und Geröll aufgefüllt wurde. Möglicherweise führte die Gasse zu einer Grabstätte und wurde nach Fertigstellung des Grabes zugeschüttet, um die Spuren zu verwischen.«

Sonja dachte nach und musste zugeben, dass Peters' Überlegungen sinnvoll waren.

»Und wo genau sollten wir mit dem Graben anfangen?«

»Hier hinter der Mauer.«

Sonja nickte. »Gut. Dann wollen wir einen Versuch starten.«

Sie sah ihm an, dass er sich freute.

»Wollen wir noch ein Glas Wein zusammen trinken?«, schlug er vor.

»Lieber nicht«, lehnte Sonja ab. »Wein macht mich immer ziemlich munter, sogar Rotwein. Und ich habe in den letzten beiden Nächten schlecht geschlafen. Ich glaube, ich gehe heute lieber früh ins Bett.«

»Dann vielleicht morgen Abend?«

»Vielleicht.«

Peters lachte sie an. »Wollen wir uns nicht duzen? Ich heiße Hans.«

Im ersten Moment war Sonja überrascht. Aber warum nicht? Sie lächelte. »Und ich bin Sonja.«

Sie stießen mit ihren Teegläsern an, und er küsste sie ungeschickt auf beide Wangen. »Auf gute Zusammenarbeit.«

»Ja«, sagte Sonja, »die wünsche ich uns.«

Sonja streckte sich auf dem Feldbett aus. Vielleicht war der Tag insgesamt doch nicht so schlecht gewesen. Peters – Hans – schien sie jedenfalls allmählich zu akzeptieren. Das war auch gut so. Es reichte, wenn sie Hassan gegen sich hatte. Sie erinnerte sich an seinen Blick, als sie die Arbeiter nach Hause geschickt hatte.

Sie seufzte. Bei fast jedem Job gab es Leute, die einem das Leben schwer machten. Sie konnte nicht erwarten, dass alle von ihr begeistert waren.

Ein kleiner Falter tanzte um die Petroleumlampe, die neben ihrem Bett stand. Gegen Abend war Wind aufgekommen, und er zerrte an ihrer Zeltplane. Noch waren alle diese Geräusche sehr ungewohnt. Sonja verschränkte die Arme unter dem Kopf. Immerhin war der Anfang gemacht. Wo würde sie in ein paar Monaten sein? Sie hätte gern einen Blick in die Zukunft geworfen.

Dann dachte sie wieder an Lehmann und die rätselhafte CD-ROM. Sie probierte in Gedanken alle möglichen Wörter, die eventuell als Passwort in Frage kamen. Allmählich merkte sie, wie ihre Augen schwer wurden. Als sie die Lampe löschen wollte, sah sie, dass der Falter durch einen Spalt hineingeschlüpft und verbrannt war.

Hoffentlich ist das kein böses Omen!, dachte sie.

Unsinn. Sie musste endlich aufhören, in allem und jedem irgendwelche Vorzeichen und Bedeutungen zu sehen. Schließlich war sie kein Teenager mehr.

Sie faltete das flache Kissen in der Mitte, damit ihr Kopf etwas höher lag, und kuschelte sich in die Decke. Das letzte Bild, das sie vor Augen hatte, zeigte den Physiker, der sie auf dem Spaziergang angesprochen hatte. Er grinste sie verschmitzt an.

Dann fiel sie in Schlaf.

Sie war allein in der Wüste, ringsum nichts als Sand. Sie wusste, sie hatte sich verlaufen. Der Wind wurde immer stärker und hatte ihre Spuren längst verweht. Tapfer schleppte sie sich weiter, obwohl sie nicht sicher war, ob sie in die richtige Richtung ging oder sich immer weiter vom Camp entfernte.

Sie hätte den anderen Bescheid sagen sollen. Würde man sie suchen? Undeutlich erinnerte sie sich daran, dass sie eine Nachricht von Lehmann erhalten hatte und daraufhin aufgebrochen war. Er hatte ihr mitgeteilt, dass sie jemanden treffen werde, von dem sie das Passwort erführe. Und es sei wichtig, dass sie allein komme.

Aber sie hatte unterwegs niemanden gesehen. Inzwischen kam ihr der Verdacht, dass sie in eine Falle gelaufen war.

Der Wind wurde immer heftiger. Er wirbelte den Sand auf. Windhosen stiegen hoch, und die Luft wurde gelb. Sonja zog sich das Halstuch halb über das Gesicht, denn die Sonnenbrille schützte sie kaum vor den prickelnden Sandkörnern, die sie trafen wie kleine Geschosse. Sie hatte Schwierigkeiten, im tiefen Sand Halt zu finden, und die Wucht des Windes brachte sie fast aus dem Gleichgewicht. Plötzlich formte sich aus dem Sand eine Gestalt, die ins Riesenhafte wuchs. Sie sah einen Kopf, Augen, Mund … Es war Seth, der Wüstengott. Drohend streckte er die Hände nach ihrem Hals aus. Sie wusste, sie war verloren. Er würde grausame Rache an ihr nehmen, nachdem sie in sein Reich eingedrungen war …

»Nein!« Sonja fuhr hoch, griff sich an die Kehle und rang nach Luft.

Erleichtert merkte sie, dass alles nur ein Traum gewesen war. Wieder war sie nass geschwitzt. Sie tastete nach der Taschenlampe und machte Licht. Allmählich beruhigte sich ihr Herzschlag wieder.

Würde sie jetzt jede Nacht einen Albtraum erleben, nur weil sie in Lehmanns Zelt schlief?

Wie war ihr Unterbewusstsein nur auf Seth gekommen? Sie grübelte, während sie nach ihren Sandalen angelte, denn sie musste auf die Toilette. Vielleicht deshalb, weil sie am Nachmittag von den alten Göttern gesprochen hatte. Sie versuchte, sich daran zu erinnern, was sie über Seth wusste.

Er wurde als Gott der Wüste, der Gewalt und des Krieges verehrt. Der Sage nach hatte er seinen Bruder Osiris umgebracht. Daraufhin hatte Osiris' Gemahlin Isis den Toten mithilfe eines Zaubers wieder zum Leben erweckt. Aus der Verbindung war ihr Sohn Horus hervorgegangen. Osiris aber war der Herrscher über das Totenreich.

Sonja hatte ihre Sandalen gefunden. Sie warf einen Blick auf den Wecker. Erst elf Uhr. Sie beschloss, Claus anzurufen. Am Nachmittag hatte sie ihm nur eine kurze SMS nach London geschickt. Mit Handy und Taschenlampe verließ sie das Zelt und machte sich auf den Weg zum Toilettenwagen. Der Wind wehte kühl, und sie fröstelte in ihrem Trainingsanzug. Als sie den Container erreichte, blieb sie stehen und prüfte, ob ihr Handy Empfang hatte. Dann wählte sie Claus' Nummer.

Es dauerte eine Weile, bis die Verbindung hergestellt war. Schließlich tutete es mehrmals, aber es wurde nicht abgehoben. Sonja erwartete, dass sich die Mailbox einschaltete, doch da knackte es in der Leitung, und eine Frauenstimme meldete sich.

»Hallo, wer ist dran?«

Sonja war so verwirrt, dass sie gar nichts sagte. Hatte sie sich verwählt?

»Hallo?«, wiederholte die Frauenstimme.

Jetzt glaubte Sonja, im Hintergrund eine Männerstimme zu hören, die sich wie die von Claus anhörte. Schnell drückte sie auf den Aus-Knopf und lehnte sich an die Containerwand. Ihre Gedanken rasten.

Es war wie in einem schlechten Film. Claus mit einer fremden

Frau. Wahrscheinlich im Hotelzimmer. Unschwer zu erraten, warum sie zusammen waren.

Sonja schloss die Augen.

»Das ist nicht wahr«, murmelte sie und musste heftig schlucken.

Hatte Claus wirklich die erste Gelegenheit genutzt, um sie zu betrügen? Wer war diese Frau?

Vielleicht hatte sie sich doch verwählt … Ihre Hand zitterte, als sie auf die Wahlwiederholung drückte.

Nein. Auf dem Display stand deutlich Claus' Handynummer. Sie stoppte den Wahlvorgang und widerstand der Versuchung, gleich noch einmal anzurufen. Zuerst musste sie sich wieder in der Gewalt haben, damit sie die richtigen Fragen stellen konnte.

Sie war noch immer völlig fassungslos. Erst allmählich stieg Zorn in ihr hoch.

»Betrüger!«, zischte sie mit Tränen in den Augen. »Du gottverdammtes Arschloch! Wie kannst du mir nur so etwas antun?«

Sie ballte die Fäuste und hätte am liebsten gegen die Containerwand getrommelt. Doch mit dem Lärm hätte sie das ganze Camp geweckt. Sie musste nicht jedem verraten, dass sie gerade betrogen worden war.

Sie zitterte am ganzen Leib, als sie die Toilette betrat. Dass die Anlage verdreckt war und es kaum noch Papier gab, brachte das Fass zum Überlaufen. Heulend schlich sie zum Zelt zurück, zog die Decke über den Kopf und weinte sich in den Schlaf.

Am nächsten Morgen vor dem Frühstück rief sie Claus an.

»Hallo, Sonja.« Seine Stimme klang wie immer, so als hätte er die letzte Nacht nicht mit einer fremden Frau im Bett verbracht. »Hast du gestern Abend schon einmal angerufen?«

»Wer war die Frau?« Sonja kam ohne Einleitung zum Punkt.

»Das war Naoko, eine meiner Studentinnen«, antwortete er ohne die geringste Spur von Verlegenheit. »Sie hat mich nach London begleitet, und wir saßen gestern Abend noch zusammen an der Bar.«

»Ach ja?«, fragte Sonja spitz. »Und warum geht sie dann an dein Handy?«

»Es lag auf dem Tresen, und sie dachte, es sei ihres. Sie hat nämlich zufällig dasselbe Modell.«

»Ganz zufällig«, höhnte Sonja, während ihr bereits leise Zweifel kamen, ob Claus vielleicht nicht doch die Wahrheit sagte.

»Was hast du denn gedacht?« Er klang entrüstet. »Hast du etwa geglaubt, ich hätte dich betrogen?«

»Genau.«

Kurze Pause am anderen Ende. »So etwas täte ich doch nie, Sonja. Ich weiß, ich kann es dir nicht beweisen, und es klingt alles vielleicht etwas merkwürdig, aber es ist nichts zwischen Naoko und mir, wirklich.«

Sie umkrampfte das Handy so fest, dass ihre Finger ganz weiß wurden. »Du würdest mir das doch sagen, Claus! Du wärst doch ehrlich zu mir!«

»Das weißt du doch.« Claus wechselte das Thema und sprach von den Fälschungen. »Hier redet man von nichts anderem. Die ganze Sache ist sehr mysteriös. Die Fälschungen sind einfach perfekt.«

Sonja hörte kaum zu. Sie erinnerte sich, dass sie Naoko ein paar Mal in Claus' Büro getroffen hatte, als sie ihn vom Institut abgeholt hatte. Naoko kam aus Japan und studierte in Deutschland. Sie war sehr jung, dreiundzwanzig oder vierundzwanzig Jahre alt, klein und zierlich, mit langen schwarzen Haaren. Naoko war immer sehr freundlich zu Sonja gewesen, fast unterwürfig. Konnte zwischen ihr und Claus etwas laufen? Sonja hatte zuvor niemals Verdacht geschöpft. Claus hatte ihr erzählt, dass Naoko eine Seminararbeit bei ihm schreibe, und Sonja hatte ihm geglaubt. Krankhafte Eifersucht gehörte nicht zu ihren Eigenschaften.

Aber warum begleitete sie ihn nach London? Fand die Reise im Rahmen ihres Studiums statt? Und wer bezahlte das alles? Konnte sich eine Studentin eine solche Reise überhaupt leisten?

Claus hatte etwas gefragt, sie riss sich zusammen und versuchte sich auf das Gespräch zu konzentrieren.

»Bei mir ist alles okay«, antwortete sie. »Natürlich muss ich mich noch einarbeiten. Die Kollegen und Kolleginnen scheinen ganz in Ordnung zu sein.«

Als das Telefonat beendet war, fühlte sie sich seltsam leer. Zufrieden war sie nicht, Claus' Erklärung hatte sie keineswegs überzeugt. Die Sache mit dem Handy stank jedenfalls zum Himmel. Claus hatte sich erst vor einem halben Jahr ein teures neues Handy gekauft, und wenn Naoko dasselbe Modell besaß, dann musste sie Geld wie Heu haben.

Also alles erlogen?

Ihr Magen zog sich zusammen. Etwas später im Mannschaftszelt konnte sie das Frühstück kaum anrühren.

»Geht's Ihnen nicht gut?«, fragte Carola besorgt und setzte sich neben sie.

»Ich habe Kopfschmerzen«, wich Sonja aus und strich sich das Haar aus der Stirn. »Was macht Ihr Daumen?«

Carola hielt die dick verbundene Hand hoch. »Ziept ein bisschen, aber es ist nicht schlimm. Ich hab vorhin versucht, mit links zu zeichnen. Es geht ganz gut. Wollen Sie gegen die Kopfschmerzen eine Paracetamoltablette?«

»Das wäre nett«, antwortete Sonja und lächelte schwach.

Carola brachte die Tablette und ein Glas Tee. »Hier.«

»Danke.«

»Sie sollten aber zuvor einen Happen essen.«

»Ich will's versuchen.«

Es hatte keinen Sinn. Statt des Toastes hätte Sonja genauso gut ein Stück Pappe kauen können. Sie nahm zwei Bissen, schluckte die Tablette und starrte vor sich hin. Es war nicht zu fassen. Claus und diese japanische Studentin. Sonja hätte nie gedacht, dass er sie attraktiv finden könnte. Naoko war ein ganz anderer Typ als Sonja. Claus' Exfrau war auch groß und blond gewesen, es wäre daher naheliegend gewesen, dass Claus Blondinen bevorzugte.

Ob die Geschichte schon lange lief? Aber hätte sie dann nicht etwas spüren müssen? Merkte man nicht, wenn der Partner einen betrog?

Es gab genügend Gegenbeispiele.

Das passiert doch nur immer den anderen! Verzweifelt zerknüllte Sonja eine Papierserviette. Hatte Claus mit ihr Sex gehabt und dabei an Naoko gedacht?

Sie hatte immer geglaubt, dass sie eine gute Beziehung führten. Klar, in der letzten Zeit hatte es wegen des Ägyptenjobs öfter Verstimmungen zwischen ihnen gegeben. Aber war das gleich ein Grund, sie zu betrügen?

»Na, wieder eine schlechte Nacht gehabt?«, fragte Hans, der sich mit seinem Teller neben sie setzte.

Sie nickte. »Die Nacht war wirklich nicht besonders.«

»Das tut mir leid.« Er lächelte ihr aufmunternd zu. »Vielleicht hilft eine Tasse starker Kaffee?«

»Ich bringe jetzt keinen Kaffee runter«, erwiderte sie.

»Ein Rührei vielleicht?«

»Um Himmels willen!« Ihre Reaktion war so heftig, dass sie selbst lachen musste. »Ich sehe schrecklich aus, nicht wahr?«

Hans schüttelte den Kopf. »Überhaupt nicht. Höchstens ein bisschen müde um die Augen.«

»Ich habe von Seth geträumt, dem Wüstengott.«

»Meine Güte! Gestern Lehmanns Leiche und jetzt Seth. Dir bleibt auch nichts erspart.«

Wenn du wüsstest, dachte sie.

»Wollen wir uns heute mal die Stelle ansehen, wo wir eventuell graben werden?«

Sie nickte. Ablenkung war das beste Mittel gegen ihren Kummer. Sie würde sich auf die Arbeit konzentrieren.

Als Sonja zur Mittagszeit von der Grabungsstelle ins Camp zurückkehrte, teilte ihr Carola mit, dass im Mannschaftszelt ein Herr auf sie warte.

»Ein Herr?« Fragend hob Sonja die Augenbrauen. »Wie heißt er?«

»Keine Ahnung, er hat keinen Namen genannt«, antwortete Carola. »Er hat nur gesagt, dass er Sie unbedingt sprechen muss. Übrigens macht er einen ganz netten Eindruck. Ein bisschen überdreht und selbstverliebt.«

Neugierig ging Sonja zum Mannschaftszelt hinüber. Sie konnte sich nur vorstellen, dass Dr. Mohy el-Din jemanden geschickt hatte. Doch als sie die Plane zurückschlug, sah sie den Physiker vom Vortag am Tisch sitzen.

Er stand sofort auf und kam auf sie zu. »Hallo!«

»Was wollen Sie denn hier?«, fragte sie streng. »Und wie sind Sie überhaupt ins Camp gekommen?« Es fehlte gerade noch, dass neugierige Touristen ihre archäologische Arbeit behinderten!

»Ich bin Jonas Steffens«, stellte sich der Mann vor. »Und ich habe mir einen Wagen gemietet und bin damit hergefahren.« Er deutete zum Parkplatz.

»Und was wollen Sie?«, wiederholte Sonja. Sie übersah die ausgestreckte Hand, die Jonas ihr entgegenhielt.

»Ich bin da einer Sache auf der Spur und dachte mir, Sie könnten mir vielleicht helfen. Können wir irgendwo ungestört reden?«

»Das ist im Augenblick schlecht«, erwiderte Sonja. »Es gibt gleich Mittagessen, und in Kürze taucht die ganze Mannschaft auf.«

»Mittagessen klingt gut«, seufzte Steffens und warf der Küchenhilfe, die gerade das Büfett aufbaute, einen sehnsüchtigen Blick zu. »Ich bin nämlich heute nicht zum Frühstücken gekommen. Glauben Sie, ich könnte mitessen? Natürlich bezahle ich meinen Anteil.«

Sonja kämpfte mit sich. Am liebsten wäre sie den Mann so schnell wie möglich losgeworden. Ihr stand überhaupt nicht der Sinn nach irgendwelchen Diskussionen. Andererseits wollte sie nicht so unhöflich sein und ihn einfach wegschicken.

Er bemerkte ihr Zögern und hakte nach. »Ich muss unbedingt engeren Kontakt zu den Einheimischen bekommen, weil ich bestimmte Informationen brauche. Vielleicht haben Sie hier auch einen Job für mich. Ich könnte Teller waschen oder so. Ich übernehme jede Arbeit.« Er sah sie bittend an.

Sonja runzelte die Stirn. »Hören Sie, wenn Sie mich auf den Arm nehmen wollen …«

»Ich meine es wirklich ernst«, beteuerte er.

»Ich dachte, Sie sind Tourist.«

»Ja. Nein. Ich bin nach wie vor Physiker, aber ich möchte eine bestimmte Theorie überprüfen. Ich interessiere mich für alte Religionen, besonders für den Isis-Kult. Der Name Isis sagt Ihnen doch etwas?«

»Natürlich.«

»Isis wurde auch als Zauberin verehrt«, fuhr er fort. »In diesem Zusammenhang möchte ich herausfinden, welche Rituale praktiziert wurden und ob der Kult heute noch Anhänger hat.«

Das klang zumindest nach einem ernsthafteren Interesse.

»Soweit ich weiß, war der Isis-Kult hauptsächlich unter der Herrschaft der Römer verbreitet, auch über die Grenzen Ägyptens hinaus«, erklärte Sonja. »Ich fürchte jedoch, Sie sind hier nicht am richtigen Ort. Hier befand sich früher die Stadt Achetaton, die Echnaton zu Ehren Atons hatte errichten lassen. Isis wurde weiter südlicher verehrt. Auf der Insel Philae gibt es ein Isis-Heiligtum.«

»Ich weiß.« Er schüttelte den Kopf. »Ich suche aber eher die inoffizielle Version, wenn Sie verstehen, was ich meine.«

»Nicht ganz.«

»Die geheimen Praktiken, die nicht für die breite Öffentlichkeit bestimmt waren oder sind. Deswegen ist Achetaton vielleicht gar nicht so falsch. Die alten Götter wurden von der Regierung unterdrückt, aber sicher gab es eine Art Untergrundbewegung.«

»Und was hat das mit Ihrem Beruf zu tun?«, wollte Sonja wissen. »Das klingt eher nach vergleichender Religionswissenschaft als nach Physik.«

Jonas Steffens verzog das Gesicht. »Ja, das muss sich für den Laien natürlich so anhören. Die Zusammenhänge sind nicht ganz einfach. Ich gehe nämlich davon aus, dass der Isis-Kult, also die inoffizielle Fassung, auf einer Art … Mathematik beruht.«

Mathematik und Physik waren für Sonja immer ein Buch mit sieben Siegeln gewesen, sowohl in der Schule als auch während des Studiums. Aber die alten Ägypter waren in Mathematik und Astronomie ziemlich bewandert gewesen, also konnte an Steffens' Theorie durchaus etwas dran sein.

»Bitte helfen Sie mir!«, wiederholte Jonas Steffens. »Lassen Sie mich bleiben!«

»Das kann ich nicht entscheiden.«

»Aber Sie sind doch die Grabungsleiterin, Frau … äh … «

»Morhardt. Sonja Morhardt.« Sie wollte dem Mann nicht auf die Nase binden, dass sie den Job erst seit zwei Tagen hatte. »Wo wollen Sie denn übernachten?«, fragte sie stattdessen.

»Ich habe ein Zelt dabei.«

Er hatte wirklich an alles gedacht. Plötzlich kam ihr ein Gedanke. Ihr fiel der Arbeiter ein, der am Tag zuvor ins Krankenhaus gekommen war.

»Gestern ist einer unserer Leute ausgefallen«, sagte sie. »Sie könnten bei der Grabung helfen, Erde schleppen. Wir können Ihnen aber nur den Satz zahlen, den auch die Einheimischen bekommen.« Vielleicht würde ihn das abschrecken.

Mitnichten.

»Ich bin mit allem einverstanden«, sagte er und strahlte übers ganze Gesicht. »Wie soll ich Ihnen bloß danken?«

»Wenn Sie eine wissenschaftliche Arbeit über Ihren Isis-Kult schreiben, dann können Sie mich in der Danksagung erwähnen«, sagte sie spitz, während sie mit flauem Gefühl im Magen daran dachte, wie sie Hans Peters klarmachen sollte, dass sie soeben einen Akademiker als Grabungshelfer eingestellt hatte. Andererseits konnte sie als Leiterin tatsächlich eine solche Entscheidung treffen, ohne Rücksprache halten zu müssen.

»Im Falle eines Falles werde ich Ihnen die Arbeit sogar widmen«, sagte Steffens, und in seinen Augen blitzte der Schalk.

Wie Sonja erwartet hatte, war Hans Peters überhaupt nicht begeistert über Steffens' Auftauchen. Missbilligend beobachtete er aus einiger Entfernung, wie der Physiker nach dem Mittagessen sein Zelt aufbaute.

»Jetzt haben wir diese Nervensäge am Hals. So ein Spinner wie der beschert uns bestimmt eine Menge Ärger.«

»Er recherchiert für eine wissenschaftliche Arbeit und braucht Kontakt zu den Einheimischen«, begründete Sonja ihre Entscheidung. »Und außerdem können wir wieder jemanden beim Graben gebrauchen, nachdem gestern ein Mann ausgefallen ist.«

»Wir brauchen eigentlich niemanden, denn heute Morgen habe ich schon zwei neue Ägypter als Ersatz bekommen«, entgegnete Hans.

»Und warum weiß ich davon nichts?«, fragte Sonja mit einem Anflug von Verdruss. Sie fühlte sich übergangen.

»Du wirktest beim Frühstück so verstört ... und später hab ich einfach vergessen, es dir zu sagen. Entschuldigung.« Sein Blick wanderte wieder zu Jonas Steffens. »Ich traue dem Kerl nicht über den Weg. Wer weiß, ob das alles stimmt, was er dir erzählt hat. Vielleicht denkt er, er kann hier Antiquitäten klauen oder so.«

»Das glaube ich nicht«, widersprach Sonja mit Nachdruck.

»Hat er wieder Süßholz geraspelt, und du hast nicht Nein sagen können?«

»Er hat überhaupt kein Süßholz geraspelt.«

»Nofretete«, ahmte er Jonas' gestrigen Tonfall nach. »*Die Schöne ist gekommen.*«

»Die Bedeutung des Namens stimmt jedenfalls«, entgegnete Sonja sachlich, während sie überlegte, ob Hans vielleicht eifersüchtig war, weil Jonas ihr ein Kompliment gemacht hatte. »Und ich habe ihm den Job gegeben. Er wird keine bevorzugte Behandlung erhalten, sondern genauso schuften wie die anderen.«

»Da bin ich mal gespannt.« Hans griff in seine Brusttasche und fischte eine Zigarettenschachtel heraus. Er sah Sonja an. »Was ist mit heute Abend? Trinken wir ein Glas Wein zusammen?«

Sonja zögerte. »Okay«, sagte sie dann und lächelte.

»Schön.« Er zündete sich eine Zigarette an. »Dann habe ich wenigstens etwas, worauf ich mich freuen kann.«

»Ich freue mich auch«, sagte sie, aber es klang ziemlich förmlich.

Den größten Teil des Nachmittags verbrachte sie im Büro, blätterte wieder in Lehmanns Unterlagen, ergänzte das Grabungstagebuch und unternahm zuletzt einen erneuten Versuch, die CD-ROM zum Laufen zu bringen. Sie probierte alle Wörter, die ihr einfielen. Sie war so in ihre Arbeit vertieft, dass sie gar nicht merkte, dass es an der Tür klopfte. Als Jonas Steffens plötzlich neben ihr stand, zuckte sie zusammen.

»Himmel, haben Sie mich erschreckt!«

»Verzeihung, das wollte ich nicht. Ich habe geklopft, aber Sie haben nicht darauf reagiert. Ich dachte erst, das Büro sei leer, aber dann habe ich gehört, wie Sie auf der Tastatur herumgetippt haben.«

»Was kann ich für Sie tun?«, fragte Sonja.

»Sprechen Sie ägyptisches Arabisch?«

»So leidlich. Überhaupt nicht perfekt.«

»Könnten Sie mir das übersetzen?« Er legte einen schmuddeligen Zettel mit arabischen Schriftzeichen vor sie auf den Schreibtisch.

»Oh …« Sie runzelte die Stirn. »Das wird nicht ganz einfach sein.« Sie blickte zu Jonas auf. »Hassan Mahmud könnte Ihnen da bestimmt besser weiterhelfen.«

»Meinen Sie den Schnittleiter? Der hat mich den Nachmittag über angesehen, als wolle er mir die Kehle durchschneiden.«

Sie musste lachen. »Wie gefällt es Ihnen bei uns?«, fragte sie dann.

Er hob wortlos die Hände und zeigte seine Handflächen, die voller Blasen waren.

»Da haben Sie ja tüchtig angepackt«, meinte Sonja.

»Das kann man wohl sagen. Mal sehen, wie lange mein Rücken das aushält. Das ist dann die Strafe für Schreibtischtäter wie mich.« Er reckte den Hals und betrachtete den Bildschirm, auf dem ein Fenster mit der Bemerkung ERROR zu sehen war. »Haben Sie Probleme mit dem Computer?«

»Ich … ich versuche gerade, an eine Datei meines Vorgängers ranzukommen. Leider hat er sie passwortgeschützt.«

»Der Mann, der verschwunden ist?«

»Das wissen Sie schon?«

»Na ja, beim Sandschleppen kann man sich auch ein bisschen unterhalten, oder?« Er grinste, aber dann wurde seine Miene ernst. »Finden Sie sein plötzliches Verschwinden nicht ziemlich seltsam?«

»Doch. Und man hat bis heute nicht die geringste Spur.«

»Das könnte ein Hinweis darauf sein, dass es in der Nähe ein Isis-Tor gibt.«

»Wie bitte?« Nun verstand sie gar nichts mehr. »Was hat denn Isis mit Lehmanns Verschwinden zu tun?«

»Wenn ich Ihnen das erkläre, dann werfen Sie mich wahrscheinlich gleich raus, und das will ich auf keinen Fall. Wissen Sie was? Ich versuche, Ihr Passwort zu knacken, und Sie lösen dafür in der Zwischenzeit mein arabisches Kreuzworträtsel.«

Das war natürlich ein verlockendes Angebot. Sonja nickte. »Okay.«

»Ich hole nur schnell meinen USB-Stick aus dem Zelt«, sagte Steffens. »Darauf sind ein paar Hilfsprogramme, die ich brauche.«

Er verschwand und war kurze Zeit später wieder da. Sonja überließ ihm ihren Platz am Computer und setzte sich auf einen Hocker daneben, um den arabischen Text zu übersetzen. Ab und zu warf sie einen Blick zu Steffens hinüber. Er hatte den USB-Stick eingestöpselt, bearbeitete die Tastatur und starrte angespannt auf den Bildschirm, während der Computer laut surrte. Sonja war neugierig, ob er das Passwort tatsächlich knacken würde. Dann konzentrierte sie sich wieder auf ihre Aufgabe. Es war ziemlich kniffelig. Sie machte sich mit einem Bleistift Notizen. Nach einer halben Stunde hatte sie den Text übersetzt.

Wanderer,
der Duft des Wassers ist längst vergangen.
Wenn du in den Brunnen steigst,
auf dessen Grund sich Schlangen winden,
durchschreitest du ein Tor.
Reisender durch die Zeit,
du lässt die Eltern wund und sehnsuchtskrank zurück.
Die Vergangenheit wird dir Heimat sein.

Sonja grübelte über die rätselhaften Zeilen nach. Handelte es sich um das Gedicht eines unbekannten Dichters?

»Haben Sie was rausgefunden?«, fragte Steffens interessiert.

Sie nickte. »Ich weiß aber nicht, ob ich alles richtig übersetzt habe. Es klingt sehr blumig.«

»Lassen Sie hören!«

Sie las ihm den Text vor.

»Bingo!«, rief er, nachdem sie fertig war.

»Was freut Sie so daran?«, fragte sie.

»Genau das habe ich vermutet«, sagte Steffens. »Ein Brunnen ist der Zugang, und er ist das Tor.«

»Was soll das überhaupt heißen: Reisender durch die Zeit?«

»Das ist doch klar: Einer, der durch die Zeit reist.«

Sie zog die Augenbrauen hoch. »Das hört sich aber sehr nach Jules Verne an.«

»Nicht nach Jules Verne«, korrigierte er. »Nach H. G. Wells. Das war der Schriftsteller, der zum ersten Mal eine Zeitmaschine beschrieben hat.«

Das wurde ihr nun doch etwas zu viel. »Ja, und was hat dieser Brunnen mit einer Zeitmaschine zu tun?«, fragte sie in gereiztem Ton.

»Keine Maschine. Es ist ein Portal. Ein Tor in die Vergangenheit. Ein Isis-Tor …« Seine Augen leuchteten.

»Moment mal«, unterbrach sie ihn. »Sie wollen mir ernsthaft weismachen, dass es hier irgendwo einen magischen Brunnen gibt? Wie bei Frau Holle?«

»Ich wusste, dass Sie mir nicht glauben«, murmelte er und machte ein unschuldiges Gesicht.

»Aber das sind Grimms Märchen!« Sonja war nahe daran zu explodieren. Nach der Sache mit Claus hatte sie einfach nicht die Nerven, sich auf derartigen Unsinn einzulassen. Sie war nicht in Blödelstimmung und außerdem viel zu gestresst, um ihre Zeit mit sinnlosen Diskussionen zu verplempern. Hans Peters hatte recht: Steffens war ein Spinner. Wahrscheinlich hielt er nachts am Sternenhimmel nach Ufos Ausschau und war überzeugt, dass die Pharaonen ihre Kenntnisse von Außerirdischen erworben hatten.

»Sie brauchen mir nicht zu glauben«, sagte Steffens. »Aber es war trotzdem sehr nett, dass Sie mir den Text übersetzt haben. Das hat mich ein gutes Stück weitergebracht.«

Sie schüttelte den Kopf und wollte Jonas Steffens gerade aus ihrem Büro weisen, als der Computerlautsprecher ein merkwürdiges Signal von sich gab.

»Oh!« Er schaute verblüfft auf den Bildschirm.

»Haben Sie jetzt die Festplatte ruiniert?«, fragte Sonja misstrauisch.

»Nein, aber ich habe das Passwort«, erklärte Steffens sachlich. »Hätte nicht gedacht, dass ich es so schnell herausfinde. Aber diese Tools sind wirklich super. Ein Freund hat sie mir besorgt.« Er streckte die Hand aus. »Bitte Zettel und Stift!«

Sie reichte ihm das Gewünschte. Steffens notierte eine Ziffern- und Buchstabenkombination und las vor: »Das Passwort lautet: 2Osiris009PL.«

»Osiris hatte ich auch schon probiert!«, rief Sonja aufgeregt. »PL bedeutet Paul Lehmann.«

»Und 2 009 ist die aufgespaltene Jahreszahl«, ergänzte Steffens. »Eigentlich ist das Passwort leicht zu merken. Sie müssen nur aufpassen, dass Sie Null und O nicht durcheinanderbringen.«

»Vielen Dank«, sagte Sonja und steckte den Zettel in die Brusttasche ihrer Bluse. »Sie haben mir wirklich sehr geholfen.«

»Das beruht ganz auf Gegenseitigkeit.« Er lächelte spitzbübisch. »Und seien Sie mir nicht böse. Ich weiß, dass Sie mich inzwischen für einen Verrückten halten, aber bitte geben Sie mir noch eine Chance. Werfen Sie mich nicht gleich raus! Ich werde Sie nur im Notfall mit meinen Theorien behelligen, ich schwör's.« Er hob die Hand.

Wider Willen musste Sonja lachen. Immerhin war er unterhaltsam und schien sich mit Computern auszukennen. Vielleicht brauchte sie ihn wieder einmal. »Okay«, lenkte sie großzügig ein. »Sie können vorerst im Camp bleiben. Aber bitte belästigen Sie die Mannschaft nicht mit Ihren Märchen.«

»Versprochen«, beteuerte er. »Wenn überhaupt, dann rede ich nur mit Ihnen darüber.«

7

Jetzt, da Sonja das Passwort kannte, hätte sie Lehmanns Aufzeichnungen am liebsten sofort gelesen. Daher kam ihr Hans Peters' Ankündigung, vor dem Abendessen eine Mitarbeiterbesprechung abzuhalten, mehr als ungelegen. Eigentlich wäre es ihre Aufgabe gewesen, die Kollegen und Kolleginnen zu einer Sitzung einzuberufen, aber Peters fühlte sich offenbar noch immer als Leiter der Ausgrabung.

Sonja verdrängte den Anflug von Unmut, nahm Lehmanns CD aus dem Laufwerk, überlegte kurz und versteckte sie dann zwischen den Seiten eines dicken Buches, das so aussah, als stünde es seit Beginn der Ausgrabungen nutzlos im Regal. Eine innere Stimme hielt sie davor zurück, Hans etwas von ihrem Fund zu erzählen. Sie hatte die CD gefunden, und deswegen war es nur recht und billig, dass sie sich den Inhalt als Erste ansah. Und zwar allein. Vielleicht waren die Daten auf der Scheibe völlig wertlos. Falls sich ein Hinweis auf Lehmanns Verschwinden fand, konnte sie die anderen immer noch informieren.

Als Sonja ins Mannschaftszelt kam, waren alle schon da. Hans hatte ihr einen Stuhl neben sich freigehalten. Kaum hatte sie sich gesetzt, fing er an zu reden und seine Pläne darzulegen. Er erklärte, dass sie beschlossen hatten, an einer neuen Stelle zu graben.

»Schon ab morgen«, sagte er. »Vielleicht haben wir dort mehr Erfolg.« Für den Vorschlag erntete er wohlwollendes Nicken, aber auch skeptische Blicke.

Hassans Miene war unergründlich, und Sonja hätte zu gern gewusst, was in diesem Augenblick im Kopf des Ägypters vor sich ging.

Im Verlauf der Besprechung beklagte sich Carola bitter über die beiden einheimischen Arbeiter, die an diesem Tag angefangen hatten. Sie seien Störenfriede, besonders einer von ihnen. Er sei mehrfach absichtlich über die Absperrung getrampelt und habe eine freigelegte Mauer mit seinem Schuh fast beschädigt.

»Sie müssen denen klarmachen, dass eine archäologische Ausgrabung etwas Besonderes ist«, erwiderte Sonja. »Eine Schatzsuche. Deswegen muss man an manchen Stellen und zu manchen Zeiten sehr behutsam vorgehen.«

Carola verdrehte die Augen. »Glauben Sie, die beiden hätten mir auch nur für einen Augenblick zugehört? Außerdem tun sie so, als könnten sie mich nicht verstehen.«

»Dann lassen Sie Herrn Mahmud dolmetschen«, schlug Sonja mit einem Blick auf Hassan vor. »Drohen Sie notfalls mit Entlassung, wenn sie unseren Anordnungen keine Folge leisten.«

»Vielleicht können Sie ihnen das morgen sagen«, meinte Carola und hob resigniert die Schultern. »Vor mir haben sie keinen Respekt.«

Einige der Mitarbeiter lachten.

Man besprach noch ein paar Kleinigkeiten, danach gab es Abendessen. Sonja überlegte, ob sie hinterher wieder ins Büro zurückkehren und ihr Glück mit Lehmanns CD versuchen sollte, aber da erinnerte Hans sie an ihre Verabredung.

»Okay«, sagte Sonja zögernd. Sie hatte zwar wenig Lust, aber versprochen war versprochen. Vielleicht würde es ganz nett werden. Und es würde sie zumindest davon abhalten, sich den Kopf über Claus zu zerbrechen.

»Nachher bei mir im Zelt?«

Sie sah ihm in die Augen. »Ich will kein Gerede im Camp.«

»Nun gut.« Hans lächelte. »Dann bei mir *vor* dem Zelt. Picknick im Wüstensand. Ich habe auch sehr guten Käse organisiert. Oder musst du auf deine Linie achten?«

»Ich esse gern Käse.«

»Dann bis später. Gegen acht?«

Sie nickte, und Hans ging in Richtung Container davon. Als sich Sonja umwandte, sah sie, dass Jonas Steffens hinter ihr stand. Aus irgendeinem Grund ärgerte es sie, dass er ihre Verabredung mitbekommen hatte.

»Was gibt's?«

»Ich dachte schon, Sie wollten mit ihm zusammen herausfinden, was auf der CD ist – nachdem das Passwort jetzt geknackt ist.«

Sonja runzelte die Stirn. »Das mit der CD bleibt vorerst unter uns.«

»Ihr Wunsch ist mir Befehl«, antwortete er übertrieben höflich. »Ich teile natürlich gern ein Geheimnis mit Ihnen.« Er beugte sich vor, und seine Augen funkelten. »Und was kriege ich für mein Schweigen?«

»Sie sind unmöglich!«, fauchte sie. Gleich darauf wurde ihr klar, dass er sie wahrscheinlich veralberte. Aber sie war schon auf hundertachtzig. »Wenn Sie die Klappe nicht halten, erzähle ich Ihre haarsträubenden Märchen herum – dann sind Sie erledigt.«

»Gut gekontert.« Er grinste breit. »Sie sind eine starke Frau.«

»Und Sie ein Spinner.«

»Danke, das deute ich als Kompliment. Nur wer spinnt, hat Visionen.«

»Gute Nacht.« Sie wartete seine Antwort nicht ab, sondern ließ ihn stehen und stapfte durch den Sand zu ihrem Zelt.

Beim Eintreten bemerkte sie, dass es unter ihren Füßen knisterte. Sie bückte sich und hielt die Kopie eines Zeitschriftenartikels in der Hand. Die Seiten waren zerknittert und abgegriffen, so als hätte sie jemand lange mit sich herumgetragen. Sonja knipste ihre Taschenlampe an.

Sind Zeitreisen doch möglich?, wurde in der Überschrift gefragt.

»Jonas Steffens.« Sonja seufzte. Der Mann hatte missionarischen Eifer. Wahrscheinlich stammte der Artikel aus irgendwelchen pseudowissenschaftlichen oder esoterischen Quellen und war Wasser auf Steffens' Mühlen.

Sie setzte sich auf ihr Feldbett, überflog die Seiten und stellte fest, dass es sich durchaus um einen seriösen Bericht handelte. Steffens hatte ihn aus der *Science* kopiert. Verschiedene moderne Physiker äußerten sich zum Thema Zeitreise. Sonja las erst die Zwischenüberschriften und runzelte die Stirn, als sie erfuhr, dass die Wissenschaftler Zeitreisen nicht kategorisch ausschlossen, sondern – unter bestimmten Voraussetzungen – durchaus in Betracht zogen.

Ihr Interesse war geweckt, und sie las den Artikel von Anfang bis zum Ende. Bald merkte sie, dass sie überfordert war und nur die Hälfte verstand. Physik war nicht ihre Stärke, war es schon in der Schule nicht gewesen.

Ein Physiker behauptete, ein rotierendes schwarzes Loch im Weltall könne Zeitschleifen verursachen. Ein anderer Wissenschaftler schrieb, die allgemeine Relativitätstheorie lasse die Möglichkeit von Wurmlöchern zu – Abkürzungen in Raum und Zeit. Zeitreisen in die Zukunft seien heute schon denkbar, weil mit zunehmender Geschwindigkeit die Zeit für einen Reisenden langsamer vergehe als für die Zurückgebliebenen – eine Theorie, die seit Albert Einstein hinreichend oft bewiesen worden sei. Ein Wurmloch aber habe einen Eingang und einen Ausgang, und wenn man eine Öffnung des Wurmloches in die Zukunft schicke, dann sei ergo auch eine Reise in die Vergangenheit möglich …

Sonja schwirrte der Kopf. In dem Artikel gab es noch einige Wenn und Aber – so sei zur Erzeugung von Wurmlöchern beispielsweise negative Energie nötig, und die könne man heute nur theoretisch herstellen.

Sie legte die Blätter neben sich auf das Feldbett und starrte vor sich hin. Verblüffend war vor allem, dass ernst zu nehmende Wissenschaftler die Möglichkeit von Zeitreisen nicht völlig vom Tisch wischten. Vom Bau einer Zeitmaschine sei man allerdings noch himmelweit entfernt. Aber die alten Römer hätten sich ja auch nicht vorstellen können, dass eines Tages Menschen zum Mond reisen würden …

»Okay, Steffens«, murmelte Sonja. »Ich hab's kapiert. Zeitreisen sind also nicht völlig unmöglich, zumindest theoretisch. Aber an Ihr Märchen vom Isis-Tor glaube ich trotzdem nicht.«

Sie sah auf die Uhr. Bis zur Verabredung mit Peters hatte sie noch eine halbe Stunde Zeit. Sie überlegte, ob sie Claus noch einmal anrufen sollte. Aber eigentlich hatte sie keine Lust auf weitere Lügen. Die Telefonate, die sie in der Nacht und am frühen Morgen geführt hatte, kamen ihr mittlerweile genauso unwirklich vor wie ihr Albtraum von Seth – ein Produkt ihrer Phantasie. Es wäre dumm gewesen, den Abstand, den sie während des Tages gewonnen hatte, wieder zu verlieren. Sie würde nur wieder pausenlos über Claus nachdenken müssen und endlos grübeln – und dann wäre der Abend garantiert verdorben. Schließlich hatte die moderne Psychologie herausgefunden, dass das Verdrängen bestimmter Probleme nicht immer die schlechteste Methode war …

»Ich hoffe, dass der Wein die richtige Temperatur hat«, sagte Hans Peters und schenkte zwei Gläser ein. Sonja lächelte. Es waren einfache Wassergläser statt stilechter Rotweingläser. Egal. Hans hatte sich immerhin Mühe gegeben. Auf dem Boden vor seinem Zelt lag eine Decke mit zwei runden Sitzkissen. In der Mitte flackerte ein Windlicht. Daneben stand ein Teller mit Käsestücken, die er mit dem Taschenmesser zerteilt hatte. Auf einem zweiten Teller lag ein Fladenbrot.

Sonja hockte sich auf die Decke, schlug die Beine unter und schnupperte. Das Windlicht duftete angenehm nach Zitrone.

»Riecht gut«, sagte Sonja.

Hans sah sie an. »Taugt aber leider nicht dazu, die Mücken fernzuhalten, wie es in der Beschreibung steht.«

»Aber es ist romantisch«, meinte Sonja.

Hans riss ein Päckchen mit Zahnstochern auf und legte es neben den Käseteller. »Es ist Ziegenkäse. Ich hoffe, du magst ihn. Das Brot ist ganz frisch, bedien dich!«

Als Sonja danach griff, spürte sie, dass das Brot noch warm war.

»Wie hast du das geschafft?«, fragte sie verwundert.

»Den Koch bestochen.« Er grinste und hob sein Glas. »Auf unser Wohl.«

Die Gläser stießen aneinander.

»Nun, dann auf gute Zusammenarbeit«, sagte Sonja.

»Und auf den Beginn einer hoffentlich langen Freundschaft«, entgegnete Hans.

Sonja trank einen Schluck. Der Wein war trocken und schwer. Er stieg ihr sofort zu Kopf. Sie brach ein Stück von dem Brot ab. »Ich hoffe sehr, dass wir mit der neuen Grabung Erfolg haben.«

»Das hoffe ich auch. Ich denke schon länger darüber nach, aber Lehmann war strikt dagegen, als ich ihm eine Änderung des Konzeptes vorschlug.«

»Der Umgang mit ihm war wohl nicht einfach.«

»Er war nicht sonderlich kooperativ, wenn ich das so sagen darf. Er hat immer und überall den Chef rausgekehrt. Ich glaube, er hat manche guten Vorschläge nur deswegen abgelehnt, weil sie nicht von ihm stammten.«

»Möglich.« Sonja nickte und spießte mit einem Zahnstocher ein Käsehäppchen auf. Es schmeckte ungewohnt, aber gut. Sie fragte sich, wie die anderen es wohl fanden, dass sie mit Peters vor dessen Zelt saß und Wein trank. Aber schließlich taten sie nichts Verbotenes.

»Und – wie gefällt es dir hier?«, fragte Hans.

»Gut. Alles ist so aufregend«, meinte Sonja. »Das Leben im Camp unterscheidet sich ziemlich stark von meinem Leben in Deutschland.«

»Vermisst du deinen Freund?«

Sie nahm einen weiteren Schluck, bevor sie antwortete. »Bitte, Hans.« Sie wandte den Kopf und sah, wie der Schein des Windlichtes auf seinem Gesicht tanzte. »Keine solche Fragen. Nicht heute Abend. Und erwarte keine Erklärung.«

»Verstehe.« Er drehte sein Glas zwischen den Fingern.

Es entstand eine Gesprächspause. Sonja suchte krampfhaft nach einem neuen Thema.

»Warst du eigentlich sauer, weil man dir die Leitung der Ausgrabung nicht dauerhaft übertragen hat?«

Upps, so eine Frage war vielleicht nicht gerade sehr geschickt. Aber jetzt war es zu spät. Sie hatte die Wirkung des Rotweins unterschätzt.

Er lachte. »Klar, es hat mir anfangs schon gestunken, vor allem als ich hörte, dass eine Frau kommen soll. Doch dann habe ich mich damit abgefunden. Wir hätten ohnehin noch jemanden gebraucht. Ich hätte aber nicht gedacht, dass wir eine so nette Leitung bekommen.«

»Danke.« Das Kompliment machte sie verlegen, aber zum Glück war es dunkel, sodass er nicht sah, wie sie rot wurde.

»Und noch dazu eine so attraktive Frau«, fügte er hinzu.

Ihr entging nicht, dass er seinen ganzen Charme in den Satz legte. Sie lachte. Es wurde Zeit, ihm einen kleinen Dämpfer zu verpassen. »Ich hatte aber den Eindruck, dass du mich nicht leiden kannst.«

»Du wirktest auch nicht gerade erfreut«, konterte er sofort. »Wetten, dass du gedacht hast, ich baggere sämtliche Frauen an.«

Sie verschluckte sich fast. »Genau«, gab sie dann zu.

Er seufzte. »Den Eindruck scheine ich irgendwie immer zu machen. Dabei bin ich ganz anders.«

»Bestimmt bist du längst in festen Händen«, neckte sie ihn. »Und deine Freundin ruft dich jeden Abend an, um sich zu vergewissern, dass du ihr treu bist.«

»Nur jeden Abend?« Er griff ihren spöttischen Tonfall auf. »Nein, sogar dreimal täglich. Es ist die Hölle, sag ich dir.«

»Du Armer.« Sonja kicherte und stellte fest, dass ihr Glas schon leer war. Sie hatte den Wein viel zu schnell getrunken.

Er bemerkte das leere Glas und schenkte ihr nach.

»Ich bin geschieden«, sagte er dann ohne Ironie. »Wir waren fünf Jahre verheiratet und haben zwei Kinder, die ich nicht sehen darf. Dabei war sie es, die mich betrogen hat, als ich acht Wochen bei einer Grabung in der Türkei war.«

»Das tut mir leid«, murmelte Sonja betroffen.

»Ingrid hat es nicht ertragen, dass ich so oft weg gewesen bin, während sie mit den beiden kleinen Kindern zu Hause geblieben ist«, fuhr er fort. »Angeblich ist ihr die Decke auf den Kopf gefallen.« Er zuckte die Achseln.

»Vermisst du deine Kinder?«

»Ja, sehr. Philipp ist inzwischen acht und Tanja elf. Ich muss jedes Mal nachrechnen.«

»Wenn sie älter sind, werden sie bestimmt von sich aus nach ihrem Vater fragen«, meinte Sonja.

»Dann ist es zu spät, mit meinen Kindern alles das zu tun, was ich tun wollte. Zum Beispiel Drachen steigen lassen oder in den Zoo gehen … Ingrid ist seit zwei Jahren wieder liiert, und ihr Freund spielt mit Begeisterung den Ersatzpapa.« Seine Stimme klang bitter.

»Dann kriegt er auch mit, wenn sie sich streiten oder keine Lust haben, Hausaufgaben zu machen, wenn sie krank und richtig unausstehlich sind«, sagte Sonja. »Und in ein, zwei Jahren kommt deine Tochter in die Pubertät, dann wird es erst richtig lustig.«

»Oh«, machte er verwundert. »Bist du eine Kinderhasserin?«

»Nein, nur Realistin.« Sonja stocherte nach dem nächsten Stück Käse. »Eine Kollegin, mit der ich im Museum zusammengearbeitet habe, hat mir jeden Tag die Horrorstorys erzählt, die sich bei ihr zu Hause abgespielt haben.«

»Sagst du das, um mich zu trösten?«

»Vielleicht ein bisschen.«

»Willst du eigene Kinder haben?«

Jetzt kam also doch das Thema Claus zur Sprache. Sonja räusperte sich. »Schon. Ursprünglich wollte ich so bald wie möglich schwanger werden. Ich hatte die Pille sogar schon abgesetzt. Wir wollten in eine neue Wohnung ziehen und dann ein Kind bekommen. Jetzt ist mein Freund ziemlich sauer, weil ich den Auftrag angenommen und alle Pläne über den Haufen geworden habe.«

»Aber es handelt sich doch nur um ein paar Monate.«

»Das habe ich ihm auch gesagt.« Sonja spielte mit einem Kissenzipfel. »Er hat es nicht eingesehen. Und jetzt …« Sie beendete den Satz nicht.

»Und jetzt?«, fragte er nach.

»Ach, ich weiß auch nicht.« Sie hatte keine Lust, ihm von ihren Befürchtungen zu erzählen. Dafür kannten sie sich noch nicht gut genug. Außerdem wollte sie nicht darüber reden – aus Angst, dass der Betrug erst dann real würde, wenn sie darüber gesprochen hatte.

Sie legte den Kopf in den Nacken. »So viele Sterne.«

»Wenn man tiefer in die Wüste hineinfährt, sieht man nachts noch mehr.« Er schenkte ihr wieder Wein nach, obwohl sie noch nicht ausgetrunken hatte.

»Wenn wir so weitermachen, ist die Flasche bald leer.«

»Keine Sorge, ich habe noch eine zweite im Zelt.«

»Gut«, sagte sie. Was sprach eigentlich dagegen, dass sie sich betrank?

»Wenn du willst, können wir in die Wüste fahren, dann zeig ich dir die Sterne, und du siehst, dass ich recht habe. Am Wochenende?«

»Mal sehen.«

»Wir können auch in die Stadt fahren. Nach El-Minija. Dort gibt es ein Kino. Manchmal zeigen sie Filme in englischer Sprache oder zumindest mit englischen Untertiteln.«

»Ich überleg's mir, Hans.«

»Okay, okay. Ich will dich zu nichts drängen. Sag mir einfach Bescheid, wenn du Lust hast.«

»Das tue ich.«

»Versprochen?« Er stieß wieder mit ihr an.

»Versprochen.«

Als am nächsten Morgen der Wecker klingelte, öffnete Sonja die Augen, nur um sie gleich wieder zu schließen. Ihre Lider brannten, und im Kopf wütete ein dumpfer Schmerz. Die Zunge fühlte sich pelzig an. Außerdem hatte sie großen Durst. Sie tastete nach der Wasserflasche, die neben ihrem Bett stand, aber zu ihrer Enttäuschung war sie leer.

»Mist!«

Mühsam setzte sie sich auf und rieb sich die Augen. Das Brennen wurde davon nur schlimmer. Das Zelt drehte sich um sie, wahrscheinlich hatte sie noch eine Menge Restalkohol im Blut. Immerhin hatte sie fest und ohne Albträume geschlafen.

Sie versuchte sich zu erinnern. Es war ziemlich spät geworden gestern Abend. Hans hatte sie zu ihrem Zelt gebracht. Sie waren beide nicht mehr ganz schrittsicher gewesen und hatten sich kichernd aneinandergeklammert. Und ziemlich laut waren sie auch gewesen. Wie peinlich. Auf dem Weg waren sie Steffens begegnet, der irgendeine Bemerkung gemacht hatte.

Sie überlegte kurz. Hans hatte sich vor dem Zelt verabschiedet. Hatten sie sich geküsst? Sie wusste es beim besten Willen nicht mehr. Verdammter Filmriss. Sie war sich aber ziemlich sicher, dass sie Hans nicht mit in ihr Zelt genommen hatte. Das Feldbett war außerdem ziemlich schmal und bot nur Platz für eine Person. Sie erinnerte sich dunkel daran, dass sie etwas später in der Nacht das Zelt verlassen und dahinter in den Sand gepinkelt hatte, weil ihr der Weg zum Toilettenwagen zu weit gewesen war.

»O Gott!« Sie stützte den Kopf in die Hände. Wenn nur das Dröhnen im Schädel aufgehört hätte!

Hatten sie sich geküsst? Und was hatte die Mannschaft von der Eskapade mitbekommen? Hatte sie sich als Chefin zur Närrin gemacht? Sie schwor sich, in der nächsten Zeit streng abstinent zu leben.

Aber zunächst einmal musste sie diesen Morgen überstehen. Mit nackten Füßen schlüpfte sie in ihre Schuhe. Erst danach wurde ihr bewusst, dass sie nicht nachgesehen hatte, ob sich ein Skorpion darin versteckt hatte. Als sie aufstand, wurde ihr wieder schwindlig, und sie musste sich an einer Zeltstange festhalten.

Dann dachte sie an Claus und wurde wütend. Sie konnte es nicht ertragen, dass er sie so verunsicherte. Sie wollte Klarheit haben, am besten sofort. Wenn er sie tatsächlich betrog, dann sollte er es zugeben. Es war besser, wenn sie wusste, woran sie war, anstatt sich ständig den Kopf zu zerbrechen und sich das Schlimmste auszumalen.

Sie griff nach ihrem Beutel mit dem Waschzeug, zog den Bademantel über, steckte ihr Handy in die Tasche und schlüpfte aus dem Zelt. Die Sonnenstrahlen blendeten sie, und sie hielt blinzelnd inne, um den neuen Morgen zu begrüßen. Die Luft war noch kühl, sie atmete tief und genoss die Frische. So ähnlich musste sich Echnaton gefühlt haben, wenn er den Sonnengott Aton erwartet hatte. Einen Moment lang hatte Sonja das Gefühl, dass die Jahrtausende schrumpften, die zwischen ihr und dem Pharao lagen. Sie befand sich in Achetaton, in der heiligen Stadt …

In der Luft über ihr ertönte ein Vogelschrei. Als sie aufblickte, sah sie einen Falken. Er war so nahe, dass sie deutlich sein rotbraunes Gefieder erkannte. Einen Augenblick lang hatte sie das Gefühl, dass er sie genau beobachtete. Anschließend flog er weiter, über das Camp hinweg, und wurde zu einem kleinen Punkt am Himmel.

Sonja starrte ihm nach, bis er nicht mehr zu sehen war. Dann machte sie sich auf den Weg zum Duschcontainer. Zwei Meter davor piepste ihr Handy. Aha, sie hatte wieder Empfang. Es war nur eine Info-SMS der Telefongesellschaft. Sonja löschte die Nachricht, dann wählte sie Claus' Nummer. Sie hörte, wie es läutete. Ihr Herz klopfte laut.

»Hallo, Sonja!« Die Freude in seiner Stimme kam ihr künstlich vor.

»Hast du mich mit Naoko betrogen?«, fragte sie ohne Einleitung.

»Aber Sonja, ich hatte dir doch alles erklärt …«

»Hast du oder hast du nicht?«

»Nein, natürlich nicht!«

Diesmal wusste sie, dass er log. »Warum ist sie überhaupt mit dir in London?«, bohrte sie weiter. »Kann sie sich das leisten? Wer bezahlt ihr die Reise?«

»Mach dich nicht lächerlich, Sonja!«, sagte er, jetzt gereizt. »Deine Eifersucht ist schon krankhaft.«

»Ach ja?« Sie hielt das Handy derartig fest umklammert, als ließe sich auf diese Weise die Wahrheit aus ihm herauspressen. »Hat Naoko denn so viel Geld? Schließlich besitzt sie das gleiche Handy wie du.«

»Was weiß ich, wovon sie es bezahlt hat. Es interessiert mich auch nicht. Hör zu, Sonja, hier ist wirklich die Hölle los. Keiner kann sich erklären, wie das mit den Fälschungen passieren konnte. Jeder schiebt die Verantwortung auf den anderen … Selbst ich muss zugeben, dass ich ratlos bin. Ohne Kohlenstoffanalyse hätten wir den Betrug nie bemerkt.«

Schade, dass es keine Kohlenstoffanalyse für Treue gibt, schoss es ihr durch den Kopf. Laut sagte sie: »Vielleicht sind die Kunstgegenstände ja tatsächlich echt und nur durch ein Wurmloch in die Gegenwart gefallen.«

»Wie? Was redest du für einen Blödsinn?«

»Das klingt doch genauso wahrscheinlich wie deine verdammten Ausreden«, fauchte sie.

Claus schwieg. Dann sagte er kalt: »Ich habe jetzt wirklich keine Lust, mit dir zu streiten. Ruf mich an, wenn ich wieder zu Hause bin.« Damit beendete er das Gespräch.

Sonja blickte auf ihr Handy und begriff, dass er sie einfach weggedrückt hatte. Auch das war ein Beweis für sein schlechtes Gewissen. Wieder stieg der Zorn in ihr hoch.

»Feigling!«, zischte sie. »Du kannst es nicht einmal zugeben, dass du mit ihr im Bett warst!« Wütend steckte sie das Handy in die Tasche zurück.

Während sie unter der Dusche stand und das Wasser über ihren Körper prasselte, sann sie auf Rache. Und sie bereute, dass sie am Abend zuvor Hans nicht mit in ihr Zelt genommen hatte – er hätte vermutlich nichts dagegen gehabt. Warum war sie immer so verdammt anständig, anstatt einfach mal zu tun, wozu sie Lust hatte? Sie hatte lange genug Rücksicht auf Claus genommen, es reichte!

Sie seifte sich ein und sah zu, wie sich auf ihrer Haut Schaum bildete. Es war so typisch! Falls Claus nicht schon länger mit Naoko ein Verhältnis hatte, hatte er die Reise nach London ausgenutzt, um es ihr, Sonja, heimzuzahlen. Das war seine Art, sie dafür zu bestrafen, dass sie ihre Pläne geändert und nach Ägypten geflogen war.

Vielleicht sollte es so kommen, überlegte sie, während sie den Schaum abspülte. Wie gut, dass sie seine negativen Charakterzüge kennenlernte, bevor sie ein Kind von ihm bekam! Er war nur dann großzügig und tolerant, wenn es ihm in den Kram passte. Wahrscheinlich war es ihm die ganze Zeit recht gewesen, dass sie keinen Job als Archäologin gefunden hatte. Er wollte keine Frau, die Karriere machte und der Wissenschaft einen Dienst erwies, sondern ein Heimchen am Herd, das zu Hause auf ihn wartete und ihn bewunderte. Und weil Sonja dazu nicht mehr bereit war, suchte er sich eine neue Freundin, die besser zu seinen Vorstellungen passte.

Sonja stellte sich Claus und Naoko im Bett vor. Sie bereute es sofort, aber das Bild ließ sich nicht mehr vertreiben: Naoko, die vor Claus kniete und ihn devot mit ihren Mandelaugen ansah.

»Brauchen Sie noch lange?«

Es war Victorias Stimme. Offenbar wartete die Kollegin hinter dem Vorhang, dass Sonja die Dusche freimachte.

»Gleich fertig«, gab Sonja unfreundlich zurück. Sie hatte keine Lust, sich zu rechtfertigen, auch wenn sie die Dusche ziemlich lange benutzt hatte. Sie hatte einen klaren Kopf bekommen wollen, aber sonderlich besser als vorher fühlte sie sich nicht.

Fünf Minuten später hatte sie das Feld geräumt und lief im Bademantel und mit tropfenden Haaren zu ihrem Zelt zurück. Sie hatte ärgerlicherweise ihr Handtuch vergessen. Auf dem Rückweg begegnete sie Hans Peters.

»Hallo, einen schönen guten Morgen!« Sie lachte ihn an.

Sie erwartete eine freundliche Antwort, aber Hans nickte nur kurz und sah dann mit finsterer Miene an ihr vorbei.

O Gott, was ist heute Nacht passiert?, fragte sie sich erschrocken. Hatte sie ihn vor den Kopf gestoßen?

»Was ist los, Hans?«, fragte sie.

»Es scheint kein guter Morgen zu werden«, brummte er. »Mindestens die Hälfte der Arbeiter ist nicht erschienen.«

»Streik?«

»Nein, Ramadan.« Er schob sich an ihr vorbei. »Sorry, ich muss irgendwie Ersatz beschaffen. Wir sehen uns beim Frühstück.«

Im ersten Moment war sie erleichtert, dass er wenigstens nicht auf sie böse war. Doch dann wurde ihr bewusst, was er gesagt hatte.

Ramadan. Der islamische Fastenmonat. Gläubige Muslime durften während dieser Zeit von Sonnenaufgang bis zum Sonnenuntergang weder essen noch trinken. Erst nach Einbruch der Dunkelheit war es erlaubt, die erste Mahlzeit einzunehmen, das *Iftar*, möglichst im großen Familienkreis. Für Arbeiter, die den ganzen Tag körperlich schwer schufteten, konnte das stundenlange Fasten, vor allem der Flüssigkeitsmangel, zu ernsthaften Kreislaufproblemen führen. Sonja verstand, warum die Grabungshelfer nicht aufgetaucht waren. Die Arbeit im heißen Sand war sehr anstrengend. Aber wenn es Hans Peters nicht gelang, Ersatzkräfte zu finden, dann steckten sie in ernsthaften Schwierigkeiten. Die Grabung würde sich verzögern, denn der Ramadan dauerte neunundzwanzig oder gar dreißig Tage …

Ausgerechnet jetzt, da Sonja erst kurze Zeit hier war! Dr. Mohy el-Din erwartete bestimmt schon bald einen Bericht von ihr. Was sollte sie ihm sagen?

Nichts für ungut, aber die Arbeiter sind uns wegen des Fastenmonats weggelaufen … Jemand, der die Gelder für ein solches Projekt verteilte, würde diese Entschuldigung wohl kaum akzeptieren, sondern ihr vorwerfen, dass sie ihre Mitarbeiter nicht im Griff hatte. Sonja sah sich schon wieder in Deutschland. Triumphierend würde Claus in ihrer Rückkehr den Beweis dafür sehen, dass sie sich für den Job nicht eignete.

Welche Demütigung!

Sonjas Kampfgeist erwachte. Das durfte nicht passieren! Wenn Hans Peters nichts erreichte, dann würde sie selbst in die umliegenden Dörfer fahren, um Arbeiter anzuheuern. Nicht alle Einheimischen waren strenggläubig. Außerdem gab es einige Christen …

Ganz in Gedanken versunken kehrte sie zu ihrem Zelt zurück. Plötzlich tauchte Steffens neben ihr auf und sprach sie an.

»Einen wunderschönen guten Morgen!«

Sonja verdrehte die Augen. »Sie haben mir gerade noch gefehlt.«

»So verkatert?« Er grinste.

Sie zog die Schultern hoch. »Selbst wenn, dann geht Sie das nichts an.«

»Seien Sie doch nicht gleich so kratzbürstig!«, beschwichtigte er sie. »Meinetwegen können Sie sich betrinken, sooft Sie wollen. Ich wollte nur wissen, ob Sie den Artikel schon gelesen haben.«

»Ja, habe ich«, erwiderte sie. »Der Bericht war sehr aufschlussreich, auch wenn ich nur die Hälfte davon kapiert habe. Manche Zusammenhänge scheinen ziemlich kompliziert zu sein.«

»Ich erkläre Ihnen gern, wenn Sie etwas nicht verstehen.«

»Herzlichen Dank, aber das ist wirklich nicht nötig.«

Er sah ihr in die Augen. »Und? Haben Sie Ihre Meinung geändert? Halten Sie mich noch immer für einen Phantasten? Sie haben inzwischen ja gelesen, dass Zeitreisen physikalisch möglich sind.«

»Ja, theoretisch«, sagte sie. »Aber zwischen Theorie und Praxis liegt bekanntlich ein gewaltiger Unterschied. Raumschiffe, die mit annähernder Lichtgeschwindigkeit reisen, gibt es bisher nur in Science-Fiction-Romanen.«

»Wenn Sie ein bisschen mehr Zeit für mich hätten, würde ich Ihnen gern ein interessantes Erlebnis erzählen«, sagte er mit geheimnisvoller Miene. »Wir könnten doch auch ein Glas Rotwein miteinander trinken. Heute Abend? Ich bin bestimmt kein schlechterer Gesellschafter als Herr Peters.«

Sie starrte ihn an, sprachlos. Er war dreist.

»Was habe ich schon wieder Falsches gesagt?«, fragte er. »Sie sehen aus, als wollten Sie mir ins Gesicht springen. Oder mir die Augen auskratzen.«

»Das wäre gar keine schlechte Lösung.« Sie hatte die Stimme wiedergefunden.

»Vielleicht verschieben Sie Ihre Gelüste wenigstens noch so lange, bis Sie meine Geschichte gehört haben«, meinte er. »Also, wie steht es mit heute Abend? Oder wird dann Ihr Hans eifersüchtig?«

»Er ist nicht mein Hans«, äffte sie ihn nach.

»Sie haben mir noch keine Antwort gegeben.«

»Rundheraus gesagt habe ich keine Lust, mit Ihnen den Abend zu verbringen«, sagte sie kalt. »Und jetzt lassen Sie mich bitte in mein Zelt. Ich möchte mich anziehen.«

Er trat zur Seite. »Natürlich.«

»Danke.« Sie schlüpfte hinein.

»Wir sehen uns später!«, rief er ihr nach.

Achetaton,
im 13. Regierungsjahr des Pharaos

Nofretete konnte mit sich zufrieden sein. Es verschaffte ihr Genugtuung, dass Kija in Ungnade gefallen war. Echnaton ging nicht mehr zu ihr. Sie schien jeglichen Reiz für ihn verloren zu haben. Kija schickte ihm verzweifelte Nachrichten. Nofretete erfuhr von einem Diener, dass Echnaton seiner ehemaligen Nebenfrau hatte ausrichten lassen, sie möge ihn in Ruhe lassen.

Kija hatte tatsächlich einen Sohn geboren: Tutenchaton. Echnaton hatte veranlasst, dass der Junge einer Amme übergeben wurde und im Palast aufwuchs. Tief verletzt über die Zurückweisung, hatte sich Kija in ihre Gemächer zurückgezogen und ließ sich kaum noch in der Öffentlichkeit blicken. Gerüchten zufolge würde sie Achetaton bald verlassen.

Nofretete hatte die Zauberin noch einmal aufsuchen wollen, um ihr ihren Dank auszusprechen. Aber sie hatte sie nicht mehr finden können. Das Haus war leer, und auch die Nachbarinnen konnten keine Auskunft über ihren Verbleib geben. Nofretete bedauerte es, sie nicht mehr angetroffen zu haben. Aber vielleicht war es besser so. Echnaton durfte nie erfahren, zu welchem Mittel seine Ehefrau gegriffen hatte, um die Nebenbuhlerin loszuwerden.

Seit Maketatons Tod haderte Nofretete mit Aton und zweifelte an seiner Macht. Es war ein Fehler gewesen, ihn zum einzigen Gott zu erheben. Sie hütete sich jedoch, ihn in Echnatons Gegenwart zu kritisieren. In diesem Punkt war mit dem Pharao nicht zu reden. Nofretete wusste, dass Echnaton kurz vor Beginn seiner Regierungszeit einmal schwer vom Streitwagen gestürzt war. Damals hatte er sich noch Amenophis genannt.

Zwei Tage lang war er ohne Bewusstsein gewesen, die Ärzte hatten um sein Leben gebangt und ihn schon fast aufgegeben. Doch dann war Amenophis wieder zu sich gekommen, und in seinen Augen hatte ein eigentümliches Feuer gelodert.

In der Hochzeitsnacht hatte Echnaton Nofretete erzählt, was ihm nach seinem Sturz widerfahren war. Sie war der erste und einzige Mensch, dem er dieses Geheimnis anvertraute.

»Ich bin Aton begegnet«, verriet er ihr. »Ich fiel vom Wagen. Im ersten Augenblick litt ich unglaubliche Schmerzen. Dann verflog mein Schmerz – und ich fühlte mich plötzlich ganz leicht und konnte mühelos aufstehen. Aber als ich mich umblickte, sah ich meinen Körper am Boden liegen. Ich erschrak entsetzlich. Gleichzeitig hörte ich ein lautes Summen, als käme ein Schwarm Wildbienen auf mich zu. Um mich herum wurde es dunkel, und ich fühlte, wie ich in einen Tunnel hineingezogen wurde. An seinem Ende erschien ein strahlendes Licht, unendlich schön – und ich wusste, dass ich Aton gegenüberstand, dem Sonnengott. Seine Strahlen umfingen mich mit großer Liebe. Dann hörte ich seine Stimme – und Aton sprach zu mir: ›Geh zurück, Amenophis, mein Sohn. Deine Zeit ist noch nicht gekommen. Du sollst fortan meinen Namen tragen, denn ich bin dein Vater. Du stehst unter meinem Schutz. Ich wache über dich vom ersten Licht des Tages bis zum Einbruch der Dunkelheit. Du sollst zu meinen Ehren eine Stadt erbauen und meine Herrlichkeit preisen, denn ich bin das Licht und der Ursprung allen Lebens.‹«

Nofretete erinnerte sich noch genau, wie beeindruckt sie von Echnatons Erzählung gewesen war. Sie hatte seine Begeisterung geteilt und ihn in seinen Bemühungen um religiöse Erneuerung unterstützt. Sie fand es richtig, dass er Aton zum höchsten Gott erhob und nach einem Platz für eine neue Stadt Ausschau hielt, die Aton geweiht sein sollte.

Und als er schließlich die Gegend entdeckte, wo sich im Osten zwei Gebirgszüge trafen, die in ihrer Mitte ein Tal einschlossen, wusste er, dass er nicht länger suchen musste. Der Anblick der Felsenformation ähnelte der Hieroglyphe für das Wort *Horizont*. Echnaton sah dies als göttliches Zeichen und beschloss, die Stadt Achetaton zu nennen: *Horizont des Aton.*

Mittlerweile war die Stadt mit ihrem Nord- und Südteil und dem Zentrum dazwischen erbaut worden. Die Paläste und Tempel waren ebenso fertiggestellt wie die breite Königsstraße, über die eine Brücke führte, auf der sich Echnaton und Nofretete täglich dem Volk zeigten. Echnaton hatte Atons Auftrag erfüllt. Noch nie war eine ganze Stadt zu Ehren eines einzigen Gottes errichtet worden.

Echnatons Anordnung, den Namen des Gottes Amun überall herausmeißeln und auf den Inschriften löschen zu lassen, fand Nofretete indes nicht richtig. Amun war vor Aton der Hauptgott der Ägypter gewesen. Sie konnte sich vorstellen, dass Amun über diese öffentliche Zurückweisung höchst verdrossen war. Warum begnügte sich Echnaton nicht damit, Aton zu verehren und die alten Götter zu tolerieren? Das wäre klüger gewesen, statt sie zu verfolgen …

Es gab inzwischen Gerüchte, dass die Pest nach Achetaton gekommen sei, und in der Stadt wuchs die Angst. Der verseuchte Wind, der die Pest brachte, war sicher von den Göttern geschickt worden. Es war schwer, sich vor dieser heimtückischen Krankheit zu schützen. Sie endete meistens tödlich. Die Ärzte waren der Pest gegenüber machtlos. Es gab kein Heilmittel, allenfalls Maßnahmen zur Vorbeugung.

Und was, wenn die Pest auch Einzug ins Königshaus hielt? Wenn Nofretete außer Maketaton noch weitere Töchter verlieren würde? Schon allein bei diesem Gedanken wuchs ihr Schmerz ins Unendliche. War das der Preis für Echnatons Ketzertum? War die Seuche die Rache der alten Götter?

Obwohl Nofretete ihrem Gatten bei seinem Auftreten in der Öffentlichkeit noch immer zur Seite stand, wuchs ihre Kritik an seinen Maßnahmen. Sie hatte sich sogar mit ihm gestritten, weil er mit Polizeiaufgebot verhindern wollte, dass das Volk in seinen Wohnungen und Häusern die alten Götter verehrte.

»Du kannst es nicht verbieten«, hatte sie gesagt. »Wenn du ihnen untersagst, Bilder und Statuen der Götter aufzustellen, zu denen ihre Eltern und ihre Großeltern gebetet haben, dann werden sie es heimlich tun, in ihren Kammern, hinter den Vorhängen.«

»Aton hat es mir aufgetragen«, hatte Echnaton geantwortet. »Ich befolge nur seinen Befehl.«

»Was ist das für ein Gott?«, hatte sie kopfschüttelnd gefragt. »Hat er Angst, dass ihm die alten Götter seine Stellung streitig machen?«

»Natürlich braucht er sich davor nicht zu fürchten«, hatte sich

Echnaton entrüstet. »Aton stellt sein Volk auf die Probe. Er will wissen, ob es auf die alten Gewohnheiten verzichten kann. Nur dann verdient es seine Liebe.«

An dieser Stelle hatte Nofretete eingesehen, dass es völlig zwecklos war, mit Echnaton weiter darüber zu diskutieren. Er würde keinen Schritt von seiner Meinung abrücken. Zum ersten Mal kam Nofretete der Gedanke, dass Aton vielleicht nur in Echnatons Einbildung existierte. Gleich darauf erschrak sie über sich selbst. Das war Blasphemie! Wenn Echnaton erfuhr, dass sie an ihm zweifelte …

In der folgenden Nacht träumte Nofretete von Maketaton. Das Mädchen trat an ihr Bett und sah sie mit unbeschreiblich traurigem Blick an.

»Du hättest mich retten können, wenn du es wirklich gewollt hättest.«

»O Maketaton!« Nofretete spürte, wie ihr im Traum Tränen in die Augen stiegen. »Das kann ich mir nie verzeihen.«

»Bitte, rette meine Schwestern!«, bat Maketaton. »Verhindere, dass ihnen dasselbe widerfährt wie mir.«

Bevor Nofretete fragen konnte, wie sie das meinte, verblasste die Mädchengestalt und wurde zu Dunst.

Nofretete erwachte. Ihr Gesicht war noch feucht. Sie spürte den salzigen Geschmack der Tränen auf den Lippen. Es war mitten in der Nacht.

Sie stand leise auf, verließ ihr Gemach und betrat den Raum, in dem ihre beiden jüngsten Töchter schliefen. Der flackernde Schein der Öllampe fiel auf die Mädchen. Sie lagen friedlich in ihren Betten, den Mund leicht geöffnet, in der Hand ein Spielzeug.

Nofretete lauschte ihren Atemzügen.

Sie hatte die Verantwortung für ihre Töchter. Sie wollte nicht, dass die Mädchen in das Felsengrab kamen, das Echnaton für seine Familie vorgesehen hatte und in dem bereits Maketaton ruhte.

»Ihr sollt leben«, murmelte sie halblaut. »Ihr sollt schöne Frauen werden und selbst Kinder zur Welt bringen.«

Nach einer Weile verließ sie den Raum wieder. Tief im Herzen hatte sie einen Entschluss gefasst.

8

Den ganzen Vormittag über war Sonja angespannt. Hans hatte zwar tatsächlich drei Arbeiter aufgetrieben, doch die konnten die fehlenden Helfer nicht ersetzen. Außerdem mussten sie erst eingewiesen werden.

Jetzt, da die Grabungspläne geändert waren, war überhaupt nicht abzuschätzen, wie viel Arbeit auf sie zukäme und wann die ersten Ergebnisse vorlägen. Sonja wusste, dass sie die Änderung schriftlich begründen musste. Sie standen wieder ganz am Anfang … Würde Hans mit seinem sogenannten Instinkt überhaupt recht behalten? Oder würde die Grabung genauso erfolglos verlaufen wie bisher?

Als die Archäologen das Gelände absteckten, konnten sie sich nicht ganz einigen, wo die Grenzen verlaufen sollten. Hassan Mahmud wollte den Bereich kleiner halten als Hans und Sonja, und es folgte eine lange und laute Diskussion. Hassan gab schließlich nach, sichtlich beleidigt, und stieß den Spaten mit grimmiger Miene in die Erde. Sonja sah mit gerunzelter Stirn zu. Sie hatte es zu verantworten, wenn die Kosten stiegen und sich die Grabungszeit verlängerte. Mit scharfem Blick überwachte sie die Arbeiten; ihre Anordnungen waren knapp und streng. Sie war heilfroh, als endlich Mittagszeit war und alle eine Pause machten. Aus Rücksicht auf die muslimischen Mitarbeiter, die das Fastengebot des Ramadans einhielten, hatte der Koch lediglich einen Imbiss vorbereitet. So kamen an diesem Tag im Mannschaftszelt nur wenige zum Essen zusammen – Sonja, Hans, Jonas Steffens, Carola, Victoria, die neuen Helfer sowie zwei einheimische Frauen, die aufgrund ihrer Schwangerschaft nicht zu fasten brauchten. Wenig später stieß zu Sonjas Verwunderung auch Hassan Mahmud dazu, der aß und trank, so als gäbe es für ihn keinen Ramadan.

Nach dem Essen wollte Sonja im Büro arbeiten. Sie hoffte, dass sie Gelegenheit fände, sich Lehmanns Aufzeichnungen anzusehen. Doch zunächst musste sie für die neue Grabungsstelle eine Dokumentationsmappe anlegen. Kaum war sie mit der Beschriftung fertig, klopfte es an der Tür, und Carola stürmte mit erhitztem Gesicht herein.

»Wir haben Uschebtis gefunden. Können Sie bitte kommen?«

Sonja erhob sich von ihrem Drehstuhl. Uschebtis waren kleine Figuren aus Ton, die den Verstorbenen mit ins Grab gegeben wurden.

»Wo?«

»Bei der neuen Grabung.« Carola war schon wieder verschwunden.

»Na, das ist doch wenigstens mal was Positives«, murmelte Sonja, griff nach der Dokumentationsmappe, die für Hassan gedacht war, und lief hinter Carola her.

Rings um die Absperrung hatten sich die Arbeiter versammelt und beobachteten neugierig, wie Hans den Fund mit einer Digitalkamera fotografierte. Hassan Mahmud war dabei, ein Koordinatensystem zu zeichnen und den Fundort der Uschebtis zu markieren. Auf Jonas Steffens' Gesicht zeigte sich ein geradezu andächtiger Ausdruck.

Sonjas Herz klopfte heftig. Handelte es sich hier vielleicht um Figuren, die man Nofretete ins Grab mitgegeben hatte?

»Gibt es Hinweise auf einen Schrein?«, fragte sie Hassan.

»Bisher noch nicht«, antwortete er knapp. »Aber möglich, dass wir Holzreste finden, wenn wir tiefer graben.«

Die drei Uschebtis steckten noch halb im Sand. Nachdem Hans den Fund oft genug fotografiert hatte, zog er die erste Figur vorsichtig heraus und befreite sie mit einem Pinsel von Schmutz und Sand. Die Farben leuchteten so frisch, als wären sie erst am Tag zuvor aufgetragen worden.

Behutsam, als halte er einen wertvollen Schatz in Händen, reichte er den Uschebti an Sonja weiter. Sie hielt unwillkürlich den Atem an.

Die mumienförmige Figur war etwa zwanzig Zentimeter groß

und zeigte eine Frau, deren Arme über der Brust verschränkt waren. Die individuellen Gesichtszüge wiesen darauf hin, dass die Figur aus der Amarna-Epoche stammte. Hieroglyphen bedeckten den unteren Teil des Körpers.

Hans trat neben Sonja und fuhr mit dem Zeigefinger langsam die Schriftzeichen entlang.

»O ihr Uschebti«, übersetzte er, *»wenn ich verpflichtet werde, eine Arbeit zu leisten, die dort im Totenreich geleistet wird – wenn nämlich eine Frau dort zu ihren Arbeitsleistungen verurteilt wird –, dann verpflichte du dich zu dem, was dort getan wird, um die Felder zu bestellen, die Ufer zu bewässern und den Sand des Ostens und des Westens wegzubringen. Du sollst sagen: ›Hier bin ich! Ich will es tun!‹«*

Sonja schluckte. »Ich hätte nachschlagen müssen, um das zu übersetzen.«

Uschebtis waren den Toten ins Grab mitgegeben worden, damit sie im Jenseits anstelle des Verstorbenen unliebsame Arbeiten verrichteten.

»Der Uschebti hat demnach einer Frau gehört«, fuhr Sonja fort. Sie lächelte Hans an. »Vielleicht sind wir ja auf der richtigen Spur.«

»Wie auch immer, es ist auf alle Fälle ein interessanter Fund«, erklärte Hans.

Carola brannte darauf, den Uschebti in Empfang zu nehmen. Nachdem sie ihn eine Weile betrachtet hatte, bettete sie ihn vorsichtig in einen Karton, schrieb eine Notiz auf einen Zettel und legte diesen dazu.

Der zweite Uschebti war unten leicht angeschlagen, und die Farben waren blasser, aber sonst schien er unbeschädigt. Auch die dritte Figur wies einen guten Zustand auf.

Sonja merkte nicht, wie die Zeit verging. Ihre Laune hatte sich merklich gebessert. Sie gruben vorsichtig weiter, fanden aber weder weitere Uschebtis noch irgendwelche Hinweise auf einen Schrein. Als Sonja auf die Uhr blickte, war es kurz vor Feierabend. Sie wischte sich den Schweiß von der Stirn und streckte sich. Ihr Rücken schmerzte vom ständigen Bücken.

»Ich hab's mir anders überlegt«, sagte eine Stimme neben ihr. »Ich möchte Sie heute Abend gern zum Essen einladen.«

Sonja wandte den Kopf zur Seite. Jonas Steffens stand neben ihr und blickte sie bittend an.

»Ach, Sie ...«

»Aber erst wenn Sie sich gewaschen haben«, lachte Steffens. »Sie haben sich nämlich Erde ins Gesicht geschmiert.«

Sonja musste ebenfalls lachen.

»Wir könnten in eines der umliegenden Dörfer fahren«, schlug Steffens vor. »Oder, wenn Sie wollen, auch bis El-Minija. Sie wissen ja, dass ich einen Wagen gemietet habe. Sagen Sie nicht Nein, bitte!«

Sonja dachte kurz nach. Warum eigentlich nicht? Vielleicht täte ihr ein kleiner Ausflug gut. Schließlich hielt sie sich seit Tagen ununterbrochen im Camp auf und hatte nichts anderes gesehen als Zelte und Sand ...

»Was ist das denn für eine Geschichte, die Sie mir unbedingt erzählen wollen?«, fragte sie neugierig.

Er lächelte verschmitzt. »Wenn ich Ihnen schon alles verrate, dann kommen Sie ja nicht mit.«

»Stimmt.«

»Also?«

»Gut, einverstanden«, sagte sie.

»Wunderbar.« Er strahlte sie an.

»Aber bilden Sie sich nicht ein, dass Sie die Situation ausnutzen können«, baute sie vor.

»Keine Angst. Ich weiß ja, dass Sie schon einen Verehrer haben.« Steffens grinste.

»Ich habe einen Freund in Deutschland«, betonte Sonja. »Zwischen mir und Hans läuft nichts.«

»Das hat heute Nacht aber anders ausgesehen«, warf er leichthin ein.

Sonja wurde rot. Zu dumm, dass sie sich nicht mehr genau erinnern konnte! »Da täuschen Sie sich«, fauchte sie und fragte sich, wie viele Leute im Camp sie noch beobachtet hatten. Wenn sie jetzt mit Jonas Steffens den Abend verbrachte, war ihr Ruf vermutlich völlig ruiniert. Sie war drauf und dran, ihre Zusage zurückzuziehen, da fasste Steffens sie am Arm.

»O nein«, sagte er. »Sie geben mir jetzt keinen Korb! Ich bin sicher, Sie werden es nicht bereuen, wenn Sie mit mir essen gehen. Meine Geschichte ist es nämlich wert. Danach gibt es nur zwei Möglichkeiten: Entweder glauben Sie mir – oder Sie reden kein Wort mehr mit mir.«

»Sie spannen mich ja mächtig auf die Folter«, sagte sie und lächelte.

Sie fuhren im offenen Jeep. Das Licht der Scheinwerfer durchschnitt die Dunkelheit. Auf der Straße kam ihnen kein einziges Fahrzeug entgegen. Sonja wurde erst richtig bewusst, wie einsam und abgelegen Tell el-Amarna war – jetzt, da die Tagestouristen in ihre Unterkünfte zurückgekehrt waren.

Der Abendwind wehte ihr ins Gesicht. Sie hatte sich ein Tuch um den Kopf geschlungen und war froh, eine Jacke angezogen zu haben. Sobald die Sonne verschwunden war, wurde es bald kühl. Der Sand ringsum speicherte die Tageswärme nicht lange.

Sie überquerten mit der Fähre den Nil. Als sie am anderen Ufer angelangt waren, fragte sich Sonja im Stillen, ob die Fähre spätabends bei ihrer Rückkehr auch noch in Betrieb sein würde. Wie sollten sie sonst ins Camp zurückkommen? Sie warf Steffens einen Seitenblick zu. Legte er es etwa darauf an, dass sie irgendwo die Nacht mit ihm verbrachte?

Er schien ihren Blick zu spüren, denn er wandte den Kopf und strahlte sie an.

»Ist das nicht ein herrlicher Abend? Und nur wir zwei! Ich bin so froh, dass Sie mitgekommen sind. Sie werden es nicht bereuen, ich versprech's Ihnen.«

Hoffentlich, dachte Sonja.

Sie fuhren in Richtung El-Minija und fanden etwa auf halber Strecke einen Ort, der ihnen gefiel. Jonas parkte den Jeep am Straßenrand, und sie gingen zu Fuß weiter. Im Dorf herrschte ein buntes Treiben. Jetzt, nachdem die Dunkelheit eingesetzt hatte, war das Fastengebot des Ramadans aufgehoben. Überall waren

Stimmen, fröhliches Lachen und das Kratzen von Besteck auf Tellern zu hören. Vor den Häusern standen lange Tische, die sich unter den Speisen geradezu bogen. Dort hatten sich die Familien zusammengefunden. Kinder liefen mit bunten Laternen herum. Alles schien ein einziges Fest zu sein.

Jonas und Sonja fanden am Ende der Straße ein kleines Café. Es gab keine Speisekarte, und der freundliche Wirt verstand auch kein Englisch, sodass Sonjas Arabischkenntnisse gefragt waren. Jonas Steffens musterte sie bewundernd, während sie mit dem Ägypter diskutierte. Dann verbeugte sich der Wirt und verschwand in der Küche.

Wenig später brachte er ihnen zwei Gläser mit dem traditionellen dickflüssigen Aprikosensaft, mit dem das Fasten gebrochen wurde.

Sonja nippte. »Sehr süß«, stellte sie fest.

»Gewöhnungsbedürftig«, erklärte Jonas.

Der Wirt lachte sie an. Danach kam ein junger Mann, der den Gästen zwei Gläser Milch sowie Nüsse und Datteln brachte, die der Verdauung dienen sollten. Wenig später war der Tisch mit orientalischen Köstlichkeiten bedeckt: mit gefülltem Gemüse, würzigem Fleisch mit Reis, Joghurt und Essig und einem Tablett mit allerlei Süßspeisen.

»Wahnsinn«, murmelte Jonas. »Da nimmt man schon vom Hinschauen kiloweise zu.«

»Ja«, bestätigte Sonja lächelnd, »während des Ramadans wird besonders üppig geschlemmt. Viele Familien verschulden sich dabei sogar.«

Es schmeckte herrlich. Sonja gelang es, sich zu entspannen. Das Essen schien ihre Nerven zu beruhigen. Obwohl ein anstrengender Tag hinter ihr lag, fühlte sie sich hellwach und gut gelaunt.

»Puh«, stöhnte sie und klopfte sich auf den Magen. »Ich muss eine Pause einlegen, sonst platze ich.« Sie beugte sich zu Jonas hinüber. »Und nun schießen Sie endlich los, Sie Geheimniskrämer! Was ist das für eine Geschichte, mit der Sie mich hierhergelockt haben?«

»Nun gut.« Jonas lächelte. »Ich versichere Ihnen, dass jedes Wort wahr ist – so unglaublich das Ganze auch klingen mag.« Er lehnte sich zurück. »Es ist jetzt fast fünfzehn Jahre her.«

»Wie alt sind Sie?«, fragte Sonja.

»Vierunddreißig. Damals war ich neunzehn und hatte mein Abitur in der Tasche. Ich wollte auf keinen Fall zur Bundeswehr, deswegen entschied ich mich, Zivildienst abzuleisten. Zuerst hatte ich eine Stelle in einer Schule für Behinderte, aber dort flog ich nach zwei Monaten raus und fand schließlich für die restlichen Dienstmonate eine Stelle in einem Altenpflegeheim bei Stuttgart. Zuerst war der Job für mich Horror pur – weit weg von zu Hause, dann der wechselnde Schichtdienst und überhaupt der Umgang mit lauter Alten und Kranken … Ich hätte am liebsten wieder gewechselt, wenn das in meinem Lebenslauf nicht so schlecht ausgesehen hätte.«

»Verstehe«, murmelte Sonja.

»Eines Tages wurde ich auf die Station für Demenzkranke versetzt, und dort lernte ich den Professor kennen«, erzählte Jonas weiter. »So wurde er jedenfalls von allen genannt. Er hatte ein Einzelzimmer und war ziemlich unleidlich dem Personal gegenüber. Ab und zu hatte er regelrechte Jähzornanfälle, und die Schwestern mussten ihn mit Spritzen ruhigstellen. Damit er diese Anfälle erst gar nicht bekam, verabreichte man ihm Tabletten, die ihn leider ziemlich apathisch machten. Ich brauchte eine Weile, bis ich das herausfand. Er tat mir leid, wie er nur noch teilnahmslos im Bett lag.«

Sonja nickte. Das konnte sie nachvollziehen. Als ihre Mutter an der Hüfte operiert worden war, hatte sich ihre Zimmergenossin in der Klinik kaum gerührt und nur vor sich hin gedämmert. Bei jedem Besuch hatte sich Sonjas Herz zusammengezogen.

»Ich flirtete ein bisschen mit einer Pflegerin und kriegte sie rum, dass sie dem Professor keine Beruhigungsmittel mehr gab«, fuhr Jonas fort. »Von da an ging es aufwärts mit ihm. Er hatte immer öfter Momente, an denen er vollkommen klar im Kopf war. Ich erfuhr, dass er tatsächlich Professor gewesen war, der an der Uni Physik gelehrt hatte. Eines Tages hatte man ihn jedoch gefeuert, weil er mit seinen Theorien einige Kollegen massiv vor den Kopf gestoßen hat.« Er lächelte. »Professor Ambrosius Köhler glaubte bereits an die fünfte Dimension, als für alle anderen Physiker nur vier Dimensionen existierten. Inzwischen sind sich die Fachleute einig, dass es mindestens neun Dimensionen gibt.«

»Mit solchen Dingen kenne ich mich nicht aus«, murmelte Sonja.

»Sorry«, erwiderte Jonas. »Damit will ich nur sagen, dass der Professor seiner Zeit weit voraus war. Seine Theorien waren schlichtweg genial, besonders wenn ich im Nachhinein darüber nachdenke. Meiner Meinung nach war er ein genauso schlauer Kopf wie Albert Einstein.« Er lachte leise in sich hinein. »Er behauptete übrigens, er habe ihn mal getroffen – zusammen mit Leonardo da Vinci ...«

Sonja runzelte die Stirn.

»Ja, ich gebe zu, ich war auch skeptisch«, sagte Jonas und spielte mit seiner Gabel. »Er hat mir erzählt, dass er etliche Reisen durch die Zeit unternommen habe – sowohl in die Vergangenheit als auch in die Zukunft. Was Ägypten angeht, so hat er mir weisgemacht, er und seine Begleiter hätten verhindert, dass das Grab des Tutenchamun ausgeraubt wurde.«

»Die meisten Gräber der Pharaonen sind von Grabräubern geplündert worden«, warf Sonja ein. »Bei Tutenchamun waren die wertvollen Grabbeigaben noch vorhanden, als Howard Carter sein Grab fand. Doch im Vorraum war alles durcheinandergeworfen, sodass es tatsächlich den Anschein hatte, dass Grabräuber zwar eingedrungen, dann aber gestört worden waren.«

»Siehst du, das deckt sich mit der Story des Professors ...«

Sonja lächelte. Jonas war unwillkürlich zum Du übergegangen. Es störte sie nicht, im Gegenteil.

»Das allein ist kein Beweis«, entgegnete sie. »Die Geschichte ist ziemlich bekannt, die kann dein Professor irgendwo gelesen haben.«

Jonas hielt sein Glas hoch. »Ich heiße Jonas.«

»Sonja.«

Sie stießen an. Einen Moment lang sah es so aus, als wolle Jonas sich vorbeugen und sie auf die Wange küssen, aber dann tat er es doch nicht.

Oh, er ist schüchtern!, dachte Sonja belustigt. Und das, obwohl er so forsch auftritt …

»Auf alle Fälle waren seine Geschichten höchst unterhaltsam, mal abgesehen vom Wahrheitsgehalt«, berichtete Jonas weiter. Seine Augen nahmen einen verträumten Ausdruck an. »Ich mochte den Alten nach und nach richtig gern.«

»Hat er denn auch … ein Isis-Tor gefunden, wenn er durch die Zeiten reiste?«, fragte Sonja.

»Die Reisen, von denen er mir erzählt hat, hat er angeblich mit einer Zeitmaschine unternommen, die er selbst gebaut hatte«, antwortete Jonas. »Und er muss Begleiter gehabt haben. Ich habe natürlich nachgebohrt und gefragt, ob er Beweise habe – also Gegenstände aus einer fremden Zeit.«

»Und?«

»Er hat behauptet, seine Zeitmaschine habe den Transport verhindert. Es sei ihm auch nie gelungen, Fotos zu machen, die Bilder seien immer nur schwarz gewesen.«

»Na ja …«

»Aber nach seinem Verschwinden habe ich dies hier gefunden.« Aus seiner Jackentasche nahm Jonas einen steinernen Skarabäus und legte ihn vor Sonja auf den Tisch. »Er lag im Gras vor dem See, wo der leere Rollstuhl stand.«

Sonja griff nach dem Skarabäus. Er war aus Alabaster gefertigt und ungefähr zehn Zentimeter groß. Die Unterseite war mit Hieroglyphen bedeckt. Solche Skarabäen wurden gern von Touristen gekauft, die dann meinten, einen echten Gegenstand aus der Pharaonenzeit erworben zu haben. Aber die meisten Skarabäen waren Fälschungen, auch wenn viele ziemlich echt aussahen.

»Der Professor ist verschwunden?«

Jonas nickte. »Er bekam niemals Besuch – bis auf die letzte Zeit. Da sind zweimal zwei junge Männer mit einer jungen Frau aufgetaucht. Der Professor schien die drei sehr gut von früher zu kennen. Leider hatte ich nie Schicht, wenn die drei ihn besuchten. Eine Pflegerin erzählte mir nur, dass bei den Gesprächen einmal das Stichwort *Letzte Reise* gefallen sei. Sie nahm natürlich an, dass der Professor seine Angelegenheiten regeln wollte.« Er schluckte. »Und eines Tages war er fort. Es war an einem Tag im Frühling. Die Sonne schien, und ich schob den Professor im Rollstuhl durch den Garten. Als ich eine halbe Stunde später wieder nach ihm sah, war der Rollstuhl verschwunden. Ich folgte seinen Spuren zum See hinunter, und dort stand er dann … leer …« Jonas schluckte. »Natürlich dachte jeder, dass der Professor ins Wasser gefallen und ertrunken sei. Taucher haben tagelang den See abgesucht, ohne eine Leiche zu finden. Die Polizei hat sogar Leichenspürhunde eingesetzt, die einen Toten unter Wasser riechen können. Nichts.« Er machte eine Pause. »Der Professor war wie vom Erdboden verschluckt.« Er lachte. »Oder wie in ein Wurmloch gefallen. Und im Gras neben dem Rollstuhl lag dieser Skarabäus.«

»Sehr mysteriös«, murmelte Sonja.

»Du glaubst mir nicht?«

Sie zuckte die Achseln. »Ich glaube schon, dass es so war, wie du erzählt hast. Allerdings würde ich nicht gleich an ein Zeitloch denken. Vielleicht ist der Professor ja entführt worden …«

»Die Suche der Polizei ist ohne Erfolg geblieben. Sie haben die Gegend mit einem Helikopter abgesucht. Der Professor konnte ja noch laufen, wenn auch nicht mehr besonders gut.«

»Und wie haben seine Angehörigen reagiert?«

»Es kam nur die junge Frau. Sie war seine Großnichte und stellte keine Fragen, sondern holte nur seine Sachen ab«, antwortete Jonas. »Trotzdem hat das Verschwinden des Professors kein gutes Licht auf das Altenpflegeheim geworfen. Ich bekam auch Schwierigkeiten. Man warf mir vor, ich hätte meine Aufsichtspflicht vernachlässigt. Zum Glück war mein Zivildienst ein paar Tage später ohnehin zu Ende … Tja … « Er blickte Sonja an. »Diese Zeit hat mich ziemlich geprägt.«

»Scheint so«, meinte Sonja. »Zumindest hat sie deine Phantasie angeregt.«

»Und sie war auch schuld, dass ich Physik studiert habe.« Jonas holte tief Luft. »Ein Erlebnis mit dem Professor habe ich dir allerdings noch nicht erzählt. Hast du noch Lust, mir zuzuhören, oder hast du inzwischen genug?«

»Schieß los!«

»Du wirst mich endgültig für verrückt halten. Eines Tages fand ich eine Art Fernbedienung in seinem Zimmer. Sie sah ziemlich ramponiert aus – so als hätte man sie ein paar Mal mit Gewalt geöffnet und wieder zugeklebt.«

»Und?«

»Ich schwöre dir, Sonja, was ich dir jetzt erzähle, ist die Wahrheit … Als ich in das Zimmer des Professors kam und ihm das Abendessen bringen wollte, war es leer. Er war weg. Er befand sich weder im Bad noch im Wandschrank oder unter dem Bett. Ich sah überall nach.«

»Was ist dann passiert?«

»Ich stellte das Essenstablett ab, kehrte auf den Flur zurück und fragte die Pflegerin, ob sie den Professor gesehen habe. Im selben Moment leuchtete über seiner Tür ein Licht auf – er hatte offenbar den Rufknopf gedrückt. Ich stürmte sofort in sein Zimmer – und da saß er im Schlafanzug auf seinem Bett. Er wirkte ein bisschen erschöpft und hatte diese komische Fernbedienung in der Hand. Ich fragte den Professor, wo er gewesen sei. Da grinste er mich verschmitzt an und antwortete: ›Ich wollte nur wissen, ob es die fünfte Dimension noch gibt.‹«

»Merkwürdig.«

»Sonja, er kann sich unmöglich hinter meinem Rücken ins Zimmer geschlichen haben, ehrlich! Und ich habe mich bestimmt nicht getäuscht.«

Sonja amüsierte sich über Jonas' missionarischen Eifer. Für sie stand fest, dass es eine andere vernünftige Erklärung geben musste. Vielleicht war der Professor aus dem Fenster geklettert und auf der schmalen Brüstung balanciert, wie sie es in manchen Filmen gesehen hatte. Obwohl auch das unwahrscheinlich war, denn der Alte war sicher nicht mehr allzu gelenkig.

Sonja stützte den Kopf in die Hand und musterte Jonas. Ihr gefiel der jungenhafte Ausdruck auf seinem Gesicht. Sie konnte sich gut vorstellen, wie er mit neunzehn ausgesehen hatte, ein hormongesteuerter Hitzkopf, der den Altenpflegerinnen den Kopf verdrehte und der von der Begegnung mit dem rätselhaften Professor völlig fasziniert war. Dieser alte Mensch schien ja in seinem Fachgebiet tatsächlich eine Koryphäe gewesen zu sein und ein ungewöhnlicher Querdenker dazu; umso schlimmer für einen jungen Zivildienstleistenden, seinen körperlichen und geistigen Verfall mitzuerleben …

»Du glaubst mir nicht«, sagte Jonas. Die Enttäuschung in seiner Stimme war nicht zu überhören.

»Doch, das heißt, na ja …« Sie wand sich. »Ich bin von Natur aus eher skeptisch und glaube eigentlich nur an das, was ich mit eigenen Augen sehe.«

»Sonja …« Plötzlich griff er nach ihrer Hand und drückte sie. »Fahr mit mir in die Wüste! Lass uns nach diesem Brunnen suchen, der den Einheimischen zufolge ein Isis-Tor ist. Wenn wir vor Ort sind und keine Beweise finden, dann lasse ich dich in Ruhe dein Grab der Nofretete suchen und kehre nach Deutschland zurück. Und vorher darfst du mir eigenhändig die Hieroglyphe für das Wort Idiot auf die Stirn tätowieren.«

Sie lachte laut.

»Also abgemacht?«, fragte er hoffnungsvoll.

»Abgemacht«, stimmte sie zu.

9

Erst nach Mitternacht kehrten die beiden ins Camp zurück. Sonja hatte sich schon lange nicht mehr so entspannt gefühlt. Es lag auch an der Stimmung ringsum. Viele Ägypter schienen die Nacht durchzufeiern.

Erst als sie auf der Fähre waren – ihre Befürchtungen hatten sich als unbegründet erwiesen –, fiel Sonja ein, dass sie den ganzen Abend über kein einziges Mal an Claus gedacht hatte. Auch jetzt gelang es ihr, den Gedanken sofort zur Seite zu schieben.

Als sie die lange, dunkle Straße zum Camp entlangfuhren, kam es Sonja vor, als hätte jemand den Ton ausgeschaltet. Stille umfing sie. Das einzige Geräusch war der Motor des Jeeps. Die Stille schien sich auf Jonas und Sonja zu übertragen, sie schwiegen während der Fahrt, so als seien alle Worte inzwischen gesagt worden.

Sie erreichten den Parkplatz. Als Sonja aus dem Jeep stieg, war Jonas schon an ihrer Seite und half ihr beim Aussteigen. In der Ferne hörten sie das leise Surren des Generators, der das Camp mit Strom versorgte. Ansonsten war es ruhig. Über der Wüste funkelten die Sterne.

»Es war ein schöner Abend«, murmelte Sonja.

»Das finde ich auch«, meinte Jonas.

Er hielt ihre Hand fest, als sie zum Camp gingen. Sonja ließ es zu. Ihre Schritte knirschten im Sand.

Alle im Camp schienen zu schlafen. Nichts regte sich in den Zelten, nirgends flackerte ein Licht.

Vor dem Container blieb Jonas stehen.

»Stell dir vor, es würde funktionieren, und wir würden tatsächlich durch die Zeit reisen.«

»Hm.« Schon jetzt fühlte sich Sonja wie in einer anderen Zeit. Es war so unwirklich, dass sie hier war. Noch unwirklicher schien es ihr, dass sie in Hamburg gelebt hatte. Die Stadt in Norddeutschland war weit, weit weg.

»Sonja …«

Die Art, wie er ihren Namen aussprach, jagte ihr einen Schauer über den Rücken.

»Ich danke dir, dass du mich ernst nimmst und mir zugehört hast.«

Bevor sie antworten konnte, küsste er sie. Es war nur eine kurze Berührung der Lippen, scheu und schnell. Dann hatte er sich schon wieder zurückgezogen.

Sie stand da, mit klopfendem Herzen, völlig überrascht. Und noch überraschter war sie über ihre Erwartung eines weiteren

Kusses. Es prickelte ihr im Bauch, sie wünschte sich, dass er sie fest in die Arme nahm und richtig küsste, nicht nur freundschaftlich. Doch von ihm kam nichts mehr, und sie traute sich nicht, die Initiative zu ergreifen.

Dann war der Augenblick vorbei.

»Äh … ja dann … gute Nacht.«

»Gute Nacht, Sonja. Bis morgen.«

Sie lag auf dem Bett und konnte nicht schlafen. Zu viel ging ihr im Kopf herum. Immer wieder sah sie Jonas' Gesicht vor sich, den jungenhaften Ausdruck, die blitzenden Augen und das verschmitzte Lächeln. Sie spürte die Berührung seiner Hand, erinnerte sich an den Duft seines Rasierwassers, rief sich den kurzen Kuss ins Gedächtnis zurück. Ihre Gefühle spielten verrückt. Sie benahm sich wie ein Teenager, der zum ersten Mal verliebt ist.

»Nein«, murmelte sie vor sich hin. Sie war nicht verliebt, auf gar keinen Fall. Es war nur die Romantik der Nacht, die fremde Umgebung, die lockere Stimmung. Deswegen war sie so aufgewühlt und durcheinander. Genau wie manchmal schon ein schöner Song ausreichte, dass sie sentimental wurde. Vielleicht vermisste sie auch Claus, seine Zärtlichkeiten. Sie seufzte tief. Jedenfalls war es gut, dass sie sich nicht hatte hinreißen lassen und die Arme um Jonas geschlungen hatte. Wie hätte sie ihm anderntags noch unter die Augen treten sollen …

Natürlich waren seine Geschichten Humbug. Sie glaubte keineswegs daran, dass dieser Professor durch die Zeit gereist war, noch dazu mit einer selbst konstruierten Maschine. Wem eine solche Erfindung gelang, der vermarktete sie und verdiente ein Vermögen damit. Wahrscheinlich war der Alte nur ein guter Erzähler gewesen – und ein guter Schauspieler obendrein. Garantiert gab es für sein rätselhaftes Verschwinden eine natürliche Erklärung. Vielleicht hatte er seinen Abgang bühnenreif inszenieren wollen. Seine Helfer hatten ihn wahrscheinlich weggebracht, und er war inzwischen irgendwo in Frieden gestorben.

Sie überlegte, ob sie trotzdem mit Jonas zu dem geheimnisvollen Brunnen fahren sollte, wo er das Isis-Tor vermutete. Alte Kultstätten übten einen besonderen Zauber aus, selbst wenn die vermeintliche Magie nur in den Köpfen der Menschen existierte. Sonja hatte einmal einen Artikel über sogenannte Kraftplätze gelesen, die es auch in Deutschland geben sollte: Orte, an denen sich angeblich aus irgendeinem Grund Energielinien kreuzten. Wenn man dort meditierte, wurden, so hieß es, die körpereigenen Chakren angeregt, man bekam neuen Elan und manchmal sogar neue Einsichten …

Das Ganze war natürlich totaler Unsinn. Merkwürdigerweise gab es solche Kraftorte auf der ganzen Erde, in allen Kulturen – ein Zeichen, wie sehr die Menschen bereit waren, an magische Orte zu glauben.

Sonja hatte sich bisher lieber an die Tatsachen gehalten, an das Sichtbare, Beweisbare. Ihr Leben war in den letzten Jahren sehr vernunftbetont gewesen, Esoterik hatte ihr höchstens ein Lächeln entlockt; das waren Märchen für Menschen von heute.

Claus teilte ihre Meinung, auch er war Rationalist. Es war die hohe Intelligenz, die Sonja an ihrem Professor bewundert hatte. Sie hatte den Eindruck gehabt, dass er alles überschaute und ungeheuer viel wusste. Das hatte ihr imponiert.

Doch jetzt merkte sie, dass ihrem Alltag die farbige und unbeschwerte Seite gefehlt hatte. Gerade das Spielerische war viel zu kurz gekommen. Alles war geplant, geordnet, ernsthaft, es gab keinen Platz für Chaos und Träume.

Die Leichtigkeit, mit der sie als Kind das Leben ausgekostet hatte, war längst verschwunden, nicht erst seit dem Tod der Mutter, der ihr die Endgültigkeit des menschlichen Seins schmerzhaft bewusst gemacht hatte.

Vielleicht reizte sie gerade das an Jonas: seine Lebensfreude, seine Lebenslust. In seiner Gegenwart fühlte sie sich lebendig, konnte mit ihm herumalbern und sich unmögliche Dinge ausmalen, ohne dass sie gebremst und auf den Boden der Tatsachen zurückgeholt wurde. Jonas regte ihre Phantasie und ihren Tatendrang an, er ermutigte sie zu Visionen und Grenzüberschreitungen. Das Glück ihrer Kindheit blitzte wieder auf; sie erinnerte sich, dass sie damals die Gewissheit gespürt hatte, dass jeder Tag mit einem Abenteuer aufwartete und dass alles möglich war, wenn sie nur fest genug daran glaubte.

Sonja lächelte vor sich hin. Vielleicht war es gar nicht so schlimm, ab und zu etwas Verrücktes zu tun. Das musste sie erst wieder lernen, aber Jonas würde ihr sicher dabei helfen.

Am nächsten Morgen erschienen einige Arbeiter wieder, die am Tag zuvor weggeblieben waren. Vielleicht hatte es sich herumgesprochen, dass Uschebtis gefunden worden waren – und die Männer wollten dabei sein, wenn neue, noch aufregendere Entdeckungen gemacht wurden. Sonja betrachtete es als ein positives Zeichen und hoffte, dass von nun an alles einen besseren Verlauf nehmen würde als bisher. Sie war gut gelaunt und fühlte sich entspannt, als sie sich beim Frühstück mit ihren Mitarbeitern im Mannschaftszelt traf.

Carola hatte Zeichnungen von den Funden angefertigt, die sie herumreichte. Sonja nickte zufrieden und lobte Carolas Genauigkeit.

»Sie haben wirklich Talent zum Zeichnen.«

Carola strahlte und sammelte die Bilder wieder ein. »Es macht mir wirklich großen Spaß. Ich hatte mal überlegt, ob ich mich an der Kunsthochschule anmelden sollte. Aber die freie Malerei ist meist eine brotlose Kunst, deswegen entschloss ich mich dann doch für das Studium der Archäologie.«

Das kann genauso brotlos sein, lag Sonja als Antwort auf der Zunge, aber dann unterdrückte sie die Bemerkung. Carola würde schon wissen, worauf sie sich eingelassen hatte. Vielleicht hatte sie ja Glück und fand nach dem Studium einen interessanten Job. Und falls Sonja und ihr Team tatsächlich das Grab der Nofretete entdecken sollten, dann war das für Carola natürlich eine hervorragende Referenz.

Nach dem Frühstück hatte Sonja eine kurze Besprechung mit Hans Peters, denn er wollte mit ihr den Tagesplan durchgehen.

»Heute werden wir schneller vorankommen als gestern«, erklärte Hans. »Der Fund war jedenfalls vielversprechend.«

»Ich würde heute Vormittag gern ein paar Stunden im Büro

arbeiten«, sagte Sonja und dachte an Lehmanns CD-ROM. »Es ist etliches liegen geblieben, das ich dringend erledigen muss.«

»Gut.« Hans nickte. »Es reicht, wenn du nachmittags an der Grabungsstelle bist. Wir benachrichtigen dich, falls wir etwas Ungewöhnliches finden.« Er sah sie von der Seite an. »Hoffentlich ist dir Steffens gestern nicht zu sehr auf die Nerven gegangen.«

Sie spürte, wie ihr das Blut in die Wangen schoss. »Es war ein netter Abend«, sagte sie hastig. »Wir … wir haben über sein Forschungsprojekt geredet. Es hat sich interessant angehört.«

Peters stieß die Luft aus. »Steffens ist ein Selbstdarsteller. Einer, der viel Wirbel macht und sich selbst am wichtigsten nimmt.«

Sonja spürte den Impuls, Jonas zu verteidigen, aber sie wusste, dass sie Hans damit nur provozieren würde. Deshalb begnügte sie sich mit einem Achselzucken.

»Hat er dich wieder angebaggert?«, fragte er.

»Nein.«

»Wirst du ihn bei seinem Projekt unterstützen?«

»Das kommt drauf an«, antwortete Sonja ausweichend. Sie konnte Hans unmöglich erzählen, worum es ging. Er hätte sich garantiert über Jonas lustig gemacht. »Kann sein.«

»Er hat dich also schon um den Finger gewickelt«, stellte Hans fest. »Das habe ich befürchtet. Er hat's drauf, dieser Frauenversteher.«

»Er ist kein …« Sie brach ab. »Na, und wenn? Das ist schließlich meine Sache, oder?«

Sein Blick verdüsterte sich. »Ich wollte dich nur warnen.«

Sie fasste Hans spontan am Arm. »Ach komm. Ich finde ihn ganz unterhaltsam, das ist alles. Und wenn ich ihn ein bisschen unterstütze, packt er früher seine Sachen und reist wieder ab.«

Er zog die Augenbrauen hoch und sah sie an. »Wenn du meinst«, murmelte er dann. »Ich muss jetzt los. Wir sehen uns später.«

Er ging durch den Sand davon.

2Osiris009PL, tippte Sonja in den Computer, nachdem sie die CD-ROM in das Laufwerk eingelegt hatte. Schweißperlen sammelten sich auf ihrer Stirn, während sie hörte, wie das Laufwerk arbeitete. Dann erschien auf dem Bildschirm das Symbol eines Ordners. Die Bezeichnung lautete *Ägypten.*

Sonja öffnete den Ordner mit einem Mausklick. Er enthielt nur eine einzige Datei: *Lehmann.*

Es handelte sich um ein Word-Dokument, begonnen im April dieses Jahres. Sonjas Mund wurde trocken. Sie hatte richtig vermutet. Es waren Lehmanns persönliche Aufzeichnungen.

4. April
Es gelingt mir nicht mehr wegzuhören. Meine Neugier wird von Tag zu Tag größer. Sie wächst wie ein Unkraut, das sich nicht ausreißen lässt, und vergiftet allmählich meine Gedanken. Nun will ich es wissen …
Ich glaube nicht mehr, dass wir ihr Grab finden. Weil es gar kein Grab gibt und nie gegeben hat. Nofretete hat sich dem Tod entzogen. Sie weiß, wie man keine Spuren hinterlässt.
Ich habe den anderen nicht gesagt, dass unsere Suche, unser Bemühen vollkommen nutzlos sind. Wir werden Sand finden, nichts als Sand. Nofretete hat einen anderen Weg gefunden, unsterblich zu werden. Sie braucht keine Mumifizierung, keine Priester, die ihren toten Leib von den Organen befreien, ihn trocknen, auspolstern und mit Leinenbinden umwinden. Sie braucht keine Rituale, damit ihre Seele eines Tages zu ihrem Körper zurückfindet. Denn Nofretete lebt, und ihre Schönheit ist unvergänglich.

6. April
Ich bin gezwungen zu lügen. Ich stehe am Rand der Grube und feure meine Männer an, während sie mit Spitzhacken und Spaten ihre Arbeit verrichten. Gleichzeitig habe ich das Gefühl, langsam verrückt zu werden. Zwei Seelen streiten sich in meiner Brust. Ich muss so tun, als seien wir nur noch wenige Wochen oder Monate von unserem großen Ziel entfernt. Dabei weiß ich, dass wir nach einem Leichnam suchen, den es nicht gibt.
Weiß ich es wirklich? Wie kann ich so sicher sein? Seit wann

verlasse ich mich auf Gerüchte? Noch habe ich nicht den Mut, konsequent zu sein und allein auf die Suche zu gehen – um sie zu finden, die Lebende …
Der Feigling in mir hält sich eine Hintertür offen. Gestern habe ich wieder Gelder beantragt. Die Grabungsdauer wird sich um eine Saison verlängern. Dr. Mohy el-Din wird einen Tobsuchtsanfall bekommen und mich entlassen.

18. April
Die Gelder sind bewilligt. Dr. Mohy el-Din war hier. Ich weiß nicht, woher er die Geduld nimmt. Ich bin mit ihm herumgegangen, habe ihm alles gezeigt, habe von Fortschritten gesprochen, von Plänen, von Visionen. Jeder Satz war eine Lüge. Ich war überzeugt davon, dass er mich durchschaute. Doch er hat nichts gemerkt. Insgeheim wünsche ich mir, er würde mich rausschmeißen. Ich habe keine Lust mehr, mein Team zum Narren zu halten.

Sonja sog die Luft ein. Der Text flimmerte ihr vor den Augen. Was wusste Lehmann, und warum war er auf einmal so überzeugt davon, dass sie das Grab der Nofretete nicht finden würden? Warum spielte er ein so fieses Spiel? Sonja trank einen Schluck Wasser, bevor sie weiterlas.

Ich habe es so satt, in der Erde nach Spuren der Vergangenheit zu wühlen, jedes Fundstück zu nummerieren und zu katalogisieren. Ich bin es leid, mir vorzustellen, wie die Menschen an diesem Ort vor Jahrtausenden gelebt haben. Was sind schon Theorien? Wir wissen nicht, ob wir der Wahrheit nahekommen oder uns von ihr entfernen. Es muss einen anderen Weg geben, und eines Tages werde ich ihn gehen.

29. April
Ich weiß, dass ich einem großen Geheimnis auf der Spur bin. Noch vor einem Jahr hätte ich das Ganze als Unsinn abgetan und darüber gelacht. Aber jetzt? Jeden Morgen fällt mir das

Aufstehen schwerer. Ich verbringe mein Leben damit, in der Erde zu buddeln und Staub zu schlucken, während die Sonne meine Haut verbrennt. Das kann es nicht sein. Es muss noch mehr geben … An manchen Tagen fühle ich mich wie tot, alles scheint sinnlos.
In den Nächten aber greifen die Schatten nach mir, und die Angst schnürt mir die Kehle zu. Wenn ich mit klopfendem Herzen aufwache, spüre ich die Anwesenheit einer fremden Macht. Dann halte ich es für möglich, die Grenzen zu überschreiten, die die Vergangenheit von der Gegenwart trennen.

Sonjas Zunge bewegte sich ungeduldig über die Lippen. Lehmann hatte also ähnliche Erfahrungen gemacht wie sie. Auch er hatte an Albträumen gelitten. Doch was war dann geschehen? Voller Neugier blätterte sie weiter, um die letzten Einträge zu lesen.

2. September
Manchmal fürchte ich den Verstand zu verlieren. Meine Gedanken beschäftigen sich Tag und Nacht mit dir. Ich bin besessen. Einst hoffte ich nur, deinen Leichnam zu finden. Inzwischen sehne ich mich danach, dir lebend zu begegnen. Wünsche es mir mit aller Kraft.
Wanderin zwischen den Zeiten, du scheinbar treue Gattin des Ketzerkönigs, du lügst und heuchelst, während du heimlich den alten Göttern huldigst, die in Achetaton verboten sind. Was treibt dich dazu? Hast du Angst, zu altern und deine Schönheit zu verlieren? Wenn Aton dein Angesicht erhellt und deine Falten beleuchtet, empfindest du da keinen Hass auf den Gott, den dein Gatte als den Höchsten und Einzigen verehrt? Ich habe die alten Quellen studiert. Ich bin sicher, dass du das Zauberbuch der Isis gefunden hast. Isis, die große Göttin. Die Herrin über Leben und Tod. Die Magierin, die ihren toten Gatten Osiris zum Leben erweckt hat, um mit ihm Horus zu zeugen, ihren Sohn. Horus, der Falke …
Ist der Falke, der neuerdings im Camp aufgetaucht ist, dein Bote? Willst du mir auf diese Weise den Weg zu dir weisen?

Sonja stutzte. Isis. Immer wieder stieß sie jetzt auf den Namen Isis. Konnte dies ein Zufall sein? Oder steckte ein tieferer Sinn dahinter? Die Synchronizität von Ereignissen, wie C. G. Jung sie beschrieben hatte?

Verwirrt blätterte sie zurück, um den Mittelteil von Lehmanns Aufzeichnungen zu lesen. Der Grabungsleiter schien sich in einer Krise zu befinden. Er beschrieb, wie satt er alles hatte, die Routine, das tägliche Einerlei. Seine Arbeit machte ihm keinen Spaß mehr, er beklagte sich über tausend Kleinigkeiten. Lehmann rutschte immer tiefer in eine Depression hinein und berichtete, dass er den Tagesablauf nur noch mit Alkohol ertragen konnte. Alle Mitarbeiter nervten ihn. Mehr als einmal trug er sich mit der Absicht, die Arbeit einfach hinzuwerfen. Seine Phantasien nahmen einen immer größeren Raum ein, er beschrieb seine Tagträume, seine Visionen, die von Tag zu Tag deutlicher wurden.

Sonja vermutete, dass Lehmann außer Alkohol noch andere Drogen genommen hatte, obwohl er nichts davon erwähnte. Die Bilderwelt seiner Träume beschäftigte sich fast ausschließlich mit Nofretete. In seiner Vorstellung wurde die Pharaonin immer lebendiger. Bald schrieb er ihr Briefe und Gedichte, redete von ihr, als könnten sie sich jeden Tag begegnen.

Sonja war so fasziniert von den Aufzeichnungen, dass sie ringsum alles vergaß. Ihr wurde heiß. Lehmanns Tagebuch deckte sich in etlichen Punkten mit Jonas Steffens' Behauptungen. Auch Lehmann glaubte an die Möglichkeit, Raum und Zeit zu überwinden, und an die Tatsache, dass Nofretete diesen Weg gefunden hatte. Deswegen war sie so plötzlich aus der Geschichte verschwunden, deshalb wussten Forscher bis heute nicht, was mit ihr passiert war …

Endlich hörte Sonja auf zu lesen und starrte vor sich hin. Sie war völlig durcheinander. Wie konnten Steffens und Lehmann dieselbe abstruse Theorie vertreten? Einen Augenblick lang kam Sonja der Gedanke, Jonas könnte die CD-ROM ausgetauscht und ihr eine Fälschung untergejubelt haben. Doch dann verwarf sie die Vorstellung. Das war zu absurd.

Angenommen, die Theorie stimmte … Sonja atmete tief durch

und fühlte sich in ihre Kindheit zurückversetzt. Wenn ihre Mutter abends das Licht ausgeschaltet hatte, hatte sie sich oftmals vorgestellt, dass eine Fee ins Zimmer trete, sie mit dem Zauberstab berühre und in den Königspalast der Pharaonen versetze … Damals hatte sie sich alles ganz genau ausgemalt, jede Einzelheit. Sie hatte sich vorgestellt, an der Seite eines Pharaos zu regieren, seine Kinder zur Welt zu bringen … Ein paar Mal war sie auch in die Rolle der Nofretete geschlüpft.

Sonja lächelte vor sich hin. Kleinmädchenträume. Schon in der Grundschule war sie entschlossen gewesen, Archäologie zu studieren, um mehr über die Vergangenheit herauszufinden.

Sie zuckte zusammen, als sich plötzlich die Tür zu ihrem Büro öffnete. Carola stand im Raum. Rasch schaltete Sonja den Bildschirm aus.

»Ja, was ist?«, fragte sie, unwillig über die Störung. Sie hatte Mühe, in die Wirklichkeit zurückzukehren, weil sie sich in eine andere Zeit weggeträumt hatte – genau wie früher.

»Ich soll Sie zum Mittagessen holen«, sagte Carola. »Wir warten schon auf Sie.«

»Das gibt's doch nicht!« Sonja blickte auf die Uhr. Tatsächlich, es war schon nach zwölf. Sie hatte Stunden am Computer verbracht und darüber völlig die Zeit vergessen.

»Ich komme gleich«, sagte sie zu Carola.

Die Grabungszeichnerin nickte und verschwand. Sonja nahm die CD-ROM aus dem Laufwerk und schaltete den Computer aus. Als sie aufstand, merkte sie, dass ihr Rücken vom langen Sitzen völlig verspannt war. Sie reckte sich und lockerte die Schultern, während sie mit ihren Gedanken ganz woanders war.

Sie würde sich mit Jonas auf die Suche nach dem Isis-Tor machen. So bald wie möglich.

Sie zog den Ordner aus dem Regal und versteckte die CD-ROM wieder zwischen den Seiten.

Am Nachmittag war Sonja unkonzentriert, als sie an der Grabungsstelle den Fortschritt der Arbeiten überwachte. Immer wieder schweiften ihre Gedanken zu Lehmanns Tagebuch ab. Von der Sonne hatte sie außerdem Kopfschmerzen bekommen, wie so oft in den letzten Tagen. Wahrscheinlich war der Unterschied zwischen den herbstlichen Temperaturen in Hamburg und dem warmen Ägypten doch zu extrem. Ihr Körper hatte sich noch nicht an die Umstellung gewöhnt. Im August wäre die Hitze in Tell el-Amarna vermutlich nicht auszuhalten.

Ihr fiel auf, dass Hans Peters sie ständig beobachtete. Das irritierte sie. Sie wäre gern zu Jonas gegangen, um ihm ihren Entschluss mitzuteilen und ihn zu fragen, wann sie den Ausflug machen wollten. Sie erinnerte sich daran, dass auch Hans mit ihr in die Wüste fahren wollte. Wie sollte sie ihm erklären, dass sie Jonas den Vorzug gab? Eifersucht unter den Männern konnte sie ganz und gar nicht gebrauchen. Einen Augenblick lang erwog sie, Hans einzuweihen und ihm von Lehmanns Tagebuch und Jonas' Theorie zu erzählen und wie frappierend beides zueinander passte. Vielleicht konnten sie das Isis-Tor auch zu dritt suchen.

Doch alles in ihr sträubte sich gegen ein solches Vorhaben. Hans würde sicher mit beißendem Spott reagieren und an ihrem Verstand zweifeln, wenn sie die Möglichkeit eines Zeitlochs erwähnte. Sie konnte ja selbst noch immer nicht ernsthaft daran glauben …

Sonja strich sich das Haar aus der Stirn und hielt sich den Rücken, der vom ständigen Bücken schmerzte. Jonas warf ihr einen aufmunternden Blick zu. Sie lächelte zurück und spürte wieder ein kurzes Kribbeln im Bauch. Wenig später stand Jonas vor ihr, einen Korb mit Sand in den Händen. Ein Schmutzstreif zog sich über sein Gesicht, und er sah noch verwegener aus als sonst.

»Ich muss dringend mit dir sprechen«, murmelte Sonja halblaut.

»Jederzeit gern.« Seine Augen funkelten.

Sie lächelte. Das Prickeln im Bauch wurde stärker. »Ich habe Neuigkeiten, was das Isis-Tor betrifft«, erklärte sie im Flüsterton.

Er schien verblüfft.

»Wir reden nach dem Abendessen«, sagte sie schnell.

Sie erzählte Jonas, was sie in Lehmanns Aufzeichnungen gelesen hatte. Er wurde ganz aufgeregt und wollte die Eintragungen auf der Stelle sehen. Sonja schüttelte den Kopf. Sie wollte ihn nicht mit ins Büro nehmen, denn Hans Peters hatte sich nach dem Abendessen in den Container zurückgezogen, um schriftliche Arbeiten zu erledigen.

»Ich will Peters nicht einweihen«, erklärte sie. »Nicht, bevor wir einen Beweis haben. Ich will nicht, dass er mich … dass er uns auslacht.«

Jonas nickte. »Wann?«, fragte er.

»Was *wann*?«

»Wann brechen wir auf? Hast du am Wochenende frei, oder müssen Archäologen durcharbeiten?«

»Samstag und Sonntag läuft hier nichts – es sei denn, wir finden Nofretetes Grab«, antwortete Sonja.

»Gut, dann bereite ich alles für Samstag vor«, erbot sich Jonas. »Wir brauchen nämlich einen Führer für unseren Wüstenausflug.«

Sie nickte.

Er verabschiedete sich, und eine halbe Stunde später sah Sonja ihn bereits in Richtung Parkplatz gehen. Offenbar wollte er die Sache so rasch wie möglich erledigen.

Auch Hans Peters bekam mit, dass Jonas mit seinem Wagen wegfuhr. Er trat gerade mit einem Stapel Papiere aus dem Container und begegnete Sonja, die auf dem Weg zur Dusche war.

»Ich bin überrascht, dass er heute Abend ohne dich wegfährt.«

Sonja runzelte die Stirn. »Steffens kann tun und lassen, was er will.«

»Es wundert mich nur. So, wie er dich heute Nachmittag mit Blicken verschlungen hat. Der lässt doch nichts anbrennen.«

Sie verschränkte die Arme vor der Brust. »Also, Hans, damit das klar ist: Ich finde Steffens nett, und wenn ich Lust habe, mit ihm auszugehen, dann tue ich das. Ich bin eine erwachsene Frau und niemandem gegenüber Rechenschaft schuldig.« Auch dir nicht, fügte sie in Gedanken hinzu.

Hans blickte zum Parkplatz hinüber. »Mir ist nicht ganz klar, warum er hier ist. Ich traue ihm nicht. Mir wäre es lieber, er verschwände wieder, je eher, desto besser. In seiner Gegenwart habe ich einfach ein ungutes Gefühl.«

»Bist du etwa eifersüchtig?«

»Eifersüchtig? Warum?«

Sie ließ die Frage unbeantwortet und wechselte das Thema. »Hat Lehmann eigentlich in der letzten Zeit, bevor er verschwunden ist, seine Arbeit vernachlässigt?«

»Mir ist nichts aufgefallen. Er war höchstens ein bisschen zerstreut, das war alles. Ich glaube nach wie vor, dass er ein Alkoholproblem hatte, aber er war immer pünktlich am Arbeitsplatz, da ist ihm nichts vorzuwerfen.«

»Und er hat nie eine Bemerkung fallen gelassen, dass er nicht mehr daran glaubt, das Grab der Nofretete zu finden?«

»Nein. Warum fragst du?«

»Nur so. Ich will mir einfach ein besseres Bild von ihm machen.«

»Wir wissen alle nicht viel über ihn«, erläuterte Hans. »Er hat sich keinem anvertraut. Falls er Probleme hatte, dann hat er nicht darüber geredet. Eine Zeit lang hat es so ausgesehen, als würde sich zwischen ihm und Carola etwas anbahnen, aber wirklich gelaufen ist da nichts. Er war eben ein Einzelgänger und für seine Mitmenschen eine echte Zumutung.«

»Hm, verstehe.«

»Ach so, in der letzten Zeit hat er oft über den Falken gesprochen, der im Camp aufgetaucht war. Der Vogel schien ihm irgendwie wichtig zu sein. Ich hatte fast den Eindruck, dass er in ihm ein Maskottchen sah.«

Horus. Der Sohn von Isis und Osiris … Sonja musste daran denken, wie der Falke sie beobachtet hatte. Sie spürte eine leichte Gänsehaut auf den Armen.

»Aber ich kann dir gern noch mehr über Lehmann erzählen«, fuhr Hans fort. »Was hältst du davon, wenn wir nachher unser Picknick wiederholen? Es war doch neulich sehr nett. Und ich habe noch Wein und Käse …« Er sah sie erwartungsvoll an.

Sonja wich seinem Blick aus. »Heute nicht, ich bin todmüde.«

Sie lachte. »Ich kann nicht jede Nacht durchmachen. So jung bin ich nicht mehr, dass ich das mühelos wegstecke.«

»Dann vielleicht am Wochenende?«

»Da … da habe ich schon was vor«, sagte sie zögernd. »Ich werde mit Steffens einen Ausflug unternehmen.« Eine innere Stimme riet ihr, Hans nichts von der Wüstentour zu erzählen. Schließlich hatte er ihr zeigen wollen, wie hell die Sterne in der Wüste leuchteten. Sie griff zu einer Notlüge. »Er will Freunde besuchen … in Luxor … und hat mich gefragt, ob ich mitkommen will.«

»Aha.«

Er wirkte eingeschnappt. Sonja hatte das Gefühl, die Verstimmung sofort wieder ausgleichen zu müssen. Ihr verdammtes Harmoniebedürfnis!

»Aber wie wär's mit Sonntagabend, wenn ich aus Luxor zurück bin?«, bot sie ihm an. »Weißt du, ich war schon lange nicht mehr dort – und ich muss einfach mal was anderes sehen als immer nur Sand.«

»Das ist eine weite Fahrt für nur zwei Tage. Vierhundert Kilometer für eine Strecke.«

»Ich weiß«, antwortete sie und bemühte sich, ihrer Stimme einen ungezwungenen Ton zu verleihen. »Wir werden bei den Freunden übernachten. Also, wie steht's mit Sonntagabend?«

»Keine Ahnung, ob der Käse dann noch essbar ist.« Er blickte ihr in die Augen, und sie sah sein Lächeln. »Gut, ich nehme dich beim Wort.«

10

Am Samstag in aller Frühe brachen Sonja und Jonas auf, offiziell zu einer Fahrt nach Luxor. Jonas war eingeweiht und hatte sich über Sonjas Lüge amüsiert.

»Ich will einfach nicht, dass Unfrieden entsteht«, rechtfertigte sich Sonja. »Es ist mir wichtig, dass im Camp ein gutes Klima herrscht.«

»Peters kann mich sowieso nicht leiden.« Jonas warf ihr einen kurzen Seitenblick zu, während er den Rückwärtsgang einlegte und den Jeep vom Parkplatz fuhr.

»Das ist dann sein Problem«, murmelte Sonja.

»Und was wird er sagen, wenn er feststellt, dass mein Zelt fehlt?«

»Du hast …«

»… es mitgenommen, ja. Keine Sorge, ich habe noch einen zweiten Schlafsack für dich. Wir werden nämlich in der Wüste übernachten.«

»Davon hast du keinen Ton gesagt.« Sonja überlegte, ob sie die ganze Aktion nicht lieber abblasen sollte. Vielleicht ging es Jonas gar nicht um das Isis-Tor, sondern nur darum, sie möglichst schnell flachzulegen.

»Wir müssen den Jeep übrigens stehen lassen«, sagte Jonas, ohne sich um Sonjas Einwand zu kümmern. »Unser Führer besorgt uns Kamele, denn im Wadi kommt man nur mit Reittieren oder zu Fuß vorwärts. Er bringt uns zu der Kultstätte, lässt uns dort allein und holt uns am nächsten Tag wieder ab.«

Sonja schwieg.

»Sauer?«, fragte Jonas nach einer Weile.

»Das hättest du mir früher sagen müssen«, erwiderte Sonja knapp.

»Warum? Fürchtest du dich vor Kamelen?«

»Begeistert bin ich nicht.«

»Aber anders gelangt man nicht hin. Glaub mir, es ist die beste Lösung. Und du willst es doch wissen – genau wie ich.«

Was wollen wir wissen?, dachte Sonja. Was passierte, wenn sie beide eine Nacht in der Wüste verbrachten, nur zu zweit und völlig ungestört? In diesem Augenblick kam es ihr völlig hirnrissig vor, sich auf ein solches Abenteuer eingelassen zu haben. Wie hatte sie nur an ein Zeittor glauben können? Jonas nutzte ihre Naivität aus – in Wirklichkeit wollte er mit ihr schlafen. Dazu hatte er die ganze Expedition organisiert. Sie ärgerte sich über ihre Leichtgläubigkeit. Lehmanns Aufzeichnungen erschienen ihr nun als Produkt eines kranken Hirns, und dass darin der Name Isis eine besondere Rolle spielte, war nichts weiter als ein Zufall. Isis war immerhin eine bedeutende ägyptische Gottheit, da war es naheliegend, dass Sonja ab und zu über diesen Namen stolperte. Das musste gar nichts bedeuten …

»Jetzt ärgerst du dich«, stellte Jonas fest. »Und ich weiß genau, was du gerade denkst. Dass ich das Ganze inszeniere, um dich abzuschleppen. Ich schwöre dir, ich werde dich heute Nacht nicht anfassen.« Er grinste. »Jedenfalls nicht gegen deinen Willen. Übrigens wäre das Ganze ein ziemlich teurer Spaß, wenn ich nur das eine im Sinn hätte. Der Führer und seine Kamele kosten mich einen glatten Monatsverdienst. Es war nicht leicht, überhaupt jemanden zu finden, der bereit ist, uns an diesen verhexten Ort zu führen.«

Sonja biss sich auf die Unterlippe. »Okay«, murmelte sie. »Hoffentlich haben die Kamele wenigstens gute Manieren. Als ich mit Claus einmal eine Tour durch die Wüste unternahm, wollte mich das Biest, das hinter mir lief, immer in die Füße beißen.«

Jonas lachte.

»Das fand ich damals überhaupt nicht komisch«, beschwerte sich Sonja. »Ich trug nur Sandalen – und das Kamel hatte große Zähne.«

»Immerhin bist du schon einmal auf einem Kamel geritten«, meinte Jonas. »Es ist also nicht ganz neu für dich.«

Die Erinnerung an den Ritt gehörte nicht gerade zu ihren angenehmsten Erfahrungen. Seitdem hasste Sonja Kamele und hatte sich geschworen, nie wieder eins dieser störrischen Tiere zu besteigen. Doch wie es aussah, konnte sie diesen Vorsatz nicht länger befolgen.

Diesmal überquerten sie den Nil nicht mit der Fähre, sondern Jonas fuhr über eine Straße, die nach Norden führte. Dunst stieg über dem Fluss auf, die Landschaft wirkte wie verzaubert. Sie kamen durch zwei Dörfer. Kinder spielten am Straßenrand und liefen herbei, um zu betteln, als sie den Jeep entdeckt hatten. Im dritten Dorf stellte Jonas den Wagen ab. Sie nahmen das Gepäck aus dem Jeep und gingen zu Fuß zu einem Lehmhaus am Ende des Dorfes. Hühner liefen umher, irgendwo blökte ein Esel. Durch die offene Tür betraten sie das Haus. Drinnen war es dunkel wie in einer Höhle. Der Flur war so schmal, dass sie fast die Wände berührten. Für einen kurzen Augenblick sah Sonja eine verschleierte Frau, die sich jedoch sofort zurückzog. Wenig später tauchte ein älterer Ägypter auf. Er trug die traditionelle Galabija und einen Turban und begrüßte Jonas auf Englisch. Als die Männer nach draußen traten, sah Sonja sein sonnenverbranntes, faltiges Gesicht. Beim Lachen entblößte er große Zahnlücken.

Der Ägypter, der sich als Ali vorgestellt hatte, führte Sonja und Jonas hinters Haus zu einem Pferch, in dem mehrere Kamele angebunden waren. Es stank nach Dung. Sonja empfand sofort Unbehagen. Die Kamele kamen ihr besonders groß vor, und die Art, wie die Tiere auf die Menschen herabsahen, hatte eindeutig etwas Hochmütiges. Am liebsten wäre Sonja umgekehrt. Ali fragte sie, welches Tier sie haben wolle, und pries seine Kamele mit blumigen Worten. Sonja entschied sich schließlich für Leila, die angeblich besonders geduldig war. Sie war außerdem das hübscheste Tier. Jonas bekam Hanneh, eine dunkelbraune Stute. Ein fast weißes, kleineres Kamel sollte als Packtier dienen.

Nachdem die Auswahl getroffen worden war, zäumte Ali die Kamele auf, legte ihnen die Sättel auf den Rücken und belud das Lastkamel. Die Prozedur schien unendlich lange zu dauern. Die Tiere ertrugen sie ruhig und gelassen. Keines biss oder zeigte Unwillen. Sonja entspannte sich. Vielleicht hatte sie bei ihrem ersten Kamelritt einfach nur schlechte Erfahrungen gemacht.

Dann kam der Augenblick des Aufsitzens. Ali brachte Leila und Hanneh dazu, sich hinzulegen. Sonja zuckte zusammen, als die Kamele zu schreien begannen. Ali bedeutete ihr mit einem Handzeichen, ihr Tier zu besteigen, während er selbst auf eines von Leilas Vorderbeinen trat, um die Stute daran zu hindern, vorzeitig aufzustehen. Sonja hievte sich auf den Sattel. Kaum saß sie oben, ließ Ali Leila los, und das Kamel erhob sich. Als es laut kreischend die Hinterbeine hochstemmte, wurde Sonja nach vorn geschleudert. Krampfhaft umklammerte sie den Sattelknauf. Gleich darauf flog sie nach hinten, weil Leila die Vorderbeine durchdrückte. Kurz darauf gab es einen weiteren Ruck, der Sonja wieder nach vorn drückte. Dann endlich stand das Kamel still. Sonja war nass geschwitzt. Der Boden lag meilenweit unter ihr ... Sie krallte sich am Sattelknauf fest und versuchte, ruhig zu atmen und ihre Angst zu unterdrücken.

Wenig später saß Jonas ebenfalls auf seinem Kamel, das beim Aufstehen einen ähnlichen Höllenlärm veranstaltet hatte wie Leila. In ihrer Aufregung hatte Sonja nicht bemerkt, dass inzwischen auch ein etwa vierzehnjähriger Junge aufgetaucht war, der das zweite Reitkamel führen sollte. Das Lastkamel wurde einfach mit einem Strick an Hanneh festgebunden.

Dann setzte sich die kleine Karawane in Bewegung. Ali und der Junge führten die Kamele aus dem Dorf hinaus in östliche Richtung. Die Sonne stand über dem Gebirge. Es war ein großartiger Anblick, der Sonja von ihrer Angst ablenkte. Allmählich gewöhnte sie sich an das Geschaukel und fürchtete nicht mehr ständig, aus dem Sattel zu rutschen.

Der Himmel war klar und blau. Scharf zeichneten sich in der Ferne die Felsen ab. Ali schritt zielstrebig voran. Er schien den Weg genau zu kennen, obwohl die Landschaft so eintönig war, dass es nur wenige Anhaltspunkte gab. Ein Geröllhaufen. Ein vertrockneter Dornbusch. Und Sand, immer nur Sand.

Die Kamele trotteten dahin. Ihr wiegender Gang hatte etwas Meditatives. Die Sonne stieg höher, das Licht wurde grell, die Luft flimmerte. Der ständige Wind trieb den Sand vor sich her, der sich auf Sonjas Armen wie kleine Nadelstiche anfühlte. Sie spürte ihn in der Nase, er knirschte zwischen ihren Zähnen. Sie war froh, dass sie eine große Sonnenbrille trug.

Der Schatten eines Vogels fiel auf den Sand. Sonja hob den Kopf und entdeckte einen Falken. Ob es jener war, den sie im Camp gesehen hatte? Wohl kaum. Sie wusste nicht, wie groß das Gebiet war, das Falken für sich beanspruchten. Genau genommen wusste sie überhaupt nichts über das Verhalten dieser Vögel.

Horus …

»Ist es sehr weit?«, fragte Sonja den neben ihr reitenden Jonas.

»Ich weiß es nicht«, antwortete er. »Wenn sich unser Ziel als das herausstellt, was ich erwarte, dann spielt Zeit ohnehin keine Rolle mehr. Entspann dich und genieß den Ritt.«

Zeit spielt keine Rolle mehr. Mit welcher Sicherheit er das behauptete! Sonja hatte die allergrößten Zweifel, ob das Isis-Tor funktionieren würde. Sie konnte es sich beim besten Willen nicht vorstellen. Es mochte ja sein, dass sie zu einem alten Kultplatz kamen, dessen Anblick erhabene Gefühle weckte. Aber tatsächlich durch die Zeit reisen? Vielleicht konnte man es sich ein paar Augenblicke lang einbilden – so wie Sonja schon einige Male in Tell el-Amarna den Eindruck gehabt hatte, die Stadt Achetaton sei zum Greifen nahe und es sei nur ein kleiner Schritt bis dorthin …

Weder Ali noch dem Jungen schien es etwas auszumachen, die gesamte Wegstrecke zu Fuß zurückzulegen. Einmal legten sie eine Pause ein. Die Kamele nutzten sofort die Gelegenheit, um an den spärlichen Dornbüschen zu knabbern. Sonja trank gierig die halbe Flasche leer. Zum Glück hatte Jonas genügend Wasser mitgenommen.

Die Ägypter dagegen tranken keinen einzigen Schluck und hielten sich damit streng an das Fastengebot des Ramadans. Sonja fragte sich, wie lange der Kreislauf der beiden den Strapazen noch standhalten mochte. Sie konnte sich nicht vorstellen, dass sie es tatsächlich bis zum Sonnenuntergang ohne Wasser aushielten.

Nach einer Viertelstunde ging es weiter. Allmählich tat Sonja der Rücken weh. Sie war einen so langen Ritt nicht gewohnt. Sie beschirmte die Augen. Das Gebirge schien noch keinen Meter näher gekommen zu sein. Entfernungen waren in der Wüste schwer einzuschätzen.

Sie versuchte sich vorzustellen, wie das Wadi ausgesehen hatte, als das Flussbett noch nicht ausgetrocknet gewesen war. Wann war das Wasser versiegt? Einige Pflanzen und Büsche hielten sich tapfer im Sand und legten Zeugnis davon ab, dass hier vor einiger Zeit tatsächlich noch blühendes Leben geherrscht hatte. Inzwischen hatte die Wüste gesiegt …

Es war früher Nachmittag, als Ali stehen blieb und erklärte, sie seien am Ziel. Die Kamele knieten mit viel Geschrei nieder, damit Jonas und Sonja absteigen konnten. Steifbeinig rutschte Sonja aus dem Sattel und beschirmte die Augen.

Vor ihr erhob sich ein halb zerfallener Steinkreis inmitten der Sandwüste. Mit Mühe ließ sich erkennen, dass dies früher ein Brunnen gewesen war.

Das also war das geheimnisvolle Isis-Tor? Sie hätte die Steine übersehen und wäre daran vorbeigeritten. Enttäuscht gestand sie sich ein, dass sie mehr erwartet hatte. Sie bekam weder eine Gänsehaut, noch spürte sie ein magisches Kribbeln.

Jonas trat neben sie. »Und – was sagst du?«

»Nun ja.« Sie zuckte die Achseln. Sollte sie Begeisterung heucheln, wenn ihr gar nicht danach zumute war? »Ein bisschen wenig.«

Doch Jonas ließ sich nicht entmutigen. Er half Ali beim Abladen des Gepäcks vom Rücken des Lastkamels.

»Wollen wir tatsächlich hierbleiben?«, fragte Sonja. Sie hatten doch schon alles gesehen, was es zu sehen gab. Am liebsten wäre sie sofort zurückgeritten.

»Ja, über Nacht – wie ausgemacht«, erwiderte Jonas und lächelte ihr aufmunternd zu.

Sie erwiderte das Lächeln nicht, sondern kauerte sich neben den Steinen in den Sand und fuhr mit der Hand über deren raue Oberfläche. Das Bauwerk einer längst vergangenen Zeit. Eine

Brunnenruine, mehr nicht. Sie verstand nicht, warum sich ein Mythos um diesen Platz rankte. Er war völlig unromantisch. Sie konnte nichts Geheimnisvolles daran entdecken.

Ihr fiel auf, dass der Junge respektvollen Abstand zu den Mauerresten hielt und den Fremden ab und zu einen scheuen Blick zuwarf. Sie hätte gern gewusst, was man ihm über diesen Ort erzählt hatte. Auch Ali verhielt sich nervös. Als das Gepäck abgeladen war, stiegen er und der Junge auf die beiden Kamele, verabschiedeten sich und ritten mit dem Lasttier den Weg zurück, auf dem sie gekommen waren.

Sonja blickte ihnen nach, aber die Spuren im Sand lieferten keine Antwort auf ihre Fragen.

»Hilfst du mir, das Zelt aufzubauen?«, fragte Jonas, der damit beschäftigt war, einen Sack aufzuknoten.

»Das ist doch Wahnsinn«, sagte Sonja ungehalten. »Was soll das bringen? Wir verschwenden nur unsere Zeit. Hier gibt es definitiv nichts. Höchstens ein paar Skorpione. Vielleicht haben die Einheimischen deswegen Angst vor diesem Ort.«

»Redest du von den sieben Skorpionen?« Jonas' Stimme klang amüsiert. Er hatte jetzt endlich den Knoten gelöst und blickte über die Schulter zurück.

Sonja verstand die Anspielung. Isis und die sieben Skorpione. Sieben Skorpione hatten Isis auf ihrer Flucht begleitet und sie beschützt, als sie ihren Sohn Horus vor Seth in Sicherheit bringen wollte. Seth hatte angedroht, Horus zu töten. Als Isis versuchte, in einem Dorf Unterkunft zu finden, ließ eine Frau sie nicht ein. Darauf schlüpfte einer der Skorpione ins Haus und stach deren Sohn. Als der Junge im Sterben lag, lief die Frau durchs Dorf und schrie um Hilfe. Isis, die inzwischen bei einem Bauernmädchen untergekommen war, heilte den todkranken Jungen durch ihre Zauberkraft. Daraufhin war die Frau so dankbar, dass sie Isis und dem Bauernmädchen ihren ganzen Besitz schenkte.

Sonja seufzte. Ihr würde wohl nichts anderes übrig bleiben, als hier zu übernachten, wenn sie nicht den ganzen Weg zu Fuß zurückgehen wollte. Sie hatte sich nun einmal auf dieses Abenteuer eingelassen.

Jonas mühte sich inzwischen mit den Zeltstangen ab. Sie trat neben ihn. »Was kann ich tun?«

Er zeigte ihr, wie sie die Stangen halten sollte. »Bereust du's, dass wir nicht tatsächlich nach Luxor gefahren sind?«, fragte er, während er auf dem Boden niederkniete und die Plane auseinanderzog.

»Na ja, es gibt bestimmt schönere Plätze«, antwortete Sonja und warf einen Blick auf den verfallenen Brunnen. »Ich habe irgendwie mehr erwartet. Ich kann mir gar nicht vorstellen, dass sich hier eine alte Kultstätte befindet.« Sie hatte sich immer eingebildet, sie als Archäologin habe eine gewisse Sensibilität für heilige Orte entwickelt. Aber an dieser Stelle spürte sie nicht das Geringste.

»Tut mir leid, wenn du enttäuscht bist«, murmelte Jonas. »Aber ich musste dieser Spur einfach nachgehen. Ich hoffe, du verstehst das.«

Sie nickte.

Jonas lachte. »Kann natürlich sein, dass ich in eine Touristenfalle getappt bin. Ein magischer Ort, ein paar Kilometer auf einem Kamel – und schon bin ich einen ganzen Monatslohn los. Geschieht mir recht.«

Nach zehn Minuten stand das Zelt. Jonas kroch hinein und rollte die Schlafsäcke aus. Sonja packte die Vorräte aus und staunte, was Jonas alles mitgenommen hatte. Ali hatte außerdem Brennholz auf das Lastkamel geladen, damit sie abends ein Lagerfeuer entzünden konnten. Sonja baute einen Steinkreis und schichtete das Holz in der Mitte auf.

Jonas war mittlerweile fertig. Sie setzten sich nebeneinander und aßen von den mitgebrachten Sachen. Die Mahlzeit verlief einsilbig. Sonja überlegte, welche Rückschlüsse Hans Peters aus dem Fehlen von Jonas' Zelt ziehen mochte. Wahrscheinlich musste sie mit etlichen anzüglichen Bemerkungen rechnen. Ihre Laune wurde immer schlechter. Das Wochenende hätte sie anderswo angenehmer verbringen können als in diesem trostlosen Wadi, wo es absolut nichts zu sehen gab.

Sie wischte sich die Hände an den Jeans ab und stand auf.

»Ich vertrete mir ein bisschen die Beine.«

Jonas erhob sich ebenfalls. »Ich komme mit.«

Sie gingen nebeneinander durch den Sand, noch immer ziemlich schweigsam. Ab und zu bückte sich Sonja, um einen Stein oder eine Scherbe näher zu betrachten.

»Du bist sauer auf mich«, stellte Jonas fest.

»Ich bin nicht gut drauf«, erwiderte Sonja. »Das hat nichts mit dir zu tun. Ich habe zurzeit reichlich Stress mit meinem Freund.« Sie holte ihr Handy aus der Tasche und schaute auf das Display, ob in der Zwischenzeit ein Anruf oder eine SMS von Claus angekommen war. Nichts. Außerdem war hier ein Funkloch – natürlich! Sie verzog das Gesicht und steckte das Handy wieder ein.

»Willst du darüber reden?«, fragte Jonas.

»Eigentlich nicht.«

»Ich bin aber gut im Zuhören. Und manchmal klärt sich etwas, wenn man darüber spricht.«

Sie lachte ihm ins Gesicht. »Du bist bloß neugierig, gib es zu!«

»Das auch«, räumte Jonas ein. »Ich will nicht lügen und behaupten, dass es mich nicht interessiert, was zwischen dir und deinem Freund vorgefallen ist.«

»Na gut.« Sonja begann zu erzählen. Von der neuen Wohnung, ihren geänderten Plänen und dass Claus eingeschnappt gewesen war, weil sie den Job in Ägypten angenommen hatte. Die plötzliche Reise nach London in Begleitung einer Studentin. Und Sonjas Anruf, bei dem sich Naoko gemeldet hatte.

»Das ist doch ziemlich eindeutig, oder?« Sie sah ihn unsicher an. »Oder habe ich überreagiert?«

»Finde ich nicht.«

»Und dann seine Ausreden.« Sie zählte auf, was Claus gesagt hatte. Jonas verdrehte die Augen.

»Ich würde dem Kerl kein Wort glauben.«

»Tu ich auch nicht«, pflichtete Sonja ihm bei. Sie blieb stehen und wischte sich den Schweiß von der Stirn. Ihr war heiß geworden vor Empörung und Wut. »Er ist ein Feigling. Warum sagt er nicht, was Sache ist?«

»Weil er sich einfach eine Hintertür offen halten will. Vielleicht hat er die kleine Japanerin bald satt.«

Jetzt, da Jonas ihr bestätigte, dass sie mit ihrem Verdacht durchaus recht haben mochte, hätte sie am liebsten geheult. Wie konnte Claus sie nur so verletzen?

»Warum tut er mir das an?«, fragte sie vorwurfsvoll. Ihre Stimme schwankte. »Ich hatte immer den Eindruck, dass unsere Beziehung gut funktioniert ... bis ... bis auf die letzten paar Wochen eben.«

»Eitelkeit?« Jonas zuckte die Achseln. »Die Studentin vergöttert ihn. Schließlich ist er ihr Professor. Das schmeichelt ihm, während du ihm gezeigt hast, dass du ganz gut ohne ihn klarkommst.«

»Hm.« Sie dachte nach. »Das ist es wahrscheinlich.« Sie erzählte, dass sie sich all die Jahre eingeredet hatte, es mache ihr nichts aus, wenn es beruflich nicht klappe. »Claus hat mich jedes Mal getröstet, wenn ich eine Absage bekommen habe. Er hat gemeint, dass es nicht so schlimm ist und dass er genug Geld für uns beide verdient. Ich habe ein paar Aushilfsjobs angenommen, um mir wenigstens nicht völlig nutzlos vorzukommen. Ansonsten habe ich den Haushalt erledigt, Claus den Rücken frei gehalten ...« Sie starrte vor sich hin. »Ich habe seinetwegen wirklich oft meine Wünsche zurückgesteckt. Vielleicht habe ich sogar meine Träume verraten.« Sonja verstummte. Plötzlich war es ihr peinlich, dass sie Jonas ihr Herz ausschüttete.

»Jetzt bist du ja hier«, sagte er. »Du hast den Job, den du dir immer gewünscht hast. Es war jedenfalls die richtige Entscheidung.«

»Ich weiß nicht, ob sie richtig war«, murmelte Sonja niedergeschlagen. »Mittelfristig gesehen. Wenn ich zurückkomme, ist nichts mehr wie früher. Ich weiß nicht, ob sich unsere Beziehung noch retten lässt.«

»Und ob du eure Beziehung überhaupt retten willst«, ergänzte Jonas.

Sonja nickte. »Ich habe keine Ahnung, ob ich mit Claus weiter zusammenleben möchte, selbst wenn er mit Naoko Schluss macht. Ich weiß nicht, ob ich ihm den Seitensprung verzeihen kann.«

»Das musst du jetzt noch nicht entscheiden«, meinte Jonas. »Lass es auf dich zukommen.«

»Es macht mich aber verrückt, dass sich Claus gar nicht meldet«, brach es aus Sonja heraus. »Er scheint die Sache überhaupt nicht ernst zu nehmen. Oder ich bin ihm längst egal.« Die Kehle wurde ihr eng. Sie schniefte. Nein, sie wollte nicht heulen. Nicht vor Jonas.

Er legte leicht den Arm um sie. »Ich glaube nicht, dass du ihm gleichgültig bist. Und wenn, dann ist er ein Idiot. Eine so tolle Frau.«

»Ich möchte das jetzt nicht.« Sie schüttelte den Arm ab und sah ihn an. Sie las Mitgefühl in seinen Augen.

»Okay, ich verstehe …« Er räusperte sich. »Du bist trotzdem eine tolle Frau, das darf ich doch sagen. Wie du im Camp mit den Leuten umgehst, alle Achtung. Keiner käme auf den Gedanken, dass du keine Erfahrung hast.«

Sie musste lachen. »Du bist ein Schmeichler.« Dann wurde sie wieder ernst. »Hans Peters unterstützt mich sehr.«

»Bestimmt nicht uneigennützig.« Jonas grinste. »Ich mag ihn nicht. Er ist mir zu ehrgeizig. Wenn ihr das Grab der Nofretete findet, dann will er bestimmt ganz allein die Lorbeeren einheimsen. Pass bloß auf und lass dir nicht die Butter vom Brot nehmen!«

»Vielleicht finden wir das Grab der Nofretete ja gar nicht«, sagte Sonja nachdenklich. »Lehmann hat nicht mehr daran geglaubt.« Sie sah wieder den Schatten eines Vogels im Sand und blickte zum Himmel. Der Falke schwebte über ihnen. Sie deutete nach oben.

»Schon wieder dieser Falke. Er beobachtet uns.«

»Er ist mir unterwegs schon aufgefallen«, sagte Jonas und beschirmte die Augen mit der Hand. »Schönes Tier.«

»Einen Falken gibt es auch bei uns im Camp«, berichtete Sonja. »Ich habe ihn jedenfalls ein paar Mal gesehen. Ich weiß nicht, ob dieser hier derselbe ist. Auch Lehmann hat in seinem Tagebuch einen Falken erwähnt.«

»Lass uns lieber langsam zurückgehen«, schlug Jonas vor. »Die

Wüste sieht überall ziemlich gleich aus, finde ich. Mein Orientierungsvermögen ist lausig. Ich will nicht, dass wir uns verirren.«

Sie kehrten um. Nach einer Weile tauchte in der Ferne Jonas' Zelt auf. Eine halbe Stunde später hatten sie es erreicht. Jonas rollte eine Isomatte auf dem Boden aus, und sie setzten sich. Sonja merkte, wie müde ihre Beine waren. Das kam sicher vom ungewohnten Ritt auf dem Kamel. Jonas reichte ihr eine Wasserflasche.

»Du kannst die Flasche gern austrinken, wir haben genügend Wasser dabei.«

»Danke.«

Sie saßen vor dem Zelt und beobachteten den Sonnenuntergang. Das Licht veränderte sich, und mit ihm verwandelte sich die Wüste. Mit dem Verschwinden der grellen Sonne wuchsen die Schatten in der Landschaft. Es entstanden Konturen und Muster. Der Himmel verlor sein Blau, wurde rötlich, dann violett. Die neuen Farben verzauberten den Sand und schufen eine fast mystische Stimmung. Das Licht schwand, und der Himmel wurde dunkler. Die ersten Sterne blinkten.

Sonjas Blick wanderte zu dem Brunnen hinüber. Auch die Steine schienen sich verändert zu haben, die dunklen Blöcke besaßen auf einmal eine ganz andere Präsenz als zuvor. Jetzt konnte sie sich deutlich den Brunnen vorstellen. Die Steine wuchsen mit den Schatten zu einem Ganzen zusammen. Sonja spürte, wie sich eine Gänsehaut auf ihren Armen bildete. Vielleicht wirkte der Zauber des Isis-Tors erst bei Nacht …

»Wunderschön«, murmelte Jonas an ihrer Seite. »Schau dir die Sterne an! Es werden immer mehr.«

Der Himmel war inzwischen fast schwarz. Aus dem Dunkel tauchten die Sterne auf – Hunderte, Tausende, dann eine unzählbare Menge. Wie funkelnde Diamanten standen sie über ihnen, zum Greifen nahe. Es war ein atemberaubendes Schauspiel.

»Eine Sternschnuppe!«, rief Jonas.

Sonja sah den glühenden Schweif. Sie saß da in stiller Andacht. Schon folgte eine zweite Sternschnuppe und zog lautlos ihre Spur über den Himmel.

»Wahnsinn«, murmelte Jonas. »Unser Ausflug hat sich gelohnt, allein deswegen.«

Sie nickte. Es wurde kühler. Fröstelnd zog sie die Schultern hoch. Jonas merkte es und holte ihre Jacke aus dem Gepäck.

»Danke.« Sie schlüpfte hinein und war dankbar für die Wärme. Als die Temperatur weiter sank, fachte Jonas schließlich das Feuer an.

Sie aßen heißen Bohneneintopf direkt aus der Dose. Jonas zauberte eine Weinflasche aus seinem Rucksack und öffnete sie mit dem Korkenzieher. Sie tranken abwechselnd aus der Flasche. Sonja fühlte sich zufrieden wie schon lange nicht mehr. Sie war eins mit der Welt – und alle Probleme schienen ganz weit weg zu sein. Irgendwann übermannte sie die Müdigkeit, und ihr Kopf sank an Jonas' Schulter. Er roch gut, fremd und doch vertraut …

Er legte den Arm um sie. Diesmal ließ sie es zu. Sein Haar kitzelte ihre Schläfe. Die zaghafte Berührung raubte ihr den Atem. Er wandte ihr das Gesicht zu und küsste sie sanft. Sie erwiderte den Kuss. Seine Zunge schob sich zwischen ihre Lippen. Ihr wurde schwindlig vor Erregung. Er küsste anders, als Claus sie zuletzt geküsst hatte, leidenschaftlicher, fordernder. Sonja spürte ein Ziehen im Bauch, und ihr Herz raste. Seine Hand war unter ihrem T-Shirt und liebkoste ihre Brust. Sie seufzte. Er drückte sie sachte nach hinten, schob sein Bein über ihren Oberschenkel und öffnete ihre Jeans. Als seine Finger in ihren Slip glitten, war sie warm und bereit. Sie sehnte sich nach Sex, sie wollte mit ihm schlafen, hier und jetzt, unter dem Sternenhimmel. Sie nestelte an seinem Gürtel, spürte unter dem Reißverschluss seine Erektion. Er half ihr, schlüpfte aus der Hose und befreite sie von ihren Jeans.

Ihre Gedanken rasten, sie dachte flüchtig an Skorpione, aber dann war er über ihr und drang in sie ein. Sie stöhnte auf und genoss es, wie er sich langsam, jeden Moment auskostend, in ihr bewegte und allmählich schneller wurde. Sie schlang die Beine um seine Hüften, fühlte sich eins mit ihm, der Welt und der Wüste, und im Augenblick höchster Lust schien der Sternenhimmel über ihr zu explodieren.

Das Feuer war niedergebrannt. Jonas stand auf, um Holz nachzulegen. Sonja fühlte sich hellwach, ihre Müdigkeit war wie weggeblasen. Weil sie fröstelte, stand sie auf, streckte sich, tastete im Halbdunkel nach ihrem Slip und ihren Jeans, fand sie, schüttelte sie aus und schlüpfte hinein. Während sie sie anzog, fiel ihr Blick auf den verfallenen Brunnen. Sie stutzte. Es kam ihr vor, als leuchte sein Inneres. War es der Widerschein des Feuers? Aber das Leuchten war eher bläulich grün wie ein Polarlicht … Neugierig ging sie näher auf den Brunnen zu.

»Sonja?« Jonas, der in der Glut stocherte, wandte den Kopf.

»Der Brunnen, Jonas.« Sie blieb stehen, ohne den Blick abwenden zu können. »Da ist auf einmal so ein seltsames Licht.«

»Tatsächlich.« Jonas richtete sich auf. »Was ist das?«

Vielleicht rief ein Tier dieses fluoreszierende Leuchten hervor. Oder irgendwelche Pflanzen. Käfer, die Chemilumineszenz produzierten. Möglicherweise eine unerforschte Art von Skarabäen … Sie musste herausfinden, was dahintersteckte. Vorsichtig näherte sie sich dem alten Brunnen. Das Licht kam direkt aus seinem Innern, so als hätte jemand im Boden eine Lampe eingegraben und jetzt angeknipst. Türkisfarbener Nebel stieg von der Mitte auf, teilte sich in Schwaden und breitete sich aus.

Sonja konnte sich das Phänomen nicht erklären. Es erinnerte sie an eine Nebelmaschine in einer Diskothek. Aber eine Nebelmaschine hier, mitten in der Wüste? Das war mehr als unwahrscheinlich.

Jonas war in seine Jeans geschlüpft und neben sie getreten. Er starrte genauso gebannt auf den Brunnen wie sie.

»Was ist das nur?«, flüsterte Sonja fasziniert.

»Ich glaube, das Isis-Tor hat sich geöffnet«, murmelte Jonas. »Für uns.« Er fasste nach ihrer Hand. »Traust du dich?«

Sie schluckte, dann nickte sie.

»Komm!«

Sie ließ seine Hand nicht los, als sie über die Steine kletterten. Der türkisfarbene Nebel umhüllte sie. Jonas presste sie an sich.

»Halt dich fest! Wir dürfen uns nicht verlieren.«

Sie schlang die Arme um seine Hüften und lehnte den Kopf gegen seinen nackten Oberkörper. Sie spürte, wie sein Herz schlug. Dann gab der Boden unter ihren Füßen nach, und sie fielen ins Endlose.

ZWEITER TEIL

11

Es ist nichts passiert. Ich träume nur …

Sonja schlug die Augen auf und schloss sie gleich wieder, weil die Sonne sie blendete. Gehörten die mörderischen Kopfschmerzen auch zum Traum? Wie trocken sich ihr Mund anfühlte, ausgedörrt, mit einem leichten Rotweingeschmack! Die Zunge klebte ihr am Gaumen.

»Sonja, bist du wach?«

Jemand fasste sie am Arm. Sie wollte den Störenfried wegschieben, um weiterzuschlafen, aber sie war zu schwach.

»Ich werd verrückt, Sonja! Das Isis-Tor hat tatsächlich funktioniert!«

Das Isis-Tor. Eine verschwommene Erinnerung tauchte auf. Ein Brunnen. Ein Zelt. Sex. Sie stöhnte und versuchte erneut, die Augen zu öffnen. Das grelle Licht schmerzte.

Jonas beugte sich über sie, lächelte sie an. Sein Gesicht war sonnenverbrannt, und ein Schmutzstreifen zog sich quer über seine Stirn.

»Alles in Ordnung mit dir?«

»Ich weiß nicht … glaub schon«, murmelte sie. Das Sprechen fiel ihr schwer. Der Durst war unerträglich. Sie stemmte die Ellbogen in den Sand und richtete sich mühsam auf. Glühende Nadeln stachen ihr in die Schläfen. Dann wurde ihr schwarz vor Augen. Sie atmete tief ein und aus. Die Luft war heiß und trocknete ihre Schleimhäute noch mehr aus.

»Ich … bin furchtbar durstig … und … mir ist schlecht …«

»Timelag«, sagte Jonas.

»Was?«, fragte sie.

»Du hast einen Timelag, Sonja. So was Ähnliches wie einen Jetlag. Die Zeitverschiebung. Wir sind in die Vergangenheit gereist.«

Seine Augen funkelten vor Freude, und er schien es zu genießen, Kopfschmerzen zu haben und Übelkeit zu verspüren.

Sonja runzelte die Stirn. Er zog sie an den Armen hoch, bis sie neben ihm stand. Wieder stieg die Schwärze vor ihr auf, und die Knie sackten ihr weg, doch er hielt sie fest und streichelte ihr den Rücken. Sie lehnte sich gegen ihn, unendlich müde, gefoltert von den Schmerzen im Kopf. Solange es ihr so schlecht ging, war ihr alles unendlich gleichgültig.

»Der Nil, Sonja, sieh nur!« Sie hörte die Begeisterung in seiner Stimme. »Er ist viel breiter. Überschwemmungszeit. Das ist der Beweis. Wir befinden uns wirklich in der Vergangenheit.«

Warum ließ er sie nicht einfach in Ruhe? Ihr Kopf ruhte an seiner Schulter, sie roch seinen herben Duft. Wieder kam die Erinnerung an das Liebesspiel vor dem Zelt zurück. Hatte sie tatsächlich mit ihm geschlafen? Sie war doch mit Claus liiert. Warum waren ihre Gedanken so schwerfällig? Sie zwang sich zur Konzentration. Als sie fühlte, dass Jonas' Oberkörper nackt war und sie seinen muskulösen Rücken umschlang, löste sie sich von ihm und blinzelte gegen das grelle Licht. Ihre Augen waren so trocken, dass sie die Umgebung nur verschwommen wahrnahm.

»Der Nil, sieh doch!«, wiederholte Jonas. Er hielt sie fest und wies mit dem ausgestreckten Arm in eine bestimmte Richtung.

Sie blickte in die Ferne. Im glitzernden Wasser spiegelte sich das Sonnenlicht. Jonas hatte recht. Der Nil war viel breiter als gewohnt. Er war über die Ufer getreten und überflutete in weitem Umkreis das Land.

Langsam wurden Sonjas Gedanken klarer, und ihr Gehirn arbeitete wieder. Sie mussten tatsächlich durch die Zeit gereist sein, wenn die Überschwemmung solche Ausmaße hatte …

Bereits seit Ende des 19. Jahrhunderts hatte man den Nil aufgestaut. In den Sechziger- und Siebzigerjahren des 20. Jahrhunderts war der Assuanstaudamm gebaut worden, und dabei war der Nassersee entstanden. Seither war der Wasserlauf des Nils geregelt, und der Pegel stieg nur noch um wenige Meter. Früher hatte der Nil Ägypten in drei Jahreszeiten eingeteilt, die je vier Monate lang dauerten: die Zeit der Überschwemmung, die Zeit der Aussaat und die Zeit der Ernte.

Zurzeit herrschte eindeutig die Zeit der Überschwemmung.

Eine unbekannte Macht hatte Sonja und Jonas aus der Gegenwart gerissen und in die Vergangenheit versetzt. Ein Gedankenspiel war Wirklichkeit geworden.

»Das ist ja Wahnsinn«, flüsterte Sonja, schwankend zwischen Faszination und Panik.

»Meinst du, die vielen Häuser dort unten gehören zu Achetaton?«, fragte Jonas. »Erkennst du die Stadt wieder?«

Sonja schlug nach einer Mücke, die sich auf ihren Arm gesetzt hatte und gerade zustechen wollte. Sie konnte Krankheiten übertragen … Malaria. Gelbfieber. Oder sogar die Pest. Im alten Ägypten hatte es immer wieder Epidemien gegeben. Und als Menschen aus der Zukunft besaßen sie keine Abwehrkräfte … Horrorvisionen stiegen in ihr auf, die sie rasch niederkämpfte.

Wo waren sie gelandet? Sonja versuchte, sich an die Ruinen von Tell el-Amarna zu erinnern und irgendein bekanntes Gebäude festzumachen. Es war unmöglich – vor ihr lagen zu viele Häuser, Gassen und Straßen. Es konnte genauso gut eine andere Stadt sein. Sie hätte einen Plan gebraucht, eine Zeichnung aus einem von Lehmanns Ordnern, um genaue Vergleiche anzustellen …

Sonja drehte sich im Kreis, langsam, damit ihr nicht wieder schwindlig wurde. Der Gebirgszug. Sie betrachtete die Formation der Berge. Da – jetzt erkannte sie den Einschnitt zwischen den beiden Felsen wieder, der die Hieroglyphe für Horizont bildete. Es gab keinen Zweifel. Das Isis-Tor hatte sie tatsächlich nach Achetaton versetzt, in die Stadt des Ketzerkönigs Echnaton.

»Ja, es muss Achetaton sein«, sagte sie.

Sie standen auf einer Anhöhe. Jonas legte ihr den Arm um die Schultern, und gemeinsam betrachteten sie die Häuser, einige Minuten lang stumm vor Staunen, dass der Isis-Mythos wahr geworden und sie wirklich in die Vergangenheit gereist waren.

Sonja spürte ein wildes Glücksgefühl, gemischt mit Abenteuerlust. Es war eine einmalige Chance, die ihnen das Schicksal bot.

Ihr alter Traum, die Zeit Echnatons und Nofretetes hautnah mitzuerleben, hatte sich erfüllt. Es war unfassbar, ein Wunder …

Doch der Augenblick der Euphorie hielt nicht lange an, sondern verflog rasch, und schon stiegen Zweifel und Ängste in ihr hoch. Sie waren doch gar nicht vorbereitet! Sie trugen Kleidung aus dem 21. Jahrhundert – und man würde sie sofort als Fremde entlarven. Und sie kannten weder die Sprache noch die Gebräuche … Im Studium hatte sie ein Semester lang einen Grundkurs in Altägyptisch belegt. Ob ihnen das weiterhalf?

Sie seufzte tief. »Hoffentlich haben wir keinen Fehler gemacht, Jonas.«

Er sah sie verständnislos an. »Was meinst du damit?«

»Es war Leichtsinn, durch das Isis-Tor hierherzukommen. Wir sind für diese Zeit überhaupt nicht ausgerüstet …«

Doch ihre Zweifel prallten an ihm ab. Er schüttelte den Kopf. »Sonja – begreifst du nicht, was passiert ist? Das ist der Beweis! Zeitreisen sind real. Ich hatte die ganze Zeit recht mit meiner Vermutung. Es ist möglich! Es gibt diese Portale … Yeah!« Er stieß die Faust in die Luft. »Das ist besser als ein Lottogewinn! Und wenn ich für immer hierbleiben muss – das ist es mir wert.«

Sonja biss sich auf die Unterlippe. Ein neues Schreckgespenst tauchte in ihrem Kopf auf. Vielleicht war eine Rückkehr gar nicht möglich … Sofort kämpfte sie mit den Tränen. Sie war nicht der Typ, der einfach alles zurückließ. Dass sie Jonas in die Wüste gefolgt war, war eher ein Spiel gewesen. Niemals hatte sie ernsthaft daran gedacht, ihr Leben im 21. Jahrhundert gegen ein ungewisses Abenteuer einzutauschen, noch dazu ohne Vorbereitung, ohne Sicherheiten … Tief im Herzen war sie erbärmlich feige. Sie hatte früher oft davon geredet, ein Jahr um die Welt zu reisen, um Abstand vom Alltag zu gewinnen, hatte ihr Vorhaben aber niemals auch nur in Ansätzen in die Tat umgesetzt, weil ihr letztlich der Mut dazu gefehlt hatte.

Und nun das!

Wie lange konnten sie in dieser Zeit überleben? Wenn sie Pech hatten, waren sie hierhergereist, um sich töten zu lassen. Was mochte Hans Peters denken, wenn sie nicht zurückkamen? Sie hatte die Ausgrabung im Stich gelassen – genau wie Paul Lehmann!

Lehmann … War er etwa auch diesen Weg gegangen und durch die Zeit gereist?

Ihr schwirrte der Kopf. Ihr Weltbild stimmte nicht mehr.

»Du machst dir Sorgen«, stellte Jonas fest.

Sonja nickte. »Das kommt alles … irgendwie … zu überraschend.«

»Diese Reise ist ein Geschenk!«, rief er schwärmerisch und lächelte sie an. »Auch für dich. Dein Leben lang wolltest du wissen, wie es früher war – sonst hättest du einen anderen Beruf gewählt. Komm, wirf deine Ängste einfach über Bord! Wir leben, und wir sind hier!«

Sie konnte nicht dasselbe Glück empfinden wie er. Nervös erwiderte sie sein Lächeln, während sie in ihre Hosentasche griff. Ihre Finger ertasteten das Handy. Es fühlte sich merkwürdig an. Und das Gehäuse sah aus, als hätte man es auf eine heiße Herdplatte gelegt. Der Kunststoff war geschmolzen und teilweise verklumpt, die Tasten klebten zusammen und waren nicht mehr zu benutzen. Das Display war blind.

»Totalschaden«, murmelte sie sarkastisch. »Und ich dachte, ich könnte wenigstens ein paar Fotos von Achetaton machen.«

Jonas warf einen Blick auf das demolierte Gerät und zog die Augenbrauen hoch. »Wie immer die Zeitreise auch funktioniert hat – wir haben sie offenbar besser vertragen als das Handy.«

Sonja runzelte die Stirn und schleuderte den nutzlosen Gegenstand wütend gegen eine Mauer. Sofort erhob sich eine gefleckte Schlange, die durch den Wurf aufgescheucht worden war.

Sonja zuckte erschrocken zurück. »Mein Gott!«

Apophis – die Schlange der Finsternis! Das Symbol des Bösen.

»Das ist keine Giftschlange«, sagte Jonas beruhigend. »Sie tut uns nichts.«

»Es ist ein Königspython«, flüsterte Sonja. »Die alten Ägypter halten ihn für einen Dämon, der sie sowohl im Diesseits als auch im Jenseits bedroht. Wenn das ein Omen ist, Jonas …«

»So ein Unsinn«, erwiderte er. »Es ist ein Reptil, weiter nichts. Seit wann bist du abergläubisch?«

Sonja atmete tief durch. Ihr Herz jagte. Jonas hatte recht. Es war nur ein Tier. Sie versuchte klar zu denken. Natürlich hatte sich die Angst vor Schlangen in der ägyptischen Mythologie manifestiert. Schlangen spielten eine wichtige Rolle. Der Königspython war eine Würgeschlange, für den Menschen weitgehend harmlos – und trotzdem negativ belegt. Die tödlich giftige Kobra hingegen, die Uräusschlange, galt als Zeichen königlicher Würde.

Jonas streichelte sanft ihren Arm. »Alles wird gut, Sonja.«

Dieser Spruch war absolut fehl am Platz. Sie befanden sich in einer fremden Zeit, die voller Gefahren steckte. Nichts wird gut!, hätte sie ihn am liebsten angeschrien, aber sie beherrschte sich. Sie durfte nicht durchdrehen und die Nerven verlieren. Das half ihnen kein Stück weiter. Sonja zwang sich zur Ruhe. Sie mussten Schritt für Schritt vorgehen, um keinen Fehler zu machen. Immer nur an das Nächstliegende denken ... Vielleicht lag das Portal ja ganz in der Nähe, und sie konnten zurückkehren, bevor sie entdeckt wurden.

Die Schlange war inzwischen verschwunden, hatte sich zwischen den Steinen verkrochen. Sonja betrachtete die Mauer genauer. Nein, das war kein Brunnen, wie sie zunächst gehofft hatte. Außerdem hatte jener Brunnen, das Isis-Tor, an einem ganz anderen Platz, weit draußen in der Wüste gelegen. Das Tor hatte sie offenbar nicht nur durch die Zeit, sondern auch ein Stück durch den geografischen Raum transportiert.

Wieder stieg die Angst in Sonja auf, weil alles so unberechenbar und nicht zu kontrollieren war.

»Angenommen ...«, raunte sie mit heiserer Stimme, während sich ihr Gehirn noch immer weigerte, die ungewohnte Situation hinzunehmen. »Angenommen, wir müssen hierbleiben, dann brauchen wir etwas zu essen und zu trinken. Außerdem Kleidung, in der wir nicht auffallen. Und einen Platz zum Schlafen.«

»Okay«, sagte Jonas. »Und weil wir kein Geld haben beziehungsweise weil wir nichts zum Tauschen besitzen, müssen wir uns Nahrung und Kleidung vermutlich auf illegalem Weg beschaffen – sprich, wir müssen die Sachen irgendwo klauen.« Er grinste sie an und schien sich auf dieses Abenteuer geradezu zu freuen.

»Sie haben Paser zu Tode gefoltert.« Setep konnte vor Betroffenheit kaum sprechen. »Aber er hat uns nicht verraten, obwohl die Schmerzen sicherlich unerträglich waren.« Seine Stimme klang rau. Er musste den anderen berichten, was weiter geschehen war. »Dann haben sie ihn getötet und seinen Leichnam in die Wüste geschleppt, wo die wilden Tiere über ihn hergefallen sind.«

Auf dem Boden des Felsengrabs kauerten fünf Männer, während der sechste – Rahotep – am Eingang stand und nach draußen spähte. Sie konnten nicht vorsichtig genug sein. Die Soldaten des Pharaos waren hinter ihnen her. Auf die Entlarvung und Ergreifung der Sieben Skorpione war inzwischen eine Belohnung ausgesetzt worden.

»Das hat Paser nicht verdient«, sagte Nebamun, den die Nachricht mit dem gleichen Entsetzen erfüllte wie die anderen. Er war eng mit Paser befreundet gewesen.

»Nein, das hat er ... nicht verdient«, wiederholte Setep stockend. Nun würde Pasers Seele umherirren und den Leib nicht mehr finden, da er zerstört worden war. Und weil niemand die Begräbnisriten für den Toten vollzog, würde Pasers Ach, jener Seelenteil, der erst nach dem Tod entstand, vielleicht zu einem Dämon werden, der Reisende in der Wüste erschreckte.

»Ich werde Gebete für ihn sprechen«, murmelte Ankhu, der älteste der Verschwörer, mitfühlend. Er war ein Priester des Osiris und diente dem verbotenen Gott in einem versteckten Tempel in Achetaton.

Sie waren alle Diener entmachteter Götter. Nebamun, ein Priester des Amun, stammte aus Waset, wo Echnaton erst vor Kurzem das Amun-Heiligtum durch einen Aton-Tempel hatte ersetzen lassen.

Paser war der Anführer der Sieben Skorpione gewesen, mutig und furchtlos. Als er versucht hatte, den Ketzerkönig zu töten, hatten die Wachen ihn ergriffen. Paser, der Zugang zum königlichen Palast gehabt hatte, hatte vorgehabt, Echnaton im Schlaf zu erdrosseln. Aber sein Plan war gescheitert. Setep hatte die tragische Nachricht zuerst erfahren. Er war befreundet mit Karem, einem Gehilfen des königlichen Leibarztes Pentju.

»Beim nächsten Mal sollten wir besser Gift nehmen«, schlug Nebamun vor. »Es tötet schnell und hinterlässt keine Spuren.«

Die Männer murmelten zustimmend.

»Echnaton muss sterben, damit sein Frevel ein Ende hat«, fuhr Nebamun fort. »Die Götter zürnen! Hätten sie sonst das Gelbe Fieber geschickt?«

In den Ecken des Felsengrabs flackerten Öllichter, und die Schatten tanzten über die angespannten Gesichter der Männer.

»Setep, was meinst du? Vertraust du diesem Karem?«, fragte Nebamun. »Können wir mit seiner Unterstützung rechnen? Als Pentjus Gehilfe wäre es für ihn ein Leichtes, dem Pharao das Gift zu verabreichen.«

»Ich … ich weiß nicht«, erwiderte Setep zögernd. »Eher nicht. Karem und ich, wir kennen uns noch nicht lange. Wir haben uns erst vor drei Wochen am Flussufer getroffen. Ich habe Karem gezeigt, wie man einen Bogen schnitzt. So sind wir ins Gespräch gekommen, und seitdem verabreden wir uns ab und zu. Karem ist noch sehr jung, erst fünfzehn. Ich glaube, er verehrt den Pharao von ganzem Herzen und glaubt an seine Göttlichkeit.«

»Göttlichkeit!« Nebamun schnaubte verächtlich. »Wir alle wissen, was es mit dieser angeblichen Göttlichkeit auf sich hat. In Wirklichkeit geht es nur um Macht.«

»Jedenfalls würde Karem dem König niemals Schaden zufügen«, sagte Setep. »Das würde ich auch nicht von ihm verlangen.«

Für eine Weile herrschte Stille in dem Gewölbe.

»Und Gold kann ihn nicht überzeugen?«, fragte Nebamun schließlich.

»Bestimmt nicht«, antwortete Setep sofort. »Er macht sich nichts aus Reichtum. Karem will lernen, wie man Kranke heilt.«

»Die meisten Menschen sind bestechlich«, meinte Nebamun. »Meistens ist es nur eine Frage des Preises. Und mit Karem hätten wir Zugang zum Palast – jetzt, da Paser nicht mehr da ist.«

Setep schüttelte den Kopf. »Bitte lasst Karem aus dem Spiel. Bei der Sache ist mir nicht wohl. Ich will nicht, dass ihm etwas geschieht oder dass er mit uns in Verbindung gebracht wird.«

»Du hast wohl einen Narren an diesem Knaben gefressen«, ließ sich jetzt Haremsat vernehmen, der bisher wenig gesagt hatte. Seine Bemerkung klang anzüglich, und einige Männer lachten.

Setep spürte, wie ihm das Blut in die Wangen schoss. Zum Glück war es in der Felsenkammer ziemlich dunkel. »Ich bin nicht so … wie ihr denkt«, beteuerte er empört. »Karem ist für mich wie ein … wie ein Bruder.«

Mit seinen achtzehn Jahren war Setep der jüngste der Sieben Skorpione. Noch vor Kurzem hatte er im *Haus des Lebens* in Waset studiert, bevor er Priester des Iun-Mutef, eines Totengottes, geworden war. In einem Traum hatte der Gott ihm aufgetragen, die neue Stadt Achetaton aufzusuchen. Und so hatte sich Setep auf die Reise gemacht. Unterwegs hatte er sich Nebamun angeschlossen, der das gleiche Ziel hatte. Doch in Achetaton gab es kein Heiligtum des Iun-Mutef, und Setep war tief enttäuscht gewesen. Er war daher froh gewesen, als sich der alte Osiris-Priester Ankhu seiner angenommen hatte. Ankhu hatte auch den Kontakt zu den Verschwörern hergestellt, und Setep hatte sich sofort bereit erklärt, sich an der Ermordung des Königs zu beteiligen. Kein Pharao durfte ungestraft die alten Götter stürzen, so wie Echnaton es getan hatte. Ein solcher Frevel verdiente den Tod.

»Also … wie stellen wir es an?«, überlegte Nebamun laut. »Natürlich ist das Königshaus jetzt gewarnt. Wahrscheinlich rechnet man mit einem weiteren Anschlag und trifft Vorsichtsmaßnahmen. Unser Plan muss sicher sein.«

»Wenn wir sein Essen vergiften, dann trifft es den Vorkoster«, gab Haremsat zu bedenken.

»Es sei denn, das Gift wirkt erst nach Stunden«, wandte Ankhu ein. »Dann sterben beide.«

»Und die Königliche Gemahlin wahrscheinlich auch«, sagte Nebamun.

Die Männer begannen zu murmeln. Einige Verschwörer wollten Nofretete auf keinen Fall gefährden, die anderen hätten ihren Tod in Kauf genommen.

Mit heftig klopfendem Herzen mischte sich Setep ein. »Ich hörte, dass sie … auf der Seite der alten Götter steht.« In der Dunkelheit der Grabkammer wurde er wieder rot vor Verlegenheit. Dieses Geheimnis hatte er bisher niemandem verraten.

»Wer sagt das?«, fragte Nebamun sofort nach.

»Es ist nur ein Gerücht«, antwortete Setep ausweichend. Erst als die Männer ihm zusetzten und keine Ruhe ließen, gab er zögernd sein Wissen preis. »Karem behauptet, sie habe einmal eine Zauberin aufgesucht. Außerdem versteckt sie in ihren Gemächern ein Udjat-Auge und eine Isis-Statue … Ist das nicht Beweis genug?« Seine Stimme wurde lauter. »Nofretete darf nichts geschehen! Auf keinen Fall! Wenn ihr mir das nicht gewährleisten könnt, dann will ich nichts mehr mit eurer Sache zu tun haben.« Setep erschrak über seine eigenen Worte. Woher nahm er den plötzlichen Mut?

»Dein Karem scheint ein neugieriges Kerlchen zu sein«, meinte Nebamun. »Ich glaube nicht, dass die Königin das Udjat-Auge und die Statue einfach herumliegen lässt. Könnte es sein, dass Karem ein bisschen herumgeschnüffelt hat?«

»Ich weiß es nicht«, entgegnete Setep trotzig. »Ich habe nicht nachgefragt. Er hat nur erzählt, was er gesehen hat.«

»Die Königliche Gemahlin ist beim Volk sehr beliebt«, erklärte Bata, der auch dagegen war, dass Nofretete etwas geschah. »Ihr Tod würde großes Entsetzen hervorrufen. Setep hat recht, wir sollten uns darauf beschränken, Echnaton aus dem Weg zu räumen. Er allein ist die treibende Kraft, was den Aton-Kult angeht.«

»Und außerdem ist die Königin viel zu schön, um zu sterben«, bemerkte Haremsat. »Es wäre ein herber Verlust.«

Setep nickte unwillkürlich. Auch er war ein Bewunderer Nofretetes und versäumte kaum eine Gelegenheit, wenn sich das königliche Paar in der Öffentlichkeit zeigte. Ja, sie war unbeschreiblich schön – und er schwärmte heimlich für sie, obwohl sie viel älter war. Nachts auf seinem Lager stellte er sich oft vor, wie es wäre, an Echnatons Stelle zu sein und Nofretete in den Armen halten zu dürfen. Manchmal gelang es ihm, von ihr zu träumen, und dann war sie eine wunderbare Geliebte. Tief im Herzen war Setep überzeugt, dass die Ehe des Königspaares längst nicht mehr glücklich war. Gierig lauschte er auf jedes Wort, das Karem ihm über die beiden erzählte – und wenn er hörte, dass Echnaton mit Nofretete wieder das Schlafgemach geteilt hatte, dann war er stundenlang traurig. In seinen Tagträumen malte er sich aus, wie es wäre, wenn er im Palast arbeiten würde – vielleicht als Nofretetes persönlicher Schreiber. Sie würde ihm alle ihre Briefe diktieren – und möglicherweise würde sie sich in einem Brief an eine Freundin, die in Waset lebte, darüber beklagen, wie schwer ihr Los war … Und eines Tages würde sich eine Gelegenheit ergeben und Setep würde ihr seine Liebe gestehen. Hier endete regelmäßig sein Tagtraum, weil er sich nicht vorstellen konnte, dass die Königin seine Gefühle erwiderte. Aber er wollte sich auch nicht vorstellen, dass Nofretete ihn zurückwies – also blieb an dieser Stelle alles offen.

»Beim nächsten Mal darf jedenfalls nichts misslingen«, erklärte Nebamun. »Das ist unsere letzte Möglichkeit. Unser Plan muss todsicher sein. Also denkt gründlich nach, Freunde!«

»Wir könnten Skorpione in Echnatons Schlafgemach aussetzen«, schlug Bata vor. »Wenn er in der Dunkelheit sein Wasser abschlägt, tritt er auf eins der Tiere – und dann bohrt sich der giftige Stachel in seine Ferse.«

»Oder auch nicht«, entgegnete Nebamun. »Außerdem – wie sollen wir die Skorpione unbemerkt hineinschmuggeln? Hast du vergessen, dass wir mit Paser nicht mehr rechnen können?«

In der Grabkammer herrschte betretenes Schweigen. Ohne einen Verbindungsmann, der den Verschwörern Zugang zum Palast verschaffte, war der Plan hinfällig.

»Und wenn wir eine seiner Töchter entführen?«, fragte Haremsat nach einer Weile. »Oder besser noch den kleinen Tutenchaton?«

»Das kann nicht gelingen«, winkte Ankhu ab. »Die Kinder sind nie ohne Begleitung. Und selbst wenn wir es schaffen, die Wachen niederzuschlagen und ein Kind zu rauben – was dann? Der Pharao würde vielleicht Gold bezahlen, damit er seine Tochter oder seinen Sohn zurückbekommt, aber er wird sich nie auf einen Austausch einlassen.«

Die Männer murmelten zustimmend. Haremsats Einfall fand keinen Anklang.

»Habt ihr einen besseren Vorschlag?«, wollte Haremsat wissen.

»Ich finde noch immer, dass wir versuchen sollten, Karem auf unsere Seite zu ziehen«, schlug Nebamun vor. »Wenn er mit dem Leibarzt zusammenarbeitet, ergeben sich tausend gute Möglichkeiten. Er könnte einen Schlaftrunk mischen …«

»Vergiss es!«, sagte Setep laut. »Lass Karem aus dem Spiel!«

»Warum muss der Anschlag unbedingt heimlich verübt werden?«, fragte Ankhu. »Einer von uns könnte einen vergifteten Pfeil auf den Pharao abschießen, wenn er sich mit seiner Gemahlin am Fenster zeigt. Es muss allerdings ein ausgezeichneter Schütze sein, denn er hat nur einen einzigen Schuss. Und wenn er flink ist, kann er in der Menge untertauchen und verschwinden.«

Alle Augen richteten sich auf Setep. Setep konnte mit dem Bogen umgehen, seit er fünf Jahre alt war. Erst neulich hatte er gegenüber Ankhu erwähnt, dass er sein Ziel fast nie verfehlte.

»Ich … ich … äh …« Setep zögerte. Er wollte kein Feigling sein, aber es wäre ihm lieber gewesen, wenn sich ein anderer zu der Tat bereit erklärt hätte.

»Ja, du bist unser Mann!« Nebamun erhob sich und klopfte Setep auf die Schulter. »Ich besorge dir das tödliche Gift, mit der wir die Pfeilspitze bestreichen. Und außerdem bekommst du einen Ring mit einem Stein, in dem ebenfalls Gift versteckt ist. Falls die Wachen dich ergreifen, entgehst du damit der peinlichen Befragung.«

»Aber er wird sich nicht ertappen lassen«, versicherte Ankhu sogleich. »Setep kann rennen wie eine Gazelle und wird den Häschern entkommen.«

Seteps Herz schlug heftig. Das alles ging ihm zu schnell. Die anderen bestimmten ihn einfach zum Mörder. Er wollte nicht der Täter sein. Aber war er nicht auf alle Fälle mitschuldig, schon allein deshalb, weil er sich den Verschwörern angeschlossen hatte? Alle für einen, einer für alle!, lautete das Motto der Sieben Skorpione. Paser hatte schließlich auch keine Angst gehabt ... Und außerdem verdiente Echnaton für seine Ketzereien den Tod.

»Nun gut«, sagte Setep schließlich. »Aber ich brauche noch etwas Zeit. Ich muss mir einen handlichen kleinen Bogen beschaffen, den ich unter der Kleidung verbergen kann. Und mit diesem Bogen muss ich ausreichend üben, damit meine Hand im entscheidenden Moment nicht zittert.«

»Natürlich lassen wir dir die Zeit, die du brauchst, keine Sorge«, versicherte Ankhu dem Mitverschwörer. Seine Stimme klang väterlich. »Und du wirst an dem betreffenden Tag auch nicht allein sein. Zwei von uns werden dich begleiten und dir Deckung geben.«

Setep nickte. Er hatte zwar noch immer ein ungutes Gefühl, aber so klang es schon besser.

12

Sonjas Kopfschmerzen wurden nicht besser, inzwischen war noch Übelkeit hinzugekommen – fast schon ein Migräneanfall. Und der Durst war unerträglich geworden. Sie lehnte im Schatten einer Felswand und blickte zum Nil hinüber. Hätten sie sich nur besser vorbereitet! Mit einer PET-Flasche hätten sie Wasser aus dem Nil schöpfen können. Das UV-Licht hätte das Wasser innerhalb einiger Stunden keimfrei gemacht und in gutes Trinkwasser verwandelt ... Es war wirklich unglaublich, wie blauäugig sie sich auf dieses Abenteuer eingelassen hatten.

Inzwischen war Sonja überzeugt, dass es auch ein Fehler gewesen war, Jonas allein losziehen zu lassen, um in Achetaton Nahrung und Kleidung aufzutreiben. Aber er hatte lange auf sie eingeredet. Mit ihrem blonden Haar und ihrer Größe wäre Sonja sofort aufgefallen. Jonas war zwar auch größer als die meisten Ägypter, aber Haar und Augen waren zumindest dunkel. Er war aus den Jeans geschlüpft, hatte seine Uhr abgelegt und war in Boxershorts und barfuß losgezogen, in der Hoffnung, als Ägypter durchzugehen. Braun gebrannt war er ja ... Mittlerweile waren drei Stunden vergangen. Sonja machte sich Vorwürfe. Wie hatte sie annehmen können, dass sich Jonas in Achetaton besser zurechtfände als sie? Er war schließlich Physiker, und seine Beschäftigung mit der Vergangenheit hatte sich darauf beschränkt, über Zeitreisen nachzudenken. Sie dagegen hatte sich während des Studiums und während ihrer Doktorarbeit ausführlich mit dem Alltagsleben zu Nofretetes Zeiten auseinandergesetzt – zumindest so weit, wie es die Forschung belegte. Vielleicht war Jonas in Schwierigkeiten geraten. Sonjas Phantasien wurden immer düsterer. Man hatte Jonas geschnappt, ihn zusammengeschlagen, er konnte sich nicht verständigen ... Möglicherweise war er schon tot. Sonja schloss die Augen. Alles schien schiefzulaufen, und alle ihre Entscheidungen waren falsch.

Vor Durst und Erschöpfung musste sie eingenickt sein. Sie schreckte hoch, als jemand sie an der Schulter fasste. Als sie blinzelte, zuckte ihr ein scharfer Schmerz durch die Schläfen. Im ersten Moment glaubte sie, im Camp zu sitzen, doch als sie Jonas' sonnenverbranntes Gesicht sah, kehrte die Erinnerung zurück.

»Gott sei Dank, dir ist nichts passiert ...« Ihre Erleichterung war grenzenlos. Sie wischte sich über die verklebten Augen, um besser sehen zu können. Dann erkannte sie, dass er ein helles Leinentuch um die Hüften gebunden hatte. Ein zweites Leinentuch trug er über der Schulter. Er nahm es ab und knotete es auf. Verschiedene Früchte kamen zum Vorschein, eine Melone, mehrere Feigen, Datteln, zwei Granatäpfel, dazu ein großes Fladenbrot. Außerdem zog er ein zusammengeknülltes Stück Stoff heraus, das sich beim Auffalten als Leinenkleid entpuppte.

»Ich hoffe, es passt.« Jonas grinste. »Große Auswahl hatte ich nicht. Ich musste nehmen, was auf der Leine hing.«

»Du bist ein Zauberer«, flüsterte Sonja bewundernd.

»Und Bier habe ich auch mitgebracht.« Jonas deutete auf einen Lederschlauch, den er auf den Boden gelegt hatte. »Es schmeckt zwar anders als in München, aber immerhin.«

»Wow, grandios!«, rief Sonja. »Woher hast du alle diese Sachen?«

»Das willst du gar nicht so genau wissen.« Jonas ging neben Sonja in die Hocke und öffnete den Verschluss des Lederschlauches.

»Doch, das will ich ganz genau wissen«, widersprach sie.

Er reichte ihr den Schlauch. »Hier, Lady first!«

»Du meinst, ich soll das Versuchskaninchen spielen?«, fragte sie lachend und roch vorsichtig an dem altägyptischen Bier.

»Ich hab's schon auf dem Marktplatz probiert – man kann es trinken.«

Sonja nahm einen vorsichtigen Schluck. Der Schlauch hatte ein merkwürdiges Mundstück, das die Flüssigkeit offenbar filterte. Angewidert verzog Sonja das Gesicht. Das Bier war warm und schmeckte schal. »Sehr gewöhnungsbedürftig.« Unter normalen Umständen hätte sie das Getränk verschmäht, aber im Augenblick war ihr der Geschmack ziemlich gleichgültig. Hauptsache, die Flüssigkeit löschte ihren quälenden Durst. Als sie Jonas schließlich den Schlauch reichte, spürte sie bereits, wie ihr der Alkohol zu Kopf stieg.

»Brrr, ganz schön stark!«

Da entdeckte sie die halbmondförmige Wunde an Jonas' Wade. Das Blut war bereits verkrustet, trotzdem sah die Stelle schlimm aus.

»Wie ist das passiert?«, fragte sie erschrocken.

Jonas versuchte die Sache herunterzuspielen. »Ach, halb so wild. Das ist in ein paar Tagen verheilt.«

»Was ist geschehen?«, hakte sie nach.

»Mich hat ein Affe gebissen. Auf dem Markt. Ein Händler hat ihn auf mich gehetzt, nachdem ich ihm die Melone geklaut hatte. Ich bin gleich weggerannt, und der fette Kerl war zu langsam, um mich zu kriegen. Doch dieses kleine Biest hat mich erwischt und zugebissen. Ich glaube, der Typ hat den Affen regelrecht abgerichtet, dass er Menschen beißt.«

»Wahrscheinlich will er damit verhindern, dass seine Sachen geklaut werden. Aber der Biss sieht nicht gut aus, Jonas. Wenn sich die Wunde entzündet …« Sonja dachte an die spitzen Affenzähne voller Bakterien, die ohne Weiteres eine Blutvergiftung auslösen konnten.

»Ach was, ich bin gegen Tetanus geimpft, und die Wunde hat ordentlich geblutet.« Jonas lehnte sich neben Sonja an die Felswand. »Jetzt stell dir nicht immer gleich Katastrophen vor! Hey, entspann dich, wir sind hier in Echnatons Stadt, und ich hab uns was zu essen besorgt. Greif zu!« Er hielt ihr das Tuch mit den Früchten hin.

Sonja seufzte. Er hatte recht. Sie durfte sich nicht ständig ausmalen, was alles schiefgehen konnte. Es war ihr größter Fehler, sich dauernd Sorgen über dieses und jenes zu machen. War das nicht schon krankhaft? Sie musste endlich lernen, im Hier und Jetzt zu leben. Im Hier und Jetzt. Das bedeutete im Klartext: mehr als dreitausend Jahre in der Vergangenheit.

Sie griff nach einer Feige und biss hinein. Die Frucht war saftig und süß und schmeckte köstlich, viel besser als die Feigen aus dem Supermarkt, die sie bisher gekannt hatte. Sie lächelte Jonas an, und er lächelte zurück.

»Hier ist es doch gar nicht so schlecht«, meinte er. »Das wirst du auch noch merken.« Er musterte sie kritisch. »Allerdings müsstest du zuvor etwas mit deinen Haaren machen. Als Blondine fällst du zu sehr auf … Ich konnte leider noch keine Perücke für dich ergattern. Vielleicht solltest du dir die Haare kurz schneiden. Oder noch besser – gleich den ganzen Kopf kahl scheren.«

»Bist du verrückt?« Erschrocken griff Sonja nach einer ihrer hellen Strähnen. Sie liebte ihr Haar und würde es niemals freiwillig abschneiden. Und eine Glatze kam erst recht nicht infrage!

»War nur ein Scherz.« Jonas grinste. »Ich versichere dir: Auch mit kahlem Schädel wärst du unwiderstehlich.«

»Spinner!«, fauchte sie.

»Okay, okay, reg dich ab, ich klau für dich morgen eine Perücke.« Er sah suchend zur Seite und griff dann nach seinen Jeans, die zusammengeknüllt neben Sonja lagen. Sie hatte sie zuvor als Kopfkissen benutzt. Jonas suchte in den Hosentaschen und hielt dann triumphierend sein Taschenmesser hoch. »Damit werden wir die Melone schlachten.«

Sonja musste lachen. Er war wirklich ein Kindskopf und schien das Leben erfrischend leicht zu nehmen. In diesem Augenblick empfand sie große Zärtlichkeit für ihn. Welch ein Glück, dass sie ihn getroffen hatte!

Während er die Melone aufschnitt, begegnete er ihrem Blick. »Woran denkst du?«

»An unsere erste Begegnung im Camp.«

»O ja, ich erinnere mich.« Er stieß das Messer in die Melone. Die Klinge war fast zu klein für die große Frucht. »Dein Hans Peters hätte mich am liebsten gefressen.«

»Hans hasst Touristen, und du schienst einer von der schlimmsten Sorte zu sein.«

»Hast du das auch gedacht?«

Sonja legte den Kopf schief und blinzelte. »Was glaubst du?«

»Wahrscheinlich hast du mich für ein ziemliches Arschloch gehalten.«

»So ungefähr. Aber nur, weil du diesen dummen Spruch losgelassen hast.«

»Irgendwie hab ich versucht, deine Aufmerksamkeit zu erregen. Hier!« Er reichte ihr ein Melonenstück, von dem die Flüssigkeit herabtropfte.

Sie saugte sie gierig auf, während er ihr ununterbrochen in die Augen sah.

»Ich wusste vom ersten Moment an, dass wir füreinander bestimmt sind«, murmelte er.

Sie verschluckte sich fast und runzelte die Stirn.

»Doch, ehrlich«, beteuerte er. »Ist dir das noch nie passiert? Du triffst einen Menschen und weißt von Anfang an, dass er eine wichtige Rolle in deinem Leben spielen wird.«

Sonja dachte nach. In Claus hatte sie sich nach mehreren Vorlesungen verliebt. Er sah attraktiv aus und hatte ihr mit seinem

Wissen imponiert. Aber sie war sich nie sicher gewesen, ob sie ihn auch wirklich für sich gewinnen würde. Auf Claus traf Jonas' Theorie zumindest nicht zu. Und auf andere Menschen, die ihr begegnet waren? Sonja versuchte sich zu erinnern. Bei ihrer Freundin Amelie, die sie am ersten Tag ihres Studiums auf dem Unigelände getroffen hatte, war es vielleicht so gewesen. Sie hatten sofort einen Draht zueinander gehabt, und bereits nach einer halben Stunde herrschte eine Vertrautheit zwischen ihnen, als hätten sie sich schon ewig gekannt. Aber Sonja hatte dieser Begegnung nie eine besondere Bedeutung oder Vorbedeutung beigemessen. Es hatte sich so ergeben, das war alles.

»Kann ich nicht ganz nachvollziehen«, murmelte sie.

»Nun ja, vielleicht habe ich einen anderen Blick für die Menschen als du.« Jonas grinste wieder. »Auch damals, der Professor im Pflegeheim. Ich sah ihn, wie er in seinem Rollstuhl saß, und wusste sofort: Dieser Mensch verändert dein Leben.« Er hob die Schultern. »Und es hat ja auch gestimmt. Frag mich nicht, woher ich so etwas weiß. Aber bisher konnte ich mich auf mein Gefühl verlassen.« Er biss in ein Melonenstück. Der Saft lief ihm übers Kinn.

»Und da heißt es immer, Frauen seien intuitiv«, sagte Sonja leicht spöttisch und strich sich das Haar zurück. »Du veränderst meine Weltsicht.«

»Nicht nur deine«, gab er zurück. »Im Moment beweisen wir gerade, dass es möglich ist, durch die Zeit zu reisen. Wie viel Wirbel werden wir verursachen, wenn wir zurückgekehrt sind und eine große deutsche Zeitung davon erfährt?«

Daran hatte Sonja noch gar nicht gedacht, und seltsamerweise störte sie der Gedanke. Falls sie jemals heil zurückkehrten, sollte die Reise ihr persönliches Geheimnis bleiben. Es lag ihr fern, das Ganze öffentlich zu machen. Aber Jonas sah das Ganze wohl anders.

»Keine Angst, wir lassen uns das Exklusivinterview teuer bezahlen.« Er blinzelte ihr zu. »Dann haben wir ausgesorgt und brauchen uns über die Rente keine Gedanken mehr zu machen.«

Sie schüttelte den Kopf und wusste nicht, ob sie lachen oder widersprechen sollte. »Falls wir je in unsere Zeit zurückkehren, Jonas. Das ist der Knackpunkt, und ich bin absolut skeptisch.«

»Du machst dir ja schon wieder Sorgen«, stellte er belustigt fest. »Das muss an dem ägyptischen Bier liegen. Ich fürchte, davon wirst du depressiv.«

»Quatsch.« Jetzt musste sie doch lachen.

Er strich ihr zärtlich über den Arm, beugte sich zu ihr herüber und küsste sie auf den Mund. Sie schmeckte Melone, roch seinen Schweiß und fand alles auf einmal höchst aufregend. Sie waren in einer anderen Zeit gelandet, alles war unsicher und abenteuerlich, aber Jonas war an ihrer Seite, und sie würden die Erlebnisse miteinander teilen. Sie verspürte plötzlich Lust, mit ihm zu schlafen – am liebsten auf der Stelle, hier auf der harten Erde. Doch ihre Vernunft behielt wieder einmal die Oberhand. Der Gedanke, dass man sie überraschen könnte, hielt sie zurück, und sie griff wieder nach den Früchten.

Er hatte das Begehren in ihren Augen gelesen, lächelte und fuhr ihr mit den Fingern über die Lippen. Blitzartig kam ihr der Gedanke, dass sie vielleicht schon schwanger von ihm war oder in nächster Zeit schwanger von ihm werden könnte. Doch das war ihr völlig egal. Es erregte sie sogar, dass sie ein Kind von ihm bekommen könnte. Alle Regeln waren mit einem Mal auf den Kopf gestellt, sie kannte sich selbst nicht mehr.

»Du hast recht«, murmelte sie. »Dieses ägyptische Bier … ist irgendwie seltsam. Es macht mich nicht depressiv, es macht mich … eher … äh …« Sie verstummte.

»Das gefällt mir«, flüsterte er und zog sie an sich. »Du gefällst mir. Vom ersten Augenblick an.«

Sie schmiegte sich an ihn und fühlte sich geborgen, ja richtig glücklich. Sie wusste, dass Jonas das Beste war, was ihr passieren konnte. Ganz tief in ihren Gedanken tauchte Claus auf, aber er schien unendlich weit von ihr entfernt zu sein, Tausende von Jahren entfernt.

Was schließlich auch stimmte.

Es musste gegen Mitternacht sein. An einer Wand der Felsenkammer glomm noch eine Öllampe. Sie war kurz vor dem Erlöschen. Als Sonja auf Jonas' Armbanduhr blicken wollte, stellte sie fest, dass sie stehen geblieben war. Wahrscheinlich auch eine Folge des Zeitsprungs.

Sie setzte sich auf und rieb sich den steifen Nacken. Auf der Suche nach einem Nachtlager waren Jonas und sie auf dieses Felsengrab gestoßen, das sich noch im Bau befand. Hier hofften sie, sicher zu sein und eine ruhige Nacht verbringen zu können. Weil die Dämmerung schnell gekommen war, konnten sie nicht wählerisch sein. Morgen wollten sie sich nach einem anderen Unterschlupf umsehen.

Sonja warf einen liebevollen Blick auf den schlafenden Jonas. Er lag auf dem Boden und hatte sich die zusammengeknüllte Jeans unter den Kopf geschoben. Sein nackter Oberkörper hob und senkte sich, und Sonja konnte der Versuchung nicht widerstehen, ihn zu berühren. Als sie sachte seine Haut streichelte, stellte sie erschrocken fest, dass sein Körper unnatürlich warm war. Viel wärmer als ihrer.

Jonas hatte Fieber! Das kam bestimmt von dem Affenbiss. Die Wunde hatte sich entzündet. Was sollte sie tun? Sicher lebten in Achetaton Ärzte und Heiler, die wussten, wie man Infektionen behandelte. Möglicherweise gab es Pflanzen, die Eiter und Giftstoffe aus einer Wunde zogen. Was Kräuterkunde anging, hatte Sonja nicht die geringste Ahnung. Bei ihrer Arbeit im Camp hatte sie sich bei kleineren Wunden und Abschürfungen auf Jod und desinfizierenden Sprühverband verlassen; beides stand ihr hier nicht zur Verfügung.

Beunruhigt stand Sonja auf und ging zum Eingang der Felskammer. Etwas flog lautlos im Zickzackflug über ihren Kopf hinweg. Fledermäuse! Die kleinen Tiere nutzten die unfertige Grabkammer als Behausung.

Fröstelnd blieb Sonja am Eingang stehen und seufzte. Sie trug das Leinenkleid, das Jonas ihr besorgt hatte. Es war dünn, und ein kühler Nachtwind wehte vom Nil herauf. Über ihr funkelten die Sterne, ein vertrauter Anblick. Sie schickte einen stummen Hilferuf zum Universum und bat darum, dass Jonas nicht an der Infektion starb. Vielleicht wurde sein Körper allein damit fertig, und am Morgen wäre das Fieber gesunken. Wenn nicht …

Sie musste Kontakt mit den Ägyptern bekommen, sich mit ihnen irgendwie verständigen, einen Arzt finden … Ihre alte Angst war zurückgekehrt. Dabei war sie vorhin noch so glücklich gewesen – glücklich, dass sie die Felsenkammer gefunden hatten, wo sie sich ungestört lieben konnten. Das Zusammensein mit einem Mann war ihr noch nie so intensiv vorgekommen wie hier; die fremde Epoche schien ihren Körper auf seltsame Weise zu beflügeln und alle Empfindungen zu steigern. Vielleicht war es auch der Hauch des Abenteuers, der ihr einen besonderen Kick verschaffte; der Mangel an Sicherheit brachte ihr Blut offenbar in Wallung.

Sonja dachte daran, dass es hieß, Menschen würden sich oft gerade im Augenblick der Gefahr ineinander verlieben. Wissenschaftler erklärten die Tatsache damit, dass der Herzschlag durch den äußeren Anlass bereits beschleunigt war und das Gehirn die Erregung mit dem Partner in Verbindung brachte. Eine ziemlich fadenscheinige Begründung, fand Sonja, aber offenbar schien die Sache zu funktionieren. Wobei der Fall bei ihr und Jonas etwas anders lag.

War sie in ihn verliebt?

Ja, sie mochte ihn, sie liebte seine Eigenheiten, seine Phantasie, seinen Optimismus … Er war kein strahlender Held, aber originell und alles andere als langweilig. Vielleicht fuhr sie so auf ihn ab, weil er völlig anders war als Claus. Merkwürdigerweise war ihr früher nicht aufgefallen, dass ihre Partnerschaft nur noch aus Routine bestanden hatte. Musste sie erst einen anderen kennenlernen, damit ihr die Augen geöffnet wurden?

Möglicherweise hatte Naoko auch Claus die Augen geöffnet …

Sonja atmete tief durch. Irgendwo schrie ein Nachtvogel. Das Wasser des Nils glänzte im Mondlicht. Die Häuser von Achetaton waren als dunkle Schemen zu erkennen; schlafend lag die Stadt zu ihren Füßen. Sie wirkte geradezu verlassen. Nur ab und zu war ein Lichtlein zu sehen, so winzig, dass Sonja es für ein Glühwürmchen oder eine Sinnestäuschung hätte halten können.

Wie sich die Bewohner der Stadt wohl fühlten? Was taten sie in ihren vier Wänden? Was dachten sie? Waren sie Anhänger des Pharaos, verehrten sie mit derselben Inbrunst wie er Aton als einzigen und höchsten Gott?

Und wo mochte Nofretete gerade sein? Lag sie schlafend in ihrem Bett?

Noch immer konnte Sonja es nicht fassen, dass sie sich in derselben Stadt wie jene Frau befand, über die sie ihre Doktorarbeit geschrieben hatte. Vielleicht würde sie ihr sogar irgendwann leibhaftig begegnen – Nofretete, der legendären Schönheit.

Wieder erschien Sonja alles wie ein Traum. Morgen würde sie vermutlich aufwachen, und alles war vorbei, sie würde in Lehmanns Zelt liegen, aufstehen und frühstücken und danach den Arbeitern neue Anweisungen geben. Sie blickte zu den Sternen hinauf. Warum widerfuhr ihr das alles? Warum hatte ausgerechnet sie diesen Zeitsprung gemacht, zusammen mit Jonas? Hatte das alles eine tiefere Bedeutung?

Sonja war so in ihre Überlegungen vertieft, dass sie erst spät die Lichtpunkte bemerkte, die sich den Felsen näherten. Sie kniff die Augen zusammen. Männer mit Fackeln. Sie konnte nicht erkennen, wie viele es waren. Sie kamen von der Stadt herauf. Warum waren sie mitten in der Nacht unterwegs, und welches Ziel hatten sie? Führten sie astronomische Beobachtungen durch?

Ein Gefühl drohenden Unheils stieg in Sonja hoch. Sie zog sich vorsichtig vom Eingang zurück, nur ein paar Schritte, um die Gestalten im Auge behalten zu können. Ihr fielen die Öllichter ein, die auf dem Boden der Grabkammer standen. Jonas und sie hatten sich darüber gefreut, und Jonas hatte die Lichter gleich mit seinem Feuerzeug angezündet. Das Feuerzeug schien – im Gegensatz zu Handy und Armbanduhr – nicht unter der Zeitreise gelitten zu haben.

Aber jemand hatte die Öllichter in der Felsenkammer hinterlassen – und möglicherweise kamen jetzt genau diese Leute zurück. Sonja überlegte, ob sie Jonas wecken und sie beide sich besser aus dem Staub machen sollten.

Die Annahme, dass sie an diesem Ort eine ruhige und ungestörte Nacht verbringen konnten, war purer Leichtsinn gewesen.

Jemand hatte die Felsenkammer als Treffpunkt benutzt, die Öllichter waren der Beweis. Vielleicht waren es Arbeiter, die zurückkehrten, um nach Mitternacht im Fackelschein weiter an ihren Wandmalereien und Kunstwerken zu werken. Das war zwar nicht gerade logisch, aber kein Mensch konnte wissen, welcher ägyptische Aberglaube oder welche Symbolik hinter solch nächtlicher Betätigung steckte.

Himmel, die Männer schienen tatsächlich ausgerechnet diese Grabkammer anzusteuern! Sie hörte schon die Stimmen, die aufgeregt und bedrohlich klangen, auch wenn sie kein Wort verstand.

Rasch wandte sich Sonja um und lief zu Jonas, der noch immer schlief. Schweißperlen hatten sich auf seiner Stirn gebildet. Sie schüttelte ihn.

»Jonas, bitte wach auf!«, zischte sie. »Da kommen Leute! Wir müssen weg!«

Endlich schlug er die Augen auf. Im matten Schein der Öllampe erkannte Sonja, wie fiebrig sein Blick war.

»Was ist los?«, murmelte er und stützte sich mühsam auf die Ellbogen.

»Wir müssen hier weg«, wiederholte Sonja und ergriff seinen Arm. »Steh auf, Jonas, bitte! Sie kommen gleich hierher – ich hab ein ungutes Gefühl!«

Sie zog ihn hoch. Schwankend kam er auf die Füße. Er stöhnte.

»Verflucht, mein Bein!«

Sonja sah, dass seine linke Wade angeschwollen war.

»Wir müssen uns verstecken. Ich glaube, es wäre gefährlich, wenn sie uns hier fänden. Vielleicht ist das Frevel … oder wir entweihen das Grab … Bitte, komm!« Sie bückte sich und sammelte die Kleidungsstücke auf. Dann ergriff sie Jonas' Arm und blies das Öllicht aus. Im Finstern tastete sie sich an der Wand entlang. Die Grabkammer war tief in den Felsen hineingebaut worden, und es gab mehrere Räume.

»Verdammt, wir brechen uns noch den Hals!«, fluchte Jonas neben ihr. Er nahm ihr die Jeans ab und suchte nach dem Feuerzeug. Die kleine Flamme glomm auf. Mithilfe des spärlichen Lichts fanden sie ihren Weg. Die Grabkammer führte einige Stufen abwärts und dann im Knick nach rechts.

Sie hörten die Stimmen am Eingang. Jonas ließ das Feuerzeug zuschnappen. Nun standen sie im Dunkeln und wagten kaum zu atmen. Sonja berührte die raue Wand und spähte vorsichtig um die Ecke. Die Ägypter hatten inzwischen die Grabkammer betreten und leuchteten mit ihren Fackeln herum, als würden sie nach Spuren suchen.

Sonjas Herz klopfte so laut, dass sie befürchtete, die Fremden könnten es hören. Jonas strich ihr beruhigend über den Arm. »Uns passiert schon nichts«, flüsterte er.

Sie schüttelte den Kopf. Ihr Gefühl sagte ihr etwas anderes. Einer der Männer bückte sich und hob etwas vom Boden auf. Den leeren Bierschlauch!

Sonja schluckte. Wie hatte sie den nur vergessen können?

Die Männer unterhielten sich kurz, dann deutete der Anführer in Sonjas Richtung. Rasch nahm sie den Kopf zurück. Schritt für Schritt wichen sie und Jonas nach hinten, bemüht, kein Geräusch zu machen. Sie hatte keine Ahnung, wie lang der Gang war. Sie hätte alles für eine Nische oder einen weiteren Knick gegeben.

Ein orangefarbener Lichtschein erhellte das Gewölbe vor ihnen. Die Silhouetten zweier Männer erschienen. Sie kamen die Treppe herunter. Sonja duckte sich und presste sich so eng wie möglich an die Wand. Am liebsten wäre sie damit verschmolzen und unsichtbar geworden.

Hinter ihr war ein Schmerzenslaut zu hören. Jonas war mit seinem verletzten Bein gegen einen Wandvorsprung gestoßen.

Sogleich leuchteten die Männer mit den Fackeln in ihre Richtung. Jonas und Sonja erstarrten schier zu Salzsäulen.

Bitte, bitte, lass sie umkehren … Sonja schloss die Augen. Als sie sie wieder öffnete, sah sie, dass die beiden Männer bereits auf sie zukamen. Auch die anderen stiegen inzwischen die Treppe herunter.

Sonja spielte einen Augenblick lang mit dem Gedanken, sich umzudrehen und einfach Fersengeld zu geben. Aber sie kannte den Plan des Grabes nicht, es war dunkel, und die Felsenkammer hatte mit Sicherheit irgendwo ein Ende, sodass sie und Jonas in eine Sackgasse geraten würden. Außerdem würde Weglaufen sie noch verdächtiger machen!

Es war also klüger zu bleiben.

Nur noch wenige Meter trennten sie von den Männern. Dann wurden Sonja und Jonas vom Fackelschein erfasst.

Der Anführer stieß heisere, kehlige Laute aus, die Sonja entfernt an die arabische Sprache erinnerten. Verzweifelt suchte sie ihre Brocken Altägyptisch zusammen, die sie noch vom Studium her kannte.

»Wir sind Fremde … wir haben nichts getan …« Zum Beweis ihrer Unschuld ließ sie die Kleidungsstücke fallen und hob die Hände.

»Schätze, wir sitzen in der Scheiße«, murmelte Jonas hinter ihr.

Die Ägypter umringten sie und leuchteten ihnen mit den Fackeln ins Gesicht. Sonja sah glänzende Oberkörper. Sie versuchte, in den Mienen zu lesen. Die Männer waren aufgebracht, erregt. Ihre Stimmen und ihre Gesten verhießen nichts Gutes.

»Wir sind Fremde«, wiederholte Sonja, hatte aber den Eindruck, dass sie nicht verstanden wurde. Wahrscheinlich sprach sie das Altägyptisch falsch aus oder betonte falsch. Wie hätte sie die Sprache im Studium auch richtig lernen sollen? Schließlich gab es keine Tondokumente, und niemand wusste, wie die alten Ägypter gesprochen hatten.

»Mein Freund ist krank«, versuchte es Sonja noch einmal. Oder hatte sie gesagt: »Mein Mann ist krank?« Sie wusste die Vokabeln nicht mehr. Es war zu lange her. »Er hat ein schlimmes Bein.«

Hatte sie »linkes Bein« gesagt?

Während der Anführer sie grob packte, ihr die Arme auf den Rücken drehte und sie mit einem Seil zusammenband, musste sie daran denken, wie viel Spaß sie während des Studiums gehabt hatte. Einmal war sie auf einer Party gewesen, bei der während des ganzen Abends Altägyptisch gesprochen worden war. Und je mehr Alkohol geflossen war, desto leichter waren ihnen die Worte über die Lippen gekommen.

»Ihr verwechselt uns«, fauchte jetzt Jonas auf Deutsch. »Wir haben nichts getan. Wir haben hier nur in eurer beschissenen Grabkammer gevögelt, okay, wir konnten ja nicht wissen, dass das vielleicht verboten ist. Aber es ist bestimmt auch nicht erlaubt, Affen auf Menschen zu hetzen. Bei uns müssten diese Viecher jedenfalls einen Maulkorb tragen wie die Kampfhunde und überhaupt … Ach was, ihr Mistkerle versteht ja kein einziges Wort, und es ist euch auch schnurzegal!«

Ein Ägypter schnürte Jonas die Arme auf dem Rücken zusammen und stieß ihn mit dem Knie an, damit er sich vorwärtsbewegte.

»Ich sag nichts ohne meinen Anwalt«, murmelte Jonas, während er losstolperte.

»Hör doch auf!«, zischte Sonja. »Das hat überhaupt keinen Sinn. Du reizt sie nur noch mehr.«

»Na und?«, entgegnete Jonas. »Wetten, dass die noch keine Menschenrechte kennen! Wir müssten Amnesty verständigen … He!«

Ein Mann hatte ihm ins Gesicht geschlagen. Jonas reagierte darauf, indem er den Burschen anspuckte.

»Hör auf!«, brüllte Sonja. »Bist du wahnsinnig?«

Aber da verprügelten sie ihn schon und traten ihm gegen die Knie, bis Jonas zusammensackte. Sonja wimmerte und flehte um Gnade. Sie hatte keine Ahnung, ob ihre Worte Eindruck machten, aber schließlich ließen die Männer von Jonas ab. Der Anführer wandte sich ihr zu, redete auf sie ein und berührte ihr Haar, so als wolle er sich überzeugen, dass es echt war. Ungläubig drehte er eine blonde Strähne zwischen den Fingern, sah ihr in die Augen und verzog die Lippen zu einem Lächeln. Dann griff er ihr völlig unvermittelt an die Brüste und presste sie so fest zusammen, dass sie vor Schreck und Schmerz aufschrie. Sofort ließ er sie wieder los.

»Was sollte das denn eben?« Sonja starrte den Mann vorwurfsvoll an. Natürlich verstand er sie nicht – sie hatte Deutsch gesprochen. Nun stieß er sie an, sie solle sich vorwärtsbewegen. Während sie durch den Gang stolperte, sah sie aus den Augenwinkeln, wie die anderen Männer Jonas vom Boden hochzerrten. Ein Ägypter hatte ihre Habseligkeiten aufgesammelt und hielt verwundert das Feuerzeug in der Hand. Dann marschierte der ganze Trupp den Weg zurück. Es ging die Treppe hoch und durch die Felsenkammer, in der Jonas und Sonja geschlafen hatten. Fledermäuse flatterten aufgeregt über ihren Köpfen hin und her, als fühlten sie sich durch die Menschen gestört.

Als sie ins Freie traten, versuchte es Sonja wieder mit ihrem Altägyptisch. »Wohin bringt ihr uns?«, fragte sie.

Vielleicht war es reiner Zufall, oder sie hatte diesmal die Worte richtig ausgesprochen. Der Anführer wandte den Kopf, zog die Augenbrauen hoch und antwortete etwas, was sich wie »In die Stadt« anhörte.

Gut, wohin hätte man sie auch sonst bringen sollen? Natürlich war das Ziel Achetaton – und nicht Theben beziehungsweise Waset, wie die Stadt um diese Zeit geheißen hatte. Wahrscheinlich würden sie und Jonas Ärger bekommen, weil sie im Felsengrab gewesen waren; vielleicht würde man sie auch aus Achetaton vertreiben, weil man sie für Streuner hielt. Wenn die Ägypter Jonas' Wunde am Bein entdeckten, würde man ihn als Dieb entlarven – was mochte dann passieren?

Sonja seufzte leise. Die Gruppe bewegte sich im Gänsemarsch den Pfad entlang. Jonas ging ein Stück hinter ihr, deswegen konnten sie nicht miteinander sprechen. Ab und zu bohrte sich ein spitzer Stein in Sonjas Fußsohle; sie war langes Barfußlaufen nicht gewohnt. Außerdem hatte sie Angst, auf einen Skorpion oder eine Schlange zu treten. Möglicherweise wäre das Abenteuer für sie beide schneller zu Ende als gedacht. Dann war es eben Schicksal. Obwohl … wenn das Schicksal dafür gesorgt hatte, dass Jonas und sie sich kennenlernten, damit sie zusammen das Isis-Tor fanden, dann wäre es wenig sinnvoll, wenn ihre Reise gleich nach der Ankunft endete. Aber vielleicht war das Schicksal gehässig oder wollte sie auf die Probe stellen, quasi nach dem Motto: Wie viel können die beiden wohl aushalten?

Der Weg in die Stadt schien im Dunkeln endlos zu sein. Mücken schwirrten herum und stachen Sonja Dutzend Mal in die Arme. Wenn sie Pech hatte, dann infizierte sie sich mit Malaria oder Gelbfieber.

Mein Gott, konnte sie denn an nichts anderes denken als immer nur an Katastrophen? Wann würde sie endlich lernen, alles auf sich zukommen zu lassen? Doch Gelassenheit war offenbar eine Charaktereigenschaft, die ihr völlig fehlte. Falls sie je in ihre Zeit zurückkehrte, dann würde sie sich für ein Seminar in einem Zen-Kloster anmelden, das schwor sie sich in der Finsternis vor der Stadt Echnatons und dem Nil mit seinen Krokodilen.

13

Es war die Hieroglyphe für *Skorpion.* Der Ägypter deutete auf das Zeichen und sprach das Wort laut aus. Sie sah ihm genau auf die Lippen und wiederholte es.

Ich muss die Vokale vertauschen, dann stimmt mein Altägyptisch, dachte sie.

Langsam begriff sie das Prinzip der Sprache, obwohl sie todmüde war und sich kaum noch auf den Beinen halten konnte.

Es war ihr immer leichtgefallen, fremde Sprachen zu erlernen, schon in der Schule. Während ihre Klassenkameraden an langen Nachmittagen Vokabeln paukten, genügte es ihr, sich die neuen Wörter ein- oder zweimal vorzusagen. Auch mit der Grammatik hatte sie nie Probleme gehabt. Sie war das geborene Sprachtalent, und ihre Eltern hatten sich eine internationale Karriere als Dolmetscherin für sie vorgestellt. Stattdessen hatte sie Archäologie studiert …

Jetzt stand sie vor einem Ägypter, in einer fremden Zeit, und versuchte mühsam, sich zu verständigen.

Er war kleiner als sie. Sie schätzte sein Alter auf vierzig bis fünfzig. Seine Haut war sonnengebräunt. Sonja vermutete, dass er einen höheren Rang bekleidete. Er besaß Autorität und schien gebildet zu sein. Vielleicht gehörte er zur Polizei oder zur Palastwache.

Jedenfalls führte er mit ihr und Jonas eine Art Verhör durch. Auf seine Fragen, deren Inhalt Sonja noch immer nicht verstand, antwortete sie jeweils mit einem Achselzucken. Sie hoffte inständig, dass ihr Blick das Mitleid des Ägypters erregte. Viele Elemente der Körpersprache waren international verständlich – und hatten sich seit Jahrtausenden nicht geändert.

Jonas kauerte hinter Sonja an der Wand, völlig erschöpft und geschwächt durch seine Verletzung. Außerdem schien sein Fieber gestiegen zu sein. Sonja hatte den langen Marsch durch die Gassen Achetatons besser verkraftet als er. Jonas war irgendwann unterwegs zusammengebrochen; die Häscher hatten ihn auf der letzten Strecke halb getragen, halb mitgeschleift.

Sonja hätte gern gewusst, was man ihnen vorwarf. Vor ihr auf einem hölzernen Tisch lagen ihre Habseligkeiten, die der Ägypter jetzt neugierig betrachtete: ihre modernen Kleidungsstücke, der leere Bierschlauch. Die Armbanduhr, die man Jonas abgenommen hatte, und das Feuerzeug erregten sein besonderes Interesse. Er drehte das Feuerzeug in der Hand hin und her und fragte sich offenbar, welche Bedeutung dieses Ding wohl hatte.

»Man kann damit Feuer machen«, sagte Sonja auf Altägyptisch. Sie hatte keine Ahnung, ob er sie verstand. Er sah sie nur verwundert an. Sonja streckte die Hand aus und nahm ihm das Feuerzeug behutsam ab. Er ließ es zu. Sie deutete auf das Plastikrädchen. »Das Rad da muss man drehen.«

Sie machte es ihm vor. Als die kleine Flamme hervorzüngelte, zuckte der Ägypter erschrocken zurück. Ehrfürchtig starrte er Sonja an. Sie lächelte und ließ die Flamme erlöschen. Dann drehte sie das Rädchen wieder, und die Flamme erschien erneut. Nachdem die Flamme ein zweites Mal ausgegangen war, drückte sie dem Ägypter das Feuerzeug in die Hand.

»Na los, versuch es selbst!«, ermunterte sie ihn auf Deutsch.

Er behandelte das Feuerzeug sehr respektvoll, fast so, als hielte er einen Dämon in der Hand. Beim ersten Mal drehte er das Rädchen nicht schnell genug. Sonja führte seine Finger. Beim nächsten Versuch klappte es. Der Ägypter blickte fasziniert auf die Flamme und lachte stolz, weil ihm der Trick geglückt war. Im gleichen Moment schoss es Sonja durch den Kopf, dass es ein Fehler gewesen war, dem Ägypter den Mechanismus vorzuführen. Mit etwas Geschick hätte sie es vielleicht geschafft, dass man sie für eine Zauberin oder sogar für eine Göttin hielt – was ihr und Jonas sicherlich einige Vorteile eingebracht hätte.

Aber jetzt hatte der Ägypter die Funktionsweise bereits begriffen und spielte mit dem Feuerzeug wie ein Kind. Flamme an, Flamme aus, Flamme an, Flamme aus … Er konnte von dem kleinen Wunder gar nicht genug bekommen.

»Irgendwann ist das Gas verbraucht«, sagte Sonja, aber natürlich begriff der Ägypter nicht, was sie meinte. Nach dem vierzigsten oder fünfzigsten Versuch war es dann auch so weit. Die Flamme zündete nicht mehr, und der Ägypter warf Sonja wütende Blicke zu.

»Kaputt«, sagte sie nur.

Der Ägypter warf das Feuerzeug auf den Tisch zurück und nahm sich Jonas' Uhr vor. Eine Zeit lang faszinierten ihn die kleinen Zeiger, aber da die Uhr stehen geblieben war, bewegte sich nichts, und er verlor rasch das Interesse daran. Sonja bedauerte es, dass es keine Aufziehuhr war, das Ticken hätte ihn bestimmt beeindruckt.

»Leider auch kaputt«, erklärte Sonja.

Der Ägypter schleuderte die Armbanduhr zu Boden und redete mit lauter Stimme auf Sonja ein. Immer wieder deutete er auf die Hieroglyphe mit dem Skorpion – und irgendwann verstand Sonja die Zahl sieben.

»Die sieben Skorpione?«, fragte sie und dachte dabei an die

Sage von Isis und den sieben Skorpionen. Meinte der Ägypter dieses Märchen? Sie legte den Kopf schief und sah ihn an.

»Ja, ich kenne die Geschichte«, sagte sie.

Zum ersten Mal schien der Ägypter ihre Antwort zu verstehen, das erkannte sie ganz deutlich an seiner Miene. Er tippte mit dem Zeigefinger gegen ihre Brust und wiederholte den Satz, in dem die Sieben Skorpione vorkamen.

Sonja nickte und verstand nicht, warum er auf der Geschichte herumritt. Was hatte die Sage von Isis mit ihr und Jonas zu tun? Oder kannte der Ägypter etwa das Geheimnis des Isis-Tors?

Da stieß der Ägypter einen lauten Ruf aus. Durch eine Seitentür stürmten zwei Männer in den Raum. Einen erkannte Sonja wieder. Er war bei den Häschern gewesen, die sie in der Felsenkammer gefangen genommen hatten. Der höhergestellte Ägypter schien den beiden den Befehl zu erteilen, Sonja und Jonas abzuführen.

Warum dieser plötzliche Sinneswandel?, fragte sich Sonja beunruhigt. Der Polizeibeamte war anfangs doch ganz geduldig gewesen und schien Wert auf ihre Meinung gelegt zu haben. Etwas musste grundlegend schiefgelaufen sein!

»Halt, das ist ein Missverständnis«, rief Sonja, aber schon wurden ihr die Hände grob auf den Rücken gebunden. Jonas wimmerte vor Schmerzen.

»Mein Freund ist krank, er braucht Hilfe«, flehte Sonja. Sie versuchte es wieder auf Altägyptisch. Krampfhaft suchte sie nach den Vokabeln. Ihr fehlten die Wörter. »Mein Mann – unwohl. Einen Arzt!«

Der Mann, der sie nach draußen zerrte, brummte unwirsch. Sonja konnte die Bedeutung nur erahnen: *Dort, wo ihr jetzt hinkommt, braucht ihr keinen Arzt mehr!*

Der Raum, in den man sie brachte, war klein und finster. Nur unter der Decke hatte er einige Luftlöcher. Es war stickig und stank. Sonja bildete sich ein, das Elend früherer Gefangener riechen zu können. Auf dem Boden lagen Binsen, die einen fauligen Duft verbreiteten.

Die Männer schlugen die Tür zu und schoben von außen einen schweren Riegel vor. Dann war es stockdunkel. Sonja tastete sich an der Wand entlang und ließ sich neben Jonas auf dem Boden nieder. Sie war zutiefst deprimiert, weil sie das Gefühl nicht loswurde, dass sie die Sache verbockt hatte und dass es eine andere Lösung für sie gegeben hätte, wenn sie nur besser und geistesgegenwärtiger reagiert hätte.

»Alles wird gut, Baby«, murmelte Jonas und lehnte sich an sie. »Mach dir keine Sorgen.«

Phantasierte er? Befand er sich schon im Fieberdelirium? Sie fühlte, dass sein Körper glühte.

»Wie geht es dir?«, fragte sie.

»Ziemlich beschissen«, antwortete er. »Worüber hast du dich mit dem Typen unterhalten? Was wird uns vorgeworfen?«

Sie merkte, dass er im Kopf doch noch klar war. Einen Augenblick lang schöpfte sie Hoffnung, dass Jonas' Abwehrkräfte stark genug waren, um mit der Infektion fertig zu werden, obwohl bei einer Blutvergiftung die Chancen denkbar schlecht standen.

»Er hat mich irgendetwas zu den Sieben Skorpionen gefragt«, erwiderte Sonja. »Ich war überzeugt, dass er von der Isis-Sage spricht. Ich habe signalisiert, dass ich die Sage kenne, aber er muss mich irgendwie missverstanden haben, sonst würden sie uns nicht wie Schwerverbrecher behandeln.«

»Vielleicht hat er etwas ganz anderes gemeint.«

»Ja, das vermute ich auch.« Sonja ärgerte sich. Vorhin war sie noch so stolz auf ihr Sprachtalent gewesen und hatte sich eingebildet, problemlos damit klarzukommen. Von wegen! Wahrscheinlich wäre es besser gewesen, einfach den Mund zu halten und keine Wörter zu verwenden, deren Bedeutung sie nicht genau kannte.

»Ich bin schuld, dass wir hier sitzen«, stieß sie hervor, während sie sich an Jonas' Schulter lehnte. »Wir werden niemals in unsere Zeit zurückkehren. Diese Reise war ein einziger Fehler.«

»Ich glaube nicht, dass uns etwas geschehen wird«, sagte Jonas.

»Warum bist du dir da so sicher?«

»Das Zeitreise-Paradoxon. Du weißt doch, diese alte Geschichte, die immer als Beispiel angeführt wird, wenn es um die Unmöglichkeit von Zeitreisen geht. Angenommen, du reist in die Vergangenheit und erschießt deinen Großvater, dann wirst du gar nicht erst geboren und kannst ergo die Tat nicht begehen. Dein Großvater bleibt also am Leben …«

Sonja nickte. Davon hatte sie schon gehört.

»Vermutlich können wir gar nichts am Verlauf der Geschichte ändern, selbst wenn wir es wollten«, sagte Jonas. »Und umgekehrt ebenso. Wir gehören nicht in diese Zeit – und wenn wir hier getötet würden, hätte das auf alle Fälle Auswirkungen auf die Gegenwart. Deswegen wird uns nichts passieren.«

Skeptisch runzelte Sonja die Stirn. »Du glaubst also, dass uns die Tatsache schützt, dass wir aus dem einundzwanzigsten Jahrhundert kommen?«

»Genau.«

»Darauf möchte ich mich nicht verlassen.« Sie schüttelte im Dunkeln den Kopf. »Du willst mich nur trösten.«

»Tja, die andere Theorie geht von der Voraussetzung aus, dass bei jeder Veränderung ein neues Universum entsteht«, führte Jonas weiter aus. »Manche Physiker sind überzeugt davon, dass das ohnehin der Fall ist, sobald wir eine Entscheidung treffen. In einem Universum entscheidest du dich für die Möglichkeit A, im anderen für die Möglichkeit B. Auf diese Weise entstehen unzählige Universen …«

»Also, das ist mir nun doch zu theoretisch«, unterbrach sie ihn. »Lass uns lieber überlegen, wie wir hier rauskommen. Was können wir tun?« Sie blinzelte zu den Löchern hoch, durch die inzwischen ein schwacher Lichtschein hereinfiel. Draußen wurde es allmählich hell. Sonja dachte daran, wie sie im Camp den Sonnenaufgang beobachtet hatte. Ihr Magen krampfte sich zusammen. Wenn sie Pech hatten, dann würden sie in diesem Verlies sterben.

»Die Sieben Skorpione«, sagte Jonas unvermittelt. »Vielleicht ist das ja eine Verbrecherbande. Wie die Panzerknacker in Entenhausen. Und der Ägypter wollte von dir wissen, ob wir dazugehören. Weil du genickt hast, haben sie uns ins Gefängnis gesteckt.«

Sonja seufzte. »Wahrscheinlich hast du recht.«

»He, du hast schließlich Archäologie studiert! Hast du nicht erzählt, dass du über Nofretete deine Doktorarbeit geschrieben hast? Dann musst du doch wissen, ob es zu ihrer Zeit irgendwelche Anschläge gab. Verschwörungen. Haben die Panzerknacker Achetaton terrorisiert?«

»Meines Wissens ist nichts davon überliefert. Aber es sind ja nicht alle Dokumente erhalten. Außerdem hat man im Nachhinein versucht, die Namen von Echnaton und Nofretete zu tilgen. Bestimmt hat die Königsfamilie Feinde, da bin ich mir ziemlich sicher. Schließlich haben alle Herrscher irgendwelche Gegner und Neider.«

»Den Dings, diesen Tutenchamun, den hat man doch umgebracht, oder?«

»Das hat man jahrelang angenommen, weil der Schädel der Mumie ein Loch aufweist. Neuere Forschungen haben aber ergeben, dass Tutenchamun vermutlich an einer Knieverletzung gestorben ist. Man hat die Mumie einer Computertomografie unterzogen.«

»Sie haben Tut tatsächlich in so eine Röhre geschoben?« Jonas schien es kaum glauben zu können.

»Ja, aber sehr vorsichtig.«

»Und der Fluch der Pharaonen hat sie nicht getroffen?«

»Soviel ich weiß, nein.« Sie lachte.

»Eigentlich unfassbar«, sagte Jonas. »Da tun die alten Ägypter alles, um ihre Verstorbenen für die Ewigkeit zu erhalten … Der ganze Aufwand mit der Mumifizierung und den Totenritualen … Und dann kommen Tausende von Jahren später einfach irgendwelche Wissenschaftler, buddeln die Toten aus und untersuchen sie im Namen der Forschung in allen Einzelheiten. Wenn du mich fragst, dann ist das Leichenfledderei. Was die alten Ägypter dazu gesagt hätten, das möchte ich mir lieber gar nicht vorstellen.«

»Ja, ich habe mir auch schon überlegt, dass wir Archäologen

eigentlich die Totenruhe stören«, gab Sonja zu. »Andererseits erlangen wir nur auf diese Weise Erkenntnisse darüber, wie die Menschen früher gelebt haben.«

»Und was nutzt uns das jetzt?«, fragte Jonas sarkastisch. »Du weißt trotzdem nichts über die Panzerknacker-Skorpione.«

»Okay, ich gebe zu, du hast gewonnen.« Sonja war müde. »Im Übrigen müsste Tutenchamun zu dieser Zeit noch ein kleines Kind sein, falls er überhaupt schon geboren ist.« Sie rieb sich die Augen. Das Licht an der Decke war heller geworden. »Kannst du mal versuchen, ob du die Knoten von meinen Fesseln aufkriegst?«

Die nächsten Stunden verbrachten sie Rücken an Rücken. Es war unendlich mühselig, die Stricke zu lösen. Sonjas Handgelenke fühlten sich bald wund an und brannten. Nach einer schieren Ewigkeit schien der Knoten etwas lockerer zu werden. Irgendwann – ihrem Hungergefühl nach musste es gegen Mittag sein – fielen endlich Sonjas Fesseln, und sie konnte die Hände frei bewegen. Sofort machte sie sich daran, Jonas' Stricke zu entknoten. Es ging ihm schlecht. Mit der rechten Schulter lehnte er erschöpft an der Wand und reagierte kaum noch auf Sonjas Fragen. Als sie seine Stirn berührte, stellte sie fest, dass ihm der Schweiß in Strömen übers Gesicht lief. Sicher hatte er genauso großen Durst wie sie. Bisher war niemand gekommen, um ihnen etwas zu essen und zu trinken zu bringen. Vielleicht hatte man vor, sie in diesem Verlies umkommen zu lassen.

»O Jonas.« Sie strich ihm über die Stirn. Er antwortete nicht. Immerhin schien durch den Schweißausbruch sein Fieber gesunken zu sein. Das hieß allerdings gar nichts, es konnte jederzeit wieder schlimmer werden …

Sonja mühte sich weiter mit seinen Fesseln ab. Sie saßen noch immer verdammt fest, hatten sich höchstens einen oder zwei Millimeter gelockert. Einer ihrer Fingernägel brach ab, und sie beschloss, eine Pause zu machen.

Vorsichtig kroch sie auf allen vieren durch den Raum, in der Hoffnung, einen scharfkantigen Stein zu finden, mit dem sie Jonas' Fesseln durchscheuern konnte. Sie probierte, ob sich ein

Stein aus der Mauer brechen ließ. Es gelang ihr nicht. Wenn sie nur ein Stück Metall hätte! Damit hätte sie vielleicht nach und nach einen Durchbruch kratzen können wie der Graf von Monte Christo. Aber es war unwahrscheinlich, dass die Ägypter in diesem Verlies einen brauchbaren Gegenstand zurückgelassen hatten. Trotzdem tastete sie mit den Händen den Boden ab und ekelte sich, wenn sie in verfaulte Binsen langte. Sie kam mühsam auf die Füße. Ihre Glieder waren vom langen Sitzen steif und schmerzten.

Sonja war in der Nähe der Tür angelangt, als sie draußen auf dem Gang Schritte hörte. Sie hielt inne und lauschte. Die Schritte näherten sich der Tür, verhielten. Der Riegel wurde zurückgeschoben. War das ihre Chance? Wenn sie sich an die Wand presste, würde man sie vielleicht nicht sofort bemerken, und sie konnte nach draußen schlüpfen. Aber was war mit Jonas? Sie konnte ihn nicht einfach im Stich lassen. Ob es ihr gelänge, den Eintretenden zu überwältigen? Immerhin war sie größer als die meisten Ägypter … Doch dann schätzte sie die Situation realistisch ein. Sie war geschwächt und wusste nicht, ob ihre Kräfte ausreichen würden, den Ägypter zu Boden zu reißen. Und sie hatte keine Waffe – keinen Stein, keine Holzlatte, um ihn damit niederzuschlagen. Mit einem Angriff würde sie alles nur noch schlimmer machen.

Geistesgegenwärtig huschte sie durch den Raum, um sich wieder neben Jonas niederzulassen und so zu tun, als sei sie noch immer gefesselt. Im Dunkeln prallte sie gegen ihn, er stöhnte auf vor Schmerz.

»Tut mir leid, Jonas.« Sie ließ sich an der Wand hinabgleiten und barg rasch die Hände auf dem Rücken.

Keine Sekunde zu früh, denn schon öffnete sich die Tür.

14

Die Ägypter kamen zu zweit, und im Nachhinein war Sonja froh, dass sie keinen Angriff gestartet hatte. Die Männer waren mit Schlagstöcken bewaffnet, einer hielt eine Fackel in der Hand. Sonjas Hoffnung, dass man ihnen etwas zu essen und zu trinken brächte, erfüllte sich nicht.

Die Männer leuchteten in den Raum, dann trat einer von ihnen auf Sonja zu, packte sie am Arm und zerrte sie vom Boden hoch. Sie hielt noch immer die Hände auf dem Rücken und ballte sie zu Fäusten, um sich notfalls zu wehren.

Der Ägypter redete barsch auf sie ein. Wieder verstand sie nicht, was er sagte, aber Gestik und Mimik wiesen darauf hin, dass sie mitkommen solle.

»Was habt ihr mit mir vor?«, fragte sie. »Und was ist mit Jonas?«

Der Mann reagierte nicht auf ihren Einwand. Wie sollte er auch, sie hatte ja Deutsch gesprochen! Er hielt sie weiterhin fest am Arm und schob sie zur Tür.

Es hatte den Anschein, dass die Männer nur ihretwegen gekommen waren; Jonas schenkten sie keinerlei Beachtung. Sonja hatte keine Ahnung, was das Ganze sollte. Sie stolperte neben dem Ägypter her, hinaus aus dem Verlies. Der andere Mann verriegelte die Tür.

»Komm mit!«

Diesmal verstand Sonja sogar die Worte. Während sie zwischen den beiden Männern den Gang entlangging, versuchte sie ihre Chance auf eine Fluchtmöglichkeit einzuschätzen. Noch hatten die beiden nicht gemerkt, dass sie nicht mehr gefesselt war, denn sie hatte den Strick wieder lose um die Handgelenke geschlungen. Wenn sie den Männern links und rechts die Ellbogen in die Rippen rammte und einen Spurt hinlegte, konnte sie vielleicht entkommen. Allerdings war sie trotz ihrer langen Beine keine besonders schnelle Läuferin, ihre Stärke lag mehr in der Ausdauer. Früher in der Schule waren die anderen Mädchen beim Hundertmeterlauf an ihr vorbeigezogen, ein immer wieder frustrierendes Erlebnis. Beim Tausendmeterlauf hingegen hatte Sonja Bestzeiten erreicht. Sie warf einen verstohlenen Blick auf die Beine ihrer beiden Begleiter – sie waren kräftig und muskulös. Sonja seufzte heimlich und entschied sich gegen einen Sprint. Also lieber kein Ausbruchsversuch, zumal sie sich in diesem Gemäuer nicht auskannte und nicht wusste, welche Gänge als Sackgassen endeten.

Wohin würde man sie bringen? Und was hatte man mit ihr vor? Mühsam suchte sie noch einmal ihre altägyptischen Kenntnisse zusammen.

»Was … wollt ihr … von mir?«

Der Ägypter, der sie am rechten Arm festhielt, warf ihr einen überraschten Blick zu. Dann antwortete er mit einer Folge rascher Worte, von denen sie wieder nichts verstand. Sie zuckte hilflos mit den Achseln. Es blieb ihr nichts anderes übrig, als sich überraschen zu lassen.

Sonja war sich sicher, dass sie einen anderen Weg nahmen als in der Nacht. Sie versuchte sich an die Ruinen von Tell el-Amarna zu erinnern, an die Lage der einzelnen Häuser, aber sie konnte nichts eindeutig zuordnen. Wahrscheinlich befand sie sich in einem Gebäudekomplex, der der Polizei oder den Soldaten des Pharaos vorbehalten war, also östlich der großen Königsstraße lag.

Ihre beiden Aufpasser führten Sonja in einen Raum, in dem ein Ägypter hinter einem Tisch auf sie wartete. Er saß in einem Sessel, der mit Schnitzereien verziert war. Es war derselbe Mann, der sie in der Nacht verhört hatte, doch jetzt lächelte er und wirkte weniger förmlich. Sonja war überrascht, dass er mit einer Handbewegung die Wächter hinausschickte. Dann bedeutete er ihr, sie solle sich auf einen Hocker setzen, und klatschte in die Hände.

Wenig später erschien eine Dienerin, die demütig vor ihm stehen blieb. Er wechselte einige Worte mit ihr, daraufhin nickte sie und verschwand wieder. Der Ägypter wandte sich an Sonja und redete freundlich auf sie ein. Und sie begriff immerhin, dass er sich als Mahu vorstellte.

»Ich heiße Sonja«, sagte sie, noch immer verwundert. Lief das Ganze jetzt auf einen Small Talk hinaus? Es hatte jedenfalls nicht den Anschein, als wolle Mahu sie weiter verhören; die Atmosphäre war wesentlich entspannter als in der Nacht.

»Ich. Sonja«, wiederholte sie mit Nachdruck. Um ein Haar hätte sie auf ihre Brust gedeutet. Im letzten Moment fiel ihr ein, dass sie noch immer so tun musste, als seien ihre Hände auf dem Rücken gefesselt.

Mahu erhob sich aus seinem Sessel, umrundete den Tisch und kam auf sie zu. Er lächelte noch immer, aber auf einmal hatte er einen Dolch in der Hand, den er aus den Falten seines Gewandes gezogen hatte. Sonja erbleichte. Wollte er sie hinrichten? Instinktiv hob sie die Hände, um sich zu schützen.

»Nein! Bitte nicht!«, flehte sie.

Das Seil, das sie lose um die Handgelenke geschlungen hatte, fiel zu Boden.

Mahu lachte kurz auf und steckte den Dolch zurück ins Gewand.

Jetzt verstand Sonja gar nichts mehr. Fassungslos ließ sie zu, dass Mahu mit seinen kräftigen Fingern ihre Hände ergriff, sie nach außen drehte und die Abschürfungen betrachtete, die durch die Fesseln entstanden waren. Dann ließ er sie los.

Die Dienerin erschien wieder. Diesmal blieb sie vor Sonja stehen und lächelte sie auffordernd an. Mahu bedeutete Sonja, sie solle der Dienerin folgen.

Sonja stand auf und ging hinter der Dienerin her in den Nebenraum. Ihre Beine fühlten sich an wie Pudding. Noch immer hatte sie keine Ahnung, worauf das Ganze hinauslaufen sollte. Erst als die Dienerin sie zu einem Becken führte, das mit duftendem Wasser gefüllt war, verstand Sonja, dass sie ein Bad nehmen sollte.

Die junge Ägypterin half ihr, das Kleid über den Kopf zu streifen, und hielt ihr die Hand, damit sie in das Becken steigen konnte. Das Wasser war angenehm temperiert. Trotz ihrer Verunsicherung genoss Sonja das Bad, je länger sie sich darin entspannte. Endlich konnte sie den Schweiß und den Schmutz abwaschen. Sie tauchte unter und wusch sich die Haare, die ihr ganz verklebt und verkrustet vorkamen. Dem Wasser war offenbar ein ätherisches Öl zugesetzt worden, denn sie spürte ein belebendes Prickeln auf der Haut.

Während ihr die Dienerin zur Hand ging, fragte sich Sonja ständig, warum man sie aus dem Gefängnis geholt hatte, während Jonas hatte dortbleiben müssen. Konnte es sein, dass Mahu sie für eine Zauberin oder für eine Göttin hielt – wegen des Feuerzeugs oder ihrer blonden Haare? Oder gönnte man der Gefangenen einfach nur ein letztes Bad, bevor sie hingerichtet wurde?

Sonja versuchte, sich mit der Dienerin zu verständigen, aber die einzige Antwort war ein unerschütterlich freundliches Lächeln. Die Ägypterin reichte ihr Tücher, rubbelte ihr die Haare trocken und entwirrte die Strähnen mit einem hölzernen Kamm. Sonja war erstaunt über die Auswahl an Salben und Cremes, die ihr zur Verfügung standen; sie wusste zwar, dass die alten Ägypter auf Kosmetik großen Wert gelegt hatten, aber nun erlebte sie es am eigenen Leib. Die Dienerin brachte ihr ein frisches Kleid aus unglaublich feinem Leinen. Sie half Sonja, sich anzukleiden, und reichte ihr einen Bronzespiegel, damit sie sich schminken konnte. Nach kurzem Zögern umrandete Sonja die Augen mit schwarzer Farbe, wie es offenbar der Schönheitsvorstellung in Achetaton entsprach. Die Dienerin nickte zufrieden. Als sie Sonja noch einen Parfümkegel aus Wachs auf den Kopf setzen wollte, protestierte sie allerdings.

»Nein, das ist jetzt doch ein bisschen zu viel. Außerdem sind meine Haare frisch gewaschen, ich will nicht, dass das ganze Wachs sie gleich wieder verklebt ...« Sie hielt inne. Die Ägypterin verstand ohnehin kein Wort. Immerhin begriff sie, dass Sonja kein Parfüm wollte, und bedrängte sie nicht länger.

Danach wurde Sonja in einen Raum geführt, in dem mehrere kleine Tische standen. Jeder Tisch war bedeckt mit Früchten,

Fleisch und anderen Speisen. Sonja lief sofort das Wasser im Mund zusammen. Die Dienerin verneigte sich und zog sich zurück. Während Sonja auf all die Köstlichkeiten starrte und sich fragte, ob sie vielleicht gerade eine Halluzination hatte, erschien Mahu. Er forderte sie auf, Platz zu nehmen, und schenkte ihr einen Becher Wein ein.

»Ist hier das Schlaraffenland? Womit habe ich das verdient? Erst diese Wellnessbehandlung und danach ein Festessen!«

Mahu verstand sie nicht, aber das schien ihn nicht zu stören. Er hielt ihr eine Platte mit Trauben hin. Sonja konnte nicht widerstehen und bediente sich. Als sie die süßen Beeren in den Mund schob, hatte sie ein schlechtes Gewissen wegen Jonas. Warum die ungleiche Behandlung? Mahu hielt sie offenbar für unschuldig, wenn er ihr diese Vergünstigungen zukommen ließ. Warum nicht auch Jonas?

Sie suchte wieder ihre altägyptischen Sprachbrocken zusammen. »Was ist … mit meinem Mann?«

Mahu ging nicht auf die Frage ein, sondern reichte ihr ein Stück kalten Braten. Das Fleisch schmeckte erstaunlich zart, Sonja tippte auf Schaf oder auf Lamm. Auch der Wein war gut. Sonja trank in großen Zügen, weil sie so durstig war, und Mahu schenkte ihr immer wieder nach. Erst als sie zu kichern anfing, merkte sie, dass sie zu viel und zu schnell getrunken hatte. Mist, ein vernebelter Verstand war das Letzte, was sie sich wünschte!

Als Mahu immer näher rückte und sie mit Beeren und anderen kleinen Happen füttern wollte, begriff sie, worauf das Ganze hinauslaufen sollte. Ein Teil in ihr protestierte sofort heftig. Wofür hielt er sie? Und wofür hielt er sich – etwa für unwiderstehlich? Sie musste ihre ganze Selbstbeherrschung aufbieten, um nicht auszurasten. Sie zwang sich, ihren Verstand einzusetzen. Gut, offenbar hatte Mahu Gefallen an ihr gefunden und sie deswegen aus dem Gefängnis holen lassen. Anscheinend war er ein einflussreicher Mann, und die Wärter gehorchten ihm. Er konnte möglicherweise veranlassen, dass Jonas freikam. Sie musste taktisch klug vorgehen …

Aber der Alkohol machte ihr zu schaffen. Sie hatte sich nicht mehr gut unter Kontrolle. Die Zunge wurde schwer, die Bewegungen kamen ihr unkoordiniert vor. Und Mahu schien die Gunst der Stunde nutzen zu wollen. Schon lag sein Arm auf ihrer Schulter. Sie roch seinen Atem. Er strich ihr mit dem Zeigefinger über die Wange, berührte ihr Haar, sagte sanfte Worte. Sie verstand das Wort »Gold«, vermutlich hatte er eine Bemerkung über ihr Haar gemacht.

Sonja brach der Schweiß aus, und sie versuchte, etwas mehr Abstand zwischen sich und Mahu zu bringen. Doch er gab nicht auf und nötigte zu weiterem Wein, bis sich alles um sie herum drehte. Dann küsste er sie auf den Scheitel, wozu er sich ziemlich recken musste, denn sie war auch im Sitzen größer als er. Sie fand seine Verrenkungen ziemlich komisch und musste laut lachen, während der Rest ihres Verstandes ihr sagte, dass da etwas gewaltig schiefzulaufen drohte. Als seine Lippen tiefer wanderten und er an ihrem Ohrläppchen knabbern wollte, stemmte sie die Hände gegen seine Brust und sah ihm in die Augen.

»Okay, Mahu, du hast mich aus dem Gefängnis geholt, und jetzt erwartest du von mir offensichtlich eine Gegenleistung. Aber so läuft das bei mir nicht. Außerdem hätte ich gern, dass du Jonas freilässt. Wir beide haben nichts angestellt, wir sind nur versehentlich hierhergeraten …«

Sein Blick sagte ihr, dass er kein Wort verstand. Aber ihr Widerstand und vielleicht auch die fremde Sprache schienen ihn zu entzücken; vermutlich empfand er das Ganze als Spiel. Seine Augen glänzten, dann beugte er sich vor und küsste sie auf den Mund. Sie wollte sich abwenden, aber er ließ ihr keine Gelegenheit dazu, sondern hielt sie fest. Schon schob er ihr die Zunge zwischen die Lippen. Sonja lehnte sich so weit wie möglich zurück, doch da kippte ihr Hocker, und sie lag plötzlich am Boden. Sofort sprang Mahu auf, aber anstatt ihr aufzuhelfen, warf er sich über sie. Sie spürte sein volles Gewicht, sah sein lachendes Gesicht über sich und fühlte, wie er ihr mit einer Hand das Leinenkleid über die Hüften schob.

»Nein!« Sie trommelte ihm mit den Fäusten auf den Rücken. »He, lass mich los! Ich will das nicht!«

Er reagierte nicht, selbst als sie ihn mit ihren Fingernägeln kratzte und lange blutige Striemen auf seinen Schultern hinterließ. Seine Hand griff fordernd nach ihrem Schoß, sie spürte sein Glied am Oberschenkel, während er ihr mit dem Knie die Beine auseinanderzwängte. Sie schlug auf ihn ein und wand sich am Boden, aber ihre Gegenwehr schien ihn nur noch mehr zu erregen. Da bekam sie ein Bein des umgekippten Hockers zu fassen. In ihrer Verzweiflung hob sie ihn und schmetterte ihn mit voller Wucht an Mahus Schläfe. Es gab ein dumpfes Geräusch. Der Ägypter sank über ihr zusammen.

Sonja stemmte seinen Leib zur Seite, wälzte sich unter ihm hervor und kam mühsam auf die Beine. Noch immer drehte sich alles um sie. Als sie das Blut bemerkte, das aus Mahus Kopfwunde lief und ihm über das Gesicht rann, übergab sie sich auf die Bastmatte.

Mein Gott, ich habe ihn getötet!

Ihr wurde schwarz vor Augen. Sie klammerte sich an einem Tischchen fest und zwang sich, tief zu atmen, bis sich die tanzenden dunklen Punkte vor ihren Augen auflösten. Das Blut rauschte ihr in den Ohren.

Da hörte sie Mahu stöhnen. Sie wandte den Kopf und sah, wie sich der Arm des Ägypters über den Boden bewegte. Dann blieb er wieder reglos liegen.

Sonjas Herz klopfte heftig. Ihr wurde klar, dass sie fliehen musste, bevor Mahu wieder zu sich kam. Taumelnd durchquerte sie den Raum. Ihre Beine schlotterten so sehr, dass sie sich an der Wand festhalten musste. So tastete sie sich bis zur Tür.

Glücklicherweise war der Nebenraum leer. Die Dienerin war verschwunden. Sonja erinnerte sich, dass sie vom Badebecken aus durch ein Fenster in einen Garten hatte sehen können. Hoffentlich war es der richtige Fluchtweg!

Sie huschte durch das Zimmer. Nach und nach gewannen ihre Beine die gewohnte Festigkeit zurück, und allmählich verflog auch die Benommenheit in ihrem Kopf. Immer wieder sah sie sich nach Verfolgern um. Sie fand eine Tür, die ins Freie führte. Der Garten war prächtig und voller Blumen und exotischer Pflanzen. Er wirkte fast wie ein kleiner Park. Mahu schien nicht schlecht zu leben!

Als sie in einiger Entfernung einen Diener entdeckte, der mit einem Wasserkübel die Blumen goss, versteckte sie sich rasch hinter dem Stamm einer Palme. Sie wartete, bis der Diener mit dem Gießen fertig war und neues Wasser holen musste. Kaum war er verschwunden, eilte sie durch den Garten. Zu ihrer Enttäuschung fand sie keine Pforte; anscheinend konnte man nur durchs Haus in den Garten gelangen. Eine etwa zwei Meter hohe Mauer begrenzte den hinteren Teil. Sonja zögerte kurz, dann kletterte sie zuerst auf einen kleinen Baum und benutzte die Lücken zwischen den Ziegelsteinen, um sich hochzuziehen. Zweimal rutschte sie ab, aber dann hatte sie es geschafft und saß rittlings auf der Mauer. Sie schwang das zweite Bein auf die andere Seite und ließ sich am Mauerwerk hinabgleiten. Im gleichen Augenblick hörte sie vom Haus her wütendes Geschrei. Jemand erteilte laute Befehle. Offenbar war Mahu wieder zu sich gekommen.

Sonja spürte, wie ihr der Schweiß ausbrach. Sicher ließ er nach ihr suchen. Sie musste schleunigst verschwinden.

Sie rannte die Gasse entlang, gelangte in einen schmalen Durchgang und erkannte, dass sie nach Osten in Richtung der Außenbezirke lief, weg von der Stadtmitte. War das richtig? Hätte sie inmitten einer Menschenmenge nicht besser untertauchen können? Zweifelnd blieb sie stehen, um sich zu orientieren. Jonas war noch immer im Gefängnis … Irgendwie musste sie Mittel und Wege finden, ihn zu befreien. Mahu war bestimmt wütend auf sie, weil sie ihm entwischt war. Gut möglich, dass er seinen Zorn an Jonas auslassen würde.

Bei dem Gedanken daran und an die Ereignisse der letzten Stunden brach die Verzweiflung über sie herein. Tränen liefen ihr über das Gesicht, während sich ihre Füße selbstständig machten, so als wüssten sie den richtigen und rettenden Weg. Blindlings stolperte sie vorwärts durch die fremde Stadt, die Echnaton zu Atons Ehren hatte erbauen lassen.

Je länger Setep über seine Mission nachdachte, desto unwohler fühlte er sich. Warum hatte man ausgerechnet ihn mit dieser Aufgabe betraut? Weil er der jüngste der Sieben Skorpione war und seine Mitverschwörer ihn für den schnellsten Läufer hielten?

Hätte er damals vor Ankhu mit seiner Treffsicherheit nur nicht so angegeben! Dann hätten die Männer vielleicht Bata oder Haremsat als Attentäter ausgewählt …

Seit der Versammlung im Felsengrab schlief Setep schlecht. Albträume suchten ihn heim. Es war jedes Mal derselbe Traum. Er befand sich in einer dichten Menschenmenge auf der Königsstraße. Die anderen rempelten ihn an und stießen ihn beiseite. Setep hatte Mühe, den kleinen Bogen unter dem Gewand festzuhalten. Fast mit Gewalt bahnte er sich einen Weg nach vorn, um eine bessere Sicht auf das Fenster zu haben, an dem sich gleich das Königspaar zeigen würde. Dann war es endlich so weit. In der Öffnung erschienen der Pharao und seine Gemahlin Nofretete. Echnaton beugte sich weit vor und sprach zum Volk. Er ermahnte seine Untertanen, Aton zu preisen und seine erhabene Herrlichkeit nie zu vergessen.

Dann breitete Echnaton die Arme aus und rief: »O alleiniger Gott! Alles, was ich tue, geschieht für dich. Denn du bist in meinem Herzen. Niemand kennt dich besser als dein Sohn …«

Während des Lobgesangs auf Aton zog Setep vorsichtig seinen Bogen hervor und legte den Pfeil an. Er spannte den Bogen und zielte. Im gleichen Moment, als Setep den Pfeil losließ, rammte jemand ihm den Ellbogen in die Seite. Der tödliche Pfeil veränderte die Richtung. Er verfehlte Echnaton und bohrte sich in Nofretetes Herz.

An dieser Stelle wachte Setep regelmäßig auf, manchmal schreiend oder tränenüberströmt, weil er seine heimliche Liebe getötet hatte. Danach konnte er nicht wieder einschlafen, sondern wälzte sich bis zum Morgengrauen ruhelos auf seinem Bett hin und her.

Ankhu merkte, wie blass und bedrückt der junge Mann war. Setep wohnte bei ihm und ging dem alten Osiris-Priester ab und zu zur Hand.

»Bist du krank, Setep?«, fragte Ankhu. »Du gefällst mir in den letzten Tagen gar nicht.« Er wollte Setep die Stirn fühlen.

Doch dieser fing Ankhus Hand ab. »Bitte lass! Mir geht es gut, ich habe kein Fieber.«

»Aber etwas ist doch mit dir!«

Trotzig schob Setep die Unterlippe vor. »Nein, sei unbesorgt. Ich habe mir nur ein wenig den Magen verdorben, das ist alles.«

»Nun gut, ich machte mir nur meine Gedanken.« Ankhu wandte sich ab und sah nach seinem Pantherfell, das er am Vortag gereinigt hatte. Es war noch nicht ganz trocken. Während er sich mit dem Fell beschäftigte, erzählte er Setep, was er in aller Frühe auf dem Markt erfahren hatte: In der Nacht seien zwei Verdächtige festgenommen worden.

»Mahu glaubt, dass sie zu den Sieben Skorpionen gehören«, berichtete er mit einem Lächeln.

Setep, der gerade frühstückte, zuckte zusammen. »Sie haben einen von uns gefasst?« Ihn überlief es kalt.

Ankhu schüttelte den Kopf. »Nein, zum Glück nicht, ich habe inzwischen von den anderen vier Skorpionen Nachricht bekommen. Sie sind alle wohlauf. Bei den Gefangenen handelt es sich um Leute, die gar nichts mit uns zu tun haben. Sie sind in der Felsenkammer aufgegriffen worden, die wir bei unserem letzten Treffen benutzten. Dem Gerücht nach soll eine der beiden Personen eine Frau sein.«

Setep runzelte die Stirn. »Eine Frau?«

»Ja, so heißt es.« Ankhu hängte das Pantherfell wieder über die Stange, nachdem er es mit einer Bürste bearbeitet hatte. Er kehrte zu Setep zurück und setzte sich auf einen Hocker. »Wir müssen vorsichtig sein«, murmelte er. »Vielleicht ist einer von uns ein Verräter. Jemand, dem wir vertrauen.«

Setep verschluckte sich an seiner Milch und musste husten. Ankhu klopfte ihm auf den Rücken, bis Setep abwinkte.

»Danke, es ist wieder gut.« Er wischte sich über den Mund und nahm einen neuen Schluck. »Warum vermutest du das?«

»Weil die Polizisten die Felsenkammer durchsucht haben«, antwortete Ankhu. »Das kann kein Zufall sein. Jemand muss ihnen einen Hinweis gegeben haben. Und wenn wir unser letztes Treffen nicht um einige Tage vorverlegt hätten, dann hätten sie uns erwischt.«

Setep war tief betroffen. Im Geist ging er die Mitverschwörer durch. Konnte einer von ihnen ein Verräter sein? Haremsat vielleicht? Oder Bata? Nebamun, der so enttäuscht war über die Schließung des Amun-Tempels in Waset? Oder der unauffällige Rahotep?

»Ich kann mir nicht vorstellen, dass einer von ihnen ein Spion ist«, murmelte Setep.

»Aber außer uns hat keiner von dem Treffen gewusst«, wandte Ankhu ein.

»Vielleicht hat Paser vor seinem Tod etwas verraten«, überlegte Setep. »Schließlich haben sie ihn gefoltert …«

»Paser hat uns nicht verraten«, erklärte Ankhu mit Bestimmtheit. »Kein Wort kam ihm über die Lippen, trotz der unmenschlichen Schmerzen, die er erdulden musste. Das weiß ich aus sicherer Quelle.«

Setep drehte den Becher in der Hand. »Aber wer ist es dann?«, fragte er mit tonloser Stimme.

»Einer der vier«, erwiderte Ankhu. Er sah Setep eindringlich an. »Vorausgesetzt, du bist es nicht.«

Setep schluckte. »Oder du«, gab er mit trockenem Lachen zurück.

Ankhu lächelte. Dann rieb er sich die Nase – eine Geste, die zeigte, dass er nachdachte. »Einer der vier … Dass Paser gefasst wurde, hätte uns misstrauisch machen müssen. Hm, wer kann es sein? Wer spielt ein doppeltes Spiel?« Er kniff die Augen zusammen, als könne er dadurch der Lösung des Rätsels näher kommen.

Setep dachte an den Plan, den sie bei ihrer letzten Zusammenkunft gefasst hatten. »Meinst du, er wird auch verraten, was ich vorhabe?«

»Damit müssen wir rechnen.« Ankhu blickte auf.

»Dann … dann sollten wir den Pharao vielleicht doch auf eine andere Weise umbringen«, schlug Setep vor und hoffte, dass seiner Stimme die Erleichterung nicht anzuhören war, die er auf einmal empfand. Er hatte keine Angst davor, verraten und gefasst zu werden. Seine größte Befürchtung war die Sorge, dass sich sein Traum bewahrheiten und er mit seinem Bogen Nofretete treffen könnte.

»Hm. Du hast wahrscheinlich recht«, meinte Ankhu. »Aber darüber muss ich erst einmal zwei Nächte schlafen.« Er stand auf. »Falls wir den Plan tatsächlich ändern, dann sollten wir uns gut überlegen, wen wir einweihen.« Damit verließ er den Raum.

Setep blieb zurück. Stumm dankte er den Göttern für die unerwartete Wendung. Jetzt würde das Los, den ungeliebten Pharao zu töten, vielleicht auf einen anderen Skorpion fallen …

15

Ihre Füße trugen sie wie von allein durch Achetaton.

Sonja war noch immer benommen von dem ägyptischen Wein und wie betäubt von den Ereignissen dieses Tages. Sie ging ohne Ziel umher und hatte nur den einen Gedanken: dass sie Jonas aus dem Gefängnis holen musste. Bloß wie? Sonja kam immer wieder zu dem Ergebnis, dass ihr die Befreiungsaktion ohne fremde Hilfe kaum gelingen würde.

Aber hier in der Stadt kannte sie niemanden – und falls sie Mahu noch einmal begegnete, dann konnte sie sich auf etwas gefasst machen! Vielleicht ließ er sogar nach ihr suchen … Sonja vermutete, dass Mahu so etwas wie der Polizeichef war. Auf alle Fälle schien er großen Einfluss in Achetaton zu haben.

Vielleicht war es ein Fehler gewesen, dass sie sich nicht mit ihm eingelassen hatte. Wäre sie ihm zu Willen gewesen und hätte die leidenschaftliche Geliebte gespielt, hätte sie möglicherweise

Jonas' Freilassung erreicht. Doch sie hatte etwas gegen Männer, die sich nahmen, was ihnen gefiel, und ihre Machtposition ausnutzten. Und wie er seinen Willen mit Gewalt hatte durchsetzen wollen – das war nur widerlich gewesen! Bei der Erinnerung bekam sie eine Gänsehaut und verspürte wieder den unbändigen Zorn, mit dem sie dem Kerl den Hocker auf den Schädel geschlagen hatte.

Vielleicht hätte sie besonnener reagieren sollen, schon vorher. Aber die Situation war aus dem Ruder gelaufen … Wieder überrollten sie Panik- und Ekelgefühle. Jonas hätte bestimmt nicht gewollt, dass sie seinetwegen eine Vergewaltigung erduldete. Es musste einen anderen Weg geben, ihn aus dem Gefängnis zu befreien!

Sie stellte fest, dass sie die ganze Zeit am Stadtrand entlanggegangen war. Ab und zu begegneten ihr Leute, die sie neugierig anstarrten – wahrscheinlich aufgrund ihrer Körpergröße und der blonden Haare, vielleicht auch wegen der verheulten Augen. Die dunkle Schminke um ihre Augen war sicher inzwischen zerlaufen, und sie sah aus wie ein Vampir. Aber das war ihr gleichgültig. Inzwischen war sie so erschöpft und müde, dass sie sich nur noch irgendwo hinsetzen und ausruhen wollte.

Vor ihr schimmerte das breite Band des Nils. Zur ihrer Linken begann eine Fläche, die dicht mit Schilf bewachsen war. Sie erinnerte sich an ihre Kindheit, an Urlaube in Süddeutschland, an ein kleines Dorf an der Isar. Mit ihren Eltern hatte sie in einer Pension gewohnt, in der sich auch eine andere Familie eingemietet hatte. Mit einem Jungen, der etwa zwei Jahre älter gewesen war, war Sonja jeden Tag auf »Pirsch« gegangen. Sie hatten am Flussufer die Enten gefüttert und irgendwann im Schilf ein Schwanennest entdeckt. Stundenlang hatten sie sich zwischen den Halmen versteckt und die großen Wasservögel beobachtet. Der Junge hatte Sonja auch andere Geheimnisse im Schilf gezeigt – Frösche, verschiedene Insekten, einen Sumpfrohrsänger. Er hatte auch behauptet, dass es in der Region Eisvögel gebe, aber sie hatten nie einen zu Gesicht bekommen. Auf alle Fälle waren es für Sonja richtig spannende Ferien gewesen. Sie war traurig gewesen, als die Familie mit dem Jungen abgereist war. Im Nachhinein hatte sie es bedauert, dass sie nicht einmal Adressen ausgetauscht hatten.

Während Sonja die Schilfhalme auseinanderbog, versuchte sie sich an den Namen des Jungen zu erinnern. Fritz? Oder Franz? Sie wusste es nicht mehr.

Die Halme waren dicker und robuster als die an der Isar. Trotzdem kehrte ein Gefühl der Vertrautheit zurück, als sie sich einen Weg durch das Schilf suchte. Der Eindruck, sich in einem ganz eigenen Kosmos zu befinden, abgegrenzt von der Außenwelt … Sie bewegte sich vorsichtig, wurde Teil dieses verwunschenen Reiches. Die Schilfhalme umschlossen sie wie ein Kokon, verbargen sie vor unerwünschten Blicken. Hier war sie vorerst sicher. Nicht einmal Mahu würde sie hier entdecken …

Sie suchte sich einen Platz, wo der Boden einigermaßen trocken schien, dann bog sie die Halme zur Seite und kauerte sich nieder. Nach einer Weile streckte sie die Beine aus und lehnte sich gegen das Schilf, das unter ihrem Gewicht nachgab. Die Halme bildeten ein Kissen unter ihrem Rücken. So lag sie da, die Hände unter dem Kopf verschränkt, betrachtete den Himmel und lauschte den unbekannten Geräuschen im Schilfmeer. Sie spürte, wie sie allmählich zur Ruhe kam und ihr Verstand klarer wurde. Hier konnte sie nachdenken, was als Nächstes zu unternehmen wäre. Es musste doch eine Möglichkeit geben, Jonas zu befreien …

Während sie überlegte, tat der Wein seine Wirkung, und sie wurde immer schläfriger. Schließlich schlummerte sie ein, umgeben vom eintönigen Summen der Insekten und dem gelegentlichen Ruf eines Wasservogels.

Sonja erwachte, als sie ganz in der Nähe Kinderstimmen hörte. Sie setzte sich auf und wusste im ersten Augenblick nicht, wo sie war. Ihr Kopf schmerzte, und im Mund spürte sie einen schalen Geschmack, den der Wein hinterlassen hatte.

Sie blinzelte, während die Erinnerung an ihre Gefangennahme und an Mahu zurückkehrte.

Das Schilf raschelte. Das Geräusch nahm zu, wurde lauter. Es knackte, wenn ein Halm brach.

Wenige Meter von Sonja entfernt bahnten sich zwei Jungen einen Weg durchs Schilf und unterhielten sich dabei aufgeregt. Sie bemerkten Sonja nicht. Der größere der beiden hatte ein Wurfholz und wollte dem jüngeren offenbar seine Künste zeigen. Sonja schätzte die Jungen auf acht und fünf Jahre. Beide waren nackt.

Der Große spielte sich als Anführer auf, während der Kleine mit bewundernder Miene hinter ihm hertappte. Die Jungen verschwanden im Schilf.

Sonja stand langsam auf und strich sich das Kleid glatt. Eine Ente flog auf und beschwerte sich mit lautem Quaken über die Störung. Gleich darauf segelte das Wurfholz durch die Luft und verfehlte den Vogel nur knapp.

Sonja war neugierig, ob die Jungen tatsächlich auf der Jagd waren. Sie folgte den beiden und war darauf bedacht, genügend Abstand zu halten, um nicht entdeckt zu werden. Nach einigen Metern merkte sie, wie der Boden unter ihren Füßen feucht wurde. Jetzt zur Überschwemmungszeit reichte das Nilwasser weit über das eigentliche Flussbett hinaus. Sonja blieb stehen. Weiter wollte sie nicht gehen, sie dachte an Claus' Warnungen vor Bilharziose. Oder vor Malaria. Prompt ließ sich eine Mücke auf ihrem Oberarm nieder; Sonja erschlug das Insekt, bevor es zustechen konnte. Das niedrige Wasser zwischen den Schilfhalmen war vermutlich eine Brutstätte für Mückenlarven.

Die beiden Jungen wateten inzwischen im Wasser umher, Sonja hörte es plätschern. Wahrscheinlich waren sie auf der Suche nach Enten und anderen Wasservögeln. Die Stimmen klangen zornig, offenbar hatten die Jungen Streit bekommen. Dann schrien sie sich an. Sonja musste grinsen. Mit dieser Lautstärke würden sie mit Sicherheit jedes jagbare Tier vertreiben. Ein richtiger Profi war der Achtjährige offenbar noch nicht.

Plötzlich klangen die Stimmen anders – ängstlich. Sonja wurde hellhörig. Jetzt rief nur noch ein Junge – und wenn sie sich nicht täuschte, schrie er um Hilfe! Hatte er sich verletzt? Oder hatten die Jungen sich geprügelt? Der Achtjährige war dem Fünfjährigen körperlich eindeutig überlegen. Sonja beschloss einzuschreiten und bahnte sich ebenfalls einen Weg durchs Schilf.

Schon nach wenigen Schritten wurde das Wasser tiefer. Sie sank erst bis zu den Knöcheln, dann bis zu den Knien ein und musste das Kleid hochraffen, damit es nicht nass wurde. Auf halbem Weg kam ihr der größere Junge entgegen. Die nackte Angst stand ihm ins Gesicht geschrieben. Als er Sonja sah, packte er sie am Arm und schrie erregt auf sie ein.

»Was ist passiert?«

Sie verstand ihn nicht, aber irgendetwas musste mit dem anderen Jungen geschehen sein. Der Achtjährige deutete in die Richtung, aus der er gekommen war, und zerrte Sonja mit sich.

Einen kurzen Moment lang dachte Sonja an Krokodile, die sich vielleicht im Schilf verbargen. Auch Flusspferde konnten für einen Menschen lebensgefährlich werden. Hatte ein wildes Tier den kleinen Jungen gepackt?

Das Wasser reichte Sonja inzwischen bis zum Oberschenkel. Längst war ihr Kleid nass, aber das konnte sie jetzt nicht mehr ändern. Sie hielt nur Ausschau nach dem Jungen.

»Da – da!« Der Ältere deutete aufgeregt aufs Wasser.

Da sah Sonja einen Kopf auftauchen und wieder versinken. Sie begriff, dass der Kleine in tiefes Wasser geraten war. Er hatte den Halt verloren und drohte zu ertrinken.

Sonja zögerte keine Sekunde lang. Sie musste das Kind retten! Mit großen Schritten pflügte sie durchs Wasser, schob das störende Schilf beiseite und wurde wütend, dass sie nicht schneller vorwärtskam. Dann wurde das Wasser plötzlich tiefer. Sonja versuchte zu schwimmen. Das Schilf war hinderlich, sowohl über als unter dem Wasser, immer wieder verfingen sich ihre Beine im Wurzelwerk. Endlich standen die Halme nicht mehr so dicht beieinander. Vor ihr lag der Fluss. Der Junge war bereits ein Stück abgetrieben worden. Sonja schwamm mit kräftigen Zügen zu ihm hinüber. Es gelang ihr, einen seiner Arme zu packen. Der Junge strampelte.

»Halt still!« Sie fasste den Kleinen unter den Achseln, damit sein

Kopf nicht unter Wasser geriet. Der Junge spuckte ein paar Mal und rang nach Luft. Sonja drehte sich auf den Rücken und schwamm mit dem Kleinen im Arm in Richtung des Ufers. Sie spürte, wie stark die Strömung war. Es war anstrengender, als sie gedacht hatte. Immer wieder zappelte der Junge und wehrte sich gegen ihren Griff, was die Rettungsaktion erschwerte. Sonja versuchte, beruhigend auf ihn einzureden, aber schließlich fehlte ihr der Atem dazu, und sie sah nur zu, dass sie das Schilf erreichte. Jetzt war es leichter. Zwischen den Halmen ließ die Strömung merklich nach, außerdem konnte Sonja sich an den Schilfbüscheln festhalten und verschnaufen. Nach und nach wurde das Wasser flacher. Schließlich spürte sie festen Boden unter den Füßen.

Sie war völlig erschöpft. An Händen und Armen hatte sie unzählige Schnitte, die höllisch brannten. Die zähen und scharfkantigen Blätter des Schilfes hatten ihre Haut verletzt. Aber der Junge war gerettet und lebte. Er spuckte noch immer Wasser, schien ansonsten aber wohlauf zu sein.

Sonjas Kleid war tropfnass und völlig verschlammt. Es klebte ihr am Körper, als sie aufstand. Sie fasste den Jungen an der Hand.

»Wo wohnst du? Ich bringe dich nach Hause.«

Der Kleine schaute sie mit großen Augen an, unschlüssig, ob er seiner Retterin danken oder davonlaufen sollte. Da kam der ältere Junge dazu. Er hatte sich einen Weg durch das Schilf gebahnt. Sonja entdeckte die große Ähnlichkeit zwischen den beiden Jungen. Wahrscheinlich waren es Brüder. Bei beiden war der Kopf kahl geschoren, nur auf der rechten Seite hing ein schmaler geflochtener Zopf herab.

»Wo seid ihr zu Hause?«, fragte sie den Älteren. »Wohin gehört ihr? Ich bringe euch heim. Nach Hause!«

Sie suchte das altägyptische Wort für »Wohnung«. Nun endlich schien der ältere Junge zu begreifen, was sie wollte. Er fasste ihre Hand und zog sie in eine Richtung.

Mit dem kleinen Jungen an der rechten und dem großen an der linken Hand eilte Sonja durch Achetaton, wobei der ältere ihr Führer war.

Sie gelangten in ein Wohngebiet im Osten der Stadt. Es bestand aus einfachen einstöckigen Häusern, die eng aneinandergebaut waren. Hier wohnten die ärmeren Bewohner, die Arbeiter. Die Gassen zwischen den Häusern waren schmal, in manchen sammelte sich Unrat. Ab und zu huschte eine Ratte über den Weg. Ein paar Hühner liefen frei umher. Der ältere Junge führte Sonja im Zickzack zwischen den Häusern hindurch, bis sie zu einem ärmlichen Gebäude aus Lehm kamen. Der Eingang war niedrig und dunkel, der Boden bestand aus festgestampfter Erde. Eine Ziege meckerte im Dunkeln. Der Junge zog Sonja in den Hauseingang und rief nach seiner Mutter.

Wenig später erschien eine junge Ägypterin. Als sie Sonja erblickte, zogen sich ihre Brauen misstrauisch zusammen. Der kleine Junge riss sich von Sonja los und warf sich in ihre Arme. Der ältere Bruder erzählte seiner Mutter, was passiert war. Sonja verstand einzelne Wörter, »ertrunken« und »gerettet«. Das Gesicht der Ägypterin entspannte sich, ihre Augen wurden groß, und sie betrachtete Sonja voller Ehrfurcht. Dann schob sie den kleinen Sohn zur Seite, trat auf Sonja zu – sie reichte ihr nur bis zur Brust –, verneigte sich und fiel auf die Knie. Sie griff nach der Hand der fremden Frau, küsste sie und legte sie dann an ihre Stirn. Dabei murmelte sie etwas, das ungefähr »Danke, dass du meinen Sohn gerettet hast« und »Ich bin ganz in deiner Schuld« hieß.

Sonja wurde verlegen. Sie war es nicht gewohnt, dass sich jemand vor ihr erniedrigte. Es war ihr peinlich.

»Ich konnte ihn doch nicht ertrinken lassen«, antwortete sie auf Deutsch. »Komm, steh auf, du brauchst nicht vor mir zu knien! Was ich getan habe, war doch selbstverständlich.«

Sie war froh, als sich die Ägypterin wieder erhob. Die Frau lächelte Sonja an. Dann brach ein Redeschwall aus ihr hervor, während sie Sonjas Gewand befühlte und ihr über die Arme strich. Wieder verstand Sonja einige Satzfetzen wie »feines Leinen, aber schmutzig«, »verletzt« und »werde mich kümmern«. Sie zog Sonja in den Wohnraum hinein. Er war so niedrig, dass sie den Kopf einziehen musste. Durch mehrere Öffnungen in der Decke fiel schwaches Tageslicht herein. Sonja sah, dass es kaum Möbel gab, aber der Raum war sauber.

Die Ägypterin bedeutete ihr, sich auf einer Matte niederzulassen. Sie schob ihr zwei Kissen hin, damit sie es bequem hatte. Danach musste Sonja ihr nasses und schmutziges Kleid ausziehen. Ein kleines Mädchen, wahrscheinlich die Tochter der Ägypterin, schleppte einen ausgehöhlten Kürbis mit Wasser herbei, damit sich Sonja waschen konnte. Sie bekam Lappen, Schwamm und eine Schale mit einer fetthaltigen Substanz, die als Seife diente. Die Mutter ließ es sich nicht nehmen, ihr beim Waschen zu helfen. Sie brachte ihr Handtücher und ein sauberes Kleid aus etwas gröberem Stoff. Dann versorgte sie Sonjas Kratzer und Schnitte mit einer grünlichen Paste, die aromatisch nach Kräutern duftete.

Während der Prozedur erfuhr Sonja, dass die Ägypterin Inet hieß und drei Kinder hatte: die Söhne Djedi und Bakt und eine Tochter namens Mayati. Inet war verheiratet mit Inarus, der in der Bildhauerwerkstatt von Thutmosis arbeitete.

Sonjas Herz schlug schneller. Thutmosis war ihr ein Begriff, es war jener Bildhauer, der die berühmte Büste von Nofretete angefertigt hatte. Mit einem Mal fühlte sie sich nicht mehr ganz so fremd in Achetaton. Allmählich wurde sie immer mutiger, kramte ihr Altägyptisch zusammen und versuchte nun ihrerseits, mit Inet eine Unterhaltung zu führen. Es war ein schreckliches Kauderwelsch, und sie redete mit Händen und Füßen. Aber Inet schien zu begreifen, dass Sonja »fremd in der Stadt war« und »Schwierigkeiten hatte«. Sie und ihr Freund seien von der »Polizei gefangen genommen worden«, und der Freund »sitze noch im Gefängnis«.

Inet nickte, als Sonja Mahu erwähnte. Mahu war der Polizeichef, wie Inet bestätigte. Sonja deutete an, was geschehen war, und las Anteilnahme in Inets Gesicht. Als Sonja ihr vormachte, wie sie Mahu mit dem Hocker auf den Kopf geschlagen hatte, musste Inet laut lachen und hielt sich die Hand vor den Mund. Doch dann wurde sie gleich wieder ernst und bot Sonja Unterkunft an.

»Du musst dich verstecken«, sagte Inet. »Wenigstens eine Zeit lang.«

Mit Inet gelang die Verständigung viel besser als mit Mahu; vielleicht lag es daran, dass sie Frauen waren. Sonja war dankbar, dass sie bei Inet wohnen konnte. Im Nachhinein kam es ihr fast wie ein Glücksfall vor, dass Bakt ins Wasser gefallen war und sie auf diese Weise die junge Ägypterin kennengelernt hatte. Jetzt wusste Sonja wenigstens, wo sie übernachten konnte, und ums Essen brauchte sie sich auch keine Sorgen mehr zu machen. In der Sicherheit von Inets Haus wollte sie auch in Ruhe darüber nachdenken, wie sie Jonas aus dem Gefängnis befreien konnte.

Als Inarus am späten Abend von der Arbeit nach Hause kam, waren Inet und Sonja schon fast Freundinnen. Inarus wunderte sich zwar über den Besuch, aber als Inet ihm erzählte, dass Sonja den kleinen Bakt aus den Nilfluten gerettet hatte, zeigte auch er überschwänglich seine Dankbarkeit.

Er verschwand und kehrte nach kurzer Zeit mit einer gerupften Wildente zurück, die er offenbar bei den Nachbarn eingetauscht hatte. Inet bereitete den Vogel zu, und kurze Zeit später roch es im Haus köstlich nach gebratenem Fleisch. Inet gab sich mit der Mahlzeit alle Mühe, sie und ihr Ehemann schienen Sonja etwas Besonderes bieten zu wollen. Sonja vermutete, dass sich die Familie nicht jeden Tag Fleisch leisten konnte. Sie wollte Inet klarmachen, dass sie ihretwegen keinen Aufwand treiben musste, aber die Ägypterin lachte nur und schüttelte den Kopf. Sonja gab sich zufrieden. Wahrscheinlich wäre es unhöflich und beleidigend gewesen, wenn sie weiter protestiert hätte.

Wenig später saßen alle zusammen beim Essen. Die Auswahl der Speisen war längst nicht so groß wie bei Mahu, aber sie fühlte sich in dieser Runde erheblich wohler. Djedi hatte einige Öllampen angezündet. Sie saßen auf Matten am Boden, die ganze Familie, und Inet wurde nicht müde, Sonja von allen Gerichten anzubieten. Das Essen schmeckte ausgezeichnet, die Ente war köstlich gewürzt, dazu gab es Fladenbrot, Zwiebeln und Lauch. Mayati wirkte anfangs sehr schüchtern, wurde aber immer zutraulicher. Schließlich legte sie den Kopf auf Sonjas Schoß und schlief in dieser Haltung nach einer Weile sogar ein.

Der kleine Bakt zeigte Sonja stolz ein Krokodil aus Holz, das er an einer Schnur hinter sich herzog. Sein großer Bruder hatte es für ihn geschnitzt. Djedi schien das künstlerische Talent seines Vaters geerbt zu haben. Nach und nach brachte er allerlei Figürchen herbei, die er aus Holz geschnitzt oder aus Lehm geformt hatte. Sonja bewunderte alles und lobte Djedi. Inet drängte Sonja eine wunderschöne Muschelkette auf, die sie unbedingt gleich umhängen musste.

»Danke«, sagte Sonja. Sie war derartig gerührt von so viel Freundlichkeit, dass ihr fast die Tränen kamen.

Schließlich wurde es Zeit zum Schlafen. Während sich das Ehepaar auf das Dach des Hauses zurückzog und unter freiem Himmel nächtigte, blieb Sonja im selben Raum, in dem sie gegessen hatte, zusammen mit den Kindern. Obwohl der Boden hart war und die Decke kratzte, die Inet ihr gegeben hatte, war Sonja im Nu eingeschlafen.

Jonas hatte nur halb mitbekommen, dass die Aufseher Sonja abgeholt hatten. Das Fieber und die Schmerzen hatten ihn in einen Dämmerzustand versetzt. Inzwischen hatte ein erneuter Schweißausbruch das Fieber abgelöst. Sein Kopf war wieder klarer. Jonas fragte sich, wie viele Stunden wohl schon vergangen sein mochten, seit Sonja verschwunden war.

Es war ihm inzwischen gelungen, seine Fesseln abzustreifen. Trotzdem spürte er keine Erleichterung. Er war beunruhigt wegen Sonja. Warum kam sie nicht zurück? Was passierte mit ihr, ohne dass er dabei war?

Er war zornig auf sich selbst, sie überhaupt in diese Situation gebracht zu haben. Warum hatte er sie nicht besser beschützt? Dieser verdammte Affe, der ihn gebissen hatte! Die Schmerzen waren mittlerweile fast unerträglich. Sie strahlten von der Wade bis zum Oberschenkel, ja sogar bis zur Hüfte aus. Das Bein war heiß und geschwollen. Wahrscheinlich hatte Sonja recht gehabt – es war eine Blutvergiftung. Daran konnte er sterben.

Jonas presste die Lippen zusammen. Er glaubte noch immer an das Zeitreise-Paradoxon und dass ihnen in dieser fremden Epoche nichts Ernsthaftes geschehen konnte, weil sich sonst der Ablauf der Geschichte ändern würde. Aber sein körperlicher Zustand war miserabel und verschlechterte sich zusehends, da konnte er sich nichts mehr vormachen.

Er verfluchte den Affen. Und er verfluchte die Tatsache, dass sie überhaupt hierhergekommen waren. Natürlich war es faszinierend, dass das Isis-Tor sie tatsächlich in die Vergangenheit befördert hatte. Und es hatte ihm eine ungeheure Genugtuung bereitet, am eigenen Leib zu erfahren, dass Zeitreisen wirklich möglich waren. Er war also nicht umsonst jahrelang einem Traum hinterhergejagt. Aber was nutzte ihm dieses Wissen? Würde er hier, in diesem Gefängnis, elend krepieren? Waren dies die letzten Stunden seines Lebens?

Zorn stieg in ihm hoch. Er war wütend auf sich und seinen Körper, der nicht so funktionierte, wie er funktionieren sollte. Im Halbdunkel betastete er sein Bein, das ihm doppelt so dick vorkam wie das andere. Als er die Wunde berührte, hätte er vor Pein fast laut aufgeschrien. Die Stelle spannte unerträglich, war prallvoll mit Eiter. Jonas biss die Zähne zusammen und drückte dagegen. Vor lauter Schmerz sah er grelle Blitze. Aber dann fühlte er, wie sich die Wunde öffnete, der Eiter herausspritzte und an der Wade hinabrann. Sofort spürte er eine Erleichterung. Der Schmerz ließ etwas nach.

Jonas versuchte aufzustehen. Er war entschlossen zu kämpfen. Er wollte nicht im Gefängnis seine Zeit verplempern, während er nicht wusste, was mit Sonja geschehen war. Mühsam kam er auf die Beine. Dabei musste er sich an der Wand festhalten, weil ihm schwindlig wurde und ihm der Schweiß wieder aus allen Poren brach. Sein Kreislauf spielte verrückt. Außerdem war er fast am Verdursten. Seit man ihn hier eingesperrt hatte, war ihm weder etwas zu essen noch zu trinken gebracht worden.

Er tastete sich bis zur Tür vor und schlug wütend mit den Fäusten dagegen.

»Aufmachen!«, brüllte er. »Ich will hier raus! Ihr könnt mich nicht einfach hier festhalten! Ich habe euch nichts getan, ihr verdammten Wichser!«

Das schien zu wirken. Schritte näherten sich. Jemand blieb vor der Tür stehen.

»Sofort aufmachen!«, verlangte Jonas. »Lasst mich raus, sonst soll euch der Teufel holen!«

Die Stimme versagte ihm. Die Kehle war wie ausgedörrt. Und der Durst war durch sein Schreien noch schlimmer geworden.

Vor der Tür blieb es still.

»Gebt mir endlich Wasser!«, keuchte Jonas. Er spürte, wie seine Kraft nachließ. Seine Fäuste sanken herab. »Wollt ihr mich hier einfach verrecken lassen?«

Wieder kam keine Antwort, obwohl Jonas sicher war, dass der Ägypter noch immer auf der anderen Seite der Tür stand. Wahrscheinlich genoss er es, den Gefangenen toben zu hören.

Plötzlich wich Jonas' Wutausbruch einer abgrundtiefen Verzweiflung. Er sank auf die Knie. Alle Energie war verflogen. Er erkannte, dass die Zeitreise ein einziger Fehler gewesen war. Er würde sterben, da war er sich sicher. Vielleicht hatte man Sonja bereits umgebracht.

Er sah sie wieder vor sich, ihr blondes Haar, ihre Augen, die auf so einzigartige Weise strahlen konnten, wenn sie lachte. Er erinnerte sich daran, wie sie sich eine Strähne aus der Stirn strich oder wie sie die Lippen vorschob, wenn sie skeptisch war. Er dachte daran, wie er sie in den Armen gehalten und sie sich an ihn geschmiegt hatte. Könnte er sie wenigstens noch einmal sehen!

Jonas wusste nicht, wie lange er so an der Wand kauerte. Er fühlte sich vollkommen leer.

Da wurde der Riegel zurückgeschoben. Licht fiel in das Verlies, und zwei Männer traten ein. Einer leuchtete Jonas mit der Fackel ins Gesicht. Jonas drehte den Kopf weg und brummte unwillig, weil ihn der Feuerschein blendete.

Die Männer sagten etwas zu ihm, was er nicht verstand. Dann zerrten sie ihn hoch und zwangen ihn mitzukommen. Jonas leistete keinen Widerstand. Seine Beine gehorchten ihm kaum. Schon nach wenigen Schritten brach ihm der Schweiß aus. Die

Infektion hatte seinen Körper vergiftet und ihm alle Kraft genommen. Sein Blick war getrübt, er sah seine Umgebung wie durch einen Schleier. Und er hatte unerträglichen Durst.

Er bekam nicht mit, wohin er geführt wurde. Schließlich waren sie am Ziel. Die beiden Wächter stießen ihn durch eine Tür. Er blinzelte und glaubte den Raum wiederzuerkennen, in dem er und Sonja verhört worden waren. Auf alle Fälle war es derselbe Ägypter, der vor ihm stand. Er wirkte zorniger und ungeduldiger als beim ersten Mal.

Seine Stimme klang schrill, als er offenbar eine Frage stellte.

Jonas hob die Schultern. Er hatte keine Ahnung, was der Ägypter von ihm wissen wollte. Der Mann wiederholte seine Frage und trat so dicht an Jonas heran, dass diesem fast das Trommelfell platzte.

»Ich versteh dich nicht, verdammt noch mal!«, knurrte Jonas. »Wir haben nichts getan, Sonja und ich. Lass uns endlich frei!«

»Sonja«, wiederholte der Ägypter zu Jonas' Erstaunen, und ein feines Lächeln erschien auf seinen Lippen.

»Ja, Sonja«, wiederholte Jonas und nickte.

Der Ägypter gab einem Wächter ein Zeichen. Der Mann kam auf Jonas zu und hielt eine Lederpeitsche in der Hand.

»He, was soll das?«, fragte Jonas misstrauisch.

Der Ägypter bewegte unmerklich den Kopf. Der Wächter hob die Hand. Die Peitsche traf Jonas hart am Oberarm. Er schrie auf. Der Striemen brannte wie Feuer.

Der Ägypter brüllte ihn an. Dann riss er dem Wächter die Peitsche aus der Hand und schlug selbst zu. Er schlug und schlug. Die Schläge prasselten auf Jonas nieder, und dort, wo sie trafen, platzte die Haut auf. Verzweifelt versuchte er, wenigstens sein Gesicht zu schützen. Irgendwann schwanden ihm die Sinne, er verlor das Gleichgewicht und stürzte zu Boden.

Der Ägypter kannte kein Erbarmen. Er trat ihm gegen die Rippen und gegen den Kopf. Jonas wimmerte.

Mit einem Mal löste sich der Schmerz auf, und Dunkelheit senkte sich über ihn.

16

Mitten in der Nacht fuhr Sonja aus dem Schlaf hoch, ohne zu wissen, wovon sie plötzlich geweckt worden war. Ihr Herz schlug schnell, wie in Panik. Sie hatte das Gefühl, in großer Gefahr zu sein. In Panik blickte sie sich um. Doch neben ihr war alles ruhig. Inets Kinder schlummerten friedlich. Sonja blieb eine Weile sitzen und wartete, bis sich ihr Herzschlag beruhigt hatte. Wahrscheinlich hatte sie schlecht geträumt, obwohl sie sich an keinen Traum erinnern konnte. Gerade als sie sich wieder hinlegen wollte, hörte sie ein Geräusch. Es war das leise Tappen nackter Füße. Sie lauschte.

Dann nahm sie eine Gestalt wahr, die die Treppe herunterkam und durch den Raum huschte. Es war Inet. Offenbar konnte auch sie nicht schlafen oder war wie Sonja wach geworden. Wenig später drang ein Lichtschein aus dem Nebenraum. Sonja schlug die Decke zurück und stand auf. Als sie durch die Tür spähte, sah sie Inet vor einem geöffneten Schrein knien und leise murmelnd ein Gebet sprechen. Sonja erkannte eine kleine Isis-Statue in dem Schrein.

Inet schien die Blicke zu spüren. Sie wandte sich um und winkte. Zögernd trat Sonja näher.

Inet stand auf, nahm die Isis-Figur in die Hand und überreichte sie Sonja mit ehrfürchtiger Geste. Dann kniete sie abermals nieder, berührte mit der Stirn den Boden und vollführte mit den Händen geheimnisvolle Bewegungen. Sonja wusste nicht genau, was das alles zu bedeuten hatte, nahm aber an, dass Inet die Göttin Isis darum bat, Sonja zu segnen.

Sonja war gerührt, sie spürte die Feierlichkeit des Augenblicks. Das edelsteinverzierte Figürchen, das auf ihrem Arm ruhte, war sorgfältig gearbeitet und zeigte eine Frauengestalt mit ausgebreiteten Flügeln. Inet sprach halblaut ein Gebet. Am Boden stand eine Öllampe. Die goldene Göttin funkelte im Schein der Flamme, und ihre Flügel schillerten, als wäre sie lebendig. Es war ein magischer Moment. Sonja hatte das Gefühl, von einem schützenden Mantel eingehüllt zu werden. Das Herz wurde ihr leicht, alle Sorgen und Nöte fielen von ihr ab, und sie wurde innerlich ganz ruhig.

Schließlich war Inet fertig, nahm Sonja die Isis-Statue ab und verschloss sie wieder in dem kleinen Schrein. Dann setzten sich die beiden Frauen auf den Boden.

»Du hast meinen Sohn gerettet, deswegen habe ich die Göttin gebeten, dass sie dich vor Gefahren schützen möge«, erklärte die junge Ägypterin.

Sonja nickte. Impulsiv griff sie nach Inets Hand. »Danke.«

Inet lächelte.

»Wie kann ich Jonas vor Mahu schützen?«, fragte Sonja und nahm dabei die Hände zu Hilfe, um ihre Worte zu verdeutlichen. »Was kann ich tun, damit mein Freund freigelassen wird?«

Inet legte die Stirn in Falten und dachte offenbar nach.

»Weißt du etwas über die Sieben Skorpione?«, wollte Sonja wissen.

Inet zuckte zusammen. Angst stand ihr ins Gesicht geschrieben.

Sonja schüttelte den Kopf. »Wir haben nichts damit zu tun, Jonas und ich«, beteuerte sie.

Ihre Freundin schien zu verstehen. Mit gedämpfter Stimme redete sie auf Sonja ein. Ihr Tonfall klang beunruhigt. Sonja versuchte, der Rede zu folgen. Sie begriff nur einen Teil davon. Die Sieben Skorpione waren offenbar ein Geheimbund, der sich das Ziel gesetzt hatte, den Pharao zu töten. Einen der Verschwörer hatte man kürzlich gefasst und mit dem Tod bestraft. Jeder, der Hinweise auf die Verschwörer geben konnte, wurde belohnt.

Sonja nickte und erinnerte sich mit Schaudern, wie sie Mahu gegenüber auf den Begriff Sieben Skorpione reagiert hatte. Wahrscheinlich hatte der Polizeichef aufgrund ihres Verhaltens angenommen, Jonas und sie hätten etwas mit dieser Organisation zu tun. Sie griff sich an die Stirn und stöhnte. Ihr fiel ein, was Jonas im Gefängnis vermutet hatte: Die Sieben Skorpione waren so etwas wie die Panzerknackerbande. Damit hatte er den Nagel auf den Kopf getroffen.

Sie fasste Inet am Arm. »Wer hat noch größeren Einfluss als Mahu? Wer ist sein Vorgesetzter?«

Es dauerte eine Weile, bis Inet verstand, worauf Sonja hinauswollte. Der Pharao sei natürlich mächtiger als Mahu. Sonja könne ihr Anliegen an seinen Stellvertreter richten, den Wesir Nachtpaaten.

»Nachtpaaten«, wiederholte Sonja, um sich den Namen einzuprägen.

Inet erzählte ihr noch, dass demnächst ein großer Festzug stattfinden werde, bei dem der Pharao, seine Gemahlin und auch der Wesir zu sehen seien. Sonja wurde ganz aufgeregt bei dem Gedanken, endlich einmal Nofretete zu begegnen, jener Frau, über die sie schon so viele Vermutungen angestellt hatte.

Inet lächelte. Dann bedeutete sie Sonja, sie solle sich wieder schlafen legen. Es werde nicht mehr lange dauern, bis sich Aton am Horizont zeige. Während Sonja zu den Kindern zurückkehrte, huschte Inet auf die Dachterrasse, um sich neben ihren Gatten zu legen.

Bis zur Morgendämmerung tat Sonja kein Auge zu. Zu viel ging ihr im Kopf herum. Zumindest hatte sie jetzt einen Plan, wie sie Jonas helfen konnte: Sie musste sich an den Wesir Nachtpaaten wenden …

Inets Kinder fühlten sich sehr zu Sonja hingezogen. Von ihnen lernte sie viele ägyptische Wörter. Vor allem das Mädchen Mayati hatte großen Spaß daran, ihr Gegenstände zu zeigen und den dazugehörigen Begriff zu nennen. Und Bakt lief Sonja überall nach. Er schien einen Narren an ihr gefressen zu haben, weil sie ihm das Leben gerettet hatte.

Inet half Sonja, wie eine Ägypterin auszusehen und sich so anzuziehen, damit sie nicht mehr sofort als Fremde auffiel. Sie zeigte ihr, wie sie sich schminken musste, und beschaffte ihr sogar eine

Perücke aus schwarzem Haar. Sonja kam sich beim Betrachten in dem Bronzespiegel selbst ganz fremd vor. In dieser Verkleidung würden Mahus Verfolger sie wenigstens nicht auf den ersten Blick erkennen. Nur ihre Körpergröße war leider weiterhin verräterisch …

»Vielen Dank, Inet!« Sonja umarmte ihre neue Freundin herzlich. Sie vermutete, dass Inet die Perücke gegen Schmuck oder einen wertvollen Gegenstand eingetauscht hatte. Reich schien die Familie nicht zu sein, wahrscheinlich reichte Inarus' Verdienst gerade zum Leben. Sonja hatte anfangs Angst, der Familie zur Last zu fallen, aber ihre Sorge erwies sich als unbegründet. Alle waren sehr freundlich zu ihr, und sie hatte bald den Eindruck, dass sie dazugehörte. Selbst der etwas wortkarge Inarus schien Vertrauen zu ihr zu fassen und versuchte geduldig, ihr Dinge des alltäglichen Lebens zu erklären. Er war ein fleißiger, genügsamer Mann, der sich bei Tagesanbruch zu Thutmosis' Werkstatt aufmachte und erst spätabends heimkam. Trotz der langen Arbeitszeit hatte er nie schlechte Laune und behandelte seine Frau und seine Kinder ausgesprochen liebevoll.

Seit Sonja erfahren hatte, dass sie sich wegen Jonas an Nachtpaaten wenden musste, war sie voller Unruhe. Am liebsten wäre sie schon am nächsten Tag zum Palast gegangen und hätte ihr Anliegen vorgebracht. Inet war bereit, sie zu begleiten und notfalls zu dolmetschen. Doch man musste einen Termin haben, um Nachtpaaten sprechen zu können. Als Inet einen Nachbarn zum Palast schickte und ihn zu fragen bat, wann Nachtpaaten Zeit habe, kehrte dieser zurück und überbrachte die Nachricht, dass die beiden Frauen erst in drei Tagen vorgelassen würden.

»In drei Tagen!«, rief Sonja verzweifelt. »Das ist zu spät! Jonas ist krank, er braucht dringend einen Arzt.«

Der Nachbar starrte Sonja verständnislos an, denn in ihrer Aufregung hatte sie Deutsch gesprochen. Als Sonja Inet mühsam klarmachte, dass sie unbedingt schon früher mit Nachtpaaten reden müsse, erfuhren die beiden Frauen, der Wesir sei vollauf damit beschäftigt, den Festzug des Pharaos vorzubereiten.

»Der Festzug bewegt sich übermorgen durch die Stadt«, verkündete der Nachbar und verneigte sich. »Das Volk wird gebeten, sich an der Königsstraße aufzustellen und dem Gott zu huldigen.«

»Danke«, sagte Inet.

Der Nachbar verabschiedete sich und verschwand.

Sonja wurde fast verrückt, weil sie so lange warten musste und nichts tun konnte. Was, wenn die Eingabe beim Wesir für Jonas zu spät kam? Sie hatte keine Ahnung, wie erfahren die altägyptischen Ärzte waren und wie hoch ihre Heilkunst einzuschätzen war. Sicher gab es etliche wirksame Mittel, die im Lauf der Zeit in Vergessenheit geraten waren. Aber Jonas' Wunde hatte ziemlich übel ausgesehen, und Blutvergiftung war selbst im 21. Jahrhundert äußerst gefährlich. Sonja glaubte nicht an Jonas' Zeitreise-Theorie, wonach ihr und ihm nichts zustoßen konnte.

»Isis wird deinen Freund schützen«, sagte Inet und legte Sonja beruhigend eine Hand auf den Arm.

Sonja lächelte. Inet meinte es gut, aber die freundliche Geste war nur ein schwacher Trost. Sonja glaubte nicht an Zauberei, obwohl sie sich noch deutlich an das Gefühl der Sicherheit erinnerte, als sie die Isis-Statue berührt hatte. Doch das war während der Nacht gewesen, in einem Augenblick emotionaler Offenheit. Jetzt, bei Tag, sah alles viel nüchterner aus.

Sie wusste nicht, welche Kraft sie nach Achetaton versetzt hatte. Es ging über ihren Verstand, selbst wenn ernsthafte Wissenschaftler Zeitreisen für möglich hielten. Sie fühlte sich wie ein Spielball des Schicksals. Und das Spiel konnte sie nur gewinnen, wenn sie das Richtige tat. Eine Garantie fürs Überleben gab es nicht.

Am liebsten wäre sie zum Gefängnis zurückgeeilt, um sich nach Jonas zu erkundigen. Diese Ungewissheit war eine einzige Qual! Aber sie konnte nicht zurückkehren, denn man würde sie mit Sicherheit festnehmen und zu Mahu bringen. Und der war ganz bestimmt nicht gut auf sie zu sprechen.

Inet schien Sonjas Ungeduld zu spüren.

»Du kannst nichts tun«, sagte sie zu ihr. »Die Dinge geschehen in der Weise, wie sie geschehen sollen. Vertrau auf Isis! Die Göttin schützt die Liebenden.«

Sonja spürte, dass sie errötete. Liebe? War es tatsächlich Liebe, was sie und Jonas miteinander verband? Sie wusste, dass die Gefühle mit ihr durchgegangen waren. Jetzt sehnte sie sich nach ihm, vermisste ihn und hatte gleichzeitig Angst um sein Leben. Aber war er deswegen der Mann, mit dem sie für immer zusammenbleiben wollte? In dieser fremden Umgebung war das schwer vorstellbar. Nichts war planbar, die Zukunft ein einziges Abenteuer … Sie und Jonas waren Gefährten, die dieses aufregende Erlebnis miteinander teilten, aber waren sie auch wirklich Liebende?

Sonja schloss die Augen. Hinter ihrer Stirn pochte es, die Kopfschmerzen kündigten sich an, die sie in den vergangenen Tagen bereits öfter gequält hatten. Je länger sie nachgrübelte, desto deutlicher hatte sie den Eindruck, dass ihre Gedanken sich im Kreis drehten und sie keinen Schritt weiterkam.

»Quäl dich nicht«, hörte sie Inets Stimme. »Vertrau einfach.«

»Ich will es versuchen«, murmelte Sonja. Sie beneidete Inet um ihre Gelassenheit und die Zuversicht, dass Isis schon alles regeln werde. Der Glaube an die Macht der Götter schien bei den alten Ägyptern tatsächlich tief verwurzelt zu sein. Sonja war katholisch erzogen worden; sie bestaunte die Schöpfung als etwas Großes und Wunderbares, aber sie konnte sich nicht vorstellen, dass es einen Gott gab, der sich um die einzelnen Belange von Milliarden Menschen kümmerte. Das letzte Mal hatte sie am Sterbebett ihrer Mutter gebetet; sie hatte gehofft, dass die Ärzte die Lungenembolie in den Griff bekämen. Aber der Zustand war aussichtslos gewesen: Man hatte ihre Mutter bereits zweimal reanimieren müssen, und Maschinen und Medikamente hatten den Körper mühsam am Leben erhalten. Bei der Erinnerung krampfte sich in Sonja wieder alles zusammen, und sie spürte eine Welle des Schmerzes und der Trauer. Das würde sich wohl nie ändern, wie viel Zeit auch vergehen mochte. Sonja war sich so hilflos vorgekommen, hatte keinen Ausweg gesehen und die Situation schließlich hinnehmen müssen – genau wie jetzt. Ihr Stoßgebet – *Hilf mir, Gott, lass sie nicht sterben!* – hatte nichts genutzt. Gott hatte nicht zugehört, es hatte ihn nicht interessiert, oder er hatte seine eigenen Vorstellungen gehabt. Seither hatte Sonja das Gefühl, dass sie keinen Draht zu ihm hatte und dass es zwecklos war, mit ihm zu kommunizieren. Sie gingen sich aus dem Weg und ließen einander in Ruhe.

»Ach, hätte ich doch so viel Geduld wie du!«, seufzte Sonja und berührte Inets Hand. »Du bist jünger als ich und so viel weiser …« Sie seufzte. Noch immer spürte sie große Unruhe in sich. Ließe sich diese doch einfach mit einem Knopfdruck abschalten! Sie musste lernen, einfach hinzunehmen, dass sie bestimmte Umstände nicht ändern konnte. Aber wahrscheinlich half nur Ablenkung. Sie fragte Inet, ob sie ihr zur Hand gehen könne. Inet nickte, und Sonja durfte ihr bei der Zubereitung des Abendessens helfen. Zum ersten Mal in ihrem Leben backte sie Fladenbrot und war überrascht, wie einfach es sich herstellen ließ. Inets Ruhe schien allmählich ein wenig auf sie abzufärben. Als Sonja das fertige Brot aus dem Ofen holte, empfand sie tiefe Befriedigung. Mit den eigenen Händen etwas schaffen – wie lange hatte sie das nicht getan! Sie hatte in den letzten Jahren ein viel zu kopflastiges Leben geführt …

»Das tue ich nicht. Niemals!« Karems dunkle Augen funkelten vorwurfsvoll. »Wie kannst du so etwas von mir verlangen? Allein der Gedanke … ist Frevel.«

Setep sah, dass Karem am ganzen Leib zitterte. Plötzlich kam er sich uralt vor. Karem war so jung, so unschuldig. Er glaubte an die Göttlichkeit des Pharaos, an die Richtigkeit von Echnatons Handlungen, an das Edle und Reine. Der Junge wusste noch nicht, wie Macht schmeckte und wie unersättlich sie machte.

»Es tut mir leid«, sagte Setep rasch. »Ich wollte dich nicht erschrecken. Ich bin selbst in größter Bedrängnis, weil …« Er brach ab und blickte Karem unverwandt an. »Ich hoffe, du bist noch mein Freund.« Der Satz klang mehr wie eine Frage.

Karem antwortete nicht. Er hielt Seteps Blick eine Weile stand und schlug dann die Augen nieder. Setep sah die langen schwarzen Wimpern. Wie schön Karem war, fast wie ein Mädchen.

»Ich will Menschen heilen, nicht töten«, erklärte Karem. »Ich will Arzt werden. Ich möchte lernen, welche Pflanzen Heilkräfte besitzen.« Er redete sich in Eifer. »Ich will wissen, wie man das Fieber besiegt. Ich möchte herausfinden, was man tun kann, damit eine Krankheit nicht von einem Menschen zum anderen springt …« Er hob den Blick. Seine Lippen zitterten. »Ich will kein Mörder werden, Setep. Auch wenn es vielleicht … eine große Kunst ist, jemanden zu töten, ohne Spuren zu hinterlassen.«

Setep berührte Karems Arm. »Vergiss es. Vergiss einfach, was ich heute gesagt habe. Lass uns jagen gehen. Ich weiß einen Platz, wo es viele Enten gibt. Du darfst meinen großen Bogen benutzen, möchtest du das?«

Setep klopfte das Herz bis zum Hals. Einen Augenblick lang glaubte er, dass Karem den Verlockungen widerstehen, aufstehen und in den Palast zurückgehen werde. Vielleicht hatte Setep mit seiner Bitte ihre Freundschaft zerstört. Am liebsten hätte er sich geohrfeigt. Er hätte wissen müssen, dass Karem so reagieren würde. Aber Ankhu hatte ihm zugesetzt … Erst gestern Abend hatten sie lange darüber geredet, dass der Pharao so schnell wie möglich sterben musste. Echnaton wurde von Tag zu Tag selbstherrlicher. Ankhu fand sein Benehmen unerträglich. Die Sache musste endlich vorangehen, der Mord ausgeführt und die alten Götter wieder eingesetzt werden. Ankhu und Setep hatten noch einmal darüber diskutiert, ob Setep während des Festzuges einen Pfeil auf den Pharao abschießen sollte, wie es die Verschwörer beschlossen hatten.

»Du tust ein gutes Werk«, hatte Ankhu ihn beschworen. »Du befreist das Volk von einem größenwahnsinnigen Herrscher.«

»Ein Mord in der Öffentlichkeit erregt viel Aufmerksamkeit«, hatte Setep eingewandt. »Und vielleicht auch Unmut in der Bevölkerung. Der Anschlag müsste unauffälliger ausgeführt werden. Es sollte der Eindruck entstehen, Echnaton sei eines natürlichen Todes gestorben.«

Ankhu hatte gelächelt. »Du hast also doch schon mit deinem Freund Karem gesprochen?«

»Nein, aber ich werde es tun«, hatte Setep gesagt.

Dass sich Karem dem Plan anfangs vehement widersetzen würde, damit hatte er gerechnet. Aber Setep hatte gehofft, ihn überzeugen zu können, indem er ihn auf Echnatons Fehler und Selbstherrlichkeit aufmerksam machte. Doch Karem wollte davon nichts wissen. Er vergötterte den Herrscher und fand für jede seiner Handlungen eine logische Begründung. Er glaubte an Echnatons göttlichen Auftrag und war überzeugt davon, dass der Pharao täglich Zwiesprache mit Aton hielt. Setep bekam ein schlechtes Gewissen. Bisher hatte Karem Setep immer wie einen großen Bruder bewundert. Er hatte seinen Erzählungen mit größter Aufmerksamkeit gelauscht und sich angestrengt, das Bogenschießen zu erlernen. Setep war in jeder Beziehung sein Lehrmeister gewesen, gleichgültig, ob es um die Kunst des Jagens ging oder um Verrichtungen des täglichen Lebens, bei denen Setep mehr Erfahrung hatte. Setep hatte sich eingebildet, großen Einfluss auf Karem zu haben. Doch es war ihm nicht gelungen, ihn zu einem Mordanschlag anzustiften. Karem war einfach ein zu ehrlicher Mensch. Für ihn gab es nur Schwarz oder Weiß, Gut oder Böse – keine Zwischenstufen. Setep konnte froh sein, wenn Karem überhaupt noch sein Freund sein wollte.

Karem war sehr schweigsam, während sie nebeneinander hergingen. An einer Hausecke bat Setep Karem zu warten. »Ich bin gleich zurück. Ich will nur meinen Bogen holen.«

Karem nickte, verschränkte die Arme und lehnte sich an die Wand, einen Fuß gegen die Mauer gestützt.

Setep war sich nicht sicher, ob Karem tatsächlich warten würde. Doch als er eine Viertelstunde später atemlos zurückkam, stand Karem noch immer da, seine Haltung war unverändert.

»Hier bin ich wieder«, sagte Setep. »Und nun auf zum Nil!«

Karem lockerte die Arme und musterte Setep. »Darf ich heute wirklich deinen Bogen benutzen?«

»Was fragst du? Das habe ich dir doch versprochen.«

Ein Lächeln huschte über Karems Züge. Setep war wesentlich entspannter, als sie weitergingen. Karem würde ihm die Freundschaft nicht aufkündigen.

Sie hatten das Nilufer fast erreicht und hörten das Schilf schon rascheln. »Warum muss er deiner Ansicht nach sterben?«, fragte Karem da unvermittelt.

Setep wusste sofort, dass er von Echnaton redete. Die Sache schien Karem noch immer zu beschäftigen.

»Echnaton mag auch seine guten Seiten haben«, antwortete Setep vorsichtig. »Das Volk liebt ihn, keine Frage. Aber er nutzt diese Liebe aus. Sie steigt ihm zu Kopf. Es ist ungeheuerlich, dass er sich als Atons Sohn bezeichnet. Das hat kein Pharao vor ihm je getan.«

»Er führt nur aus, was Aton ihm aufträgt«, erwiderte Karem. »Und wenn Aton sagt, er sei sein Sohn, dann gibt es daran keinen Zweifel.«

Setep presste die Lippen aufeinander. »Aber warum spricht Aton nur zu Echnaton und zu niemandem sonst?«, wandte er nach kurzer Pause ein. »Und warum brauchen wir den Pharao, wenn wir mit Aton reden wollen? Ich kenne diesen Aton nicht, warum sollte ich ihn verehren?«

Karem starrte Setep erschrocken an, seine Augen wirkten fast schwarz. »Was redest du da, Setep? Das ist Frevel! Ich sehe Aton jeden Tag, und wenn er im Osten aufgeht, dann weiß ich, dass er bei mir ist und alles sieht, was ich tue … Seine Strahlen wärmen meine Haut, ich spüre seine Liebe. Wie kannst du an Aton zweifeln?« Seine Stimme klang vorwurfsvoll.

»Als ich ein Kind war, haben wir Amun als höchsten Gott verehrt«, erinnerte sich Setep. »Es hieß, dass er uns beschützt und über uns wacht. Echnaton hat von Aton geträumt – und ihm diese Stadt gebaut. Mir ist der Totengott Iun-Mutef im Traum erschienen und hat mir befohlen, Waset zu verlassen und nach Achetaton zu gehen. Und? Ich bin hier angekommen und habe festgestellt, dass es hier gar keinen Tempel für Iun-Mutef gibt. Im Gegenteil. Echnaton lässt die alten Götter verfolgen. So viel zur Macht der Träume.«

»Du … du solltest nicht so reden«, stammelte Karem. »Gut, dein Traum hat dich in die Irre geführt. Aber du bist auch kein Pharao.«

»Ach ja? Und alles, was Echnaton träumt, ist wahr?« Setep lachte bitter auf.

»Warum nicht?«, fragte Karem trotzig. »Du kannst das Gegenteil nicht beweisen.«

»Meinetwegen kann er für Aton eine Stadt bauen«, brummte Setep. »Aber warum lässt er die alten Götter nicht in Frieden? Warum schließt er die Tempel oder zerstört sie sogar?«

»Aton ist mächtiger als alle anderen Götter«, antwortete Karem. »Sie werden nicht mehr gebraucht.«

»Werden sie wirklich nicht mehr gebraucht?« Setep blieb stehen. »Glaubst du, ein einziger Gott kann sich um die Belange aller Menschen kümmern? Kann er seine Augen überall haben? Ich sage dir, das kann er nicht!«

»Aton ist so mächtig … Wahrscheinlich können wir es uns nur nicht vorstellen.«

»Wenn die alten Götter tatsächlich nutzlos wären und ausgedient hätten, würde das bedeuten, dass wir in all den Jahren nur sinnlos unsere Zeit verschwendet haben, indem wir sie verehrt und ihnen geopfert haben. All die Jahre, Karem, stell dir das vor! Alle früheren Pharaonen hätten sich geirrt. Als hätte erst Echnaton kommen und uns aufklären müssen, dass Aton die Welt erschaffen hat.«

»Wir sollten glücklich sein, dass wir in dieser Zeit leben und Echnaton unser Herrscher ist«, flüsterte Karem.

Setep schüttelte den Kopf. »Weißt du, was ich glaube? Ich glaube, dass Echnaton krank ist – krank im Kopf. Aton ist seine Erfindung, und er steigert sich immer mehr in die Vorstellung hinein, dass er tatsächlich sein Sohn ist. Glaubst du, Nofretete ist einer Meinung mit ihm? Sie kennt ihn doch schon lange. Warum besitzt sie heimlich eine Isis-Statue und ein Udjat-Auge? Das hast du mir selbst erzählt. Weil sie an ihrem Gatten zweifelt, darum!« Seine Stimme wurde heiser. »Sie hat erkannt, dass er sich verändert hat und dass sich die Krankheit in seinem Kopf immer mehr ausbreitet.«

Karem blickte Setep unsicher von der Seite an und schwieg.

»Es ist bestimmt furchtbar für Nofretete«, fuhr Setep fort. »Sie kann nichts tun. Ihr sind die Hände gebunden. Sie muss ihren Gatten in der Öffentlichkeit begleiten und seine Handlungen unterstützen. Stell dir vor, wenn sie sich ihm plötzlich widersetzen würde. Das wäre ein Skandal!« Setep empfand Mitleid mit der Großen Königlichen Gemahlin. Es musste schrecklich sein, Tag für Tag mit einem Wahnsinnigen zusammenzuleben. Ob Nofretete ihren Gatten insgeheim nicht schon hasste und sich danach sehnte, aus einem solchen Leben auszubrechen? Die Phantasie ging mit Setep durch. Er stellte sich vor, dass er sie von ihrem bedrückenden Los befreite. Dass er sie rettete – und sie wäre ihm für alle Zeiten dankbar …

»Du … du liebst sie«, sagte Karem plötzlich.

Setep zuckte zusammen und spürte, wie ihm die Röte in die Wangen schoss. Er fühlte sich ertappt. »Nein … ja … ich weiß nicht … sie ist eine schöne Frau, aber eigentlich viel zu alt … Aber du hast recht, ich … verehre sie.«

»Ich auch. Sie ist wunderschön«, bestätigte Karem. »Das denke ich jedes Mal, wenn ich ihr begegne. Sie ist etwas ganz Besonderes.« Er wurde verlegen. »Ich weiß nicht, wie ich es ausdrücken soll, aber wenn sie den Raum betritt, verändert sich alles. Die Luft wird klarer, das Licht heller. Es ist, als würde sie einem die Augen öffnen für die wichtigen Dinge des Lebens.«

»Nicht Echnaton ist ein Gott, sondern sie ist eine Göttin«, erklärte Setep. Er war froh, über die Frau reden zu können, die ihn so tief bewegte. Er erinnerte sich, wie sie aussah, wenn sie sich mit Echnaton am Fenster zeigte und wenn die Menschen auf der Königsstraße dem Paar zujubelten. Während Nofretete jedes Mal strahlte, wurde Echnaton immer unansehnlicher. Die Lider hingen schlaff herunter, sein Leib war schwammig und hatte fast die Formen einer Frau. Wenn er die Hand hob und winkte, dann hatte Setep oft den Eindruck, dass er unter Drogen stand und nichts mehr richtig wahrnahm. Manchmal wirkte Echnaton bei dem Ritual geradezu gelangweilt.

Nein, dieser Mann war kein Gott, auch nicht der Sohn Atons! Welch unglaubliche Anmaßung, dies zu behaupten! Wie musste Nofretete leiden! Sicher erduldete sie nur noch mit Abscheu seine

Zärtlichkeiten. Echnatons Körper war völlig verweichlicht. Wie ekelhaft musste es sein, ihn zu berühren! Vielleicht konnte er ihr schon gar nicht mehr beischlafen …

»Braucht er … Stärkungsmittel?«, fragte Setep. »Mischt ihm Pentju etwas zusammen? Du bist doch sein Gehilfe und weißt, welche Arzneien dein Herr Echnaton verabreicht.«

»Darüber darf ich nicht reden«, erklärte Karem und schlug die Augen nieder.

Setep merkte, dass er mit seiner Vermutung ins Schwarze getroffen hatte.

»Daran siehst du, dass er kein Gott ist«, entgegnete Setep. »Wäre er Atons Sohn, könnte er sich selbst heilen und hätte keine Wässerchen und Pülverchen nötig.«

Karem antwortete nicht, aber er wirkte nachdenklich. Setep hatte den Eindruck, dass es ihm gelungen war, einige Zweifel zu säen.

»Jetzt komm!«, sagte Setep. »Lass uns über etwas anderes reden. Sicher wird es dir heute gelingen, deine erste Ente zu erlegen.« Er reichte Karem seinen Bogen und zeigte ihm, wie er den Pfeil anlegen musste.

Karem ergriff den Bogen und fuhr mit seinen langen Fingern andächtig über das geschmeidige Holz. Er befühlte den Pfeil und die Federn am Ende des Schaftes.

»Es ist der beste Bogen, den ich je besaß«, erklärte Setep. »Er ist vollkommen. Man braucht nämlich ein besonderes Holz dazu, es muss die richtige Beschaffenheit haben. Die Sehne muss stark sein, nicht zu hart und nicht zu nachgiebig. Und die Pfeile müssen so leicht wie möglich sein und genau geradeaus fliegen.«

Karem nickte.

Setep sah das Begehren in seinen Augen.

»Ich könnte dir den Bogen schenken und mir einen neuen schnitzen«, schlug Setep heiser vor.

Karem blickte ihn ungläubig an. »Meinst du das aufrichtig?«

»Wenn du mir Einlass zum Palast verschaffst«, erwiderte Setep.

17

Trotz der Sorgen um Jonas ließ sich Sonja von der fröhlichen Stimmung anstecken. Schon am frühen Morgen herrschte in den Gassen und Straßen reger Betrieb. Musik erklang, Flöten- und Harfentöne, dazwischen das rhythmische Schlagen von Trommeln und Rasseln. Überall war Stimmengewirr zu hören. Die Menschen strömten aus den Häusern, hatten Festtagsgewänder angelegt und sich mit Blumen geschmückt. Es war der Tag des feierlichen Umzugs.

Sonja erinnerte sich an die Love-Parade in Berlin. Sie war einmal während ihrer Studienzeit dort gewesen, zusammen mit ihrem besten Freund Ulrich Störcke. Die Stimmung war unbeschreiblich gewesen, sie hatten mitten auf der Straße getanzt, und wildfremde Menschen waren sich in die Arme gefallen. Daran musste Sonja denken, als sie sich mit Inet und ihren Kindern auf den Weg machte, um das Königspaar zu sehen.

Inarus hatte frei bekommen, er begleitete seine Familie. Mayati durfte auf seinen Schultern reiten, um besser sehen zu können. Sie trug einen Blumenkranz um den Hals. Sonja hatte ihr geholfen, ihn anzufertigen.

Je näher sie der Königsstraße kamen, desto größer wurde das Gewimmel. Menschenmassen säumten den Straßenrand, die Leute standen dicht gedrängt. Manche waren schon seit Stunden da und hatten die besten Plätze an jenen Stellen besetzt, an denen der Pharao ganz dicht vorbeikommen würde.

Auch Sonja war aufgeregt. Sie konnte es noch immer nicht fassen, dass sie in Kürze wirklich Echnaton und Nofretete sehen würde. Sie hatte versucht, Inet klarzumachen, was dies für sie bedeutete. Sie hatte ihr erzählt, dass sie von weit her kam, aber schon viel von Echnaton und seiner Gemahlin gehört hatte. Inet war ihr inzwischen eine gute Freundin geworden, und Sonja hätte ihr liebend gern die Wahrheit erzählt: dass sie aus der Zukunft kam und ihre Doktorarbeit über Nofretete geschrieben hatte. Aber Inet hätte vermutlich nicht begriffen, was eine Doktorarbeit war – und die Sache mit der Zeitreise war ohnehin nicht zu erklären. Also begnügte sich Sonja damit, Djedi und Bakt an den Händen zu halten und an einer Ecke auf den Prunkzug des Pharaos zu warten.

Sie mussten sich noch eine ganze Weile gedulden. Den Kindern wurde die Zeit zu lang, sie wurden unruhig und quengelig. Mayati weinte, weil sich ihre Blumenkette auflöste. Sonja versprach ihr, dass sie nachmittags gemeinsam eine neue flechten würden.

Dann endlich war es so weit. Eine Woge der Erregung lief durch die Menge, als sich von ferne der Festzug näherte. Es war ein riesiges Aufgebot. Vornweg schritten Soldaten und Priester. Dann kam eine Reihe Tänzerinnen und Sängerinnen. Sie trugen feine Gewänder und schlugen Tamburine. Manche zupften an lautenähnlichen Instrumenten, andere klapperten mit Rasseln oder Kastagnetten aus Elfenbein. Sie bewegten sich sehr anmutig, und der Rhythmus ihrer Lieder sprang auf die Zuschauer über, die im Takt mitklatschten.

Dann endlich kam der Prunkwagen des Pharaos, gezogen von zwei schneeweißen Pferden. Der Wagen selbst war aus purem Gold. Das Königspaar stand aufrecht darin und winkte den Zuschauern huldvoll zu.

Sonja war fasziniert, als der Wagen an ihr vorbeifuhr. Nofretete war keine zwei Meter von ihr entfernt, und als sich ihre Blicke kreuzten, fühlte Sonja einen Stich in der Brust. Für einen Sekundenbruchteil schienen Raum und Zeit aufgehoben zu sein; die beiden Frauen sahen sich an, und Sonja hatte den Eindruck, dass ihre Seelen miteinander verschmolzen. Sie war überzeugt, dass Nofretete alles über sie wusste – und gleichzeitig strömte eine Flut von Informationen in Sonjas Kopf; sie spürte fast körperlich Nofretetes Überdruss, ihre heimliche Trauer, ihre Ungeduld … Für einen Moment konnte sie hinter das einstudierte Lächeln blicken, das die Königin den Zuschauern schenkte; sie sah ihre Augen, die nicht mitlächelten, sondern kalt waren vor unterdrückten Gefühlen.

Dann war der magische Moment vorüber. Sonja war wie benommen. Die Sonne brannte vom Himmel, es war Mittagszeit. Die Perücke war lästig, es war heiß darunter, und am liebsten hätte sie sie abgenommen. Sie hatte nur einen flüchtigen Eindruck von Echnaton gewonnen, weil sie sich nur auf Nofretete konzentriert hatte. Das Gesicht des Herrschers war aufgequollen und von ungesunder Blässe, die Augen schimmerten in einem unnatürlichen Glanz. Auf seinem Kopf saß die rotweiße Doppelkrone Ober- und Unterägyptens. Auch Nofretete trug eine hoch aufragende Krone, das Zeichen königlicher Macht. Eine Schar Würdenträger folgte dem Prunkwagen des Königspaares.

Inet fasste Sonja am Arm. »Der Mann dort in der Mitte – das ist der Wesir Nachtpaaten!«

Sonja versuchte, einen Blick auf den Wesir zu erhaschen. Nachtpaaten war groß – und als er den Kopf wandte, stockte Sonja der Atem. Sie kannte ihn. Das war kein Ägypter, das war Paul Lehmann, der verschwundene Grabungsleiter!

Im Nachhinein fragte sich Sonja, ob sie sich nicht getäuscht hatte. Schließlich war es sehr heiß gewesen, und sie hatten lange in der Sonne gestanden. Und es war Jahre her, seit sie Paul Lehmann das letzte Mal gesehen hatte.

Trotz allem war sie überzeugt, dass er es gewesen war. Natürlich war er seit dem Studium älter geworden. Von dem schwarzen Haar, das er meistens straff nach hinten gekämmt hatte, war nichts übrig geblieben. Schon damals hatte er ausgeprägte Geheimratsecken gehabt, jetzt war er völlig kahl. Vielleicht hatte er seinen Schädel auch geschoren, wie es die alten Ägypter zu tun pflegten. Aber die buschigen Augenbrauen, die fast zusammengewachsen waren, und die überdimensionierte Nase waren unverkennbar. Dazu das kantige Kinn und die schmalen Lippen, bei denen Sonja immer den Eindruck gehabt hatte, dass Lehmann wissend und überheblich lächelte …

Sonja war sehr schweigsam, während sie mit Mayati einen neuen Blumenkranz flocht. Schließlich setzte sich Inet zu ihnen.

»Was ist?«, fragte sie. »Bedrückt dich etwas?«

Sonja spielte mit einer Blüte und hob den Kopf. »Nachtpaaten … ich glaube, ich kenne ihn. Zumindest erinnert er mich an jemanden.«

Inet runzelte die Stirn und erzählte, dass Nachtpaaten vor mehreren Jahren nach Achetaton gekommen sei. Inzwischen galt er als einer der wichtigsten Männer bei Hof.

»Vor mehreren Jahren, sagst du?«, fragte Sonja nach. »Dann kann es nicht sein, weil Paul Lehmann erst vor ein paar Wochen verschwunden ist …« Sie stockte und dachte nach. Wenn Lehmann tatsächlich das Isis-Tor benutzt hatte und nach Achetaton versetzt worden war, konnte er in einer anderen Zeit gelandet sein. Vielleicht galten ja für Lehmann nicht dieselben Gesetzmäßigkeiten wie für Sonja und Jonas. Ob das möglich sein konnte? Sonja hätte ihre Überlegung gern mit Jonas diskutiert. Jonas! Sie bekam Bauchschmerzen vor Sehnsucht und Sorge. Lebte er noch? Oder war er inzwischen elend im Gefängnis gestorben?

Ganz in Gedanken hatte sie die Blüte zerrupft. Sie merkte es erst, als Mayati protestierte und ihr die Blume aus der Hand nahm.

»Entschuldige«, sagte Sonja und stand auf. Sie war voller Unruhe. Am liebsten wäre sie sofort zum Palast geeilt. Aber der Termin mit dem Wesir war erst für morgen anberaumt. Sie musste sich noch ein paar Stunden gedulden, doch das erschien ihr fast unmöglich. Ihre Gedanken drehten sich im Kreis. Wenn es wirklich Paul Lehmann war, würde er sich dann zu erkennen geben? Was tat er hier, und warum kehrte er nicht zurück in seine Zeit? Wie hatte er es geschafft, eine so bedeutende Stellung zu erringen? Sonja rieb sich die Schläfen. Es machte sie schier verrückt, dass sie keine Antwort auf ihre unzähligen Fragen bekam. Außerdem hatte sie das dumpfe Gefühl, dass Jonas Todesqualen litt. Sie fühlte sich schuldig, weil sie noch nicht Himmel und Hölle in Bewegung gesetzt hatte, um ihn zu befreien. Ihr Verstand sagte ihr, dass sie gar nichts hätte tun können. Eine Überraschungsaktion wäre garantiert gescheitert. Trotzdem wurde sie das schlechte Gefühl nicht los. Immerhin war sie frei, während Jonas weiterhin im Gefängnis schmachtete.

Ihre Unruhe wich schließlich tiefer Niedergeschlagenheit. Alles, was sie tat, war falsch. Sie machte sich Vorwürfe. Es war der Fehler ihres Lebens gewesen, die Ausgrabungsleitung in Tell el-Amarna anzunehmen. Alles wäre nicht passiert, wenn sie in Hamburg geblieben wäre.

Inet spürte Sonjas wechselnde Stimmungen und überredete sie, sich hinzulegen und auszuruhen. Sie brachte einen Becher mit einem Getränk.

»Wenn du das getrunken hast, wirst du ruhig schlafen«, sagte sie und lächelte.

»Du bist so gut zu mir.« Sonja seufzte und nippte. »Danke.« Die Flüssigkeit schmeckte nach bitteren Kräutern. Es fiel ihr schwer, den Becher leer zu trinken, doch wenig später spürte sie, wie sich eine tiefe Ruhe in ihr ausbreitete. Kurz darauf war sie eingeschlafen.

Inet hatte Sonja zum Palast begleiten und dolmetschen wollen, weil sich Sonja noch immer schwer ausdrücken konnte und meist Hände und Füße zu Hilfe nehmen musste. Doch am nächsten Tag ging es Mayati nicht gut, sie fieberte. Inet war in großer Sorge. Sonja merkte, dass sie ihre Tochter nicht allein lassen wollte.

»Du brauchst nicht mitzukommen«, sagte sie zu Inet. »Du hast mir den Weg beschrieben und gesagt, was ich tun muss. Ich komme ganz bestimmt allein zurecht.«

Doch Inet schüttelte den Kopf. Sie schickte Bakt zur Werkstatt des Thutmosis. Vielleicht konnte sich Inarus einige Stunden freinehmen und auf Mayati aufpassen. Doch Bakt kam mit der Nachricht zurück, dass Inarus seine Arbeit unmöglich im Stich lassen könne. Eine Statue müsse unbedingt fertig werden, sie bekam gerade den letzten Schliff.

Inet ärgerte sich, das sah Sonja genau. »Immer geht seine Arbeit vor. Wenn ich ihn einmal brauche!« Eine steile Falte erschien zwischen ihren Brauen.

Djedi und Bakt boten sich an, auf Mayati aufzupassen, doch das wollte Inet nicht.

»Ihr seid noch zu klein.«

»Gar nicht!«, protestierten die beiden Kinder sofort. Aber Inet ließ sich nicht umstimmen.

»Ich schaffe es wirklich allein«, beteuerte Sonja.

»Ich habe versprochen, dass ich dich begleite, und ich stehe zu meinem Wort«, beharrte Inet. Schließlich holte sie eine ältere Nachbarin zu Hilfe. Die Frau, der schon etliche Zähne fehlten, sodass ihre Wangen ganz eingefallen wirkten, beugte sich besorgt über die fiebernde Mayati und befühlte ihre Stirn.

»Sie glüht«, sagte sie. »Das Fieber ist sehr hoch.« Sie warf Inet einen besorgten Blick zu. »Hoffentlich hat sie nicht das Gelbe Fieber.«

Inet wurde blass. Sie schickte ihre Söhne nach draußen zum Spielen, dann verschwand sie im Nebenraum. Nach einer Weile kehrte sie zurück und hielt einen Gegenstand in der Hand, der in ein Stück Leinen eingewickelt war.

»Was hast du da?«, wollte die Nachbarin wissen.

Vorsichtig schlug Inet ein Stück Stoff zurück. Sonja sah etwas aufblitzen und erkannte die Isis-Statue.

Die Nachbarin lächelte und nickte Inet wohlwollend zu. Die beiden Frauen tauschten einen verschwörerischen Blick.

»Richtig«, sagte die Nachbarin. »Isis wird deine kleine Tochter beschützen. Sie ist eine mächtige Göttin.«

»Ich hoffe, sie tut es.« Inet küsste die Isis-Statue, schlug sie in das Leinentuch ein und schob das Bündel unter Mayatis Kissen. Sie streichelte ihrer Tochter die heißen Wangen. Das Mädchen öffnete kurz die Augen und sah sie aus fiebrig glänzenden Augen an.

»Leb wohl, Mayati«, flüsterte Inet. »Ich komme bald wieder.«

Über das Gesicht der Kleinen huschte ein schwaches Lächeln.

Inet richtete sich auf und wandte sich an Sonja. »Lass uns gehen.«

Sonja nickte. Sie trug die schwarze Perücke und eines von Inets Kleidern. Ihre Augen hatte sie nach ägyptischer Mode mit Malachitpulver dick umrandet. Der Spiegel zeigte ihr ein befriedigendes Ergebnis. Sie war als Fremde nicht gleich zu erkennen. Nur ihre Körpergröße blieb weiterhin verräterisch.

Die beiden Frauen brachen auf. Sonja war aufgeregt, aber sie versuchte, ihre Nervosität zu unterdrücken. Es musste ihr gelingen, bei Hof ein gutes Wort für Jonas einzulegen. Sie würde erzählen, dass Mahu sie aus dem Gefängnis geholt und versucht hatte, sie zu vergewaltigen. Sonja konnte sich nicht vorstellen, dass der Polizeichef das Recht hatte, in dieser Art mit seinen weiblichen Gefangenen umzuspringen. Oder war ihm alles erlaubt? Ihr wurde heiß.

Ein anderer Gedanke bedrückte sie. Wenn der Wesir tatsächlich Paul Lehmann war, wie würde er sich ihr gegenüber verhalten? Würde er sich solidarisch zeigen? Oder war sie vielleicht sogar eine Gefahr für ihn? Offenbar hatte er sich in diesem Zeitalter gut eingerichtet, und bestimmt hatte er kein Interesse daran, dass die Sache aufflog.

Je näher sie dem Palast kam, desto heftiger klopfte Sonjas Herz. Sie befürchtete, dass man ihr sagen werde, Jonas sei im Gefängnis gestorben. Was dann? Sie hatte Magenschmerzen vor Aufregung, als der Palast in Sicht kam. Inet drückte ihr aufmunternd die Hand. Sonja dachte an die Isis-Statue, die unter Mayatis Kissen lag, und holte tief Luft. Die Kraft, die mich nach Achetaton gebracht hat, soll mich auch beschützen, dachte sie.

Soldaten bewachten den Eingang des Palastes. Es waren vier junge Männer, die Sonja auf höchstens achtzehn schätzte. Sie spürte, wie sie und Inet gemustert wurden. Als Sonja lächelte, wurde ihr Lächeln sofort erwidert.

Offenbar hatten die Wächter Langeweile und nichts gegen einen kleinen Flirt einzuwenden.

Sonja brachte ihren Wunsch vor. »Ich möchte den Wesir sprechen«, sagte sie. »Ich bin bei Nachtpaaten angemeldet.«

Inet nickte ihr wohlwollend zu. Anscheinend hatte sie die richtigen Worte gebraucht. Sonja sah es als gutes Zeichen an, dass sich ihre Sprachkenntnisse so rasch verbesserten.

»Ich bringe dich zu ihm«, erwiderte einer der Wächter, ein ausgesprochen hübscher junger Mann. Er warf Sonja einen tiefen Blick zu, dann musterte er Inet. »Und was ist mit dir?«

»Ich habe kein eigenes Anliegen, ich begleite meine Freundin«, antwortete sie.

Der Wächter nickte. Die anderen Männer traten zur Seite, um die beiden Frauen einzulassen. Der gut aussehende Wächter ging voran. Seine Schritte hallten auf dem Steinboden wider.

Überall standen Kübelpflanzen und dufteten betörend. Die Wände waren mit wunderbaren Malereien bedeckt – Lotosblumen, Enten im Schilf, Abbildungen von Nofretete und ihren Töchtern. Mit Bedauern dachte Sonja daran, wie wenig von all dieser Pracht übrig bleiben würde. Schon in wenigen Jahrzehnten würde man die Stadt aufgeben, und die Wüste würde sich das Land zurückerobern.

Der Wächter blieb vor einer Tür stehen und bat die beiden Frauen zu warten. Dann klopfte er und trat ein. Sonja betrachtete unterdessen den Fußboden, die Wände und die Decke. Alles war aufwendig gestaltet. Durch eine Fensteröffnung blickte sie in einen paradiesischen Garten.

Auch Inet war tief beeindruckt. »Solch einen Garten möchte ich auch haben«, murmelte sie.

Der Wächter kam zurück und lächelte Sonja an. »Nachtpaaten ist in Kürze bereit, euch zu empfangen.« Er deutete auf zwei hölzerne Schemel. Die Frauen sollten darauf Platz nehmen. Dann neigte er höflich den Kopf, verabschiedete sich und kehrte auf seinen Posten zurück.

Es dauerte eine ganze Weile, bis sich die Tür öffnete und der Kopf eines dürren Ägypters erschien. »Nachtpaaten ist jetzt zu sprechen.«

Sonja und Inet standen gleichzeitig auf und betraten durch die Flügeltür das Büro des Wesirs.

Nachtpaaten saß an einem kleinen Tisch und schrieb etwas auf einen Papyrus. Er beendete in Ruhe die Zeile, dann erst sah er auf.

Er ist es, kein Zweifel!, schoss es Sonja durch den Kopf. Er muss es einfach sein. Eine solche Ähnlichkeit gibt es nicht noch einmal …

»Welches Anliegen führt euch her?«, fragte Nachtpaaten. Sein Altägyptisch war einwandfrei, ohne jeden Akzent.

Trotzdem. Seine Stimme … Genauso hatte Paul Lehmann gesprochen, Sonja erinnerte sich sofort. Sie war unsicher, wie sie sich verhalten sollte. Sollte sie sich zu erkennen geben?

Stockend trug sie ihre Bitte vor. »Mein Freund und ich, wir sind festgenommen worden. Wir haben nichts getan – außer dass wir in einem Felsengrab übernachtet haben. Es muss eine Verwechslung vorliegen. Mein Freund sitzt noch im Gefängnis …«

Nachtpaaten hörte ihr aufmerksam zu. Dabei griff er sich ans Ohrläppchen – eine Geste, die ganz typisch für Paul Lehmann war. Sonja erinnerte sich an ein Seminar, in dem Paul ein Referat gehalten hatte. Er war nervös gewesen und hatte sich immer wieder am Ohr gezupft oder sich die Nase gerieben.

Sonja fasste sich ein Herz. »Kann sein, dass ich mich irre«, sagte sie auf Deutsch, »aber bist du Paul Lehmann? Wir haben zusammen studiert, vielleicht erinnerst du dich. Ich bin Sonja Morhardt.«

Sie hatte den Eindruck, dass Nachtpaaten kurz zusammenzuckte. Aber dann war der Augenblick der Verwirrung schon vorüber.

»Ich habe die Leitung in Tell el-Amarna bekommen, nachdem du verschwunden warst«, fuhr Sonja fort. »Doch dann sind Jonas und ich auf das Isis-Tor gestoßen.« Weiter kam sie nicht, denn Nachtpaaten unterbrach sie.

»Hör auf, in dieser barbarischen Sprache zu reden, die ich nicht verstehe«, fauchte er sie an und warf ihr einen finsteren Blick zu. »Du bist also Ausländerin. Was hattet ihr in dem Felsengrab zu suchen?«

Sonja erstarrte. War er doch nicht Paul Lehmann? Oder verstellte er sich?

Sie versuchte es noch einmal. Wieder redete sie Deutsch. »Paul, ich bitte dich: Du musst uns helfen. Ich weiß zwar nicht, wie es dir gelungen ist, Wesir zu werden …«

Inet stieß sie in die Seite. »Meine Freundin ist etwas durcheinander«, antwortete sie an Sonjas Stelle. »Sie macht sich große

Sorgen um ihren Freund. Er ist krank, und wenn er nicht bald Hilfe bekommt, dann wird er im Gefängnis sterben. Die beiden sind keine Verschwörer, dafür lege ich meine Hand ins Feuer. Man hat sie zu Unrecht festgenommen.«

Sonja hatte sich wieder gefangen. Sie presste die Lippen zusammen. Inzwischen war ihr klar, dass sie nichts erreichen würde, wenn sie darauf beharrte, Paul Lehmann vor sich zu haben. Vielleicht irrte sie sich ja doch … Und sie durfte ihre Chance, Jonas zu retten, nicht verspielen, indem sie den Wesir verärgerte.

»Mahu glaubt, dass wir zu den Sieben Skorpionen gehören«, sagte Sonja mit Inets Unterstützung. »Doch wir haben nichts mit den Verschwörern zu schaffen. Mahu hat mich aus dem Gefängnis holen lassen. Er wollte mir Gewalt antun …«

Der Vorwurf gegen den Polizeichef schien Nachtpaaten nicht sonderlich zu beeindrucken.

»Gibt es dafür Zeugen?«, fragte er gleichgültig.

»Nein.« Sonja schüttelte den Kopf. »Eine Dienerin hat mich zwar gebadet, aber als Mahu … zudringlich wurde, war sie nicht im Raum.«

»Dann steht Wort gegen Wort«, befand Nachtpaaten. »Ich fürchte, damit kommst du nicht weiter.«

»Ich musste … ich habe Mahu niedergeschlagen«, erklärte Sonja. »Er warf mich zu Boden, ich habe mich gewehrt. Ich nahm einen Hocker, um mich zu verteidigen. So konnte ich fliehen.«

»Dann sieht es nicht gut für dich aus.« Nachtpaaten machte sich Notizen. »Und für deinen Freund auch nicht.«

Sonja wurde zornig. Am liebsten hätte sie den Wesir an den Schultern gepackt und heftig geschüttelt. Aber das hätte ihre Situation nur verschlechtert. Doch den Mund halten konnte sie auch nicht.

»Wie kann das sein?«, begehrte sie auf. »Ist Mahu so mächtig? Darf er einfach Menschen verhaften, die nichts getan haben?«

»Die Zeiten sind hart«, sagte Nachtpaaten und warf ihr einen kalten Blick zu. »Es herrscht große Unruhe in der Stadt. Die Polizei muss durchgreifen, sonst herrscht das Chaos.«

»Bitte!« Inet verlegte sich aufs Flehen. »Es geht ihrem Freund wirklich schlecht.« Sie warf sich auf die Knie. »Helft ihm, bitte! Er darf nicht im Gefängnis sterben! Ich bitte Euch, tut, was Ihr könnt!« Tränen rollten ihr über das Gesicht. Die Szene war mitleiderregend.

Was bin ich nur für eine blöde Kuh!, dachte Sonja, während sie neben Inet auf den Boden sank und ebenfalls Demut heuchelte. Allerdings war sie viel zu wütend, um vor dem Wesir loszuheulen. Ich habe alles verdorben! Jetzt wird Jonas erst recht nicht freikommen …

»Ja, helft ihm, bitte!«, beschwor sie den Wesir und versuchte, den Zorn in ihrer Stimme zu unterdrücken, aber ganz gelang es ihr nicht.

»Der Pharao ist weise und gerecht«, fuhr Inet fort. »Er ist Atons Sohn. Er wird nicht zulassen, dass Unschuldige im Gefängnis sterben.« Sie bedeckte das Gesicht mit den Händen und schluchzte laut. »Die Frau neben mir hat mein Kind gerettet, ich bin ihr zu großem Dank verpflichtet. Darum flehe ich Euch an: Lasst Milde walten! Bitte macht Euren Einfluss geltend, damit Jonas freigelassen wird.«

Jetzt gelang es Sonja doch, Tränen zu vergießen, auch wenn es Tränen des Zorns waren. Sie schämte sich dafür, dass sie sich so wenig unter Kontrolle hatte, und es war ihr ungeheuer peinlich, wie Inet sich erniedrigte, um ihr zu helfen.

Aber immerhin schienen ihre Worte nicht gänzlich ohne Wirkung zu bleiben.

»Ich will sehen, was sich machen lässt«, brummte Nachtpaaten. »Wenn es etwas Neues gibt, schicke ich eine Nachricht. Wo kann ich euch erreichen?«

Inet trocknete sich die Tränen und stand auf. Sonja tat es ihr nach.

»Ihr erreicht uns im Haus von Inarus, dem Bildhauer. Er arbeitet in der Werkstatt des Thutmosis.«

»Aha«, sagte Nachtpaaten. »Ein guter Mann. Der Pharao ist hochzufrieden mit ihm. Er hat gerade ein Bildnis der Großen Königlichen Gemahlin in Auftrag gegeben.«

»Die Büste der Nofretete, die in Berlin steht …«, rutschte es Sonja heraus.

Nachtpaaten zuckte wieder unmerklich zusammen, sie hatte Deutsch gesprochen.

Er ist es doch, verdammt!

Nachtpaaten hatte es eilig, die beiden Frauen loszuwerden. Nachdem noch die eine oder andere Höflichkeitsfloskel gewechselt worden war, fanden sich Sonja und Inet im Gang wieder. Der Wesir schloss die Flügeltür und schob von innen den Riegel vor. Sonja fühlte den Impuls, mit beiden Fäusten dagegenzutrommeln, doch sie beherrschte sich. Es hätte ohnehin nichts gebracht.

»Das Gespräch hat doch einen guten Verlauf genommen«, befand Inet. »Aber warum hast du immer wieder in dieser fremden Sprache geredet?«

»Ich war überzeugt, dass ich ihn von früher kenne«, antwortete Sonja. »Er stammt aus meinem Land. Wir haben zusammen studiert.«

»In einem Haus des Lebens?«, erkundigte sich Inet interessiert.

»An der Universität. Das ist … äh … eine große Schule für Erwachsene.«

»Du verwechselst Nachtpaaten bestimmt mit einem anderen Mann.«

»Oder er hat einen Grund, weshalb er sich nicht zu erkennen gibt«, murmelte Sonja.

Nachdenklich gingen die beiden Frauen zum Ausgang. Als Sonja durch ein Fenster in den schönen Palastgarten blickte, sah sie zwei junge Männer, die sich unterhielten. Der ältere der beiden – er war höchstens achtzehn – hob den Kopf, und ihre Blicke kreuzten sich für einen Moment.

»Das ist Setep«, sagte Inet. »Ein guter Schütze. Ich kaufe manchmal von ihm Enten, die er geschossen hat. Er gibt sie mir günstig ab. Setep hat mir außerdem angeboten, Djedi und Bakt auf die Jagd mitzunehmen. Djedi ist schon recht erfolgreich mit dem Wurfholz und möchte unbedingt lernen, wie man mit dem

Bogen umgeht. Inarus kann es ihm leider nicht beibringen, er kann zwar wunderbare Sachen aus Ton anfertigen, aber er ist ein schlechter Schütze.«

Sie hatten den Ausgang erreicht und passierten die Wachen, die den Frauen abermals freundlich zunickten.

Auf dem Nachhauseweg dachte Sonja ständig über Nachtpaaten nach. War er Paul Lehmann oder nicht? Es gab so viele Anzeichen – die Ähnlichkeit, dieselben Gesten und das unmerkliche Zusammenzucken, als sie Deutsch gesprochen hatte. Aber warum hatte er sich nicht zu erkennen gegeben? Wenn man in einer fremden Epoche gestrandet war, dann sollte man sich doch freuen, einen Bekannten aus der eigenen Zeit zu treffen. Und Erzfeinde waren Sonja und Paul an der Uni bestimmt nicht gewesen. Sie waren zwar auch keine Freunde gewesen, eher Bekannte. Und an den Lästereien der Kommilitonen über den Streber Paul hatte sich Sonja eigentlich nie beteiligt …

Sie verstand das merkwürdige Verhalten einfach nicht. Vielleicht hatte Lehmann durch die Zeitreise das Gedächtnis verloren und wusste nicht mehr, wer er früher einmal gewesen war. Oder er bildete sich ungeheuer viel auf seine Stellung als Wesir ein – und sein früheres Leben interessierte ihn nicht mehr …

Es war zwecklos. Sonja bekam keine Antwort auf ihre vielen Fragen, sosehr sie sich auch den Kopf zerbrach. Nur eines war ziemlich klar: Was Jonas betraf, war von Paul Lehmann keine Hilfe zu erwarten. Sie konnte schon froh sein, wenn ihr Antrag beim Wesir den üblichen Dienstweg nahm und er ihr Anliegen nicht einfach unter den Tisch fallen ließ. Allzu große Hoffnungen durfte sie sich nicht machen. Sie musste sich dringend einen Plan B einfallen lassen, wie sie Jonas aus dem Gefängnis befreien konnte.

18

Als die beiden Frauen nach Hause kamen, schien es Mayati ein wenig besser zu gehen. Zumindest war das Fieber nicht weiter gestiegen. Die Nachbarin teilte Inet im Flüsterton mit, dass sie der Göttin Isis versprochen habe, ihr ebenfalls einen Platz in ihrem Haus einzurichten, wenn Mayati wieder gesund würde.

Sonja erfuhr, dass sich die Nachbarin bisher davor gefürchtet hatte. Ihr Mann war ein glühender Anhänger Atons und hatte alle anderen Götterbilder verbannt, wie es Echnaton befohlen hatte. Seine Frau hatte es geduldet, obwohl sie damit nie einverstanden gewesen war.

»Ich tue es heimlich«, wisperte die Nachbarin. »Genau wie du, Inet.«

»Inarus weiß Bescheid«, wandte Inet ein. »Ich habe keine Geheimnisse vor ihm. Er weiß, dass mir die Göttin schon oft geholfen hat. Während Mayatis Geburt habe ich schrecklich geblutet, sodass alle um mein Leben gefürchtet haben. Ich weiß noch, dass meine Beine immer kälter wurden. Gleichzeitig war in meinem Kopf eine seltsame Leichtigkeit. Ich glaubte fast zu schweben. Und ich sah meine Mutter in der Ecke stehen – dabei war sie schon seit vielen Jahren tot. Inarus hat gemerkt, wie schlecht es mir ging. Er hat Isis angefleht, mich zu retten. Die Göttin hat sein Gebet erhört und die Blutung gestillt. Ich war danach zwar noch eine Weile sehr schwach, aber dank Isis wurde ich wieder ganz gesund.«

»Sie ist eine mächtige Zauberin«, ergänzte die Nachbarin.

»O ja.« Inet nickte. »Mächtiger als Aton.«

Die beiden Frauen blickten sich verschwörerisch an. Bevor die Nachbarin ging, bedankte sich Inet noch einmal für deren Hilfe.

In Gedanken ging Sonja wieder alle Möglichkeiten durch, wie

Jonas zu befreien wäre. Allein würde sie es nicht schaffen, das war ihr klar. Entweder brauchte sie jemanden, der sich im Gefängnis auskannte und einen Wärter bestach, oder sie musste Männer anheuern, die den Kerker stürmten. Während sie Inet bei den Vorbereitungen für das Abendessen half, vertraute sie der Freundin ihre Gedanken an.

»Es wird schwierig sein, genügend Männer für einen Überfall aufzutreiben«, gab Inet zu bedenken. »Lass uns erst einmal abwarten, wie Nachtpaaten entscheidet. An deiner Stelle würde ich nichts überstürzen, das kann sehr gefährlich werden.«

»Aber ich verliere so viel Zeit«, wandte Sonja ein. Sie fühlte sich elend und mutlos. »Jede Stunde zählt. Und ich weiß nicht einmal, ob Jonas noch lebt.« Sie biss sich auf die Unterlippe, konnte aber nicht verhindern, dass ihr Tränen in die Augen traten. »Es war so schrecklich im Gefängnis, Inet. Entsetzlich schmutzig ... Er hat es nicht verdient, auf solche Weise zu sterben.«

Inet berührte ihren Arm. »Er wird nicht sterben, Isis beschützt ihn. Ich weiß es.«

Sonja lächelte unter Tränen. Dann wurde sie wieder ernst. »Glaubst du wirklich, dass es so schwer ist, Männer aufzutreiben, die uns unterstützen? Du könntest doch zum Beispiel Setep fragen. Und die Männer am Palasteingang ... Ich habe das Gefühl, dass sie mitmachen würden, wenn wir sie ... nun ja ... entsprechend motivieren.«

Inet lächelte verlegen, errötete und schlug die Augen nieder. »Vielleicht hast du recht. Männer tun vieles, wenn man sie ein wenig ermuntert. Inarus wäre möglicherweise auch mit dabei, und er hat Freunde bei Thutmosis.« Dann warf sie Sonja einen zweifelnden Blick zu. »Die Frage ist nur – was geschieht danach, wenn die Befreiungsaktion gelungen ist? Wir könnten nicht mehr in Achetaton bleiben. Wir müssten in die Wüste fliehen und uns eine Zeit lang verstecken. Und dann müssten wir an einem anderen Ort neu anfangen, Inarus müsste sich wieder Arbeit suchen.«

Sonja dachte an Inet und die Verantwortung, die sie für ihre drei Kinder hatte. Es war falsch, die Familie in ihre Pläne mit einzubeziehen. Dass Inet Sonja aufgenommen hatte, war schon großzügig genug; sie durfte nicht noch mehr verlangen.

»Nein«, sagte Sonja. »Ich will nicht, dass euch Nachteile entstehen. Vielleicht fällt mir eine andere Lösung ein.«

Als die Schlafenszeit kam, brachte Inet ihr einen Kräutertrank. »Hier, damit kannst du besser schlafen. Vielleicht schicken dir die Götter im Traum eine Botschaft.«

Dankbar schlürfte Sonja das bittere Gebräu. Die Ereignisse des Tages hatten sie so erschöpft, dass sie fröstelte. Aber auch da wusste Inet, wie sie Abhilfe schaffen konnte: mit einem heißen Ziegelstein, den sie in ein Stück Leinen wickelte und an Sonjas Füße legte.

»Danke«, sagte Sonja zu Inet. »Du bist so gut zu mir.«

Sie fühlte, wie die Wärme des Steines ihr half, sich zu entspannen. Der Kräutertrank tat ein Übriges, und bald war sie trotz ihrer großen Sorgen eingeschlafen.

In der Nacht träumte Sonja, dass sie vor Nofretete stand, ein Mikrofon in der Hand hielt und die Königin um ein Interview bat.

»Ich gebe keine Interviews«, erwiderte Nofretete ungehalten. »Schon gar nicht Leuten, die eine Doktorarbeit über mich schreiben.«

»Das ist aber ganz schön unfair«, verteidigte sich Sonja. »Ich habe extra die weite Reise unternommen. Es war sehr schwer, das Isis-Tor zu finden, und ich habe noch immer keine Ahnung, wie ich zurückkommen soll. Dabei drängt die Zeit, mein Doktorvater wartet, und wenn ich mit der Arbeit nicht rechtzeitig fertig werde … «

»Dann schläft er mit Naoko statt mit dir«, beendete Nofretete den Satz.

Sonja wunderte sich, woher Nofretete das wusste.

»Sie will ein Kind von ihm«, erklärte Nofretete. »Sie wird ein Krokodil gebären, aber das weiß sie noch nicht. Nun gut, du darfst mir eine Frage stellen, aber nur eine einzige.«

Sonja überlegte kurz. »Wie kann ich Jonas aus dem Gefängnis befreien?«

»Du musst den Nil umleiten und das Gefängnis fluten«, antwortete Nofretete.

»Wie soll ich das anstellen?«, fragte Sonja.

»Ich darf dir keine weitere Frage beantworten«, antwortete Nofretete. Sonja bedrängte sie, aber sie ließ sich nicht umstimmen.

Doch da betrat Inet den Raum und winkte mit einem heißen Ziegelstein.

»Wir stauen den Nil mit Ziegelsteinen!«, rief sie. »Hab einfach Vertrauen!«

Als Sonja mit Inet den Raum verließ, begegnete ihnen Mayati, die ein hölzernes Krokodil hinter sich herzog.

»Das ist Naokos Kind.« Mayati wies auf das Spielzeug. »Ich geh mit ihm spazieren.«

»Naoko ist sehr glücklich, dass sie Mutter geworden ist«, sagte Inet und deutete zum Fenster. »Sie ist draußen im Garten, schau!«

Als Sonja durch das Fenster blickte, entdeckte sie Naoko. Die junge Japanerin saß auf dem untersten Ast eines Apfelbaumes und wippte mit den Füßen. Sie hielt einen roten Apfel in der Hand, biss hinein und bot ihn dann einem Mann an, der neben ihr stand. Als er sich umwandte, war es Claus.

»Nicht essen!«, schrie in diesem Moment Inet. »Der Apfel ist vergiftet!«

Aber Claus hatte schon danach gegriffen. Sonja sah, wie sich der Apfel in seiner Hand in einen Skorpion verwandelte, bevor er in seinem Mund verschwand.

»Nein!«

Sonja fuhr aus dem Schlaf hoch. Das Herz klopfte ihr bis zum Hals. Sie war schweißbedeckt. Der Ziegelstein war inzwischen zur Seite gerutscht. Sonja brauchte ein paar Sekunden, bis sie sich erinnerte, wo sie sich befand.

Inet erschien. Sie machte ein besorgtes Gesicht. »Hast du Schmerzen?«

Sonja schüttelte den Kopf. »Nein. Ich habe nur völlig konfuses Zeug geträumt. Es tut mir leid, dass ich dich geweckt habe.«

»Du hast mich nicht geweckt, ich habe gerade nach Mayati gesehen«, sagte Inet. »Es geht ihr besser. Soll ich dir den Ziegelstein noch einmal heiß machen?«

»Nein danke, das ist nicht nötig«, antwortete Sonja.

In diesem Moment hörten die beiden Frauen, wie jemand an die Tür klopfte. Sie sahen sich erschrocken an.

»Wer kann das sein?«, wisperte Sonja. »Mitten in der Nacht?«

»Ich sehe nach«, sagte Inet.

Sonja saß aufrecht da, während Inet zur Tür ging. Sie vernahm Gemurmel. Dann wurde der Riegel zurückgeschoben. Inet kam in Begleitung eines Mannes zurück.

»Nachricht von Nachtpaaten«, sagte Inet knapp.

Der Mann neigte zum Gruß den Kopf. »Der Wesir möchte mit dir reden und bittet dich, mich zu begleiten.«

»Jetzt?«, fragte Sonja völlig verblüfft. Ein Treffen um diese Uhrzeit kam ihr sehr merkwürdig vor. Trotzdem schlug sie die Decke zurück und stand auf. Sie musste jede Chance nutzen, um Jonas zu retten, falls er noch lebte. Oder stellte ihr Mahu eine Falle? Die Miene des Fremden wirkte undurchdringlich. Sonja hatte ein mulmiges Gefühl, als sie in die Sandalen schlüpfte, die Inet ihr gegeben hatte.

Inet schien genauso unsicher zu sein. »Soll ich mitkommen?«, fragte sie.

Sonja schüttelte den Kopf. »Nein, bleib bei deinen Kindern.« Inet hatte schon so viel für sie getan, sie durfte sie nicht noch tiefer in ihren Schlamassel hineinziehen.

»Viel Glück«, raunte Inet ihr zu und umarmte sie kurz. Sonja spürte, wie sie ihr heimlich etwas in die Tasche ihres Kleides schob. Als sie danach tastete, spürte sie ein Messer.

Sonjas Hand schloss sich um den Griff. Sie hatte noch nie mit einem Messer auf jemanden eingestochen. Aber dies war eine Ausnahmesituation. Im Notfall könnte sie sich verteidigen.

Sie folgte dem Fremden zum Ausgang. In der Gasse war es finster, eine Katze huschte über den Weg. Am Himmel standen die Sterne wie Diamanten. Nach einer Weile hatten sich Sonjas Augen an die Dunkelheit gewöhnt. Ihre Sinne schienen geschärft zu sein, sie glaubte, sogar das Wasser des Nils riechen zu können, obwohl dieser noch ein ganzes Stück entfernt war.

Die Gasse lag einsam da. Der Fremde schritt rasch aus, er schien es eilig zu haben. Sonja hatte Mühe, mit ihm mitzuhalten.

»Ist es noch weit?«, fragte sie.

Der Mann gab keine Antwort. Er führte sie zu einem Haus, das etwas abseits stand. Es schien leer zu stehen und machte einen unfertigen Eindruck. Entweder befand es sich noch im Bau oder war von seinen Bewohnern bereits wieder aufgegeben worden.

»Geh hinein!«, sagte der Fremde und trat zur Seite.

Sonja holte tief Luft. Sie umklammerte fest den Messergriff. Vielleicht würde man ihr einen Sack über den Kopf ziehen, sobald sie durch die Türöffnung trat. Oder man würde sie mit einem Gegenstand niederschlagen … Ihr ganzer Körper war angespannt, und ihr Herz schlug so laut, dass sie meinte, jeder müsse es hören. Mutig trat sie über die Schwelle.

»Hallo?«, fragte sie in die Dunkelheit hinein. »Ist da jemand?«

Ein Schatten löste sich aus der Finsternis und trat von links auf sie zu. »Kommst du allein?«

Sonja zuckte zusammen. Die Frage war auf Deutsch gestellt worden.

»Ja, ich bin allein«, antwortete sie. Ihre Stimme zitterte.

Der Mann tat einen weiteren Schritt auf sie zu. Sie erkannte die Umrisse des Wesirs, den sie tagsüber aufgesucht hatte.

Also war er doch Paul Lehmann!

»Es tut mir leid, dass ich mich jetzt erst zu erkennen gebe«, sagte er. Er stand so dicht vor ihr, dass sie seinen Atem spürte. »Aber ich wusste nicht, ob ich deiner Begleiterin trauen kann. Und ich wollte nichts riskieren.«

»Verstehe«, sagte Sonja vorsichtig. Noch immer hielt sie das Messer fest. Man konnte nie wissen.

»Ich war völlig überrascht, dich vor mir stehen zu sehen«, gestand Paul. »Ich hätte dich nicht mehr erkannt, ehrlich.«

»Seit dem Studium sind etliche Jahre vergangen«, sagte Sonja. »Und außerdem trug ich eine schwarze Perücke.«

»Ja, du bist blond, ich erinnere mich.« Pauls Stimme nahm

einen weichen Klang an. Er streckte eine Hand aus und berührte ihr Haar. Sie zuckte zurück.

»Entschuldigung«, sagte er sofort. »Ich wollte nur … Versteh mich bitte nicht falsch! Aber ich kann es noch immer nicht glauben, dass du hier bist. Seit fünf Jahren habe ich das Amt des Wesirs inne – und seitdem bin ich keinem einzigen Menschen aus meiner Zeit begegnet. Was hat dich hierher verschlagen?«

»Wir sind zu zweit«, sagte Sonja. »Jonas und ich. Ich habe den Zeitsprung nicht allein gemacht. Wir haben den alten Brunnen im Wadi benutzt, den die Einheimischen für einen magischen Ort halten.«

Paul nickte. »Dann habt ihr denselben Weg genommen wie ich.«

Sonjas Atem ging schneller. »Du hast diesen Brunnen auch benutzt?«

»Ja«, bestätigte Paul. »Ich bin aber sicher, dass es weitere Isis-Tore gibt. Auch hier in der Nähe muss sich ein Tor befinden, ich habe nur noch nicht herausgefunden, wo das sein könnte.«

»Kannst du etwas für Jonas tun?«, fragte Sonja hastig. »Hast du etwas von ihm gehört? Lebt er noch? Wie geht es ihm?« Die Worte brachen nur so aus ihr heraus.

»Ich muss vorsichtig sein«, erklärte Paul. »Genau wie du. Mahu lässt nach dir suchen, weißt du das? Er hält dich und deinen Freund für Mitglieder der Sieben Skorpione. Diese Verschwörer wollen den Pharao ermorden. Einen Anschlag hat es schon gegeben. Er ist allerdings fehlgeschlagen, und der Skorpion hat seine Tat mit dem Leben bezahlt.«

»Jonas und ich haben nichts mit den Verschwörern zu tun«, beteuerte Sonja.

»Ich weiß. Es war einfach Pech, dass ihr euch in dem Felsengrab aufgehalten habt«, räumte Paul ein. »Durch einen Maulwurf hat die Polizei einen Tipp bekommen, wo sich die Verschwörer treffen. Allerdings hat der Zeitpunkt nicht gestimmt.« Paul lachte kurz auf. »Es ist übrigens mein Grab, in dem man euch aufgegriffen hat.«

»Dein Grab?«, fragte Sonja verwirrt.

»Das Grab, das einmal für Nachtpaaten bestimmt ist.« Paul lächelte ironisch. »Ich habe die Ehre, eines dieser Felsengräber zu bekommen, die nur für hohe Beamte und Würdenträger bestimmt sind. Mein Name wird in die Geschichte eingehen. Nachtpaaten.«

Sonja erinnerte sich an die Felsengräber in Tell el-Amarna. Nachtpaatens Grab war nie benutzt worden …

»In dem Grab wird niemals ein Leichnam gefunden werden«, sagte Paul in diesem Moment, als hätte er ihre Gedanken gelesen. »Das lässt mehrere Vermutungen zu: Entweder sterbe ich ganz woanders. Oder diese Stadt wird von der Bevölkerung aufgegeben, bevor ich alt genug zum Sterben bin. Oder ich verschwinde einfach wieder durch ein Zeitloch.«

»Jonas meint, wir könnten nicht in einer fremden Epoche sterben«, erinnerte sich Sonja. »Wegen des Zeitreise-Paradoxons. Du weißt schon … Ein Mann reist in die Vergangenheit und erschießt seinen eigenen Großvater. Dann würde der Mann gar nicht geboren werden, folglich könnte er nicht in die Vergangenheit reisen, um seinen Großvater umzubringen. Jonas glaubt, dass es einen Schutz gibt, damit dieses Phänomen nicht auftritt.«

»Nun ja …« Pauls Stimme klang skeptisch.

»Ich glaube nicht daran«, sagte Sonja. »Ich bin überzeugt, dass wir jederzeit sterben können. Deswegen habe ich ja solche Angst um Jonas.«

»Er lebt, ich kann dich beruhigen«, sagte Paul.

Sonja spürte eine unendliche Erleichterung. Die Augen wurden ihr feucht. Sie fühlte den Impuls, Paul um den Hals zu fallen, aber sie hielt sich zurück.

»Ich habe mich erkundigt«, fuhr Paul fort. »Es hat wirklich so ausgesehen, als würde er sterben. Doch dann hat er irgendwie die Kurve gekriegt. Frag mich nicht, wie. Es ist ein Wunder. Wahrscheinlich hat er einen ungeheuren Lebenswillen. Oder seine Theorie stimmt doch.«

Oder es war Isis, dachte Sonja.

»Abgesehen davon glaube ich, dass einige Leute hier die Macht über Leben und Tod haben«, murmelte Paul mit gedämpfter

Stimme. »Sie verfügen über uraltes Wissen. Genau wie über die Möglichkeit von Zeitreisen. Nofretete muss das Geheimnis kennen, da bin ich mir sicher.«

»Nofretete?« Sonjas Mund wurde trocken. »Du meinst, weil bisher niemand ihren Leichnam gefunden hat? Und weil sie plötzlich aus der Geschichte verschwunden ist und niemand weiß, was mit ihr geschehen ist?«

Paul nickte. »Genau. Ich sehe, du hast dich intensiv mit der Materie beschäftigt.«

»Ich habe meine Doktorarbeit über Nofretete geschrieben«, sagte Sonja. »Diese Frau hat mich immer fasziniert. Sie ist so rätselhaft und voller Widersprüche.«

»Anfangs war ich noch überzeugt davon, dass wir in Tell el-Amarna auf ihr Grab stoßen würden.« Paul machte eine kurze Pause. »Sonst hätte ich die Leitung nicht übernommen. Natürlich habe ich mir gewünscht, dass wir Nofretete finden – irgendwo, an einer Stelle, an der keiner sie vermutet und wo ihr Leichnam geschützt ist. Das wäre ein Sensationsfund gewesen.« Er lachte. »Aber je länger wir gegraben haben, desto weniger habe ich daran geglaubt, dass sich ihre Mumie tatsächlich in Tell el-Amarna befindet. Zuerst war es nur ein undeutliches Gefühl. Es klingt vielleicht merkwürdig, aber ich hatte dann immer mehr den Eindruck, dass ich im Camp Dinge wahrnahm, die die anderen nicht sahen. Ich hörte die Geschichten von den Einheimischen. Und dann war da noch dieser Falke …«

»Den habe ich auch gesehen«, fiel ihm Sonja ins Wort. »Und mir ist es ganz ähnlich ergangen wie dir. Ich hatte merkwürdige Träume.«

Sie erinnerte sich mit Grauen an den Traum, in dem sie Paul Lehmann ausgegraben hatte. Das erzählte sie ihm besser nicht.

»Eines Tages habe ich mich dann entschlossen, das Camp zu verlassen und das Isis-Tor zu suchen«, berichtete Paul. »Die Arbeit hat mir immer weniger Freude gemacht. Meine Mitarbeiter haben hinter meinem Rücken über mich geredet, sie haben mich teilweise provoziert … Irgendwann hatte ich das Gefühl, dass mich keiner mehr ernst nahm. Es war mir egal, so egal wie die

Arbeit. Ich habe in der Buddelei keinen Sinn mehr gesehen. Ich bin zu dem Schluss gekommen, dass das Geheimnis um Nofretete in ihr selbst liegen muss. Sie muss eine Möglichkeit gefunden haben, sich dem Tod zu entziehen. Und deswegen habe ich das Wagnis auf mich genommen.« Seine Stimme veränderte sich, wurde rau. »Ich bin jetzt fünf Jahre hier. Es ist mir gelungen, als Wesir an den Hof des Pharaos zu kommen.«

»Wie hast du das geschafft?«, fragte Sonja. »Du warst doch ein Fremder – und bestimmt hast du die Sprache noch nicht richtig beherrscht.«

»Es war purer Zufall. Nach der Zeitreise kam ich in der Wüste heraus – und schleppte mich anderthalb Tage lang durch den Sand. Ich bin fast verdurstet! Dann hat mich eine Karawane aufgegriffen. Es war der echte Nachtpaaten mit seinem Gefolge. Der Pharao hatte ihn nach Achetaton berufen. Ich war zwei Tage mit der Karawane unterwegs, als uns Räuber überfielen. Nachtpaaten und einige seiner Diener kamen dabei um. Ein Diener und ich haben überlebt. Wir haben beschlossen, gemeinsam nach Achetaton weiterzureisen – und der Diener hat mir unterwegs Sprachunterricht erteilt, sodass ich mich bei der Ankunft in der Stadt einigermaßen verständigen konnte. Es war mein Glück, dass Echnaton Nachtpaaten nie zuvor gesehen hatte, so konnte ich seine Identität annehmen, ohne dass der Schwindel aufflog …«

Sonja nickte. Seine Geschichte klang überzeugend.

»Welche Ironie des Schicksals«, sagte Paul. »Ich habe Nachtpaatens Karawane aufgehalten – und vielleicht war die Verzögerung daran schuld, dass die Räuber ausgerechnet uns überfallen haben. Denn es gibt ja in Tell el-Amarna das Felsengrab des Nachtpaaten … und das gab es bereits, bevor ich durch das Isis-Tor ging.«

»Das Zeitreise-Paradoxon«, murmelte Sonja. »Indirekt kam Nachtpaaten durch deine Schuld um. Deswegen hast du seine Identität annehmen müssen.«

»Ich habe mir lange den Kopf darüber zerbrochen«, sagte Paul. »Meine Theorie ist folgende: Die Geschichte schreibt eine Art Schablone. Die Geschehnisse sind vorgegeben … es existiert quasi ein Drehbuch. Die Personen sind jedoch Platzhalter. Fällt eine aus, tritt eine andere an ihre Stelle. Einige Szenen verändern sich geringfügig, aber der Film insgesamt bleibt.«

»Einige Wissenschaftler glauben, dass bei jeder Änderung oder bei jeder Entscheidung, die man trifft, ein neues Universum entsteht«, erklärte Sonja. »Das hat mir Jonas erzählt. Mir schwirrt der Kopf, wenn ich über solche Zusammenhänge nachdenke.«

»So ganz verstehen kann man es wirklich nicht«, gab Paul zu. »Aber wir sind jetzt hier, du und ich.«

»Ich habe Probleme, mir vorzustellen, dass du schon fünf Jahre hier bist«, sagte Sonja. »Seit deinem Verschwinden im Camp sind erst wenige Wochen vergangen.«

»Und ich habe Probleme, mir vorzustellen, dass ausgerechnet du meine Nachfolgerin geworden bist.« Paul lachte leise.

Sonja fühlte sich gekränkt. Er wusste doch gar nichts über sie, denn nach dem Studium hatten sie sich schon bald aus den Augen verloren!

»Wie bist du mit Hans Peters klargekommen? Oder mit Hassan? Wollte dir Victoria auch die Augen auskratzen, wenn du sie auf ihre Magersucht angesprochen hast?« Er wartete Sonjas Antwort nicht ab. »Lieber Himmel, was für ein Pack! Ich hätte sie am liebsten alle gefeuert. Es war unerträglich.«

»Mit Hans Peters habe ich mich eigentlich recht gut verstanden«, rechtfertigte sich Sonja. Die Anfangsschwierigkeiten mit ihm verschwieg sie. »Hassan ist etwas eigen, das stimmt. Und mit Victoria habe ich kaum geredet. Sie ist mir aus dem Weg gegangen. Ich ahnte, dass sie kompliziert ist. Magersüchtige mögen es nicht, wenn man sie auf ihre Krankheit anspricht.« Den letzten Satz konnte sie sich nicht verkneifen.

»Vielleicht kannst du ja besser mit Menschen umgehen als ich«, gab Paul zu. »Ich hab dich zwar immer für eine Einzelgängerin gehalten … na ja, okay, auch für eine Streberin, die bei den Dozenten ihre Reize einsetzte, um bessere Noten zu bekommen …«

Sonja schnappte vor Empörung nach Luft. »Das finde ich jetzt ziemlich unverschämt!«

»Aber du bist doch später mit diesem Professor, wie heißt er noch gleich, äh … mit Claus Bronnbach zusammen gewesen«, sagte Paul. »Hab ich jedenfalls gehört.«

»Wir sind noch immer zusammen«, verteidigte sich Sonja und spürte einen Stich. »Und ich habe mich gar nicht wegen der Noten bei ihm eingekratzt. Ich habe ihn geliebt.«

»Wie auch immer, egal …« Pauls Stimme klang versöhnlich. »Jedenfalls hast du anscheinend eine bessere soziale Kompetenz, wie man so schön sagt. Ich werde immer mehr zum Eigenbrötler.«

»Der warst du damals schon«, bemerkte Sonja, ließ sich aber nicht zu weiteren Äußerungen hinreißen. Dabei hätte es sie schon gejuckt, es ihm mit gleicher Münze heimzuzahlen und ihm einige Nettigkeiten an den Kopf zu werfen. Sie hatte während des Studiums keine besonders gute Meinung von ihm gehabt. Genau genommen hatte sie die auch jetzt nicht. Dass sie Paul Lehmann hier in Achetaton getroffen hatte, schuf eine Ausnahmesituation. Wahrscheinlich waren sie auf einander angewiesen. Das bedeutete nicht unbedingt, dass sie auch dicke Freunde sein mussten.

Weil sie sich nicht mit ihm streiten wollte, kam sie zum eigentlichen Thema zurück. »Und – hast du als Wesir und enger Vertrauter des Pharaos inzwischen Nofretetes Geheimnis gelüftet?«

»Ich kann es nur vermuten«, antwortete Paul. »Ich habe Zugang zum Palast und bin oft in Nofretetes Nähe. Sie ist eine rätselhafte Frau, und es gibt allerlei Gerüchte über sie. Man munkelt, dass sie über magische Fähigkeiten verfügt. Das deckt sich mit meinem Verdacht, dass sie das Totenbuch der Isis kennt.«

»Das Totenbuch der Isis?«, wiederholte Sonja. Sie hatte noch nie von einem solchen Buch gehört.

»Es ist ein Buch voller Zaubersprüche«, erklärte Paul. »Allerdings mit einem Fluch belegt, damit es nicht in falsche Hände gelangt. Du kennst doch die Geschichte um Isis.«

Sonja erinnerte sich. »Sie soll ihren toten Gemahl Osiris wieder zum Leben erweckt haben …«

»Genau. Isis war eine mächtige Zauberin. Sie besaß die Macht über Leben und Tod. Es heißt, dass sie ein geheimnisvolles Buch hinterlassen hat, das jedem, der es in Händen hält, ungeheure Fähigkeiten verleiht.«

»Ein Zauberbuch also.«

»Ja. Damit kann man nicht nur schwerste Krankheiten heilen oder den Tod abwenden, sondern auch Feinde abwehren.« Paul sprach immer eindringlicher. »Und ich bin überzeugt davon, dass das Buch auch das Geheimnis verrät, wie man durch die Zeit reisen kann.«

Sonja schluckte. »Eigentlich glaube ich nicht … an Magie.« Sie merkte, wie zwiespältig sie sich verhielt. Erst vorhin hatte sie noch überlegt, ob die Göttin Isis verhindert hatte, dass Jonas im Gefängnis starb. Aber ein Buch voller wirksamer Zaubersprüche?

»So? Und was hat uns deiner Meinung nach hierher gebracht?«, fragte Paul.

»Nun … ein physikalisches Wurmloch oder so.«

»Du glaubst also nicht an Magie.« Er lachte trocken. »Spürst du nicht, dass hier die alten Götter noch lebendig sind? Warum setzt Echnaton alles daran, ihre Macht zu brechen? Warum lässt er ihre Standbilder zerstören und ihre Namen herausmeißeln?«

Sonja zuckte die Achseln. »Vielleicht weil er sich als Reformator fühlt?«

»O nein, Sonja. Es geht um etwas ganz anderes. Es geht um die Bündelung mächtiger Energien …«

Er ist richtig fanatisch, dachte Sonja. Hat sich da in etwas hineingesteigert. Jagt diesem Buch hinterher, das vielleicht überhaupt nicht existiert … Sie erinnerte sich an eine Kommilitonin im Studium, die ihr eines Tages im Vertrauen erzählt hatte, dass sie mit Engeln kommuniziere.

»Okay«, sagte sie vorsichtig. »Du suchst also dieses Buch, weil du glaubst, dass Nofretete damit durch die Zeit reisen kann.«

»Ja, und ich werde es finden.«

»Jonas und ich könnten dir dabei helfen«, hakte Sonja ein. »Mich interessiert dieses Buch genauso wie dich. Aber zuerst muss Jonas aus dem Gefängnis freikommen. Du nimmst eine einflussreiche Stellung ein, Paul. Du kannst doch ohne Weiteres bewirken, dass ein Gefangener freigelassen wird.«

»So einfach ist das nicht«, antwortete Paul. »Ich kann einen solchen Entschluss eigentlich nicht treffen. Aber in diesem Fall lässt sich vielleicht etwas organisieren. Auf nicht ganz legalem Weg.«

»Tu das!«, bat Sonja inständig. »Bitte. Wenn Jonas frei ist, können wir überlegen, wie wir dieses Totenbuch aufspüren.«

»Ich benötige die Hilfe bestimmter Männer. Ihr Schweigen wird einiges kosten.«

»Ich habe hier kein Geld, aber falls wir je ins einundzwanzigste Jahrhundert heimkehren, werde ich dir alles zurückzahlen«, versprach Sonja und dachte an ihre spärliche Barschaft. Sie besaß nicht gerade ein großes Vermögen, denn in all den Jahren hatte sie ja kaum etwas verdient. Claus hatte ein viel dickeres Konto als sie.

»Um Geld geht es mir gar nicht«, wandte Paul hastig ein. »Eure Hilfe kann nützlich sein. Ich muss dieses Buch unbedingt finden! Ich möchte herausfinden, ob ich mit meinem Verdacht richtig liege. Ich will wissen, ob es mehr Dinge zwischen Himmel und Erde gibt, als wir uns vorstellen können.« Er seufzte. »Ich musste in meinem Leben so viele Dinge tun, zu denen ich eigentlich keine Lust hatte. Die Zeit in Tell el-Amarna hat mich verändert, Sonja. Ich will nur noch das tun, was wirklich zählt.«

Ich, ich, ich …, dachte Sonja. Er fängt jeden Satz damit an. Wahrscheinlich hat er eine fette Midlife-Crisis …

»Verstehe«, sagte sie laut. »Natürlich reizt es mich auch, herauszufinden, was es mit dem Totenbuch auf sich hat. Aber zuerst muss ich Jonas wiedersehen. Ich habe einfach keine Ruhe, solange er im Gefängnis ist.« Ihr Tonfall veränderte sich. »Ich weiß nicht, ob du das Gefängnis kennst, Paul. Es ist furchtbar! Es stinkt, es gibt Ratten …«

Er schnitt ihr das Wort ab. »Ich kann's mir vorstellen. Und ich habe ja schon gesagt, dass ich mich um Jonas kümmern werde. Bis dahin zu niemandem ein Wort, dass wir uns getroffen haben!« Er trat so nahe auf sie zu, dass sie sich fast berührten. »Es ist besser, wenn du in nächster Zeit vorsichtig bist«, riet er ihr mit gedämpfter Stimme. »Geh niemals ohne deine Perücke auf die

Straße. Du fällst auf, weil du so groß bist. Mahu lässt nach einer großen Frau mit goldenen Haaren suchen. Er hat eine Belohnung auf dich ausgesetzt. Wenn du dich erwischen lässt, wirst du sterben. Dann kann auch ich nichts mehr für dich tun. Mahu wird es wie einen Unfall aussehen lassen. Das ist nicht das erste Mal, glaub mir.«

»Danke.«

»Viel Glück. Ich lasse dir eine Nachricht zukommen, wenn Jonas frei ist.«

Damit war Sonja entlassen.

In der Dunkelheit, diesmal ohne Nachtpaatens Boten, schlich sie zu Inarus' Haus zurück, wo Inet voller Unruhe auf sie wartete.

19

Pentjus erfahrene Hände tasteten über Nofretetes Leib. Die Königin hatte die Augen geschlossen.

»Ihr müsst mir sagen, wenn meine Berührung schmerzt.«

Karem, der neben Pentju stand, sah, wie die Königin kaum merklich nickte. Ihr Leib schimmerte hell im weichen Licht der Öllampen. Ein Schauder überlief Karem. Es war das erste Mal, dass er die Königin entkleidet sah. Aber es war Pentjus ausdrücklicher Wunsch gewesen, dass er ihn diesmal in Nofretetes Schlafgemach begleitete. Karem war aufgeregt, wollte sich aber nicht anmerken lassen, dass ihm die Knie weich geworden waren. Er musste sich selbstbewusster verhalten, schließlich wollte er Arzt werden wie Pentju. Aber die Nähe der Königin überwältigte ihn.

Sie duftete nach Honig, und ihre Haut glänzte. Als Pentju die Bettdecke ein wenig nach unten zog, sah Karem ihre Scham. Sein

Mund wurde trocken. Sie war gänzlich haarlos. Er konnte den Blick nicht von dem geheimnisvollen Spalt lösen, er zog ihn geradezu magisch an. Was hätte er darum gegeben, sie berühren zu dürfen! Er spürte, wie sich sein Glied versteifte. Erschrocken sah er an sich hinunter und bemerkte erleichtert, dass die Falten seines Lendenschurzes die Peinlichkeit verbargen. Als er den Kopf wieder hob, begegnete er Nofretetes Blick und fühlte sich ertappt. Das Blut schoss ihm in die Wangen, und er senkte die Lider.

Nofretete seufzte leise, als Pentju ihre Beine spreizte.

»Es muss sein, Königin, sonst kann ich die Ursache Eurer Unfruchtbarkeit nicht herausfinden«, erklärte der Arzt. »Ich gehe ganz behutsam vor.« Er wandte sich an Karem, der ihm das Salbengefäß reichte. Pentju griff hinein und fettete sich die Hände ein.

»Versucht Euch zu entspannen!«

Seine Finger glitten zwischen die Beine der Königin. Ein Zittern durchlief ihren Körper. Pentjus Miene war konzentriert, während Karem ein Keuchen unterdrückte. Schweißperlen sammelten sich auf seiner Stirn. Sein Glied füllte sich noch praller, ohne dass er etwas dagegen tun konnte. Er schämte sich entsetzlich über die Regung seines Körpers. Nie würde er eine Frau auf diese Weise untersuchen können. Dabei wollte er doch Arzt werden!

Pentju tastete eine Weile herum. Einmal bat er Nofretete, die Knie anzuwinkeln und die Hüften zu heben. Mit der freien Hand befühlte er gleichzeitig ihren Leib.

»Und ...«, ächzte Nofretete, »findet Ihr etwas, Pentju?«

Pentju antwortete nicht sofort. Er zog die Hand heraus, bedeckte ihre Blöße und ließ sich von Karem ein Tuch reichen, mit dem er sich reinigte.

»Ihr scheint eine Geschwulst in Eurem Leib zu haben«, sagte er dann. »Sie verhindert vermutlich, dass Euch der göttliche Same befruchtet. Ich hoffe, ich habe Euch nicht wehgetan.«

Nofretete stützte sich mit den Ellbogen auf. Fasziniert starrte Karem auf ihre schönen Brüste und die dunkel umrandeten Brustwarzen.

»Eine Geschwulst? Ist sie groß? Wird sie mich töten?«

»Macht Euch keine allzu großen Sorgen, Königin«, beschwichtigte Pentju sie. »Die Geschwulst ist etwa so groß wie ein Granatapfel. Ich werde Euch von nun an regelmäßig untersuchen. Wahrscheinlich wächst die Geschwulst nur sehr langsam. Sie kann auch wieder schrumpfen. Habt Ihr noch regelmäßig den roten Fluss?«

»So pünktlich wie der Mond«, antwortete Nofretete. Trotz der beruhigenden Worte des Leibarztes schien sie sich Sorgen zu machen.

»In der Regel bilden sich solche Geschwülste zurück, wenn die Blutungen aufgehört haben«, sagte Pentju. »Ich werde Euch aber einen Trank mischen lassen, damit die Geschwulst eintrocknet.«

Nofretete lächelte schwach. »Und wenn sie kleiner geworden ist … kann ich dann wieder Kinder bekommen?«

»Das lässt sich nicht voraussagen«, räumte Pentju ein. »Ihr habt sechs Töchter geboren, Königin, sie sind alle gesund zur Welt gekommen, und Ihr habt die Geburten gut überstanden. Das ist mehr, als man von vielen Frauen sagen kann.«

»Es sind nur noch fünf«, murmelte Nofretete, und ein Schatten überzog ihr Gesicht. »Maketaton ist tot.«

»Aber Eure anderen Töchter sind wohlauf«, gab der Arzt zu bedenken. »Und grämt Euch nicht, dass Ihr vielleicht keine weiteren Kinder mehr zur Welt bringen könnt.«

»Ich hätte so gern einen Sohn«, murmelte Nofretete und starrte zur Decke.

»Aber Ihr habt doch einen Sohn – Tutenchaton.« Beruhigend legte der Arzt eine Hand auf Nofretetes Arm. »Ihr liebt ihn so, als hättet Ihr ihn geboren. Das habt Ihr mir selbst gesagt. Außerdem sehe ich jeden Tag, wenn Ihr mit ihm spielt.«

Nofretete seufzte nur.

Pentju und Karem wechselten einen Blick. Es wurde Zeit, die Königin allein zu lassen.

»Karem wird Euch den Trank bringen, den ich für Euch mische«, sagte Pentju. »Trinkt jeden Abend vor dem Zubettgehen einen kleinen Becher davon. Der Trank lässt die Geschwulst schrumpfen. Außerdem werde ich einige Kräuter hineinmischen, die Euren Leib weiterhin jung und gesund erhält.«

Leise zog er sich aus dem Gemach zurück. Karem packte die Utensilien zusammen und folgte ihm. Er warf noch einen letzten Blick auf die Königin, aber diese schien ihr Verschwinden gar nicht zu bemerken.

»Ist die Geschwulst wirklich so harmlos, wie Ihr Nofretete versichert habt?«, fragte Karem zaghaft, als die beiden Männer den königlichen Harem verlassen und die Brücke überquert hatten, die über die große Königsstraße führte.

»Ich bin nicht ganz sicher, Karem«, antwortete der Arzt und betrat den Palast. »Es gibt gutartige und bösartige Geschwülste. Um zu entscheiden, um welche Art es sich handelt, hätte ich mehr tun müssen, als sie nur abzutasten. Wobei sich beim Tasten schon einiges in Erfahrung bringen lässt. Eine gutartige Geschwulst ist in der Regel weich und von gleichmäßiger Beschaffenheit. Eine bösartige fühlt sich hart und knotig an. Um ganz sicherzugehen, müsste ich ein Stück davon abschneiden und untersuchen. Ich habe eine Lösung bestimmter Flüssigkeiten entwickelt, und wenn ich so ein Gewebeteil drei Tage lang damit tränke, kann ich mit großer Sicherheit sagen, um welche Geschwulstart es sich handelt. Aber ein solcher Eingriff ist gefährlich, Karem. Die Frauen können Wundfieber bekommen und sterben.«

Karem nickte. Er fand es jedes Mal aufregend, wenn sein Herr ihn an seinem Wissen teilhaben ließ. Und Pentju war kein Arzt, der sich nur auf niedergeschriebene Überlieferungen verließ. Er experimentierte und stellte eigene Forschungen an. Manchmal saß er nächtelang wach, um seine neuen Erkenntnisse auf Papyrus festzuhalten. Er besaß eine stattliche Bibliothek, und Karem wurde nie müde, darin zu lesen, selbst wenn er vieles noch nicht verstand. Doch er wollte lernen. Er wollte mindestens so klug werden wie Pentju. Der Leibarzt war sein großes Vorbild.

»Ihr werdet der Königin … also nichts abschneiden, Herr?« Karem blickte seinen Herrn an.

»Nein. Diese Untersuchungsmethode ist noch nicht genug ausgereift.«

»Lasst Ihr mich sehen, wenn Ihr das nächste Mal so ein Stückchen in diese Lösung legt?«

Pentju lachte. »Es ist kein schöner Anblick, Karem, aber wenn du unbedingt willst … Ja, ich werde daran denken.«

»Ich will alles von Euch lernen«, sprudelte es aus Karem heraus. »Ihr seid wirklich ein Meister.« Das Blut schoss ihm wieder in die Wangen. »Herr …« Er schluckte, denn er hatte etwas auf dem Herzen. Doch er traute sich nicht recht, die Frage zu stellen.

»Nur zu, was möchtest du wissen?«

Karem druckste herum, bis er stockend bekannte, was ihn bedrückte. »Was tut man, damit der Anblick einer Frau einen nicht erregt?«

Um Pentjus Augen bildeten sich Lachfältchen. »Wünschst du dir das wirklich, Karem? Dass dich eine nackte Frau völlig kalt lässt? Denk an deine zukünftige Ehefrau, Karem! Wie willst du Kinder zeugen, wenn dich der Anblick einer Frau nicht in Wallung bringt?«

»Nein … ich meine … natürlich nicht immer …« Karem kam sich tölpelhaft vor. »Aber bei Untersuchungen …«

»Du willst wissen, wie du deine Lust beherrschen kannst?«

Karem nickte.

»Das kommt mit dem Alter und der Erfahrung.« Der Arzt betrachtete Karem mit väterlichem Wohlwollen. »Du bist noch sehr jung, Karem. Und wahrscheinlich warst du noch nie mit einer Frau zusammen.«

Karem blickte zu Boden. »Nein, noch nicht, Herr.« Das Gespräch war ihm unbeschreiblich peinlich.

»Aber wahrscheinlich kommt jede Nacht die Hitze, du träumst von wunderschönen Frauen, und du kannst nicht anders, du musst dir mit der Hand Erleichterung verschaffen, obwohl du am Morgen darauf ein schlechtes Gewissen hast.«

Karem wurde feuerrot. Wie konnte Pentju das wissen? Hatte der Arzt ihn nachts beobachtet? Oder hatte er die verräterischen

Flecken auf dem Laken bemerkt, obwohl Karem jedes Mal rasch alle Spuren beseitigte?

»Ich kann dich beruhigen, das ist alles ganz normal«, sagte Pentju und legte Karem die Hand auf die Schulter. »Du wirst eines Tages ein guter Arzt werden, das weiß ich heute schon.«

»Seid Ihr sicher?« Karem freute sich. Sein Herr ging mit Lob nicht gerade verschwenderisch um.

»Du besitzt die Neugier, den Dingen auf den Grund zu gehen«, meinte Pentju. »Und außerdem den Ehrgeiz, Lösungen zu finden. Dazu bist du einfühlsam. Das sind Eigenschaften, die ein Arzt haben muss.« Er lächelte. »Und was dein Problem angeht, so wird sich alles ändern, sobald du dich das erste Mal verliebt hast. In deinem Kopf wird nur noch Platz für eine einzige Frau sein. Du magst dann andere schöne Frauen sehen, aber sie werden dich bei Weitem nicht so erregen wie die Frau deines Herzens. Die Liebe ist die stärkste Kraft im Leben eines Menschen.«

Nachdem der Arzt mit seinem Gehilfen das Schlafgemach verlassen hatte, erhob sich Nofretete von ihrem Bett. Sie trat an die Kommode und nahm aus dem obersten Fach einen großen Bronzespiegel heraus. Prüfend betrachtete sie zuerst ihr Gesicht, dann ihren Leib. Danach legte sie den Spiegel beiseite und tastete mit der Hand über ihren Körper. Sie versuchte die Geschwulst zu erspüren. So groß wie ein Granatapfel, hatte der Arzt gesagt. Sie schloss die Augen, um sich besser konzentrieren zu können, zog den Bauch ein und drückte mit den Fingern dagegen. Nach einer Weile spürte sie die Rundung. Sie biss sich auf die Unterlippe, Tränen traten ihr in die Augen. Es war nicht das Köpfchen eines Kindes, das in ihrem Leib heranreifte. Es war ein ungesundes Gewächs …

Als sie schwanger war, hatte sie oft über ihren Leib gestrichen und sich vorgestellt, was sie da fühlte – das Köpfchen oder das kleine Hinterteil. Zärtlichkeit hatte sie erfüllt, wenn sie ein Füßchen ertasten konnte, das energisch um sich trat.

Aber nun … Sie trug kein Kind in ihrem Leib, würde nie mehr eins bekommen. Stattdessen würde vielleicht dieses unheimliche

Ding in ihrem Bauch wachsen und immer größer werden, bis es ihr schließlich die Kraft zum Leben nahm.

Ob der Trank, den Pentju ihr mischen würde, stark genug war, um die Geschwulst zum Schrumpfen zu bringen? Nofretete zweifelte daran. Vielleicht hatte Pentju sie mit seinen Worten nur beruhigen wollen.

Sie starrte abermals in den Spiegel. Die Tränen hatten die Schminke verwischt, und sie sah aus, als hätte sie bereits Totenflecken im Gesicht. Ein Schauder jagte ihr über den Rücken. Dann fasste sie einen Entschluss. Sie würde sich nicht auf Pentju verlassen. Das Leben war zu wertvoll, um es einem Arzt wie ihm anzuvertrauen … Nofretete blickte in den Spiegel, ohne etwas wahrzunehmen.

Es gab wieder eine Zauberin in der Stadt, das hatte man ihr zugetragen. Die andere Frau, von der sie die Isis-Statue und das Udjat-Auge bekommen hatte, war spurlos verschwunden. Möglicherweise war sie von Häschern des Pharaos aufgespürt und wegen Ketzerei getötet worden. Vielleicht hatte sie aber auch freiwillig die Stadt verlassen …

Jedenfalls war nun eine neue weise Frau nach Achetaton gekommen. Nofretete war entschlossen, sie aufzusuchen und sie um Rat zu fragen. Sie musste wissen, wie bedrohlich die Geschwulst in ihrem Leib war – und wie viel Zeit ihr noch blieb, bis der Schatten des Todes nach ihr greifen würde.

Jonas hatte die letzten Tage in einem Dämmerzustand verbracht. Er hatte jegliches Zeitgefühl verloren. Manchmal wusste er nicht, ob es Tag war oder Nacht. Oft war er sich nicht sicher gewesen, ob er überhaupt noch lebte.

Fieberträume hatten ihm sowohl die Hölle als auch das Paradies vorgegaukelt. Im Schlaf hatte er Sonja umarmt, sie hatten sich zusammen am Ufer des Nils niedergelassen, um den Sonnenuntergang zu beobachten und zu warten, bis die Sterne aufgingen. Sonja war zärtlich zu ihm gewesen und hatte ihm ins Ohr geflüstert, wie sehr sie ihn liebe. Als er voller Sehnsucht in sie eindringen wollte, war sie plötzlich unter seinen Händen zerflossen und hatte sich in grauen Nilschlamm verwandelt. Er wollte sie festhalten und konnte es nicht. Vor Verzweiflung fing er an zu weinen, erwachte und fand sich im stinkenden Kerker wieder, unter sich die verfaulten Binsen, gequält von brennendem Durst und unsäglichen Schmerzen. Ein- oder zweimal war sein Leiden so groß gewesen, dass eine Ohnmacht ihn erlöst hatte. Ein anderes Mal hatte er sogar das Gefühl gehabt, seinen misshandelten und von Fieberkrämpfen geschüttelten Körper zu verlassen und an der Decke zu schweben. Dort konnte er alles von oben betrachten. Er sah eine Gestalt am Boden liegen und wusste, dass er selbst es war. Er war durch das Loch in der Kerkerwand nach draußen geschwebt und plötzlich frei gewesen. Die Stadt Achetaton lag vor ihm. Ein Gedanke genügte, und er schwebte über die Dächer. Er sah, wie die Menschen unter ihm hin und her liefen, wie die Polizisten patrouillierten, wie die Steinmetze und Bauarbeiter ihr Tagewerk verrichteten … Er schwebte über dem Nil, sah die Fischerboote, die Jungen im Schilf, die mit Wurfhölzern Enten zu erlegen versuchten. Dann fragte er sich, wo Sonja war – und eine unsichtbare Kraft zog ihn blitzartig quer über die Stadt zu einem ärmlichen Viertel, wo Sonja gerade in Begleitung einer Ägypterin aus einem Hauseingang trat. Er erkannte sie erst auf den zweiten Blick, denn sie trug eine schwarze Perücke. Als er nach ihr rief, sah sie suchend nach oben und beschattete die Augen mit der Hand, um nicht geblendet zu werden. Doch sie schien ihn nicht wahrzunehmen.

Hier bin ich, Sonja, hier!

Als er den Arm nach ihr ausstrecken wollte, erfasste ihn ein unglaublicher Sog – und einen Sekundenbruchteil später war er wieder im Gefängnis, zurückgekehrt in seinen geschundenen Körper, und grub die Fingernägel schluchzend in die Lehmwand. Aber immerhin hatte er sie gesehen und wusste, dass sie lebte – wenn ihm seine Phantasie kein Trugbild vorgegaukelt hatte.

Irgendwann entschied sich sein Körper, nicht zu sterben, sondern weiterzuleben. Jonas' Gedanken wurden klarer, er konnte die Stunden unterscheiden, und es gab wieder Grenzen zwischen

Wachen und Schlafen. Jemand hatte sich erbarmt und Nahrung in den Kerker gestellt. Jonas' Hunger war so groß, dass er ihn schon gar nicht mehr spürte. Sein Verstand zwang ihn zu essen, bevor die Ratten alles fraßen. Nach und nach kehrte das Gefühl in seinen Körper zurück.

Er hatte die Krankheit besiegt, die ihn fast getötet hätte. Sein Körper war ausgezehrt, deutlich spürte er die Rippen. Aber das wahnsinnige Fieber war verschwunden. Er fühlte sich noch immer schwach, hatte Prellungen und Schmerzen in der Brust. Durch die Tritte, die Mahu ihm versetzt hatte, war eine Rippe gebrochen oder zumindest angeknackst. Jonas merkte es jedes Mal, wenn er sich bewegte.

Wie lange lag er schon in diesem Kerker? Was hatte Mahu mit ihm vor? Würde es zu einer Gerichtsverhandlung kommen – oder wollte der Polizeichef ihn einfach im Gefängnis vergessen und den Ratten alles Übrige überlassen? Wer war der mitleidige Wärter, der ihn täglich mit Essen und Trinken versorgte, ohne dass er ihn je zu Gesicht bekam?

Diese Fragen beschäftigten ihn zunehmend – ein Zeichen, dass er allmählich wieder Anteil am Leben nahm.

Er wurde aufmerksamer, lauschte auf die Schritte draußen vor der Tür und versuchte sich ein Bild von dem Gang vor seinem Verlies zu machen. Weil er den geheimnisvollen Wärter sehen wollte, blieb er nachts wach und stellte sich schlafend, als er Geräusche hörte.

Seinem Gefühl nach musste es ungefähr Mitternacht sein, als der Riegel vorsichtig zurückgeschoben wurde und ein junger Aufseher einen Teller mit Speisen und einen Krug Bier in den Kerker schob. Alles ging blitzschnell und fast lautlos vor sich. Der Mann bewegte sich geschmeidig wie eine Katze. Er nahm den Krug und den Teller vom Vortag an sich und war im Nu wieder verschwunden. Jonas hätte sich gern bedankt und einige Worte mit seinem nächtlichen Wohltäter gewechselt, aber es war zwecklos. Er vermochte sich nicht mitzuteilen, denn er beherrschte die Sprache nicht.

Immerhin kümmerte sich jemand um ihn und sorgte dafür,

dass er am Leben blieb. Das gab Anlass zur Hoffnung. Vielleicht würde er doch nicht in diesem Kerker sterben!

Von da an versuchte Jonas immer wach zu sein, wenn der Wärter kam. In der folgenden Nacht brachte der Mann außerdem einen Bottich mit Wasser. Darüber war Jonas überaus dankbar. Endlich konnte er sich waschen und von dem gröbsten Schmutz befreien, obwohl er weder Seife noch Handtuch hatte.

Die Wunde am Bein hatte sich geschlossen. An der Stelle, wo der Affe ihn gebissen hatte, war eine tiefe Narbe zurückgeblieben. Aber das Bein war zum Glück nicht mehr entzündet, und auch die Schwellung war zurückgegangen. Das Bein kam Jonas sogar etwas dünner vor als das andere. Er hatte es kaum bewegt, und die Muskeln hatten sich zurückgebildet.

Zwei Nächte nachdem der Wärter den Bottich gebracht hatte, erschienen zu Jonas' Überraschung zwei Wärter. In dem einen erkannte Jonas seinen Wohltäter wieder. Diesmal hatte er jedoch nichts zu essen dabei. Die beiden Männer bewegten sich fast lautlos. Jonas beobachtete sie misstrauisch. Er witterte eine Falle, die Mahu ihm stellte, eine neue Grausamkeit. Vielleicht waren die beiden in dessen Auftrag unterwegs, um ihn heimlich aus der Stadt zu bringen und zu Tode zu quälen.

Der Wärter, der ihm das Essen gebracht hatte, redete auf ihn ein. Er verstand kein Wort, aber die Stimme klang freundlich, auch wenn sie einen aufgeregten, warnenden Unterton hatte. Ungläubig musterte Jonas den Mann, der eine Fackel in der Hand hielt. Waren die beiden am Ende gekommen, um ihn zu befreien? Jähe Freude durchzuckte ihn, als die Männer ihn tatsächlich durch die Kerkertür nach draußen führten. Sie mussten Jonas stützen, doch nach einigen schwankenden Schritten konnte er immer aufrechter gehen.

Die Männer bedeuteten ihm mit einem Handzeichen, leise zu sein. Dann löschten sie die Fackel und gingen in die Dunkelheit hinein. Jonas, der sich in dem Gebäude nicht auskannte, hielt sich an seinem Begleiter fest. Der andere spähte die Lage aus, winkte oder zischte leise, wenn die Luft rein zu sein schien. Jonas hatte den Eindruck, durch ein Labyrinth von Gängen geführt zu werden. Durch eine schmale Pforte gelangten sie ins Freie, in einen Hof. Der Wärter ließ Jonas los und stieß ihn sanft vorwärts, als Zeichen, dass er allein weitergehen solle. Jonas hörte, wie die Pforte hinter ihm wieder verriegelt wurde.

Einen Moment lang stand er im Hof und atmete die Nachtluft ein. Es war schwül, und schwerer Blütenduft drang ihm in die Nase. Über ihm funkelten die Sterne. Er konnte es nicht fassen. Er war tatsächlich frei! Ob Sonja dabei die Hände im Spiel gehabt hatte? Wer sonst sollte für ihn ein gutes Wort einlegen?

Mit einem lauten Maunzen löste sich eine schwarze Katze aus den Schatten. Jonas zuckte zusammen. Doch das Tier beachtete ihn nicht, balancierte auf einer halbhohen Mauer entlang und sprang auf der anderen Seite hinab.

Katzen waren heilige Tiere …

Hatte etwa eine Göttin dafür gesorgt, dass er freigelassen wurde?

Unentschlossen stand Jonas im Hof und fragte sich, welche Richtung er einschlagen sollte. Vielleicht hatte die Katze ihm gerade ein Zeichen gegeben, und er sollte über die Mauer klettern. Ob er das Haus wiederfände, das er bei seiner Seelenreise erblickt hatte? Hielt Sonja sich noch dort auf, oder hatte sie Achetaton längst verlassen? Er wusste nicht mehr, vor wie vielen Nächten er sie in seiner Vision gesehen hatte. Und er war auch nicht sicher, ob Sonja tatsächlich in jenem Haus wohnte. Möglicherweise hatte ihm das Fieber alles nur vorgegaukelt …

Jonas gab sich einen Ruck. Wie auch immer – er musste weg von hier. Es war viel zu gefährlich, sich in unmittelbarer Nähe des Gefängnisses aufzuhalten. Möglicherweise patrouillierten Wächter um das Gebäude. Er sah sich vorsichtig um, bevor er den Hof überquerte. Er war barfuß, seine Schritte verursachten so gut wie kein Geräusch. Irgendwo in der Ferne schrie ein Nachtvogel. Oder war es ein Hahn gewesen? War der Morgen nicht mehr fern?

Jonas zog die Schultern hoch und lief auf das gegenüberliegende Tor zu. Inzwischen hatten sich seine Augen an die Dunkelheit gewöhnt, sodass er Einzelheiten erkennen konnte.

Ihm stockte fast das Herz, als neben dem Tor eine Gestalt auftauchte. Sie war in einen dunklen Umhang gehüllt.

»Warten Sie!«

Jonas blieb stehen. Er zitterte. Dann erst wurde ihm bewusst, dass er den Befehl verstanden hatte. Welcher Ägypter sprach Deutsch?

Die Gestalt kam auf Jonas zu und blieb vor ihm stehen.

»Sind Sie Jonas?«

»Ja«, antwortete Jonas mit klopfendem Herzen.

Der Vermummte schlug das Tuch zurück, das seinen Kopf bedeckte. Jonas sah einen glatzköpfigen Mann.

»Ich bin Paul Lehmann. Vielleicht hat Sonja Ihnen von mir erzählt. Kommen Sie mit, ich bringe Sie zu ihr.«

Paul Lehmann. Jonas erinnerte sich. Das war der verschwundene Ausgrabungsleiter, dessen Passwort er geknackt hatte. Auf einmal wurde Jonas ganz aufgeregt.

»Dann sind Sie auch … durch das Isis-Tor gegangen?«

»Darüber können wir uns später unterhalten«, sagte Lehmann. »Nicht hier.« Er wandte sich ab und ging voraus. Jonas hatte Mühe, ihm zu folgen. Besonders fit war er noch nicht, auch wenn er die Infektion überwunden hatte. Bei einem Dauerlauf wäre er vermutlich zusammengebrochen. Schon jetzt, beim raschen Ausschreiten, ging sein Atem keuchend, und der Schweiß brach ihm aus.

Lehmann wandte sich um. »Bin ich zu schnell? Entschuldigung.« Er wartete, bis Jonas nachgekommen war. »Geht es Ihnen gut?«

»Einigermaßen«, antwortete Jonas. »Ich lebe.«

»Sonja hat mir alles erzählt«, sagte Lehmann. Sie gingen jetzt nebeneinanderher, und Lehmann passte seine Schritte an Jonas' Tempo an. »Sie hat mich gebeten, für Ihre Befreiung zu sorgen.«

»Danke«, murmelte Jonas. Er humpelte. Sein Bein schmerzte wieder. Verfluchter Affe! »Haben Sie die Wärter bestochen?«

»Exakt.«

»Dann habe ich es Ihnen vermutlich auch zu verdanken, dass ich nicht verhungert bin.«

»Ja, ich habe entsprechende Anweisungen gegeben.« Lehmann blieb stehen.

Jonas lehnte sich an eine Mauer und ruhte sich kurz aus. Sein Oberkörper glänzte vor Schweiß. »Dann kennen Sie sich wohl gut in Achetaton aus«, vermutete er.

»Ich bin schon über fünf Jahre hier«, erwiderte Lehmann. »Man kennt mich unter dem Namen Nachtpaaten. Ich bin der Wesir.«

»Oh … steile Karriere, gratuliere«, rutschte es Jonas heraus. Der Mann überraschte ihn. Er musste ein cleverer Kopf sein, wenn er eine so bedeutende Stellung in Achetaton errungen hatte. Jonas hatte Archäologen bisher für Leute gehalten, die ihr Glück darin fanden, in der Erde zu wühlen und ihre Funde akribisch zu verwalten. Vergeistigte Wissenschaftler, die aufgrund von Tonscherben Theorien aufstellten und weniger für das praktische Leben geeignet waren. Nun musste Jonas sein Vorurteil revidieren.

»Fünf Jahre«, wiederholte er. »Sonja erzählte, Sie seien erst vor wenigen Wochen verschwunden. Das Isis-Tor hat demnach anders funktioniert als bei uns. Man müsste herausfinden, nach welcher Gesetzmäßigkeit Zeitreisen ablaufen …«

»Darüber können Sie später mit Sonja reden«, erwiderte Lehmann knapp. »Wir müssen weiter, ich habe nicht die ganze Nacht lang Zeit. Morgen früh muss ich wieder in meinem Büro antreten – und ich möchte vorher gern noch zwei oder drei Stunden schlafen.«

»Tut mir leid, dass Sie meinetwegen solche Unannehmlichkeiten haben«, antwortete Jonas und hinkte neben Lehmann her. Er mochte den Mann nicht, das wurde ihm in diesem Moment klar, selbst wenn er ihm seine Rettung verdankte.

»Ich habe noch nicht gefunden, was ich suche«, sagte Paul übergangslos. »Sonja wird Ihnen sagen, worum es sich handelt. Sie hat mir versprochen, mich zu unterstützen. Ich muss dieses Schriftstück einfach finden!«

Jonas vermutete sofort, dass es sich um einen seltenen Papyrus handelte, von dem Lehmann gehört hatte. Wahrscheinlich wollte er mit diesem Fund im 21. Jahrhundert punkten und Lorbeeren einheimsen. Diese alte Schrift würde sein armseliges Leben als Grabungsleiter aufwerten und ihm Berühmtheit verschaffen, möglicherweise auch Reichtum …

»Wissen Sie denn, wie man zurückreist?«, fragte Jonas.

»Ich weiß gar nichts«, fuhr Paul Lehmann ihn an. »Wenn es hier ein Isis-Tor gibt, dann redet niemand darüber. Die Götter umgibt ein großes Geheimnis, nachdem Echnaton den alten Glauben verboten hat.« Er warf Jonas einen Seitenblick zu. »Der Name Echnaton sagt Ihnen etwas?«

»Nein, nie gehört«, antwortete Jonas ironisch. »Ich bin Physiker und völlig unterbelichtet, was alte Geschichte angeht.«

Lehmann schnaubte kurz. Schweigend liefen die Männer nebeneinanderher. Erst etliche Straßen weiter fing Paul wieder an zu reden.

»Es ist ein magisches Buch.«

»Der Papyrus, den Sie suchen?«

»Genau. Es handelt sich um Texte, die die Göttin Isis hinterlassen hat. Zauberformeln. Ich bin überzeugt, dass Nofretete das Buch besitzt. In Tell el-Amarna haben wir nach einem Grab gesucht. Aber es gibt weder ein Grab noch eine Mumie. Weil Nofretete niemals gestorben ist. Sie hat einen Weg zur Unsterblichkeit gefunden.«

Jonas runzelte die Brauen. Was Lehmann da sagte, hörte sich ziemlich phantastisch an.

»Unsterblichkeit«, wiederholte Jonas. »Der alte Menschheitstraum. Dabei weiß ich gar nicht, ob Unsterblichkeit so erstrebenswert wäre. Irgendwann hat man ja vom Leben genug und will nur noch seine Ruhe.«

»Sie vielleicht«, zischte Lehmann.

»Na ja, Sie etwa nicht?«, gab Jonas zurück. »Ewig zu leben muss ein Albtraum sein. Alle Freunde tot, auch die eigenen Kinder. Vielleicht sogar die Enkelkinder. Aber für einen selbst geht's immer weiter, dabei hat man schon alles ausprobiert, es gibt nichts Neues mehr, man hat alles so satt … Das ist doch der pure Horror. Zeigen Sie mir einen Unsterblichen – und ich wette, der hat seinen Entschluss längst bereut.«

»Darum geht es doch gar nicht!«

»Worum dann?«

»Um dieses Buch. Ich muss es finden. Um jeden Preis. Es ist eines der größten Rätsel der Menschheit.«

Jonas rollte mit den Augen. Fanatiker! Gut, das Buch mochte außergewöhnlich sein, aber es erschien ihm übertrieben, darin ein Dokument zu sehen, das die Welt aus den Angeln heben würde. Egal. Jeder hatte seinen Traum. Hauptsache, Jonas war frei und Lehmann brachte ihn zu Sonja. Sein Herz klopfte schneller bei dem Gedanken an sie. Er hatte nicht mehr daran geglaubt, sie noch einmal in die Arme nehmen zu können. Er war dem Tod so nahe gewesen …

Eine Viertelstunde später hatten sie ihr Ziel erreicht. Jonas erkannte das Lehmhaus wieder, das er bei seiner Seelenreise erblickt hatte. Sonja würde ihm bestimmt nicht glauben, dass er vor Kurzem einige Meter über ihrem Kopf geschwebt war und sie beobachtet hatte. Am besten erzählte er ihr nichts von jenem Erlebnis. Sie war eine Frau, die mit beiden Beinen fest auf der Erde stand, realistisch und pragmatisch – obwohl sie in der letzten Zeit dazugelernt hatte, dass es nämlich Dinge gab, die sie sich früher nicht hatte vorstellen können. Jonas lächelte.

Lehmann klopfte an der Tür. Von innen näherten sich Schritte, und eine Frau stellte eine Frage. Lehmann antwortete offenbar auf Ägyptisch, denn Jonas verstand kein Wort. Gleich darauf wurde der Riegel zurückgeschoben und die Tür geöffnet. Eine Frau trat heraus, begrüßte Lehmann und musterte Jonas mit neugierigem Blick.

»Sie können hineingehen, Inet bringt Sie zu Sonja«, sagte Lehmann.

»Danke für alles.« Jonas zögerte und überlegte, ob er dem Mann zum Abschied die Hand reichen sollte. Dann entschied er sich dagegen.

»Wir sehen uns bald wieder«, kündigte Lehmann an. »Gute Nacht.« Er verabschiedete sich von Inet, zog das Tuch über den Kopf, wickelte sich in den Umhang und ging mit großen Schritten davon.

Jonas folgte Inet ins Haus.

Sonja hatte gehört, dass es geklopft hatte. Sie schob die schlafende Mayati vorsichtig zur Seite und stand von ihrem Lager auf. Mayati war inzwischen wieder gesund und wollte seit einigen Tagen unbedingt bei Sonja schlafen. Sonja hatte nichts dagegen. Es gefiel ihr, dass das kleine Mädchen so anhänglich war. Manchmal stellte sie sich vor, sie hätte eine Tochter in Mayatis Alter … Vielleicht hatte sie doch etwas im Leben verpasst, nachdem sie ihren Kinderwunsch so lange hinausgeschoben hatte.

Als sie die Stimmen an der Haustür hörte, galten ihre Gedanken sofort wieder Jonas. Paul Lehmann hatte dafür sorgen wollen, dass Jonas aus dem Gefängnis freikam – und Sonja wartete von Tag zu Tag ungeduldiger auf ein Zeichen oder eine Botschaft. Immer öfter kamen ihr Zweifel, ob Paul sein Versprechen auch einhalten würde. Seit ihrem nächtlichen Treffen war bereits eine Woche vergangen.

Sonja hörte Schritte. Inet kam zurück. Sie war nicht allein. Lächelnd betrat sie den Raum, gefolgt von Jonas.

Vor Freude wurde es Sonja ganz heiß. Sie stürzte auf ihn zu und warf sich in seine Arme. Er hielt sie fest und drückte sie an sich.

»Sonja!«

Sie spürte, wie dünn er geworden war. Der Geruch des Kerkers haftete noch an ihm. Doch das störte sie nicht. Tränen liefen ihr übers Gesicht, sie hatte keine Kontrolle mehr über ihre Gefühle. Sie war so glücklich, dass er wieder bei ihr war. Wie oft hatte sie befürchtet, ihn niemals wiederzusehen und nie mehr umarmen zu können!

»Ach, Jonas!« Sie schmiegte sich an ihn, wollte ihn festhalten und nicht wieder loslassen. »Ich habe dich so vermisst.«

»Ich dich auch«, murmelte er. Seine Lippen fanden ihren Mund, er küsste sie mit einer Leidenschaft, die erahnen ließ, wie sehr er gelitten hatte. Sie hielt ihn umklammert und wünschte, dieser Augenblick möge nie vergehen. Nichts sollte sie mehr trennen, niemand sollte sich zwischen sie stellen …

Als Mayati sie am Kleid zupfte, kam Sonja wieder zu sich.

»Sonja, wer ist der Mann?«

Sonja ließ Jonas los. Sie musste erst tief Luft holen, bevor sie antworten konnte. Ihr war schwindlig vor Aufregung.

»Das ist Jonas, mein Freund.« Sie lachte, während sie sich die Tränen aus den Augen wischte. »Ich habe mir solche Sorgen um ihn gemacht.«

Mayati starrte Jonas mit großen Augen an. »Bist du im Gefängnis gewesen?«

Weil sie Ägyptisch redete, konnte er sie nicht verstehen und blickte Sonja fragend an. »Was sagt sie?«

»Ja, er war im Gefängnis«, beantwortete Inet die Frage ihrer Tochter. »Aber er hat nichts Böses getan. Es war ein Irrtum, dass man ihn festnahm.«

»Sonja war auch schon im Gefängnis«, verkündete Mayati stolz, den Blick auf Jonas gerichtet.

Sonja war perplex. Sie hatte immer gedacht, dass das Mädchen nicht mitbekommen hatte, was sie erlebt hatte. Aber anscheinend hatte Mayati die Ohren gespitzt, wenn sich Sonja und Inet unterhalten hatten.

»Ja, aber nun geh!« Inet führte Mayati in einen anderen Raum, damit Sonja und Jonas ungestört miteinander reden konnten.

»Ich bin so froh, dass du da bist«, sagte Sonja. »Komm, setz dich zu mir und erzähl mir, wie es dir ergangen ist.«

»Mahu hat mich zusammengeschlagen, danach bin ich offenbar lange ohnmächtig gewesen«, antwortete Jonas leise und hockte sich auf den Boden.

»Du Armer, das hatte ich befürchtet.« Und noch Schlimmeres, fügte Sonja im Stillen hinzu. Zum Glück hatten sich ihre schlimmsten Ängste nicht bewahrheitet. Sie holte eine Öllampe. »Zeig mir deine Wunde!«

Jonas streckte das Bein aus. Sonja begutachtete die Wade und war überrascht, wie gut die Verletzung verheilt war. In diesem Moment war sie fest davon überzeugt, dass Inets Gebete an die Göttin Isis geholfen hatten.

»Phantastisch!«, murmelte sie.

»Nun ja, die Narbe sieht nicht gerade super aus«, schränkte Jonas ein.

»Die Infektion hätte dich umbringen können.«

»Ich weiß. Ich war auch nahe daran, den Löffel abzugeben.«

Sonja biss sich auf die Unterlippe. Dann umarmten sie sich wieder und hielten einander fest, als könnten sie auf diese Weise alles zukünftige Unglück von sich fernhalten.

Endlich löste sich Jonas von ihr. »Ich möchte mich frisch machen«, sagte er. »Bestimmt stinke ich drei Meilen gegen den Wind! Der Gefängniswärter hat mir zwar einen Bottich mit Wasser gebracht, sodass ich mich etwas waschen konnte. Aber viel genützt hat es nicht, fürchte ich.«

»Es stört mich nicht«, sagte Sonja, obwohl Jonas tatsächlich ziemlich streng roch.

Er lächelte und streichelte ihr die Wange. Seine Finger waren rau, und an den Gelenken hatte er Abschürfungen.

Sonja genoss die Zärtlichkeit. Sie sehnte sich danach, mit ihm zu schlafen, aber sie mussten Rücksicht auf Inets Kinder nehmen.

Sie stand auf. »Ich sage Inet Bescheid, damit du dich säubern kannst.«

Sie verließ den Raum. Natürlich hatte Inet Verständnis für Jonas' Bedürfnisse. Gemeinsam richteten die beiden Frauen einen Zuber mit warmem Wasser her. Inet goss ein wohlriechendes Öl hinein. Außerdem brachte sie eine Schale mit einer fetthaltigen Substanz, die als Seife benutzt wurde.

Sonja beobachtete, wie Inets Blick neugierig über Jonas' Körper glitt, als dieser sein Lendentuch ablegte und in den Zuber stieg. Während Sonja ihm mit einer Bürste den Rücken schrubbte, holte Inet einen frischen Lendenschurz aus dem Besitz ihres Mannes und legte Tücher zum Abtrocknen bereit.

Jonas genoss das Bad. »Hoffentlich ertrinken meine Flöhe!« Er lachte und nahm Sonja die Bürste ab, um die Beine damit zu bearbeiten. Inet goss heißes Wasser nach, das sie auf dem Feuer erhitzt hatte. Nach dem Bad rieb Sonja Jonas' Haut mit Öl ein und behandelte seine Abschürfungen. Draußen ging bereits die Sonne auf. Mayati hatte sich längst in einer Ecke zusammengerollt und war wieder eingeschlafen.

Jonas streckte sich und gähnte. Sonja bereitete ihm ein Lager auf dem Boden neben dem ihren.

»Schlaf dich aus, so lange du willst!«

Jonas nickte. »Ich glaube, das brauche ich auch. Vorher ist mit mir nichts anzufangen.«

Inarus kam die Treppe vom Dach herunter. Er wunderte sich über den neuen Gast, denn er hatte so fest geschlafen, dass er von dem nächtlichen Besuch nichts mitbekommen hatte. Inet erklärte ihm, dass Jonas zu Sonja gehöre. Inarus berührte Jonas freundlich an der Schulter, um seine Gastfreundschaft auszudrücken, dann steckte er sich rasch ein paar Früchte und Brotstücke ein und machte sich auf den Weg zu seiner Arbeit. Er fing immer recht früh an.

Jonas streckte sich auf dem Boden aus und zog die Decke über sich. Sonja hockte sich neben ihn. Er bettete seinen Kopf auf ihren Schoß. Sie küsste ihn auf die Stirn und streichelte sein Haar. Sie war so froh, ihn wiederzuhaben. Jonas lächelte sie an. Wenig später fielen ihm die Augen zu, und Sonja lauschte seinen gleichmäßigen Atemzügen.

20

Nofretete sah sich vorsichtig um. Es war noch früh am Morgen, die Sonne würde erst in einer halben Stunde aufgehen. Der Zeitpunkt war günstig, um sich wegzuschleichen. Echnaton war vermutlich beschäftigt, stand am Fenster und begrüßte Aton, sobald sich die ersten Strahlen über dem Horizont zeigten. Seit Tagen war der Pharao mit einer neuen Hymne an Aton beschäftigt, und seine Gedanken kreisten um nichts anderes. Wahrscheinlich fiel ihm Nofretetes Abwesenheit überhaupt nicht auf. Und falls er fragen sollte, dann wäre sie um keine Ausrede verlegen, würde beispielsweise behaupten, dass sie länger geschlafen habe, weil der Arzt ihr Ruhe verordnet hatte.

Der Trank, den sie auf Pentjus Anweisung hin regelmäßig zu sich nehmen musste, um die Geschwulst in ihrem Leib zum Schrumpfen zu bringen, machte tatsächlich müde. Außerdem schmeckte er entsetzlich bitter. Nofretete hatte den Eindruck, dass ihr das Aufstehen schwerer fiel, seit sie ihn trank. Sie hatte morgens überhaupt keine Lust, das Bett zu verlassen und den Tag zu beginnen. Ihre Gedanken kreisten fast unablässig darum, dass sie etwas Fremdes in ihrem Körper trug. Würde dieses Ding sie auffressen? Wie lange hatte sie noch zu leben – Tage, Monate? Eine große Traurigkeit überkam sie. Alles erschien ihr sinnlos – dass sie sechs Töchter geboren hatte, von denen fünf bald ohne Mutter weiterleben mussten. Maketaton würde es nicht mehr erfahren … Maketaton, die nicht mehr unter ihnen weilte …

Auch ihr Tod war sinnlos gewesen. Manchmal bildete sich Nofretete ein, dass das Mädchen nachts an ihrem Bett stand und die Arme nach ihr ausstreckte. Dann glaubte Nofretete, Maketatons vorwurfsvolle Stimme zu hören:

Warum hast du mir nicht geholfen, Mama? Warum hast du zugelassen, dass ich sterbe?

Jedes Mal hatte Nofretete Tränen in den Augen. Doch wenn sie nach Maketaton griff und sie berühren wollte, fasste sie ins Leere.

An manchen Tagen war Nofretete stumm vor Verzweiflung. Dann wünschte sie sich, ein anderes Schicksal zu haben und nicht die Gattin Echnatons zu sein, nicht die Große Königliche Gemahlin spielen zu müssen … Sie sehnte sich danach, als ganz normale Bürgerin leben zu können und nicht repräsentieren zu müssen. Es war so anstrengend, nach außen hin als harmonisches Ehepaar aufzutreten, das von Gott gesandt war und in seinem Auftrag handelte – vor allem, wenn man nicht mehr an Gott glaubte …

Nofretete war inzwischen überzeugt, dass Aton einzig und allein Echnatons Erfindung war. Dieser Sonnengott war seiner Phantasie entsprungen, Echnaton hatte ihn mit allen möglichen Attributen versehen und sich selbst zu seinem Sohn ernannt. Und wie die Geschwulst in Nofretetes Leib wuchs das Hirngespinst Aton in Echnatons Kopf von Tag zu Tag. Aton erfüllte sein gesamtes Denken. Jede noch so banale Handlung im Alltag bekam eine göttliche Bedeutung, jede Handbewegung einen besonderen Sinn. Echnaton dankte Aton für die Erschaffung der Welt, für seine eigene Erschaffung und auch für Nofretetes Erschaffung. Er hatte sie beide in seinen großen Sonnenhymnus an Aton eingeschlossen.

Herrin beider Länder, die Schöne ist gekommen, sie möge leben und jung sein immer und ewig …

Immer und ewig. So als ließen sich Schönheit und Jugend einfach festhalten … Wenn Nofretete vor dem Spiegel stand und sich betrachtete, dann merkte sie, dass ihre Haltung nicht mehr so straff und gerade war wie früher. Die Haut an den Armen wurde trocken, selbst wenn sie sie noch so sehr pflegte. Am Bauch und an den Oberschenkeln hatte sie unschöne Dellen, ihr Fleisch war weich geworden. Das Alter hinterließ Spuren, daran konnte Aton nichts ändern. Und nun auch noch diese Geschwulst, die verhinderte, dass sie einen Thronfolger zur Welt brachte. Sie erschien ihr wie ein Fluch, wie eine Strafe der alten Götter, die ihr Gatte verbannt hatte.

Es kostete Nofretete große Kraft, den Alltag zu bewältigen, ihre Pflichten zu erfüllen und tagsüber nicht in Tränen auszubrechen. Die Zweifel an der Religion ihres Gemahls zerrissen sie und erfüllten sie immer öfter sogar mit Hass. Sie fühlte sich angekettet, unfrei, ihr Leben wurde durch andere bestimmt. Wo war das fröhliche, lebenslustige Mädchen geblieben, das sie früher einmal gewesen war? Wann hatte sie zum letzten Mal unbeschwert gelacht? Sie konnte sich kaum erinnern. Stattdessen war sie ständig müde, und die Sorgenfalten im Gesicht würden sich bald nicht mehr wegschminken lassen.

Es musste sich etwas ändern! So konnte sie nicht weiterleben. Von allein würde sich nichts ändern. Sie musste selbst handeln. Sie würde sich in Zukunft nicht mehr unterordnen. Ab sofort würde sie ihr eigenes Leben führen. Das hätte sie schon viel früher tun sollen. Dann würde Maketaton heute vielleicht noch leben …

Nofretete presste die Lippen aufeinander und schlang das Tuch enger um den Körper. Wer sie zu dieser frühen Stunde sah, sollte sie für eine Dienerin halten, die im Palast beschäftigt war. Den goldenen Armreif, mit dem sie die Zauberin bezahlen wollte, hatte sie sich vorsichtshalber von innen in ihr Gewand eingenäht.

Es dämmerte. Dunst lag über dem Palastgarten, als Nofretete den Weg entlanghuschte. Die Blumen dufteten. Ein Falter lag vor ihr auf dem Weg, steif von der Morgenkühle. Er bewegte nur matt die Flügel, schien wie gelähmt.

Genau wie ich.

Nofretete bückte sich und hob den Falter auf. Sie hauchte ihn an. Jetzt kam etwas Leben in das kleine Tier, es klappte die Flügel mehrmals auf und zu, dann löste es sich von Nofretetes Hand und flatterte taumelnd durch den Garten. Nofretete sah, wie der Schmetterling sich entfernte und über die Mauer flog. Dann beschleunigte sie ihre Schritte und blickte sich immer wieder um, ob jemand ihr folgte oder sie beobachtete.

Sie war entschlossen, die geheime Pforte zu benutzen. Den Schlüssel hatte sie sich gestern Abend schon besorgt; er lag wie immer im Maul des Alabasterlöwen, der in Echnatons Schlafgemach stand. Der Architekt, der den Palast entworfen hatte, hatte dafür gesorgt, dass es einen geheimen Ausgang gab. Im Fall von Unruhen oder anderen Gefahren konnte es erforderlich werden, dass das Königspaar aus dem Palast floh. Deswegen war schon beim Bau dieser Fluchtweg eingeplant worden. Wenigstens *eine* kluge Entscheidung Echnatons …

Setep beobachtete vom Fenster aus, wie Nofretete hinter den Lilienbeeten verschwand. Er hätte sie in jeder Verkleidung erkannt, denn er wusste, wie sie sich bewegte, und ihre Gesten waren ihm vertraut. Sie hatte sich wie eine Dienerin verhüllt, doch ihn konnte sie nicht täuschen.

Karem schlief noch. Setep aber hatte die halbe Nacht wach gelegen und gegrübelt – über den geplanten Mord und noch mehr über seine verzweifelte Liebe, die immer stärker wurde. Wie gewohnt war er zu keinem Ergebnis gekommen. Er wusste nicht, wie er sich Nofretete nähern und ihr seine Liebe erklären konnte. In seinen Träumen war alles viel einfacher gewesen …

Er trieb sich schon seit einigen Tagen im Palast herum. Karem hatte ihn vor Pentju als seinen Cousin ausgegeben, was der Arzt ohne Nachfragen zur Kenntnis genommen hatte. Setep hatte Augen und Ohren offen gehalten und herausgefunden, dass es fast unmöglich war, Echnaton heimlich Gift ins Essen zu mischen. Die Arzneien wurden ihm nur von Pentju persönlich verabreicht, und alles, was Echnaton aß, wurde erst von einem Vorkoster geprüft. Wenn, dann kam nur ein langsam wirkendes Gift infrage, das den Pharao erst nach Stunden tötete. Aber selbst dann würde eine unschuldige Person sterben müssen … Setep scheute davor zurück, war unentschlossener denn je. Es musste noch eine andere Möglichkeit geben! Setep versuchte, mit den Tagesabläufen im Palast vertraut zu werden. Echnaton war fast immer in Begleitung – außer in den Zeiten, da er ausdrücklich allein sein wollte, um zu meditieren.

Verschiedene Pläne waren Setep durch den Kopf gegangen. Wenn er Echnaton auf einem der vielen Flure oder im Garten begegnete, dann könnte er ihn anrempeln und ihm bei der Gelegenheit ein Messer ins Herz rammen. Aber würde ein Stich genügen, um den Herrscher zu töten? Und wie tief musste er stoßen, und wo genau saß das Herz?

Es war zu riskant.

Mit dem Bogen fühlte sich Setep sicherer. Karem bewunderte seine Treffsicherheit, und Setep hatte ihm seinen besten Bogen geschenkt. Er hing in seiner Kammer an der Wand, und Setep konnte ihn jederzeit herunternehmen. Doch wenn er damit den Pharao tötete, würde Karem ebenfalls bestraft werden. Und Setep wollte seinen jungen Freund nicht in diese Verschwörungsgeschichte mit hineinziehen.

Ich bin nicht zum Mörder geboren …

Setep wurde sich immer klarer darüber, dass er nicht der richtige Mann für diese Aufgabe war. Die Sieben Skorpione hätten einen anderen auswählen sollen. Es war ein Fehler gewesen, dass sich Setep der Verschwörergruppe angeschlossen hatte. In der Hoffnung, eine Gemeinschaft zu finden, in der er sich aufgehoben fühlte, hatte er voreilig gehandelt. Der tiefe Hass auf Echnaton hatte seine Sicht getrübt; es war so einfach, jemanden zu verabscheuen, der alles Vertraute abgeschafft hatte.

Setep ballte die Fäuste. Er war unzufrieden mit sich selbst. Die Tage im Palast hatten ihn keinen Schritt weitergebracht, im Gegenteil. Seine Skrupel waren gewachsen. Ein Mörder musste den Verstand ausschalten und bereit sein, für seine Tat das eigene Leben zu opfern. Aber Setep wollte weiterleben, wollte lieben und Nofretetes Zuneigung gewinnen.

Der Plan hatte anfangs so einfach ausgesehen. *Ich befreie sie von ihrem Gatten, dafür liebt sie mich.* Wie naiv war er gewesen, so etwas zu denken! Was wusste er denn von Nofretetes Gedanken und Vorstellungen? Vielleicht verabscheute sie Echnaton gar nicht so sehr, wie Setep es sich wünschte. Und konnte eine Frau überhaupt einen Mörder lieben?

Er hatte sich völlig verrannt, und je aussichtsloser das Ganze schien, desto heftiger wurde seine Liebe. Unvorstellbar, dass er sich je für eine andere Frau begeistern könnte. Er war besessen von der schönen Königin.

Er beobachtete sie auf Schritt und Tritt. Sobald sie irgendwo auftauchte, schlug ihm das Herz hart gegen die Rippen. Genau wie jetzt. Was wollte sie im Garten in der Morgendämmerung, verhüllt wie eine Dienerin? Und wohin war sie unterwegs?

Setep beschloss, ihr zu folgen. Er kletterte durchs Fenster und landete mit einem geschmeidigen Sprung auf dem Weg. Karem hatte nichts bemerkt, er drehte sich in seinem Bett auf die andere Seite.

Setep schlich durch den Gang. Er nutzte die Pflanzen als Deckung, denn Nofretete blickte sich manchmal um. Wahrscheinlich hatte sie Angst, dass jemand ihr folgte.

Seine Neugierde wuchs. Sie hatte ein schlechtes Gewissen. Es war also auf keinen Fall nur ein harmloser Morgenspaziergang. Plötzlich schoss ihm ein schrecklicher Gedanke durch den Kopf. Vielleicht besuchte sie ihren Liebhaber!

Er spürte einen so heftigen Stich im Herzen, dass er kaum weitergehen konnte. Warum hatte er nie zuvor diese Möglichkeit in Betracht gezogen? Warum hatte er sich eingebildet, der Einzige zu sein, der ihr Herz gewinnen konnte?

Nach diesem Schrecken trieb es ihn weiter. Er musste Gewissheit haben, ob sein Verdacht sich bestätigte. Und er wollte unbedingt wissen, wer der andere war …

Verdeckt durch den Stamm einer Palme, sah Setep, wie Nofretete gegen ein Mauerstück drückte, das sich daraufhin lautlos bewegte. Eine Geheimtür! Wie raffiniert! Setep war schon einige Male in diesem Teil des Gartens gewesen, doch die Ritzen im Mauerwerk waren ihm zuvor noch nie aufgefallen. Der Baumeister hatte die Geheimtür äußerst geschickt eingebaut.

Setep prägte sich genau ein, welche Bewegungen Nofretete machte. Sie trat durch die Öffnung und griff nach oben. Dort musste sich ein Hebel oder eine ähnliche Vorrichtung befinden, denn gleich darauf schwang die geheime Tür wieder zu.

Kaum hatte sie sich ganz geschlossen, war Setep zur Stelle. Er untersuchte die Mauer genau und fand unter einem vorspringenden Stein ein Kästchen. Der Deckel, gewöhnlich mit einem Schlüssel verschlossen, ließ sich mühelos öffnen. In dem Kästchen befand sich ein Mechanismus, der die Bewegung der Tür auslöste. Setep zwang sich, noch eine Weile zu warten, bevor er die Geheimtür öffnete. Nofretete durfte nicht merken, dass er ihr folgte.

Seteps Atem ging schneller. Er glühte vor Eifersucht, als er sich durch die Öffnung zwängte und den dunklen Gang betrat. Stufen führten in die Tiefe. Es roch modrig, und als er die Wand berührte, spürte er Feuchtigkeit. Jetzt, zur Zeit der Nilschwemme, stand das Grundwasser hoch, und die Nässe zog im Mauerwerk nach oben.

Die schwüle, stickige Luft legte sich Setep auf die Lungen. Er fühlte sich beklommen. Aber vielleicht lag es auch an seiner Erregung. Er musste herausfinden, was Nofretete trieb und wohin sie wollte.

Immer tiefer ging es hinab. Offenbar führte der Geheimgang unter dem Palast hindurch. Es war stockfinster. Als die Treppe endete, tappte Setep in eine Wasserlache: Das Grundwasser hatte den Gang erreicht. Zum Glück stand es nur wenige Fingerbreit hoch, und der Gang war passierbar. Doch Setep konnte sich nicht gänzlich lautlos bewegen, denn das Wasser plätscherte bei jedem Schritt, und das Geräusch hallte von den Wänden wider. Er hielt inne und lauschte. Von Nofretete war nichts zu hören. Einen Moment lang wurde er unsicher. Hatte sie eine Abzweigung genommen, die er im Dunkeln übersehen hatte? Im Stillen schalt er sich einen Narren, dass er kein Öllicht mitgenommen hatte.

Vorsichtig ging er weiter. Nach einer Weile bemerkte er, wie der Gang leicht bergauf führte. Der Boden unter den Füßen wurde trockener, er musste nicht mehr im Wasser waten. Er kam auch schneller voran. Die Luft veränderte sich, roch frischer. Irgendwo musste sich ein Belüftungsschacht befinden. Setep schöpfte neue Hoffnung. Dann endete der Gang plötzlich vor einer Treppe. Grob behauene Stufen führten nach oben. Setep stolperte und schlug sich das Knie auf. Er unterdrückte einen Schmerzenslaut. Die Stufen waren ungewöhnlich hoch. Vorsichtig tastete er sich nach oben, um kein zweites Mal zu stürzen. Die Mauern an der Seite waren nun vollkommen trocken. Als Setep eine Hand ausstreckte, spürte er eine Holztür vor sich. Er tastete nach dem Griff und fand heraus, dass sich die Tür nach innen öffnete. Lautlos bewegte sie sich in den Angeln. Er musste umkehren und zwei Stufen hinabsteigen, bevor es ihm gelang, durch die Öffnung zu schlüpfen. Aber nun fiel wenigstens ein schwaches Licht in das Gewölbe.

Eine lange enge Gasse lag vor ihm. Am anderen Ende glaubte er eine Gestalt zu erkennen. Nofretete! Sein Herzschlag beschleunigte sich.

Die Gasse führte auf die breite Königsstraße, auf der trotz der frühen Stunde bereits etliche Menschen unterwegs waren. Setep hatte Mühe, Nofretete nicht aus den Augen zu verlieren. Die vermummte Gestalt wirkte wie eine Dienerin, die unterwegs war, um Einkäufe zu tätigen.

Anscheinend hatte Nofretete immer noch Angst vor Verfolgern, denn sie warf immer wieder einen Blick über die Schulter zurück, wechselte mehrmals die Straßenseite, blieb stehen, um dann umso rascher auszuschreiten. Einmal hatte Setep sie aus den Augen verloren, doch dann entdeckte er sie in der Nähe einer Gruppe von Frauen, die alle ähnlich gekleidet waren. Er musste äußerst achtsam sein, damit er nicht der falschen Person folgte.

Nofretete ging nach Süden, dann wandte sie sich plötzlich nach Osten und näherte sich jenem Stadtteil, in dem die ärmere Bevölkerung wohnte. Setep war verwirrt. Er hatte angenommen, dass Nofretetes Liebhaber eher ein vornehmer Bürger war und kein Arbeiter. Aber vielleicht fand sie es gerade reizvoll, sich mit einem Mann zu vergnügen, der weit unter ihr stand.

Unvermittelt verschwand Nofretete in einem Hauseingang. Setep näherte sich vorsichtig und drückte sich an die Wand. Die Tür war inzwischen wieder geschlossen. Er umkreiste das Haus und stellte fest, dass das Nebenhaus offenbar leer stand. Setep betrat das Gebäude, orientierte sich kurz und kletterte dann vom oberen Stockwerk aus aufs Dach. Mit einem großen Sprung erreichte er das Nachbardach, näherte sich der Öffnung und lauschte. Diesmal war das Glück auf seiner Seite, er hörte Stimmen. Sie drangen aus dem Raum unter ihm. Setep legte sich flach aufs Dach und schob den Kopf so weit wie möglich vor, damit er alles hören konnte, ohne von unten gesehen zu werden.

Es waren zwei Frauen, die miteinander redeten. Eine war Nofretete, er erkannte ihre Stimme sofort.

»Sag mir ehrlich, ob ich daran sterben werde!«

Setep überlief ein Schauer. Sterben? War Nofretete krank? Warum hatte Karem ihm davon nichts erzählt? Setep hatte geglaubt, dass Pentju sich hauptsächlich um Echnaton kümmern sollte. Die Nachricht, dass Nofretete an einer schweren Krankheit litt, versetzte Setep einen schmerzhaften Stich. Und er hatte gedacht, sie sei zu einem Liebhaber unterwegs!

»Darf ich Euch berühren?«, fragte eine Frauenstimme, die Setep nicht kannte. »Nur dann kann ich ein Urteil abgeben.«

Setep hörte nicht, was Nofretete antwortete. Eine Weile war es still unter ihm. Schweißperlen sammelten sich auf seiner Stirn. Was würde die fremde Frau zu Nofretete sagen? Vermutlich war sie eine Heilerin. Vor Verzweiflung und Ungeduld schloss er die Augen.

Sie durfte nicht sterben!

»Ich kann das Gewächs in Eurem Leib fühlen«, sagte die Fremde nach einer Weile, die Setep wie eine Ewigkeit vorkam. »Aber es besteht keine Gefahr für Euch, da kann ich Euch beruhigen. Die Gefahr droht stattdessen Eurem Gatten. Um den müsst Ihr Euch sorgen. Der Mörder ist ganz nahe … Er ist bereits in Eurem Haus …«

»Ein Mörder?«, fragte Nofretete tonlos.

»So sehe ich es … Jemand hat den Auftrag, Euren Gemahl zu töten …«

Setep hatte fast aufgeschrien. Nur mit Mühe konnte er sich beherrschen. Woher wusste die Frau das? Woher kannte sie die Pläne der Sieben Skorpione? Sie musste das zweite Gesicht haben, eine andere Erklärung gab es nicht …

Setep wurde von großer Angst gepackt. Wenn diese Frau tatsächlich hellsehen konnte, dann fand sie vielleicht auch heraus, dass er auf dem Dach lag und das Gespräch belauschte. Er ging in die Hocke, und seine Muskeln spannten sich an. Wenn sie zu ihm heraufkam, dann würde er sie mit aller Kraft von der Treppe stoßen.

In seiner Panik verpasste er einen Teil des Gespräches. Dann merkte er, dass offenbar niemand aufs Dach kam, und er beruhigte sich ein wenig.

»… einen sehr mächtigen Gegenstand, der sich in Eurem Besitz befindet …«

»Wovon redest du?« Nofretete klang beunruhigt.

»Von einem heiligen Buch … Es sind die Worte der Göttin … Sie werden Euch neue Wege aufzeigen … Unglaubliches wird geschehen …«

»Erklär dich genauer!«

»Was tot ist, muss nicht tot bleiben ... Das Leben liegt in Euren Händen. Ihr habt den Schlüssel ... zur Ewigkeit ...«

»Du redest ... von dem ... Buch?«, stammelte Nofretete. »Was genau vermag es? Wie kann ich es benutzen?«

»Isis ist ... eine große Zauberin. Mächtiger als wir alle ... Kein Geheimnis bleibt ihr verborgen. Ihr müsst lernen, die Worte zu nutzen ... dann seid Ihr mächtiger als sie ...«

»Wie mächtig?« Nofretete hörte sich so ungeduldig an, als hätte sie die Heilerin an den Schultern gepackt und geschüttelt, um ihr das geheime Wissen zu entreißen. »Kann mich das Buch von meiner Unfruchtbarkeit befreien?«

»Es ... es kann alles ...«, kam die stockende Antwort. »Es kann auch verhindern, dass Ihr altert ...« Plötzlich veränderte sich der Tonfall der Heilerin. Ihre Stimme hatte die ganze Zeit so geklungen, als spreche sie in Trance. Doch nun schien sie Nofretete warnen zu wollen. »Woher habt Ihr das Buch? Seit wann befindet es sich in Eurem Besitz? Es könnte gefährlich werden, wenn es in falsche Hände gerät.«

»Keine Sorge, es ist sicher verwahrt.«

»Und wie ... wie ist das Buch in Euren Besitz gekommen?«

»Das geht dich nichts an«, antwortete die Königin mit schneidender Stimme. »Und wehe, du behältst dein Wissen, dass ich ein solches Buch mein Eigen nenne, nicht für dich! Niemand weiß davon – und so soll es auch bleiben.«

»Selbstverständlich, Herrin.«

»Schwör mir, dass du schweigen wirst!«

Ein kurzes Zögern. Dann war eine demütige Stimme zu hören. »Ich schwöre es bei Isis und bei allem, was mir heilig ist.«

»Ich werde es erfahren, solltest du deinen Schwur brechen«, zischte Nofretete. Setep hörte etwas klirren. »Hier, nimm den goldenen Armreif als Belohnung für deine Dienste.«

»Ihr seid zu gütig, Herrin. Ich danke Euch von Herzen für diese großzügige Gabe.«

»Vergiss, dass ich bei dir gewesen bin und dass wir miteinander gesprochen haben.«

»Ich vergesse es auf der Stelle.«

Die Frauen verabschiedeten sich. Setep zog sich von der Öffnung zurück und kroch auf dem Bauch über das Dach. Als er über den Rand spähte, sah er, wie Nofretete das Haus verließ. Sie schritt rasch aus.

Setep wartete, bis sie zwischen den Häusern verschwunden war. Dann sprang er auf das Nachbardach und gelangte über die Treppe wieder nach unten. Nofretete war längst außer Sicht, aber er wusste, dass sie zum Palast zurückkehrte. Den Weg dorthin kannte er.

Das belauschte Gespräch beschäftigte ihn, während er durch die Stadt eilte. Er bekam eine Gänsehaut, als er daran dachte, was die Heilerin über ihn gesagt hatte. Wie konnte sie wissen, dass er sich im Palast aufhielt und nach einer Möglichkeit suchte, den Pharao zu töten? Seteps Magen begann zu schmerzen. Der Auftrag der Sieben Skorpione lastete schwer auf ihm, und er hätte alles darum gegeben, wenn ein anderer den Mordplan ausgeführt hätte. In den nächsten Tagen musste er eine Lösung finden. Bald stand das nächste Treffen der Skorpione an, die anderen erwarteten einen Bericht, und er musste dann Farbe bekennen.

Er war zu feige, zu feige, zu feige …

Setep schloss für einen kurzen Moment die Augen. Er wollte nicht als Feigling dastehen, das wäre unerträglich für ihn gewesen. Ach! Vor einiger Zeit hatte er noch geglaubt, in Achetaton eine Zukunft zu haben, aber inzwischen sah er ein, dass es ein großer Fehler gewesen war, in diese Stadt zu kommen. Gut, er befand sich in Nofretetes Nähe, das war der einzige Vorteil. Aber welche Aussichten hatte diese Liebe?

Sein Herz fühlte sich ganz wund an, als er an die Königin dachte.

Sie hatte Geheimnisse … Sie suchte eine Heilerin auf, die ganz offensichtlich der Göttin Isis diente … Und was hatte es mit dem geheimnisvollen Buch auf sich, von dem die Frau gesprochen hatte?

Einen Augenblick lang spielte Setep mit dem Gedanken, Nofretete sein Wissen zu offenbaren. Wie würde sie reagieren? Angstvoll, dass er etwas ausplauderte? War Erpressung eine Möglichkeit, endlich zum Ziel zu gelangen? Gleich darauf schämte Setep sich wegen dieser Gedanken. Was war er nur für ein schäbiger Mensch!

Als er am Palast ankam, vermutete er, dass Nofretete den Geheimgang bereits benutzt hatte und der Zugang verschlossen war. Trotzdem schlich er die schmale Gasse entlang. Zu seiner Verwunderung stand die Tür offen. Er war also früher als Nofretete zurückgekehrt. Umso besser. Behutsam stieg Setep die Stufen hinunter. Seine Augen brauchten eine Weile, bis sie sich an die Dunkelheit gewöhnt hatten. Er fand den Gang, in dem das Wasser stand. Jetzt war es wieder stockfinster. Er watete im Dunkeln bis zur Treppe. Ab und zu blieb er stehen und lauschte, um zu hören, ob Nofretete hinter ihm herkam. Aber er hörte nichts.

Mittlerweile ärgerte er sich, dass er sie nicht weiter verfolgt hatte. Vielleicht stimmte seine erste Vermutung doch, und sie hatte einen Liebhaber, den sie nach der Heilerin aufgesucht hatte. Setep überlegte, ob er umkehren sollte. Aber er würde sie vermutlich nicht finden. Achetaton war groß …

Schlecht gelaunt erklomm er die Stufen, drückte die Geheimtür auf und befand sich wieder im Palastgarten.

Plötzlich griff von hinten ein Arm nach ihm. »Wie kommst du dazu, diese Tür zu benutzen?«, fragte eine Stimme. »Ich erwarte eine Erklärung.«

Setep wandte sich um und blickte in das Gesicht des Wesirs Nachtpaaten.

21

Nofretete hatte beschlossen, nicht sofort zum Palast zurückzukehren. Sie brauchte Zeit, um über die Worte der Heilerin nachzudenken.

Die Versicherung, dass sie nicht sterben werde, hatte sie getröstet. Sie vertraute der Heilerin, die offenbar tatsächlich eine übernatürliche Gabe besaß. Sonst hätte sie nichts von dem Buch gewusst.

Nofretete selbst hatte den Papyrus schon fast vergessen. Er war vor einigen Jahren eher zufällig in ihre Hände gelangt. Echnaton hatte in Waset einen Tempel der Isis schließen lassen. Seine Soldaten hatten die beiden Priesterinnen mit Peitschenhieben vertrieben und ihnen keine Zeit gelassen, ihren Besitz mitzunehmen. Während die Soldaten die Frauen aus dem Tempel gejagt hatten, hatte Echnaton im Innern bereits mit der Zerstörung von Statuen und Kultgegenständen begonnen. Wie ein Wahnsinniger hatte er darauf herumgetrampelt, die alten Götter beschimpft und verflucht. Nofretete hatte ihn wie immer begleitet. Doch angesichts seiner Zerstörungswut hatte sie sich unbehaglich gefühlt. Vielleicht hatten sich damals schon die ersten Zweifel an dem alleinigen Gott Aton in ihr Herz geschlichen. Warum war dieser Gott so unduldsam und wollte keinen anderen Gott neben sich haben? Es gab doch so viele Bereiche, so viele Aufgaben … Kein Gott konnte für alles gleichzeitig zuständig sein. Oder doch?

Echnatons Augen hatten vor Zorn geglänzt, als er eine Isis-Statue zerstört hatte. Doch dabei hatte er sich an den Handgelenken verletzt. Sie hatten geblutet, doch er hatte es nicht bemerkt. Während er einen heiligen Schrein aufgebrochen hatte, war Nofretete eine junge Tempeldienerin aufgefallen, die sich in einer Ecke versteckt hatte. Das Mädchen hatte vor Angst gezittert und einen Gegenstand an sich gepresst, der in ein Tuch eingeschlagen gewesen war. Nofretete hatte zunächst geglaubt, sie halte ein Kind in den Armen.

»Hab keine Angst«, hatte sie dem Mädchen zugeraunt. »Dir wird nichts geschehen.«

Das Mädchen hatte sich voller Panik umgesehen und Nofretete das Bündel hingehalten. »Bewahrt dies auf!«, hatte sie geflüstert. »Es ist sehr wertvoll. Es darf nicht vernichtet werden.«

Nofretete hatte das Bündel an sich genommen und darin verwundert eine Schriftrolle entdeckt. »Was ist das?«, hatte sie gefragt.

Aber das Mädchen war ohne Antwort aufgesprungen und davongestürzt.

Nofretete hatte vermutet, dass das Mädchen ihr ein heiliges Buch anvertraut hatte, das nicht zerstört werden sollte. Nofretete hatte Achtung vor alten Schriften. Von vielen existierte nur ein Exemplar, und manche enthielten einzigartiges Wissen. Es wäre ein Frevel gewesen, den Papyrus zu vernichten – und damit war zu rechnen gewesen, so wie Echnaton gerade seine Wut ausgelassen hatte. Alles, was mit der Göttin Isis zu tun hatte, sollte dem Erdboden gleichgemacht werden.

Nofretete hatte die Rolle unter ihrem Umhang versteckt und Unwohlsein vorgegeben, damit sie den Tempel verlassen konnte. Sie war damals mit ihrer jüngsten Tochter schwanger gewesen, und in der Anfangszeit war ihr oft elend gewesen. So hatte Echnaton keinen Verdacht geschöpft, als Nofretete ihn verlassen hatte, um an die frische Luft zu kommen. Es war ihr auch gelungen, den Papyrus unbemerkt in den Palast zu bringen. Dort hatte sie ihn versteckt. Wochen später, als die Gelegenheit günstig gewesen war, hatte sie die Schriftrolle hervorgeholt und vorsichtig entrollt. Der Papyrus hatte Beschwörungen und dunkle Sprüche enthalten, es waren Worte der Göttin Isis gewesen. Nofretete war vor Ehrfurcht erschauert und hatte den Papyrus rasch wieder an seinen Platz zurückgelegt. Seither hatte sie ihn nicht mehr angerührt, all die Jahre …

Und dieses Buch sollte jetzt eine Bedeutung in ihrem Leben haben?

Vielleicht war es kein Zufall gewesen, und das Schicksal hatte den Papyrus absichtlich in ihre Hände gelegt. Möglicherweise gab es tatsächlich einen Weg, ihrem vorgegebenen Los zu entkommen.

Der Schlüssel zur Ewigkeit …

Was tot ist, muss nicht tot bleiben …

Wieder überlief Nofretete eine Gänsehaut. Das klang so, als seien Wunder machbar. Isis war eine mächtige Zauberin gewesen. Verriet der alte Papyrus ihre Geheimnisse?

Ohne nachzudenken hatte Nofretete den Weg zum Nil eingeschlagen. Das Wasser glitzerte in der Morgensonne. Sie schloss die Augen. *Unmögliches ist machbar …* Nofretete stellte sich vor, dass sie ihrer Ehe entkommen konnte, der Unfruchtbarkeit, dem Alterungsprozess … Sie musste unbedingt bei passender Gelegenheit den Papyrus hervorholen und seinen Inhalt genau studieren.

Als vor ihr im Schilf eine Ente aufflog und gleich darauf von irgendwoher ein Wurfholz durch die Luft geschleudert wurde, musste Nofretete an die andere Nachricht der Heilerin denken.

Der Mörder ist bereits im Palast …

Schon lange wurde gemunkelt, es gebe eine Verschwörung gegen den Pharao. Der Polizeichef war vor einigen Wochen in den Palast gekommen und hatte lange mit Echnaton geredet. Er hatte ihn gewarnt und ihm nahegelegt, allenthalben die Sicherheitsvorkehrungen zu verstärken. Doch Echnaton hatte die Warnungen in den Wind geschlagen.

»Aton wird mich beschützen«, hatte er behauptet. »Er wird den tödlichen Pfeil ablenken und ihn gegen jenen wenden, der ihn abgeschossen hat.«

Sein Glaube war so groß, dass er überzeugt war, selbst Gift könne ihm nichts anhaben. Aton lasse nicht zu, dass seinem Sohn Böses widerfahre.

»Er wacht von Sonnenaufgang bis Sonnenuntergang über mich.«

»Und in der Nacht?«, hatte Nofretete gefragt. »Was ist während der Nacht?«

Echnaton hatte sie erstaunt gemustert. »Zweifelst du an mir?«, hatte er zurückgefragt.

An mir.

Es hatte Nofretete einen Stich versetzt. Echnaton glaubte mittlerweile wirklich, dass er ein Gott war – unverletzbar, unsterblich und unendlich in seiner Güte und in seinem Wohlwollen.

Ihr war klar geworden, wie sehr er sich in den letzten Jahren verändert hatte. Er war nicht mehr der Mann, den sie geliebt und geheiratet hatte.

Und sie hatte sich bei dem Gedanken ertappt, dass ihr der Mörder sogar einen Gefallen getan hätte, sie von der Ehe mit einem Wahnsinnigen zu befreien.

Er hatte sich zu sicher gefühlt. Setep hätte sich ohrfeigen können für diesen Leichtsinn.

Er starrte den Wesir an. Der ließ ihn los, doch in der rechten Hand hielt er einen Dolch.

»Woher weißt du von diesem Geheimgang? Du bist Nofretete gefolgt, richtig?«

In Seteps Kopf herrschte Leere. Ihm fiel keine Ausrede ein, keine Erklärung, keine Lüge. Er konnte nur nicken.

»Wohin ist sie gegangen?«

»Das weiß ich nicht.«

»Du lügst.« Eine Zornesfalte erschien auf Nachtpaatens Stirn. Er hob die Hand mit dem Dolch und setzte die Klinge an Seteps Hals. »Glaubst du, ich habe nicht gemerkt, wie du die Große Königliche Gemahlin mit deinen Augen verschlingst? Ich kenne deine geheimen Wünsche. Ich muss dem Pharao nur den Hinweis geben, dass du seine Gemahlin begehrst, dann wird dich einer seiner Soldaten töten.«

Setep wurde dunkelrot. Es war gespenstisch, wie der Wesir ihn durchschaute. Setep war überzeugt gewesen, dass niemand ihm seine Gefühle ansah. Das war offenbar ein Irrtum. Und irrtümlich hatte er auch geglaubt, dass Nachtpaaten seine Anwesenheit im Palast nicht bemerke. Der Wesir war jedes Mal in Gedanken versunken gewesen, wenn er ihm begegnet war.

»Ich schwöre, ich habe sie nicht angerührt!«

»Oh – dann hat sie dich noch nicht erhört?« Nachtpaatens Stimme troff vor Hohn. Der Druck der Klinge wurde stärker. Setep hatte das Gefühl, dass sie schon seine Haut ritzte. »Umso schlimmer für dich. Du beschäftigst dich Tag und Nacht mit ihr. Deine Seele findet keinen Augenblick lang Ruhe. Glaub mir, dieses Gefühl kenne ich genau. Und deswegen bin ich überzeugt, dass du die Königin nicht aus den Augen gelassen hast, als sie in der Stadt unterwegs war.«

Setep senkte den Blick. Wieder wusste er nicht, was er erwidern sollte.

»Wohin ist sie gegangen?«, fragte Nachtpaaten noch einmal.

»In … in ein Haus. Zu einer Frau.«

»Und was wollte sie dort?«

»Sie hat sie um Rat gefragt.« Setep schluckte. »Sie wollte wissen, ob sie an einer tödlichen Krankheit leidet.«

»Sie war also bei einer Heilerin?«

Setep nickte.

»Und sie hängt sicher dem alten Götterglauben an.«

»Das mag sein«, murmelte Setep fast unhörbar.

»Du weißt mehr, das sehe ich dir an. Muss dich erst mein Dolch zum Reden bringen?«

An Nachtpaatens Miene erkannte Setep, dass es dem Wesir ernst war mit dieser Drohung.

»Ich … äh … ich glaube, es ist einmal der Name Isis gefallen …«

Nachtpaatens Augen funkelten. »Du hast gelauscht. Du hast gehört, wovon sie geredet haben. Ich will alles wissen – jede Einzelheit. Sonst melde ich dem Pharao, dass du dir Karems Vertrauen erschlichen hast, um der Königlichen Gemahlin nahe zu sein. Er wird dich aufspießen lassen.« Er ließ die Hand mit dem Dolch sinken. »Nun?«

Setep wand sich. Er hatte Angst. Nachtpaaten war ein mächtiger Mann. Wenn er seine Beziehungen ausspielte, fände er heraus, dass Setep zu den Sieben Skorpionen gehörte. Und dann hatte Setep sein Leben verwirkt.

Blitzschnell überlegte er. Was hatte er bei dem Gespräch schon gehört? Nichts von Bedeutung … Frauengewäsch …

»Die Heilerin hat so getan, als habe sie das zweite Gesicht«, sprudelte es aus ihm heraus. Seine Zunge schien sich selbstständig zu machen. »Sie hat der Königin versichert, dass ihre Krankheit nicht tödlich ist. Der Pharao hingegen müsse sich Sorgen machen, er sei vom Tod bedroht, man wolle ihn ermorden …«

»Dazu braucht man kein zweites Gesicht«, erwiderte Nachtpaaten ungerührt. »Sie hat Gerüchte aufgeschnappt, die seit einiger Zeit in Achetaton verbreitet werden. Was hast du weiter erfahren?«

»Nicht viel … außer dass Nofretete etwas besitzt … ein altes Buch. Angeblich ist es gefährlich, wenn es in falsche Hände gerät. Nofretete wollte nicht, dass die Heilerin es jemandem weitererzählt. Sie musste sogar schwören, Stillschweigen zu bewahren.«

Nachtpaatens Blick verdunkelte sich. »Ein Buch?«

»Ja … es soll Geheimnisse enthalten, die von Isis stammen …«

Der Wesir sog hörbar die Luft ein. »Kannst du mich zu dem Haus der Heilerin führen?«

»Ich weiß nicht, ob ich es wiederfinde.«

»Oh, ich kann deinem Gedächtnis nachhelfen, da gibt es Mittel und Wege.« Nachtpaatens Stimme klang drohend, und abermals drückte er Setep den Dolch an den Hals. »Du wirst mich auf der Stelle hinführen, und dann machst du dich aus dem Staub und lässt dich nie wieder hier blicken. Als Gegenleistung erzähle ich niemandem, aus welchem Grund du in den Palast gekommen bist und wie du dich bei Karem eingeschmeichelt hast. Du bist nie und nimmer sein Cousin, diese Lüge kannst du einem Nilkrokodil erzählen.«

Setep wurde wieder feuerrot. »Ich werde das Haus suchen, Herr.« Die Stimme wollte ihm nicht gehorchen. Sie klang ängstlich und unterwürfig.

»Tu das«, sagte Nachtpaaten kalt und ließ ihn los.

Ankhu merkte, dass Setep mit äußerst schlechter Laune zurückgekommen war. Er wusste auch, dass er sich einige Tage im Palast aufgehalten hatte. »Wenn du reden möchtest, höre ich dir gern zu.« Er legte dem jungen Mann die Hand auf den Arm.

Aber Setep stieß ihn unwirsch zurück. »Lass mich allein, bitte!«

Der alte Osiris-Priester spürte, dass Seteps inneres Gleichgewicht gestört war, und blickte ihn fragend an. »Hast du es getan?«

»Was?«

»Den Pharao vergiftet.«

Setep lachte kurz auf. »Nein. Davon hätte man doch gehört, oder? Es spräche sich wie ein Lauffeuer herum, wenn Echnaton im Sterben läge.«

»Vielleicht hast du ja ein Gift verwendet, das erst nach vielen Stunden wirkt.«

Setep sprang von seinem Schemel auf. »Ich habe nichts getan. Gar nichts!«, schrie er. »Ich bin ein Versager! Ich kann es nicht tun! Ich kann den Pharao nicht töten! Ihr müsst euch einen anderen suchen – keinen solchen Feigling wie mich.« Dann bedeckte er das Gesicht mit beiden Händen und weinte bittere Tränen.

Ankhu runzelte die Stirn und betrachtete schweigend den verzweifelten jungen Mann. Vielleicht hatten er und die anderen Skorpione wirklich die falsche Wahl getroffen, indem sie Setep zum Attentäter bestimmten. Aber in jungen Jahren brannte der Hass besonders heiß, und man war bereit, für die Gerechtigkeit ein großes Wagnis auf sich zu nehmen. Außerdem war Setep ein ausgezeichneter Bogenschütze. Ein wohlgezielter Pfeil, wenn sich Echnaton das nächste Mal im Fenster über der Königsstraße zeigte, und dann schnell untertauchen – damit wäre die Sache erledigt gewesen! Setep hätte vermutlich nicht einmal sein Leben aufs Spiel gesetzt.

Aber so, wie er sich im Moment benahm, schien er der Aufgabe nicht gewachsen zu sein. Wahrscheinlich verbarg sich unter der rauen Schale ein weicher Kern – zu weich für einen so wichtigen Auftrag.

Ankhu seufzte und beschloss, Setep erst einmal in Ruhe zu lassen. Er verließ den Raum und suchte das Gewölbe auf, in dem er Osiris verehrte. Er hatte in den letzten Wochen hart gearbeitet, um den Tempel einzurichten, und noch immer gab es unendlich viel zu tun. Noch war es nur ein schäbiges Heim für den Totengott, und Ankhu schämte sich, dass er ihm keinen schöneren Tempel bieten konnte. Er brauchte dringend einen Maler, der die Wände ausschmückte. Aber die Substanz des Gebäudes war so schlecht, dass jede Farbe sofort wieder abbröckeln würde. Ankhu strich besorgt über das Mauerwerk. Dann griff er zu einer Bürste mit harten Borsten und glättete den Untergrund. Lehmstaub wirbelte auf, der sich auf die Haut legte und die Augen reizte. Ankhu musste husten. Aber unermüdlich bearbeitete er die Wand weiter. Er hatte sich vorgenommen, bis zum Abend mit diesem Teil des Raumes fertig zu werden.

Unterdessen saß Setep auf einem Hocker und starrte vor sich hin. Sein Gesicht war nass von Tränen. Eigentlich hätte es ihm peinlich sein müssen, dass er vor Ankhu die Fassung verloren hatte, aber er empfand nichts. In seinem Innern herrschte eine große Leere. Es gab keinen Sinn mehr in seinem Leben, kein Ziel.

Er hatte in jeder Beziehung versagt. Es war nicht das Schlimmste, dass er es nicht schaffte, den Pharao zu töten. Sein größtes Vergehen war der Verrat seiner Liebe. Das war unverzeihlich.

Der Magen zog sich ihm zusammen. Wie viele Monate hatte er von Nofretete geträumt? Wie oft hatte er sich vorgestellt, alles für sie zu tun. Er wollte sie beschützen, alle Hindernisse beseitigen, ihr alle Annehmlichkeiten bereiten. Und wie hatte er sich verhalten? Er hatte alles ausgeplaudert und Nachtpaaten sogar zum Haus der Heilerin geführt …

Inzwischen wusste der Wesir bestimmt, dass Nofretete eine Anhängerin der Göttin Isis war. Vielleicht hatte er sogar die kleine Statue gefunden, die die Königin besaß … Setep stöhnte auf. Wenn Nofretete nun Schwierigkeiten bekam, dann war er daran schuld, er ganz allein! Warum hatte er nicht geschwiegen? Aber er hatte sich von Nachtpaaten und seinem Dolch einschüchtern lassen. Warum hatte er keinen einzigen Versuch unternommen, den Wesir zu entwaffnen und niederzuschlagen? Er war ein erbärmlicher Feigling.

Die Tränen flossen wieder. Er bedeckte das Gesicht abermals mit den Händen. Am liebsten wollte er nichts mehr sehen – nie mehr. Er war es nicht wert, in dieser Welt zu leben. Er war ein einziger Schandfleck, eine Memme, ein Gespött für sein Geschlecht. Wie hatte er erwarten können, dass Nofretete seine Liebe erwiderte? Völlig undenkbar! Sie hatte recht gehandelt, indem sie ihn einfach übersehen hatte.

Setep presste die Lippen aufeinander.

Er war gescheitert. Schon sein ganzes Leben lang. Er diente nicht mehr dem Totengott Iun-Mutef, dem er sich geweiht hatte. Damals hatte er sich eingebildet, dass der Gott ihm einen Traum geschickt und ihm aufgetragen habe, nach Achetaton zu gehen. Aber hier gab es keinen Tempel für Iun-Mutef – und es war der denkbar schlechteste Ort, einen solchen Tempel zu errichten. Deswegen hatte Setep auch nicht die geringste Anstrengung unternommen, das zu ändern – ein unverzeihliches Versäumnis. Stattdessen war er bei dem alten Osiris-Priester untergekrochen. Doch für Ankhu war er nur ein Handlanger, der Priester brauchte ihn gar nicht. Wahrscheinlich hatte er ihn nur aus Mitleid aufgenommen und ärgerte sich inzwischen, einen so nutzlosen Helfer durchfüttern zu müssen.

Und dann die Sieben Skorpione … tapfere Männer, die bereit waren, für ihr Ziel zu sterben. Und Setep hatte sich ihnen großspurig angeschlossen, ohne zu ahnen, dass er nicht den geringsten Mumm hatte.

Es war insgesamt eine niederschmetternde Bilanz seines Lebens. Was er anfasste, misslang – weil er gar nicht den Mut zum Handeln hatte. Er war ein Träumer, ein Phantast ohne Bezug zur Wirklichkeit, eben ein Versager.

Seteps Blick glitt zu dem Seil, das neben der Wand am Boden lag. Ankhu benutzte es, um damit Lasten zu transportieren. Ein Gedanke schoss Setep durch den Kopf. Mühsam stand er auf, hob das Seil auf und ließ es prüfend durch die Hände gleiten. Im selben Moment fasste er einen Entschluss. Wenigstens einmal würde er Mut beweisen …

Sie war es, Nofretete. Die Schöne war wirklich gekommen. Ihre Gewänder tanzten im Licht. Strahlend sah sie aus, schöner denn je. Sie stand in gleißender Helligkeit da und streckte die Arme nach ihm aus. Setep fühlte, wie ihre Liebe ihm entgegenströmte.

»Ihr verzeiht mir?«, fragte er, Tränen des Glücks in den Augen.

Sie nickte und lächelte ihn an.

Ihre Liebe umfasste ihn, hob ihn hoch, trug ihn zu ihr. Welch überwältigendes Gefühl! Ihre Liebe war unendlich, die größte Macht, die es gab. Als er sie berührte, fühlte er, wie sie eins wurden, verschmolzen. Und dann verging die Welt, sie schossen hinauf zu den Sternen, und von überall her kam Liebe …

»Bist du hungrig?«

Ankhu betrat den Raum, müde, staubbedeckt. Er war froh, dass er mit seiner Arbeit fertig geworden war und geschafft hatte, was er sich vorgenommen hatte. »Setep? Wo bist du?«

Dann entdeckte er ihn.

Seine Füße schwebten ein Stück über dem Boden. Ein feuchter Fleck hatte sich unter ihm gebildet, aber die Flüssigkeit war schon im Lehm versickert. Der Hocker, auf dem Setep gestanden und von dem er sich abgestoßen hatte, war umgekippt und lag auf der Erde.

Ankhu wurde die Kehle eng. Er wusste, dass er zu spät gekommen war.

»Setep«, flüsterte er, »du armer Mensch!«

Das Buch war noch da, sicher verwahrt in seinem Versteck. Nofretetes Hände bebten, als sie den Papyrus herausnahm. Sie hatte ihn seit Jahren nicht mehr berührt. Hätte die Heilerin das Buch nicht erwähnt, hätte sie es vollkommen vergessen.

Nofretete vergewisserte sich, dass die Tür des Raumes verschlossen war. Sie legte das Buch aufs Bett und zog die Vorhänge ringsum zu. Zwei kleine Öllampen an der Wand spendeten Licht.

Vorsichtig öffnete sie die Rolle und glättete das Material, das immer wieder in die ursprüngliche Form zurückkehren wollte. Schließlich beschwerte Nofretete den Papyrus mit einem Ellbogen. Erst dann konnte sie sich auf den Text konzentrieren.

Es war eine Sammlung von Sprüchen und kürzeren Gedichten. Sie befassten sich mit den unterschiedlichsten Themen und schienen zur praktischen Anwendung gedacht zu sein. Nofretete hatte das Gefühl, dass es im Raum kühler geworden war, seit sie das Buch geöffnet hatte. Außerdem hatte sie den Eindruck einer starken magischen Präsenz – so als hätte sie mit dem Auseinanderrollen einen Dämon befreit, der nun unsichtbar über ihr schwebte und sie beobachtete.

Zitternd glitten ihre Fingerspitzen über die Hieroglyphen. Sie erfuhr, wie man die Grenzen der Zeit überschritt.

Mein magisch Wort verleihet mir die Macht,
die Zeit zu überwinden, auch den Raum,
zu reisen, fliegend, schwebend in der Nacht,
in Wirklichkeit, nicht nur in meinem Traum.
Im Osten flieg ich auf mit schillerndem Gefieder,
im Westen schwebend steig ich dann hernieder.
Auf dass ich nicht verfalle den Dämonen,
die leider wach im Zwischenreiche thronen!

Während Nofretete diese Zeilen las, wurde sie immer erregter. Sie spürte förmlich, wie sich die Luft im Raum veränderte. Ein kühler Windhauch schien durchs Zimmer zu wehen. Die Öllichter an der Wand flackerten. Als sie blinzelte, verschwand für einen Moment der Vorhang ihres Bettes. Sie sah eine Oase vor sich, roch die Ausdünstungen von Kamelen … Dann verschwand das Bild, und das Bett war wieder da. Nur der fremde Geruch blieb.

Nofretete ließ das Buch los, und es rollte sich in die alte Form zurück. Rasch deckte sie das Laken über den Papyrus. Ihr Herz klopfte heftig, sie hatte Angst vor der Macht des Buches. Es bestürzte sie, plötzlich etwas in Händen zu halten, das ihr Leben zu ändern vermochte. Einen Augenblick lang war sie versucht, das Buch in sein Versteck zurückzulegen und nie wieder anzurühren.

Doch nach einer Weile war die Neugier stärker als alle Bedenken, und sie rollte den Papyrus erneut auseinander. Sie fand todbringende Zaubersprüche gegen Feinde. Magische Gedichte, die einen Mann, der sich abgewandt hatte, zu seiner Frau zurückführten. Zeilen, die einen Liebhaber zu größerer Leidenschaft bewegten – und einen Gegenspruch, der ihm die Manneskraft entzog. Ein kurzes Gedicht gegen unerwünschte Schwangerschaft und ein machtvoller Spruch bei Kinderwunsch. Verse, die das Geschlecht des ungeborenen Kindes bestimmen konnten. Nofretete war fasziniert. Welche Macht lag von nun an in ihren Händen, wenn sie das Buch richtig benutzte!

Immer wieder kehrte ihr Blick zu dem ersten Spruch zurück, der Reisen durch die Zeit versprach. Unter dem Gedicht standen Anweisungen – Rituale, die vollzogen werden mussten, um dem Spruch noch stärkere Wirksamkeit zu verleihen. Es gab auch Vorsichtsmaßnahmen und Warnungen. Nofretete las sich fest – und wieder überkam sie das Gefühl, dass das Zimmer verschwand und eine fremde Welt nur einen Schritt entfernt lag. Sie musste die Reise nur wagen …

Als es an der Tür klopfte, zuckte Nofretete zusammen. Rasch verbarg sie den Papyrus unter der Decke. Eines der Öllichter war inzwischen erloschen, ohne dass sie es bemerkt hatte.

Nofretete erhob sich von ihrem Bett. Ihr war leicht schwindlig, als sie zur Tür ging. »Wer ist da?«, fragte sie.

»Ich bin es, Pentju, Euer Leibarzt«, antwortete eine Stimme auf der anderen Seite. »Ich bringe Euch Euren Trunk.«

Nofretete schob den Riegel zurück und ließ den Arzt ins Zimmer. Pentju trug einen Becher, den er Nofretete vorsichtig reichte.

»Ihr seht blass aus, Herrin, wenn ich mir die Bemerkung erlauben darf«, sagte er besorgt.

»Ich hatte mich gerade ein wenig hingelegt«, antwortete Nofretete hastig. »Euer Klopfen hat mich geweckt. Vielleicht bin ich etwas zu schnell aufgestanden.«

»Ich sollte bei Gelegenheit einmal Euer Blut untersuchen«, schlug Pentju vor. »Vielleicht fehlen Euch wichtige Salze.«

Nofretete mochte es nicht, wenn Pentju sie zur Ader ließ, obwohl er behauptete, das sei gesund und beuge dem Schlagfluss vor. Aber sie hasste es, wenn er ihr Blutegel an die Beine setzte und die hässlichen Geschöpfe sich an ihrem Blut satt tranken. Es war ihr unheimlich, wie die Egel an Größe und Gewicht zunahmen, bis Pentju Nofretete endlich erlöste und ihr die feisten Würmer von den Waden pflückte. Pentju hatte eine Methode ersonnen, das Blut zu untersuchen. Schon aus der Farbe und der Konsistenz konnte er Rückschlüsse ziehen. Doch er hatte die Methode verfeinert, indem er bestimmte Salze dazugab und beobachtete, wann das Blut gerann. Nofretete wusste nicht, ob auf diese Weise wirklich eindeutige Aussagen zu machen waren. Pentju hatte auch eine Untersuchung ersonnen, die eine Schwangerschaft feststellen sollte. Er goss den Urin der betroffenen Frau über Getreidekörner. Wenn sie binnen kürzester Zeit keimten, dann erwartete die Frau höchstwahrscheinlich ein Kind. Nofretete hatte Pentjus Dienste einige Male in Anspruch genommen, wenn sich ihre Monatsregel verschoben hatte. Die Untersuchungen hatten sich immer bewahrheitet. Nofretete bewunderte Pentjus Erfindungsgeist, aber manchmal wurde ihr seine Fürsorge lästig.

»Fühlt Ihr Euch wirklich wohl?«, fragte der Arzt, nachdem Nofretete den Becher an die Lippen gesetzt und den bitteren Inhalt getrunken hatte.

»Ja, ich habe nur leichte Kopfschmerzen«, log Nofretete und reichte Pentju den leeren Becher zurück. »Es war ein schwüler Tag heute.«

»Da habt Ihr recht, Königin«, sagte Pentju. »Auch ich bin müde und erschöpft, und meine Beine fühlen sich schwer an. Ich muss mich selbst wieder einmal zur Ader lassen. Aber meistens nehme ich mir für mich keine Zeit. Es gibt so viel zu tun. Mein Gehilfe ist zwar fleißig und unterstützt mich, wo immer es möglich ist, aber ich merke, dass ich nicht mehr der Jüngste bin. Das Alter hinterlässt seine Spuren.« Er lächelte. »Aber es ist nur gerecht, dass es allen so ergeht, einerlei, ob reich oder arm. Nur derjenige, der tot ist, entkommt dem Alter, aber diese Lösung ist letztlich nicht wünschenswert. Oder denkt Ihr anders darüber, Herrin?«

Pentju war offenbar in Plauderlaune. Nofretete dagegen wollte ihn so schnell wie möglich loswerden. Hoffentlich verfiel er nicht auf den Gedanken, sie untersuchen zu wollen. Er durfte auf keinen Fall den Papyrus entdecken. Niemand durfte das Buch finden!

»Nein, das ist schon richtig«, erwiderte Nofretete rasch. »Das Alter behandelt jeden gleich. Niemand kann sich ewige Jugend kaufen – leider.«

»Ihr habt eine wunderbare Haut, wenn ich das sagen darf«, schmeichelte der Arzt, und seine dunklen Augen ruhten auf Nofretete. »Wenn ich Euer wahres Alter nicht genau wüsste, dann würde ich Euch zehn Jahre jünger schätzen.«

»Vielen Dank.« Nofretete lächelte. Sie hörte solche Komplimente öfter. »Ich benutze Milch und Honig und verschiedene Öle, um mich zu pflegen. Und je älter ich werde, desto mehr achte ich auf mich.«

»Und ich dachte schon, Ihr hättet ein Zaubermittel, um für immer jung zu bleiben«, schmunzelte Pentju.

Wahrscheinlich sollte es ein Scherz sein, aber Nofretete zuckte zusammen. Einen Augenblick lang fühlte sie sich ertappt und war überzeugt, dass Pentju irgendwie durch die Wände geschaut hatte und genau wusste, was unter der Decke auf ihrem Bett lag. Doch gleich darauf hatte sie die Fassung zurückerlangt.

»Kein Zaubermittel, Pentju, nur Selbstzucht«, antwortete sie. »Auch wenn ich am Abend nach einem anstrengenden Tag müde bin, vergesse ich nicht, eine Salbe auf meine Haut aufzutragen.«

»Echnaton kann sich glücklich schätzen, eine so schöne Gemahlin zu haben«, sagte Pentju und zog sich unter Verbeugungen rückwärts zur Tür zurück. »Und ich bin ebenfalls glücklich, dass ich Euch dienen darf. Eure Schönheit ist ein Gewinn für Achetaton. Das Volk bewundert Euch, Königin. Ach was, es liebt Euch – und ich glaube fast, es liebt Euch mehr als Euren Gemahl.«

»Das Volk verehrt meinen Gatten, weil er Atons Sohn ist«, erwiderte Nofretete. »Und ich bin seine Frau.«

Als Pentju den Raum endlich verlassen hatte, verriegelte Nofretete die Tür und lehnte sich dagegen. Er verehrte sie, das wusste sie schon lange. Bisher hatte sie angenommen, er sei ihr so ergeben, wie es ihm als Bedienstetem des Palastes zukam. Nun hatte sie zum ersten Mal den Eindruck gehabt, dass er in ihr nicht nur die Königin sah, sondern sie auch als Frau begehrte. Sie kicherte bei der Vorstellung, dass sie nur mit den Fingern schnippen musste, um ihn in ihr Bett zu bekommen. Nein, sie wünschte sich Pentju nicht als Liebhaber. Seine Hände waren zwar einfühlsam und sanft, aber wenn er sie streicheln würde, müsste sie bestimmt immer daran denken, dass er nach Anzeichen einer Krankheit suchte. Außerdem war er zu alt. Er war mindestens zehn Jahre älter als Echnaton, der in letzter Zeit nur noch selten das Bedürfnis hatte, seinen ehelichen Pflichten nachzukommen. Und wenn er ihr beilag, dann war es ein Vergnügen von kurzer Dauer. Manchmal versagten ihm die Kräfte auch gänzlich. Nofretete musste sich eingestehen, dass es ihr nur recht war, wenn er sie nachts nicht besuchte. Seine Umarmungen waren ihr lästig, und es kostete sie große Mühe, ihr Unbehagen zu verbergen. Sein Fleisch war so weich, und er schwitzte stark, wenn er auf ihr lag. Es war kein Genuss … Hinterher fühlte sie sich zumeist leer und enttäuscht. Inzwischen war es ihr gleichgültig, ob er zu anderen Frauen ging, obwohl sie bezweifelte, ob seine Manneskraft dafür ausreichte. Sie hatte Pentju mehrmals auszuhorchen versucht, ob ihr Mann irgendwelche Stärkungsmittel zu sich nahm, aber in dieser Hinsicht war der Arzt äußerst verschwiegen. Einmal, und daran dachte Nofretete mit Abscheu, hatte sie Echnaton am Bett ihrer ältesten Tochter überrascht. Meritaton hatte fest geschlafen, als er ihre Hand genommen und in eindeutiger Absicht zwischen seine Beine geführt hatte. Nofretete hatte sich lautlos zurückgezogen, um einige Augenblicke später geräuschvoll das Zimmer zu betreten. Da war Echnaton schon vom Bett zurückgetreten und hatte behauptet, Meritaton habe im Schlaf nach ihm gerufen.

Vielleicht verabscheute Nofretete ihren Gatten seit diesem Tag und bezweifelte seine Göttlichkeit mehr denn je. Er wurde ihr immer fremder und gleichgültiger – und zu ihrer eigenen Überraschung machte sie das nicht einmal traurig. Nur ihre Töchter wollte sie vor ihm schützen, obwohl er als Pharao Meritaton oder eines der vier anderen Mädchen durchaus zu seiner Frau hätte machen können. Das allerdings wollte Nofretete um jeden Preis verhindern. Sie hatte inzwischen dafür gesorgt, dass Meritaton nicht allein schlief, sondern zwei Schwestern mit ihr das Schlafgemach teilten.

Nofretete kehrte zu ihrem eigenen Bett zurück. Sie konnte der Versuchung nicht widerstehen, die geheimnisvolle Schriftrolle noch einmal zu öffnen. Wieder hatte sie das Gefühl, dass sich die Atmosphäre im Raum sofort veränderte. Die Rolle war eng beschrieben. Es würde Stunden oder sogar Tage erfordern, den ganzen Papyrus zu studieren.

Nofretete suchte erneut den Spruch für die Reisen durch die Zeit. Dabei stieß sie auf eine Stelle, an der erklärt wurde, wie ein Toter aus Osiris' Reich zurückzuholen sei. Ein Schauder überlief sie. Sie dachte sofort an Maketaton, ihre zweitälteste Tochter, die gestorben war. Was hätte sie dafür gegeben, noch einmal ihr Lachen zu hören, ihr über das seidige Haar zu streichen, mit ihr zu reden …

Doch es war eine lange Prozedur und bedeutete, dass sie selbst in die Unterwelt hinabsteigen musste. Ihre Finger wurden eiskalt, während sie die Zeilen überflog. Sie zitterte am ganzen Leib. Welche Macht besaß doch dieses Buch! Sie war fasziniert, gleichzeitig aber von großer Angst erfüllt. Wurde das Ritual nicht richtig durchgeführt, konnte es zu verheerenden Folgen führen.

Mit klopfendem Herzen rollte Nofretete den Papyrus zusammen und legte ihn in das Versteck zurück. Doch sie ahnte, dass sie das Buch schon bald wieder hervorholen und damit experimentieren würde.

22

Karem machte sich Sorgen um Setep. Der war einfach verschwunden und hatte den Palast verlassen, ohne sich von ihm zu verabschieden. Und er hatte seither nichts von sich hören lassen. Karem fand keine Erklärung dafür. Immer öfter fragte er sich, ob er seinen Freund verärgert haben mochte.

Pentju fiel Karems Unkonzentriertheit auf.

»Was ist mit dir?«, fragte er scharf, nachdem seinem Gehilfen zum zweiten Mal eine Schale zu Boden gefallen und das Pulver darin verschüttet worden war. »Du bist nicht bei der Sache. Wo hast du deine Gedanken?«

»Entschuldigt, Herr«, murmelte Karem und beeilte sich, das Pulver aufzufegen. Dabei zitterten ihm die Hände.

Pentju sah es. Er legte das Messer beiseite, mit dem er gerade Kräuter klein geschnitten hatte. »Bist du krank? Oder hast du gestern zu viel Wein getrunken, weil dir die Finger nicht gehorchen?«

Karem schüttelte den Kopf.

»Du bist heute nicht zu gebrauchen«, stellte der Arzt fest.

Karem war den Tränen nahe. Er setzte sich auf einen Hocker und senkte den Kopf.

»Was ist mit dir?«, wiederholte Pentju. Diesmal klang sein Tonfall milder. »Ich merke doch, dass mit dir etwas nicht stimmt.«

»Ich mache mir Sorgen um meinen … äh … Cousin«, stammelte Karem. »Vor drei Tagen ist er weggegangen, ohne sich von mir zu verabschieden. Ich überlege schon die ganze Zeit, was ich falsch gemacht habe.« Seine Unterlippe zitterte.

»Hattet ihr Streit?«

»Nein … jedenfalls nicht zuletzt.«

Pentju schwieg. Dann sagte er unvermittelt: »Setep ist gar nicht dein Cousin, nicht wahr?«

Karem zuckte zusammen. Er wurde rot. »Nein … doch … nein … Wie kommt Ihr darauf?«

»Nun, ich bin ein guter Beobachter und habe ständig mit Menschen zu tun«, antwortete der Arzt. »Setep und du, ihr beide seht euch außerdem überhaupt nicht ähnlich. Warum hast du mir diese Lüge aufgetischt?«

»Ich … ich wollte keine Schwierigkeiten bekommen, weil Setep bei mir wohnt«, erwiderte Karem stockend und schlug die Augen nieder. Jetzt würde Pentju vermuten, dass zwischen Karem und Setep mehr war als eine gewöhnliche Männerfreundschaft. Karem wagte nicht, den Kopf zu heben, so groß war die Verlegenheit. Aber er konnte dem Arzt ja schlecht die Wahrheit sagen: dass Setep in den Palast gekommen war, weil Karem sich geweigert hatte, dem Pharao Gift ins Essen zu mischen.

»Ich bin der Letzte, der dich wegen dieser Lüge verurteilt«, erklärte Pentju nach einer Weile. »Ich verstehe dich gut. Du bist jung, du versuchst dich noch zu orientieren – und jetzt bist du verwirrt, dass dich dein Freund verlassen hat. Keine Angst, ich verrate dich nicht. Im Übrigen brauche ich dich heute Vormittag nicht. Was hältst du davon, wenn du nachsiehst, wo dein Freund geblieben ist?«

Karem sprang von seinem Hocker auf. »Danke, Herr! Ihr seid sehr großzügig.«

»Das ist reine Selbstsucht, Karem.« Pentju lächelte. »Was nutzt mir ein Gehilfe, in dessen Kopf kein Platz für die Wissenschaft ist, solange sein Herz leidet? Aber sieh zu, dass du gegen Mittag zurück bist.«

»Ich werde mich beeilen, Herr«, versprach Karem.

Karem wusste, wo Setep wohnte. Ganz zu Anfang ihrer Bekanntschaft hatte Setep ihn einmal mit zu sich nach Hause genommen, und dort hatte Karem auch Ankhu getroffen, den alten Priester. Zuerst hatte er gedacht, Ankhu sei Seteps Großvater, doch dann hatte er von seinem Freund erfahren, dass der Priester ihn bei sich aufgenommen hatte.

»Zum Dank gehe ich ihm ein wenig zur Hand«, hatte Setep erklärt.

Karem hatte nicht nachgefragt, was Setep damit meinte. Die alten Götter waren verboten, und wenn Ankhu tatsächlich noch Osiris diente und Rituale für diesen Gott durchführte, dann war das seine Sache und ging Karem nichts an.

Die Sonne brannte herab, obwohl es noch früher Vormittag war. Karem lief durch die Stadt. Die Menschen, denen er unterwegs begegnete, nahm er kaum wahr, so sehr war er mit seinen eigenen Gedanken beschäftigt. Es beunruhigte ihn, dass Setep einfach fortgegangen war. Ob er nicht mehr sein Freund sein wollte? Vielleicht war er auch krank geworden, oder es war etwas mit Ankhu, und er musste sich um den alten Priester kümmern.

Karems Unbehagen verstärkte sich, während er den belebten Marktplatz überquerte. Er beschleunigte seine Schritte.

Einmal wurde er von einem dunkelhäutigen Mann angerempelt. »Kerl, kannst du nicht aufpassen?«

Karem entschuldigte sich höflich, obwohl er sich keiner Schuld bewusst war. Nichts konnte er weniger gebrauchen als eine Schlägerei.

Endlich hatte er den Markt hinter sich gelassen und bog in ein ruhigeres Viertel ein. Nun war es nicht mehr allzu weit. Als Karem durch eine schmale Gasse ging, fiel ihm die ungewöhnliche Stille auf. Es war, als wäre er plötzlich von aller Welt abgeschnitten. Er hielt inne und lauschte. Dann bekam er plötzlich – trotz der Hitze – eine Gänsehaut, und eine unerklärliche Furcht überfiel ihn. Wie gehetzt sah er sich um, aber es war niemand in der Nähe. Er eilte weiter, alle Sinne gespannt. Wovor fürchtete er sich? War es die Angst, in dieser einsamen Gasse überfallen zu werden? Seine Sinne waren schier zum Zerreißen gespannt. Er hatte in den letzten Tagen eindeutig zu wenig geschlafen und auch zu wenig gegessen. Vermutlich war er deswegen so fahrig. Pentju predigte immer, dem Körper genügend Ruhe zu gönnen.

Am Ende der Gasse lag das Lehmhaus, in dem Ankhu wohnte. Karem klopfte an die Tür, doch niemand antwortete ihm. Weil die Tür nur angelehnt war, trat er ein. Durch den Türspalt fiel etwas Sonnenlicht in den düsteren Raum, der Karem noch karger vorkam als bei seinem ersten Besuch.

»Hallo«, rief er. »Setep? Ich bin's, Karem. Hallo, ist jemand zu Hause?«

Keine Antwort. Karem ging weiter und fand Seteps Lager leer. Die Decken waren sorgfältig zusammengelegt; an einem Haken hingen Seteps Kleider. Von Setep selbst keine Spur.

Karem überlegte, ob er sich einfach aufs Bett setzen und auf den Freund warten sollte. Doch dann traute er sich doch nicht. Prüfend sah er sich um. Seteps Besitztümer waren noch da, also war er nicht verreist ... Andächtig strich Karem über den großen Bogen, der an der Wand hing. Er war noch nicht ganz fertiggestellt. In einem Köcher steckten Pfeile, die Setep mit großer Sorgfalt angefertigt hatte. Es waren richtige kleine Kunstwerke.

Karem zuckte zusammen, als hinter ihm jemand hustete. Er fuhr herum.

Der Osiris-Priester stand in der Türöffnung. Er sah älter aus, als Karem ihn in Erinnerung hatte.

»Was willst du?«, fragte der Mann barsch. »Setep ist nicht hier.«

»Wann kommt er wieder?«, wollte Karem wissen, und ihm war, als schnüre es ihm die Kehle zu. »Ich muss mit ihm reden.«

»Du kommst zu spät«, sagte Ankhu.

»Was ... was heißt das?« Karem sah Ankhu erschrocken an. In seinem Kopf wirbelten die Gedanken durcheinander. *Setep ist doch böse auf mich ... Er hat die Stadt verlassen ...*

»Es ist ein Unglück geschehen«, antwortete der Priester.

Sie haben ihn festgenommen. Karem durchfuhr ein eiskalter Schreck. Er wusste, dass Setep Echnatons Tod herbeiwünschte und Kontakt mit Gleichgesinnten hatte. Obwohl er nicht offen darüber geredet hatte, ahnte Karem, dass Setep zu der Verschwörergruppe der Sieben Skorpione gehörte. Vielleicht waren die Männer gefasst und ins Gefängnis geworfen worden.

»Was ist mit ihm?« Karems Stimme überschlug sich vor Aufregung. »Haben sie ihn gefangen genommen? Wo ist er?«

Ankhu schwieg und wich Karems Blick aus.

Karem fühlte einen heftigen Stich in der Brust. Er konnte kaum noch atmen und presste eine Hand aufs Herz. »Ist er… ist er … tot?« Er konnte nur flüstern.

Ankhu nickte unmerklich.

Tränen stürzten aus Karems Augen. »Nein … das ist nicht wahr …«

»Doch«, sagte Ankhu leise.

Karem ließ sich auf die Knie fallen. Er krümmte sich zusammen. Sein Freund war tot! Er konnte es nicht glauben. Es war unfassbar. Setep … Karem nahm nichts mehr wahr. Er merkte nicht, dass er die Hände in den Lehm krallte und mit den Fingernägeln Muster zog. Er spürte nicht, wie Ankhu sich zu ihm herunterbeugte und ihm über den Rücken strich. Karem hatte das Gefühl, ganz allein mit dem unerträglichen Kummer zu sein. Vielleicht würde dieser Schmerz auch ihn töten … Ja, das wäre gut …

Er wusste nicht, wie lange er auf dem Boden kauerte. Irgendwann erhob er sich mit steifen Knien. Er taumelte, und Ankhu musste ihn stützen.

Wie aus weiter Ferne hörte er die Worte des Priesters. Sie drangen nur mit Mühe in sein Bewusstsein vor. »Komm mit, wenn du Setep noch einmal sehen willst.«

Pentju fragte sich, wo Karem so lange blieb. Bisher hatte er sich auf seinen Gehilfen stets verlassen können. Karem hatte versprochen, bis zum Mittag zurück zu sein. Doch inzwischen war der Nachmittag vergangen, der Abend nahte, und bald würde die Nacht hereinbrechen.

Als es Zeit wurde für Nofretetes Schlaftrunk, war Karem noch immer nicht zurück. Allmählich machte sich Pentju ernsthafte Sorgen. Während er den Trank mischte, fiel ihm ein, was Karem angedeutet hatte. Vielleicht hatten die beiden jungen Männer gerade einen ernsthaften Streit. Ob sie sich in ihrer Hitzköpfigkeit gar geprügelt hatten? Wenn Karem am nächsten Morgen noch immer nicht da wäre, müsste er etwas unternehmen und Nachforschungen anstellen. Es hätte ihm sehr leidgetan, einen so guten Helfer zu verlieren.

Pentju seufzte, nahm den Becher mit dem Trank und machte sich auf den Weg zu Nofretetes Schlafgemach. Der Harem, in dem sich die Frauengemächer befanden, lag auf der anderen Seite der Königsstraße. Pentju benutzte die Brücke. Sie war überdacht und besaß feste Seitenwände. In der Mitte war ein großes Fenster eingebaut, an dem sich das Königspaar täglich der Öffentlichkeit zeigte. Doch um diese Zeit waren die Läden geschlossen.

In dem anderen Gebäude traf der Arzt Huya, den Aufseher des Harems. Er hockte auf einem Schemel vor dem Eingang. Die beiden Männer nickten sich zu. Es gab nie Schwierigkeiten, wenn Pentju das Gebäude betreten wollte, das gewöhnlich den Frauen und dem Pharao vorbehalten war.

Als Pentju an Huya vorübergegangen war, rief dieser hinter ihm her. »Wartet einen Moment, ich habe eine Frage!«

Der Arzt blieb stehen und wandte sich um.

Huya erhob sich von seinem Hocker und kam schnaufend auf ihn zu. Sein fetter Oberkörper bebte, er hatte beinahe Frauenbrüste.

»Herr«, sagte er, »Ihr seid Arzt, Ihr kennt Euch doch aus. In letzter Zeit bekomme ich kaum Luft. Ich kann nachts nur auf der rechten Seite liegen, und manchmal sticht es mir schrecklich in der Brust. Kennt Ihr ein Mittel gegen meine Beschwerden?«

Pentju hatte Huya schon öfter gesagt, dass er nicht so maßlos essen und sich mehr bewegen solle. Aber der Aufseher hatte Pentjus Ratschläge bisher immer in den Wind geschlagen.

»Ich kann Euch Tropfen geben, die Ihr mit Wasser vermischt regelmäßig trinken solltet«, erwiderte der Arzt. »Ein Wundermittel ist es jedoch nicht. Euer Herz scheint überfordert zu sein, Euer Körper ist zu schwer. Ich kann mich nur wiederholen: Mäßigt Euren Appetit, sonst werdet Ihr über kurz oder lang sterben, weil Euer Herz sich weigert, weiter seinen Dienst zu tun.«

Huya brummte eine Antwort, die Pentju nicht verstand, dann schlurfte er zu seinem Hocker zurück.

Der Arzt runzelte die Stirn, dann schritt er weiter durch die Gänge, bis er Nofretetes Schlafgemach erreicht hatte. Er klopfte an die Tür.

»Herrin, ich bin's, Pentju. Ich bringe Euch Euren täglichen Trank.«

Er bekam keine Antwort.

»Herrin?« Pentju klopfte noch einmal, diesmal lauter. Huya hätte es ihm sicher mitgeteilt, wenn Nofretete nicht da gewesen wäre. Der Aufseher wusste doch, dass der Arzt oder sein Gehilfe Karem jeden Abend kam, um Nofretete das heilende Getränk zu verabreichen.

Da vernahm Pentju ein Rascheln in dem Raum. Er glaubte auch, verschiedene Stimmen zu hören, eine war eindeutig männlich. Pentju hob erstaunt die Augenbrauen. Hatte Nofretete Männerbesuch? Er wusste genau, dass sich Echnaton noch im königlichen Wohnhaus auf der anderen Seite befand.

Er zögerte kurz, dann räusperte er sich. »Solltet Ihr gerade unpässlich sein, Herrin, kann ich Euer Getränk neben der Tür abstellen«, sagte er laut.

In diesem Moment wurde die Tür aufgerissen. Zuerst erkannte Pentju die Königin nicht, sie sah völlig verändert aus. Ihr Kleid war teilweise herabgeglitten, eine Schulter entblößt, das Gesicht erhitzt und gerötet. Auch das Haar trug sie anders als sonst – oder war es eine Perücke?

»Ah, Pentju, gut, dass Ihr kommt! Ich habe Euch schon erwartet.« Ihre Stimme klang ebenfalls anders, tiefer, rauer. Sie streckte einen schlanken Arm aus und nahm ihm den Trank ab.

Er roch, dass sie Wein getrunken hatte. Offenbar nicht wenig, denn ihre Augen hatten einen unnatürlichen Glanz. Neugierig spähte er an ihr vorbei ins Zimmer, um zu sehen, wen sie bei sich hatte. Doch zu seiner Verwunderung war der Raum leer. In der Luft lag ein eigenartiger süßlicher Geruch … Pentju schnupperte und hatte sofort das Gefühl, dass ihm der Duft durch die Nase unmittelbar ins Gehirn drang und dort eine gewisse Benommenheit auslöste. Hatte Nofretete Weihrauch verbrannt?

»Was ist?«, fragte Nofretete. »Warum schaut Ihr so erstaunt?«

»Ich glaubte Stimmen zu hören«, gestand Pentju und errötete. Das war ihm schon lange nicht mehr widerfahren.

»Tretet nur ein und vergewissert Euch, dass ich keinen Liebhaber verstecke.« Nofretete machte eine ausladende Handbewegung. Dabei schwappte der Becher über, den sie in der Hand hielt. »Oh … das tut mir leid …« Dann goss sie den Rest des Trankes mit voller Absicht auf den Boden. »Habe ich Euch schon einmal gesagt, dass Euer Schlummertrunk abscheulich schmeckt, Pentju?«

»Ihr seid völlig berauscht, Herrin«, murmelte Pentju, halb entsetzt, halb fasziniert. Er hatte Nofretete noch nie so erlebt.

Jetzt fasste sie ihn an den Armen, zog ihn ins Zimmer und schloss hinter ihm die Tür. »Ihr müsst mich noch einmal untersuchen. Ich will wissen, ob das Ding in meinem Bauch kleiner geworden ist.«

»So schnell ist das nicht möglich«, wandte Pentju ein. »Ihr müsst das Gebräu mindestens ein halbes Jahr trinken, bevor die Geschwulst darauf anspricht.«

»Ich will aber wissen, was mit mir ist.« Sie zog ihn zum Bett und ließ sich auf die Decke fallen.

»Ich … ich habe meinen Gehilfen nicht dabei.« Pentju traute ihr nicht. Was hatte sie vor? Sie war so anders als sonst.

»Früher seid Ihr immer allein gekommen – und es hat Euch nichts ausgemacht.« Sie schob ihr Kleid hoch und spreizte die Beine. Pentju starrte auf das dunkle Dreieck und war verwirrter denn je. Bei allen Untersuchungen war Nofretete an dieser Stelle völlig enthaart gewesen, wie es die derzeitige Mode vorschrieb. Jetzt kringelten sich dort schwarze Locken. Pentju schüttelte den Kopf. So lange lag die letzte Untersuchung doch noch gar nicht zurück. Wie konnten die Haare so schnell wachsen? Es hätte sich bestenfalls ein leichter Flaum zeigen dürfen …

»Beeilt Euch!«, drängte Nofretete. »Was ist? Warum zögert Ihr?«

Pentju schluckte. »Ich wundere mich … über Euren Haarwuchs. Sonst seid Ihr immer kahl.«

»Ich hatte kein heißes Wachs«, erklärte Nofretete. »Und außerdem …« Ihr Gesicht nahm einen versonnenen Ausdruck an.

»Ihr könnt tun, was Ihr wollt«, sagte Pentju. »Niemand macht Euch Vorschriften. Es ist nur … ungewöhnlich.«

»Ich glaube, dass es auch Männer gibt, denen es gefällt«, murmelte Nofretete. Sie richtete sich halb auf. »Oder würdet Ihr nie mit einer Frau schlafen, die … so wie ich … ein kleines Ziegenfell hat?« Sie lachte aus vollem Hals und warf sich wieder zurück.

»Was habt Ihr getrunken?«

»Wein … und ein Getränk, das man Wis-ki nennt …«

»Wie?«

»Das ist doch einerlei. Nun untersucht mich endlich!«

Pentju atmete tief durch und versuchte sich zu konzentrieren. Der süßliche Duft im Zimmer machte es ihm schwer, die Gedanken zusammenzuhalten. Er betastete den Leib der Königin und stellte fest, dass er sich fester und straffer anfühlte als beim letzten Mal – so als hätte Nofretete ihren Körper verjüngt. Von außen konnte er keine Geschwulst feststellen. Auch als er in sie hineintastete, fand er nichts.

»Ein Wunder. Die Geschwulst hat sich offenbar aufgelöst.« Er verstand es nicht. Während seiner ganzen Laufbahn als Arzt war ihm ein ähnlicher Fall noch nicht vorgekommen, vor allem nicht in so kurzer Zeit.

»Dann bin ich also geheilt.« Nofretete zog das Kleid über die Hüften, setzte sich auf und blickte ihn mit funkelnden Augen an.

»Es sieht ganz danach aus«, musste Pentju zugeben.

»Und ich könnte wieder Kinder bekommen?«, fragte Nofretete.

»Grundsätzlich ja, aber in Eurem Alter …« Pentju stockte. Nofretetes Körper war straff und sehnig. Hätte er sie heute zum ersten Mal getroffen, hätte er ihr Alter auf höchstens fünfundzwanzig Jahre geschätzt. Kaum zu glauben, dass sie bereits sechs Kinder zur Welt gebracht hatte!

»Ihr meint, ich sei zu alt, um zu gebären?« Sie blitzte ihn an.

Am liebsten hätte Pentju seine Worte zurückgenommen. »Ja … nein … ich meine … das ist von Frau zu Frau unterschiedlich. Ihr habt einen jugendlichen Körper, wenn ich mir diese Bemerkung erlauben darf.« Er lachte leise. »Mir scheint, Ihr habt ein Wundermittel angewandt, denn Ihr seht heute fast aus wie ein junges Mädchen. Vielleicht seid Ihr gar nicht die Große Königliche Gemahlin, sondern eine jüngere Schwester.«

Er hatte einen Scherz machen wollen, aber dann setzte sich der Gedanke in seinem Kopf fest. Im Grunde war dies die einzige logische Erklärung für Nofretetes plötzliche Veränderung. Eine junge Frau, die ihr zum Verwechseln ähnlich sah ... Aber wie war sie in den Palast gekommen – und was war mit Nofretete geschehen? Und woher wusste sie von der Geschwulst in Nofretetes Leib? Pentju schüttelte den Kopf. Er war völlig durcheinander. Das konnte alles nicht wahr sein ... Noch immer lag der betäubende Duft im Raum. Er verwirrte ihm die Sinne, hinderte ihn am Denken.

»Was habt Ihr abgebrannt, Herrin? Das ist kein gewöhnlicher Weihrauch! Ihr solltet vorsichtig sein mit fremden Gewürzen! Manche sind Drogen, sie beeinträchtigen den Verstand oder lösen sogar Halluzinationen aus ...«

Halluzinationen – das war's! Sein Sehvermögen war beeinträchtigt und gaukelte ihm eine junge Frau auf dem Bett vor. Wahrscheinlich war wegen des betörenden Geruchs auch seine Untersuchung ungenau gewesen – eine so große Geschwulst konnte nicht innerhalb weniger Tage verschwinden. Er musste die Untersuchung wiederholen, am besten tagsüber, wenn der Raum gut gelüftet war.

»Ich ziehe mich besser zurück«, murmelte Pentju. »Ich vertrage diesen Duft nicht, ich bekomme Kopfschmerzen davon. Bitte entschuldigt mich und verzeiht mir, wenn ich etwas Dummes zu Euch gesagt habe. Ich fürchte, ich bin nicht ganz Herr meiner Sinne.« Er verneigte sich vor der Königin und vermied es, sie anzusehen, weil er befürchtete, dass ihr jugendliches Aussehen ihn erneut in Verwirrung versetzte. Dann ging er zur Tür. »Gute Nacht, Herrin. Ich wünsche Euch eine angenehme Ruhe und einen erholsamen Schlaf.« An der Stelle, an der Nofretete den Trank ausgeschüttet hatte, wäre er um ein Haar ausgeglitten. Wie in Panik verließ er fluchtartig den Raum.

Im Flur atmete er erst einmal tief durch. Er kam sich vor wie betrunken. Die Wände schienen sich zu bewegen. Er musste sich an einer Säule festhalten, bevor er weitergehen konnte. Irgendwie fand er den Weg zum Ausgang.

Huya nickte ihm zu. »Ich werde Euch morgen im Lauf des Tages aufsuchen, ist Euch das recht?«, fragte der Aufseher.

Pentju hatte Mühe, sich zu erinnern, worüber sie zuvor gesprochen hatten.

»Ihr wollt mir Tropfen geben wegen meiner Herzstiche«, erklärte Huya.

»Ja … ja, natürlich«, antwortete Pentju. »Kommt gegen Mittag zu mir, dann passt es am besten.«

Ich muss schleunigst ins Bett, dachte er, während er die Brücke überquerte. Bei Aton, hoffentlich habe ich in Gegenwart der Königin nicht zu viel Unsinn geredet …

Nofretete lächelte und drehte ehrfürchtig die kleine Isis-Statue in den Händen.

»Große Göttin, du bist so viel mächtiger als Aton«, flüsterte sie. »Er ist ein Nichts. Du aber kannst Wunder bewirken. Es stimmt, was man dir nachsagt: Du bist die Herrin über Leben und Tod, über Jugend und Alter, über Liebe und Hass. Und du lässt Dinge geschehen, die sich kein Mensch vorzustellen vermag.« Ehrfürchtig küsste sie die Statue, dann öffnete sie das Versteck, in dem der wertvolle Papyrus lag, und stellte die Isis-Figur dazu.

23

»Paul sagt, wir müssen vorsichtig sein – Mahu lässt noch immer nach uns suchen.« Sonja setzte sich auf den Boden zu Jonas, der damit beschäftigt war, für Bakt eine kleine Figur zu schnitzen. Der Kopf war misslungen, und Jonas schleuderte das Holzstück in eine Ecke.

»Verflixt, diese Herumsitzerei macht mich ganz verrückt! Ich will endlich etwas unternehmen. Glaubst du, ich bin aus dem Gefängnis ausgebrochen, um hier eingesperrt zu sein?«

»Ich verstehe dich.« Sonja schmiegte sich an ihn und streichelte ihm sanft den Rücken. »Hab noch ein bisschen Geduld, Jonas. Paul wird uns eine Nachricht schicken, wenn sich die Sache beruhigt hat.«

Jonas strich sich mit unwirscher Handbewegung die Haare aus der Stirn. »Paul … immerzu Paul!«, schnaubte er. »Müssen wir noch nach seiner Pfeife tanzen, weil der Schleimer es geschafft hat, Wesir zu werden? Sonja, wir haben eine Zeitreise gemacht, da draußen liegt Achetaton, das du immer sehen wolltest – und wir sitzen hier drinnen und schlagen die Zeit tot. Ich schnitze dumme Figuren, und du stellst lächerliche Blumenkränze her. Glaubst du, deswegen habe ich das Isis-Tor gesucht?« Sein Blick war voller Zorn.

»Mir gefällt es auch nicht, hier herumzusitzen«, gab Sonja zu. »Aber wir dürfen den Polizisten nicht wieder in die Hände fallen. Mahu hasst mich … und wenn er uns erwischt, macht er kurzen Prozess mit uns, da kannst du Gift drauf nehmen. Paul meldet sich bestimmt, wenn Mahu die Suche nach uns aufgegeben hat.«

»Falls er sich dazu herablässt, dein Herr Wesir.«

»Was soll das denn?« Sonja rückte von Jonas ab und schüttelte den Kopf. »Wir waren früher Kommilitonen, mehr nicht. Paul

Lehmann war immer ein Außenseiter, ein Streber – wir haben uns insgeheim über ihn lustig gemacht.«

»Aber jetzt genießt er es, eine so wichtige Stellung bei Hof innezuhaben«, brummte Jonas. »Er hat in Achetaton eine steile Karriere gemacht. Warum sollte er sich um uns kümmern? Wir sind höchstens eine Gefahr für ihn, wir könnten schließlich herumerzählen, was wir wissen.«

»Unsinn.« Sonja schüttelte den Kopf. »Wir sind keine Gefahr für ihn, sondern Verbündete. Und er hat uns ja schon unterstützt, indem er dich aus dem Gefängnis befreit hat.«

»Und deshalb soll ich ihm auf ewig dankbar sein?«

Sonja seufzte und stand auf. Sie wollte sich nicht mit Jonas streiten, aber sie spürte, wie seine Reizbarkeit sie ansteckte. »Paul ist auf seine Weise genauso besessen wie wir. Er versucht, hinter Nofretetes Geheimnis zu kommen. Ihm ist klar geworden, dass wir ihr Grab niemals finden werden. Nofretete muss wie wir eine Möglichkeit gefunden haben, durch die Zeit zu reisen. Paul glaubt, dass Nofretete einen magischen Papyrus besitzt: das Totenbuch der Isis.«

»Das Totenbuch der Isis«, wiederholte Jonas langsam, als müsse er die Worte auf sich wirken lassen.

»Alte Schriften haben etwas Geheimnisvolles – und man hat viele spannende Dokumente gefunden, die aus dem alten Ägypten stammen«, sagte Sonja. »Mit Zauberbüchern habe ich aber offen gestanden meine Probleme. Allerdings habe ich ja früher auch nicht geglaubt, dass man einfach in einen Brunnen steigen kann und in einer anderen Zeit wieder herauskommt.« Als Jonas schwieg, fuhr sie fort: »Zweifellos gibt es Symbole von großer Macht. Heilige Zeichen. Und Isis war eine Göttin, der man Zauberkräfte nachsagte. Ich kann es mir zwar nicht vorstellen, aber vielleicht gibt es tatsächlich einen Papyrus mit magischen Hieroglyphen.« Sie schluckte. »Paul scheint jedenfalls davon überzeugt zu sein.«

»Paul …« Jonas verdrehte die Augen. »Ich kann den Namen schon nicht mehr hören.«

Sonja tat, als hätte sie nichts gesehen und gehört. »Ich habe ihm versprochen, dass wir ihm bei der Suche helfen. Inzwischen wüsste ich selbst gern, ob es dieses Buch wirklich gibt.« Sie lachte kurz auf. »Und falls es tatsächlich funktioniert, müsste ich mir in Zukunft keine Sorgen über meine Falten mehr machen.«

»Falten? Wo hast du denn Falten?« Jonas grinste.

Sonja war erleichtert, dass er endlich wieder besser gelaunt war. Sie nahm seine Hand. »Stell dir vor, wir fänden ein solches Buch! Das wäre doch Wahnsinn, oder?«

»Ich habe ja auch gar nichts dagegen, dass wir danach suchen«, lenkte Jonas ein. »Der Einzige, der dabei stört, ist Lehmann.«

»Ich kann ihn auch nicht leiden, aber dass er hier Wesir ist, verschafft uns immerhin einige Vorteile – ganz objektiv gesehen.«

»Sag das noch mal.«

»Was?«

»Dass du Lehmann nicht leiden kannst.«

Sonja lachte. »Ich konnte ihn damals schon nicht leiden – und heute ebenso wenig. Aber ich bin nicht mehr zwanzig – und im Lauf meines Lebens habe ich gelernt, Kompromisse zu schließen. Und das bedeutet in diesem Fall, dass wir mit ihm kooperieren werden, obwohl ich ihm grundsätzlich lieber aus dem Weg ginge.«

Jonas' Grinsen wurde noch breiter. »Deine Kompromissbereitschaft sieht aber nicht vor, dass du mit ihm ins Bett gehst, oder?«

»Ach, Jonas!« Sonja fuhr ihm durchs Haar. »So weit geht meine Diplomatie nicht, das müsstest du wissen. Sonst hätte ich mich ja auf Mahu eingelassen.«

»Und warum hast du es nicht getan?«

Sie stieß ihn in die Rippen. »Weil ich nur mit dir schlafen will, du Dummkopf – obwohl du ein eitler, egoistischer Physiker bist und mich Physik schon in der Schule entsetzlich gelangweilt hat.«

»Heißt das, du hältst mich für einen langweiligen Liebhaber?« Jonas' Augen bekamen einen verdächtigen Glanz.

Sonja legte den Kopf schief. »Hm, ich kann mich gerade nicht erinnern«, neckte sie ihn. »Das letzte Mal ist schon eine Weile her ...«

Er zog sie an sich. »Weil hier immer Inets Kinder um uns herum sind«, flüsterte er. »Wir haben keine ruhige Minute für uns. Wie schaffen es Inet und Inarus, dass sie miteinander schlafen können? Die Kids kriegen doch alles mit!«

»Ich vermute, sie treiben es auf dem Dach«, kicherte Sonja.

»Und die Nachbarn? Die können doch zugucken ...«

»Die sind vielleicht daran gewöhnt ... oder mit sich selbst beschäftigt ...« Sonja registrierte mit Genugtuung, dass sich Jonas' Hand in den Ausschnitt ihres Kleides geschoben hatte. Er streichelte ihre Brust, und sie fühlte, wie ihr ein wohliger Schauer über den Rücken lief.

»Vielleicht sollten wir heute Nacht auch mal aufs Dach steigen«, raunte er in ihr Ohr.

»Oder wir nutzen die Gelegenheit, wenn die Kinder Inet beim Kochen helfen«, gab Sonja leise zurück und streifte seine Schläfen mit den Lippen. »Ich glaube, sie will heute noch Brot backen. Die drei sind ganz wild darauf, den Teig zu kneten.«

Jonas sah sie an, griff ihr unters Kinn und küsste sie lange und leidenschaftlich. Sonja rauschte das Blut in den Ohren. Es war ein solches Glück, dass sie Jonas wiederhatte! Manchmal ging die Liebe schon seltsame Wege. Wäre sie in Hamburg geblieben, hätte sie Jonas nie kennengelernt ...

Während sie sich noch küssten, spürte Sonja eine kleine Hand an der Hüfte und hörte Mayatis Stimme. »Da ist ein Mann an der Tür, der fragt nach dir.«

Sonja löste sich von Jonas, blickte Mayati an und lächelte. »Hat er seinen Namen genannt?«

»Er heißt Nachtpaaten«, erklärte Mayati. »Darf er hereinkommen? Ich soll keine Fremden ins Haus lassen, hat meine Mutter gesagt.«

»Ich gehe schon zur Tür«, erwiderte Sonja und stand auf. Zu Jonas sagte sie auf Deutsch: »Paul ist hier.«

Mayati blieb an Sonjas Seite, als sie die Tür öffnete. Paul Lehmann wirkte verdrießlich und hatte dunkle Ringe unter den Augen. Als er Sonja erblickte, lächelte er kurz.

»Hallo, Sonja. Kann ich reinkommen? Ich will nicht, dass mich jemand erkennt.«

Sonja nickte und trat zur Seite. Paul blieb im halbdunklen Gang stehen.

»Sie muss es haben«, begann er ohne weitere Einleitung. »Sie hat sich verändert. Selbst Pentju ist es aufgefallen. Er kam heute Morgen zu mir, weil er sich um seinen Gehilfen sorgt, der nicht zurückgekommen ist. Dann sprachen wir über Nofretete, und er wollte wissen, ob sie ihre Gewohnheiten geändert hat oder einen neuen Freundeskreis hat.« In seiner Stimme schwang eine Spur Triumph mit.

»Wer ist Pentju?«, fragte Sonja.

»Der Leibarzt des Pharaos. Er kümmert sich um die gesamte königliche Familie und betreut auch Nofretete. Pentju fand, dass Nofretete seit ein paar Tagen viel jünger wirkt.«

»Und?«

»Sie sieht aus, als hätte sie eine Schönheitsoperation hinter sich – Lifting, Fettabsaugen, das ganze Programm. Aber das kann nicht sein, das gibt es hier nicht. Sie muss einen anderen Weg gefunden haben.«

Sonja schob die Unterlippe vor. »Du meinst, das Buch ist schuld daran?«

»Ich vermute es, ja«, erwiderte Paul. »Hast du eine andere Erklärung?«

Sonja schüttelte den Kopf. Der Menschheitstraum von ewiger Jugend – sollte der Schlüssel dazu wirklich in dem geheimnisvollen Papyrus liegen?

Jonas war nachgekommen und trat hinter Sonja. »Na«, sagte er leicht spöttisch, »finden hier wieder irgendwelche Verschwörungen statt?«

Paul blickte ihn kurz an. »Hallo!«, sagte er. »Haben Sie sich inzwischen gut erholt?«

»Danke, bestens, ich kann nicht klagen«, antwortete Jonas, und Sonja spürte die Kälte in seinen Worten. Sie stieß ihn unauffällig an, damit er sich zusammennahm. Paul Lehmann war schließlich nicht daran schuld, dass sie im Gefängnis gelandet waren.

»Heute Nacht hat die Königin eine Verabredung«, fuhr Paul fort. »Jemand hat eine Nachricht überbracht. Huya hat sie entgegengenommen und an die Königin weitergeleitet – nicht ohne sie zu lesen, versteht sich.« Er grinste.

»Huya?«, fragte Sonja nach.

»Der Haremsaufseher. Ich habe ihn bestochen, damit er alle Auffälligkeiten meldet. Im Namen des Pharaos natürlich.« Paul machte eine kurze Pause. »Huya ist ein strenger Anhänger Atons. Er war entsetzt, als er erfuhr, dass die Große Königliche Gemahlin den alten Göttern huldigt.«

Sonja fühlte sich unbehaglich. Es klang fast so, als solle eine Hetzjagd auf Nofretete beginnen. Garantiert war es ein Skandal, wenn jemand eine so hohe Stellung hatte wie die Königin und gleichzeitig der Abkehr von der offiziellen Religion bezichtigt wurde. Sonja hatte keine Lust, die Jägerin zu spielen und zu Nofretetes öffentlichem Sturz beizutragen. Auf der anderen Seite hatte sie Paul versprochen, ihm bei der Suche nach dem Totenbuch der Isis behilflich zu sein.

»Kannst du nicht diskreter vorgehen?«, fragte sie beklommen.

»Ich bin diskret«, versicherte ihr Paul. »Dem Objekt deiner Doktorarbeit wird kein Haar gekrümmt, keine Angst. Aber ich will wissen, was sie treibt, mit wem sie sich trifft und welche Kontakte sie pflegt. Möglicherweise hat sie selbst die Verschwörung gegen ihren Mann angezettelt.«

»Das glaube ich nie und nimmer!«, entfuhr es Sonja. »Welchen Grund sollte sie haben, Echnaton umbringen zu lassen?«

»Es wäre nicht das erste Mal, dass eine Ehefrau einen Killer beauftragt, damit sie und ihr Liebhaber freie Bahn haben«, erwiderte Paul gelassen.

»Ich glaube, dass die Verschwörer aus anderen Kreisen kommen«, wandte Sonja ein. »Wahrscheinlich sind es Anhänger der alten Götter, die den Ketzerkönig aus dem Weg schaffen und den früheren Zustand wiederherstellen wollen. Ist doch logisch.«

»Heute Nacht erfahren wir Genaueres«, versprach Paul, ohne

auf Sonjas Argumente einzugehen. »Ihr kommt doch mit, oder? Zu dritt verlieren wir sie nicht so leicht aus den Augen.«

Jonas und Sonja wechselten einen Blick. Sonja erkannte in Jonas' Miene, dass er von Pauls Plan nicht begeistert war, obwohl er schwieg. Er lehnte Lehmanns Fanatismus genauso ab wie Sonja.

Sie zögerte. Sie wusste, dass Jonas ihr die Entscheidung überließ.

»Was ist eigentlich mit Mahu?«, fragte sie. »Lässt er noch nach uns suchen?«

»Der Mann, der Jonas die Tür geöffnet hat, ist aus Achetaton verschwunden«, antwortete Paul. »Mahu glaubt, dass ihr mit ihm die Stadt verlassen habt.«

Sonja nickte erleichtert.

»Wenn Mahus Häscher den Wächter aufspüren sollten, hat er Pech gehabt«, fuhr Paul fort. »Ich hoffe, er ist klug genug, sich eine Weile in der Wüste zu verstecken. Außerdem hat Mahu inzwischen weitere Informationen über die Sieben Skorpione erhalten. Er kennt etliche Namen. Den Gerüchten nach hat sich einer der Verschwörer kürzlich erhängt. Mahu ist zuversichtlich, dass er die Sache bald im Griff hat.«

»Wir können uns jetzt also ungehindert in Achetaton bewegen?«, fragte Jonas zweifelnd.

»Nur mit großer Vorsicht«, sagte Paul. »Sonja ist eine auffallend große Frau. Auch ihre blonden Haare sind verräterisch, wenn sie ihre Perücke nicht trägt. Sie dagegen« – er wandte sich an Jonas – »gehen schon eher als Ägypter durch.«

Jonas grinste schief.

Sie verabredeten einen Treffpunkt in der Nähe des Palastes. Dort sollten Sonja und Jonas nach Einbruch der Dunkelheit auf Paul Lehmann warten.

»Ich hoffe, ich kann mich auf euch verlassen«, sagte Paul und kniff die Augen zu schmalen Schlitzen zusammen. »Ich wäre schwer enttäuscht, wenn ihr mich hängen ließet.«

»Keine Sorge, wir kommen«, versprach Sonja.

Danach hatte es Paul eilig, sich zu verabschieden. Im Palast warteten wichtige Aufgaben auf ihn, außerdem hatte er vor dem Abend noch einen Gesprächstermin bei Echnaton.

»Mister Oberwichtig«, spottete Jonas, nachdem Sonja die Tür hinter Paul Lehmann geschlossen hatte. »Möchte wissen, ob es ihm wirklich um dieses Buch geht oder eher darum, Nofretete öffentlich an den Pranger zu stellen.«

»Er hatte immer Probleme mit Frauen«, meinte Sonja. »Ist nicht der Typ, auf den die Mädels fliegen. Möglicherweise ist er schwul, keine Ahnung. Das heißt aber nicht, dass er ein Frauenhasser ist. Vermutlich geht es ihm in erster Linie um den Papyrus. Stell dir vor, welches Machtmittel ein solches Buch wäre!« Sie schüttelte den Kopf. Noch immer konnte sie nicht glauben, dass die Zaubersprüche darin tatsächlich funktionieren sollten. Dafür war sie viel zu realistisch. Es gab Selbstsuggestion, selbst erfüllende Prophezeiungen, ja auch Massensuggestion. Aber Magie ... Sie erinnerte sich an die Kleinanzeigen im *Hamburger Abendblatt*, dort hatten manchmal moderne Hexen inseriert und ihre Dienste angeboten. Sonja hatte so etwas immer für Humbug gehalten – und genauso skeptisch war sie gegenüber Wahrsagerinnen mit ihren Kristallkugeln und Medien, die angeblich den Kontakt zu Verstorbenen herstellen konnten. Aber es gab genügend Menschen, die an solche Dinge glaubten.

Dann kamen Sonja wieder der rätselhafte Brunnen und ihre Reise in den Sinn, die nach menschlichem Ermessen nicht möglich war. Sie erinnerte sich daran, wie sie zusammen mit Inet die kleine Isis-Statue darum gebeten hatte, dass Jonas im Gefängnis nicht an seiner Beinverletzung starb ... Offenbar gab es doch einiges, das sich mit logischem Verstand nicht erklären ließ. Vielleicht sollte sie aufhören, ständig nach wissenschaftlichen Erklärungen zu verlangen und alles zu hinterfragen, und stattdessen einfach akzeptieren, dass sie ein wertvolles magisches Buch suchten.

»Wie auch immer«, murmelte sie, »wenigstens kommt Bewegung in die Sache, und wir sind nicht mehr zu diesem öden Hausarrest verdonnert. Ehrlich gesagt interessiert es mich doch brennend, was Nofretete heute Nacht vorhat und mit wem sie sich trifft.«

»Möglicherweise erfahren wir dabei auch mehr über den Isis-Kult«, vermutete Jonas. »Garantiert gibt es auch in Achetaton irgendwo ein geheimes Zeit-Tor, das nur Eingeweihte kennen.«

Anderthalb Tage lang war Karem durch die Stadt geirrt, betäubt vor Kummer und Schmerz. Setep, sein bester Freund, war tot und würde niemals wiederkommen. Nie wieder würden sie zusammen jagen, nie wieder Scherze machen, nie wieder miteinander reden … Es war unfassbar. Karem spürte eine unendliche Leere, als hätte jemand ein Stück von ihm herausgerissen. Er hatte damit gerechnet, dass Setep böse auf ihn war und ihn vielleicht nicht mehr sehen wollte. Keinen Augenblick lang aber war ihm der Gedanke gekommen, Setep könne nicht mehr am Leben sein.

Er hatte sich erhängt, war freiwillig in den Tod gegangen … Karem hatte die Spuren an Seteps Hals gesehen, als Ankhu ihn zu dem Leichnam geführt hatte. Es war ein schrecklicher Anblick gewesen: die wächserne Haut, die leicht gelbliche Farbe … Ankhu hatte alles für die Mumifizierung vorbereitet, um Setep die letzte Ehre zu erweisen und dafür zu sorgen, dass sein Körper erhalten blieb. Das Gehirn hatte er bereits durch die Nase entfernt. Auch die inneren Organe hatte er entnommen; sie würden separat in Kanopen aufbewahrt werden, und über jedes Gefäß wachte ein besonderer Gott. Nur das Herz und die Nieren blieben im Leib des Toten.

Karem sah die Blutspuren an Seteps Körper, den Schnitt an der linken Seite und die Stiche, wo Ankhu das Fleisch wieder zusammengenäht hatte, nachdem er die Körperhöhle mit Natronsäckchen gefüllt hatte, die Seteps Leib nach und nach austrocknen würden. Es war eine aufwendige Prozedur, und Karem war eigentlich froh, dass Ankhu Setep diesen Freundschaftsdienst erwies, der ihm das ewige Leben sichern würde. Trotzdem hatte sich Karem erbrechen müssen, als er Setep auf dem Tisch hatte liegen sehen – so fremd, der Welt entrückt, nur noch eine Hülle jenes Menschen, der er einmal gewesen war. Karem dachte unwillkürlich an einen leeren Schmetterlingskokon, dessen Falter bereits ausgeflogen war und sich in sonnigen Gefilden tummelte, während die nutzlose Ummantelung zurückgeblieben war.

Ankhu versicherte ihm, er werde alles tun, damit Setep vor dem Totengericht bestand. Er würde der Mumie hilfreiche Amulette mitgeben und die nötigen Rituale vollziehen; Karem müsse sich keine Sorgen machen.

Karem hatte zu allem nur genickt. Er war unfähig, selbst etwas zu unternehmen. Der Schrecken saß zu tief. Seine Gefühle waren wie erstarrt. Jeder seiner Schritte wurde begleitet von der Frage, was Setep dazu getrieben haben mochte, seinem Leben ein Ende zu setzen. Hatte er die Heimlichkeiten nicht mehr ausgehalten? Die Gewissensbisse wegen seiner Zugehörigkeit zu einer Verschwörergruppe? Die Enttäuschung, dass Karem seine Pläne nicht unterstützt hatte? Unerfüllte Erwartungen?

Inzwischen merkte Karem, wie wenig er über den Freund wusste. Er kannte weder seine geheimen Gedanken, noch wusste er mehr als das Nötigste über seine Wünsche. Natürlich war ihm nicht entgangen, dass dessen Augen bei Nofretetes Anblick aufgeleuchtet hatten. Aber Setep hatte doch nicht im Ernst erwarten können, dass die Königin ihn erhörte; sie war schließlich mit Echnaton verheiratet – glücklich verheiratet, wie Karem annahm. Die Ehe war vor Aton geschlossen worden, und der große Gott hielt die Hand schützend über das Königspaar, das er liebte wie seine eigenen Kinder. War es unerwiderte Liebe gewesen, die Setep zum verzweifelten letzten Schritt getrieben hatte? Hatte er sich in Sehnsüchte hineingesteigert, die unerfüllbar bleiben mussten? Karem hatte alles immer für harmlose Schwärmerei gehalten.

Es gab niemanden, der Karem alle seine Fragen beantworten konnte. Ankhu war wortkarg und selbst mit seiner Trauer über den Verlust des jungen Gehilfen beschäftigt.

Nachdem Karem Ankhus Haus verlassen hatte, irrte er durch Achetaton. Er hatte kein Ziel, nur das Gefühl, in Bewegung bleiben zu müssen. Er musste laufen, laufen, laufen – so als könne er auf diese Weise dem schrecklichen Geschehen entfliehen. Laufen, laufen, laufen – dann würden der Schmerz und die Trauer ihn nicht erreichen. Dann würden das schlechte Gewissen und die

Selbstvorwürfe von ihm weichen. Dann würden seine rastlosen Gedanken vielleicht zur Ruhe kommen …

Irgendwann hatten die Beine ihm den Dienst versagt, und er war am Ufer des Nils zusammengebrochen. Er hatte reglos im Schilf gelegen und sich dem Tod nahe geglaubt. Er hatte Aton angefleht, ihn zu sich zu nehmen, weil er sich ein Weiterleben nicht vorstellen konnte. Es war undenkbar, in den Palast zurückzukehren und Pentju bei der Arbeit zu helfen, so als wäre nichts geschehen.

Stunden waren vergangen, er hatte die Nacht im Schilf verbracht. In der Morgendämmerung waren Enten über ihn hinweggeflogen. Karem erinnerte sich, dass er sein Versprechen Pentju gegenüber nicht eingehalten hatte. Der Arzt war sicherlich aufs Höchste besorgt, dass sein Gehilfe nicht wiedergekommen war. Doch das kümmerte Karem nicht. Gleich darauf schämte er sich wegen seiner Gleichgültigkeit und fühlte den Drang, seinen Verpflichtungen nachzukommen. Doch er konnte nicht, seine Beine weigerten sich, den Weg zum Palast anzutreten. Ein alter Mann, der im Schilf nach Enten jagte, fand ihn, teilte sein Brot mit ihm und ließ ihn aus seinem Bierkrug trinken. Dadurch wurden Karems Lebensgeister wieder geweckt. Am frühen Nachmittag fand er endlich die Kraft, zu Pentju zurückzukehren.

Der Arzt nahm seinen traurigen Gehilfen in die Arme, nachdem er erfahren hatte, was geschehen war. »Manche Dinge lassen sich nicht ändern«, sagte er tröstend. »Es kommt, wie es kommen soll. Mach dir keine Vorwürfe. Du trägst keine Schuld.«

»Vielleicht doch«, schluchzte Karem und klammerte sich an den Arzt wie an seine einzige Hoffnung. »Ich habe Setep enttäuscht. Ich konnte ihm nicht geben, was er von mir erwartete.«

Er spürte, wie Pentju sich versteifte und ihn dann sachte von sich schob. Karem sah den Arzt verwundert an.

»Ich will nicht, dass du dir falsche Hoffnungen machst«, murmelte Pentju und errötete. »Ich bin nicht so … veranlagt wie du und Setep. Ich will gern dein väterlicher Freund und Ratgeber sein, aber ich kann dir Setep nicht ersetzen.«

Karem brauchte einige Augenblicke, um die Worte des Arztes

zu begreifen. Doch dann fiel es ihm wie Schuppen von den Augen, dass er selbst das Gerücht in die Welt gesetzt hatte, um Setep zu schützen. Und Pentju befürchtete, dass er, Karem, seine Gefühle auf ihn übertrug ... Welche Peinlichkeit!

»Es ist nicht so, wie Ihr denkt«, stammelte Karem verzweifelt und wünschte, der Erdboden möge sich auftun und ihn verschlingen. »Ich habe noch nie ... in solcher Weise ... an Euch gedacht, ich schwöre es.«

Und mit Setep war auch alles ganz anders gewesen.

Pentju legte seinem Gehilfen eine Hand auf die Schulter und lächelte. »Dann ist es gut.«

Karem aber schlug die Hände vors Gesicht und weinte.

Nichts war gut, überhaupt nichts!

24

Eine unheilvolle Schwüle lag über der Stadt, als Jonas und Sonja zum Palast unterwegs waren. Ostwind war aufgekommen, und er trug Sand aus der Wüste mit sich. Sonja merkte, wie ihr unzählige Körnchen ins Gesicht prasselten.

»Irgendwie ist mir unheimlich zumute«, murmelte sie. »Dir auch?«

»Hm«, brummte Jonas. »Ja, es ist schon eigenartig.«

»Da braut sich etwas zusammen, anscheinend ein Sandsturm. Ungewöhnlich für diese Zeit. Sieh dir nur den Himmel an, Jonas!« Sonja blickte nach oben. Von Osten her zog ein pechschwarzes Wolkengebilde heran, das die Sterne wie ein Höllenschlund verschluckte. Im Westen war der Nachthimmel noch klar, auf der dunkelgrauen Fläche blinkten und funkelten unzählige Lichtpunkte.

Um diese Zeit waren immer noch etliche Menschen unterwegs.

Soldaten des Pharaos marschierten die Straße entlang. Jedes Mal zog Sonja ihr Tuch tiefer in die Stirn und versuchte sich kleiner zu machen. Doch die Soldaten beachteten sie nicht und schritten in südliche Richtung davon.

Der Weg zum Palast war länger, als Sonja gedacht hatte. Als sie am vereinbarten Treffpunkt ankamen, wartete Paul Lehmann schon auf sie. Wie bei ihrer ersten nächtlichen Begegnung trug er einen dunklen Überwurf mit Kapuze.

»Ich dachte schon, ihr kommt gar nicht mehr«, empfing er sie, und Sonja merkte, dass er schlechte Laune hatte. »Wir müssen uns beeilen. Ich habe erfahren, wohin Nofretete unterwegs ist. Sie will zu einem Seth-Fest, das heute stattfindet.«

»Seth?«, wiederholte Jonas.

»Ein verbotener Gott«, antwortete Paul knapp. »Er scheint in dieser Stadt ziemlich viele Anhänger zu haben. Aber wir können uns unterwegs unterhalten. Los, kommt!« Er ging voraus.

Während Sonja und Jonas ihm folgten, rief sich Sonja in Erinnerung, was sie über Seth wusste. Isis, Osiris und Seth – diese drei Götternamen waren untrennbar miteinander verbunden. Osiris wurde von seinem Bruder Seth ermordet, und Isis erweckte Osiris mit ihren Zauberkünsten wieder zum Leben. Isis und Seth waren demnach Gegenspieler. Warum besuchte Nofretete, eine Anhängerin der Isis, ein rituelles Fest zu Ehren Seths? Das war eine Frage, die es zu klären galt.

Sie gingen in südliche Richtung, und Sonja überlegte, ob die Soldaten, die sie gesehen hatten, wohl dasselbe Ziel hatten. Vielleicht hatte der Pharao eine Razzia angeordnet, oder die Soldaten sollten Ausschreitungen verhindern. Sie hätte Paul Lehmann gern danach gefragt, aber inzwischen wehte der Wind so stark, dass eine Unterhaltung kaum möglich war. Sonja bekam Sand in Augen und Mund und fand das äußerst unangenehm. Sie zog ihr Kopftuch vors Gesicht, um sich zu schützen.

»Haben sich ja einen tollen Zeitpunkt für ihr Fest ausgesucht«, meinte Jonas.

Sonja konnte ihn kaum verstehen, der Wind wehte ihm die Worte von den Lippen.

Blätter und Sand wirbelten durch die Straße. Sonja, Jonas und Paul suchten den Schutz der Häuser, aber jedes Mal, wenn eine Gasse oder eine Häuserlücke kam, traf sie der Wind mit voller Wucht. Sonja hörte Paul fluchen.

Seth! Plötzlich schoss ihr durch den Kopf, dass Seth der Gott der Wüste war. Hatten seine Anhänger den Sturm erzeugt, ihn herbeigerufen? Trotz der Schwüle bekam Sonja eine Gänsehaut. Ihr Gefühl, dass etwas Unheimliches im Gange war, verstärkte sich.

Inzwischen hatten die dunklen Wolken Achetaton erreicht und standen genau über der Stadt. Als Sonja hochblickte, erschien ihr der Himmel zum Greifen nahe. Sie fasste Paul am Ärmel und hielt ihn fest, deutete nach oben.

»Ist das normal?«, schrie sie ihm zu. »Ich glaube, wir sollten besser irgendwo Schutz suchen!«

Paul Lehmann schaute kurz nach oben, schüttelte den Kopf und brüllte zurück: »Das geht schon. Los, weiter, wir sind bald da!« Er beschleunigte seine Schritte.

Plötzlich drehte der Wind. Vielleicht lag es auch daran, dass sie die Richtung geändert hatten und sich nun nach Südosten bewegten. Das Vorwärtskommen wurde schwierig, sie mussten sich gegen den Wind stemmen. Es war sehr mühsam, und Sonja fühlte sich allmählich am Ende ihrer Kräfte. Wäre sie doch nur mit Jonas im Haus von Inet geblieben!

Nach einer gefühlten Ewigkeit erreichten sie die Südgrenze von Achetaton. Vor ihnen lag eine Ebene, auf der sich Hunderte von Menschen versammelt hatten. Man hatte behelfsmäßige Hütten und Unterstände errichtet. Überall brannten Feuer, die Flammen flackerten wie tanzende Gestalten. Süßlicher Qualm lag in der Luft. Sonja hörte rhythmische Trommelschläge, begleitet von monotonem Gesang. Dazwischen mischten sich Harfenklänge und das Pfeifen von Flöten, alles untermalt vom Heulen des Windes, der seine eigene Melodie spielte.

Vor ihnen drängte sich die Menge. Offenbar musste jeder, der an dem Fest teilnehmen wollte, einen Eingang passieren. Sonja reckte den Hals. Zwei Zelte bildeten ein Tor, das von schwarz gekleideten Wüstenkriegern flankiert wurde. Sie schienen alle Besucher in Augenschein zu nehmen.

Langsam wurden Sonja, Jonas und Paul von der Menge nach vorn geschoben. Die Krieger tasteten sie nach Waffen ab und ließen sie dann durch. Der Duft nach gebratenem Fleisch und gedünstetem Gemüse erfüllte die Luft. Außerdem roch es nach Zwiebeln und Gewürzen.

Sonja hatte anfangs den Eindruck, dass es sich um ein ganz gewöhnliches Fest handelte, bei dem Menschen zusammengekommen waren, die miteinander feiern wollten. Aber der stockdunkle Himmel und die Windböen, die immer wieder über den Platz fegten, trübten das Bild. Da ging etwas Unheimliches vor sich …

»Helft mir, Nofretete zu finden!«, forderte Paul seine Begleiter auf. »Sie trägt ein dunkelgrünes Kleid mit rotem Besatz.«

Es war nahezu unmöglich, in dem Gewühl eine bestimmte Person aufzuspüren. Es gab mehrere Frauen in dunkelgrünen Gewändern, und mit ihren schwarzen Perücken sahen sich viele Ägypterinnen zum Verwechseln ähnlich. Sonja war sich plötzlich auch nicht mehr sicher, ob sie Nofretete überhaupt erkennen würde. Schließlich hatte sie sie nur ein einziges Mal bei dem Festzug gesehen. Sie hielt Jonas am Arm fest, um ihn in der Menge nicht zu verlieren.

Sie kamen an knisternden Feuerstellen vorbei. Beim Geruch der Speisen lief Sonja das Wasser im Mund zusammen. Paul ging es offenbar genauso, er redete kurz mit einem Mann, gab ihm ein kleines Kupferstück und reichte Sonja und Jonas dann zwei gebratene Entenkeulen und ein Stück Fladenbrot. Das Fleisch war so heiß, dass sich Sonja fast die Finger daran verbrannte.

»Danke«, sagte sie zu Paul.

Der winkte nur ab und ging weiter, während auch er aß. Wenig später kam ihnen eine Frau entgegen, die Bier anbot. Paul ließ sich einen großen Krug geben, aus dem sie abwechselnd tranken. Mittlerweile hatte sich Sonja an den fremdartigen Geschmack des Bieres gewöhnt, denn bei Inet hatte sie oft Bier angeboten bekommen. Jetzt fand sie das Getränk sogar ausgesprochen schmackhaft, was auch daran liegen konnte, dass sie großen Durst hatte, denn die Entenkeule war scharf gewürzt.

Während sie essend und trinkend über den Platz gingen, begegneten sie den unterschiedlichsten Menschen. Eine Gruppe von Tänzerinnen bewegte sich im Rhythmus schriller Flötenmusik. Sie trugen durchsichtige weiße Gewänder, unter denen sich geschmeidige Körper abzeichneten. Sonja fiel der starre Gesichtsausdruck der Frauen auf; sie schienen sich regelrecht in Trance zu tanzen. Zwei Tänzerinnen lösten sich aus der Gruppe und umkreisten Paul und Jonas. Jonas lächelte verlegen, während ihm der Bratensaft vom Kinn tropfte. Der Duft der Tänzerinnen war betäubend. Sie trugen Parfümkegel auf dem Kopf, die einen schweren blumigen Geruch verströmten. Sonja merkte, wie die unterschiedlichen Düfte, die Musik, ja die ganze Atmosphäre sie in einen eigenartigen Zustand versetzte. Ihr war ein bisschen schwindlig, und ihr Kopf fühlte sich leicht an. Als sie weitergingen, hatte sie fast den Eindruck zu schweben.

»Ich fühle mich wie beschwipst«, sagte sie zu Jonas, der neben ihr herschlenderte.

»Geht mir ähnlich«, erwiderte er. »Vielleicht liegt es am Bier. He du, lass mich endlich in Ruhe!« Der letzte Satz galt einer Tänzerin, die ihn seit geraumer Zeit mit verführerischem Augenaufschlag anschmachtete und ihm mit einem dünnen Schal vor der Nase herumwedelte. Ihre Brüste waren deutlich zu sehen. Noch immer lag ein starrer Ausdruck auf ihrem Gesicht, und sie kam Sonja wie eine willenlose Person vor, die sich unter dem Einfluss einer fremden Macht bewegte.

Sie kamen an einem Schlangenbeschwörer vorbei, der eine Kobra tanzen ließ. Etwas weiter entfernt warf eine alte Frau Kröten oder Frösche ins Feuer, die zischend verbrannten. Sonja wandte sich angewidert ab und kämpfte kurz mit einem Brechreiz.

»Nicht hingucken!«, raunte Jonas ihr zu und zog sie weiter.

»Dort ist sie!«, rief Paul Lehmann plötzlich und schleuderte die abgenagte Entenkeule in den Sand. Jonas und Sonja hatten Mühe, ihm zu folgen. Der Wesir steuerte auf ein großes Feuer zu, das inmitten eines Steinkreises brannte. Süßlicher weißer Qualm stieg von den Flammen auf. Ringsum lag alles in einem Feld aus dichtem Dunst, aus dem hin und wieder verschwommene Gestalten wie in Zeitlupe auftauchten. Es war gespenstisch. Sonja musste husten und legte die Hand auf die Brust. Sie hatte das Gefühl, kaum Luft zu bekommen. Der weiße Dunst und die pechschwarzen Wolken schienen sich fast zu berühren; es war eine bizarre Kulisse aus Hell und Dunkel, die alle Farben schluckte.

Wie vom Donner gerührt blieb Paul stehen und reckte den Hals. »Eben hab ich sie noch gesehen, ich schwör's!«, rief er.

Der Rauch reizte Sonjas Augen, und sie fingen an zu tränen. Jonas reichte ihr den Bierkrug, doch das Getränk schien plötzlich anders zu schmecken, und der Alkohol schoss ihr in den Kopf. Sie hatte den Eindruck, den Boden unter den Füßen zu verlieren und sich in die Luft zu erheben. Es war nicht einmal unangenehm, nur ungewöhnlich – und um das Gleichgewicht zu halten, breitete sie die Arme aus. Sie sah, wie Jonas und Paul unter ihr kleiner wurden; sie winkte ihnen zu, damit sie nach oben blickten. Da stieß sie mit dem Kopf an die Wolkendecke. Es war ein Gefühl, als berühre sie schwarzen Samt, der sich wie ein Tuch über ihr Haar legte. In diesem Moment wurde sie seltsam hellsichtig und war in der Lage, die ganze Szene zu überblicken. Sie sah die Männer und Frauen, die um das Feuer herumtanzten; der aufsteigende Qualm war wie ein goldener Funkenregen, der sich über die Paare ergoss. Auch die zuvor verschwundenen Farben kehrten zurück. Sonja entdeckte Nofretete. Genau wie Paul gesagt hatte, trug sie ein glänzendes dunkelgrünes Gewand, und der hellrote Besatz leuchtete wie frisches Blut. Sie tanzte in den Armen eines großen Mannes. Es war ein Wüstenkrieger wie die anderen Tänzer – starke, muskulöse Männer. Der Tanz schien einem bestimmten Ritual zu folgen, und die Frauen wechselten von einem Partner zum nächsten, wobei Nofretete den Mittelpunkt bildete. Dann löste sie sich aus dem Kreis und kam auf Jonas und Paul zu. Jonas war sichtlich verwirrt, und das amüsierte Sonja. Paul verschlang Nofretete mit Blicken. Als sie die Arme ausstreckte und ihn in den Kreis zog, schien er verlegen zu werden und stolperte über seine Füße. Das tanzende Paar wurde sofort von den anderen umringt. Jonas griff nach der Frau, die neben ihm stand – Sonja spürte eine Berührung am Arm und hatte plötzlich wieder festen Boden unter den Füßen. Ihr war schwindlig. Zu gern hätte sie Jonas erzählt, was soeben geschehen war und dass sie den Tanz aus der Luft betrachtet hatte, aber die Musik war zu laut für eine Unterhaltung. Sonja gab den Versuch auf und überließ sich ganz dem Rhythmus. Sie fühlte, wie die Musik sie immer mehr erfasste, die Töne schienen ihr förmlich durch die Adern zu fließen, sie wurde eins mit der Melodie. Einer der Tänzer scherte aus und fing an, sich rasend schnell im Kreis zu drehen wie ein wirbelnder Derwisch. Während er tanzte, schien er größer und größer zu werden, sein schwarzes Gewand veränderte sich und nahm die Farbe des Wüstensandes an. Sonja registrierte ungläubig seine Verwandlung. Was da vor ihren Augen geschah, konnte eigentlich nicht sein!

Der unheimliche Tänzer war jetzt sicher schon fünf Meter groß, die anderen Paare machten ihm Platz, einige Frauen stießen spitze Angstschreie aus. Nofretete war die Einzige, die sich nicht stören ließ und völlig unbeeindruckt zu sein schien. Paul hatte sich von ihr gelöst und starrte das Wüstenungetüm an.

Dann verstummte die Musik, es war nur noch ein rhythmisches Trommeln zu hören. Auch Nofretete hielt inne. Der Riese tat einen Schritt auf Paul zu, der vor ihm zurückwich. Jetzt sah Sonja das Gesicht des riesigen Tänzers, es war zu einer Fratze geworden, und in seinen Augen glomm die reine Mordlust. Plötzlich wusste sie, wen sie vor sich hatte: Seth, den Wüstengott!

Als er seine gewaltigen Hände nach Paul ausstreckte, schienen die Wolken in Bewegung zu geraten. Sonja spürte, wie ihr eine Ladung Sand ins Gesicht geblasen wurde. Sie spuckte und musste sich die brennenden Augen reiben. Blinzelnd sah sie, dass Paul auf die Knie gefallen war und sich der Riese über ihn beugte. Die Trommeln waren so laut, dass sich Sonja am liebsten die Ohren zugehalten hätte. Die Frauen ringsum kreischten, während Nofretete mit unbewegter Miene dastand.

»Wir müssen was tun!«, schrie Sonja Jonas an, aber er verstand sie nicht. Dann fegte eine ungeheure Windbö über den Platz, und für Minuten war alles voller Sand und wirbelnder Gewänder.

Sonja krallte sich an Jonas fest, um nicht von den Füßen gerissen zu werden. Sie hatte Mühe, das Gleichgewicht zu halten. Der Wind blies das Feuer aus, und als die Flammen erloschen waren, wurde es stockfinster. Sonja spürte Jonas' Arme. Wenigstens hatte sie ihn noch in der Nähe. Er umschlang sie und hielt sie fest. Trotzdem hatte sie das Gefühl, dass der Boden unter ihnen nachgab – und sie fragte sich, ob sie wie schon einmal in eine andere Zeit versetzt wurden. Dann schwanden ihr die Sinne.

Sie hatte einen Traum, und in diesem Traum schlief sie mit Jonas. Es war wunderschön, sie begehrten einander mit wilder Leidenschaft. Jonas lag mit dem Rücken auf der Erde, Sonja saß rittlings auf ihm. Während sie sich bewegte und die Lust immer größer wurde, sah sie, wie sich Jonas plötzlich in Claus verwandelte. Er hob den Kopf und grinste triumphierend – und in diesem Moment erwachte sie.

Jonas lag halb über ihr, sie hatte den Sex nicht nur geträumt, sondern sie hatten offenbar wirklich miteinander geschlafen, denn sie fühlte noch die Feuchtigkeit zwischen den Schenkeln, und ihr Körper erinnerte sich an die kürzlich genossene Lust. Als sie sich aufrichten wollte, musste sie Jonas beiseiteschieben, der im Schlaf brummte. Es kostete sie viel Kraft, und der Kopf schmerzte ihr sofort von der Anstrengung. Die Sonne brannte heiß auf sie herunter, und als sie sich blinzelnd auf die Ellbogen stemmte, erkannte sie, dass sie sich mitten in der Wüste befanden.

Einen Augenblick lang glaubte sie, einen Zeitsprung gemacht zu haben und in die Gegenwart zurückgekehrt zu sein.

Sie schüttelte Jonas, aber es gelang ihr nicht, ihn zu wecken. Mühsam kam sie auf die Knie und richtete sich schwankend auf. Das Licht war grell, und jemand schien ihr Nadeln in die Schläfen zu stechen.

Ihr wurde schwindlig, als sie sich umdrehte, um sich zu orientieren. Sanddünen, wohin sie blickte. Weder Zelte noch Bäume. Enttäuscht musste sie feststellen, dass sie sich auch nicht an dem Brunnen befanden, an dem sie ihre Reise in die Vergangenheit begonnen hatten.

Eine Gestalt lag einige Meter entfernt im Sand. Mit unsicheren Schritten ging Sonja auf den Liegenden zu. Seine Haltung kam ihr unnatürlich vor, und sie hatte ein ungutes Gefühl.

»Hallo?«

Keine Antwort. Der Mann, der mit dem Gesicht im Sand lag, rührte sich nicht. Seine Glieder waren eigenartig verdreht.

Sonja bückte sich, um ihn umzudrehen. Als sie den Arm anfasste, war er ganz steif. Sonja ließ ihn sofort los. Sie presste die Hand auf den Mund. Da lag ein Toter!

Das Herz klopfte ihr heftig. Sie wandte sich um, lief zurück zu Jonas und rüttelte ihn.

»Jonas, wach auf! Bitte!«

Es dauerte eine Weile, bis Jonas ansprechbar war. Er stützte sich auf, erkannte Sonja, lächelte kurz, dann wurde er gelb im Gesicht und erbrach sich in den Sand.

»Gott, ist mir übel! Was war los? Haben wir gefeiert? Ich hab den totalen Filmriss! Und mein Schädel, der springt gleich auseinander.«

»Jonas«, flüsterte Sonja tonlos und deutete hinter sich. »Da liegt ein Toter!«

»Bist du sicher?«

»Er … ist schon ganz steif.«

Sie half Jonas beim Aufstehen. Genau wie sie hatte er anfangs starke Gleichgewichtsstörungen.

»Verdammt, wo sind wir?«

»Keine Ahnung«, antwortete Sonja. »Vielleicht haben wir einen Zeitsprung gemacht, aber ich weiß es nicht mit Sicherheit.«

Jonas näherte sich der Leiche, kniete im Sand nieder und versuchte den Körper umzudrehen.

»Du hast recht. Er ist mausetot.«

Sonja fröstelte trotz der Hitze.

»Kannst du mir helfen?«, bat Jonas. »Allein schaffe ich es nicht.«

Sonja trat neben ihn, und gemeinsam drehten sie den Toten auf den Rücken. Sonja erbleichte, als sie das Gesicht erkannte.

»Es ist Paul!«

Eine Weile starrten sie den Toten an, fassungslos. Paul hatte die Augen geöffnet, und er schien etwas Entsetzliches gesehen zu haben, so verzerrt waren seine Züge.

»Woran … ist er gestorben?«, fragte Sonja. Die Stimme wollte ihr nicht gehorchen.

»Ich bin kein Arzt«, murmelte Jonas, aber er machte sich an Pauls Kleidung zu schaffen. Am Hals zeigten sich deutliche Blutergüsse.

»Würgemale«, erklärte Jonas. »Oder jemand hat ihn stranguliert. Obwohl die Flecken mehr wie Fingerabdrücke aussehen. Es müssen allerdings riesige Hände gewesen sein.«

»Seth«, flüsterte Sonja.

»Was sagst du?«

»Seth. Es war Seth. Erinnerst du dich an den Riesen? Er hat Paul gepackt …«

Jonas runzelte die Stirn. »Welcher Riese?«

»Beim Tanzen. Als die Trommeln kamen. Nofretete zerrte Paul in die Mitte und …« Der Reaktion entnahm Sonja, dass Jonas keine Ahnung hatte, wovon sie sprach.

»Kannst du dich denn nicht erinnern?«, fragte sie fassungslos. »Hast du nicht gesehen, wie sich ein Krieger in ein Ungeheuer verwandelt hat?«

Jonas schüttelte den Kopf. »Ungeheuer? Du willst tatsächlich ein Ungeheuer gesehen haben?«

Sonja schilderte ihm, was sie erlebt hatte. Während sie erzählte, merkte sie, wie phantastisch ihre Worte klangen. So als sei sie auf einem Trip gewesen. Sie wurde unsicher. Vielleicht hatte sie sich getäuscht. Möglicherweise war alles nur in ihrer Einbildung geschehen. Im Nachhinein kam ihr das Geschehen vor wie ein schwerer Albtraum …

»Was … was hast *du* denn gesehen?«, fragte sie. »Woran kannst *du* dich erinnern?«

»Ich weiß nur, dass wir auf den Festplatz gegangen sind. Paul hat uns was zu essen besorgt, und irgendwo war da ein Schlangenbeschwörer …«

Sonja nickte. »Und dann?«, drängte sie. »Was geschah dann?«

Jonas sah sie an. »Ich weiß es nicht mehr.«

»Paul glaubte, Nofretete zu sehen«, sagte Sonja. »Da waren lauter tanzende Paare … Erinnerst du dich wirklich nicht mehr?«

»Tut mir leid …«

»An das Feuer? Den sonderbaren Nebel? Die dunklen Wolken? Den Sandsturm?«

»Sorry …«

Sonja war den Tränen nahe. Jonas legte den Arm um sie und drückte sie an sich.

»Zwar weiß ich nicht, wie wir hierhergekommen sind, aber es war vorhin wunderschön, das habe ich nicht vergessen.«

»Daran kann ich mich nicht mehr richtig erinnern«, murmelte sie und presste sich gegen ihn. Sie roch seine Haut, seinen Schweiß. »Du meinst, wir haben uns geliebt, während … während er schon tot dalag … nur ein paar Meter entfernt?«

»Das weiß ich nicht«, sagte Jonas. »Ich vermute es, aber ich habe nur dich gesehen … und gespürt …«

Sonja löste sich von ihm und blickte wieder zu dem Toten hinüber.

»Wie schrecklich«, flüsterte sie und erschauderte. »Kannst du ihm nicht die Augen schließen? Ich habe das Gefühl, dass er uns anstarrt, obwohl er tot ist.«

Jonas beugte sich über Paul Lehmann und drückte ihm die Augen zu. Er blickte über die Schulter zu Sonja zurück. »Das habe ich zum letzten Mal als Zivi im Pflegeheim getan.«

Sonja biss sich auf die Unterlippe. Sie war nicht sicher, ob sie das hätte tun können.

»Sieh dir seine Haut an!«, fuhr Jonas fort. »Wie ausgetrocknet. Schon fast wie eine Mumie. Seinem Körper wurde das Wasser entzogen. Sehr seltsam.«

Sonja lief es trotz der Hitze eiskalt über den Rücken. Sie schluckte. »Wir … wir können ihn doch nicht hier im Sand liegen lassen.«

Jonas nickte. »Stimmt.« Er sah sich um. »Am besten begraben wir ihn an Ort und Stelle. Es wird mühsam werden – nur mit den Händen. Aber eine Schaufel haben wir nicht.«

Etwa einen Meter von der Leiche entfernt begann Jonas mit dem Graben. Sonja kniete neben ihm nieder und half ihm, so gut sie konnte. Mit den Händen formte sie eine Schale und warf den Sand hinter sich. Anfangs glaubte sie rasch voranzukommen, aber je länger sie arbeiteten, desto anstrengender wurde es. Bald lief ihnen der Schweiß in Strömen über das Gesicht und am Körper entlang. Ohne Hilfsmittel kamen sie längst nicht tief genug, damit Pauls Leichnam vor wilden Tieren geschützt war. Aber es zählte die Geste. Außerdem würden sie die Steine, die sie fanden, auf das Grab häufen.

»Jedenfalls weißt du jetzt, dass deine Theorie falsch ist«, sagte Sonja, als sie sich kurz ausruhte. Sie wischte sich über die verschwitzte Stirn und spürte, dass sie mit ihren sandigen Händen eine breite Schmutzspur hinterließ. Doch das war ihr in diesem Augenblick völlig gleichgültig.

»Welche Theorie?«, fragte Jonas und grub verbissen weiter.

»Dass man in einer fremden Zeit nicht sterben kann«, antwortete Sonja.

»Oh.« Er hielt inne und grinste schief. »Nun ja, es war nur so eine Vermutung von mir. Weil es irgendwie logisch gewesen wäre. Wegen des Zeitreise-Paradoxons.«

»Es sei denn, wir sind wieder ins einundzwanzigste Jahrhundert zurückgekehrt«, gab Sonja zu bedenken. »Was ich allerdings nicht glaube.«

»Hm ... die Wüste sieht überall gleich aus ...« Jonas kniff die Augen zusammen. »Wir könnten im fünfzehnten Jahrhundert sein ... oder im Jahr dreitausend ... Aber genauso gut können wir uns noch immer in Echnatons Zeit aufhalten, was ich auch vermute. Wir sind schließlich durch kein Tor gegangen.«

»Zumindest kann sich keiner von uns daran erinnern«, verbesserte ihn Sonja.

Jonas zögerte kurz. »Ja, richtig«, bestätigte er dann. »Jeder von uns hat Erinnerungslücken. Ich möchte wissen, womit das verdammte Bier versetzt war.«

»Oder der Rauch des Feuers«, meinte Sonja. »Der Qualm hat merkwürdig gerochen. Vielleicht haben sie irgendwelche Kräuter verbrannt, die Halluzinationen und Gedächtnislücken hervorrufen.«

»Typisch Sonja.« Jonas grinste. »Sucht immer nach logischen Erklärungen.«

Sie krauste die Stirn. »Alternativ würde ich sagen, dass wir einem magischen Ritual beigewohnt haben, das den Wüstengott Seth beschworen hat.«

»Eine Orgie mit Zauberei und Drogen«, ergänzte Jonas.

»Glaubst du das im Ernst?«, fragte Sonja.

»Es ist zumindest eine von mehreren Möglichkeiten – obwohl sich dein analytischer Verstand bestimmt dagegen sträubt. Ebenso wie meiner. Wir sind Kinder des zwanzigsten und einundzwanzigsten Jahrhunderts, wir glauben nur an das, was uns die Wissenschaft beweist.«

Sonja seufzte und grub weiter.

Nach zwei Stunden hatten sie ein gut knietiefes Grab ausgehoben. Sie waren vollkommen verschwitzt, und Sonja fühlte sich wie zerschlagen. Keiner von ihnen hatte Lust, noch weiterzuarbeiten.

»Glaubst du, es ist tief genug?«, fragte Sonja.

»Nein«, antwortete Jonas. »Aber wir müssen ihn dann wenigstens nicht mehr ansehen. Komm, hilf mir! Dann haben wir es hinter uns.«

Sonja fasste Paul an den Füßen, und gemeinsam hievten sie den Toten in die Grube. Jonas wollte ihn gleich mit Sand bedecken, aber Sonja verharrte für einen Moment. Sie hatte das Gefühl, dass es nicht richtig war, das Loch einfach nur zuzuschütten. Es fehlte ein Ritual, irgendetwas, um dem Toten die letzte Ehre zu erweisen. Egal, ob man religiös war und an ein Leben nach dem Tod glaubte oder nicht.

»Vielleicht sollten wir … ein paar Abschiedsworte sprechen«, schlug sie vor.

Jonas sah sie verwundert an. »Na gut. Willst du oder soll ich?«

»Ich. Schließlich kenne ich Paul länger als du.« Sonja räusperte sich und dachte kurz nach. Dann holte sie tief Luft. »Es tut uns leid, Paul, dass unser gemeinsames Abenteuer so enden musste.

Wir wissen nicht genau, wie es passiert ist und wer deinen Tod verschuldet hat.«

Es war Seth. Ich habe es gesehen, aber ich will es nicht glauben.

»Wir danken dir für deine Hilfe und dass du Jonas aus dem Gefängnis befreit hast. Ich wünsche dir, dass du dort, wo du jetzt bist, deinen Frieden findest ...«

Wo bist du jetzt, Paul? In der Totenwelt? Stehst du vor Osiris und musst dich für deine Taten rechtfertigen? Vielleicht ist es verkehrt, das Totenbuch der Isis suchen zu wollen, möglicherweise bringt die Suche Unglück ...

»Wir werden dich nicht vergessen«, schloss Sonja.

»Amen«, fügte Jonas hinzu. »Mach's gut, alter Kumpel, auch wenn ich dich nicht sonderlich leiden konnte.«

Sonja warf ihm einen vorwurfsvollen Blick zu.

»Stimmt doch«, rechtfertigte sich Jonas. »Können wir jetzt anfangen ... das Grab zuzuschütten?«

»Warte.« Sonja streifte einen dünnen goldenen Armreif, den sie von Inet bekommen hatte, vom Handgelenk und versuchte, ihn in Pauls Hände zu legen. Es gelang nicht gleich, denn die Leiche war steif. Mit aller Kraft bog Sonja die Finger auseinander.

»Lass doch, wenn es nicht möglich ist«, sagte Jonas ungeduldig. »Ich will das Grab schließen, bevor die Tiere kommen.«

»Gleich fertig«, murmelte Sonja. Endlich hielt Paul den Armreif in den Händen. Sonja wollte sich zurückziehen, aber einen Augenblick lang hielten Pauls Finger sie gefangen. Ein eiskalter Schreck durchfuhr Sonja. Seine Finger schienen fest zuzudrücken. Und dann sprang etwas von ihm auf sie über, fuhr ihr durch die Hände und aufwärts in die Arme, erreichte Herz und Gehirn.

Ihr wurde schwarz vor Augen. Jonas hielt sie fest, sonst wäre sie auf den toten Körper gestürzt. Sie spürte, wie er sie zur Seite zog und in den Sand legte.

Weit weg, wie durch Watte gedämpft, hörte sie seine Stimme.

»Kleiner Schwächeanfall ... kein Wunder bei der Hitze ...«

Ich bin in dir!

»Jonas ...« Sie keuchte.

»Ruhig, es wird bestimmt gleich besser.« Er fächelte ihr Luft zu.

Ich bin in dir!

Ihr schwanden die Sinne.

25

Als Sonja zu sich kam, hatte Jonas das Grab bereits zugeschüttet und Steine zu einem flachen Hügel aufeinandergehäuft.

Sonja richtete sich auf. Sie fühlte sich eigenartig. Etwas hatte von ihr Besitz ergriffen und sich in ihrem Körper eingenistet, das spürte sie genau, obwohl sich dieses Etwas im Augenblick ruhig verhielt. Es hatte sich versteckt, ganz klein gemacht und sich irgendwo in ihr zusammengerollt. Dort lag es auf der Lauer …

»Jonas?« Ihre Stimme war nur ein Krächzen. Ihre Kehle war völlig ausgetrocknet.

»Endlich!« Jonas strahlte sie an. Mit einem Satz war er neben ihr und stützte ihren Rücken. »Wie geht es dir? Bist du wieder okay?«

»Ja … das heißt … ich weiß nicht …« Sie starrte auf das Grab und stellte sich vor, es würde sich gleich öffnen und Paul würde heraussteigen. Er würde den Sand abschütteln, lachen und sagen, alles sei nur ein Scherz gewesen.

Jonas half Sonja beim Aufstehen. Sie hielt sich an ihm fest und wartete darauf, dass ihre Knie die gewohnte Festigkeit zurückgewannen. Dabei fiel ihr plötzlich der Traum ein, den sie im Camp gehabt hatte. Damals hatte sie geträumt, Paul Lehmanns Leiche auszugraben. Jetzt hatte die Wirklichkeit den Traum umgekehrt: Sie hatten seinen Leichnam verscharrt.

»O Jonas!« Sie versteckte ihr Gesicht in seiner Armbeuge und begann zu weinen.

»Ich weiß, es ist schlimm, dass er tot ist, aber wir müssen sehen, dass wir hier wegkommen«, sagte Jonas. »Raus aus der Wüste, irgendwie. Ohne Wasser haben wir keine Überlebenschance. Wir müssen an uns denken, Sonja!«

Sie sah ein, dass er recht hatte. Doch die Wüste erstreckte sich endlos. In welche Richtung sollten sie sich wenden? Wo waren sie überhaupt? Sonjas Verstand sagte ihr, dass das ganze Unternehmen aussichtslos war und dass sie in der Wüste sterben würden – egal, ob sie an diesem Ort blieben oder sich kilometerweit durch den Sand quälten.

Doch Jonas ließ nicht zu, dass sie einfach aufgab. Er überprüfte kurz die Windrichtung und entschied sich dann, nach Westen zu gehen. Sonja stolperte neben ihm her.

»Woher weißt du, wohin wir gehen müssen?«

»Ich weiß gar nichts.«

»Aber vielleicht geraten wir immer tiefer in die Wüste hinein.«

»Ich verlasse mich auf meinen Instinkt«, murmelte er.

Es war mühsam, durch den Sand zu stapfen. Sie kamen nur langsam voran. Jedes Mal, wenn sich Sonja umdrehte und nach Pauls Grab sah, schien es noch so nahe zu sein wie zuvor. Sie kam sich vor wie ein Hamster im Laufrad. Auch der bewegte sich nicht von der Stelle.

Natürlich konnte es an der Hitze liegen. Die Luft flimmerte – und Entfernungen waren schwer zu schätzen. Tapfer marschierte Sonja an Jonas' Seite. Ihr Kopf schmerzte, und ihre Glieder waren schwer wie Blei, trotzdem kam kein Klagelaut über ihre Lippen. Nach einer Weile setzte sie nur noch automatisch Fuß vor Fuß. Sie orientierte sich an kleinen Punkten. Dort, der große Stein. Der verkrüppelte Dornbusch. Der Schädel eines Esels …

Irgendwann brach die Nacht herein. Die Dämmerung war schnell vorbei und ging rasch in völlige Dunkelheit über. Es wurde kalt. Sonja klapperte mit den Zähnen. Sie war völlig erschöpft. Am liebsten hätte sie sich in den Sand geworfen und wäre keinen Schritt weitergegangen.

»Schau, die Sterne«, sagte Jonas, der über unerschöpfliche Energie zu verfügen schien.

Sonja hob den Kopf. Unzählige Lichter funkelten über ihr, so weit das Auge reichte. Millionen. Es war wunderschön. Ein tröstlicher Anblick. Die Sterne würden immer noch da sein, selbst wenn sie und Jonas starben.

Als sie das Gefühl hatte, dass sie keinen Schritt mehr tun konnte, rief Jonas plötzlich: »Dort hinten! Das muss ein Feuer sein!«

Sonja fasste neuen Mut. Tatsächlich! In der Ferne glomm ein orangefarbener Punkt. Wahrscheinlich war das Feuer noch kilometerweit entfernt, aber immerhin gab es Hoffnung. Denn wo ein Feuer war, da waren auch Menschen.

Ich bin noch da. Von nun an werde ich dein steter Begleiter sein.

Sonja fuhr hoch. Die Decke rutschte ihr von den Schultern, und sie spürte die Kälte der Nacht. Das Feuer war bis auf die Glut niedergebrannt. Jonas an ihrer Seite schlief, genau wie die drei Nomaden. Es war ein großes Glück gewesen, dass sie diese Männer getroffen hatten. Sie hatten ihnen zu essen und zu trinken gegeben, und mit ihrer Hilfe würden sie in die Zivilisation zurückfinden.

Glaub nicht, ich hätte dich vergessen!

Sie hörte die Stimme ganz deutlich und wusste, dass sie aus ihrem Innern kam. Also hatte sie sich nicht getäuscht. An Pauls Grab war etwas in sie hineingekrochen, eine fremde Macht.

Dein Körper steht mir zur Verfügung.

»Wer bist du?«, murmelte sie.

Du weißt es.

»Paul?«, fragte sie zaghaft.

Glaubst du, dieser jämmerliche Wicht hätte die Macht, in deinen Körper zu schlüpfen?

»Dann bist du … Seth?«

Die Stimme in ihrem Innern schwieg, aber Sonja wusste in diesem Augenblick mit untrüglicher Sicherheit, dass er es war. Seth, der Wüstengott. Der Mörder, der seinen Bruder Osiris auf dem

Gewissen hatte und der auch Paul Lehmann umgebracht hatte. Es war eine entsetzliche Vorstellung, jemanden in sich zu beherbergen – noch dazu einen Mörder. Der kalte Schweiß brach ihr aus. Was wollte Seth von ihr? Wie viel Macht besaß er? Konnte er die Steuerung über sie übernehmen und sie dazu bringen, Handlungen zu begehen, die sie gar nicht begehen wollte?

»Hau ab!«, rief sie zornig.

Er lachte und verbarg sich weiterhin.

Wo genau saß er? In ihrem Kopf, wo seine Stimme herkam? Oder regierte er ihr Herz, ihre Gefühle? Kauerte er in ihrem Bauch wie ein ungeborenes Kind?

Sonja dachte an den Tanz und wie sich einer der Wüstenkrieger plötzlich in Seth verwandelt hatte. Vielleicht war er ein ganz gewöhnlicher Mann gewesen, und Seths Geist hatte eines Tages Besitz von ihm ergriffen – wie jetzt von ihr. Und als der richtige Zeitpunkt gekommen war, hatte sich Seth gezeigt …

Es war eine entsetzliche Vorstellung. Sie wollte Seth loswerden, auf der Stelle! Sie wollte nichts mit ihm zu schaffen haben.

Bemüh dich nicht. Mich wird man nicht so schnell los! Du solltest dich mit mir anfreunden und nicht gegen mich kämpfen. Damit vergeudest du nur unnötige Energie.

»Was willst du von mir?«

Dein Körper ist meine Wohnung, und wenn ich will, werden deine Hände zu meinem Werkzeug. Es wäre klug, Freundschaft mit mir zu schließen.

Nie im Leben, dachte Sonja. Sie würde alles tun, um den ungebetenen Gast wieder loszuwerden. Falls sie einen Zeitsprung gemacht hatte und wieder im 21. Jahrhundert gelandet war, würde sie jede therapeutische Hilfe in Anspruch nehmen. Allerdings sprach eher alles dafür, dass sie sich nach wie vor im Zeitalter von Nofretete und Echnaton befand. Mit den Nomaden, die sie bei sich aufgenommen hatten, konnte sie sich ohne Weiteres auf Altägyptisch verständigen. Außerdem hatten die Männer nur Esel bei sich – anspruchslose, genügsame Tiere, aber für das Leben in der Wüste nicht sonderlich gut geeignet. Als Sonja nach Kamelen gefragt hatte, hatte ein Nomade zwar gewusst, was sie meinte, aber behauptet, es gebe nur wilde Dromedare, und niemand habe sie bisher gezähmt. Allerdings sei das eine gute Frage, und wenn er einmal ein Jungtier zu fassen bekomme, dann werde er versuchen, es an die Menschen zu gewöhnen. Er hatte ihr für die Anregung gedankt und breit gegrinst.

Viel mehr als Kamele beschäftigte Sonja die Überlegung, wo sie sich befanden. Die Nomaden hatten nur von einer neuen Stadt gesprochen, die sich in der Nähe befinden musste, aber Sonja hatte nicht herausfinden können, ob es sich um Achetaton handelte. Die Nomaden schienen sich wenig um Politik zu kümmern. Sie sprachen von »dem Pharao« oder »unserem König«, aber sie nannten keinen Namen und wussten auch nicht, wo er und sein Gefolge sich gerade aufhielten. Sie lebten ihr eigenes bescheidenes Leben in der Wüste und ernährten sich von dem Wenigen, das die Natur ihnen bot. Es war Sonja schleierhaft, wie sie den Weg von Wasserloch zu Wasserloch fanden und wie sie sich in der Wüste orientierten, aber wahrscheinlich war es ein uraltes Wissen, das sie von ihren Vorfahren übernommen hatten. Auch im 21. Jahrhundert gab es Menschen, die behaupteten, unterirdische Wasseradern spüren zu können.

Es wurde hell, und die Sterne verblassten. Es war richtig kalt. Sonja setzte sich auf und wickelte sich enger in ihre Decke. Die Esel hatten sich aneinandergedrängt, um sich gegenseitig zu wärmen. Kluge Tiere!

Inzwischen war der älteste Nomade wach geworden. Er grinste Sonja mit seinem fast zahnlosen Mund an und kroch zum Feuer. Er blies in die Glut und legte getrockneten Dung nach. Eine Flamme züngelte wieder auf. Als das Feuer richtig brannte, machte sich der Nomade daran, auf heißen Steinen Fladenbrot zu backen. Der Duft drang Sonja in die Nase, und das Wasser lief ihr im Mund zusammen.

Wenig später saßen alle um das Feuer und frühstückten. Auch die Esel bekamen ihre Futtersäcke umgehängt. Die Nomaden unterhielten sich über den Ablauf des kommenden Tages. Hin und wieder warf einer einen Blick auf Sonja. Dann steckten sie ihre Köpfe zusammen und tuschelten. Sonja spitzte die Ohren und erfuhr, sie sei zwar eine schöne Frau, aber unberechenbar, und man müsse sich vor ihr in Acht nehmen, denn sie trage den Einen in sich.

Sonja wurde rot. Als Jonas, der nichts von der Unterhaltung verstanden hatte, wissen wollte, worüber die Männer sprachen, erfand sie eine Ausrede. Sie hatte ihm bisher nichts davon erzählt, was passiert war und dass sie die Stimme eines Geistes hörte. Sie hatte Angst, Jonas hielte sie dann für total verrückt.

Nach dem Frühstück brachen sie auf. Sonja schmerzten alle Glieder von der Anstrengung des vorigen Tages und der Nacht, sie hatte das Gefühl, keine hundert Meter gehen zu können. Doch durch die Bewegung besserten sich nach einer Weile die Schmerzen, und sie hielt mit den Nomaden Schritt.

Sie waren mehrere Stunden gegangen, als die ersten Behausungen in Sicht kamen – schiefe Lehmhütten, eilig errichtet, in denen die ganz Armen wohnten, die sich vom Abfall der Reichen ernährten. In der Ferne war das breite Band des Nils sichtbar: Es war noch immer Überschwemmungszeit. Dann erkannte Sonja auch die eigentümliche Felsenformation im Norden wieder, die an eine Hieroglyphe erinnerte.

»Wir scheinen doch keinen Zeitsprung gemacht zu haben«, sagte Sonja zu Jonas. »Offenbar sind wir noch immer in Achet-aton.«

»Ich möchte wissen, wie wir dann so weit abseits in der Wüste landen konnten«, murmelte Jonas.

Ich habe euch auf meinen Händen hierhergetragen.

Wieder diese Stimme. Sonja presste die Hände auf die Ohren, aber natürlich hörte sie Seths Worte immer noch. Es ärgerte sie, dass sie ihn nicht beeinflussen und einfach aus ihrem Körper werfen konnte. Was war das für ein Dämon, der es geschafft hatte, drei Menschen viele Kilometer weit durch die Luft zu tragen? Was würde er noch alles mit ihnen anstellen? Sonja fröstelte, obwohl die Mittagssonne inzwischen auf sie herabbrannte.

»Dann können wir ja weiter nach diesem Buch suchen«, schlug Jonas unvermittelt vor.

»Wie?« Sonja starrte ihn an.

»Das Totenbuch der Isis, auf das dieser Lehmann so scharf war«, antwortete er. »Inzwischen bin ich auch davon überzeugt, dass das Buch sehr interessant sein muss. Vielleicht enthält es auch Hinweise, wo es Isis-Tore gibt.«

Mittlerweile fand Sonja den Gedanken an ein Zauberbuch auch nicht mehr so abwegig. Seit sie erlebt hatte, was auf dem Seth-Fest passiert war, hielt sie Zauberei für durchaus möglich. Vielleicht stand in dem Buch ja auch ein Spruch, mit dem sie den Geist in ihrem Körper bannen konnte.

Vergiss es!

Sonja spürte deutlich den Zorn des Wüstengottes. Ihre Muskeln verkrampften sich, und sie war eine Weile nicht mehr in der Lage weiterzugehen. Jonas runzelte besorgt die Stirn, während die Nomaden sich gegenseitig wissende Blicke zuwarfen.

Jetzt hatten die Männer es eilig, sich zu verabschieden. Sie hatten ihr Versprechen gehalten und Jonas und Sonja bis zur Stadt gebracht.

»Danke für eure Hilfe«, sagte Sonja. »Ohne euch wären wir in der Wüste umgekommen.«

Der alte Nomade trat auf sie zu. »Unglückliche Tochter«, raunte er und hob eine knotige Hand, um ihr über die Stirn zu streichen. »Am besten bittest du deinen Freund, dich zu töten, damit du frei wirst.«

Sonja erbleichte.

»Wir müssen gehen.« Der alte Nomade zog fest an seinem Strick. Der Esel stemmte die Hufe in die Erde, gehorchte dann aber doch. »Amun sei mit dir und möge dich beschützen.«

Die drei Männer wandten sich um und schritten nach Süden davon.

»Was hat er zu dir gesagt?«, fragte Jonas.

»Dass Amun uns beschützen soll«, erwiderte Sonja und wich seinem Blick aus.

Amun! Dass ich nicht lache! Er hat keinerlei Macht über mich.

Wieder spürte sie Seths Zorn, und diesmal riss es sie fast von den Füßen. Jonas fing sie auf.

»Hoppla! Macht dein Kreislauf schlapp?«

»Ja … ja.«

»Du hast zu wenig getrunken.«

»Möglich.« Sonja wusste ganz genau, dass ihre Gleichgewichtsstörung einen anderen Grund hatte. Einen Moment lang war sie versucht, sich Jonas anzuvertrauen, doch dann unterließ sie es. Sie befürchtete, dass Seth noch realer werden würde, wenn sie über ihn sprach.

»Meinst du, wir finden Inets Haus wieder?«, fragte Jonas.

»Ich glaube schon.« Sonja nickte. Es war sicher kein Problem, die Königsstraße zu finden, und von dort kannte sie den Weg zum Haus ihrer Freundin.

»Dann komm!«, sagte Jonas und legte den Arm um Sonjas Schulter.

Unglaublich, welche Macht das Buch hatte! Sie war endlich den Schnüffler losgeworden, der sie seit Monaten beobachtet und verfolgt hatte.

Nofretete hatte den wertvollen Papyrus wieder in seinem Versteck verstaut und stand schwungvoll vom Boden auf. Noch vor einiger Zeit hatte sie bei solchen Bewegungen Knieschmerzen bekommen, die sich vor allem an heißen Tagen bemerkbar machten. Doch mittlerweile fühlte sie sich leichtfüßig wie eine Gazelle. Und mit Nachtpaatens Verschwinden war eine große Last von ihrer Seele genommen worden.

Echnaton war auf beiden Ohren taub gewesen, wenn sie ihm erzählt hatte, wie der Wesir ihr nachgestellt hatte.

»Das bildest du dir ein«, hatte er gesagt. Oder: »Ein hoher Beamter wie Nachtpaaten muss seine Augen überall haben, damit alles seine Ordnung hat. Ich kann mich völlig auf ihn verlassen.«

Nofretete hatte schon überlegt, ob vielleicht Echnaton selbst den Wesir dazu angestachelt hatte, jeden ihrer Schritte zu überwachen. Huya, der Wächter des Harems, überprüfte zwar, wer im Frauenhaus ein oder aus ging, aber im Palast konnte sich Nofretete gewöhnlich frei bewegen. Doch in der letzten Zeit hatte sie ständig unsichtbare Augen hinter sich gespürt, und oft war ihr der Wesir an Orten über den Weg gelaufen, an denen sie ihn nicht vermutet hatte. Doch nun war Nachtpaaten tot, Seth sei Dank! Er würde niemals wiederkommen … Nofretete fühlte sich endlich frei. Sie konnte durch den Palast und in die Gärten gehen, ohne dass ein Schatten ihr folgte. Einmal hatte sie Nachtpaaten zur Rede gestellt, aber er hatte natürlich alles abgestritten.

Seine Antwort war sogar ziemlich arrogant ausgefallen. »Als hoher Beamter und Vertrauter des Pharaos genieße ich das Privileg, mich im Palast ungehindert bewegen zu können«, hatte Nachtpaaten gesagt, während seine Augen gefunkelt hatten. »Es lässt sich nicht verhindern, dass sich unsere Wege gelegentlich kreuzen. Genauso gut könnte ich Euch vorwerfen, dass Ihr mir nachstellt, Große Königliche Gemahlin.« Dass er den Kopf dabei demütig vor ihr geneigt hatte, war der reine Hohn gewesen.

Nofretete wusste, dass er die Heilerin aufgesucht hatte, bei der sie gewesen war. Deren Dienerin hatte ihr voller Angst erzählt, dass Nachtpaaten kurz nach Nofretetes Besuch mit zwei Soldaten in ihr Haus gekommen sei. Er hatte der Heilerin eine ganze Reihe von Fragen gestellt, und die Soldaten hatten sie mit Tritten und Schlägen traktiert, wenn sie nicht schnell genug geantwortet hatte. Danach hatten die Besucher das Haus auf den Kopf gestellt, alle Götterstatuen und heiligen Gegenstände beschlagnahmt und die schwer verletzte Heilerin mitgenommen. Wahrscheinlich hätten die Soldaten auch die Dienerin gefangen genommen, wenn sie sich nicht auf dem Dach versteckt gehabt hätte.

Nofretete hatte natürlich nach dem Verbleib der Heilerin geforscht und beim Polizeichef Mahu nachgefragt. Der hatte behauptet, er kenne die besagte Person nicht und habe sie auch nicht ins Gefängnis werfen lassen. Nofretete war überzeugt gewesen, dass Mahu sie anlog. Beweisen konnte sie ihm allerdings nichts. Nach zwei Tagen ließ Mahu ihr ausrichten, dass ein Bauer die Leiche der Heilerin im Nil gefunden habe. Sie sei nördlich von Achetaton auf dessen Landstück angeschwemmt worden …

Wahrscheinlich würde Nofretete nie herausfinden, was sich abgespielt hatte – und ob Mahu die Frau auf diese Weise beseitigt hatte. Vielleicht waren es auch die Soldaten gewesen, die auf

Nachtpaatens Anordnung hin gehandelt und die Frau umgebracht hatten.

Es gab jedenfalls Grund genug, den Wesir zu hassen. Er hatte den Stein ins Rollen gebracht – und es hatte den Anschein, als gehe er über Leichen, um seine eigenen Ziele zu verfolgen. Es blieb Nofretete ein Rätsel, warum er sie beschattete. Wollte er sie kompromittieren und öffentlich bekannt machen, dass sie andere Götter als Aton verehrte? Dachte er vielleicht, dass Echnaton Nofretete verstoßen würde? Freute sich Nachtpaaten insgeheim schon auf ihren Sturz? Aber welchen Vorteil hätte er selbst davon gehabt?

Seine Pläne waren undurchsichtig. Nofretete spürte nur, dass sie einen Feind hatte, und dieser Feind war sehr gefährlich. Sie fühlte sich nicht mehr wohl im Palast und im Frauenhaus. Sie musste vorsichtig sein bei allem, was sie tat – und das missfiel ihr in höchstem Maße. Und deswegen hatte sie beschlossen, dass Nachtpaaten aus dem Weg geschafft werden musste.

Das Totenbuch der Isis hatte ihr dabei geholfen. Es war eine mächtige Waffe. Nofretete hätte nie gedacht, dass der Spruch gegen Feinde so stark war. Kaum hatte sie das Ritual durchgeführt, hatte sie Nachricht von dem Seth-Fest bekommen, das Wüstenkrieger vor den Toren Achetatons feiern wollten. Nachtpaaten war ihr gefolgt, wie sie es erwartet hatte. Und auf dem Fest hatte ihn sein Untergang ereilt …

Die Krieger hatten Seth beschworen, den Wüstengott. Der Gott konnte sich nur manifestieren, wenn er ein Opfer bekam. Es hatte in Nofretetes Hand gelegen, das Opfer zu bestimmen. Und sie hatte Nachtpaaten ausgewählt … Er war arglos in sein Unglück gerannt.

Jetzt war sie ihn los und hatte das Gefühl, endlich wieder durchatmen zu können.

Echnaton wusste noch nicht, was mit seinem Wesir geschehen war. Er hatte sich nur gewundert, dass sich Nachtpaaten seit anderthalb Tagen nicht mehr hatte blicken lassen und seine Pflichten vernachlässigte.

»Vielleicht ist jemand aus seiner Familie krank geworden, und er wird gebraucht«, vermutete er.

Nofretete hatte ihren Gatten bei dieser Meinung gelassen.

Wenn sie Glück hatte, dann würde Nachtpaatens Leichnam niemals gefunden werden. Die Krieger hatten ihn tief in die Wüste hinein verschleppt – ebenso wie das fremde Paar, das auf dem Fest aufgetaucht war. Die beiden stammten nicht aus Ägypten, so viel war klar. Und es hatte den Anschein, als hätte die Frau die Beschwörung Seths und den Mord an Nachtpaaten mitbekommen.

Nofretete brauchte keine Zeugen.

Die Krieger hatten ihr versichert, sie brauche keine Angst zu haben. Seth werde sich um alles kümmern.

»Ich habe das Gefühl, verrückt zu werden«, murmelte Sonja.

Inet hatte ihr gleich angesehen, dass etwas nicht stimmte. Seltsamerweise konnte Sonja mit Inet leichter über ihr Problem reden. Vor Jonas dagegen hatte sie noch immer Hemmungen. Es war nicht nur die Angst, dass er ihr vielleicht nicht glauben könnte. Sie befürchtete auch, er könnte sie nicht mehr attraktiv finden oder sich sogar vor ihr ekeln. Sonja versuchte sich vorzustellen, wie sie reagieren würde, wenn ein ihr nahestehender Mensch plötzlich behauptete, von einem Dämon besessen zu sein. Doch an der Stelle versagte ihre Phantasie kläglich, sie konnte sich in diese Lage nicht hineinversetzen. Was möglicherweise eine Folge ihrer Besessenheit war, denn zuvor hatte sie sich sehr gut alle möglichen Dinge ausmalen können.

»Was genau ist geschehen?«, wollte Inet wissen und umfasste Sonjas Hände. »Du kannst mir alles sagen.«

Sonja begann zu erzählen. Anfangs glänzten Inets Augen voller Anteilnahme und Neugier. Doch dann veränderte sich ihr Gesicht. Verdruss zeichnete sich ab. Der Mund wurde zu einem Strich, die Lider schlossen sich halb. Sonja hielt inne.

»Warum redest du nicht weiter?«, fragte Inet und hob den Kopf. Hass blitzte aus ihren Augen, ihre Gesichtszüge waren auf einmal hässlich und verzerrt. Sie hob die klauenbewehrte Hand und fuhr die Krallen aus.

»Was ist?« Sonja zuckte zurück. Das ist nicht Inet!, dachte sie entsetzt. So sieht sie nicht aus. Es ist Seth, der mir dieses Trugbild vorgaukelt!

Sie versuchte, ihre Angst mit dem Verstand zu bezwingen. Es gelang ihr nicht, sie zitterte innerlich. Inet lächelte höhnisch. Die Nägel an ihren Fingern rollten sich zu Spiralen.

Es war schlimm genug, dass Seth als Stimme in Sonjas Kopf gegenwärtig war, sie beobachtete und überwachte. Aber offenbar reichte ihm das nicht, und er bemächtigte sich ihrer Sinne. Er hatte die Kontrolle über ihre Augen übernommen und trieb ein hässliches Spiel mit ihr. Inets vormals schlanker Körper hatte sich aufgebläht, ihre ganze Gestalt hatte etwas Monsterhaftes bekommen. Auch der Raum hatte sich verändert. Die Decke war so niedrig, dass sich Sonja unwillkürlich duckte, weil sie befürchtete, mit dem Kopf anzustoßen. Die Wände waren mit Ungeziefer bedeckt. Unzählige große Spinnen krochen über den Verputz aus Lehm. Und der Fußboden war auf einmal voller Skorpione, die drohend ihre Giftstacheln aufstellten.

Das war mehr, als Sonja ertragen konnte. Sie presste die Hände auf den Mund und schrie.

Sie fühlte, wie jemand sie umarmte und zu Boden zog.

»Nein, nicht!«, wimmerte sie und hatte das Gefühl, dass die Skorpione ihr über den Hals und das Gesicht krochen. Und dann weinte sie nur noch, weil sie wusste, dass es überhaupt keine Skorpione gab.

Seth in ihrem Kopf lachte laut.

»Liebling, was ist mit dir?« Das war Jonas' Stimme. Sie schlang ihm die Arme um den Hals, suchte Schutz. Einen Augenblick lang spürte sie seinen Herzschlag. Er hielt sie fest, presste den Mund auf ihr Haar.

Doch dann wurden aus seinen Lippen spitze Stacheln, die sich in ihre Kopfhaut bohrten. Sein Oberkörper fühlte sich an wie Schlamm, unter ihrem Griff zerbrachen knackend seine Knochen. Sie ließ ihn los, gepeinigt von unglaublichem Schwindel. Sie stürzte zu Boden, und die Skorpione fielen über sie her. Sonja spürte das Krabbeln unzähliger kleiner Füße, bevor eine große Finsternis sie umfing.

Wüste. Nichts als Sand. Er stand vor ihr, riesig.

»Was willst du von mir?« Sie lag auf den Knien und schaute zu ihm auf.

»Du bist mein, für immer und ewig.« Er streckte einen Arm nach ihr aus, zog sie auf die Füße. Sie roch seinen stinkenden Atem.

»Bitte, lass mich frei!«, flehte sie. »Ich habe dir nichts getan.«

Er presste sie wortlos an sich. Sie spürte die Härte seines Geschlechts und wusste, dass sie ihm zu Willen sein musste. Er stieß in sie hinein, wieder und immer wieder, und als er sich in sie ergoss, fühlte es sich an wie flüssiges Feuer. Es brannte in ihr, erreichte jede Zelle ihres Körpers, nahm von ihr Besitz.

Es gab kein Entrinnen für sie.

Irgendetwas war mit ihr geschehen. Es musste bei Paul Lehmanns Begräbnis passiert sein. Da war Jonas zum ersten Mal der seltsame Ausdruck in Sonjas Augen aufgefallen. Auf dem Weg durch die Wüste war sie ihm oft wie geistesabwesend vorgekommen. So kannte er sie gar nicht. Er hatte angenommen, dass der Tod ihres alten Studienkameraden sie verstört habe. Nach einer Weile hatte er sich gefragt, ob Sonja aus irgendeinem Grund böse auf ihn war. Hatte er etwas Falsches gesagt oder getan?

Ihre Verschlossenheit war sonderbar, vor allem nachdem sie auf die Nomaden gestoßen waren. Sonst hatte sie immer alles übersetzt, doch diesmal schien sie ihm absichtlich einiges zu verschweigen.

Sonja hatte mit Inet reden wollen, und Jonas fand das gut. Manchmal fiel es Frauen leichter, sich einer Freundin anzuvertrauen. Aber nach Sonjas Ausrasten war Inet genauso schockiert wie er selbst. Offenbar konnte auch sie sich nicht erklären, was mit ihrer Freundin geschehen war. Jonas fühlte sich der Lage nicht gewachsen, zumal er sich kaum mit Inet verständigen konnte. Er stand hilflos da, während sie ihm auf Ägyptisch erzählte, was passiert war – ein Redeschwall aus harten, schnellen Tönen. Er begriff kein Wort. Inets Augen füllten sich mit Tränen. Sie nahm Hände und Füße zu Hilfe, deutete auf ihren Kopf und gestikulierte heftig.

»Du meinst, Sonja hatte Kopfschmerzen?«, fragte er.

Sie hatte in letzter Zeit oft darüber geklagt. Es war extrem heiß – wahrscheinlich vertrug sie die Hitze schlecht.

Aber die Ohnmacht, die Zuckungen, die Schreie? Litt Sonja vielleicht an Epilepsie? Oder rief Migräne solche Reaktionen hervor? Verzweifelt wünschte sich Jonas, bessere medizinische Kenntnisse zu haben. Warum war er nicht Arzt geworden wie sein Bruder? Aber nein, er hatte Physik studieren müssen, weil ihm ein debiler alter Mann im Pflegeheim einen Floh ins Ohr gesetzt hatte. Professor Ambrosius Köhler …

Einen Moment lang sah Jonas das Gesicht wieder deutlich vor sich, jenes verschmitzte Lächeln, und erinnerte sich an den versonnenen Ausdruck, der manchmal in die Augen des Alten getreten war. Er hörte die leisen Worte, die zwar skurril geklungen, aber von Weisheit und großem Wissen gezeugt hatten. Wenn der Professor tatsächlich senil gewesen war, dann hatte er zumindest oft klare Augenblicke gehabt …

Ich möchte wissen, wohin ihn seine letzte Reise geführt hat oder ob er tatsächlich im See ertrunken ist, dachte Jonas.

Jetzt, nachdem Jonas und Sonja die Zeitreise gemacht hatten und auf Paul Lehmann gestoßen waren, hielt Jonas es für sehr wahrscheinlich, dass der alte Mann eine Möglichkeit gefunden hatte, dem tristen Alltag im Pflegeheim zu entfliehen und zu einem letzten Abenteuer aufzubrechen. Ihn hatte immer das Risiko gelockt – genau wie Jonas. Und zu einer aufregenden Reise gehörten unerwartete Ereignisse.

Jonas hatte nicht damit gerechnet, sich in Sonja zu verlieben – umso schwerer kam er mit ihrem augenblicklichen Zustand klar. Was war nur mit ihr los? Hatte sie eine bakterielle Infektion, die ihr Gehirn in Mitleidenschaft gezogen hatte?

Er erinnerte sich an Sonjas Worte, als sie in der Wüste aufgewacht waren. Sie hatte von einem Ungeheuer gesprochen, das sie während des Tanzes gesehen habe. Jonas gab sich die größte Mühe und versuchte sich ins Gedächtnis zurückzurufen, was passiert war – aber da war eindeutig ein Filmriss. Es gab eine Lücke zwischen dem Fest und dem Aufenthalt in der Wüste, die er beim besten Willen nicht füllen konnte. Grundsätzlich neigte Sonja nicht zu Phantastereien und Übertreibungen. Vielleicht hätte er ihre Beobachtung ernster nehmen sollen. Was war wirklich passiert? Was hatte sie mit der Bezeichnung Ungeheuer gemeint?

Inet hatte sich inzwischen um Sonja bemüht. Sie hatte ihr Gesicht mit kaltem Wasser benetzt und hielt ihr eine Schale mit einer stark riechenden Essenz unter die Nase. Langsam erlangte Sonja das Bewusstsein wieder. Jonas kniete sich neben sie auf den Boden und half ihr, Sonjas Oberkörper aufzurichten.

»Sonja, Liebste, bist du okay?«

Sie wandte ihm den Kopf zu und lächelte schwach. Ihre Augen hatten einen glasigen Ausdruck. Ihre Lippen bewegten sich, Jonas konnte sie kaum verstehen.

»Ihr müsst mir helfen … Er hat mich in der Hand … Er kontrolliert meine Sinne … gaukelt mir Dinge vor … Er ist in meinem Kopf …«

»Von wem redest du?«, fragte Jonas besorgt.

»Von Seth«, flüsterte sie. »Sein Geist … ist in mir … Ich bin besessen …« Gequält verzog sie das Gesicht. Schweißperlen sammelten sich auf ihrer Stirn und rannen an den Schläfen hinunter. »Hilf mir, Jonas, bitte!«

Jonas warf Inet einen verzweifelten Blick zu. »Wir brauchen einen Arzt.«

Sonja übersetzte seinen Satz. Das laute Sprechen fiel ihr schwer, sie lallte. Dann musste sie husten. Jonas klopfte ihr auf den Rücken, Inet reichte ihr Wasser, aber es dauerte Minuten, bis der Anfall vorbei war. Danach wirkte Sonja völlig erschöpft und legte sich wieder hin. Jonas schob ihr ein Kissen unter den Kopf.

Unterdessen redete Inet mit Mayati. Jonas verstand nicht, was sie sagte, aber sie schien ihrer Tochter einen Auftrag zu erteilen. Mayati nickte eifrig und sprang davon.

»Mayati … soll eine Heilerin holen«, erklärte Sonja mühsam.

Jonas strich ihr eine Haarsträhne aus der Stirn. »Alles wird gut, Sonja. Bestimmt.« Er drückte ihre Hand. Kraftlos erwiderte sie den Druck.

Besessen von Seth! Es widerstrebte Jonas, daran zu glauben.

Sonja bildete sich das alles nur ein, ausgelöst von den schrecklichen Bildern, die sie gesehen hatte. Der Mord an Paul Lehmann hatte sie zutiefst schockiert.

Andererseits gab es zahlreiche Berichte über Besessene. Viele Völker glaubten an Dämonen und an die Gefahren, die von diesen bösen Geistern ausgingen, wenn sie von einem Menschen Besitz ergriffen hatten. Vielleicht machte man es sich zu leicht, wenn man alle diese Berichte als Hirngespinste abtat …

Jonas wartete ungeduldig darauf, dass Mayati mit einer Heilerin zurückkam. Sonja war in einen unruhigen Schlummer gefallen. Immer wieder warf sie den Kopf hin und her, stöhnte und murmelte unverständliche Worte. Jonas konnte es kaum ertragen, wie sie litt. Er hatte Angst davor, dass sich ihr Zustand noch verschlimmerte. Er wollte sie nicht verlieren!

Endlich erschien Mayati wieder, gefolgt von einer alten Ägypterin. Deren Gesicht war voller Runzeln, und das schwarze Haar zeigte graue Strähnen. Sie wechselte einige Worte mit Inet, während Jonas hilflos danebenstand und innerlich fluchte, weil er nichts verstand. Dann beugte sich die Heilerin zu der schlafenden Sonja hinab, betastete sie kurz und schickte alle anderen hinaus.

26

Sie hatte Erfahrung mit Krankheiten. Seit vielen Jahren half sie den Armen, die sich keinen Arztbesuch leisten konnten. Im Lauf ihres Lebens hatte sie unzählige Geburten miterlebt. Manchmal war ein Kind unter ihren Händen gestorben, und sie hatte nichts dagegen tun können. Oft hatte die Mutter in Lebensgefahr geschwebt, und die Heilerin hatte die Entscheidung treffen müssen, ob Mutter oder Kind zu retten war.

Sie hatte eine besondere Gabe: Sie spürte, wenn der Tod anwesend war und ihre Heilkünste nichts mehr ausrichteten. Einige Male hatte sie ihn sogar als Schattengestalt gesehen: einen Mann mit grüner Haut und weißem Gewand – Osiris. Er stand dann reglos und stumm im Raum, und wenn er da war, wusste sie, dass der kranke Mensch in nächster Zeit sterben würde. Niemand außer ihr konnte Osiris wahrnehmen, und manchmal waren die Familienangehörigen empört, wenn sie ihnen sagte, der Zustand des Kranken sei aussichtslos.

Auch jetzt spürte sie die Anwesenheit eines Fremden, obwohl sie alle hinausgeschickt hatte und mit der Frau allein war. Beunruhigt sah sie sich um, aber sie entdeckte keine Gestalt mit grüner Haut. Wollte sich Osiris nicht zeigen? Oder war es eine ganz andere Macht, die sie da spürte?

Sie warf einen Blick auf die Kranke. Sie war im gebärfähigen Alter, hatte aber noch kein Kind zur Welt gebracht. Das fühlte die Heilerin, während sie über den flachen Leib strich.

»Wie heißt du?«, fragte sie leise.

Sie ist zu jung zum Sterben …

Die Augenlider der Kranken flatterten. »Sonja.«

»Kannst du mich verstehen?«

»Ja.«

»Du stammst nicht von hier, nicht wahr?«

Ein unmerkliches Nicken. Ein verzweifelter Blick. »Hilf mir, bitte!« Die Finger umkrallten das Handgelenk der alten Ägypterin. »Er … ist in mir … lässt mich nicht los … Er versucht mich zu steuern …«

Da ergriff die Heilerin beide Hände der jungen Frau, schloss die Augen und konzentrierte sich, um eine innere Verbindung herzustellen. Der Energiefluss der Kranken war unterbrochen, das merkte sie sofort. Als sie versuchte, ihre heilende Kraft in den Körper der Kranken hineinfließen zu lassen, wurde sie zurückgestoßen. Wie von einem heftigen Fußtritt. Sie spürte eine störrische, männliche Präsenz, die den Körper der Kranken gewaltsam verteidigte.

Bilder zuckten in ihrem Kopf auf. Eine verzerrte Fratze …

Klauen … Ein Riese, der aus Sand bestand, aber jede andere Form annehmen konnte …

Lass mich in Ruhe, sonst vernichte ich dich!

Die Alte wich zurück und ließ Sonjas Hände los, erschrocken von dem Schrei, den sie aus deren Innerem vernommen hatte. Sie hatte die Kraft des Fremden gefühlt, seine Lust an der Gewalt, seinen Blutdurst. Er war sehr mächtig …

»Es ist Seth«, flüsterte die Kranke matt. »Er ist in mich gefahren, als wir einen Freund begraben haben … Er hat ihn umgebracht …«

Der Gott der Vernichtung! Es überstieg ihre Kunst, die junge Frau von ihrer Besessenheit zu befreien. Seth war unendlich stark – und nur ein gleich starker Gegner konnte es mit ihm aufnehmen. Die Heilerin wusste, dass sie zu schwach war. Wahrscheinlich würde sie bei einem Versuch ums Leben kommen – und selbst wenn sie sich opfern würde, wäre es fraglich, ob Seth die Kranke losließ.

Es schnitt ihr ins Herz, dass sie nicht helfen konnte, doch dies war ein Fall, bei dem sie an ihre Grenzen stieß. Sie musste die Frau ihrem Schicksal überlassen.

»Es tut mir aufrichtig leid … Ich kann nichts für dich tun.«

Die Blicke der Kranken verdunkelten sich. »Du kannst mir nicht helfen?« Es klang unendlich enttäuscht.

Die Heilerin schüttelte den Kopf und sah weg, als sich die Augen der jungen Frau mit Tränen füllten. Sie konnte sich gut vorstellen, welche Qualen sie erduldete.

Als die Heilerin den Kopf hob, sah sie Osiris in der Ecke stehen. Der Totengott, die Arme vor der Brust verschränkt, nickte ihr bestätigend zu.

Die Heilerin befeuchtete sich die Lippen. Das Sprechen fiel ihr schwer. »Es gibt nur einen Weg, dich von Seth zu befreien.«

»Welchen?«, fragte die Kranke sofort.

Die Heilerin senkte den Blick. »Dein Freund müsste dich töten. Im Tod wirst du frei. Dann wird Seth von dir ablassen.«

Als sie wieder in die Ecke sah, war der Totengott verschwunden.

»Und sonst … gibt es keine Möglichkeit?«

»Leider nein.« Die Heilerin zögerte, dann ergriff sie nochmals Sonjas Hände. Seth ließ es diesmal zu, er hielt sich im Hintergrund. Es gelang ihr, Energie in den Körper der Kranken fließen zu lassen, die ihr Leiden für kurze Zeit lindern würde. »Mehr kann ich nicht für dich tun. Ich lasse ein starkes Schlafmittel hier, das dir dein Freund verabreichen soll. Dann wirst du sanft einschlafen und keine Schmerzen mehr haben.«

Die Lippen der Kranken zitterten. »Danke.« Zwei Tränen rollten ihr über die Wangen.

Die Heilerin ließ die Hände der Fremden los und stand auf. »Leb wohl.«

Sie ging zur Tür, und dabei waren ihre Füße so schwer wie ihr Herz.

Jonas wusste nicht, was das Fläschchen enthielt, das die Heilerin zurückgelassen hatte. Sie hatte lange mit Inet gesprochen, und diese war immer schweigsamer und trauriger geworden. Als sie die Heilerin zur Tür geleitet hatte und zurückkam, weinte sie. Jonas fühlte sich hilflos und nahm sie in den Arm. Verzweifelt schluchzte sie an seiner Brust.

Jonas schluckte. »Was … was hat sie gesagt? Was ist mit Sonja?«, fragte er auf Deutsch.

Aber Inet verstand seine Fragen nicht und weinte nur noch heftiger. Jonas presste die Lippen aufeinander. Er wurde wütend. Verdammt, es musste doch ein Heilmittel für Sonja geben! Wenn nicht hier im alten Ägypten, dann aber bestimmt im 21. Jahrhundert. Schließlich gab es auch da Menschen, die Stimmen hörten, und dagegen halfen die Medikamente der modernen Psychiatrie. Sonja und er mussten so bald wie möglich zurückkehren. Irgendwo existierte garantiert ein Isis-Tor …

Jonas schob Inet von sich. Seine Brust war nass von ihren Tränen. Inet sah ihn mit verweintem Gesicht an und schlug die Augen nieder. Neue Wut stieg in ihm hoch, er ertrug diese Heulerei einfach nicht. Es schien, als habe Inet jede Hoffnung aufgegeben. Aber er würde nicht so schnell aufgeben, er würde weiterkämpfen. Vielleicht war die Heilerin ja eine Stümperin … Er nahm Inet bei der Hand und zog sie nach nebenan. Sonja hatte sich auf die Seite gedreht und starrte teilnahmslos vor sich hin.

Jonas ließ Inet los und kniete neben Sonja auf dem Boden nieder. »Was hat die Heilerin gesagt? Inet heult nur rum, sie macht mich ganz verrückt!«

Sonja versuchte, tapfer zu lächeln, aber ihre Augen hatten einen verdächtigen Glanz. In diesem Moment zerbrach etwas in Jonas, er hatte das Gefühl, in ein tiefes Loch zu fallen. Er zog sie an die Brust, strich ihr übers Haar und hielt sie fest. Solange er sie beschützte, würde ihr nichts passieren. Wenn er ihr nur seine ganze Liebe schenkte, würde sie gesund werden – egal, wie die Prognose lautete.

Sonja weinte nicht, sie schmiegte sich an ihn. Sie klammerten sich aneinander wie zwei Ertrinkende. Er hätte ewig so sitzen und sie in den Armen halten können. Vielleicht verging ja auch eine Ewigkeit, denn als sie sich endlich voneinander lösten, war es finster im Raum. Inet ging hinaus und kam mit zwei Öllampen wieder, die sie auf den Boden stellte. Im matten Lichtschein fand Sonja endlich den Mut zu sprechen. Sie erzählte Jonas, was die Heilerin zu ihr gesagt hatte. Inet verstand zwar kein Wort der Unterhaltung, schluchzte aber ununterbrochen weiter.

»Ich soll … dich töten?«, fragte Jonas fassungslos.

»Wenn du mich wirklich liebst …« Sonjas Stimme zitterte.

»Das hat mit Liebe nichts zu tun«, fuhr Jonas brüsk auf. Was für ein idiotischer Vorschlag!, dachte er. Wenn sie Krebs im Endstadium hätte, dann müsste sie nicht unnötig leiden. Aber so! Sie ist lebendig und bei Kräften … Es muss eine andere Möglichkeit geben.

»Der Nomade, der uns nach Achetaton gebracht hat«, flüsterte sie, »er wusste Bescheid. Er meinte auch … dass du mich töten sollst.« Sie sah ihn mit dunklen Blicken beschwörend an. »Sie haben es beide gesagt – die Heilerin und der Nomade. Also muss es stimmen …«

»Ach was!«, fauchte Jonas. »Diese Ägypter sind verschrien für ihren Aberglauben! Die machen mich wahnsinnig mit ihren tausend Göttern, ihren Prophezeiungen und Voraussagen! Ich kann Echnaton verstehen. Der hatte einfach die Schnauze voll von der Vielgötterei. Deswegen verlangt er von seinem Volk: Verehrt Aton, das reicht! Meine Güte, Sonja, du bist doch ein aufgeklärter Mensch! Okay, ich verstehe, dass du keine Stimmen mehr im Kopf hören willst – aber dazu muss ich dich nicht umbringen. Wir kehren zurück – in Luxor oder Kairo finden wir bestimmt einen Arzt. Oder wir fliegen gleich nach Deutschland zurück. Wir müssen nicht länger hierbleiben. Ich weiß jetzt, dass es Isis-Tore gibt und dass Zeitreisen funktionieren … Mein Ego ist befriedigt. Jetzt geht es um dich, Sonja! Ich liebe dich über alles – aber ich werde dich nicht töten, verdammt noch mal!«

»Glaubst du wirklich …«, begann Sonja, brach ab und presste die Hände an die Schläfen. Sie schloss die Augen, und ihr Gesicht verzerrte sich. »Er ist wieder da«, wimmerte sie.

»Wir finden eine Lösung, Sonja, ich verspreche es dir.« Jonas hielt sie fest und streichelte ihr den Rücken, während sich ihre Finger in seine Arme krallten. Sie musste schreckliche Schmerzen haben. Er wollte ihr so gern helfen, ihr das Leiden abnehmen. Er schwor sich insgeheim, nicht zu ruhen, bis er einen Ausweg für sie gefunden hätte. Das war er ihr schuldig. Es war das Mindeste, was er für sie tun konnte. Schließlich hatte er sie in diese Lage gebracht. Ohne ihn wäre sie nie auf den Gedanken gekommen, nach einem Isis-Tor zu suchen …

Sie hatte das Gefühl, dass Seth in ihr heranwuchs und mit jeder Stunde mächtiger wurde. Immer öfter demonstrierte er ihr seine Macht. Er riss sie plötzlich von den Füßen oder verbrannte ihren Körper in unerträglicher Hitze. Wenn sie den linken Arm heben wollte, dann fuhr der rechte hoch. Inets leckere Gerichte schmeckten nach Teer oder rochen nach Eselsmist. Wenn Jonas sie in die Arme nehmen wollte, schreckte sie vor ihm zurück, weil sein Gesicht zu einer Dämonenfratze geworden war. Einmal verwandelte er sich sogar in Paul – so wie sie ihn zuletzt gesehen hatte.

Dann wiederum gab es Momente, da fühlte sich Sonja völlig

frei. Seth hatte sich in eine winzige Ecke ihres Körpers zurückgezogen und verhielt sich völlig ruhig. Sie argwöhnte, dass er sie nur in Sicherheit wiegen wollte und in Wirklichkeit schon das nächste Attentat plante. Deswegen gelang es ihr nicht, diese freien Augenblicke zu genießen. Zumindest konnte sie sich dann mit Jonas und Inet unterhalten und überlegen, was zu tun war.

Inet setzte alle Hebel in Bewegung, um ihr zu helfen. Sie fragte alle ihre Bekannten um Rat. Kein Weg war ihr zu weit, keine Stunde zu spät, um etwas zu unternehmen.

Inet bestand außerdem darauf, dass Sonja die kleine Schutzstatue der Isis immer bei sich trug. Das verschaffte ihr tatsächlich eine gewisse Linderung. Sie klammerte sich an den Gedanken, dass Isis stärker war als Seth. Schließlich hatte die Göttin es geschafft, ihren toten Gemahl wieder zum Leben zu erwecken. Zusammen mit Jonas überlegte Sonja, ob Nofretetes Totenbuch der Isis sie von Seth befreien könne. Inet glaubte fest daran, dass das Buch überaus mächtig war und Unglaubliches zu bewirken vermochte.

»Allerdings weiß ich nur wenig über magische Bücher«, sagte sie. »Aber heute Nacht werde ich einen Osiris-Priester aufsuchen. Vielleicht bekomme ich von ihm einen Hinweis, ob es irgendwo eine Abschrift des Isis-Buches gibt.«

Da sich Sonja an diesem Abend ein wenig besser fühlte, wollte sie Inet begleiten. Auch Jonas war entschlossen mitzukommen. Also brachen sie zu dritt auf, während Inarus zu Hause blieb und die Kinder hütete. Er schärfte seiner Frau ein, vorsichtig zu sein und sich nicht von den Soldaten des Pharaos erwischen zu lassen.

»Isis wird uns beschützen«, versicherte Inet ihrem Gatten und küsste ihn zum Abschied. Es war dunkel, als sie das Haus verließen. Der Himmel war bezogen und sternlos. Nur der Mond schimmerte ab und zu zwischen den Wolkenfetzen hervor. Trotzdem fand Inet den Weg durch Achetaton mit nahezu schlafwandlerischer Sicherheit. Sonja hätte sich in dem Gewirr der Gassen hoffnungslos verirrt. Die Nacht war schwül, und es roch nach Brackwasser. Die Überschwemmung auf den Feldern ging langsam zurück.

Inet bog um eine Ecke und blieb stehen. »Wir sind da«, flüsterte sie. Sie wartete, bis Jonas und Sonja nachgekommen waren, dann pochte sie an eine Tür. Erst zweimal, dann einmal – Pause – und noch zweimal. Ein Signal.

Nach einer Weile wurde von innen ein Riegel zurückgeschoben. Ein glatzköpfiger Mann erschien in der Türöffnung.

»Seid Ihr Ankhu?«, fragte Inet mit unterdrückter Erregung.

»Derselbe bin ich«, antwortete der Mann.

»Dann sind wir richtig.« Inets Stimme klang erleichtert. »Dürfen wir eintreten?«

Ankhu zögerte und warf einen Blick auf Sonja und Jonas. »Kommt ihr vom Pharao?«

»Die beiden sind meine Freunde, und mit dem Pharao haben wir nichts zu tun«, erklärte Inet rasch. »Ihr seid mir empfohlen worden. Wir haben ein großes Anliegen, wobei uns nur die alten Götter helfen können.«

»Dann tretet ein!«, erwiderte Ankhu.

Im Haus war es stickig und stockfinster. Sophie hielt sich an Jonas fest, als sie über die Schwelle traten. Sie hielt die Isis-Statue umklammert und hoffte inbrünstig, dass Seth nicht ausgerechnet jetzt die Führung übernahm. Sie wollte am Gespräch teilnehmen und hören, was der Osiris-Priester sagte und ob es Hoffnung für sie gab.

Umständlich, ja fast widerwillig zündete Ankhu eine Öllampe an. Die flackernde Flamme zeigte eine einfache Einrichtung. Nichts wies darauf hin, dass hier der Totengott Osiris verehrt wurde. Ankhu schien gerade das Notwendigste zu besitzen. Sonja hatte sich das Zuhause eines Priesters anders vorgestellt. Ihre Augen suchten nach Abbildungen oder Statuen von Osiris.

»Worum geht es?«, fragte Ankhu ohne Umschweife und hielt die Lampe höher, um Sonja und Jonas in die Gesichter zu leuchten. Als er in Sonjas Händen die Isis-Statue entdeckte, wurde sein Blick etwas milder.

»Könnt Ihr Besessenheit heilen?«, fragte Inet.

Ankhu sog hörbar die Luft ein. »Das kommt darauf an. Wer ist besessen und von wem?«

In diesem Moment brach Seth aus seinem Versteck aus. Sonja hatte das Gefühl, innerlich zu explodieren – mit solcher Wucht machte er sich bemerkbar. Sie spürte, wie Inet und Jonas sie festhielten. Die Öllampe fiel auf den Boden und erlosch. Sonja tobte und trat mit den Beinen um sich. Sie hörte, wie sie schrie, dabei wollte sie das gar nicht. Aber gegen Seths Besitznahme war sie machtlos. Als sie sich an die kleine Isis-Statue erinnerte, waren ihre Hände leer. Sie musste die Göttin fallen gelassen haben.

Weg, weg, weg! Ich will auf der Stelle dieses Haus verlassen! Du wirst gehorchen!

Ein schrecklicher Schmerz schoss durch Sonjas Kopf. Sie hatte den Eindruck, dass Seth ihr das Gehirn in Fetzen riss. Trotz der unerträglichen Qualen registrierte Sonja, dass es Seth offenbar nicht gefiel, sich im Heim eines Osiris-Priesters aufzuhalten. Vielleicht gab es doch noch Hoffnung …

Kaum hatte sie diesen frevelhaften Gedanken gedacht, erfolgte Seths Strafe. Ein glühender Dolch schien sich zwischen ihre Augen zu bohren. Sie schrie gellend auf und merkte, wie sie das Gleichgewicht verlor. Und dann fiel sie … und fiel …

Sie kniete vor ihm. Ihre Hände waren auf den Rücken gebunden. Auch ihre Füße waren gefesselt.

Seth schob ihr die Hand unters Kinn und zwang sie, zu ihm aufzusehen. »Hast du vergessen, dass wir uns einigen wollten?«, fragte er.

Sie antwortete nicht.

»Ich kann bewirken, dass du dich unerträglich schrecklich fühlst«, sagte er. »Ich kann dir solche Schmerzen zufügen, dass du dir wünschst, nie geboren worden zu sein. Es liegt ganz an dir.«

Sie sah ihren Feind an und spuckte voller Verachtung aus. »Jonas wird mich töten«, sagte sie. »Dann wirst auch du sterben!«

Seth legte den Kopf in den Nacken und lachte so dröhnend, dass die Erde erbebte. »Ich bin unsterblich. Niemand kann mich vernichten. Wenn er dich tötet, dann bin ich längst in seinem Körper. Ich lebe weiter, gleichgültig, was geschieht.«

Sie war verwirrt. Dann hatten sich die Heilerin und der Nomade wohl geirrt, und ihr Tod brächte keine Erlösung.

»Was willst du von mir?«, fragte sie mit schwankender Stimme.

27

Zuerst hatte sich Ankhu unbehaglich gefühlt, als die Fremden zu ihm gekommen waren. Seit Seteps Tod rechnete er immer damit, dass Mahus Leute an seine Tür klopfen und ihn abholen würden. Die Sieben Skorpione waren nur noch zu fünft – und ihr Ziel lag weiter entfernt denn je. Sie hatten sich letzthin getroffen, damit Setep ein würdiges Begräbnis bekam. Er sollte nicht einfach in der Wüste verscharrt werden wie Paser. Die anderen Verschwörer waren gleich einverstanden gewesen; Seteps Selbstmord hatte sie betroffen gemacht. Sie fühlten sich alle schuldig – hatten sie Setep doch mehr oder minder genötigt, die Aufgabe auf sich zu nehmen und den Pharao zu töten. Allerdings hatte es Setep auch herausgefordert, denn anfangs war er recht großsprecherisch aufgetreten und hatte mit seiner Treffsicherheit geprahlt.

Inzwischen hatte sich Bata bereit erklärt, den Plan auszuführen. Ankhu war überrascht. Bata hatte sich immer eher im Hintergrund gehalten und kaum etwas zu den Gesprächen beigesteuert. Ankhu hatte sich insgeheim gefragt, ob Bata vielleicht der Spion war, der die Sieben Skorpione verraten und Pasers Tod auf dem Gewissen hatte.

»Auf welche Weise willst du es durchführen?«, hatte Ankhu Bata gefragt und ihn prüfend gemustert.

»Es soll auf alle Fälle wie ein Unfall aussehen«, hatte Bata geantwortet. »Echnaton pflegt morgens mit seinem Streitwagen in die Wüste hinauszufahren und Aton zu begrüßen. Ich werde dafür sorgen, dass an dem Wagen etwas verändert wird und die Pferde durchgehen. Bei hoher Geschwindigkeit wird sich ein Rad lösen, und der Pharao wird vom Wagen stürzen …«

»Ein guter Plan«, hatte Nebamun sofort gemeint.

Haremsat hatte eingewandt, dass es nicht sicher sei, ob der Pharao sich bei dem Sturz tödliche Verletzungen zuziehen werde.

Bata hatte sich offenbar beleidigt gefühlt. »Soll ich das Attentat ausführen oder nicht? Habt ihr einen besseren Einfall? Wir müssen vorsichtig sein. Die Polizei ist uns sowieso schon auf den Fersen.«

Da keiner einen anderen Vorschlag hatte, hatten sie es bei Batas Plan belassen und waren dann auseinandergegangen. Unklar war, wann Bata sein Vorhaben ausführen würde. Sie hatten keinen Termin festgelegt.

Als es nun am Abend an der Tür pochte – der Besucher verwendete das Klopfzeichen der Verschwörer –, war Ankhu überrascht gewesen, dass zwei Frauen und ein Mann zu ihm wollten. Er kannte keinen der drei. Aber sein Misstrauen verflog, als er begriff, dass sie seine Dienste als Osiris-Priester in Anspruch nehmen wollten. Er fühlte sich mit jedem verbunden, der die alten Götter verehrte.

Die kleinere Frau, eine Ägypterin, erzählte ihm von der Besessenheit ihrer Freundin. Seth, der mächtige Gegenspieler des Gottes Osiris, sei in sie hineingeschlüpft, und sie sei nicht mehr Herrin ihrer Sinne.

Gleich darauf erlebte Ankhu, wie die besessene Frau zusammenbrach, die Augen verdrehte und um sich schlug. Es war ein abstoßendes und zugleich erschütterndes Schauspiel. Eigentlich hatte Ankhu die Besucher mit der Begründung wegschicken wollen, er sei kein Arzt. Doch als er sah, wie Seth seine Macht unter Beweis stellte, war er bereit, der Frau zu helfen. Ärztliche Kunst konnte in diesem Fall wenig ausrichten. Hier mussten Magie und altes Wissen zur Anwendung kommen. Ankhu zog sich zurück und flehte Osiris um Beistand an. Nachdem er eine Stunde meditiert hatte, spürte er eine Bewegung am linken Arm. Er hielt die

Öllampe höher und entdeckte eine Biene, die sich an seinem Ellbogen niedergelassen hatte.

»Das ist ein Zeichen«, stieß Ankhu hervor und pflückte die Biene vorsichtig vom Arm. Das Tier wirkte träge. Ankhu wusste, dass Bienen gewöhnlich tagsüber umherflogen und sich nachts zurückzogen. Dieses Insekt hatte ihm Osiris geschickt, es musste etwas mit seinem Anliegen zu tun haben.

Ankhu erhob sich und trat zu dem Schrein, in dem er die alten Papyri verwahrte, die er aus dem Osiris-Tempel gerettet hatte. Seine Augen waren müde, und es strengte ihn an, Rolle für Rolle durchzusehen. Aber schließlich fand er, was er gesucht hatte: In einem der heiligen Bücher fand er die Beschreibung, wie das Bienen-Ritual durchzuführen war, um einen Besessenen zu heilen.

Er legte die anderen Rollen wieder in den Schrein und kehrte zu seinen Besuchern zurück, die im vorderen Teil des Hauses auf ihn warteten.

Die besessene Frau lag auf dem Boden, sie sah erschöpft aus, aber ihr Blick war klar. Neben ihr kniete der Mann, der Ankhu besorgt und erwartungsvoll entgegensah. Die Ägypterin kam sofort auf ihn zu. »Könnt Ihr meiner Freundin helfen?«

»Gelobt sei Osiris«, sagte Ankhu. »Er hat mir eine göttliche Botschaft geschickt. Mit seiner Hilfe werde ich deine Freundin von ihrer Besessenheit befreien.«

Die Ägypterin lächelte dankbar. Einen Moment lang sah es so aus, als wolle sie ihm um den Hals fallen. Doch dann schien sie sich darauf zu besinnen, wen sie vor sich hatte.

»Verzeiht«, sagte sie schuldbewusst, »aber Ihr seid wirklich unsere letzte Hoffnung. Eine Heilerin war der Meinung, Sonjas Tod sei die einzige Lösung.« Die junge Frau hatte Tränen in den Augen.

»Ich werde an deiner Freundin das Bienen-Ritual vollziehen«, erklärte Ankhu. »Es ist das erste Mal, dass ich dieses Ritual durchführe. Es erfordert auch einige Vorbereitungen. Ich muss ein Bienenvolk finden.«

»Bienen?«, fragte die Ägypterin.

»Bienen?«, wiederholte auch die besessene Frau. »Was sollen die Bienen bewirken?«

Ankhu war überrascht, wie gut sie Ägyptisch sprach, obwohl sie und ihr Gefährte ganz offensichtlich aus einem anderen Land stammten.

»Ja, Bienen«, bestätigte Ankhu. »Bienen sind heilig. Ihr Honig ist eine Speise der Götter.«

Die Ägypterin nickte. »Ich weiß. Honig wird auch manchmal den Toten auf ihrer Reise ins Jenseits mitgegeben.« Ihre dunklen Augen glänzten.

»Bienenstiche sind für mich lebensgefährlich«, wandte die Fremde ein.

»Lebensgefährlich?« Ankhu zog die Augenbrauen hoch.

»Wenn ich gestochen werde, schwillt die Stelle sofort stark an«, erklärte sie. »Mir wird schwindlig, und ich falle in Ohnmacht. Ohne Gegenmittel kann ich an einem einzigen Stich sterben.«

Die Fremde wechselte einige Worte mit ihrem Freund, der ein bestürztes Gesicht machte. Die beiden begannen heftig in einer unbekannten Sprache zu diskutieren, bis die Frau die Hände wieder an die Schläfen presste und nur noch unartikulierte Laute aus ihrem Mund kamen.

Jetzt mischte sich die Ägypterin ein. »Es ist zwar mit großer Gefahr verbunden, aber ich glaube, es gibt keine andere Lösung für Sonja. Wir möchten, dass Ihr das Ritual vollzieht.«

Ankhu nickte. »Das ist eine kluge Entscheidung.«

Sie verabredeten einen Termin für den übernächsten Tag.

»Kommt gegen Mittag, wenn die Sonne am höchsten steht«, sagte der Osiris-Priester. »Die Bienen müssen wach sein, sonst kann ich das Ritual nicht vollziehen.«

Er hoffte, bis dahin ein Bienenvolk gefunden zu haben. Vielleicht konnte Karem, der junge Mann, der so tief um Setep getrauert hatte, ihm einen Rat geben. Bienengift wurde in der Medizin verwendet, und möglicherweise konnte ihn der Arztgehilfe bei der Suche nach einem Imker unterstützen.

Die Besucher verabschiedeten sich. Die Ägypterin und der Mann mussten die Besessene stützen, denn sie war nicht in der

Lage, aus eigener Kraft zu gehen. Ankhu schloss die Tür und lehnte sich dagegen. Eine schwierige Aufgabe lag vor ihm, aber es war auch eine Herausforderung. Wenn es ihm als Priester gelang, Seth aus dem Körper der Besessenen zu vertreiben, so war es ein Sieg für Osiris und ein Zeichen für die Macht des Gottes. Sollte das Ritual jedoch misslingen und Seth siegen, dann würde Osiris seinen Priester verstoßen. Ankhu würde fortan nicht mehr würdig sein, dem Totengott zu dienen.

Ankhu seufzte. Er stand an einem Wendepunkt seines Lebens. Aber Osiris wollte es so, sonst hätte er ihm das Zeichen nicht geschickt …

Sie hatten immer wieder darüber geredet, ob das Risiko nicht zu groß war. Jonas hatte tausend Einwände hervorgebracht. Er ärgerte sich, dass er nicht gefragt hatte, wie Ankhu das Ritual durchführen wollte.

»Ich weiß nicht, wie viele Bienen ein Schwarm hat«, sagte er. »Bestimmt Hunderte. Es braucht nur eine zu stechen. Ich will nicht, dass du vor meinen Augen stirbst.«

»Falls ich sterbe, dann wirst du wenigstens bei mir sein«, entgegnete Sonja ruhig. Sie hatte ihre Entscheidung längst getroffen. Sie wollte Seth loswerden – um jeden Preis. Er übernahm immer öfter die Macht über ihren Körper und ihren Geist, unterbrach sie mitten im Gespräch, zwang sie in die Knie, warf sie aus dem Gleichgewicht oder brachte sie dazu, nach Jonas oder Inet zu treten und zu schlagen. Sonja war nicht bereit, seinem Verlangen nachzugeben: seine Priesterin zu werden und ihm in Achetaton einen Tempel zu errichten. Sie konnte sich ihm nicht unterwerfen; Seths Naturell war ihr fremd, seine Methoden und Ziele destruktiv und aggressiv. Vielleicht hätte sie einem Gott dienen können, der sanfter und friedlicher war und mit dessen Gedankengut sie sich eher anfreunden konnte.

»Diese Biester sind verdammt angriffslustig«, sagte Jonas. »Besonders wenn man in die Nähe ihrer Behausungen kommt.«

»Du verwechselst Bienen mit Wespen. Bienen sind relativ friedlich.«

»Ach ja?« Jonas schnaubte. »Und warum tragen Imker dann Schutzanzüge und Gesichtsmasken?«

»Wenn ich gestochen werde, dann soll es eben so sein«, sagte Sonja.

»Das ist eine verflucht fatalistische Einstellung!«, regte sich Jonas auf. »Und wie sollen die Bienen überhaupt Seth aus deinem Körper ziehen? Wie funktioniert das? Ich kann es mir gar nicht vorstellen.«

»Mit magischen Ritualen kenne ich mich nicht aus«, erwiderte Sonja. »Wenn das Bienen-Ritual in einem heiligen Buch auftaucht, wird es einen Sinn haben.«

»Wenn Ankhu nur zum Spaß die Bienen über deinen Körper krabbeln lässt, breche ich ihm sämtliche Knochen«, drohte Jonas.

»Nun beruhige dich«, sagte Sonja. »Wir wissen ja gar nicht, was das Ritual vorschreibt. Vielleicht muss ich ja auch nur einen Löffel Honig essen oder so. Lassen wir die Sache einfach auf uns zukommen.«

Jonas wollte etwas erwidern, aber unterließ es dann. Nervös ging er im Raum umher und setzte sich dann neben Sonja auf den Boden.

»Versteh doch, ich will dich nicht verlieren.« Er zog sie an sich und hielt sie fest.

»Ich will ja auch nicht sterben.« Tränen standen ihr in den Augen, als sie ihn ansah. »Ich will noch so viele Jahre mit dir verbringen. Ich … ich will deine Kinder bekommen und mit dir alt werden.« Der Kummer schnürte ihr die Kehle zu. »Aber ich kann nicht zulassen, dass Seth mich erpresst. Ich will meinen freien Willen behalten. Ich will nicht bis zum Lebensende seine Sklavin sein und mich zu Handlungen zwingen lassen, die ich nicht vertreten kann.«

Sie wusste, dass Seth jedes ihrer Worte mithörte. Sie wunderte sich, dass er nicht schon längst eingegriffen und die Unterhaltung mit Jonas gestört hatte, wie er es schon oft getan hatte.

»Ich werde ihm keinen Tempel bauen, selbst wenn ich die Möglichkeit dazu hätte.«

Sie provozierte ihn. Sie wollte, dass er sich zeigte, damit Jonas endlich seine Skrupel über Bord warf. Das Bienen-Ritual war ihre einzige wirkliche Chance. Sie vertraute Ankhu. Er hatte überzeugend geklungen. Und inzwischen glaubte sie daran, dass diese alten Schriften viele Geheimnisse enthielten, für die die modernen Wissenschaftler keine Erklärung hatten.

»Du solltest Seth einen Tempel bauen?«, fragte Jonas verwundert.

Sonja hatte ihm bisher nichts von ihrem Gespräch mit Seth erzählt. Sie nickte. »Er wollte mit mir handeln. Er hat gesagt, dass wir uns einigen können. Ich als seine Priesterin! Kannst du dir das vorstellen? Eher trete ich in ein Kloster ein.«

Sie spürte, wie sich etwas in ihr aufbäumte. Seth kroch zwischen ihren Wirbeln empor, ergriff ihre Rippen und presste ihren Brustkorb zusammen. Sie keuchte und rang nach Luft. Er stieg in ihren Kopf und drückte von innen gegen ihre Augen, bis ihr diese herauszuquellen drohten. Es war ein gemeiner Schmerz, und sie schlug die Hände vors Gesicht. In den Ohren pfiff es, und im Gehirn war ein Sausen und Säuseln. Seine Stimme. Er war da. Er bestrafte sie.

Du hast es nicht begriffen. Du begreifst nicht!

Er hielt ihre Zunge fest, bis sie sie nicht mehr bewegen konnte. Aus ihrem Mund kam nur ein Blubbern. Er spielte auf ihren Zahnnerven, als wären es Saiten einer Harfe. Unter unmenschlichen Schmerzen brach ihr Stolz in sich zusammen, sie wand sich auf dem Boden und wimmerte.

Ich werde dich quälen, bis du mir gehorchst.

In ihrer Not versprach sie ihm alles. Tausend Tempel würde sie ihm bauen und ihm dienen bis zu ihrem Lebensende. Sie wünschte sich nur, dass seine Folter aufhörte. Als er endlich von ihr abließ, hatte sie keine Kraft mehr. Für einen kurzen Moment sah sie Jonas' besorgtes Gesicht, dann wurde sie ohnmächtig.

Nach anderthalb Tagen hatte sich Sonja noch immer nicht erholt. Sie fieberte und war so schwach auf den Beinen, dass Jonas und Inet sie beim Gehen stützen mussten. Außerdem klagte sie über

Übelkeit. Es zerriss Jonas schier das Herz, seine Geliebte so leiden zu sehen. Er fragte sich, ob sie den weiten Weg zu Ankhu überhaupt schaffen oder unterwegs zusammenbrechen würde.

Es gelang Inet, einen Esel auszuleihen. Sie setzten Sonja auf den Rücken des Lasttieres und banden sie fest, denn sie war nicht in der Lage, sich aus eigener Kraft festzuhalten. Um nicht aufzufallen, wurde Sonja in große Tücher eingehüllt, damit es so aussah, als werde ein Stoffballen transportiert.

So ausgerüstet, machten sie sich gegen Mittag auf den Weg. Die Sonne brannte heiß vom Himmel, als sie mit dem Esel durch Achetaton zogen. Ab und zu blieben sie stehen, und Jonas zog die Tücher auseinander, um nachzusehen, wie es Sonja ging. Vor Erschöpfung war sie auf dem Eselsrücken eingeschlafen.

Ankhu wartete schon, als sie ankamen. Er führte den Esel in einen Verschlag und band ihn dort fest. Sonja blinzelte schläfrig, als sie von den Tüchern befreit wurde. Dann hob Jonas sie auf die Arme und trug sie in den kleinen Innenhof, in dem das Ritual stattfinden sollte.

Ankhu hatte alles vorbereitet. In der Mitte des Hofes stand eine steinerne Bank, auf die sich Sonja legen sollte. Jonas blickte sich um. Am Fußende der Bank entdeckte er ein großes bauchiges Tongefäß. Es war leer, und Jonas fragte sich, welchem Zweck es dienen sollte. An der Stirnseite lagen sieben flache Tonröhren auf dem Boden, die mit einem feinen, fast durchsichtigen Tuch abgedeckt waren: die Röhrenstöcke mit den Bienen.

Ankhu redete leise mit Sonja. Sie warf Jonas einen unsicheren Blick zu und zog sich aus. Inet nahm die Kleider in Empfang. Schließlich war Sonja völlig nackt. Sie legte sich der Länge nach auf die steinerne Bank und schloss die Augen. Ankhu kam mit einem Gefäß, in dem sich goldgelber Honig befand. Während er leise Gebete murmelte, bestrich er Sonjas Körper mit dem Honig. Er bedeckte zuerst ihr Gesicht, dann ihren Hals, ihren Oberkörper, danach ihren Leib und die Beine. Dabei ließ er keinen Fingerbreit Haut aus. Jonas musste an sich halten, als er mit ansah, wie Ankhu Sonja an den Brüsten und am Geschlecht berührte. Sonja zuckte mit keinem Muskel; sie lag da und schien zu schlafen.

Inet hatte erklärt – Sonja hatte es für Jonas übersetzt –, dass man glaube, Bienen seien die Tränen des Sonnengottes Re. Wenn seine Tränen zu Boden fielen, verwandelten sie sich in geflügelte kleine Tiere. Auf Honigdiebstahl stand die Todesstrafe. Jonas fragte sich, wie Ankhu es geschafft hatte, in so kurzer Zeit einen Topf Honig und ein Bienenvolk zu beschaffen. Als Osiris-Priester, der seinem Gott nur im Verborgenen dienen durfte, verfügte er bestimmt nicht über große Reichtümer. Vielleicht hatte er alte Tempelschätze veräußert, um den wertvollen Honig und die Bienen zu bekommen … Jonas' Misstrauen schwand allmählich. Ankhu schien die Sache wirklich sehr am Herzen zu liegen, sonst hätte er sich nicht so für Sonja eingesetzt, die er nicht näher kannte und die eine Fremde für ihn war. Aber möglicherweise ging es bei diesem Ritual um mehr … Seth und Osiris waren zwar Brüder, aber auch Erzfeinde, wie Jonas von Sonja erfahren hatte. Vielleicht war dies ein Kampf der ägyptischen Götter untereinander …

Nachdem alles für das Ritual vorbereitet war, schickte Ankhu Jonas und Inet vom Hof. Bei der Zeremonie durften die beiden nicht anwesend sein. Jonas wollte protestieren, aber Inet warf ihm einen sanften Blick zu, nahm ihn am Arm und führte ihn ins Haus zurück, wo sie warten sollten. Jonas folgte der Anweisung nur ungern. Er wollte sehen, was mit Sonja geschah, um notfalls eingreifen zu können. Er wollte sie nicht schutzlos dem Priester anvertrauen. Aber Inet schüttelte den Kopf. Schließlich begriff Jonas, dass sie bei dem Ritual nur stören würden. Es war ein heiliger Akt, den Ankhu durchführte; er würde Zwiesprache mit seinem Gott halten – und jeder Fremde war dabei fehl am Platz.

Es missfiel Jonas, untätig im Haus warten zu müssen. Erst als er eine Ritze in der Wand entdeckte, durch die er in den Hof spähen konnte, wurde er ruhiger. So konnte er zumindest von ferne beobachten, was Ankhu mit Sonja anstellte.

Alles war bereit. Ankhu betrachtete die Frau, die völlig reglos auf der Steinbank ruhte.

Auf derselben Bank hatte noch vor Kurzem der tote Setep gelegen, dem er den letzten Dienst erwiesen hatte. Ankhu hatte die Hilfe der Skorpione gebraucht, um die Bank ins Freie zu tragen; außerdem hatte er einen anderen Platz für Setep finden müssen, denn der Prozess der Mumifizierung war noch nicht abgeschlossen. Nun ruhte Setep bei Nebamun … welche Umstände! Ankhu fragte sich, warum er dies alles auf sich nahm. Aber Osiris hatte ihm ein Zeichen geschickt und ihm diese Aufgabe als Prüfung auferlegt. Da konnte er nicht einfach so tun, als hätte er die Botschaft nicht verstanden.

Karem, den er wegen der Bienen um Rat gefragt hatte, hatte ihm sofort geholfen. Pentju, der Leibarzt des Pharaos, kannte etliche Bienenzüchter, weil er als Zutat für seine Arzneien manchmal Honig benötigte. Karem hatte schon oft Honig besorgen müssen. Er hatte Ankhu zu dem größten Bienenzüchter in Achetaton geführt. Unterwegs hatten sie sich unterhalten. Karem war noch immer sehr bedrückt wegen Seteps Tod gewesen. Er hatte Ankhu gefragt, wann sein Freund beigesetzt werde, er wolle unbedingt an der Zeremonie teilnehmen und gebührend Abschied nehmen.

»Du musst dich noch etwas gedulden«, hatte Ankhu geantwortet. »Der Prozess der Mumifizierung dauert siebzig Tage, wenn es ordentlich durchgeführt werden soll. Ich gebe dir Bescheid, wenn es so weit ist.«

Karem hatte genickt. »Danke, das ist sehr freundlich von Euch.«

Der Bienenzüchter hatte Ankhus Bitte zunächst strikt abgelehnt, als er erfuhr, dass der Priester nicht wegen des Honigs, sondern auch wegen der Bienen gekommen war.

»Ich soll meine Tiere hergeben? Auf gar keinen Fall! Mit ihnen verdiene ich meinen Lebensunterhalt. Wenn ich Euch die Bienen überlasse, weiß ich nicht, wie ich meine Familie ernähren soll.«

»Ich will ja nicht alle«, hatte Ankhu erklärt. »Ich brauche nur so viele Bienen, wie nötig sind, um einen Menschenleib zu bedecken.«

Da war der Bienenzüchter neugierig geworden und hatte wissen wollen, wozu Ankhu die Bienen brauche.

Ankhu hatte gezögert. Dann hatte er dem Mann unverwandt in die Augen geblickt. »Ich diene Osiris, dem verbotenen Totengott. Er hat mir ein Zeichen geschickt, ich soll in seinem Namen ein Ritual durchführen.«

Der Bienenzüchter hatte einen Moment lang geschwiegen. »Bienen sind die Tränen des Sonnengottes Re, der ebenfalls entmachtet wurde«, hatte er dann geflüstert. »Es ist ungerecht, dass Aton seine Stelle eingenommen hat und dass dieser Gott jetzt über alles herrscht.«

»So wünscht Ihr Euch auch die alten Zeiten zurück?«, hatte Ankhu gefragt.

»Ja.« Der Bienenzüchter hatte Ankhu ängstlich angesehen. »Aber Ihr werdet mich doch nicht verraten?«

Ankhu hatte den Kopf geschüttelt. »Ich bin sicher, dass die alten Götter zurückkehren werden. Vielleicht soll es eine Prüfung für die Menschheit sein. Die Götter stellen uns auf die Probe und wollen wissen, wer in diesen schwierigen Zeiten den Glauben an sie bewahrt.«

»Obwohl es der Pharao verboten hat«, hatte der Bienenzüchter erwidert. »Ich bete jeden Tag zu Re.«

Sie hatten sich in stillem Einvernehmen angesehen.

»Ich werde Euch die Bienen geben«, hatte der Züchter zugestimmt. »Re wird mich nicht verlassen. Er wird dafür sorgen, dass sich meine restlichen Bienen vermehren und ich bald wieder genauso viel Honig habe wie zuvor.«

Ankhu hatte sieben Tonröhren mitnehmen dürfen. In jeder hatte sich ein Bienenvolk mit seiner Königin befunden. Der Züchter hatte ihm sogar einen Karren geliehen, damit er die Röhren befördern konnte. Als Ankhu den Bienenzüchter hatte entlohnen wollen, hatte dieser abgelehnt.

»Es ist mein Beitrag für eine gute Sache.«

»Danke«, hatte Ankhu gesagt. »Osiris wird Euch diesen Dienst nicht vergessen, wenn Ihr einst in sein Totenreich eintretet.«

Karem hatte Ankhu geholfen, den Karren nach Hause zu schieben. »Was ist das für ein Ritual, das Ihr durchführen wollt?«, hatte er gefragt, nachdem sie die Tonröhren im Innenhof abgeladen hatten.

»Darüber darf ich nicht sprechen.« Ankhu hatte Karem angesehen. »Du bist sicher ein glühender Anhänger Atons, sonst würdest du nicht im Palast arbeiten.«

Karem war rot geworden, und Ankhu hatte gewusst, dass er ins Schwarze getroffen hatte.

»Wirst du mich verraten?«, hatte er gefragt.

»Wo denkt Ihr hin!«, hatte Karem sofort geantwortet. »Auch wenn ich einem anderen Glauben anhänge als Ihr, so respektiere ich Eure Einstellung.«

»Und du wirst dem Pharao bestimmt nichts sagen?«

Karem hatte den Blick gesenkt und stumm den Kopf geschüttelt.

»Bitte, sieh mich dabei an!«

Karem hatte das Kinn gehoben und war Ankhus Blick zunächst ausgewichen. Aber dann hatte er es geschafft, ihm in die Augen zu sehen. »Die Große Königliche Gemahlin …«, begann er stockend.

»Was ist mit ihr?«

»Auch sie glaubt an die alten Götter.« Eine steile Sorgenfalte war auf Karems Stirn erschienen. Seine Stimme war leiser geworden, er hatte hastig und mit Verzweiflung in der Stimme gesprochen. »Inzwischen zweifle ich manchmal an Aton … Er möge mir vergeben, aber ich weiß nicht mehr, was richtig und was falsch ist.« Tränen waren ihm in die Augen gestiegen. »Setep … Ich hoffe, dass Osiris mit ihm nicht zu streng ist. Bitte, legt ein gutes Wort für ihn ein.«

Ankhu hatte Karem am Arm berührt. »Sei unbesorgt, Karem! Setep wird im Jenseits ein gutes Leben führen.«

»Sicher?«

»Ja, bestimmt.«

»Ich … ich kann gar nichts für ihn tun.« Karems Lippen hatten gebebt. »Aton hat keine Macht über die Dunkelheit. Am Tag sieht er zwar alles und beschützt uns, aber nach Sonnenuntergang …« Er war verstummt.

»Sei unbesorgt!«, hatte Ankhu wiederholt. »Und vor allem hör auf, dich wegen Seteps Tod schuldig zu fühlen. Es hat nichts mit dir zu tun.«

»Vielleicht doch.« Karem war weinend zusammengebrochen. Und dann war alles aus ihm herausgesprudelt: dass Setep ihn gebeten hatte, dem Pharao Gift ins Essen oder in seine Medizin zu mischen. »Aber … das konnte ich doch nicht tun …« Der junge Mann war von heftigen Schluchzern geschüttelt worden. »Ich kann den König nicht töten … Ich liebe ihn doch …«

»Du hast richtig gehandelt«, hatte Ankhu gesagt. »Setep hätte das gar nicht von dir verlangen dürfen.« Er hatte sich daran erinnert, dass die Sieben Skorpione bei einer Zusammenkunft Setep genau diesen Vorschlag gemacht hatten und Setep ihn abgelehnt hatte, da er Karem nicht in die Sache hatte hineinziehen wollen. Offenbar hatte er seine Meinung dann doch geändert … Unter welchem inneren Druck hatte Setep gestanden! Ankhu hatte gefühlt, wie sich sein Herz verkrampfte. Er hätte wissen müssen, dass Setep mit seiner Aufgabe überfordert gewesen war. Die Sieben Skorpione hätten den Mordplan von vornherein einem anderen Mitglied übertragen sollen, dann wäre Setep bestimmt noch am Leben. Aber jetzt war es zu spät für jegliche Vorwürfe …

Ankhu hatte geschluckt. »Geh nach Hause und grüble nicht mehr!«, hatte er zu Karem gesagt, nachdem der sich ein wenig beruhigt hatte. »Deine Aufgabe lautet, Menschen zu heilen. Richte deine ganze Kraft und dein Streben darauf aus!«

Karem war schließlich mit hängenden Schultern davongeschlichen, und Ankhu war mit den sieben Bienenstöcken zurückgeblieben.

Der Osiris-Priester trat an die Tonröhren heran und lauschte. Im Innern summte und brummte es. Die Bienen waren zornig, weil die Einflugslöcher mit Wachspfropfen verschlossen waren und sie nicht hinausfliegen konnten.

Sieben Röhren. Sieben Bienenköniginnen. War die Zahl Sieben ein Zufall? Oder hatte sie eine magische Bedeutung – genau wie die Sieben Skorpione in der Überlieferung für Isis eine Bedeutung gehabt hatten? Ankhu erbebte. Er hatte plötzlich die Vision, dass er das Werkzeug einer großen göttlichen Macht war. Was geschehen sollte, würde geschehen … Er sank auf die Knie, mitten im Sonnenlicht, und das wütende Gebrumm der Bienen wurde lauter, bis es seinen Kopf auszufüllen schien.

»O Osiris«, betete Ankhu, »schenk mir die Kraft, diese junge Frau von ihrem Dämon zu befreien. Ich flehe dich an, sie vor dem tödlichen Stich der Bienen zu bewahren. Der Streit zwischen dir und Seth währt seit ewigen Zeiten, diese Frau trägt daran keine Schuld. Sie ist durch Zufall in diese Lage geraten. Lass sie wohlbehalten und heil aus dem Ritual hervorgehen. Ich danke dir, großer Osiris.«

Als er den Kopf hob, fühlte er sich beobachtet. Er stand auf und drehte sich im Kreis, konnte aber keine Zuschauer entdecken. Trotzdem blieb das Unbehagen. Er versuchte, sich nicht davon beirren zu lassen, und begann mit dem Ritual. In flachen Schalen stand Räucherwerk bereit, das er entzündete. Bald erfüllte ein würziger Duft den Hof. Aus den Schalen stieg weißer Nebel auf. Ankhu griff nach einer weißen Knochenflöte. Er fiel abermals auf die Knie und löste geschickt die Wachspfropfen in den Tonröhren. Die Fluglöcher waren nun frei – aber keine einzige Biene zeigte sich. Ankhu ließ sich mit verschränkten Beinen auf dem Boden nieder, setzte die Flöte an die Lippen und spielte. Es war eine klagende Melodie, die ihn nach wenigen Takten in Trance versetzte. Die sanften Flötentöne hallten von den Wänden ringsum wider. Ankhu hatte das Gefühl, die Töne sehen zu können. Wie Perlen stiegen sie auf und vermischten sich mit dem Nebel des Räucherwerks.

Da schwärmten die Bienen aus. Der Hof war plötzlich voll von ihnen. Ankhu spürte, wie die Tiere dicht an ihm vorbeiflogen. Einige setzten sich auf seinen kahlen Schädel und auf seine Arme und erkundeten seine Haut. Die Frau auf der Bank lag reglos da, nur ihre Brust hob und senkte sich unmerklich. Die ersten Bienen landeten auf ihr und krochen über ihren Bauch. Einige setzten sich auf ihre Zehen. Ankhu blies kräftiger als zuvor in die Flöte, sein Spiel wurde lauter, die Melodie kühner. Er schloss die Augen, um sich besser konzentrieren zu können. Es summte und brummte um ihn herum, das Geräusch der fliegenden Bienen wurde zum Bestandteil seines Liedes.

Die Bienen landeten auf seinen Ohren, verfingen sich in seinen Brauen. Als er die Augen wieder öffnete, ohne sein Flötenspiel zu unterbrechen, sah er, dass der Leib der Frau inzwischen völlig mit Bienen bedeckt war. Ihr Körper sah aus wie eine bizarre Mumie. Zu ihren Füßen aber kauerte eine Gestalt mit grüner Haut. Sie hielt das bauchige Tongefäß umfangen. Ankhu blickte unverwandt in die Augen des Fremden und wusste mit untrüglicher Sicherheit, dass er Osiris vor sich hatte. Der Totengott war gekommen, um den Kampf mit Seth auszufechten. Er saß völlig ruhig da, seine Haut verbreitete einen magischen grünen Schein. Er schien von innen heraus zu leuchten.

Ankhus Herz klopfte heftig. Nie zuvor war ihm Osiris erschienen. Vor Überraschung und Ehrfurcht hätte er fast sein Spiel unterbrochen.

Spiel weiter!

Ankhu hörte deutlich den Befehl. Er blies weiter. Schweißperlen sammelten sich auf seiner Stirn. Während die Melodie erklang, wurde ihm plötzlich bewusst, dass die Bienen geheimnisvolle Elementarwesen waren, die sich sowohl im Diesseits als auch im Jenseits zu Hause fühlten. Sie waren Wanderer zwischen den Welten …

Seth hatte sich tief in Sonjas Inneres zurückgezogen, so als wolle er nichts mit den äußeren Geschehnissen zu tun haben. Er versteckte sich in ihrem Leib, verhielt sich ruhig … Aber Sonja wusste, dass er anwesend war und jeden ihrer Gedanken lesen konnte. Sie bemühte sich, möglichst wenig zu denken, um das Ritual nicht zu gefährden. Als Ankhu sie bat, sich auszuziehen, grübelte sie nicht länger darüber nach, sondern tat es einfach. Scham war hier fehl am Platz. Sie hatte sich entschieden, die Zeremonie mitzumachen, gleichgültig, was passieren mochte. Als sie nackt auf der Bank lag und Ankhu ihren Körper mit Honig bestrich, hatte sie das Gefühl, sich selbst dabei zu beobachten. Sie wusste, dass ein einziger Bienenstich lebensgefährlich sein konnte – und das Risiko des Rituals war hoch. Aber es war ihre einzige Hoffnung, Seth loszuwerden.

Der Honig klebte auf ihrer Haut. Sie rührte sich nicht. Ankhus Flötenspiel begann, die Melodie weckte längst vergessene Erinnerungen an ihre Blockflötenzeit. Sie sah sich im Kindergarten, die strenge ältliche Erzieherin presste ihr die Finger auf die Löcher der Flöte.

Du wirst es nie lernen! Mein Gott, bist du unbegabt!

Sonja schämte sich, dass sie so schlecht war. In ihrer Verzweiflung starrte sie auf die schwarzen Haare, die auf der Oberlippe der Erzieherin sprossen. Ihre Finger schmerzten, die Erzieherin hatte einen harten Griff. Trotzdem kamen die Töne nicht rein aus der Flöte, sondern schräg und schrill …

In ihren Ohren schrillte es …

Und dann war auf einmal ein Summen und Brummen ringsumher, die Bienen schwärmten aus und besetzten jeden Zentimeter ihres Körpers. Es war entsetzlich. Sonja wollte aufspringen und die Plagegeister schreiend abschütteln. Aber sie wusste, dass sie mit jeder Bewegung, mit jedem Laut Seth wecken würde, und dann würde alles in einer Katastrophe enden …

Sie schloss die Augen. Die Bienen krochen ihr über die Lider, an der Nase entlang. Und Ankhu spielte und spielte …

Du wirst es nie lernen, wenn du dir nicht mehr Mühe gibst.

Die Augen der Erzieherin funkelten dunkel und böse. Und Sonja spürte, wie sich vor Angst ihre Blase entleerte.

Seth wusste, dass sie ihm ausgeliefert war. Sie konnte sich nicht gegen ihn wehren. Ein Griff genügte, und er zwang sie in die Knie. Sie würde sich im Staub wälzen, wenn er es wollte. Er konnte bewirken, dass sie sich in den Nil stürzte oder vom Dach eines Hauses sprang …

Natürlich hatte sie anfangs Widerstand geleistet. Hatte ihn angelogen. Hatte sich eingebildet, ihn überlisten zu können. Aber er hatte sie gefügig gemacht. Sie war Wachs in seinen Händen.

Jetzt ruhte er. Es war anstrengend, einen fremden Körper zu steuern und ständig auf der Hut zu sein. Es kostete mehr Kraft, als er gedacht hatte. Manchmal fühlte er sich schwach. Das musste sich ändern. Er brauchte einen Tempel und Menschen, die an ihn glaubten. Jedes Gebet und jeder wohlwollende Gedanke stärkten ihn.

Er war ein weitgehend vergessener Gott. Und verhasst bei jenen, die sich an ihn erinnerten. Nur das Wüstenvolk unterstützte ihn und huldigte ihm. Er brauchte Zeremonien, sie waren seine Nahrung ... Ohne sie verlor er seine Daseinsberechtigung.

Sie, deren Körper er besaß, hatte versprochen, ihm zu dienen. Doch was galt ihr Versprechen? Vielleicht hatte sie abermals gelogen. Er musste sich vergewissern, dass sie es ernst gemeint hatte.

Er regte sich ... streckte sich ... dehnte sich in ihrem Körper aus.

Etwas war anders als sonst.

Was bewegte sich da auf der Oberfläche? Wem gehörten diese unzähligen Beinchen, diese winzigen Glieder?

Er konzentrierte sich.

Lauter unbedeutende Wesen. Doch halt! Was war das? Einige waren größer ... wichtiger ...

Königinnen.

Sieben.

Er wollte sich aufsetzen.

Die erste Königin stand vor ihm, wunderschön anzusehen. Sie trug ein durchsichtiges weißes Gewand, dünn wie Bienenflügel. Darunter war sie nackt.

Sie lächelte ihn an und streckte eine Hand nach ihm aus.

Komm! Steh auf!

Er kam ihrer Aufforderung nur zu gern nach.

Zwei weitere Königinnen gesellten sich zu ihr, ebenfalls wundervolle Geschöpfe. Ihre Glieder waren schlank und ebenmäßig.

Kommst du mit uns?

Er lachte, fühlte sich umschmeichelt. »Ja. Mit Vergnügen. Wohin bringt ihr mich?«

Zwei neue Königinnen. Noch schöner, noch edler. Er begehrte sie alle, konnte es kaum erwarten, ihnen zu folgen.

In unser Reich. Komm nur mit!

Er ging in ihrer Mitte. Die erste führte die Gruppe an, je zwei Königinnen schritten links und rechts von ihm. Als er sich umwandte, sah er zwei weitere Königinnen, die ihm folgten. Sie waren die schönsten von allen. Er konnte sich nicht sattsehen.

Erst als sie einen Kreis um ihn bildeten, merkte er, dass er in eine Falle geraten war. Er wollte ausbrechen, aber die Königinnen bildeten einen engen Ring um ihn herum. Und dahinter standen Tausende ihrer Dienerinnen mit ihren geflügelten pelzigen Leibern.

Es war kein Durchkommen.

Und dann senkte sich Dunkelheit über ihn.

28

Jonas hätte schreien können, als er durch die Mauerritze beobachtete, wie die Bienen Sonjas Leib bedeckten. Wenn nur eine einzige zustach, war seine Geliebte verloren. Er ballte die Fäuste und spürte, wie sich vor Anspannung Schweißtropfen auf seiner Stirn sammelten.

Ankhu saß vor dem Kopfende der Bank und spielte unbeirrt auf seiner Flöte. Es war eine nervige Melodie, eine ständige Wiederholung bestimmter Tonfolgen. Der Osiris-Priester schien in Trance gefallen zu sein. Seine Augen waren zumeist geschlossen, und wenn er sie öffnete, dann war sein Blick auf das Fußende der Bank gerichtet, als sähe er dort etwas Besonderes. Aber an dieser Stelle stand nur das bauchige Tongefäß. Jonas war nicht klar, welchen Zweck es bei dem Ritual erfüllen sollte. Überhaupt konnte er sich nicht vorstellen, wie die Bienen es schaffen sollten, Sonja von ihrer Besessenheit zu befreien. Es waren doch nur winzige Tiere … Aber was wusste er schon von ägyptischen Zeremonien? Er hoffte inbrünstig, dass alles gut ging und keines der Insekten seinen Stachel in Sonjas Körper bohrte.

Sie lag unbeweglich auf der Bank wie ein pelziges urzeitliches Wesen, ein Geschöpf wie aus einem Horrorfilm. Wie hielt sie die unzähligen krabbelnden Viecher nur aus? Oder war sie wieder ohnmächtig geworden? Hatte eines der Biester etwa zugestochen und sie ins Koma versetzt?

Jonas trat von der Wand zurück. Er begegnete Inets fragendem Blick und zuckte die Schultern. Nein, er wusste nicht, ob es funktionierte. Sie mussten abwarten …

Ankhu war erschöpft. Das Flötenspiel kostete ihn viel Kraft. Jeder Ton schien Energie zu verbrauchen. Seine Gedanken konzentrierten sich auf Osiris, die Melodie war ein fortwährendes Gebet.

Der Totengott kauerte noch immer am Fußende der Bank und wartete. Die Bienen waren mit ihrer Arbeit beschäftigt. Sie hüllten die liegende Frau vollkommen ein. Vereinzelte Tiere schwirrten im Hof umher, der Qualm aus den Räucherschalen schien ihre Orientierung zu beeinträchtigen.

Ankhu hatte keine Ahnung, wie lange er schon spielte. Waren es Stunden? Wie lange musste er noch spielen, bis Seth bereit war, den Körper der Frau zu verlassen?

Großer Osiris, betete er, Herr des Totenreiches, bitte, lass mich nicht im Stich! Du herrschst über das Jenseits und sorgst dafür, dass es den Toten gut geht. Deine Gemahlin, die große Göttin Isis, hat dich ins Leben zurückgebracht, nachdem dich dein Bruder Seth tötete. Du hast mit Isis einen Sohn gezeugt, Horus …

Die Luft flimmerte Ankhu vor den Augen. Die Hitze im Innenhof war unerträglich. Der Schweiß lief ihm in Strömen über das Gesicht. Der Schatten eines Falken fiel auf den Boden. Ankhu blickte nach oben und sah, wie der Vogel auf dem Rand des Daches landete. Der göttliche Horus …

Ankhus Herz füllte sich mit Dankbarkeit. Als er wieder zu Osiris hinaufblickte, bemerkte er eine weitere Gestalt hinter dem Totengott. Es war eine Frau. Ihre Arme waren zwei riesige Flügel. Die Federn schillerten grüngolden im Sonnenlicht. Es war Isis selbst, die große Göttin und Zauberin. Ankhu war so überrascht, dass sein Flötenspiel stockte. Er verlor den Rhythmus, musste die Flöte absetzen.

Isis hob die gefiederten Arme, bis sie einen Halbkreis bildeten. Im selben Moment stiegen die Bienen in einer dichten Wolke auf. Der Schwarm verließ die besessene Frau und stürzte sich in das Tongefäß, das Osiris in Händen hielt. Biene um Biene verschwand darin – und Ankhu hatte das Gefühl, als zögen sie einen unheimlichen dunklen Schatten mit sich.

Als die letzte Biene verschwunden war, stieß der Falke einen Schrei aus und erhob sich in die Lüfte. Isis lächelte und legte die Flügel um Osiris. Dann verschwand das Götterpaar. Das Tongefäß blieb zurück.

Ankhu kam auf die Füße. Durch das lange Sitzen fühlten sich seine Beine völlig taub an, und er bewegte sich humpelnd vorwärts. So schnell er konnte, näherte er sich dem offenen Tongefäß. Als er hineinspähte, sah er, dass es bis zum Rand voller Bienen war. Rasch warf er einen schweren Deckel darauf. Was immer die Bienen mithilfe der Götter aus Sonja herausgezogen hatten – es blieb für immer in diesem Tongefäß verschlossen. Ankhu würde den Deckel mit Wachs versiegeln und im Osiris-Tempel vergraben.

Als der Priester die Hände auf das Gefäß legte – genau an die Stelle, an der Osiris es gehalten hatte –, spürte er eine tiefe Zufriedenheit. Im Innern surrten die Bienen.

Das Ritual war vollbracht.

Die Frau lag noch immer wie tot da. Ihr nackter, mit Honig überzogener Leib schimmerte in der Sonne.

Lebe ich?

Träume ich?

Ist Seth fort?

Sonja wagte sich kaum zu bewegen. Sie hatte keinen Stich gespürt, aber sie traute ihrer Sinneswahrnehmung nicht. Ein solches Ritual hatte sie noch nie mitgemacht. Durfte sie sich auf ihre Empfindungen verlassen?

Ihre Lider waren mit Honig verklebt. Unzählige Bienenbeine waren darüber hinweggekrochen. Jetzt bewegte sich nichts mehr. Sonja wollte die Augen öffnen. Es fiel ihr schwer. Endlich gelang es ihr, das linke Lid zu heben. Grelles Sonnenlicht blendete sie.

Sie lebte! Sie befand sich noch immer im Innenhof von Ankhus Haus. Die Bienen waren offenbar verschwunden, so weit sie mit dem linken Auge sehen konnte.

Nun wagte sie die rechte Hand zu bewegen. Sie rieb sich den Honig aus dem rechten Auge, blinzelte. Dann hob sie den Kopf.

Sie war nackt. Die Bienen hatten ihren honigbestrichenen Körper verlassen. Ankhu stand am Fußende der Bank, vor sich ein geschlossenes Tongefäß. Er betrachtete sie stumm.

Sonja bewegte die Lippen. »Darf ich aufstehen?«, fragte sie.

Der Priester nickte.

Langsam setzte sie sich auf. Ihr wurde leicht schwindlig, und ihr Nacken war steif. Alles an ihr klebte. Sie sehnte sich nach einem Bad.

Ankhus Blick ruhte auf ihr. Sicher wollte er wissen, ob das Ritual gelungen war. Sonja lauschte in sich hinein. Ruhe. Keine fremde Stimme, keine Rebellion. Hatte Seth sich nur versteckt? Oder war sie tatsächlich befreit? Sie war unfähig, es zu sagen.

Taumelnd erhob sie sich, stand barfuß im Hof. Durfte sie sprechen, ohne die Zeremonie zunichtezumachen?

»Ich weiß nicht, ob es geglückt ist«, sagte sie zögernd.

»Sie waren da«, erwiderte Ankhu mit feierlicher Stimme.

Fragend hob Sonja die Augenbrauen.

»Die göttliche Familie«, erklärte der Priester. »Osiris, Isis und Horus. Sie haben dem Ritual beigewohnt.« Er lächelte.

»Und … und was ist mit … ihm?« Sonja traute sich nicht, den Namen Seth auszusprechen. Vielleicht würde er dann erwachen und abermals die Herrschaft über sie an sich reißen.

»Die Bienen haben den Geist aus deinem Körper gezogen«, antwortete Ankhu. Und dann sprach er die Worte aus, die Sonja hören wollte. »Du bist frei. Seth ist zusammen mit den Bienen in diesem Gefäß eingeschlossen. Ich werde es begraben, dann mag Seth auf ewig ruhen.«

Ein Glücksgefühl durchströmte Sonja. Tränen traten ihr in die Augen. Sie konnte es nicht glauben. Der Dämon, der ihr das Leben zur Hölle gemacht, der sie geknechtet und gequält hatte, war fort! Sie empfand tiefe Dankbarkeit – nicht nur Ankhu gegenüber, sondern auch gegenüber den Göttern, die er erwähnt hatte. Osiris. Isis. Horus.

Für den Bruchteil einer Sekunde bildete sie sich ein, einen Flügelschlag zu spüren. Sie sah eine Frauengestalt mit gefiederten Armen. Isis. Die Göttin lächelte ihr zu und war verschwunden, bevor Sonja begriffen hatte, was geschehen war.

»Isis«, murmelte sie tonlos.

Hatte sie eine Vision gehabt? Oder hatten ihr die Sinne nur einen Streich gespielt, verursacht durch die brennende Sonne? Doch tief im Herzen war sie überzeugt, dass sie der Göttin tatsächlich begegnet war.

Sie atmete tief durch. In diesem Moment hätte sie die ganze Welt umarmen können.

In der Türöffnung zum Hof erschienen Jonas und Inet. Ankhu lächelte und winkte die beiden näher.

Sonja wurde die Kehle eng, als sie Jonas sah.

»Er ist weg«, verkündete sie. »Ich bin frei.«

Er stürzte auf sie zu und nahm sie in die Arme, ohne sich daran zu stören, dass sie voller Honig war und alles an ihr klebte. Er drückte sie an sich, küsste ihr Gesicht, streichelte ihr Haar.

»Ich hatte solche Angst um dich«, flüsterte er. »Wenn die Bienen dich gestochen hätten …«

»Haben sie aber nicht«, erwiderte sie leise. »Und ich habe gerade Isis gesehen.« Sie musste es ihm einfach erzählen, ihr Herz lief über vor Glück. »Sie hat mich angesehen und gelächelt. O Jonas, ich kann gar nicht beschreiben, was ich fühle.«

Das mit Isis glaubte er ihr nicht, das merkte sie an seiner Reaktion. Aber sie würde ihn noch überzeugen. Wenn sie allein wären, würde sie ihm alles genau erzählen. Sie schmiegte sich an ihn. Sie war so froh, ihn wieder zu spüren und zu wissen, dass kein störender Dämon mehr in ihr wütete. Der Albtraum hatte ein Ende.

Jetzt löste sich Jonas von ihr, denn Inet stand neben ihm und wollte Sonja ebenfalls umarmen.

»Ich danke dir«, sagte Sonja. Ihr liefen die Tränen über das Gesicht, aber sie schämte sich nicht dafür. »Gut, dass du mich zu Ankhu gebracht hast. Er hat genau das Richtige getan.«

»Ich wusste, dass die Götter dir helfen würden«, sagte Inet. »Du hast meinem Sohn das Leben gerettet. Du durftest nicht sterben.« Sie strich Sonja über die Wange und betrachtete danach ihre Finger, an denen Honig haftete.

Sonja lachte. »Ich muss unbedingt baden und mir die Haare waschen.«

»Ich werde dir zu Hause ein wunderbares Bad bereiten«, versprach Inet.

Ankhu war stolz und zufrieden, dass das Ritual gelungen war. Der alte Papyrus hatte die Wahrheit verkündet. Die Götter hatten seine Handlung gesegnet. Ankhu fühlte sich mehr denn je mit Osiris verbunden – jetzt, da der Gott ihn persönlich besucht hatte. Nie würde er diesen magischen Moment vergessen …

Während sich Sonja mit feuchten Tüchern den Honig abgerieben hatte, sprachen sie über alte Schriften – die Weisheiten der alten Götter, die man um jeden Preis bewahren musste. Dabei kam die Rede auf das Totenbuch der Isis. Ankhu hatte bereits Gerüchte über diesen geheimnisvollen Papyrus gehört, auf dem die stärksten Zaubersprüche der Göttin niedergeschrieben sein sollten. Niemand wusste, wo das wertvolle Buch aufbewahrt wurde – aber dass es noch existierte, davon war Ankhu überzeugt. Er war sehr erstaunt zu erfahren, dass es allem Anschein nach in den Besitz der Großen Königlichen Gemahlin gelangt war.

»Sie wird es vernichten!«, rief Ankhu erschrocken aus, denn er dachte an Echnaton und daran, wie fanatisch der Pharao Aton verehrte.

Sonja schüttelte den Kopf. »Ich glaube, Nofretete ist abtrünnig geworden«, verriet sie dem Priester und berichtete von dem Seth-

Fest, bei dem sie die Königin gesehen hatte. Ankhu lauschte mit höchster Aufmerksamkeit.

Nach kurzem Zögern erzählte Sonja dann, wie bei dem Fest der riesenhafte Seth erschienen war und den Wesir Nachtpaaten angegriffen hatte, den sie und ihr Freund später tot in der Wüste fanden.

»Mein Freund konnte Seth allerdings nicht sehen«, fügte sie hinzu.

»Die Königin hat Seth auf Nachtpaaten gehetzt«, sagte Ankhu nachdenklich. »Offenbar zieht sie das Buch zu Rate. Es kann in ihren Händen zu einer gefährlichen Waffe werden.« Die Zaubersprüche, die der Papyrus enthielt, waren sehr mächtig. Magie musste mit Bedacht angewendet werden, sonst konnte sie unbeabsichtigte Folgen haben. Das hatte das Beispiel Sonja gezeigt. Nofretete hatte – zusammen mit den Wüstenkriegern – den Dämon Seth beschworen, um Nachtpaaten außer Gefecht zu setzen. Seth hatte diese Aufgabe erfüllt, war aber danach nicht ins Zwischenreich zurückgekehrt. Um im Diesseits bleiben zu können, hatte er sich einen neuen Körper gesucht – und Sonja war sein Opfer geworden …

»In Nofretetes Händen kann das Buch zu einem großen Risiko werden«, stellte Ankhu fest. »Sie ist für den Dienst an Isis nicht ausgebildet und weiß nichts über die Geheimnisse der Götter. Außerdem ist sie mit den Riten nicht vertraut. Sie nutzt den Papyrus für ihre eigenen Zwecke, ohne an die Konsequenzen zu denken.« Unmut stieg in ihm hoch. Er war Priester und diente Osiris mit großer Ergebenheit, obwohl Echnaton dessen Tempel hatte schließen lassen und den Kult verboten hatte. Und ausgerechnet die Gemahlin des Königs war in den Besitz dieses einzigartigen Buches gelangt. Ahnte sie, über welche Macht sie damit verfügte? Oder war es für sie nur ein köstliches Spielzeug? Nutzte sie es, um sich ihre Launen und Gelüste zu erfüllen, ohne Isis die nötige Verehrung zukommen zu lassen? Falscher Umgang konnte ein Buch verändern, seinen Geist verderben, ihm dämonische Eigenschaften verleihen.

»Ich muss dieses Buch haben«, sagte Ankhu entschlossen. »Ich werde es mit den anderen Papyri bewahren und beschützen, solange ich lebe. Es darf nicht missbraucht werden.«

Er sah, dass Sonja einen Blick mit ihrem Freund wechselte und Worte in einer fremden Sprache sagte.

Dann wandte sich Sonja an Ankhu. »Das Buch muss sich im Palast befinden«, erklärte sie. »Nachtpaaten hat auch danach gesucht.« Sie machte eine kurze Pause. »Er war einer von uns.«

»Wie meinst du das – einer von uns?«, fragte Ankhu.

»Das ist eine lange Geschichte, die sich unglaublich anhört«, sagte Sonja und begann zu erzählen.

»Ich weiß nicht, ob es richtig war, dass du Ankhu alles verraten hast.« Jonas ging nervös auf und ab. »Dass wir aus der Zukunft kommen. Und dass wir Paul Lehmann gekannt haben, der sich als Wesir in den Palast eingeschlichen hat. Ich habe ein ungutes Gefühl bei der Sache.«

Sonja saß in dem Holzzuber und genoss das Bad, das Inet ihr bereitet hatte. Es war herrlich, endlich die klebrigen Honigreste loszuwerden. Inet hatte ein wohlriechendes Öl in das Wasser gegossen, und Sonja merkte, wie sie sich allmählich entspannte. Sie war unendlich froh, dass Ankhu es geschafft hatte, sie von Seth zu befreien. Sie konnte nicht verstehen, dass Jonas dem Priester noch immer misstraute. Er hatte ihnen doch so geholfen!

»Ankhu ist ein ehrenwerter Mann«, verteidigte Sonja den Priester. »Er hat Zugang zur Götterwelt. Er hat mir erzählt, dass während des Rituals Osiris, Horus und auch Isis anwesend waren.« Sie dachte wieder an den kurzen Moment, als sie Isis mit eigenen Augen gesehen hatte – und da war es wieder, das warme, ehrfürchtige Gefühl in ihrem Herzen. Diese Begegnung würde sie nie im Leben vergessen. »Und ich habe Isis gesehen«, fügte sie leise hinzu. »Wenn auch nur ganz kurz …«

Jonas schüttelte den Kopf. Aber er hörte endlich mit dem Herumlaufen auf und blieb neben dem Badezuber stehen. »Hör mal, Sonja«, er lächelte sie an. »Ich weiß ja, dass die letzten Tage sehr anstrengend für dich waren, weil du diesen … diesen Dämon in dir trugst. Jetzt ist er weg, zum Glück. Aber ich glaube nie und nimmer, dass du eine Göttin gesehen hast. Du kommst aus dem einundzwanzigsten Jahrhundert, Sonja – und du hast mir erzählt, dass du nie besonders religiös warst. Und auf einmal ist das alles Realität für dich – Osiris, Isis, Horus … Das geht mir irgendwie zu rasch, Sonja. Überleg doch mal, wie viele Götter die alten Ägypter haben. Wenn die plötzlich alle real würden …« Er schüttelte noch einmal den Kopf. »Du hast dich echt verändert, Sonja.«

Sie wurde zornig, weil er ihr nicht glauben wollte. Dabei wusste sie felsenfest, dass sie sich die Begegnung mit Isis nicht eingebildet hatte. »Dann habe ich mich eben verändert«, sagte sie trotzig.

»Ich habe den Hof durch eine Mauerritze beobachtet – und während des ganzen Rituals ist kein Gott aufgetaucht«, erwiderte Jonas. »Kein einziger. Ankhu hat sich mit der Flöte in Trance versetzt. Er war wie auf Drogen. Okay, wenn er behauptet, dass er eine Erscheinung hatte, dann mag das sogar stimmen. Aber du! Du bist doch sonst eine überzeugte Realistin …«

»Aber ich habe Isis gesehen, Jonas«, beharrte Sonja mit Nachdruck. »Ich bin hundertprozentig davon überzeugt, dass zum Zeitpunkt des Rituals eine fremde Macht anwesend war. Sie war uns freundlich gesinnt und hat mich beschützt.« Sie bewegte eine Hand im Badewasser. »Schamanen nehmen ja auch alles Mögliche wahr, was gewöhnliche Menschen nicht sehen können. Sie sehen Pflanzen- und Tiergeister, kommunizieren mit Seelen … Ich behaupte gar nicht, dass es eine allmächtige Göttin war, die ich gesehen habe. Aber es war ein guter Geist, und er war weiblich.«

Jonas runzelte die Stirn, dann lächelte er. »Du bist also inzwischen eine Schamanin geworden …«

»Red keinen Quatsch, Jonas!«, rief sie ungehalten. »Ich bin keine Schamanin. Aber ich bin sensibler geworden … für gewisse Dinge. Ich weiß inzwischen, dass sich nicht alles mit dem Verstand erklären lässt – und dass es einfach mehr gibt, als wir mit unseren fünf Sinnen wahrnehmen.«

»Kraftorte beispielsweise.« Es klang noch immer ein bisschen spöttisch.

»Kraftorte«, bestätigte sie. »Und Isis-Tore.« Sie tauchte kurz im

Wasser unter, um die Haare auszuspülen. Prustend kam sie wieder hoch. »Ich habe Ankhu alles erzählt, damit er uns hilft, ein Isis-Tor zu finden. Langsam habe ich nämlich wieder Sehnsucht nach der Zukunft. Ich möchte ganz gern nach Hause.«

Jonas legte den Arm um sie. »Nach Hamburg?«

Sie schnitt eine Grimasse. »Erst einmal ins Camp zurück«, antwortete sie. »Dann sehen wir weiter.«

»Hast du Sehnsucht nach Claus?«, fragte er leise.

Claus. Er war weiter weg denn je …

Sie schüttelte den Kopf. »Du weißt doch, dass du meine große Liebe bist, Jonas.«

Ankhu konnte nicht schlafen. Er hatte den Nachmittag und den frühen Abend damit verbracht, im Heiligtum des Osiris das Tongefäß einzugraben. Die Bienen im Innern summten nicht mehr, es war totenstill.

Die Tränen waren zu Re zurückgekehrt … Sie hatten ihre Aufgabe erfüllt. Ankhu war feierlich zumute, als er das Gefäß mit Lehm bedeckt und den Boden festgestampft hatte. Hier in der Erde mochte Seth für immer bleiben. Osiris würde über ihn wachen und verhindern, dass er seine Macht zurückgewann.

Obwohl ihn das Ritual und die körperliche Arbeit angestrengt hatten, fand Ankhu keine Ruhe. Er legte sich zwar nieder, wälzte sich aber fortwährend von der einen auf die andere Seite. Seine Gedanken waren ständig in Bewegung und kreisten unablässig um das Totenbuch der Isis. Er musste es haben, unbedingt. Es war nicht recht, dass es sich in Nofretetes Besitz befand und die Königin Gelegenheit hatte, die Zaubersprüche für eigene Zwecke zu nutzen. Aus dieser Sicht war sie fast gefährlicher als Echnaton, der mit seinem riesigen Polizeiapparat die Stadt überwachte.

Im Morgengrauen, nach einer schlaflosen Nacht, hatte Ankhu einen Entschluss gefasst. Er würde mit den Sieben Skorpionen in den Palast eindringen und das Buch an sich bringen. Er musste seinen Mitverschwörern unbedingt klarmachen, dass es erst einmal wichtiger war, den Papyrus zu finden, als den Pharao zu ermorden. Doch ob fünf Männer für dieses Vorhaben genügten?

Mit Osiris' Hilfe. Dem Totengott musste es wichtig sein, dass das Buch seiner Gemahlin sorgfältig verwahrt und nicht missbraucht wurde. Und so würde Osiris den Plan gewiss unterstützen.

Ankhu rieb sich das Kinn, während er sich etwas zu essen holte. Das Unternehmen musste gut geplant werden. Wie sollten die Verschwörer an den Wachen vorbeikommen? Vielleicht mussten sie sich mit Gewalt Einlass verschaffen. Dann würde viel Blut fließen …

Während Ankhu von einem Stück altbackenem Fladenbrot abbiss, kam ihm ein Gedanke. Er hatte vor Kurzem einen Mann kennengelernt, der beim Bau des Palastes mitgeholfen hatte. Eine innere Stimme sagte ihm, dass es klug sei, diesen Mann aufzusuchen. Möglicherweise erfuhr er von ihm, wo das Gebäude Schlupflöcher besaß. Ob man durch einen Nebeneingang ungesehen in den Palast eindringen konnte.

Nach dem morgendlichen Ritual zu Ehren Osiris' – er hatte dem Gott noch einmal gedankt und ihn um Hilfe für sein Vorhaben gebeten – brach Ankhu auf, um den Bauarbeiter aufzusuchen. Es war ein weiter Weg, der Mann wohnte im Osten der Stadt, in einer der letzten Häuser, einer winzigen windschiefen Hütte. Das Wetter hatte ihr bereits zugesetzt, und sie war an etlichen Stellen notdürftig ausgebessert worden. Ein kleiner Garten befand sich hinter der Hütte, dort gab es auch einen Stall mit einer Ziege und zwei Jungen. Ankhu umrundete die Hütte und streichelte die Zicklein, die sich ihm neugierig entgegendrängten. Der Mann, den er besuchen wollte, war offenbar ausgegangen, die Hütte war leer. Ankhu setzte sich neben dem Stall ins Gras und wartete. Es verging eine kleine Weile, dann kehrte der Bauarbeiter zurück. Er hatte in zwei Ledereimern Wasser geholt, um seinen Garten zu bewässern. Als Ankhu ihn kommen sah, stand er auf und trat ihm entgegen.

»Sei gegrüßt! Erinnerst du dich an mich? Ich bin Ankhu, wir sind uns schon ein paar Mal am Fluss begegnet. Ich muss mit dir reden.«

Der Mann setzte seine Wassereimer ab. Er musste sich kurz besinnen. »Ankhu – der Priester des Osiris!«, rief er dann erfreut.

»Schschsch, nicht so laut!« Ankhu sah sich um, aber zum Glück war niemand in der Nähe. »Es muss nicht jeder wissen, dass ich den alten Göttern diene.«

»Entschuldigt. Ich hatte für einen Moment nicht bedacht, dass Ihr mir die Sache nur im Vertrauen erzählt hattet.« Der Mann sah zerknirscht drein. »Seit ich einmal bei der Arbeit vom Dach gefallen bin und einen Tag lang ohne Bewusstsein war, ist mein Gedächtnis nicht mehr so gut. Ich vergesse Gesichter und Namen oder bringe sie durcheinander.« Er seufzte und lächelte. »Was kann ich für Euch tun, ehrwürdiger Ankhu?«

Der Priester kam gleich zur Sache. »Du hast mir erzählt, dass du beim Bau des Palastes mitgeholfen hast.«

»Ja, das stimmt«, antwortete der Arbeiter. »Daran erinnere ich mich noch gut – und an die vielen Änderungen, die der Architekt immer wieder vornehmen musste. Nie war der Pharao zufrieden. Schließlich gab der Architekt auf, und ein anderer musste die Fertigstellung übernehmen.« Der Mann schüttelte den Kopf. »Es war eine dumme, übereilte Handlung, die der Architekt mit dem Leben bezahlte.«

Ankhu räusperte sich. »Ich muss etwas aus dem Palast herausholen, etwas sehr Wichtiges. Man wird mir den Gegenstand nicht freiwillig geben, das ist mir klar. Ich will aber unnötiges Blutvergießen vermeiden. Deshalb frage ich dich, ob du mir sagen kannst, von welcher Seite ich am leichtesten in das Gebäude gelange.« Er hatte die Stimme zu einem Flüstern gedämpft.

Der Arbeiter zögerte. Er schlug die Augen nieder und starrte auf seine nackten Füße. Ankhu fiel auf, dass ihm am rechten Fuß die kleine Zehe fehlte. »Ich weiß nicht, ob ich Euch Auskunft geben darf«, murmelte er.

»Der Gegenstand, um den es geht, wurde entwendet«, erklärte Ankhu hastig. »Ich will ihn nur wiederholen und ihn sorgfältig aufbewahren. Osiris weiß, dass ich die Wahrheit sage. Als sein Priester ist es meine Aufgabe, altes Wissen zu bewahren und zu vermeiden, dass es in falsche Hände gerät und Unheil anrichtet.«

»Das klingt, als sei es ein Buch, wonach es Euch verlangt«, sagte der Arbeiter und blickte auf.

Ankhu war überrascht und nickte. »Richtig, es ist tatsächlich ein Buch.«

»Und ich dachte schon, Ihr wolltet Gold und andere Schätze aus dem Palast stehlen, um Euren Tempel damit zu schmücken«, gab sein Gegenüber zu.

»Ich könnte gut ein wenig Gold und Schmuck gebrauchen, um Osiris ein würdigeres Heim zu bereiten, als ich es ihm zurzeit bieten kann«, entgegnete Ankhu. »Aber zum Glück geht es meinem Gott nicht um Reichtum und Prunk, sondern darum, dass ich ihm ehrlich und ehrfürchtig diene. Jetzt sag, kennst du einen Weg in den Palast, ohne dass die Wachen aufmerksam werden?«

Auf dem Gesicht des Arbeiters erschien ein verschmitztes Lächeln. »Es freut Euch sicher zu hören, dass es einen Geheimgang gibt.«

»Einen Geheimgang?«, fragte Ankhu interessiert.

»Ja. Ich kann Euch seinen Verlauf sogar auf einem Plan zeigen. Ich habe einen der älteren Pläne mitgehen lassen … nachdem der Pharao abermals Änderungen verlangt hatte. Ich bin arm und kann mir keinen Papyrus leisten, obwohl ich lesen und schreiben gelernt habe. Weil ich dachte, dass niemand den Plan vermissen wird, habe ich ihn mit nach Hause genommen, um Papyrus zur Hand zu haben, falls ich doch einmal etwas aufschreiben muss oder einen Brief verfassen will. Der Plan ist noch vollständig, ich habe nichts davon abgeschnitten.«

»Dann geh und hol ihn!«

Der Arbeiter verschwand in seiner Hütte und kehrte nach kurzer Zeit mit einer Rolle zurück, die er vor Ankhu ausbreitete. Ankhu sah ein Gewirr von Linien und Flächen.

»Wie gesagt, der Plan entspricht nicht mehr dem wirklichen Aufbau des Palastes. Aber der Geheimgang verläuft so, wie er eingezeichnet ist. Daran hat sich nichts mehr geändert.« Der Arbeiter deutete auf eine schraffierte Linie.

Ankhu nahm ihm die Rolle aus der Hand und studierte den Plan eingehend. Ein Geheimgang war natürlich hervorragend! Etwas Besseres hätte er sich nicht wünschen können. Ankhu dankte Osiris im Stillen.

»Darf ich den Plan mitnehmen? Du bekommst ihn zurück, wenn ich ihn nicht mehr brauche.«

»Ihr könnt ihn gern behalten, ehrwürdiger Ankhu. Aber erzählt bitte niemandem, von wem Ihr ihn bekommen habt, sonst gerate ich in Schwierigkeiten. Ich glaube, ich schreibe sowieso niemandem einen Brief. Meine Hände sind von der schweren Arbeit steif geworden, und meine Finger zittern, wenn ich Hieroglyphen malen will. Also lasse ich es lieber … Nehmt den Plan mit. Ich wünsche Euch gutes Gelingen für Euer Vorhaben.«

»Danke. Osiris möge dich segnen und dir deine Tat im Jenseits vergelten.«

29

Derek hatte schon ziemlich viel Alkohol getrunken und konnte sich kaum noch auf den Beinen halten. Er taumelte, als er sich plötzlich in einem dämmrigen Raum wiederfand, in dem ein breites Bett stand. Eben noch hatten er und Nofretete bei Sonnenschein im Park gesessen und ein Picknick eingenommen. Und jetzt befanden sie sich auf einmal in diesem düsteren Raum!

»Netti?« Er sah sich hilfesuchend nach seiner Freundin um, die er erst seit wenigen Wochen kannte. Noch nie hatte er eine derart umwerfende Frau getroffen. Sie war wunderschön, kam aus Ägypten und sprach ein hervorragendes Englisch mit reizendem Akzent. Und sie konnte ihn mühelos unter den Tisch trinken, was ihn immer wieder erstaunte.

»Netti?«

Da war sie, neben ihm, und streifte bereits ihr Leinenkleid ab. Derek machte große Augen. Unter dem Kleid trug sie keine Unterwäsche. Ihre Brüste schimmerten hell, ihr ganzer Körper war makellos und roch faszinierend. Er hatte bisher noch nicht herausgefunden, welches Parfüm sie benutzte. Er wusste nur eines – ihr Duft brachte ihn um den Verstand. Er begehrte sie wie keine andere Frau zuvor. Und er wollte mit ihr schlafen, sofort.

Das Kleid bildete inzwischen einen bunten Wulst um ihre Knöchel. Sie stand nackt vor ihm und legte mit betont träger Eleganz die Arme um ihn. Sein Penis drückte von innen gegen seine Jeans. Ihre rechte Hand suchte bereits den Reißverschluss, schob sich in die Öffnung und begann mit Liebkosungen.

Das Denken fiel ihm schwer.

»Darling, wo sind wir?«, fragte er mühsam. Sie erregte ihn so, dass er kaum atmen konnte. »Und wo ist auf einmal der Park?«

»Ich wollte nicht auf der Decke mit dir schlafen, wo jederzeit einer vorbeikommen und uns zusehen kann«, antwortete sie. Ihre Lippen streiften seine Schläfen, knabberten an seinem Ohr. »Außerdem wollte ich dir zeigen, wo ich wohne.« Sie befreite ihre Knöchel von dem Kleid, indem sie einfach heraustrat, drehte sich um und machte eine ausladende Handbewegung. »Dies ist mein Schlafzimmer. Ich wollte hier mit dir zusammen sein.«

»Aber wie … aber wo …« Er verstand noch immer nicht, wie sie plötzlich in dieses Gebäude gelangt waren.

Sie legte ihm einen Zeigefinger auf die Lippen und führte ihn zu dem breiten Bett, das in der Mitte des Raumes stand. Ein solches Bett hatte er noch nie gesehen. Am oberen Ende besaß es einen Aufsatz, auf den man offenbar den Kopf legen sollte. Die Vorrichtung sah reichlich unbequem aus. Überhaupt – das ganze Zimmer wirkte irgendwie fremdartig. Exotisch … Ägyptisch? Ja, vielleicht ägyptisch. Hatte sie nicht erwähnt, dass sie hier wohnte? Aber wieso waren sie plötzlich in Ägypten – ohne stundenlangen Flug? Der Flug von London Heathrow nach Kairo dauerte ohne Zwischenstopp knappe fünf Stunden, das hatte er neulich im Internet nachgesehen.

»Sind wir in Kairo?«

»Wir sind in Achetaton, aber das sagt dir wahrscheinlich nichts. Nun komm!«

Sie hatte einladend die Schenkel gespreizt und zog ihn aufs

Bett. Es war weicher als vermutet. Er küsste ihren Nabel, ihren flachen Bauch, dann wanderten seine Lippen und Hände tiefer. Auf ihrer Scham sprossen nur wenige kurze Härchen. Er mochte es, wenn Frauen dort nackt waren.

Trotzdem ließ ihm die Sache keine Ruhe. »Achetaton?«

»Frag nicht weiter! Hast du nicht gesagt, es sei dir egal, wer ich bin und woher ich komme?«

Sie schob seinen Kopf mit sanftem Nachdruck zwischen ihre Schenkel. Er roch ihren Duft und vergaß das Denken.

Sie brauchte den Kick. Es machte ihr Spaß, ihn zu verwirren und aus seiner britischen Reserve zu locken. Engländer waren manchmal so steif …

Was den Wechsel durch die Zeiten anging, so hatte sie es darin zur Perfektion gebracht. Das Totenbuch der Isis schenkte ihr endlich die Freiheit, die sie sich immer gewünscht hatte. Sie war entbunden von den lästigen Pflichten – und selbst wenn sie ihnen zuweilen noch nachkam, weil Echnaton darauf bestand, dann konnte sie währenddessen daran denken, welche Freuden auf sie warteten. Sie brauchte keine Angst mehr vor dem Altwerden zu haben. Das Leben bot unendliche Möglichkeiten – sie konnte in jedes Land, in jede Zeit reisen. Erst hatte es Probleme mit der Verständigung gegeben, aber dank des magischen Buches war sie mittlerweile in der Lage, eine unbekannte Sprache sofort zu erfassen und zu sprechen. Isis' Göttlichkeit war universell – und ein Teil dieser Göttlichkeit war durch das Buch auf Nofretete übergegangen. Sie konnte den Aufenthalt in der Fremde unbeschwert genießen, die Wirkung ihrer Schönheit, die Bewunderung der Männer. Anfangs hatte sie sich schwergetan, ihren Platz in der Gesellschaft zu finden, weil ihr die Kaufkraft gefehlt hatte, aber dann hatte sie herausgefunden, dass sich kunstvolle Keramiken und Goldschmuck gut eintauschen, das hieß, in der jeweiligen Währung zu Geld machen ließen. Sie wurde immer geschickter, studierte die menschliche Psyche, konkurrierte mit anderen Frauen. Es war ein buntes, heiteres Leben, das sie führte; sie hielt die Fäden in der Hand, dirigierte und manipulierte und ging aus den Querelen des Alltags stets als Siegerin hervor. Sie nahm nichts wirklich ernst, andere Menschen waren wie Spielzeug in ihren Händen, und sie beschäftigte sich mit ihnen jeweils so lange, bis sie sie langweilten.

Derek würde sicher nicht mehr lange ihr Freund sein, denn er besaß eine Reihe von Eigenschaften, die sie störten. Er hatte ein hohes Sicherheitsbedürfnis und neigte zur Spießigkeit, aber wenn es ihr gelang, das Kind in ihm hervorzulocken, dann war er ein amüsanter Partner. Daher schuf sie Situationen, die ihn an seine Grenzen führten. Seit sie Fahrstühle für sich entdeckt hatte, war sie geradezu süchtig danach, damit vom obersten Stockwerk bis in den Keller und zurück zu fahren. In einem Fahrstuhl hatte sie Derek das erste Mal verführt. Sie hatten sich in einem offenen Auto oder während einer Party auf einer Hollywoodschaukel im Garten der Gastgeber geliebt. Das Picknick im Park hatte Derek vorgeschlagen, er hatte sie dort auch liebkost, um ihr zu beweisen, dass er mutiger geworden war – aber sie wollte herausfinden, wie er sich verhielt, wenn sie ihn mit dem Phantastischen konfrontierte. Und so hatte sie den Zeitsprung ins alte Ägypten veranlasst und ihn mitgenommen. Da stand er nun in ihrem Schlafzimmer und blickte drein wie ein verängstigter Knabe. Dann aber fand er sich mit der neuen Situation erstaunlich rasch ab und wurde zu einem besonders temperamentvollen Liebhaber.

Vielleicht bildete er sich ein, dass alles nur ein Traum war …

Jetzt lag er neben ihr, erschöpft, und lächelte sie glücklich an. Mit dem Zeigefinger fuhr er die Konturen ihrer Brüste nach.

»Du bist so schön.«

»Dabei habe ich sechs Töchter geboren«, entgegnete sie herausfordernd.

Natürlich glaubte er ihr kein Wort. »Nein, dann sähst du anders aus.«

»Ich schwöre, es ist die Wahrheit. Sechs Töchter, aber eine davon ist traurigerweise schon gestorben.«

Nun spiegelte sich Verwirrung auf seinem Gesicht. »Aber dein Körper … er ist so jung, so straff … Warst du bei einem Schönheitschirurgen?«

Sie lächelte geheimnisvoll und schwieg. Derek würde ihr nie glauben, dass ihre jugendliche Erscheinung auf der Macht eines alten Buches beruhte. In seiner Welt schwor man auf die Kunst der Medizin.

Er küsste die Mulde über ihrem Schlüsselbein. »Und wo sind deine Töchter jetzt?«, murmelte er. »Ich habe dich nie mit ihnen gesehen, dabei kenne ich dich schon seit sieben Wochen. Lässt du sie so lange allein? Dann bist du eine Rabenmutter! Oder nennt man das bei euch anders?«

»Wenn ich unterwegs bin, wird bestens für meine Töchter gesorgt.« Sie kraulte sein Haar, das fest und dunkel war.

»Dann musst du reich sein.«

»Das bin ich auch. Ich bin nämlich eine Königin.«

»Natürlich bist du eine Königin.« Er küsste ihre Schulter aufwärts bis zum Hals. »Meine Königin. Die Rätselhafte. Wie nennst du dich manchmal? Nofretete? Da gibt es so eine Büste in Berlin … Du siehst ihr tatsächlich ähnlich.«

»Ja, Thutmosis ist ein großer Künstler. Er wäre stolz, wenn er wüsste, dass seine Kunst Jahrtausende überdauerte.«

»Wie meinst du das, Darling?«

»Die Büste, die in Berlin ausgestellt wird, hat ein Bildhauer namens Thutmosis geschaffen.«

»Ach so.« Seine Stimme klang schläfrig. »Was du alles weißt.«

Sie runzelte die Stirn. Er war wirklich arglos. Ein anderer hätte sofort nachgehakt. Reizte es ihn denn gar nicht, ihr Geheimnis zu lüften? Besaß er keinen Funken Abenteuerlust? Vielleicht war es doch ein Fehler gewesen, ihn in ihre Zeit zu versetzen.

Sie unternahm einen letzten Versuch. »Willst du meine Töchter sehen?«

Er war fast eingeschlafen. Sie musste ihre Frage wiederholen.

»Sind deine Töchter denn hier?«

»Sie schlafen nebenan«, antwortete sie. »Lass uns hinübergehen, aber leise. Eigentlich darf sich hier kein Mann aufhalten, dies ist nämlich ein Harem.«

»Ein Harem?« Jetzt wurde er hellhörig und hob den Kopf. Er lachte. »Du bist echt witzig, Netti. Erst bringst du mich hierher in dieses … hm … Gemach … und dann erzählst du mir, dass wir in einem Harem gelandet sind. Demnächst schleppst du mich noch in eine Opiumhöhle.«

Er nahm sie nicht ernst!

Sie schwang die Beine über die Bettkante. »Nun gut, ich zeig's dir. Wir gehen hinüber zu meinen Töchtern.«

»Willst du dir nicht erst was anziehen?«, fragte er mit einem Blick auf ihren nackten Körper.

In diesem Moment hörten sie von draußen laute Stimmen.

Nofretete erschrak. Was war das? Hatte ihr Gatte Argwohn geschöpft und die Wachen gerufen, um ihr Schlafzimmer zu stürmen? Dabei hatte sie immer darauf geachtet, rechtzeitig zurückzukehren, damit niemand ihre Abwesenheit bemerkte. Selbst wenn sie sich monatelang an anderen Orten aufhielt, kehrte sie dank der Magie des Buches fast immer genau zum Zeitpunkt ihres Aufbruches zurück. Nie war sie länger als einige Stunden fort gewesen …

Jemand rüttelte gewaltsam an der Tür. Zum Glück war der Riegel von innen vorgeschoben.

»Aufmachen!«

»Wer ist das?« Derek sprang auf. »Was sagt er?«

»Ich … ich weiß nicht …« Nofretete fasste nach seiner Hand. Sie hatte Angst. Vielleicht hatte sie das Spiel zu weit getrieben und das Schicksal herausgefordert. Wenn Echnaton sie mit einem Liebhaber erwischte, würde er kein Erbarmen kennen. Es gab nur eine Möglichkeit: Sie mussten so schnell wie möglich nach London zurückkehren.

»Komm! Rasch!«

Sie zog ihn zur anderen Seite des Raumes.

Haremsat war der kräftigste der Sieben Skorpione. Er besaß Muskeln wie ein Riese. Er war es auch gewesen, der Huya, den Aufseher des Harems, mit einem Faustschlag niedergestreckt hatte. Der fette Mann war sofort zu Boden gegangen und hatte keinen Laut mehr von sich gegeben. Die fünf Verschwörer, angeführt von Ankhu, hatten ungehindert das Frauenhaus betreten.

Der Zufall hatte es gewollt, dass Anchesenpaaton, die drittälteste Tochter von Echnaton und Nofretete, den Eindringlingen in den Weg lief. Das barfüßige Mädchen konnte offenbar nicht schlafen und war unterwegs zum Gemach ihrer Schwestern. Als sie die fremden Männer entdeckte, blieb sie wie angewurzelt stehen. Bevor sie schreien konnte, hatte Bata sie an sich gerissen und ihr den Mund zugehalten. Die Kleine zappelte und wehrte sich heftig.

»Halt still!«, fauchte Bata sie an. »Wenn du ruhig bist, geschieht dir nichts. Andernfalls drehe ich dir den Hals um wie einer Ente.«

Anchesenpaaton verdrehte die Augen vor Angst und Entsetzen. Ankhu trat neben Bata, um notfalls einschreiten zu können. Bata hatte einen Hang zur Grausamkeit und verlor manchmal die Beherrschung. Und jetzt war er im Blutrausch. Wenige Minuten zuvor hatte er einen Wächter erstochen, der die Männer beim Verlassen des Geheimganges überrascht hatte. Ankhu wollte verhindern, dass dem unschuldigen Mädchen etwas geschah.

»Sei sanft mit ihr!«, herrschte er Bata an. Dann wandte er sich an Anchesenpaaton.

»Wo schläft deine Mutter?«, fragte er und lächelte. »Wir wollen mit ihr reden.«

Wie zu erwarten ging das Mädchen nicht auf die geheuchelte Freundlichkeit ein. Da drehte ihr Bata den Arm auf den Rücken. »Los, zeig uns das Zimmer!« Verängstigt deutete sie auf eine Tür am Ende des Korridors.

Bata übergab die Kleine an Nebamun, damit der Amun-Priester auf sie aufpasste, während die vier anderen Nofretetes Schlafgemach stürmten. Ankhu stellte fest, dass die Tür verriegelt war, aber für Haremsat war das kein Hindernis. Der Riese nahm Anlauf, Holz splitterte, und die Tür gab nach.

Die Skorpione drangen in den Raum ein. Aus den Augenwinkeln nahm Ankhu noch wahr, wie Nofretete einen Mann ins Nebenzimmer zog. Beide waren nackt und hatten Kleidungsstücke an sich gerafft. Ankhu erkannte deutlich, dass der Mann nicht Echnaton war. Nofretete hatte also einen Liebhaber, und die Skorpione hatten die traute Zweisamkeit gestört!

Ankhu beschloss, die Situation sofort für sich zu nutzen. Vielleicht konnte er Nofretete erpressen und zwingen, das Totenbuch der Isis herauszugeben. Er stürmte ihr nach. Doch als er die Tür zum Nebenzimmer aufriss, fand er es leer vor.

Im ersten Moment war er verblüfft. Er blieb stehen und sah sich um. Irgendwo musste es eine Geheimtür geben, durch die die beiden verschwunden waren. Ankhu tastete die Wände ab, berührte Mauervorsprünge und Möbelstücke, in der Hoffnung, einen Mechanismus auszulösen. Rahotep, Bata und Haremsat halfen ihm dabei, wobei unter Haremsats Händen einiges zu Bruch ging. Schließlich gebot Ankhu Einhalt.

»Wir sind nicht hier, um das Haus zu verwüsten. Ihr wisst, dass ich nach einem besonderen Papyrus suche.«

Haremsat schleuderte einen Stuhl zu Boden. Ein Bein brach ab. »Aber wo steckt die Königin?«, knurrte er.

»Ich kann es mir denken«, murmelte Ankhu, der sich daran erinnerte, was Sonja ihm erzählt hatte. Sie und ihr Freund waren aus der Zukunft gekommen und hatten dazu ein Isis-Tor benutzt. Sonja hatte die Vermutung geäußert, dass Nofretete die Magie des Totenbuches dazu verwendete, durch die Zeit zu reisen. Ankhu versuchte sich zu konzentrieren, aber es wollte ihm nicht gelingen, solange seine Begleiter ringsum Unruhe verbreiteten.

»Bitte verlasst den Raum!«, forderte er sie daher auf.

Erst protestierten die Männer. »Aber warum?« – »Wieso?« – »Ich dachte, wir sollten nach der Königin suchen!«

Dann gingen sie doch nach draußen und warteten auf dem Gang, wo Nebamun noch immer Anchesenpaaton bewachte.

Ankhu schloss die Augen und bat Osiris stumm um Hilfe. Wenn der Papyrus irgendwo in der Nähe versteckt war, dann hoffte er auf einen Hinweis. Ankhu strengte alle seine Sinne an. Es war ein magisches Buch, und wenn Nofretete es benutzt hatte, dann mussten die Schwingungen noch zu spüren sein.

Nach einer Weile glaubte er tatsächlich etwas wahrzunehmen. Es war wie eine warme Strömung, die sich um ihn herum ausbreitete. Er streckte die Arme aus, um seine Sinne zu schärfen. Die Strömung führte ihn zurück in Nofretetes Schlafgemach. Neben dem großen Bett stand eine Wiege, in der wohl ihre Töchter geschlafen hatten, als sie noch Kleinkinder gewesen waren. Das Möbelstück erfüllte keinen Zweck mehr, aber für Nofretete war es vermutlich ein Erinnerungsstück.

Ankhu hatte das Gefühl, dass die Schwingungen ihren Ursprung in der Wiege hatten. Er schlug die Decken und das Kissen zurück. Doch er stieß nur auf den hölzernen Boden. Enttäuscht ließ er das Bettzeug sinken. Trotzdem nahm er noch immer Schwingungen wahr. Er bückte sich und untersuchte das Gestell. Es bestand aus massivem Holz. Die Seitenwände waren kunstvoll mit Gold verziert, eine aufwendige Arbeit. Ankhu strich darüber. In den Fingerspitzen fühlte er ein deutliches Kribbeln.

Bitte, Osiris, hilf! Ich muss das magische Buch finden!

Ankhu kniete am Fußende der Wiege nieder. Zufällig berührte er ein vergoldetes Quadrat – und spürte im Holz einen winzigen Spalt. Er sah genauer hin und entdeckte, dass der Spalt eine viereckige Form aufwies. Ein Geheimfach!

Er drückte auf die Mitte des Quadrates, und eine Schublade sprang heraus. Er zog sie weiter auf. Sie war schmal und fast so lang wie die Wiege. In ihrem Innern lag der zusammengerollte Papyrus. Ein vollkommenes Versteck!

Andächtig nahm Ankhu das Buch heraus. Es fühlte sich warm an, fast lebendig. Der magische Papyrus war also aktiv … Und sicher hatte er Nofretete und ihrem Liebhaber zur Flucht verholfen – wohin auch immer.

Ankhu schob das Buch unter sein Gewand. Er dankte Osiris für die Hilfe und versprach, den Papyrus gut zu verwahren. Niemand sollte ihn zu eigennützigen Zwecken missbrauchen!

Dann verließ er das Schlafgemach. Seine Gefährten blickten ihn erwartungsvoll an.

»Ich habe das Gesuchte gefunden«, teilte er ihnen knapp mit. »Du kannst das Mädchen wieder loslassen«, wies er Nebamun an.

Der gehorchte. Die verängstigte Anchesenpaaton rannte über den Gang, so rasch sie ihre Füße trugen, und verschwand in einem Zimmer.

Die Skorpione beeilten sich, das Gebäude zu verlassen und den Rückweg anzutreten. Huya lag noch immer am Boden und rührte sich nicht. Unter seinem Kopf hatte sich eine Blutlache gebildet.

»Der steht nicht mehr auf«, brummte Bata und stieß den Haremswächter mit dem Fuß an.

Im Dunkel der Nacht schlichen sich die fünf Männer davon.

30

Sonja war schockiert, als sie hörte, dass es beim Einbruch in den Palast zwei Tote gegeben hatte. Sie erfuhr es von Inet, die auf dem Markt von dem Überfall gehört hatte.

»Die Täter sind den Wächtern entkommen«, berichtete die Ägypterin. »Echnaton ist in großer Sorge und glaubt, dass die Einbrecher Nofretete entführt haben. Eine der Töchter hat den Überfall mitbekommen. Echnaton hält es für ein Wunder, dass ihr nichts geschehen ist. Er glaubt, dass Aton sie beschützt hat.«

Sonja brannte vor Neugier. Hatte Ankhu das Totenbuch der Isis gefunden? Und hatte er tatsächlich etwas mit Nofretetes Verschwinden zu tun? Sie konnte sich nicht vorstellen, dass er und seine Helfer die Pharaonin gekidnappt hatten. Höchstens, um sie zur Herausgabe des Totenbuches zu zwingen.

Sonja hätte am liebsten sofort alle Einzelheiten erfahren. Sie drängte Jonas, Ankhu so bald wie möglich wieder aufzusuchen.

»Wenn er das Buch besitzt, dann können wir mit seiner Hilfe wahrscheinlich auch in unsere Zeit zurückkehren. Ach, Jonas, ich habe inzwischen richtig Heimweh, kannst du mir das glauben? Es ist alles total interessant hier. Ich erlebe eine Realität, die früher nur in meiner Vorstellung existierte. Aber die Sache mit Seth hat mich viel Kraft gekostet. Ich hätte nichts gegen eine kleine Auszeit.« Sie lächelte. »Eine Auszeit, in der alles normal läuft und nichts Übernatürliches passiert.«

Sie hatte tatsächlich das Gefühl, sich erholen zu müssen. Im Moment lebte sie in der Angst, dass sich das Erlebnis mit Seth wiederholen könnte, und sehnte sich nach dem Alltag, nach dem frühen Aufstehen im Camp, den Mitarbeiterbesprechungen, den vielen eintönigen Stunden, in denen gegraben und nichts gefunden wurde. Sie wünschte sich, abends entspannt vor dem Zelt zu sitzen, Rotwein zu trinken und Schafskäse zu essen. Sie wünschte sich die Gesellschaft ihrer Kollegen, von Menschen des 21. Jahrhunderts, sie wollte, dass über Probleme geredet wurde, die nicht von gestürzten oder neu ernannten Göttern handelten ... Kurzum, sie hatte Achetaton im Augenblick von Herzen satt.

»Okay, ich habe im Prinzip nichts gegen eine Rückkehr«, stimmte Jonas ihr zu. »Du möchtest doch, dass ich mitkomme – oder willst du, dass ich hierbleibe?«

»So ein Unsinn!«, rief Sonja entrüstet. »Wie kannst du nur so etwas denken?«

Jonas krauste die Stirn. »Nun ja, wir haben eine ziemlich aufregende Zeit hinter uns. Wir mussten zusammenhalten – notgedrungen. Vielleicht wünschst du dir mehr Freiheit. Kann ja sein, dass du von mir inzwischen genervt bist ...«

»Das kann nicht sein«, widersprach Sonja und küsste ihn rasch auf die Lippen. »Du weißt ganz genau, dass ich von dir nicht genug bekommen kann. Das wird auch so bleiben, wenn wir in unsere Zeit zurückgekehrt sind.«

Jonas sah sie an. Seine Augen verdunkelten sich. »Und du bist sicher, dass ich nicht nur eine Urlaubsliebe für dich bin? Ein Mann, mit dem man ein paar außergewöhnliche Wochen erlebt, der für den normalen Alltag aber nicht tauglich ist? Wenn das nämlich so ist, dann lass uns lieber hierbleiben. Wir könnten uns ein Lehmhaus bauen und Ziegen züchten. Vielleicht nimmt mich Inarus mit in die Bildhauerwerkstatt, und ich lerne, wie man Vasen töpfert oder Büsten herstellt. Und du könntest Kinder unterrichten und ihnen das Lesen und Schreiben beibringen.«

Sonja schüttelte lachend den Kopf. »Nein, so sehen meine Zukunftspläne nicht aus! Außerdem gäbe es ja auch einen Alltag – nur ohne Kühlschrank, Fernseher, Computer …«

»Kannst du dir vorstellen, mit mir im Supermarkt einkaufen zu gehen?«, fragte Jonas mit gespielter Ernsthaftigkeit.

»Ja, natürlich. Wir werden vor der Tiefkühltruhe stehen und uns streiten, ob wir Seelachs oder Buntbarsch kaufen sollen.«

»Ich bleibe übrigens immer bei den Zeitschriften hängen, das wird dich auf die Palme bringen.«

»Und ich kann mich stundenlang nicht entscheiden, welche Feuchtigkeitscreme ich kaufen soll. Ich schau mir alles an, vergleiche die Preise und bleibe dann doch bei der bewährten Sorte.«

»Ach, Sonja.« Er zog sie in die Arme. »Es wird herrlich sein. Du wirst den beladenen Einkaufswagen zu Kasse schieben, während ich unsere Kinder davon abhalte, das Regal mit den Süßigkeiten auszuräumen …«

»Unsere Kinder?«, murmelte Sonja an seiner Schulter.

»Oder nicht?« Jonas machte eine Kopfbewegung. »Ich will mindestens drei – genau wie Inet. Zwei Jungen und ein Mädchen.«

»Ja, ihre Kinder sind so niedlich, die würde ich glatt adoptieren.«

»Ich glaube nicht, dass Inet davon begeistert wäre«, gab Jonas zu bedenken. »Ich fürchte, wir müssen uns schon die Mühe machen, eigene herzustellen …«

»Du Spinner«, flüsterte Sonja glücklich.

Als Sonja und Jonas am Abend Ankhu aufsuchen wollten, fanden sie seine Tür verschlossen vor. Das Haus wirkte verlassen. Sonja befürchtete, dass der Priester auf Nimmerwiedersehen verschwunden war. Wahrscheinlich hatte er seinen Verfolgern entkommen wollen und die Stadt verlassen. Seine Entscheidung wäre in diesem Fall nachvollziehbar gewesen, aber Sonja war enttäuscht. Am nächsten Tag versuchten sie es trotzdem noch einmal.

Diesmal hatten sie Glück. Die Tür stand offen, und Ankhu unterhielt sich mit einem jungen Mann, der sich gleich darauf verabschiedete und ging.

»Das war Karem«, erklärte Ankhu. »Er ist der Gehilfe des königlichen Leibarztes. Was kann ich für euch tun?«

Sonja schloss sorgfältig die Tür, bevor sie antwortete. »Ihr seid im Palast gewesen?«, fragte sie im Flüsterton. »Ich habe von dem Einbruch gehört.«

»Man redet ja in der ganzen Stadt von nichts anderem.« Ankhu zögerte, aber dann begann er zu erzählen. »Ja, das waren wir – meine Freunde und ich. Ich war gegen jegliches Blutvergießen, aber es ließ sich leider nicht vermeiden. Aber den gesuchten Gegenstand habe ich zumindest.«

Sonja wurde ganz aufgeregt. »Ihr habt tatsächlich das Totenbuch der Isis gefunden?« Sie brannte darauf, einen Blick auf den Papyrus zu werfen, auch wenn ihr der Gedanke an das mächtige Buch Respekt und Angst einflößte. Trotzdem wollte sie die zauberkräftigen Hieroglyphen mit eigenen Augen sehen, um sich einen Eindruck zu verschaffen.

Ankhu schüttelte den Kopf. »Ja, ich habe das Totenbuch aus dem Palast geholt, aber es ist für immer sicher verwahrt. Die Große Königliche Gemahlin ist äußerst leichtfertig damit umgegangen. Das Buch glühte vor Energie, als ich es in seinem Versteck fand. Mehrere Zauber waren in Kraft. Es hat mich zwei Tage gekostet, um das Buch zu beruhigen.«

Sonja schluckte. »Und wo ist Nofretete? Habt Ihr sie wirklich entführt, wie es Euch vorgeworfen wird?«

»Nein, mit ihrem Verschwinden habe ich nichts zu tun.« Ankhu berichtete, was passiert war. »Sie hat den Zeitzauber des Buches benutzt, um mit ihrem Liebhaber aus dem Raum zu verschwinden.« Er räusperte sich und fuhr nach einer kurzen Pause mit seinem Bericht fort. »Sie wird nicht wiederkommen. Ihr ist die Rückkehr verwehrt, weil ich den Zeitzauber außer Kraft gesetzt habe. Die Tür ist sozusagen für immer verschlossen. Nofretete muss dort bleiben, wo sie sich gerade aufhält.«

Sonja ließ die Worte des Priesters auf sich wirken. »Also trifft

Paul Lehmanns Vermutung zu«, murmelte sie nach längerem Nachdenken. »Wir werden Nofretetes Grab niemals finden, weil sie nicht in der Amarna-Zeit gestorben ist.«

Sie übersetzte ihre Überlegungen für Jonas, der sie während ihres Gespräches mit Ankhu ratlos gemustert hatte, und erklärte ihm kurz, worum es ging.

»Frag ihn, ob er das Buch für uns wieder aktiviert, damit wir zurückkehren können!«, forderte Jonas sie auf.

Sonja wandte sich an den Osiris-Priester, aber der schlug ihr die Bitte ab.

»Das ist nicht möglich. Das Buch muss ruhen. Zu viel Kraft wurde in der letzten Zeit verbraucht. Außerdem – wenn ich das Tor für euch öffne, dann kann auch Nofretete hindurchtreten. Und ich will nicht, dass sie zurückkommt und das Buch noch ein einziges Mal berührt.« Er dämpfte die Stimme. »Das Totenbuch der Isis verändert den Menschen, der es benutzt. Es steigert die Gier. Du willst mehr und mehr … und einerlei, wie viel du bekommst, es ist nie genug. Du weißt, dass du durch das Buch alles haben kannst, und dieser Gedanke lässt dir keine Ruhe mehr. Du wirst ein Getriebener – ein Sklave des Buches und seiner Magie … Anstatt das Buch zu benutzen, benutzt es dich.«

Ankhus Worte klangen wie eine Warnung. Sonja erschauerte. Trotzdem hätte sie dem Priester gern widersprochen und ihn gebeten, den Zeitzauber für sie trotz allem zu aktivieren. Aber sie wusste, dass alles Bitten und Flehen bei Ankhu auf taube Ohren stießen. Er hatte die Angelegenheit bereits für sich entschieden und würde ihnen auch nicht verraten, wo er das Buch aufbewahrte.

»Aber … aber wie kommen wir dann in unsere Zeit zurück?« Die Enttäuschung in Sonjas Stimme war nicht zu überhören. »Wir sind durch ein Isis-Tor hierher gelangt. Gibt es irgendwo ein Portal? Ihr als Priester müsst doch davon wissen! Ein Brunnen, eine Kultstätte …« Sie sah ihn voller Verzweiflung an.

Ankhu dachte nach. Eine Ewigkeit schien zu vergehen, bis er schließlich antwortete. »Ja, ich glaube, auf der anderen Seite des Nils gibt es einen mystischen Ort. Es soll dort nicht mit rechten

Dingen zugehen. Früher befand sich an der Stelle ein Isis-Heiligtum, aber die Priesterin ist vor vielen Jahren weggegangen, und seitdem verfällt die Stätte. Wenn ihr wollt, bringe ich euch dorthin.«

Sonja berichtete Jonas, was Ankhu gesagt hatte. Dann wandte sie sich wieder an den Priester. »Seid Ihr sicher, dass es wirklich ein Tor ist? Ein Portal, das in eine andere Zeit führt?«

»Sicher bin ich nicht. Ich weiß nur, was ich gehört habe. Es ranken sich verschiedene Geschichten um diesen Ort. Und es ist die einzige Stelle, die in etwa deinen Vorstellungen entspricht.«

Sonja holte tief Luft. »Nun denn«, murmelte sie mit einem Seitenblick auf Jonas, »versuchen wir es.«

Am nächsten Morgen in aller Frühe warteten Jonas und Sonja am Flussufer, dem Treffpunkt, den sie mit Ankhu vereinbart hatten. Von Inet und ihrer Familie hatten sie tränenreich Abschied genommen. Inet hatte darauf bestanden, die Reisenden wenigstens ein Stück zu begleiten, und auch Bakt und Mayati kamen mit. Sonja war tief bewegt, als sie Inet umarmte. Sie hatte die junge Ägypterin wirklich lieb gewonnen. Doch wenn alles so vonstatten ging, wie sie es sich erhoffte, würden sie sich niemals wiedersehen. Es war schwer, eine so gute Freundin zu verlieren und zu wissen, dass man ihr kein einziges Mal schreiben oder mit ihr telefonieren konnte. Es war ein Abschied für immer.

Jonas strich Mayati und Bakt über den Kopf. »Macht's gut, ihr beiden.« Sonja übersetzte, was er gesagt hatte.

»Kommt ihr denn mal wieder?«, fragte Mayati.

Inet und Sonja wechselten einen Blick.

»Vielleicht«, antwortete Sonja ausweichend. Sie lachte. »Kann sein, dass wir in ein paar Stunden wieder da sind, weil das mit unserer Rückreise nicht geklappt hat.«

»Ich drücke euch die Daumen«, meinte Inet. »Und ihr seid jederzeit willkommen.«

»Danke«, sagte Sonja. »Danke für alles.«

Inet lächelte. Als Jonas und Sonja davongingen, blieb sie mit den Kindern stehen und sah ihnen nach. Sonja drehte sich noch einmal um und winkte. Inet winkte zurück. Sonja wurde schwer ums Herz.

»Inet hat uns wirklich sehr geholfen«, sagte sie zu Jonas. »Ich werde sie nie vergessen.«

»Sie dich bestimmt auch nicht«, erwiderte er. »Schließlich hast du ihrem Sohn das Leben gerettet.«

Am Flussufer mussten sie eine Weile warten, bis Ankhu erschien. Der Priester führte sie zu einem Boot, das im Schilf versteckt war. Gemeinsam trugen sie es zum Wasser. Es war ein leichtes Schilfboot. Sonja zögerte kurz, bevor sie hineinstieg, denn es sah so aus, als könne es leicht kentern. Doch viele ägyptische Fischer benutzten solche Boote, und als sie auf dem Nil waren, steuerte Ankhu das Boot mit großer Sicherheit und Ruhe. Er verwendete dazu eine lange Holzstange, mit der er sich vom Grund abstieß.

Bald schaukelte das Boot in der Mitte des Flusses. Ankhu versuchte, gegen die Strömung zu steuern, damit sie nicht zu sehr abgetrieben wurden. Enten flogen über das Wasser. Sonja sah etliche Fischer bei der Arbeit. Sie nutzten die frühen Morgenstunden.

Sie erreichten wohlbehalten das andere Ufer. Ankhu sprang hinaus und zog das Boot an Land. Sie ließen es liegen und wateten durchs Schilf. Allmählich wurde der Boden immer trockener.

»Ist es weit?«, fragte Sonja.

Ankhu nickte. »Wir müssen schon noch einige Stunden zu Fuß gehen.«

Der Weg zog sich hin. Sie begegneten Bauern, die nun, da die Überschwemmung langsam zurückging, ihre Felder bestellten. Ankhu erzählte Sonja und Jonas, dass das Land nach jeder Überschwemmung neu vermessen wurde. Trotzdem kam es immer wieder zu Streitigkeiten.

Je höher die Sonne stieg, desto heißer wurde es. Sonja bekam Kopfweh. Es war jedoch der vertraute Schmerz, nicht die unnatürliche Qual, die ihr Seth bereitet hatte. Inet hatte Sonja und Jonas einen Binsenkorb mit Proviant mitgegeben. Dafür waren sie jetzt dankbar. An den Geschmack des ägyptischen Bieres hatte sich Sonja inzwischen gewöhnt und fand es nicht mehr so scheußlich wie am Anfang.

Nachdem sie einige Dörfer hinter sich gelassen hatten, erreichten sie gegen Mittag einen kargen Landstrich. Hier gab es hauptsächlich Sand, Felsen und Dornbüsche. Sonjas Füße fühlten sich mittlerweile bleischwer an. Als sie sich verzweifelt fragte, wie weit sie wohl noch zu gehen hatten, blieb Ankhu stehen.

»Wir sind da.«

Sonja blickte sich um. Sie konnte nichts entdecken, was wie ein Isis-Tor aussah.

»Hier?«, fragte sie und lächelte müde.

Ankhu deutete auf einen Felsen. Jetzt erkannte Sonja, dass in die Steine Hieroglyphen eingeritzt waren. Wind und Sand hatten die Schrift fast unlesbar gemacht. Es dauerte eine Weile, bis Sonja ihren Sinn entschlüsselt hatte.

Die Pforte ist mir geöffnet,
ich kann das Land beliebig durchstreifen.
Dies, mein Herz, gehört der göttlichen Isis,
einer Meisterin der magischen Taten.

Sie wandte sich an Jonas. »Der Felsen scheint das Isis-Tor zu sein.«

»Und wie funktioniert es?«, fragte Jonas. »Sollen wir etwa hinaufklettern? Das ist jedenfalls kein Tor, durch das wir hindurchschreiten könnten.«

Sonja erkundigte sich bei Ankhu, doch dieser winkte ab. »Wartet! Der Weg wird euch gewiesen.«

Sonja fand die Antwort alles andere als zufriedenstellend. Sie hätte gern Genaueres erfahren. Doch Ankhu machte keine Anstalten, weitere Erklärungen abzugeben.

Er verabschiedete sich. »Ich muss zurück. Vor einiger Zeit ist ein guter Freund von mir gestorben, und ich muss nachsehen, wie der Mumifizierungsprozess verläuft. Es bedeutet viel Arbeit, eine Bestattung vorzubereiten.«

Sonja wünschte dem Osiris-Priester alles Gute und dankte ihm für seine Hilfe. Jonas schüttelte Ankhu etwas steif die Hand, was sich dieser mit gerunzelter Stirn gefallen ließ. Diesen Brauch war er offensichtlich nicht gewohnt.

Ankhu brach auf und ging davon. Sonja und Jonas setzten sich in den Sand und verzehrten die letzten Vorräte.

»Und jetzt?«, fragte Jonas und wischte sich über den Mund. »Wie öffnen wir das Tor? Du bist doch Expertin für alles Ägyptische.«

»Aber leider keine Expertin für Magie«, bedauerte Sonja. Sie stand auf, trat an den Stein und strich mit dem Finger über die Hieroglyphen. Der Felsen war steil und hoch, und es war unmöglich, ihn an dieser Stelle zu erklettern, wie Jonas vorgeschlagen hatte. Sie hätten Steigeisen benötigt.

»Isis«, flüsterte Sonja und versuchte, sich das Bild der geflügelten Göttin ins Gedächtnis zu rufen. »Was sollen wir tun? Wir möchten in unsere Zeit zurückkehren …«

Sie lauschte in sich hinein, in der Hoffnung, von irgendwoher eine Antwort zu erhalten. Doch es blieb still.

Die Sonne brannte vom Himmel. Sonjas Kopfschmerzen waren fast unerträglich. Ringsum regte sich nichts. Erschöpft ließ sie sich im Schatten des Felsens nieder und legte den Kopf auf die Knie. Und wenn das Tor gar nicht funktionierte, was dann? Sie war plötzlich mutlos. Natürlich konnten sie zu Ankhu zurückkehren, er besaß das Totenbuch der Isis, mit dem Zeitreisen möglich waren. Aber der Priester würde sich vermutlich weiterhin weigern, das Buch zu öffnen. Außerdem war der Weg zurück so weit …

Nach einer Weile merkte sie, dass Jonas aufgestanden und zu ihr herübergekommen war.

Er legte den Arm um sie. »Keine Vorstellung, wie es gehen könnte?«

Sie schüttelte den Kopf. »Ich habe Isis um Rat gefragt, aber sie hat mir nicht geantwortet.« Niedergeschlagen lehnte sie sich an ihn. Er streichelte ihren Arm. Sie spürte seine Lippen auf ihrem Haar.

»Vielleicht hat sie ja ihre Mailbox eingeschaltet«, murmelte er.

»Witzbold«, zischte sie. »Du glaubst noch immer nicht, dass ich sie in Ankhus Hof gesehen habe.«

»Doch«, widersprach er. »Ich wollte nur sagen, dass sie im Moment vielleicht nicht da ist. Als Göttin hat sie bestimmt jede Menge anderer Aufgaben zu erledigen, oder?«

Sonja seufzte und gab keine Antwort.

»Der Brunnen hat auch nicht gleich funktioniert, weißt du noch?«, fragte er.

Sie nickte. Die unscheinbaren Relikte hatten erst während der Nacht ihre Magie entfaltet. Sie dachte an das geheimnisvolle Licht, das von dem Brunnen ausgegangen war, an die Magie jenes Augenblickes … Dann lächelte sie, weil ihr einfiel, dass sie unmittelbar zuvor das erste Mal miteinander geschlafen hatten. Sie erinnerte sich, wie sie an Jonas' Theorie gezweifelt und angenommen hatte, dass er sie in Wirklichkeit nur hatte abschleppen wollen.

»Warum lächelst du?«, wollte er wissen.

Sie flüsterte es ihm ins Ohr.

»Und was denkst du jetzt?« Er amüsierte sich.

»Dass du beides wolltest. Mir deine Theorie beweisen und mit mir schlafen.«

»O ja. Da hast du völlig recht.«

Seine Hand wanderte zum Ausschnitt ihres Kleides. Er umfasste ihre Brüste und streichelte sie. Sie spürte, wie sich ihre Brustwarzen aufstellten. Trotz des Kopfwehs und der Hitze bekam sie Lust auf ihn. Sie drehte sich um, setzte sich rittlings auf ihn und küsste ihn. Unter sich fühlte sie seine Erektion. Er hob ihre Hüften an und beseitigte die störenden Kleidungsstücke. Sie öffnete bereitwillig die Schenkel und ließ ihn in sich hineingleiten, jeden Millimeter auskostend. Als er ganz in ihr war, saß sie einen Moment lang völlig ruhig und hielt ihn umschlossen, als wären sie von nun an ein gemeinsames Wesen. Dann bewegten sie sich im gleichen Rhythmus, langsam und intensiv, bis die Leidenschaft ihre Sinne erhitzte und sie wilder und schneller wurden. Sie sah die Felswand vor sich, Blitze tanzten vor ihren Augen, Farben zuckten im Takt der Lust, ihre Körper verschmolzen mit dem Sand und der Wüste und dem Fels, es war alles eins. Als sie den Kopf in den Nacken warf und mit Jonas zum Höhepunkt kam, entdeckte sie Isis über sich, und ihre Flügel trugen sie davon.

DRITTER TEIL

31

Sie lag bäuchlings auf ihm. Mühsam stemmte sie sich hoch. Der Sand, in den ihre Hände griffen, war kochend heiß. Ihre Armmuskeln zitterten und gehorchten ihr nicht. Der Kopf schmerzte, als wolle er gleich zerspringen.

Ihr wurde schwarz vor Augen. Der Schweiß brach ihr aus, und einige Sekunden lang war ihr so übel, dass sie sich fast übergeben hätte. Ihr Kreislauf spielte verrückt, und ihre Zunge fühlte sich geschwollen und trocken an. Sie hatte unerträglichen Durst.

Endlich zerstreuten sich die dunklen Punkte vor ihren Augen, und ihre Sehfähigkeit kehrte zurück. Sie blinzelte. Es war gleißend hell. Wüste. Sand. Ein kümmerlicher Dornbusch. Und – ein paar Meter von ihr entfernt – die Reste eines Zeltes. Sonja brauchte mehrere Minuten, bevor sie begriff, dass es sich um Jonas' Zelt handelte.

Unter großen Schmerzen wandte sie den Kopf und entdeckte schräg hinter sich den alten Brunnen. Sie war zu ihrem Ausgangspunkt zurückgekehrt.

Offenbar hatten in der Zwischenzeit wilde Tiere das Zelt angefressen und die Planen zerfetzt. Von der Feuerstelle war so gut wie nichts mehr übrig, der Sand hatte sie fast gänzlich zugeweht. Nur die Steine, mit denen Sonja einen Kreis gebildet hatte, waren noch zu erkennen.

Sonja rüttelte Jonas, der anscheinend in einen tiefen Schlaf gesunken war. Endlich öffnete er die Augen und stöhnte.

»Wir sind zurück!«, rief Sonja mit rauer Stimme.

Er hob den Kopf, stöhnte noch lauter und hielt sich den Nacken. »Gott, mein Genick!« Mühsam richtete er sich auf. »Tatsächlich, mein Zelt. Oje, wir scheinen eine ganze Weile weg gewesen zu sein!«

»Ja, sieht so aus.« Sonja nickte. Wie viel Zeit inzwischen wohl vergangen war? Sie hatte begriffen, dass Zeitreisen ihre eigenen Gesetze hatten. In der Gegenwart konnten zwei Tage oder vier Monate verstrichen sein. So, wie das Zelt aussah, waren es jedoch eindeutig mehr als zwei Tage …

Gleich darauf begannen ihre Gedanken zu kreisen. Wenn sie monatelang weg gewesen waren, dann lag die Grabungsleitung bestimmt schon längst in anderen Händen, und sie war ihren Job los. Sie schob die Unterlippe vor. Daran hatte sie noch gar nicht gedacht. Sie hatte sich nur gewünscht, wieder ins 21. Jahrhundert zurückzukehren. Doch nun warteten vermutlich einige Probleme auf sie. Wie sollten sie beispielsweise erklären, wo sie die ganze Zeit gewesen waren? Die Wahrheit würde ihnen niemand abnehmen. Sie mussten sich schleunigst etwas überlegen.

»Du machst dir schon wieder Sorgen«, spottete Jonas lächelnd. »Typisch. Anstatt froh zu sein, dass das Isis-Tor wunschgemäß funktioniert hat.«

Klar, er sah die Sache wesentlich lockerer als sie. Aber er hatte auch keinen Job zu verlieren – und er musste sich auch vor niemandem rechtfertigen, dass er ein paar Wochen lang wie vom Erdboden verschwunden gewesen war.

»Was sollen wir im Camp sagen?«, fragte Sonja mit einem Anflug von Panik in der Stimme. »Wir können doch unmöglich erzählen, dass wir in Achetaton gewesen sind. Die stecken uns auf der Stelle in die Klapsmühle.«

Jonas kam mühsam auf die Füße. Er schwankte und musste sich einen Augenblick lang an Sonja festhalten. »Zuerst müssen wir zurück ins Camp kommen. Wir sind hier mitten in der Wüste. Ich schlage vor, wir lösen ein Problem nach dem anderen und nicht alle auf einmal.« Er grinste sie an.

Sonja dachte an den elend langen Weg ins Dorf zurück. Den Hinweg hatten sie seinerzeit mit Kamelen zurückgelegt. Würden sie es überhaupt schaffen? Sie hatten keinerlei Proviant, nicht einmal Wasser …

Es war, als hätte Jonas ihre Gedanken erraten, denn er stolperte zum Zelt und untersuchte, was die Tiere übrig gelassen hatten.

Ein Schlafsack war noch da, genauso zerfressen wie das Zelt. Der andere Schlafsack war fortgeschleppt worden, oder der Wind hatte ihn davongeweht.

»Vielleicht schläft jetzt ein Wüstenfuchs darin«, murmelte Jonas und hielt die zerfetzte Isomatte hoch. »Ganze Arbeit, wie?«

Sonja wurde neugierig und sah sich ebenfalls um. Sie stieß auf die leere Weinflasche, die im Sand vergraben war. Jonas hatte mittlerweile zwei unversehrte PET-Wasserflaschen entdeckt.

»Die sind Gold wert«, verkündete er. »Wir haben wirklich Glück. Isis meint es gut mit uns.«

»Meine Schuhe!« Sonja fand ihre Wanderstiefel wieder. Einer lag beim Zelt, der andere zwanzig Meter weiter. Auch die Schuhe wiesen Bissspuren auf, aber das Tier hatte nach einer Weile offenbar das Interesse daran verloren. Sonja schüttelte die Schuhe lange aus und vergewisserte sich, dass sich kein Skorpion darin verkrochen hatte. Mit den Schuhen würde sie den Fußmarsch wesentlich besser überstehen als mit den Sandalen, die ihr Inet mitgegeben hatte.

Sonja setzte sich in den Sand und zog die Wanderstiefel an.

»Willst du die Sandalen etwa hierlassen?«, fragte Jonas.

»Ja, was soll ich noch damit?«

»Sonja – das sind Originalsandalen aus Achetaton! Hervorragend erhalten. Ich wette, so gute Stücke habt ihr bei euren Ausgrabungen noch nie gefunden.«

Sonja runzelte die Stirn. Damit ließe sich vielleicht beweisen, dass sie tatsächlich in der Vergangenheit gewesen waren … Doch gleich darauf schlug sie den Gedanken in den Wind. Das würde ihnen niemand abnehmen. Man würde die Sandalen für gut gemachte Fälschungen halten … Etwas klingelte in ihrem Kopf. Fälschungen – genau wie die ägyptischen Kunstwerke, die in London aufgetaucht waren. Plötzlich wurde ihr klar, dass das keine Fälschungen waren. Es waren Originale, die durch die Zeit gereist waren – genau wie Inets Sandalen.

»Nofretete!«, stieß Sonja hervor. »Sie ist ins einundzwanzigste Jahrhundert gereist. Sie hat die Gegenstände mitgenommen …«

»Wie?«

Sonja musste Jonas ihren Gedankengang erklären. Sie wurde immer erregter. »Jonas, wenn meine Vermutung stimmt – dann lebt Nofretete irgendwo in dieser Welt. Wahrscheinlich in Europa. Vermutlich ist sie in England gewesen. In ihre Zeit zurückkehren kann sie nicht, solange Ankhu das Totenbuch unter Verschluss hält und den Zauber deaktiviert hat. Und das bedeutet, dass Paul Lehmann recht hatte. Wir werden in Tell el-Amarna niemals ihr Grab finden. Nofretete wird einmal ganz woanders begraben liegen. Vielleicht auf einem Londoner Friedhof. Oder woanders – auf Mallorca, Ibiza …«

»Na und?« Jonas lächelte. »Nofretete wird sich an unsere moderne Lebensweise anpassen – genau wie wir uns an das Leben in Achetaton angepasst haben. Nach einer gewissen Zeit fällt sie gar nicht mehr auf. Und mit ihrer Schönheit arbeitet sie vielleicht als Model. Ich werde in Zukunft die Regenbogenpresse mit ganz anderen Augen lesen.«

»Aber das heißt auch, dass unsere Grabung nutzlos ist«, gab Sonja zu bedenken. »Wir können das gesamte Gelände von Tell el-Amarna durchsieben und finden nicht die Spur von Nofretetes Grab.«

Sie dachte an ihre Hoffnungen und daran, wie sie den ursprünglichen Grabungsplan geändert hatte. Und was jetzt? Angenommen, man hatte noch keinen Ersatz für Sonja eingestellt – wie sollte sie in Zukunft verfahren? Welche Entscheidungen treffen? Sollte sie die Ausgrabung abbrechen? Das war ein neues Problem, das auf sie zukam.

Jonas reichte ihr eine Wasserflasche. »Jetzt nimm erst mal einen Schluck, bevor du völlig verzweifelst. Es findet sich für alles eine Lösung.«

Das Wasser war warm und schmeckte schal, aber Sonja fühlte sich gleich besser. Am liebsten hätte sie die halbe Flasche auf einmal ausgetrunken, aber sie beherrschte sich. Sie mussten sich ihren Vorrat einteilen. Jonas hatte recht, Isis meinte es gut mit ihnen. Obwohl sie sich mitten in der Wüste befanden, hatten sie gute Überlebenschancen. Sie kannten den Rückweg. Es war zwar weit, aber zu bewältigen. Sie hatten Wasser, wenn auch wenig –

und Sonja hatte sogar ihre Schuhe wiedergefunden. Sie hätten es viel schlechter treffen können.

»Entführer«, sagte Jonas unvermittelt.

Sonja sah ihn fragend an.

»Du suchst doch nach einer Erklärung für diesen Hans Peters, warum wir auf einmal verschwunden sind.«

»Nicht nur für Hans«, murmelte Sonja. Auch vor den anderen musste sie sich rechtfertigen, vor allem vor Dr. Mohy el-Din.

»Es kommt doch oft vor, dass Touristen überfallen und entführt werden«, erläuterte Jonas. »Mittelägypten gilt als gefährliche Gegend. Wir erzählen einfach, dass wir auf unserer Fahrt nach Luxor überfallen wurden. Wir mussten unseren Wagen stehen lassen und umsteigen. Dann haben uns die Entführer in ein Versteck verschleppt und die ganze Zeit über gefangen gehalten. Und erst als sie für uns kein Lösegeld erpressen konnten, haben sie aufgegeben und uns freigelassen. Und mitten in der Wüste ausgesetzt.«

»Und warum haben sie uns nicht umgebracht?«

»Nicht jeder Entführer ist ein Mörder.«

Sonja dachte nach. Jonas' Geschichte klang einigermaßen glaubwürdig. Vielleicht kamen sie damit durch. Gleich darauf fiel ihr aber ein, welche Konsequenzen das Ganze hätte. Polizeiliche Vernehmungen. Protokolle. Papierkram. Und weitere Lügen. Vor allem durften sie und Jonas sich nicht widersprechen …

Sie seufzte. Die Schwierigkeiten, die auf sie warteten, schienen so groß, so unüberwindbar … Wo war das Glücksgefühl, dass sie wieder heil ins 21. Jahrhundert zurückgekehrt waren? Wo die Euphorie, dass sie und Jonas so unerwartet zueinander gefunden hatten und sich liebten?

Sie horchte in sich hinein und stellte fest, dass sie gar nichts empfand, weder Glück noch rasende Verliebtheit … Es war ganz leer in ihrem Innern, und alle positiven Gefühle schienen nicht mehr zu existieren. Stattdessen sah sie einen Berg von Problemen auf sich zukommen. Tränen traten ihr in die Augen.

»Was ist los?« Jonas trat zu ihr und legte ihr den Arm um die Schultern. Sie lehnte sich an ihn.

»Ich glaube, es war ein Fehler, dass wir zurückgekehrt sind.« Ihr war zum Weinen zumute.

Er drückte sie an sich und streichelte ihren Rücken. »Nein, es war bestimmt kein Fehler«, tröstete er sie. »Du bist nur erschöpft, das ist alles. Wenn wir erst mal im Camp sind, wird sich alles ergeben, du wirst sehen. Dann weißt du, was du willst. Und die Probleme, die jetzt riesengroß erscheinen, sind auf einmal keine mehr.«

»Du bist lieb«, schluchzte sie. »Und ich bin so entsetzlich. Ändere dauernd meine Meinung. Bin mit nichts zufrieden, obwohl ich« – sie hob das rechte Bein – »doch meine Schuhe wiedergefunden habe.« Wider Willen musste sie lachen.

Er strich ihr die Tränen aus dem Gesicht und küsste sie auf die Nase. »Ich liebe dich«, sagte er. »Gerade weil du so ein Scheusal bist und weil sich die Haut auf deiner Nase schält. Und weil deine Schuhe angefressen sind. Ich liebe dich, weil du nicht vollkommen bist. Vollkommene Menschen sind langweilig – und das bist du überhaupt nicht.«

Sie küssten sich.

Plötzlich hörten sie einen Schrei über sich. Sonja löste sich von Jonas und blickte zum Himmel auf.

»Der Falke!«, rief sie verblüfft.

»Horus«, erklärte Jonas. »Du siehst, die Götter sind mit uns.«

Es war ein langer Weg zurück, und unterwegs wurden sie von der Nacht überrascht. Sie wickelten sich in die Fetzen des Schlafsacks, den sie zum Glück mitgenommen hatten. Und auch ein Stück Zeltplane half gegen die Kälte. Trotzdem waren sie am nächsten Morgen völlig durchgefroren und ausgekühlt. Sie hatten Hunger, das Wasser war verbraucht, und die letzten Kilometer wurden zur Qual. Dennoch schafften sie es. Als das kleine Dorf in Sicht kam, in dem sie ihren Wagen stehen gelassen und die Kamele gemietet hatten, brach Sonja am Straßenrand zusammen. Sie war unfähig, auch nur einen einzigen Schritt weiterzugehen.

»Bleib sitzen, ich hole Hilfe«, versprach Jonas.

Während Sonja auf ihn wartete, stellten sich abermals ihre

Kopfschmerzen ein. Diesmal war es besonders schlimm. Es war gut, dass sie nichts im Magen hatte, sonst hätte sie sich übergeben. Es flimmerte ihr vor den Augen, und sie sah nichts mehr. Als Jonas mit zwei Männern zurückkam, nahm sie alles wie durch einen dichten Schleier wahr. Sie schien gar nicht richtig dazuzugehören.

»Unser Wagen ist nicht mehr da, er wurde vor Tagen von der Polizei abgeholt«, teilte Jonas ihr mit. »Die beiden Männer fahren uns aber nach Tell el-Amarna zurück. Und ich habe uns etwas zu essen und zu trinken mitgebracht, schau her!«

Sie reagierte wie eine Marionette, trank Apfelschorle aus der Flasche und stieg in einen offenen Jeep, der mehr als altersschwach war. Unterwegs erzählte ihr Jonas, während er sie vorsichtig mit Datteln und Feigen fütterte, dass seit ihrem Verschwinden etwas mehr als drei Wochen vergangen waren. Der Ramadan war vorbei, und die Muslime hatten das Fest des Fastenbrechens gefeiert. Alles ging wieder seinen gewohnten Gang.

Sonja nickte, obwohl die meisten Worte an ihr vorbeirauschten.

Dann erreichten sie das Gebiet von Tell el-Amarna, und Sonja erkannte Vertrautes. Ganz allmählich wurde sie in die Wirklichkeit hineingezogen, obwohl sie noch immer das Gefühl hatte, neben sich zu stehen und nur Statistin in einem Film zu sein. Da war die Zufahrt zum Camp … der Parkplatz …

»Die Heimat hat uns wieder«, bemerkte Jonas sarkastisch und half Sonja beim Aussteigen. Sie bedankten sich bei den beiden Ägyptern und sahen dem Jeep hinterher, der in einer Staubwolke verschwand.

»Na, dann mal los!«, rief Jonas und schulterte das Gepäck. »Auf in die Höhle des Löwen! Bringen wir es hinter uns.«

Er wollte Sonja unterhaken, aber sie machte sich los. Sie wollte nicht, dass sie gleich Arm in Arm ankamen. Die anderen würden noch früh genug erfahren, dass sie und Jonas ein Paar waren.

Je näher sie den Containern kamen, desto unsicherer wurde Sonja. Am liebsten wäre sie umgekehrt. Sie fürchtete sich vor der Begegnung mit ihren Kollegen. Es war noch schlimmer als an ihrem ersten Tag. Damals war sie voller Euphorie und Tatendrang gewesen. Jetzt musste sie den anderen eine große Lüge auftischen.

Es war später Vormittag. Vermutlich waren die meisten an der Ausgrabungsstelle beschäftigt. In Kürze würden sie sich im Camp zum Mittagessen versammeln. Ob Hans Peters wieder die kommissarische Leitung übernommen hatte? Oder gab es schon einen Ersatz für die verschwundene Grabungsleiterin?

Das Herz schlug Sonja bis zum Hals. Sie warf Jonas einen Blick zu. Er lächelte ihr aufmunternd zu.

»Na, Schiss?«

»O ja, und wie.« Sie lachte nervös.

Als sie den Bürocontainer erreichten, öffnete sich die Tür, und ein großer Mann trat heraus. Sonja traute ihren Augen nicht. Es war kein anderer als Claus!

Er starrte sie an und schien sie erst auf den zweiten Blick zu erkennen. Dann war er mit zwei Sprüngen bei ihr und schloss sie in die Arme.

»Sonja! Ich habe mir solche Sorgen um dich gemacht!«

Es war alles noch so vertraut – seine Umarmung, sein Geruch. Die Gefühle überwältigten sie. Einen Augenblick lang war es, als wäre sie nach Hause zurückgekehrt. Da war ihr langjähriger Partner, der ihr Sicherheit gegeben hatte und mit dem sie eine Familie hatte gründen wollen … Erst dann tauchten tief aus ihrem Innern andere Erinnerungen auf: die Auseinandersetzungen, seine Ausreden, seine Affäre mit Naoko … Sie löste sich aus der Umarmung und schob ihn ein Stück von sich weg.

Claus war außer sich. Er überschüttete sie mit Fragen. »Was war los mit dir? Warum bist du verschwunden? Warum bist du nicht an dein Handy gegangen? Und wie siehst du aus … Warst du auf einem Kostümfest?« Er musterte sie von oben bis unten. Sie trug noch immer das ägyptische Kleid, das sie von Inet bekommen hatte. Die angefressenen Wanderschuhe sahen seltsam dazu aus, das musste sie zugeben.

»Ach, Claus, das ist eine lange Geschichte.« Sie schluckte und konnte es noch immer nicht fassen, dass er tatsächlich vor ihr stand. »Warum bist du hier? Und seit wann?«

»Ja, glaubst du, ich bleibe in Deutschland, wenn ich höre, dass du vermisst wirst? Ich bin in Hamburg fast umgekommen vor Sorge! Niemand wollte mir richtig Auskunft geben, was mit dir ist, und die Polizei ist offenbar unfähig. Schließlich habe ich keine andere Möglichkeit gesehen, als herzukommen und mich vor Ort zu informieren. Seit vorgestern bin ich hier. Mein Gott, Sonja, ich dachte, du bist tot!« Seine Augen wurden feucht, als er das sagte.

»Tut mir leid«, stammelte sie. Ihr wurde klar, dass sie ihm keineswegs gleichgültig war, sonst hätte er die Strapazen der langen Reise nicht auf sich genommen. Vielleicht hatte sie sich doch getäuscht, was Naoko betraf, oder die Affäre war längst vorbei. Zumindest schien die Japanerin für Claus keine große Bedeutung mehr zu haben.

Erneut wurde Sonja von widersprüchlichen Gefühlen erfasst. Sie mochte ihn, ja, da war noch viel Sympathie. Und sie hatte den Eindruck, bei ihm sicher und beschützt zu sein. Aber Liebe? Leidenschaft? Und was war mit Jonas?

Sie war vollkommen durcheinander. Die Situation überforderte sie so sehr, dass ihr die Tränen übers Gesicht liefen.

»Entschuldige bitte, Claus, aber ich bin völlig fertig.« Sie begann zu zittern.

»Ja, das sehe ich dir an.« Er lächelte kurz, dann wanderte sein Blick zu Jonas, der einige Meter hinter Sonja stehen geblieben war. »Und wer ist dein Begleiter?«

Auch Jonas bot einen absonderlichen Anblick. Er trug eine hellblaue Galabija, die er im Dorf bekommen hatte. Sie war ihm etwas zu lang, und er musste aufpassen, dass er nicht dauernd auf den Saum trat. Das ägyptische Lendentuch samt Überkleid hatte er wohl im Dorf gelassen oder in sein Gepäck gewickelt.

»Jonas Steffens«, stellte sich Jonas vor und trat auf Claus zu.

»Claus Bronnbach, angenehm.«

Die beiden Männer schüttelten sich die Hände. Sonja hätte gar zu gern gewusst, was jetzt wohl in Jonas' Kopf vorging. Claus betrachtete Jonas mit zusammengekniffenen Augen.

»Sie können mir bestimmt erklären, was passiert ist.«

Jonas hob die Schultern. »Glück im Unglück, würde ich sagen.

Ich hätte nie gedacht, dass uns die Kidnapper freilassen. Ich sah uns schon mit aufgeschlitzten Kehlen in der Wüste liegen.«

Claus' entsetzter Blick wanderte zu Sonja. »Kidnapper?«

Sie nickte. »Ja, wir wurden während eines Ausflugs überfallen. Vier Männer haben uns aus dem Auto gezerrt und bedroht ...«

»Dann haben sie uns Säcke über den Kopf gestülpt«, fuhr Jonas fort. »Ich bin fast erstickt.«

»Sie wollten nicht, dass wir sehen ... wohin sie uns bringen«, log Sonja weiter. »Sie haben uns in die Wüste verschleppt, in eine Hütte ...«

»In ein Zelt«, sagte Jonas zur gleichen Zeit.

Verdammt! Sie hätten sich besser absprechen sollen. Sonja sah Jonas an.

»Erst in ein Zelt und dann in eine Hütte«, korrigierte Jonas. »Wir waren die meiste Zeit gefesselt.«

»Habt ihr die Männer erkannt?«, fragte Claus. »Wie sahen sie aus? Sind Namen gefallen?«

»Zwei waren ständig vermummt. Sie haben sich die ganze Zeit auf Arabisch unterhalten, ich habe so gut wie nichts verstanden«, antwortete Jonas.

»Und du?« Claus wandte sich an Sonja.

»Nur wenig. Sie sprachen sehr schnell ... irgendeinen Dialekt ...« Sonja schüttelte den Kopf.

»Haben sie dir etwas angetan?«

»Nein. Zum Glück nicht.« Die Lügengeschichte kostete Sonja mehr Kraft als vermutet. Die Nerven drohten ihr zu versagen. Claus erkannte ihren labilen Zustand und nahm sie wieder in die Arme. Sonja schloss die Augen. Sie schämte sich vor Jonas, aber sie hatte im Moment nicht die Energie, Claus zu erklären, dass es zwischen ihnen aus war und sie sich in einen anderen Mann verliebt hatte. Dieses Geständnis musste noch warten.

»Und was war mit deinem Handy?«, fragte Claus.

Es ist zu einem wertlosen Stück Metall verschmolzen ...

»Wie?«

Sie hatte den Satz nicht nur gedacht, sondern auch laut ausgesprochen. Schnell berichtigte sie sich: »Sie haben mir das

Handy abgenommen und ins Feuer geworfen. Es war unbenutzbar.«

»Ah, deswegen hat nicht mal deine Mailbox reagiert«, murmelte Claus. »Und orten konnte die Polizei das Gerät auch nicht.« Er streichelte ihren Rücken. Seine Finger rieben den feinen Leinenstoff. »Aber dieses Kleid … Ich begreife nicht, warum dir die Entführer ein solches Kleid gegeben haben. Es sieht aus wie ein altägyptisches Original …«

»Die passenden Sandalen dazu habe ich auch noch«, kam es von Jonas. Er machte sich an seinem Gepäck zu schaffen und zog die Schuhe hervor. »Hier.«

Sonja hatte nicht gewusst, dass er sie eingepackt hatte. Auch gut. So hatte sie neben dem Kleid noch ein weiteres Andenken an Inet. Falls die Polizei die Sachen nicht beschlagnahmte.

Claus ließ Sonja los und betrachtete die Sandalen mit fachmännischem Blick. »Interessant. Wirklich eine originalgetreue Nachbildung. Und damit haben die Kidnapper dich ausgestattet?«

Sonja spürte, wie ihr die Röte ins Gesicht schoss. Solche Ungereimtheiten erweckten Claus' Misstrauen. Und er konnte ganz schön penetrant sein.

»Ich war froh, dass ich nicht nackt herumlaufen musste«, murmelte sie. »Aber jetzt lass das doch! Wo sind die anderen? Hat Hans Peters die Leitung übernommen? Ich muss mich zurückmelden.«

»Wie?« Claus zog die Augenbrauen hoch. »Du denkst doch nicht im Ernst daran, hier weiterzumachen! Du kommst natürlich mit mir nach Hause, sobald alle Formalitäten erledigt sind.«

Der autoritäre Tonfall erinnerte Sonja wieder daran, weswegen sie sich vor ihrer Abreise nach Ägypten ständig gestritten hatten. Er wollte ihr Leben beherrschen und bestimmen, was sie zu tun hatte. Sofort spürte sie einen Anflug von Ärger.

»Nein, Claus, ich bleibe hier«, widersprach sie. »Schließlich habe ich einen Job angenommen, und den will ich auch zu Ende bringen.«

»Aber inzwischen ist doch alles anders …«

»Ja, da hast du recht, einiges ist tatsächlich anders geworden.« Sie blickte zu Jonas hinüber, der ihren Blick zuerst etwas verunsichert erwiderte und dann lächelte.

Claus hatte die Mehrdeutigkeit in ihrer Stimme wahrgenommen. Er schaltete schnell. »Ihr beide…« Er schluckte. »… habt was miteinander?«

»Ja«, sagte Sonja nur.

Claus' Miene war ein einziger Vorwurf. »Ich habe gleich gewusst, dass du mir nicht treu sein wirst.«

Sie explodierte. Das war einfach zu viel! »Wenn du alles schon gewusst hast, warum bist du mir nach Ägypten nachgereist? Und was ist mit Naoko, deiner Studentin?«

»Das ist etwas ganz anderes.«

Das kurze Flackern in seinen Augen genügte, um ihr die Bestätigung zu liefern, dass sie mit ihrem Verdacht recht gehabt hatte.

Sonja blitzte ihn wütend an. »Etwas anderes. Aha.«

»Hör zu, es war keine Absicht, es ist einfach passiert …«

Sie schob ihn zur Seite. »Ich muss zu Hans Peters. Und dann will ich mich duschen und mir etwas Vernünftiges anziehen.«

»Lass uns doch reden!«, bat er.

»Später!«, fauchte sie. »Ich kann jetzt nicht. Ich bin völlig fertig … muss erst wieder ankommen … meine Sachen klären …«

Er machte ihr stumm den Weg frei. Die Enttäuschung auf seinem Gesicht war nicht zu übersehen.

Claus reiste noch am selben Tag mit der Begründung ab, er könne seine Studenten nicht länger allein lassen. Und Sonja könne ja nachkommen, falls sie es sich doch noch anders überlege.

Sonja war insgeheim froh über seine Abreise. Sein Erscheinen hatte sie noch mehr durcheinandergebracht, als sie ohnehin schon war. Es hatte kein klärendes Gespräch mehr zwischen ihnen gegeben, keine weitere Auseinandersetzung. Claus hatte still zugehört, als sie Hans ihre Lügengeschichte erzählt hatte, die Jonas an passender Stelle noch ein wenig ausgeschmückt hatte. Und dann hatte sie mit Dr. Mohy el-Din telefoniert, der überglücklich gewesen war, ihre Stimme zu hören. Er hatte für den übernächsten Tag seinen Besuch angekündigt, weil er sich mit eigenen Augen vergewissern wollte, dass sie heil und wohlbehalten zurückgekehrt war.

»Das ist gut so, wir müssen nämlich über die Grabung reden«, hatte Sonja angekündigt.

In der nächsten Zeit würde es viel zu tun geben. Sie und Jonas mussten sich bei der deutschen Botschaft neue Papiere besorgen, denn ihre waren verloren gegangen. Und dann mussten sie natürlich auch zur Polizei und ihre Aussage machen. Außerdem musste sich Sonja informieren, was sich während ihrer Abwesenheit ereignet hatte und welche Fortschritte gemacht worden waren. Aber alles der Reihe nach …

Sie war todmüde, als sie das Abendessen mit der Mannschaft hinter sich gebracht hatte. Alle hatten ganz genau wissen wollen, was sie und Jonas erlebt hatten. Sonja hatte das Gefühl, dass sie noch nie so viel geredet hatte wie an diesem Tag.

Jonas hatte von Peters ein Ersatzzelt bekommen, das er neben dem von Sonja aufgeschlagen hatte. Am Abend schlüpfte er in ihr Zelt. Sie war gerade dabei, ihre Kleidung durchzusehen.

»Darf ich ein bisschen bleiben, oder schmeißt du mich gleich raus?«, fragte er und nahm auf ihrem Feldbett Platz.

»Meinetwegen kannst du bleiben.«

»Die ganze Nacht?«

Sie lachte. »Du lässt keine Gelegenheit aus, wie?«

»Das ist Interpretationssache.«

Sie setzte sich neben ihn. »Ich habe mir etwas überlegt … Ich werde morgen mit Hans darüber reden und übermorgen mit Mohy el-Din.«

»Wow, klingt sehr wichtig. Willst du unsere Verlobung bekannt geben?«

»Spinner!« Sie griff nach seiner Hand. »Es geht um Nofretete.«

»Ach je.«

»Wir suchen hier offiziell nach ihrem Grab. Du und ich wissen, dass wir es nie finden werden, weil es kein Grab gibt.«

»Richtig.« Seine Stimme wurde unsicher. »Heißt das, dass du deinen Job doch aufgibst? Du willst nach Hamburg zurück?«

Sie genoss seine Eifersucht und ließ ihn einige Sekunden lang zappeln, bevor sie antwortete. »Nein, ich bleibe – das habe ich ja schon gesagt. Ich will aber beantragen, dass wir woanders graben.«

»Woanders?«

»Ja, ich will Ankhus Haus finden. Mithilfe unserer Unterlagen und unseres Gedächtnisses müsste das doch möglich sein. Vielleicht finden wir Relikte von seinem kleinen Osiris-Tempel.«

»Aha, ich verstehe«, sagte Jonas. »Und ich weiß auch, wonach du in Wahrheit suchst.«

Sonja nickte. »Nach dem Totenbuch der Isis. Es muss sich dort befinden, in Ankhus Haus. Achetaton wurde bald aufgegeben. Die Stadt hat nur gut dreißig Jahre lang bestanden.«

»Nur dreißig Jahre? Irgendwie schade. War eine nette Stadt.«

»Was hältst du von meinem Plan?«, fragte sie ungeduldig.

»Deine Pläne sind immer gut«, sagte er und küsste sie.

Glossar

Achetaton
Der Name bedeutet »Horizont des Aton«. Eine besondere Felsformation, die der Hieroglyphe für »Horizont« glich, zeigte Echnaton, dass dies der richtige Ort für seine geplante Stadt sei. Sie wurde innerhalb weniger Jahre errichtet und von Echnaton im sechsten Regierungsjahr als neue Hauptstadt bezogen. Achetaton lag in Mittelägypten, etwa 380 Kilometer nördlich von Theben, wo die Königsfamilie zuvor residiert hatte. Grenzstelen markierten das Gebiet der Stadt, die sich hauptsächlich am östlichen Ufer des Nils erstreckte.

Die Stadt besaß – neben prächtigen Palästen und einer breiten Königsstraße – einen riesigen Aton-Tempel, in dem der Gott Aton unter freiem Himmel verehrt wurde. Tempel anderer Götter gab es nicht.

Schätzungen nach soll Achetaton 30 000 bis 50 000 Einwohner gehabt haben.

Die Stadt war unterteilt in verschiedene Wohngebiete und den Palastbezirk; außerdem gab es im Osten eine Arbeitersiedlung. Berühmt wurde die Bildhauerwerkstatt des Thutmosis, in der die bekannte Nofretete-Büste gefunden wurde. Die aufwendigen Felsengräber im Norden und Osten waren bekannten Persönlichkeiten und hohen Beamten vorbehalten; viele wurden jedoch niemals genutzt.

Gebaut für die Ewigkeit, verfiel Achetaton schon nach etwa dreißig Jahren.

Anubis
Ägyptischer Totengott, der als Schakal oder schakalköpfiger Mensch dargestellt wurde. Als Schakal wachte er in der Wüste über die Toten in der Totenstadt. Als Totengott spielte er eine

Rolle bei der Einbalsamierung beziehungsweise bei verschiedenen Zeremonien, unter anderem bei der Mundöffnung und als Seelenrichter. Totenpriester trugen während ihres Amtes eine Anubis-Maske. Später wurde Anubis Untergebener des Totengottes Osiris und war zuständig für das Wiegen des Herzens beim Totengericht. Wenn der Verstorbene die Prüfung nicht bestand, wurde er von Ammit verschlungen, der Totenfresserin. Sie hatte einen Krokodilkopf, den Vorderkörper eines Löwen und das Hinterteil eines Nilpferdes.

Aton

Altägyptischer Gott. Er wurde in der Gestalt der Sonnenscheibe verehrt. Echnaton erhob Aton zum obersten aller Götter und verehrte ihn als Sonnengott, der mit seiner Wärme und seinem Licht alles Leben auf der Erde hervorgebracht hatte. Damit wurde der bisherige Hauptgott Amun-Re abgelöst, der als König der Götter Sonnen-, Wind- und Fruchtbarkeitsgott in sich vereinigte.

Biba

Mittelägyptische Kreisstadt am Westufer des Nils; berühmt für ihre koptische Kirche.

Echnaton

Ursprünglicher Name Amenophis IV., altägyptischer Pharao der 18. Dynastie (Neues Reich). Er regierte gut sechzehn Jahre lang. Der Beginn seiner Regierungszeit wird manchmal mit dem Jahr 1351 v. Chr., aber auch mit 1340 v. Chr. oder mit 1353 v. Chr. angegeben.

Echnaton war der Sohn von Amenophis III. und Teje. Er änderte seinen Namen Amenophis IV. in Echnaton. Der Name bedeutet in etwa »der Aton dient«. Zu Ehren des Sonnengottes ließ Echnaton in Mittelägypten die Stadt Achetaton erbauen und bezog im 6. Regierungsjahr mit seiner Familie die Palastanlagen.

Unter seiner Herrschaft wurde Aton der alleinige Gott und der Monotheismus zur Staatsreligion.

Den Gott Aton gab es schon früher; Aton war die Bezeichnung

für die Gestalt des Sonnengottes am Abend. Unter Echnaton wurde Aton in Gestalt der Sonnenscheibe der höchste und einzige Gott. Er wurde als Gott verehrt, von dem alles Leben stammte.

Echnaton baute dem Gott nicht nur eine Stadt, er schuf auch den großen und kleinen Sonnenhymnus, worin Aton als Schöpfer verherrlicht wurde.

Mit der Erhebung Atons zum alleinigen Gott wurden die Priester anderer Götter entmachtet. Vor allem die Amun-Priester waren in den vergangenen Jahren sehr reich und einflussreich geworden. Nun fiel dem Pharao wieder die Stellung zu, die er früher innegehabt hatte: Er ließ sich vom Volk als Stellvertreter Gottes auf Erden verehren.

Inwieweit diese religiöse Revolution mit den vielen Tempelschließungen und Enteignungen friedlich oder blutig verlief, lässt sich nicht genau nachweisen. In Achetaton scheint es ein starkes Polizeiaufgebot gegeben zu haben; der Amun-Tempel in Theben wurde Aton geweiht. Die entmachtete Priesterschaft ließ sich den Wechsel sicher nicht widerspruchslos gefallen. Im häuslichen Bereich verehrte das Volk offenbar weiterhin die alten Götter. Dafür spricht auch, dass nach Echnatons Tod sehr bald die alten Zustände wiederhergestellt wurden.

Ob Echnaton ein weltfremder Schöngeist war, der ganz in der Religion aufging, oder ein kluger Feldherr – auch darüber streiten sich die Wissenschaftler. Unklar ist ebenfalls sein Ende. Echnaton starb in seinem 17. Regierungsjahr. Die Umstände seines Todes liegen im Dunkeln. Weiterhin ist nicht bekannt, ob Nofretete vor oder nach ihm starb oder unter dem Namen Semenchkare – wie manche Wissenschaftler annehmen – seine Nachfolge antrat.

Die späteren Pharaonen sorgten dafür, dass die meisten Spuren Echnatons und damit die Erinnerung an den »Ketzerkönig« ausgelöscht wurden.

El-Minija
Stadt in Mittelägypten, am Westufer des Nils, ungefähr 250 Kilometer südlich von Kairo. Die Stadt hat etwa 220 000 Einwohner.

Feluke
Kleines ein- oder zweimastiges Schiff mit trapezförmigen großen Segeln.

Fletcher, Joann
Britische Archäologin, geb. 1966; war 2003 Teilnehmerin an einer Expedition, die im Tal der Könige drei Mumien im Nebenraum des Grabes KV35 untersuchte. Die zweifach durchstochenen Ohrläppchen der Mumie sowie die für Angehörige des Königshauses typische Haltung der Verstorbenen waren für Joann Fletcher Indizien dafür, dass es sich bei einer der drei Mumien um Nofretete handle. Experten identifizierten die Mumie jedoch inzwischen als männlich.

Galabija
Bodenlanges hemdartiges Männergewand mit langen Ärmeln.

Horus
Sehr bekannter ägyptischer Himmelsgott, der häufig als Falke oder falkenköpfiger Mensch dargestellt wurde. In der Mythologie ist er der Sohn von Isis und Osiris. Er rächte sich dafür, dass Seth Osiris zerstückelt hatte, indem er ihn bekämpfte und besiegte.

Horus gilt als einer der wichtigsten Götter Ägyptens, seine Bedeutung erfuhr im Lauf der Geschichte zahlreiche Veränderungen.

Bereits im Alten Reich galt der Pharao als Horus auf Erden. Der Horus-Name war einer der fünf Königsnamen, die sich ein Pharao zulegte. Geschrieben wurde der Horus-Name in einem Serech, einem Rechteck, das den stilisierten Palast darstellte. Oben auf dem Rechteck thronte ein Falke.

Isis
Ägyptische Göttin, Schwester und Gemahlin des Osiris. Sie galt als mächtige Zauberin, weil sie ihren Gatten, der von Seth umgebracht und zerstückelt worden war, wieder zum Leben erweckte.

Sie zeugte mit ihm den Sohn Horus. Isis kannte angeblich alle Geheimnisse und auch die Zukunft.

Ein großer Tempel steht auf der Insel Philae in Oberägypten, aber Isis wurde im ganzen Land verehrt. Der Isis-Kult hielt sich in Ägypten bis ins 5. oder 6. Jahrhundert n. Chr. Auch Griechen und Römer verehrten Isis. Der Isis-Kult gelangte sogar über die Alpen; in Köln und Mainz wurden Tempel zu Ehren der Isis erbaut.

Iun-Mutef
Altägyptischer Totengott, der während des Begräbnisses eine Rolle bei der Mundöffnungszeremonie spielte.

Karnak
Dorf in Oberägypten, östlich des Nils, in der Nähe von Luxor; berühmt für seine große Tempelanlage, den Karnak-Tempel. Karnak gehörte zum antiken Theben.

Kija
Nebenfrau von Echnaton. Sie hatte mit ihm zusammen mindestens ein Kind. Höchstwahrscheinlich war sie die Mutter von Tutenchamun. Genau wie Nofretete verschwand sie spurlos aus der Geschichte; auf verschiedenen Textfragmenten wurde ihr Name ausgelöscht und überschrieben.

Luxor
Stadt in Oberägypten mit über 400 000 Einwohnern. Luxor besitzt zahlreiche archäologische Sehenswürdigkeiten und Touristenattraktionen. Früher wurde Luxor Waset genannt; die Griechen bezeichneten es als Theben.

Meryra der Erste
Astronom des Sonnengottes Aton in Achetaton; königlicher Kanzler in Unterägypten und Fächerträger zur Rechten des Pharaos.

Nofretete
Große Königliche Gemahlin und Hauptfrau des Pharaos Echnaton. Ihre Herkunft ist unbekannt. Das Paar hatte sechs gemeinsame Töchter: Meritaton, Maketaton, Anchesenpaaton, Neferneferuaton, Nerfernerferure und Setepenre. Es wird angenommen, dass sie Mitregentin war. In der Öffentlichkeit trat das Königspaar oft gemeinsam auf. Abbildungen zeigen häufig eine harmonische Familie, die von Atons göttlichen Strahlen geschützt wird.

Unklar ist, was mit Nofretete geschah. Einige Forscher legen ihren Tod in das 12. beziehungsweise 14. Regierungsjahr Echnatons. Andere Wissenschaftler behaupten, Nofretete habe den Namen Semenchkare angenommen und zusammen mit Echnaton – sowie nach dessen Tod sogar allein – regiert. Auch Semenchkare verschwand nach einigen Regierungsjahren spurlos, zusammen mit Meritaton, Nofretetes ältester Tochter.

Okra
Jahrtausendealte Gemüsepflanze aus der Familie der Malvengewächse. Die Kapselfrüchte, auch Schoten genannt, werden zehn bis zwanzig Zentimeter lang.

Osiris
Ägyptischer Toten- und Fruchtbarkeitsgott; seit der 4. Dynastie bekannt. Als Totengott war er Richter über die Toten, die sich vor ihm verantworten mussten, bevor sie ins Jenseits gelangten. Osiris war auch Herrscher über die Unterwelt. Nachdem Isis den toten Osiris zum Leben erweckt und mit ihm Horus gezeugt hatte, galt Osiris darüber hinaus als Fruchtbarkeitsgott.

Osiris wird oft als Mensch mit grüner Hautfarbe dargestellt.

Ramadan
Islamischer Fastenmonat. Er verschiebt sich jedes Jahr um etwa zehn Tage nach vorn. Während des 29 beziehungsweise 30 Tage dauernden Ramadans ist es verboten, tagsüber zu essen, zu trinken, zu rauchen und Geschlechtsverkehr auszuüben. Das Verbot

gilt von Sonnenaufgang bis Sonnenuntergang. Jeder gesunde, volljährige Muslim ist zum Fasten verpflichtet. Kinder, die die Pubertät noch nicht erreicht haben, Schwangere sowie Kranke sind vom Fastengebot ausgenommen. Schwangere und Kranke sind allerdings verpflichtet, die Fastentage nachzuholen, sobald sie dazu wieder in der Lage sind.

Nach Einbruch der Dunkelheit darf das Fasten gebrochen werden. In Kairo feuert man allabendlich eine Kanone von der Zitadelle ab. Dieses Ereignis wird zeitgleich im Fernsehen übertragen. Dann darf gegessen werden. Für die Muslime beginnt nun das Iftar (Frühstück). Dazu werden Freunde eingeladen, und es wird ausgiebig geschlemmt. Manche der Gerichte gibt es nur während des Ramadans. Familien verschulden sich sogar während des Fastenmonats, um die vielen Speisen auftischen zu können. Nach dem Iftar folgt das Suhoor (das Essen vor dem Morgengrauen), das sich über den Abend erstreckt und die Nacht hindurch dauern kann.

Der Fastenmonat endet mit dem dreitägigen Fest des Fastenbrechens, im Türkischen als Zuckerfest bekannt.

Der Ramadan 2009 begann am 21. August und endete am 19. September. Im vorliegenden Roman nimmt sich die Autorin die Freiheit, den Beginn in den Oktober zu verlegen.

Stele
Hoher, frei stehender Pfeiler.

Supreme Council of Antiquities
Ägyptische Altertümerverwaltung in Kairo. Sie untersteht dem Ägyptischen Ministerium für Kultur. Unter anderem regelt und bestimmt sie alles, was mit archäologischen Ausgrabungen in Ägypten zu tun hat.

Tell el-Amarna
Ort in Mittelägypten am Ostufer des Nils. Hier befinden sich die Ruinen der altägyptischen Stadt Achetaton.

Tutenchamun
Er hieß zunächst Tutenchaton und war der Sohn von Echnaton und dessen Nebenfrau Kija. Tutenchamun heiratete seine Halbschwester Anchesenpaaton. Er wurde als Neunjähriger, vier Jahre nach Echnatons Tod, zum Pharao gekrönt und starb sehr jung, mit etwa 18 oder 20 Jahren. Die Funde in seinem Grab sind von einmaliger Schönheit und Bedeutung.

Udjat-Auge
Auch Horus-Auge genannt. Ägyptische Hieroglyphe, die das von Thot geheilte Auge des Horus darstellt. Magisches Symbol. Ein Amulett mit dem Horus-Auge soll eine beschützende und kräftigende Wirkung besitzen.

Uschebti
Kleine Figur aus Terrakotta oder einem anderen Material, häufig in Form einer Mumie. Der Uschebti dient in der Regel als Grabbeigabe, denn er soll im Jenseits anstelle des Verstorbenen dessen Arbeiten verrichten.

Verne, Jules (1828–1905)
Äußerst produktiver und viel gelesener französischer Schriftsteller. Er gilt als einer der Begründer des Science-Fiction-Romans. Seine bekanntesten Werke sind *20000 Meilen unter dem Meer, Von der Erde zum Mond, In 80 Tagen um die Welt, Reise zum Mittelpunkt der Erde, Die Kinder des Kapitän Grant.*

Wadi
Ausgetrockneter Flusslauf in der Wüste. Wadis können nach Regenfällen zeitweise Wasser führen.

Waset
Altägyptische Bezeichnung für die Stadt Theben.

Wells, H. G. (1866–1946)
Englischer Schriftsteller und Mitbegründer der Science-Fiction-Literatur. Seine bekanntesten Werke sind *Die Zeitmaschine* und *Krieg der Welten.*

Zeitrechnung im alten Ägypten
Die alten Ägypter teilten das Jahr in drei Jahreszeiten ein, die jeweils vom Nil bestimmt wurden: Achet (Zeit der Überschwemmung), Peret (Zeit der Aussaat und des Wachstums) und Schemu (Zeit der Ernte und des Sommers). Jede Jahreszeit umfasste vier Monate zu je dreißig Tagen. Das Jahr begann mit dem Neujahrstag, der nach heutiger Zeitrechnung dem 20. Juli entspricht. Zum Jahresende gab es noch fünf zusätzliche Tage, die den Göttern Osiris, Haroeris (= der erwachsene Horus), Seth, Isis und Nephthys gewidmet waren.

Die Monate teilten die Ägypter in drei Dekaden zu zehn Tagen ein. Der Tag wurde unterteilt in 24 Stunden: 12 Tagstunden und 12 Nachtstunden. Die Tag- und Nachtstunden waren unterschiedlich lang und veränderten sich je nach Jahreszeit. Der Tag begann mit Sonnenaufgang.

Erst in der Spätzeit Ägyptens wurden gleich lange Stunden eingeführt. Die Griechen unterteilten sie in 60 Minuten. Unser heutiger Kalender geht auf den ägyptischen Kalender zurück.

Das Datum wurde im alten Ägypten wie folgt dargestellt:
Jahr 6 des Königs Echnaton, dritter Monat der Überschwemmung, Tag 13.

SEI UNSER
HELD!
PIPER FANTASY
Gleich mitmachen und die magische
Welt der Piper Fantasy erleben! Neugierig?
Dann auf zu www.piper-fantasy.de!
Piper-Fantasy.de
PIPER

Sarah Lukas

Der Kuss des Engels

Roman. 416 Seiten. Gebunden

Manchmal zerplatzen Träume wie Seifenblasen: Sophie glaubt, sie habe eine glückliche Zukunft mit ihrem Verlobten Rafael vor sich – bis zu dem verhängnisvollen Tag, an dem er stirbt. Die junge Frau steht vor dem Nichts. In Paris sucht sie das Vergessen, doch ein Leben ohne ihn hat für sie keinen Wert. Dann erblickt sie am Ufer der Seine eine Gestalt, die Rafael zum Verwechseln ähnlich sieht. Sophie ist überzeugt, dass er zurückgekehrt ist, doch der Fremde erinnert sich nicht an sie. Und bevor Sophie begreift, worauf sie sich einlässt, schweben sie beide in großer Gefahr. Denn er ist ein gefallener Engel, dem eine ganz besondere Mission auf der Erde zuteil wird. Und er kann sie nur mit Sophies Hilfe erfüllen …

01/1874/01/R